笠間書院

土屋有里子
Tsuchiya Yuriko

『沙石集』諸本の成立と展開

重要文化財　無住国師像（長母寺蔵、写真提供）

長母寺山門（著者撮影）

貞享三年版『沙石集』版木及び刊本（長母寺蔵、写真提供）

『沙石集』諸本の成立と展開●目次

第三部　徳治改訂以後の諸本

資料編

凡例

一、本書で使用する『沙石集』伝本について、基本的には全て原本を確認し翻刻したものを用いたが、1の俊海本については原本を確認し得ていない。参考とした影印・マイクロフィルム・活字本は次のとおりである。

1俊海本…久曾神昇編　古典研究会叢書第二期『沙石集一』（汲古書院　昭和四十八年）

2米沢本…国文学研究資料館マイクロフィルム
渡辺綱也編『校訂広本沙石集』（日本書房　昭和十八年）
小島孝之校注訳　新編日本古典文学全集『沙石集』（小学館　平成十三年）

3梵舜本…渡辺綱也校注　日本古典文学大系『沙石集』（岩波書店　昭和四十一年）

4成簣堂本…原本確認のみ

5阿岸本…国文学研究資料館マイクロフィルム

6真福寺本…国文学研究資料館マイクロフィルム
安田孝子著『説話文学の研究―撰集抄・唐物語・沙石集』（和泉書院　平成九年）

7吉川本…国文学研究資料館マイクロフィルム

8内閣本…国立公文書館内閣文庫蔵本紙焼
土屋有里子編著『内閣文庫蔵『沙石集』翻刻と研究』（笠間書院　平成十五年）

9長享本…京都大学附属図書館マイクロフィルム

10東大本…東京大学国語研究室蔵本紙焼
11神宮本…三重県神宮文庫蔵本紙焼
12岩瀬本…愛知県西尾市岩瀬文庫蔵マイクロフィルム
13慶長古活字本…深井一郎編『慶長十年古活字本沙石集総索引』影印編（勉誠社　昭和五十五年）

一、無住の他の著作である『雑談集』については、三木紀人・山田昭全校注『中世の文学　雑談集』（三弥井書店　昭和四十八年）、『聖財集』については雲喬智道『聖財集』（一切経印房　昭和五十八年）及び国文学研究資料館マイクロフィルムを参考として用いた。

一、資料の引用に際しては、読解の便宜上、表記等を改めた。句読点及び返り点を補い、異体字・旧字体等は通行の字体に改め、右に小書きされた仮名については、漢字と同じサイズに統一した。但し伝本の正確な情報が必要となる際には、底本の表記をそのまま掲出し、（ママ）と表記した。

一、各伝本の写真を、それぞれの章の冒頭に掲載した。基本的には同箇所（序・巻一冒頭部分）を掲載したが、東大本のみは巻一を刊本の補写としているため、古写本である巻五冒頭を掲げた。

一、本書において、年月日・章段名・巻数・数詞等を表す際の漢数字の表記は、「十、百」とし、西暦、条数、丁数等の表記は「一〇、一〇〇」とした。なお頁数・号数等は算用数字とし、引用部分の丁数の表記は、例えば一丁表である時、「1オ」と示した。

序論

『沙石集』伝本研究の現在

はじめに

無住道暁により弘安二（一二七九）年に起稿され、弘安六（一二八三）年に一旦の完成を見た『沙石集』は、その後無住自身により、少なくとも永仁三（一二九五）年、徳治三（一三〇八）年に改訂を施されたことが判明している。同時に、後人による説話の取捨選択、改変を歓迎する言葉を著者自身が遺したため、本文、裏書の混在した複雑な伝本が多数存在することとなった。

現在研究対象となる伝本の数々は、渡辺綱也によって、岩波日本古典文学大系『沙石集』の解説に紹介されたものが基盤となっている。昭和四十一年の刊行時にあって、渡辺は当時知りうる限りのあらゆる伝本を紹介し、研究の対象として扱うことを可能にした。現在の諸本研究も、この渡辺の研究に導かれる形で続いており、その後新出伝本の紹介が少なからずあったが、個別の伝本の考察に留まるものであり、『沙石集』伝本の全体的な系統や構成を考える研究は未だ存在しないのである。

このように数々の伝本の前後関係さえ明らかにはされないまま、『沙石集』は日本文学の枠を超えて広く活用されている。日本史、宗教史、思想史等の分野で『沙石集』に載る説話や論説が引用され、鎌倉後期の神道界、仏教界、庶民生活を知る資料として大きな役割を果たしてきた。ただし、一般的に『沙石集』を読むテキストとしては、先に挙げた岩波日本古典文学大系（底本梵舜本、渡辺綱也校注）、岩波文庫（底本貞享三年整版本、筑土鈴寛校訂）、小学館新編日本古典文学全集（底本米沢本、小島孝之校注訳）の三書に留まっているのが現状であり、引用に際しては、これらのどれかが使用されることがほとんどである。底本により、当然記述に甚だしい差異があり、引用する部分によっては、無住の言質か否か即断出来ない場合もある。取り上げる本文の成り立ちや立ち位置もわからないまま、論拠として使用してしまうという危うさは、永らく諸本の全体的な関係性を解明せずにきてしまったことに起因しており、日本文学の立場から、『沙石集』自体の伝本を網羅的に調査し、相互の関係性を明らかにすることが求められているのである。

これまでの伝本分類は、収録説話数の多寡による広本・略本、また本文の新旧を考慮した古本・流布本という分類である。どちらも個別の伝本の前後関係を知ろうとする時、曖昧な部分があり、このままでは伝本全体の系統的な問題は明らかに出来ない。そこで本書では、古本・流布本という本文の基本的性格と共に、無住の永仁三年、徳治三年の大改訂について、これらを受けているか否かを伝本の新旧を測る指標として用いた。従来からすると斬新な面があると思うが、諸本の前後関係を解明するためには有効な方法であると確信している。

『沙石集』の中で一貫して、全てのものに対する「執着」を誡めた無住が、その死の前年まで、自らの著書に裏書、改訂を加え続けた。そこまでしてこだわったもの、伝えたいものは何であったのか、『沙石集』伝本の錯綜した記事の中から掬い出し、無住が目指した『沙石集』のあるべき姿に少しでも近づいていきたいと思っている。

一　伝本概観

『沙石集』の伝本について、まずはこれまでの研究史をまとめておきたい。『沙石集』の伝本は、渡辺綱也により大きく広本系と略本系に分類された。これは収録説話数の多いものが広本、少ないものが略本、という考え方である。渡辺の分類を日本古典文学大系『沙石集』解説より引用すると次のようになる。

〔広本系〕

1 十二帖本

①俊海本（巻一・巻七・巻十上。巻一・巻七…志香須賀文庫蔵。巻十上…竹柏園旧蔵）

②米沢本（十巻十二冊。興譲館旧蔵。市立米沢図書館蔵）

③北野本（十巻十冊。巻三・巻四欠。北野克蔵）

④藤井本（四巻四冊。巻一・巻二・巻八・巻九。藤井隆蔵）

2 十帖本

⑤内閣第一類本（六巻六冊。巻六・巻七・巻八・巻十欠。内閣文庫蔵）

⑥梵舜本（十巻五冊。お茶の水図書館成簣堂文庫蔵）

3 五帖本

⑦阿岸本（五巻二冊。巻一〜巻五。阿岸本誓寺蔵）

〔略本系〕

1 十帖本

⑧長享本（九巻九冊。巻七欠。京都大学附属図書館蔵）

⑨東大本（十巻十冊。巻一・巻二・巻七の三巻は流布刊本による補写。東京大学国語研究室蔵）

⑩内閣第二類本（四巻四冊。巻六・巻七・巻八・巻十。内閣文庫蔵）

⑪神宮文庫本（十巻十冊。神宮文庫蔵）

⑫岩瀬文庫本（十巻十冊。岩瀬文庫蔵）
⑬国会図書館本（十巻十冊。国会図書館蔵）

2五帖本
⑭吉川本（十巻五冊。内容は諸本の巻五まで。吉川泰雄旧蔵。中央大学蔵）

3刊本
⑮慶長十二行本（古活字本。十巻五冊。東京大学国語研究室蔵）
⑯慶長十行本（古活字本。十巻十冊。お茶の水図書館蔵）
⑰無刊記十行本（古活字本。十巻五冊。京都大学附属図書館蔵）
⑱元和二年本（古活字本。十巻十冊）
⑲元和四年本（古活字本。十巻十冊）
⑳寛永以後整版本多数。

永らく、右の渡辺による分類が基本とされてきたが、それ以降、初めてまとまった全集の一冊として上梓されたのが、小学館新編日本古典文学全集『沙石集』（底本米沢本）である。小島孝之の校注訳のもと、伝本についてもその分類等に新しさが見られた。小島は渡辺によってなされた広本系・略本系という分類について、必ずしも説話数の多寡というのは適切な基準とはならない、という考え方から、成立に比重を置いた古本系・流布本系という分類基準を案出した。渡辺の伝本分類以降、新出伝本の紹介が少なからずあったこともあり、現在はこの小島の分類が基準となるであろう。なお渡辺の分類に載る伝本が小島の分類のどの本に相当するかは、各伝本の下に①〜⑳の記号を付して示した。

〔古本系〕

一、第一類十二帖本

1類、俊海本（鎌倉時代末期頃の書写か。巻一・七・十上の三巻三冊）①

2類、市立米沢図書館蔵興譲館旧蔵本（室町末から江戸初期頃の写。十二冊完存）②

北野克蔵元応三年奥書本（江戸初期写。巻三・四の二冊欠）③

藤井隆蔵本（大永〜天文頃の写か。現存は巻一・二・八・九の四巻四冊）④

二、第二類十帖本

3類、お茶の水図書館蔵成簣堂文庫旧蔵梵舜本（慶長二年写。十巻五冊―二巻毎に一冊に合綴―）⑤

4類、内閣文庫蔵第一類本（天文十一・十二年頃写。現存は六巻六冊―十巻のうち巻六・七・八・十の四冊は流布本系―）⑥

5類、お茶の水図書館成簣堂文庫旧蔵江戸初期写本（江戸初期写。十巻五冊。完存）A

本誓寺所蔵阿岸本（江戸中期以後写。五巻二冊。巻五末「有心歌事」の途中まで存す。残欠本か）⑦

真福寺本（室町末期頃の写か。巻四の一冊のみ現存）B

〔流布本系〕

三、第三類十帖本

6類、京都大学附属図書館蔵長享本（長享三年写。九巻九冊—巻七を欠く—）⑧

7類、東京大学国語研究室蔵本（天文九年～永禄六年写。七巻七冊—巻一・二・七は流布　板本による補写）⑨

8類、神宮文庫蔵林崎文庫本（江戸初期写。十巻十冊）⑩

9類、岩瀬文庫蔵本（江戸末期写。十巻十冊）⑪

10類、内閣文庫蔵本（室町末期～江戸初期頃写か。四巻四冊—巻六～八・十のみ）⑫

11類、刊本（慶長十年古活字本ほか数種の古活字本。正保四年整版本ほか数種の整版本がある）⑮～⑳

12類、中央大学蔵吉川泰雄旧蔵本（室町中期以後の写。十巻五冊—ほかの諸本の巻五までに相当する）⑭

13類、仏法寺所蔵本（室町中期以前の写。一巻一冊—諸本の巻六上に相当—）C

四、第四類五帖本

渡辺の解説以後報告された新出伝本は、抄物等を含めばより多く見いだされるが、小島の分類は『沙石集』伝本研究に欠くことのできない、重要伝本をコンパクトにまとめた感がある。本書においても、伝本すべてを考察の俎上にのせるのは、あまりにも膨大な情報量であるがために、かえって問題の所在を曖昧にしてしまう恐れがあり、小島の一覧にある伝本の本文校合を進めれば、『沙石集』伝本の成立過程や前後関係解明の道筋は見えてくると考える。そこで本書で考察の主軸として用いる伝本を次の十一本に定め、小島の分類を用いて記すと次のようになる。

1　1類、俊海本（以下、「俊海本」）

2　2類、市立米沢図書館蔵興譲館旧蔵本（以下、「米沢本」）

3　3類、お茶の水図書館蔵成簣堂文庫旧蔵梵舜本（以下、「梵舜本」）
4　4類、内閣文庫蔵第一類本（以下、「内閣第一類本」）
5　5類、お茶の水図書館成簣堂文庫旧蔵江戸初期写本（以下、「成簣堂本」）
6　6類、京都大学附属図書館蔵長享本（以下、「長享本」）
7　7類、東京大学国語研究室蔵本（以下、「東大本」）
8　8類、神宮文庫蔵林崎文庫本（以下、「神宮本」）
9　9類、岩瀬文庫蔵本（以下、「岩瀬本」）
10　10類、内閣文庫蔵本（以下、内閣第二類本」）
11　12類、中央大学蔵吉川泰雄旧蔵本（以下、吉川本」）

次に、渡辺の伝本一覧以後発見された伝本の中で、本書において検討の対象としたものについてまとめておきたい（小島の伝本一覧においてA〜Cを付したものである）。

Aのお茶の水図書館成簣堂文庫旧蔵江戸初期写本は、早くに川瀬一馬(1)により所在報告はなされていたものの、永らく研究対象とされなかったものであり、以前、その性格を粗々紹介したことがある(2)。古本系の十帖本であり、特に巻八において、今まで梵舜本のみに認められた多数の説話を収録しており、重要な伝本と言える。

Bの真福寺本は、安田孝子(3)により昭和五十年に紹介された伝本である。愛知県真福寺大須文庫に所蔵される写本であり、大須文庫本とも称される。巻四のみの零本であるが、先頃安田より巻四の欠落部分が発見されたとの報告(4)があり、本書では主に阿岸本との関連の中で触れることとなる。

Cの仏法寺所蔵本は、櫛田良洪[5]によって昭和五十年に紹介された。長野県仏法紹隆寺所蔵のもので、諸本の巻六上の内容を有している。後に清水宥聖[6]により詳細な検討がなされた。本書では吉川本との関わりで触れることとなる。

最後に刊本について触れておきたい。まず古活字本は無刊記十行本・慶長十年本・慶長年間本・元和二年本・元和四年本が知られる。このうち慶長十年本と慶長年間本は共に京都の要法寺版であり、従来、慶長十年本の十行本と十二行本として分類されてきたものである。同一年に同一人（円智）による刊記を持つ二種類の本が存在する理由は、これまで不明とされてきた。ただかつて川瀬一馬は『古活字版之研究』（安田文庫　昭和十二年）において、十行本について詳細に論じた後、同書の「補訂篇」（685頁）において、尊経閣文庫所蔵の新たな古活字本『沙石集』を発見したと次のように記している。

沙石集の後刊本に就いては、別に覆刻の古活字版が一種発見せられた。即ち、尊経閣文庫蔵の一本（十冊、改装、水色表紙附）で、四周単辺、無界、十一行[7]片仮名交り。匡郭内、縦七寸六部半、横五寸五分半。巻末には、慶長十年刊本と同一の刊語があるが、全く別種の稍小型の活字版で、慶長十五年春枝刊の太平記・太平記抄等と相似の様相を有する。太平記抄が円智の著述かと言はれてゐる点から考へて、或は同種活字を使用してゐるかもしれない。原刊語のみで、本書刊行の刊記はないが、右の如く慶長後半期の刊行と認められ、元和二年の刊本よりも以前に刊行せられたものとなる。即ち茲に沙石集は又新たに別種の活字版一種を増した。

右は現在慶長十年十二行本に分類されている尊経閣文庫蔵本のことである。川瀬の解釈を参考とすれば、現分類で慶長十年本の十行本と十二行本とされる伝本のうち、十二行本は慶長十年刊の十行本より後、慶長年間に覆刻されたと理解することが出来る。そこで本書においては、十二行本を従来の慶長十年本から慶長年間本に呼称を変えて整理分類することとした。また現時点では孤本である、京都大学附属図書館蔵無刊記十行本については、岩瀬本の項で詳述するつもりであるが、刊記を存せず無辺無界であるものの、慶長十年十行本と同種活字を使用し、版型は同一である。円智と無関係な出版とは考えられず、慶長十年古活字本に先行する可能性さえある。ただしその後の古活字本、整版本の基となった伝本であるという意味で、本書で比較対象として用いる「刊本」は、すべて慶長十年古活字十行本とする。その後元和二年、元和四年に古活字本が刊行され、多数の整版本（元和年間本・正保四年本・慶安五年本・天和三年本・貞享二年本・貞享三年本）も作られたが、最も流布したのは貞享三年整版本である。筑土鈴寛の校訂による岩波文庫『沙石集』（上下）は、この貞享三年整版本を底本に用いている。

二　伝本研究の問題点

前述したように、渡辺は、収録説話数の多寡により、伝本を広本系と略本系に大別した。より古態を残していると思われる広本系から、略本系へと、削除訂正されていったものが、最終的には刊本のような本文形態に整えられたと考えたのである。無住自身の二度の大改訂と、後人の増補などがからみあった体裁の諸本が数多く残されており、どこまでが無住自身の改訂かと線引きする作業は困難を極め、これが『沙石集』伝本研究を迷走させる一つの大きな理由なのである。

渡辺は大まかに広本・略本という分類をした上で、本の形態により十二帖本・十帖本・五帖本という分類をした。十二帖本は巻五と巻十の二巻が上下二冊に分冊され、十巻十二冊となっているもので、最も古態を保つとされた。十帖本は十巻十冊の形態をもつもの、五帖本は諸本の巻五までの内容をもつ五巻本である。無住の『沙石集』執筆は弘安二年から弘安六年の間であるが、その間二、三年休筆したことがわかっている。そこでこの五帖本については、無住が休筆以前に書きおいた『沙石集』の姿を伝えるものではないか、と捉えられ、そこから、五帖本の存在＝巻五休筆説が提示されたのである。現存の阿岸本、吉川本がそれにあたるが、この五帖本が、当初から五帖本として存在したか否かについては検討の余地がある。この巻五休筆説は、現在でも大方に支持されている感があるが、無住が休筆以前にどこまで書いていたのか、という問題は、未だ未解決のまま残されており、本書でも伝本の系統化と共に考察すべき課題である。

次に渡辺が主張した大きな点は、梵舜本草稿本説である。梵舜本は巻十下巻を欠本とする十帖本であるが、巻六と巻八において、他本には見られない多数の説話を収録しており、それが内容的に雑多な諸話であることから、『沙石集』の草稿本的な面影を伝える本として位置づけられた。渡辺は、『沙石集』は雑多で卑俗な話が徐々に削除され、公の炯眼にも耐えうる硬質な本文へと改訂されていった、と考えており、梵舜本特有の諸話が、公にするにはためらいのある内輪的な内容であると判断したのであろう。確かに梵舜本特有の話は、庶民や説教師の滑稽話等であり、無住の説く仏教的な教義と密接に関わるものではないかもしれない。しかしこれらを即削除した、と断ずるには、梵舜本の巻六・巻八以外の各巻の性格を明らかにし、そのうえで巻六・巻八について他本と比較検討する必要がある。小島は小学館新全集の解説において、梵舜本を草稿本的と捉えることには慎重な姿勢を示しており、梵舜本自体の性格を明らかにすることが急務である。

以上のような課題を念頭におきつつ、『沙石集』の古本系、流布本系を横断する全十一伝本について、各々の細かな性格を把握し、前後関係を解明、系統化を目指すものとする。

三　本書の構成

本書では大きく三部構成をとっている。分類にあたって、本文が古本系か流布本系かを念頭に置きつつ、弘安六年脱稿後の二度の改訂（永仁三年、徳治三年）の有無を指標とした。

「第一部　初期的段階の諸本」には、本文が古本系であり、永仁・徳治の二度の改訂を受けていない四伝本を分類した。諸本の中で、その古態性が顕著な四伝本であるが、全く何の改訂も受けていない、と言うことではない。永仁改訂以前にも、少なからず『沙石集』の本文には手が加えられており、第一部に含む四伝本にも性格の相違がかなりあるのだが、その問題点が『沙石集』の本文成立の初期的段階において生じたものであることを共通項としている。

「第二部　永仁改訂前後の諸本」では、古本系と流布本系の伝本が混在している。ここに含まれる四伝本の性格は複雑であり、巻によって性格が一様ではなく、時に交錯し系統が逆転することもある。つまり一つの伝本の中で、この巻は本文が古いがその巻は新しい、といった具合に、伝本全体として即座に永仁の改訂を受けたか否かを判断しかねるものが含まれるということである。ただそれが永仁の改訂に絡む諸問題であり、徳治の改訂を受ける以前の段階であることを共通点としている。

「第三部　徳治改訂以後の諸本」は、本文が流布本系で、二度の改訂を受けていると目される三伝本を考察の対象とした。

以上のような趣旨で全十一伝本を分類すると、次のようになる。

初期的段階の諸本…俊海本・米沢本・阿岸本・成簣堂本

永仁改訂前後の諸本…吉川本・梵舜本・内閣本・長享本
徳治改訂以後の諸本…東大本・神宮本・岩瀬本

なお伝本の性格により、アプローチの方法は一様ではない。第一部に含まれる伝本については問題点が広範に渡るため、巻毎の考察というよりは、テーマでまとめた考察を加え、特に成簣堂本についてはこれまで詳しい研究のなかった伝本であるため、質量的に多くの紙面を割くこととなった。対して第二部、第三部の伝本については、最初から巻毎に考察を加えることが、論点の明確化に繋がった場合が多い。

終論においては伝本毎ではなく、巻毎に縦のラインで『沙石集』の本文の考察を行い、系統化を進める一助とした。二度の改訂の有無や休筆時期の問題についても総合的に述べたつもりである。

最後に資料編として、「略年表」を付し、無住とその事績及び関連する歴史的事項についてまとめた。説話対照目次表には、本書で考察の対象とした伝本のうち、俊海本・吉川本・真福寺本を除く十本について本文目次を対照して示した。これは、諸本の全体的な関係性を、より端的に把握するためのものである。また『沙石集』および『雑談集』所収の和歌について、各伝本における収録状況を丁数で示し、利用の簡便化を図った。(8)

(1)『お茶の水図書館蔵新修成簣堂文庫善本書目』(平成四年)。
(2)「成簣堂文庫蔵『沙石集』の紹介」(国文学研究131　平成十二年六月)。
(3)「大須真福寺本『沙石集』について」(椙山女学園大学研究論集　昭和五十年三月)→『説話文学の研究』(和泉書院平成九年)。

（4）「〈書評〉小林直樹著『中世説話集とその基盤』」（説話文学研究40　平成十七年七月）。
（5）「虫余漫筆（十）―沙石集・群疑論の注釈書の古写書の発見―」（大正大学学報37　昭和五十年十二月）。
（6）「仏法寺本『沙石集』について」（大正大学大学院研究論集2　昭和五十三年二月）。
（7）事実は十二行本であり、誤植である。
（8）俊海本、吉川本は共に題目が細分化されており、他の伝本と同様の枠組みで題目を比較することには不向きであり、真福寺本は巻四のみの零本であるため対象外とした。

第一部

初期的段階の諸本

第一章　俊海本概観

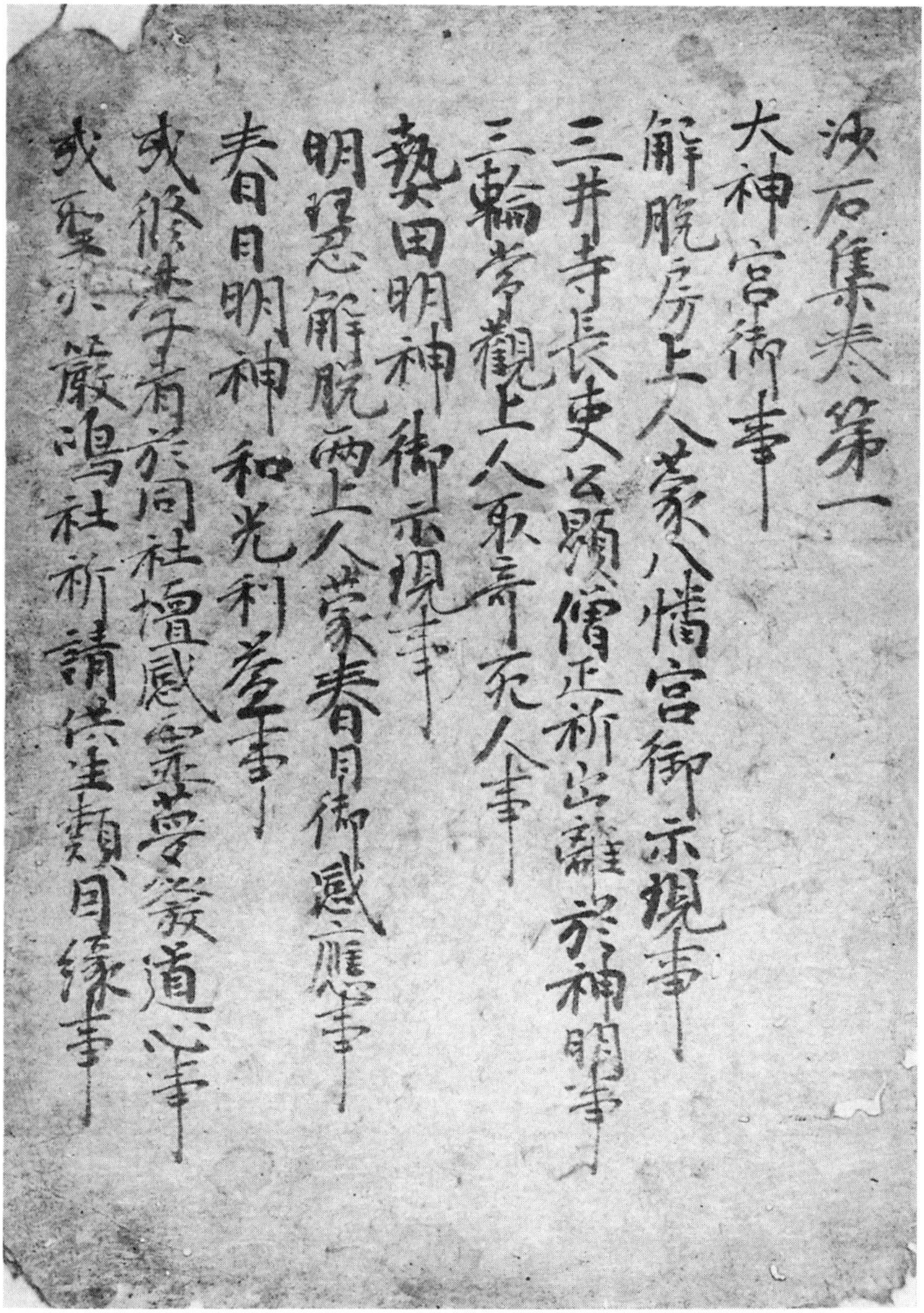

俊海本巻一
（古典研究会叢書第二期『沙石集一』より）

一　伝来

『沙石集』古本系伝本の中で、最も古態を残しているのは、十二帖本の俊海本、米沢本、北野本[1]、藤井本[2]である。このうち北野本は江戸初期写の平仮名本であるが、米沢本とほぼ同文である。また藤井本も、大永から天文頃の写本であるが、内容的には米沢本とほぼ一致する。しかし俊海本においては、題目にはじまり内容の細部に至るまで、米沢本と明らかに異同がある。

俊海本は、巻一・巻七が志香須賀文庫旧蔵、巻十上が竹柏園旧蔵であり、志香須賀文庫は愛知県豊橋市にある、久曾神昇の私設文庫である。そのため昭和四十八年に、久曾神により、巻一と巻七、及び竹柏園旧蔵本の山岸徳平による転写本である巻十上（山岸本）の影印が古典研究会叢書の一冊として刊行された。志香須賀文庫蔵の巻一・巻七については、その後平成七年に売却されており、現在の所在は不明であるため、この影印を基に論を進めていくこととする。巻十上については、山岸本の元となった竹柏園旧蔵本が、昭和三十四年に学習院大学文学部日本語日本文学科の所蔵となり、最近の翻刻[3]もあるが、本書は、古典研究会叢書に収められた三巻をテキストとして使用する。

まず俊海については、書写者ではなく、この本を所持していた人物である。巻七表紙に「俊海」の文字が見て取れるが、本文の文字とは別筆である。俊海は、櫛田良洪の『真言密教成立過程の研究』[4]によると、鎌倉の扇谷山多宝寺の長老であった人物らしい。多宝寺は真言律宗の寺であり、弘長二（一二六二）年、開基の北条業時が、開山に忍性を迎える形で草創したと推定されている[5]。文永八（一二七一）年七月、忍性が日蓮と祈雨の勝負をした際、忍性が多宝寺、浄光明寺から数百人の僧を助法の為に呼んだ（『日蓮上人註画讃』巻三）、という逸話もあり、これによるとかなり多くの僧を有する大寺であったらしい。無住が修学した寿福寺にも非常に近く、無住自身にとっても交流のあった寺である可能性もあり、現時点で最も古い本文構成を持つ写本の所持者が、ここ多宝寺の長老であったことは興味深いのであるが、俊海について、元亨三（一三二三）年の『国宝称名寺伽藍図』の式次第に、

羯磨師　極楽寺長老忍公大徳
答　法　多宝寺長老俊海律師

とある。忍公大徳とは、俊海に多宝寺長老職を譲った善願房順忍であり、文保元（一三一七）年頃に極楽寺長老となって多宝寺を去った。それを受けての俊海の多宝寺長老就任であったという。俊海自身の生没年は不明であるが、『極楽寺要文録』の中に、次のような文書が存在する。

極楽寺諸末寺、勅願寺、並寺領安堵綸旨、被㆓成下㆒候之間、諸寺可㆓触申㆒之由候、仍安文二通進㆑之候、任下被㆓仰下㆒之旨上、被㆑致㆓御祈禱㆒、可㆑被㆑修㆓朝敵並合戦之輩滅罪之善根㆒候也、恐々謹言

（朱）「扇谷山多宝寺住持也」

沙門俊海（判）

元弘三年八月十九日

謹上　称名寺長老

右から察するに、元弘三（一三三三）年時点では、俊海は存命であったことが確認できる。俊海は『沙石集』を所持していた人物であるから、俊海本の書写年代も鎌倉期として一応は問題ないであろう。(6)

二　構成

次に俊海本と米沢本、刊本（慶長古活字本）の題目を比較する。題目は巻頭目次ではなく、本文の頭に付された標題[7]による。

俊海本	米沢本	慶長古活字本
巻一	巻一	巻一　上下
一　大神宮御事	一　大神宮ノ御事	一　太神宮御事
二　解脱房上人蒙八幡宮御示現事	二　解脱房ノ上人ノ参宮ノ事	二　笠置解脱房上人大神宮参詣事
三　三井寺長吏公顕僧正祈出離於神明事	三　出離ヲ神明ニ祈タル事	三　出離神明祈事
四　三輪常観上人取奇死人事	四　神明ハ慈悲ヲ貴ビ玉テ物ヲ忌ミ給ハヌ事	四　神明慈悲貴給事
五　熱田明神御示現事	（前条に含む）	（前条に含む）
六　明慧解脱両上人蒙春日御感応事	五　慈悲ト智トアル人ヲ神明モ貴ビ給事	五　神明慈悲智恵有人貴給事
七　春日明神和光利益事	六　和光ノ利益ノ事	六　和光利益甚深事
（前条に含む）	七　神明ハ道心ヲ貴ビ給事	七　神明道心貴給事
八　或修学者於同社壇感霊夢発道心事	（前条に含む）	（前条に含む）
九　〔或聖於厳島社祈請供生類因縁事〕[8]	八　生類ヲ神ニ供ズル不審之事	八　生類神明供不審事

一〇　或僧解夢覚全一息妄念事	九　和光ノ方便ニテ妄念ヲ止メタル事	九　依和光之方便止妄念事
一一　或浄土門行人軽神明蒙其殃事	一〇　浄土宗ノ人神明ヲ軽ムベカラザル事	一〇　浄土門人軽神明蒙罰事
巻七	巻七	巻六　下
一　駿州原中宿女人返与金於本主事	一　正直之女人事	一　正直之女人之事
（前条に含む）	二　正直之俗士事	二　正直之俗士事
二　宋朝或下賤夫婦共廉直事	三　正直ニシテ宝ヲ得タル事	三　正直之人宝得事
三　武州或俗士有芳心事	四　芳心アル人ノ事	四　芳心有人事
付、葛西壱岐前司事	（前条に含む）	（前条に含む）
四　尾州山田次郎重忠愛八重躑躅事	（前条に含む）	（前条に含む）
付、奈良八重桜事	（前条に含む）	（前条に含む）
五　亡父夢告子息返借物事	五　亡父夢ニ子告テ借物返タル事	五　亡父夢子告借物返事
六　幼稚子息討父敵事	六　（幼少ノ子息父ノ敵ヲ打タル事）	
七　或俗為母有忠孝事	七　母ノ為ニ忠孝アル人ノ事	六　母之為忠孝有人事
八　或童為育母盗仏物事	八　盲目ノ母ヲ養ヘル童事	七　盲目之母養事
九　或僧為母捕魚事	（前条に含む）	（前条に含む）
一〇　為母賣身事	九　身ヲ賣テ母ヲ養タル事	八　身売母養事
一一　祈請亡母生所事	一〇　祈請シテ母ノ生所ヲ知事	九　祈請母之生所知事
付、不可食生類事	（前条に含む）	（前条に含む）

一二　或青侍依妻徳俗恩潤事
一三　今出河大相国祇候人有義栄事
一四　為師範有禮事
付、可貴弘法人事

巻十　上

一　浄土房遁世事
二　吉野執行遁世事
三　宗春房上人遁世事
四　南都或名僧怖望請用事
五　丹後国或俗士隠居事
六　観勝寺上人事
七　南都或悪僧発心事
八　逢悪縁発心事
九　松尾上人事
一〇　丹後国或上人迎講事
一一　或宰相依妄執不遂往生素懐事

（巻十下か）

一一　君ニ忠有テサカヘタル事
一二　共ニ義有テ富タル事
一三　師ニ礼有事
（前条に含む）

巻十　本

一　浄土房遁世事
二　吉野執行遁世事
三　宗春坊遁世事
（前条に含む）
四　俗士遁世シタリシ事
五　観勝寺上人事
六　強盗法師道心有事
七　悪ヲ縁トシテ発心シタル事
八　証月房遁世ノ事
九　迎講事
一〇　依㆓妄執㆒落㆓魔道㆒人ノ事

巻十　末

一〇　君忠有栄事
一一　師礼有事
（前条に含む）

巻九　上下

一　浄土房之遁世事
二　吉野之執行遁世事
三　俗士之遁世門事
四　強盗法師之道心有事
五　値悪縁発心事
六　証月房上人之遁世事
七　迎講事
八　依妄執魔道落人事
九　霊之託仏法物語事

まず一見するに、俊海本は米沢本・刊本に比べて題目が詳細である。「誰が何をした」という話の筋が、標題から大体想像できる。米沢本・刊本の標題は話の主体を示さず、ともすれば抽象的とも言える。しかしその話から何を説こうとするのか、その総括的なテーマとも言える大まかな題目に、改められているととれるだろう。たとえば巻一では「三井寺長吏公顕僧正祈二出離於神明一事」が「出離ヲ神明ニ祈タル事」に、「三輪常観上人取奇死人事」が「神明ハ慈悲ヲ貴ビ玉テ物ヲ忌ミ給ハヌ事」などといった具合にである。巻七でも、「駿州原中宿女人返三与金於本主二事」が「正直ノ女人事」のように改められ、俊海本の「武州或俗士有二芳心一事」・「付、葛西壱岐前司事」・「尾州山田次郎重忠愛二八重躑躅一事」・「付、奈良八重桜事」が、米沢本では「芳心アル人ノ事」に一括されて収録されていることに、その傾向が顕著に表れている。表の上下を見比べていくと、この他にも多々、俊海本から米沢本へとテーマごとに括られて題目を付される過程を指摘することができる。用字や語句の問題から俊海本は最も古態を留めた写本であるとされてきたが、題目の立て方からも、特殊であることが確認出来るのである。

古態を残しているとされる十二帖本系統の中でも、俊海本は他本にない特色を示しており、俊海本から米沢本系統の本文が生成していく過程においても、改変がなされていることがわかる。俊海本を所持していた俊海の生存年次からして、無住とほぼ同時代、もしくは死後まもなくの書写と考えられる俊海本から、ごく初期段階の『沙石集』における本文構成や問題点を知ることが出来るのである。俊海本の本文の特色について、次章でより詳しく検討したい。

（1） 北野克蔵本。元応本とも。流麗な平仮名本であり、巻三・巻四欠巻。影印が北野克編著『元應本沙石集』（汲古書院　昭和五十五年）にある。

（2） 藤井隆蔵本。巻一・巻二・巻八・巻九の四巻。古典研究会叢書第二期『沙石集二』（汲古書院　昭和四十八年）に影印がある。

（3） 青木祐子「学習院大学日本語日本文学科蔵　俊海本『沙石集』巻第十上　翻刻」（学習院大学国語国文学会誌45　平成十四年三月）

（4） 櫛田良洪『真言密教成立過程の研究』（山喜房仏書林　昭和三十九年）第二編第六章第四節「忘れられた東密の寺院」多宝寺項参照。

（5） 多宝寺については、大橋俊雄「鎌倉多宝寺と忍性に就て」（史迹と美術20　昭和二十六年二月）、大三輪龍彦「廃多宝律寺について」（鎌倉17　昭和四十三年三月）、貫達人「多宝寺について」（日本歴史326　昭和五十年七月）を参照した。

（6） ただし俊海については、ほぼ同時代に、関東における真言宗醍醐三宝院松橋流の礎を築いた上醍醐乗琳院俊海（詳細は渡辺匡一「関東元祖俊海法印―松橋流の東国展開と地蔵院流―」（阿部泰郎編『中世文学と寺院資料・聖教』竹林舎　平成二十二年）参照）が知られるが、『沙石集』を所持していた俊海その人であるか否かは不明である。

（7） 本文に題があり、巻頭目次に題のないものは（　）に括った。また他本に題があり、条を改めている説話で、当該本において条を改めないものは、（前条に含む）と示した。

（8） 当該部分本文が一部欠落しており、本文に附された題目は確認出来ないため括弧で括った。

第二章　俊海本からの改変

——米沢本へ——

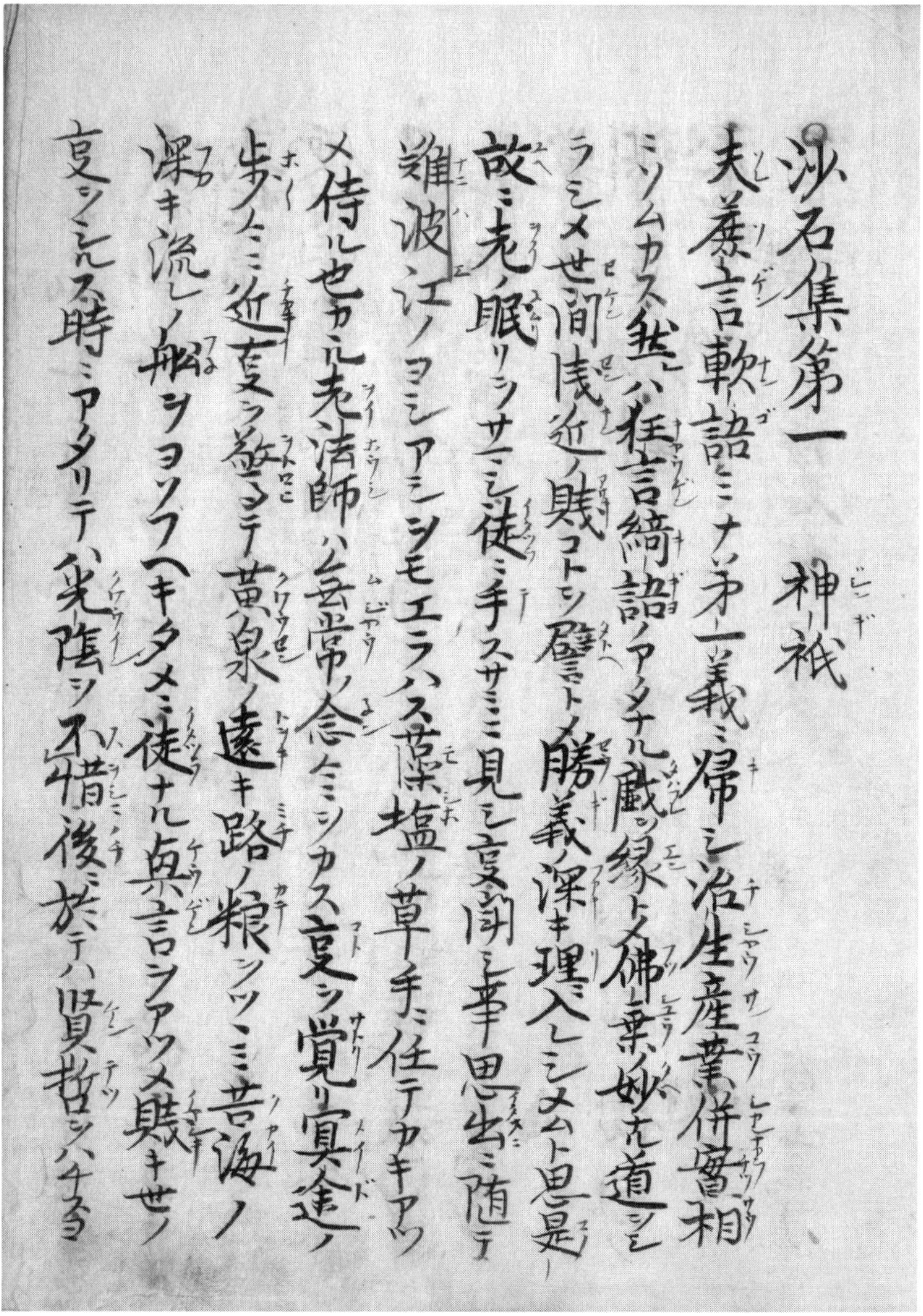

沙石集第一　神祇《ジンギ》
夫麁言《ソゲン》軟語《ナンゴ》ミナ第一義ニ帰シ治生産業併實相
ニソムカス然ハ狂言《キヤウゲン》綺語《キギヨ》ノアタナル戯ヲ縁《エン》トシテ佛乗ノ妙ナル道ヲシ
ラシメ世間浅近ノ賤コトヲ譬トシテ勝義ノ深キ理ニ入レシメムト思フ是ノ
故ニ老ノ眠リヲサマシ徒ニ手スサミニ見シ事聞シ事思出ニ随テ
難波《ナニハ》江ノヨシアシヲモエラハス藻塩《モシホ》草手ニ任テカキアツ
メ侍ルセカル老法師ハ無常《ムジヤウ》ノ念々ニヲカス事ヲ覚リ冥途《メイド》ノ
歩ミニ近ツク事ヲ驚シテ黄泉ノ遠キ路《ミチ》ノ粮《カテ》ヲツツミ苦海ノ
深キ流レノ船ヲヨソフヘキタメニ徒ナル興言ヲアツメ賤キ世ノ
事ヲシルス時ニアタリテハ光陰ヲ不惜後ニ於テハ賢哲《ケンテツ》ヲハチヌ

米沢本序（市立米沢図書館蔵）

第一節　『興福寺奏状』と悪人往生

俊海本の本文は、同じ十二帖本系統の米沢本と比較しても、独特な部分がある。全般的には、米沢本よりも素朴な表現による解説がなされているが、時には米沢本よりも饒舌になる。すべての事例を検証することは出来ないので、諸本の成立に関わると思われる重要な差異に的を絞り、俊海本の性格と特質を明らかにしたい。

一　巻一第十条「或浄土門行人軽二神明一蒙二其殃一事」

俊海本と米沢本を比較したとき、語句や文レベルの異同はかなり多く見受けられるが、ここでは巻一第十条「或浄土門行人軽二神明一蒙二其殃一事」に代表させて、問題点を考察する。本話の内容を要約すると、浄土宗を信ずる地頭が、所領の中の神田を多く没収したうえ、社僧や神官たちの訴えも無視し、「呪詛するぞ」と言われても、「浄土門の者は阿弥陀仏の摂取を受けるのであり、神などどうして怖れよう」と反発した。まもなく地頭は病気になったが、母の「謝罪せよ」という忠告にも、正気を失ったまま首をねじ曲げて、「何ほどの神か」と吐き捨てる有様だった。結局そのねじれた首は治らず、年来の善知識が念仏を勧めても、「こざかしい」と言って枕でもって打ちかかり、頭を打ちそこなって息絶えた。この地頭の死後、忠告した功もむなしく母も死に、子息の代でも、神罰を封じ込もうとした陰陽師が杯を持ったまま手を後ろにまわされ、すくみ死ぬという有様だった。

この地頭が病付いた時、巫女に憑いた白山権現が述べた言葉が、本話のテーマといえる。すなわち、「私は本地は十一面観音である。どんなにかわいく思えて尊いことだろう。これほど汚く濁って、道理にはずれた心では、(浄土門の者であるなら)本師阿弥陀如来の本願を頼みにし、真心をもって念仏をも申すなら、どうして本願にふさわしいと言えるだろうか」というものである。何も神を信じないから罰を下すわけではない。神でも仏でも真心をもって信じすがるならば必ず助ける、つまり信仰の対象は神でも仏でも構わない、要はその人の心の有りよう、信仰心の問題である、ということである。

本話の後、無住はこの考え方の正しさを証明すべく、あらゆる文証や例話を引き入れて論を展開していく。諸本の異同を述べる前に、米沢本を底本とする新編日本古典文学全集の小見出しをもってその間の流れを次に示す。

①諸行往生を許さぬ流派
②諸行往生は疑いないこと
③阿弥陀の我建超世願
④例話 乳母の讃め損ない
⑤専修念仏にも流派まちまちのこと
⑥例話 地蔵の頭で蓼をする
⑦例話 法花経読誦を罪とした念仏者
⑧摂取不捨の曼荼羅

⑨四句分別による判
⑩邪正は人によること

このうち④⑥⑦は例話と示したように、論ではない。この①から⑩では、主に浄土宗の一部の流派が、「念仏以外の行では往生できない」と喧伝したことに対する批判となっている。無住自身の思想を打ち出した内容と言えるが、実は本話には下敷きともいえる参考資料がある。それは『興福寺奏状』[1](以下『奏状』)である。

『奏状』は、元久二(一二〇五)年に、専修念仏の宗義の糺改を求めて、南都から朝廷に奏上されたもので、起草者は解脱房貞慶と言われている。法然が専修念仏を説いた『撰択本願念仏集』(以下『撰択集』)を公にしたのが建久九(一一九八)年であるが、それに対する直接的な反駁ではないようである。『奏状』が出された時点においては、法然の『撰択集』は未だ自由に披見できるものではなく、『奏状』の起草者の貞慶をはじめとした人々は、実際にまだ『撰択集』を読まない状態で奏上に踏み切ったと言われている。『奏状』が法然の教義の一々について反論していないこと、また『奏状』中に、「上人は智者なり。自らは定めて謗法の心なきか。ただし門弟の中、その実知り難し、愚人に至つては、その悪少からず、根本枝末、恐らくは皆同類なり」とあることも傍証となるであろう。浄土宗を名乗る、教義を極端に歪曲した末端の流派の取り締まりを望んでの奏上であり、そういったものが仏教界の定石となることを怖れたのである。無住も⑤において「ヲロカナル末学在家人ナトハ、只言ハカリヲ聞テ、余行ヲソシルナルヘシ」(俊海本)と述べており、また巻二第六条「弥勒行者事」において、「法然上人撰択集ヲ作リテ、余仏ノ末代ニ益アルヘキ由ヲ尺シテモ、此ヲ引テ、念仏モ如レ此ト尺セリ」(米沢本)、「日本ノ浄土門ノ祖師、法然上人モ此経文ヲ引テ、念仏ノ末代ニ益アルベキ事、真言教ノ如シト尺ス。撰択集ニ見ヘタリ。先達ハカ様ニ隔ル所ナシ。末学ミダリニ偏執シテ余宗ヲ謗ル、由ナキ事也」(梵舜本)と述べており、辺地末学を批判するという趣旨は『奏状』と同様である。では具体的に、『奏状』を基にしてどのように話を展開させているのだろうか。

二　『興福寺奏状』からの連想

まず『奏状』の構成は、次の九箇条からなる。

第一　新宗を立てる失
第二　新像を図する失
第三　釈尊を軽んずる失
第四　万善を妨ぐる失
第五　霊神に背く失
第六　浄土に暗き失
第七　念仏を誤る失
第八　釈衆を損ずる失
第九　国土を乱る失

このうち、第二の「新像を図する失」は、『沙石集』での受容が最も顕著であり、⑧の「摂取不捨の曼荼羅」にあたる。今両者を比較してみよう。

第二に新像を図する失。近来、諸所に一の画図を翫ぶ。世に摂取不捨の曼陀羅と号す。弥陀如来の前に衆多の人あり。仏、光明を放ち、その数種の光、或いは枉げて横に照し、或いは来りて本に返る。是れ顕宗の学生、真言の行者を本とし、その外に諸経を持し、神呪を誦して、自余の善根を造すの人なり。その光の照すところ、ただ専修念仏の一類なり。地獄の絵像を見るの者は、罪障を作すことを恐れ、この曼陀羅を見るの者は、諸善を修することを悔ゆ。教化の趣、多く以てこの類なり。上人云く、「念仏衆生摂取不捨は経文なり。我、全く過なし」と云々。この理然らず、偏に余善を修して、全く弥陀を念ぜざれば、実に摂取の光に漏るべし。既に西方を欣び、また弥陀を念ず、寧ぞ余行を以ての故に、大悲の光明を隔てんや。（『興福寺奏状』）

又中比都ニ念仏門流布シテ、悪人ノ往生スヘキヨシイヒタテ、戒ヲモ持、経ヲモヨム人ハ往生スマシキ様ヲ曼陀羅ニ図シテ、タフトケナル僧ノ、経ヨミテヰタルニハ、光明サヽスシテ、殺生スルモノニ摂取ノ光明サシタマヘルヤウヲカキテ、世間ニモテアソヒケルコロ、南都ヨリ公家ヘ奏状ヲ奉ル事アリケリ。其状ノ中ニ云ク、「彼ノ地獄絵ヲアルモノハ、悪ヲツクリシコトヲクヰ、此曼陀羅ヲ拝スルタクヒハ、善ヲ修セン事ヲカナシム」トカケリ。マコトニ悲シキカナ。（『沙石集』⑧俊海本）

傍線部の表現は、両者一致し、『沙石集』では「南都から公家への奏状」（波線部）、つまり『奏状』の中にこの表現があることを明記している。ただ当該部分のみが、『奏状』からの影響を受けたものではない。この直前にあたる⑦の例話「法花経読誦を罪とした念仏者」についても、『奏状』からの連想を思わせるのである。

又北国ニ、千部ノ経ヨミタル持経者アリケリ。或念仏者ススメテ、念仏門ニ入ツヽ、「法花経ヨムモノハ、必地獄ニ入也。アサマシキ罪障ナリ。雑行ノモノトテ、ツタナキコトソ」トイヒケルヲ信シテ、サラハ一向ニ念仏ヲモ曰サスシテ、年比経ヲヨミケン事ノクヤシサ、口惜サ」トノミ立ヰニ云ホトニ、口ノイトマモナク心ノヒマモナシ。カヽル邪見ノ因縁ニヤ。ワロキ病ツキテ、モノクルハシクテ、「経ヨミタル、クヤシヤ〳〵」トノミクチスサミテ、ハテハ舌モ唇モミナクヒキリテ、緋ニナリテクルヒ死ニ死ニケリ。ス丶メタル僧イヒケルハ、「此人ハ法花経ヨミタル罪ハ懺悔シテ、ソノムクヰニ舌唇モクヒキリウシナヒヌ。罪キヘテ、決定往生シツラン」トソイヒケル。(『沙石集』⑦俊海本)

第四に万善を妨ぐる失。およそ劫沙の法門、機を待ちて聞き、甘露の良薬、縁に随つて授く。皆是れ釈迦大師、無量劫の中に難行苦行して得るところの正法なり。今一仏の名号を執して、都て出離の要路を塞ぐ。ただに自行のみにあらず、普く国土を誡め、ただに棄置するのみにあらず、あまつさへ軽賎に及ぶ。しかる間、浮言雲のごとく興り、邪執泉のごとく涌く。或いは法花経を読むの者は地獄に堕つと云ひ、或いは法花を受持して浄土の業因と云ふ者は、是れ大乗を謗る人なりと云々。本八軸・十軸を誦して千部万部に及ぶの人、この説を聞いて永く以て廃退す。あまつさへ前非を悔ゆ。捨つるところの本行、宿習実に深く、企つるところの念仏、薫修未だ積まず、中途にして天を仰ぎて歎息する者多し。この外、花厳・般若の帰依、真言・止観の結縁、十の八九は皆以て棄置す。堂塔の建立、尊像の造図のごとき、これを軽んじて、これを咲ふこと、土のごとく、沙のごとし。福恵共に闕け、現当憑み少し。上人は智者なり。自らは定めて謗法の心なきか。ただし門弟の中、その実知り難し、愚人に至つては、その悪少からず、根本枝末、恐らくは皆同類なり。

(後略)(『興福寺奏状』)

『沙石集』に見える話は、まさに『奏状』の傍線部を説話化したような印象を受ける。千部の法花経を読誦していた持経者が、心ない末学の念仏者の虚言によって、悲惨な最期を遂げている。立ち居振る舞いに法花経を読誦してきたことを悔やみ、念仏の功も積まないうちに中途半端に死んでしまった。全く救いのない最期であるが、それを見届けた念仏者は「これこそ決定往生」と罪の意識はさらさらないのである。本話は「北国」での出来事となっている。これはやはり『奏状』第八に、「北陸・東海等の諸国に至っては、専修の僧尼盛んにこの旨を以てすと云々。勅宣ならざるよりは、争でか禁遏することを得ん。奏聞の趣、専らこれらに在るか」と、わざわざ「北陸と東海等」と特記していることにも関連があろうか。北陸での専修念仏については、法然の「遣二北陸道一書状」（漢語燈録巻十）というものが残されており、承元三（一二〇九）年六月十九日付で、北陸の一念義を誡めている。無住が⑦をたまたま「北国」の話として聞いたのか、それとも本話の舞台としてふさわしいという理由で「北国」の場を付与したのか、判別することは難しいが、ここでもやはり『奏状』の意趣は無住の『沙石集』執筆に影響を与えたと言えるであろう。

また、念仏と余行との関係について、無住は②「諸行往生は疑いないこと」において、次のように述べる。

凡ソ念仏宗ハ濁世相応ノ要門、凡夫頓証ノ直路也。誠ニ妙ナル宗ナルヲ、世間ノ学者、余行余善ヲキラヒ、余ノ仏菩薩神明マテモカロシメテ、大乗ノ法ヲモソシル事多クキコユ。大方ハ経文ニモ尺ノ中ニモ、イツカハ余行往生ヲキラヘル。先観経ニハ、「読誦大乗、孝養父母、五戒八戒、世間ノ五常マテ廻向シテ往生スヘキ」ト見ヘタリ。双観経ノ四十八願ノ中ニハ、「第十八コソトリワキ念仏ニテ侍レ。第十九ハモロ〳〵ノ功徳ヲ修シテ廻向セハ、来迎スヘキ」ト願シ給ヘリ。「第二十ハ徳本ヲウヘタルモノ往生スヘキ」ト誓ヒタマヘリ。サレハ念仏ハ、トリワキ諸行ノナカニスクレテ、一願ニ立テリ。正也。本也。余行ハ惣ノ生因ノ願ニ立テ、傍也。末也。サレハトテ往生セストハイカヽ申サン。善導ノ尺ニモ、「万行倶廻皆得往」ト尺シテ、万行万善イツレモ廻向セハ、往生スヘキト見ヘタリ。雑行ノ下ノ尺ニ、「雖可廻向得生、衆名疎雑之行也」ト尺シ給ヘリ。ウトキトシタシキトハ差別アレトモ、往生セストハイハス。況ヤ法花ヲ誦シ、真言ヲ唱テ、往生ノ素懐ヲトケタル、経文ト云、伝記ト云ヒ、三国ノ先蹤コレ多シ。ヲサヘテ大乗ノ功能ヲウシナヒソシリテ、余教ノ利益ヲナイカシロニスル事、大ニ心得カタシ。サレハ只仰テ、本願ヲ信シ、ネンコロニ念仏ノ功ヲ入トモ、余行余宗ヲソシリ、余ノ仏菩薩神明ヲカロムル事有ヘカラス。此人ノ臨終ニ其トカ見ヘタリ。前車ノクツカヘルハ後車ノイマシメナルヲヤ。真実ニ往生ノ志アラン人、此事ヲワキマフヘキ也。(俊海本)

傍線部の、「念仏は本であり余行は末であっても、親疎の差こそあれ、いずれも往生する」という趣旨は、『奏状』の第六「浄土に暗き失」にある、

もし夫れ法花に即応安楽の文ありと雖も、般若に随願往生の説ありと雖も、彼はなほ惣相なり、少分なり。別相の念仏に如かず、決定の業因に及ばずとならば、惣は則ち別を摂して、上は必ず下を兼ぬ。仏法の理、その徳必ず然なり、何ぞ凡夫親疎の習を以て、誤つて仏界平等の道を失はんや。

という言葉に通底するものがある。そもそも本章段の冒頭話であった、浄土宗の俗の話についても、テーマは「浄土宗における神祇不拝」と捉えることが出来、それは当時の顕著な社会現象であったにせよ、やはり『奏状』でも第五「霊神に背く失」において、

念仏の輩、永く神明に別る、権化実類を論ぜず、宗廟大社を憚らず。もし神明を恃めば、必ず魔界に堕つと云々。

と、厳しく非難されている。

無住は宗派の別なく、あらゆる善行を兼学兼修することを勧める態度で一貫している。自身が一つの教義を究めるということに向かなかったからとも言えるが、その偏執なき態度が『沙石集』を貫く重大なテーマでもある。『奏状』は最後の第九「国土を乱る失」において、

願ふところは、ただ諸宗と念仏と、あたかも乳水のごとく、仏法と王法と、永く乾坤に均しからんことなり。

ああ仏門随分の鬱陶、古来多しと雖も、八宗同心の訴訟、前代未聞なり。

と語るように、八宗と念仏が、乳と水のように共存することを願う、という態度を明確にし、文意もそれに沿ったものとなっている。偏執を嫌う無住の意図とまさに適合するものであり、『奏状』は無住にとって、己の主張に援用できる、最適の資料と言えたのである。無住が『奏状』をどこで見聞したかは不明であるが、南都での修学も多年に及んでおり、『奏状』が出されてから一世紀以上も経過した当時においては、披見も可能であったと考えられる。無住と『奏状』との関わりは、これまで主に「摂取不捨曼陀羅」との関わりにおいて指摘されること(2)がほとんどであったが、無住は本話の執筆に際して、「摂取不捨曼陀羅」はもとより、話の文言や流れに至るより大きな部分で、『奏状』に深く共感し依拠していたことが知られるのである。(3)

三　加筆の問題

本話における『奏状』からの連想は、諸本に共通して見られる大前提であるが、俊海本には他の諸本に比して異なる本文が見受けられる。ここからは、俊海本の特色を考えるために、本文比較を行いたい。

まず⑨「四句分別による判」である。当該部分を俊海本と米沢本で引用する。

マコトニ悲シキカナ。凡ソ、「イサ、カ聖教ノコトハリヲモシルヘキソカシ」ナト見ユルトモカラノ中ニモ、利養恭敬ヲオモヒテ、在家ノ男女ヲカタラヒツケンカタメヤラム。又性ト愚痴昧鈍ニシテ、我慢偏執ノハナハタシキヤラン。（俊海本）

四句ヲ以テ物ヲ判スル時、善人ノ悪性モアリ。上ヘハ善人ニテ名利心ニアリテ、底ニ実ト無キアリ。悪人ノ宿善アリテ、上ハ悪人ニテ底ニ善心モアリ、道念モアランハ、カヽルヘキ事ニテ侍ルヲ、愚痴ノ道俗、偏執

我慢ノ心ヲ以テ。（米沢本）

摂取不捨曼陀羅の記述の直後の部分であるが、俊海本にはない「四句分別」に則った言葉に、米沢本では改められている。他の伝本も米沢本と同様であるため、俊海本の記述が古態を示しているのであろう。「四句分別」とは、存在に関する四種の分類法であり、単単倶非の四句に分けられる。物の有りようを、第一句…単（Aである・中品）、第二句…単（非Aである・中品）、第三句…倶（Aであり、非Aである・上品）、第四句…非（Aでもなく、非Aでもない・下品）と分類する。無住はこの分類法を非常に好み、『聖財集』においては特に力説するところでもある。(4) それぞれの句には、上品・中品・下品の価値基準があるが、二つの中品にも優劣がつけられており、そこに無住の許用範囲の広さと論説の多様性が見えてくるのである。ここで傍線部を説明すると、善人と悪人の内と外についての四句であり、まとめると次のようになる。

外	内		
善	悪	単	中品（劣）
悪	善	単	中品（優）
善	善	倶	上品
悪	悪	非	下品

外面も内面も善である上品は理想とするものであり、反対にどちらも悪の下品は問題外である。議論されるべきは中品の二つであり、無住は悪心を持つ善人よりも、善心を持つ悪人をより評価している。ただ当該部分においては異文を持つ俊海本であるが、四句分別が全く確認できないわけではない。巻十上第六条「南都或悪僧発心事」に、

古徳ノ菩薩戒ヲタモツ人ノシナヲワクルニ四句ヲツクレリ。
一ニハ、内染外浄。外儀ハ戒行ヲマホルニヽテ、内心ケカレテカクレテ放逸ナルナリ。
二ニハ、内浄外染。是真実ノ道人ナリ。
三ニハ、内外倶浄。是教ノ本意、菩薩ノ本也。
四ニハ、内外倶染。是ハ一向放逸ノ人也。

という分類がある。各々に付された細かい説明はここでは省略するが、内容的には先の米沢本における改変部分とほぼ同様である。つまり俊海本の本文の時点で、四句分別は認められるものの、その後「悪人」に関する文脈の中で、集中的に加筆された、ということである。

先の引用部分に話を戻すと、その中で、「うわべは悪人であるが、宿善がある人」(傍線部)という分類があるが、この「悪人の宿善」という問題も、俊海本の古態性を考える鍵となるのである。

まず巻十上「浄土房遁世事」の、観経における下品下生の往生に関する記述に注目したい。米沢本の該当箇所を示すと、

観経ノ下品下生ハ十悪五逆ノ罪人ナレトモ、臨終ニ善知識ニアヒテ、十念唱テ往生セリ。彼ヲヒキカケテタノムハ信アルニ、タレトモ、愚ナル方モ有ヘシ。彼ハ先達ノ尺ニモ、「宿善ノ人也」。一生ハ悪縁ニアヒテ罪人ナレトモ、最後ニ十念唱テ、念々ニ八十億劫ノ生死ノ罪ヲ尽シテ、其後又罪無シテ、来迎ニアツカルニ、心具足シ罪モナク、八十億劫ツミキヘヌレハ、カミアリテ生ル」。土砂ノ見ノ心モ受タリ。今ノ人モ宿善モアリ、心モ決定セハウマルヘシ。但ステニ教ヘアヒ、知識ニアヒナガラ、平生志ウスク、臨終ニ若シ苦患ニモセメラレ、正念乱ハ、三心モイカ、トコソヲホユレ。下品下生ノ人ハ、始テアヒ勇猛ナレハ、罪障モ滅、

日輪ノ迎ニモアツカル。今ノ人ハ乍レ　想ヒステニ志シウスシ。ナラシサキヨリ疎ナリ。臨終ニ始テ実アラン事、大ニ不定ナリ。マタクサル人ナカルヘシトニハアラス。

となる。当該部分の前後には俊海本に共通する言葉も確認できるが、この下品下生の往生の記述は、俊海本には全くない。ここでも無住は、悪人が往生するのは、宿善があるからであって、かえって初めて教えに会い、その後の修行の力が激しいので、教えに会いながらだらだらと志をもたない人よりも往生はたやすいと説くのである。先達の尺にある言葉というが、新編日本古典文学全集の頭注では、良源の『極楽浄土九品往生義』の、

但シ能ク臨終ニ善知識ニ遇ヒ、十念成就ハ並テ皆是宿善業。若善業強ケレバ、十念成就ス。若シ悪業多クハ、善知識ニ尚逢フベカラズ。何ゾ況ヤ十念成就。

という言葉に比定している。また、巻十上「或宰相依二妄執一不レ遂二往生素懐一事」においても、米沢本では次の部分が付加されている。

末代ニハオホクハ往生トノミ云アヘリ。悪人ノ中ニ往生スル人ノ事、是ハ人是ヲ見テ、「悪人モ往生ス。悪業恐ヘカラス」ト云。是ニヨリ末代ニハ魔往生アルヘシ申云ヘリ。悪人ナレトモ心ヲアラタメテ、十念ヲモ唱ヘ、宿善開発シテ、誠ノ往生モアルヘシ。宿善ナク正念ニモ住セス。マコトナキ物ノコト〳〵シキ往生ハアヤシムヘシ。心ヲヒルカヘシテ往生センハ、教門ノユルス所也。悪人ト云ヘカラス。善人モ妄念アリテ臨終アシキコトアルヘシ。是又善ノヨシナキニアラス。妄念ノツヨキ也。此理ヲ信シテ因果ヲ乱ルベカラズ。

この記述も俊海本には全くなく、悪人往生と宿善の関係を説いた上記二箇所が、共に俊海本に見えないことは意味のあることである。波線部のように善人でも往生できないのは、心に妄念がある場合だとの主張は、先に述べた四句分別の中品の単句にもあてはまり、以上のような改変が意図的に連動してなされたことは疑いない。俊

海本の時点ではあまり問題としていなかった悪人往生の問題が、後の改変の際には大幅に加筆されたのである。恐らくは『沙石集』のこういった例話を話したり、あるいは身近な者に読ませるうち、悪人が往生する、ということのより詳しい説明を求められたか、又は無住自身の悪人往生、ひいては浄土宗の教義に対する興味が強くなった結果かと思われるが、今ひとつ、改変の問題を抱える箇所を取り上げてみたい。

俊海本から米沢本の時点でも内容に変化が見られるわけだが、米沢本自体はまだ十二帖本系統の一本であり、諸本の中では古態を示すものである。その米沢本から、刊本に移行していく段階で、さらに加筆された部分がある。それは先の巻一第十条「或浄土門行人軽二神明一蒙二其殃一事」の②「諸行往生は疑いないこと」の途中においてである。いわゆる往生に必要な「三心」の意義についてであり、次に刊本から引用したい。

> 諸行往生ユルサヌ流ノ一義ニ云、「三心ヲ念仏ト心得テ、三心具足シテ余行ヲ修シ、往生スルハ、只念仏ノ往生也。三心ナキ余行ハ往生セヌヲ、諸行往生セスト云リ」。此事心得ラレス。三心ハ、安心也。何ノ行業ニモワタルヘシ。サレハ安心三心・起行五念行・作業四修ト見エタリ。称名モ三心ナクハ生スヘカラス。サラハ、称名ハ念仏トハイハレシヤ。惣ハ念仏ト云ハ、諸行ニワタルヘシ。但称名ハ、念仏ノ中ノ肝心也。慧心ノ往生要集ノ正修念仏ノ下ニハ、諸行有レ之。坐禅ハ法身念仏、経呪ハ報身念仏ナルヘシ。相好ヲ念シ、名号ヲ念スルハ、応身ノ念仏ナルヘシ。余行ノ往生ヲ念仏往生トイハンモ、此意ニテハ苦ミアラシ。称名ノホカハ往生セストイフ義ハ、ヒカメルニヤ。（慶長古活字本）

三心とは安心（至誠心・深心・廻向発願心）のことで、往生するために念仏者が必ず起こさねばならない心のことである。起行は五念行（礼拝・讃歎・作願・観察・廻向）で、往生するために必要な五種の行、作業（四修）は安心・起行に対し、浄土に生まれるための実践として四修（恭敬修・無余修・無間修・長時修）を行うことである。諸行往生を許さない流派の言い分として、三心はそのまま称名念仏であり、三心を具足しない、つまり称名念仏を行わない諸行は往生できない、と説いている。無住はこれに対して、三心は称名念仏だけではなく、諸行に具足すべきものであり、称名念仏でも三心を伴わなければ往生できない、と反論している。俊海本や米沢本を始めとした十二帖本系統にはなく、十帖本系統でもこの記述は梵舜本にはない。また内閣第一類本では裏書となっており、後々加筆された部分であることは明らかである。しかしこの「三心」について、無住は既に⑤「専修念仏にも流派まちまちのこと」において、話題としているのである。

又余行ノ往生ユルサヌ流ノ中ニモ、義門マチ〳〵ナリ。或人師ノ義ニハ、「余行ノ往生セヌト云ハ、三心ヲ具セサル時ノ事也。三心ヲ具ヌレハ、余行モ皆念仏トナリテ往生スヘシ。名号ヲ唱トモ三心ナクハ、往生スヘカラス」ト云ヘリ。此義ナラハ、余行ノ往生疑ナシ。本ヨリ三心ナクハ、念仏トテモ往生セヌ。余行ト念仏トマタクカハル事ナシ。先達ハカヤウニヘタテナク申テ、機ヲス丶メ宗ヲヒロムル。其志トカナシ。ヲロカナル末学在家人ナトハ、只言ハカリヲ聞テ、余行ヲソシルナルヘシ。(俊海本)

先の加筆部分と同じ「三心」を扱ってはいるが、こちらの諸行往生を許さない流派は、「三心を具足しなければ、称名念仏でも余行でも往生できない」と説いており、無住の主張と同意である。要するに後に加筆された部分は、まさに「愚かな末学在家」(波線部)の主張を詳しく記し加え、反論の根拠として、三心・起行・作業の説明と源信の『往生要集』の理解を付与したのである。先の四句分別についての加筆部分と共に考えると、やはり悪人往生、その中で問題となる称名念仏と三心の問題について、後々強い興味と共に筆を加えた過程が見て取れるのである。また『奏状』との関わりを再び述べると、先の「三心」の加筆部分の挿入箇所は②「諸行往生は疑いないこと」の途中であった。その前後を示すと、大方ハ経文ニモ尺ノ中ニモ、イツカハ余行往生ヲキラヘル。先観経ニハ、「読誦大乗、孝養父母、五戒八戒、世間ノ五常マテ廻向シテ往生スヘキ」ト見ヘタリ。双観経ノ四十八願ノ中ニハ、「第十八コソトリワキ念仏ニテ侍レ。第十九ハモロ〱ノ功徳ヲ修シテ廻向セハ、来迎スヘキ」ト願シ給ヘリ。「第二十ハ徳本ヲウヘタルモノ往生スヘキ」ト誓ヒタマヘリ。サレハ念仏ハ、トリワキ諸行ノナカニスクレテ、一願ニ立テリ。正也。本也。余行ハ惣ノ生因ノ願ニ立テ、傍也。末也。サレハトテ往生セストハイカヽ申サン。善導ノ尺ニモ、「万行倶廻皆得往」ト尺シテ、万行万善イツレモ廻向セハ、往生スヘキト見ヘタリ。雑行ノ下ノ尺ニ、「雖可廻向得生、衆名疎雑之行也」ト尺シ給ヘリ。ウトキトシタシキトハ差別アレトモ、往生セストハイハス。**加筆箇所**況ヤ法花ヲ誦シ、真言ヲ唱テ、往生ノ素懐ヲトケタル、経文ト云、伝記ト云ヒ、三国ノ先蹤コレ多シ。ヲサヘテ大乗ノ功能ヲウシナヒソシリテ、余教ノ利益ヲナイガシロニスル事、大ニ心得カタシ。（俊海本）

のようになるが、この流れは再び『奏状』の第七「念仏を誤る失」を想起させるのである。

（前略）ここに専修、此のごときの難を蒙らんの時、万事を顧みず、ただ一言に答へん、「是れ弥陀の本願に四十八あり、念仏往生は第十八の願なり」と。何ぞ爾許《そこばく》の大願を隠して、ただ一種を以て本願と号せんや。かの一願に付きて、「乃至十念」とは、その最下を挙ぐるなり。観念を以て本として、下口称に及び、多念を以て先として、十念を捨てず。是れ大悲の至つて深く、仏力の尤も大なるなり。その導き易く生じ易きは、観念なり、多念なり。これによつて観経に云く、「もし人苦に迫められて、念仏を得ざれば、まさに無量寿仏と称すべし」と云々。既に称名の外に念仏の言あり、知りぬ、その念仏は、是れ心念なり、観念なり。かの勝劣両種の中に、如来の本願、寧ぞ勝を置きて劣を取らんや。いかに況んや、善導和尚発心の初め、浄土の図を見て嘆じて云く、「ただこの観門、定めて生死を超えん」と。遂にこの道に入つて、三昧を発得す。定めて知りぬ、かの師の自行、十六想観なり。念仏の名、観と口とを兼ぬ。もし然らずは、観経の疏を作り、また観念法門を作る、本経と云ひ、別草と云ひ、題目に何ぞ観の字を表せんや。しかるに、観経付属の文、善導一期の行、ただ仏名に在らば、下機を誘ふるの方便なり。かの師の解釈の詞に表裏あり、慈悲智恵、善巧一にあらず、杭を守る儻《ともがら》、過を祖師に関《あず》くるか。たとひまた口称に付くと雖も、三心能く具し、四修闕くることなき、真実の念仏を名づけて専修とす。

二重傍線部が『沙石集』の加筆部分の趣旨に相当するとして、その前の話の流れも注意したい。阿弥陀の四十八願の中で、第十八願のみを取り上げることに異を唱え（点線部）、善導の言に触れ、三心の重要性を確認する、という手順である。『奏状』と『沙石集』の語りの方向性には通ずるところがあると思うが、しかしこれを顕密仏教側から念仏宗を批判する際の常套的な話の持って行きようである、と言われれば、それまでかもしれない。ただ『沙石集』の他の部分において、明らかに『奏状』からの影響が確認できた以上は、当該部分だけをわざわざ除いて考えることもあるまい。『奏状』は念仏を観念念仏と口称念仏とに対比させ、観念が本であり、称名をその一部として下位に位置づけている。無住はここから、称名念仏に対して、加筆部分の直後に、真言や法花が往生するために益あることを続けて述べており、諸宗を源を一として、偏執無く扱う、というより大きな主張に収斂させていくのである。論調の出発点は同じとしつつ、結論を念仏の可否ではなく、諸宗兼学の意義に持って行くところに、無住の語りの巧みさが表れている。無住は自己の主張に同調する先行資料に依拠しつつ、それを自分なりにかみ砕いて自らの言葉とすることに長けており、それが一派の仏教者としてではなく、説話集編者として今日名を留めている無住の本懐とも言えるのであろう。

以上のように、刊本系統に至る加筆部分においても、『奏状』からの連想は引き続き効力を発揮している。本話における俊海本から米沢本への改変は、無住の思想的な関心事に繋がる重要な問題を含んでいるのである。

（1）テキストは日本思想大系『鎌倉旧仏教』（岩波書店 昭和四十六年）所収の田中久夫校注「興福寺奏状」による。
（2）最近では近本謙介「解脱房貞慶の唱導の多面性と威儀—今津文庫所蔵『解脱上人御草』所収「南京北山宿非人等敬白」をめぐって—」（説話文学研究45 平成二十二年七月）がある。
（3）ただし一方で、無住の念仏理解には、『撰択本願念仏集』（以下『撰択集』）からの影響が窺われる。31頁に引用したとおり、巻二では、五蔵を乳・酪・生酥・熟酥・醍醐に譬え、『撰択集』の「即ち醍醐の妙薬にあらずは、五無間の病、甚だ療し難しとす。念仏もまた然なり。往生の教の中に、念仏三昧はこれ捻持の如く、また醍醐の如し」という言を、「法然上人モ此経文ヲ引テ、「念仏ノ末代ニ益アルベキ事、真言教ノ如シ」ト釈ス。撰択集ニ見ヘタリ」と解釈している。延応元（一二三九）年に既に刊行されていた『撰択集』を無住は存知していた節があり、「念仏の功徳はすばらしいが、真言はより優れている」という主張の念仏功徳を述べる部位に上手く組み込んでいるのである。その他にも念仏の解釈において共通する文言が見受けられ、後述の「三心」の問題と併せて、『撰択集』との関わりは今後考察すべき課題を残していると思われる。
（4）『聖財集』における四句分別については、末木文美士「無住一円『聖財集』における四句の体系」（禅文化研究所紀要26 平成十四年）→『鎌倉仏教展開論』（トランスビュー 平成二十年）に詳しい。四句の図示についても、末木氏のものに倣った。

第二節　改変の諸相

一　信西関連説話

改変の意図は容易に解けないが、俊海本にはなく、米沢本の時点では加筆されている話が他にもいくつか確認できるので、指摘しておきたい。まずは巻十上第五条「丹後国或俗士隠居事」である。本条の構成を、新編日本古典文学全集の小見出しをもとに示すと次のようになる。

①丹後国の小名
②知足・不知足
③苦と楽
④許由・巣夫
⑤花山院の出家
⑥加筆少納言入道信西の十三年忌

俊海本、米沢本両者において、表現の違いはあっても、話の流れに差異はない。しかし俊海本においては⑥の「少納言入道信西の十三年忌」は全く見受けられない。長文に及ぶが次に引用する。

故少納言入道信西カ十三年ニ、其子孫名僧上綱ヨリアフテ、一族八講ト云テ、ユヽシキ仏事アリケリ。開白ハ聖覚法印、結願ハ明遍僧都ト定テ、覚憲・澄憲・静憲等、使者ヲ以テ高野ヘ此由申サル。「遁世ノ身ニテ侍ハエ不レ参」。明遍僧都ノ返事セラレケルヲ、兄ノ上綱タチ、大ニ心ヘヌ事ニ思テ、「サレハ遁世ノ身ニハ親ノ孝養セヌ事カ。サハカリノ智者学生ト云御房ノ御返事トモ返々ヲホヘヌナリ」ト押返シ使者ヲ以テ申サル。又返事ニ申サレケルハ、「此仰畏テ承候ヌ。遁世ノ身ニテ候ヘハ、親ノ孝養ヲセシト申ニハ侍ラス。各ノ中ヘ参スル事ヲハヽカリ申計ナリ。其故ハ、遁世ト申事何様ニ御心得候ヤラン。身ニ存候ハ、遁世ト申ハ世ヲモステ、世ニモステラレテ、人員ナラヌコソ其姿ニテハ候ヘ。世ニステラレテ、世ヲステヌハ、只非人ナリ。世ヲスツトモ世ニステラレスハ、ノカレタルニアラス。然ニ各ハ、南北二京ノ高僧各人ニテ御坐ス。中ニ参テ、一座ノ講師ヲモ勤候ナハ、公家ヨリモ召レン時ハ、如何申候ヘキ。カヽル山ノ中ニ籠居ノ本意、タカヒ候ナンス。但孝養ヲセント申ニ候ハネハ、代官ヲマイラスヘシ」トテ、恵知房ヲ以勤メラレケリ。兄ノ上綱達、此返事ヲ聞テ、「小禅師ニテアリシ時モ、人ヲツメシカ、当時モ人ヲツムルヤ」トソ申サレケル。故少納言入道ノ、兄達ノ事教訓ノ時ハ、僧都ハ禅師ノ時ツカヒトシテ、セメラレシ事ヲ思出テ申ケルナルヘシ。（米沢本）

本話は俊海本以外のすべての伝本にある、信西の十三回忌に息子達が一門八講を催した際の逸話である。刊本等では「醍醐にて」と場所も特定している。信西の子息には高僧が輩出し、長享本に、

開白ハ聖覚法印、結願ハ明遍僧都ト定テ、覚憲僧正ハ興福寺ノ別当、勝憲僧正ハ醍醐座主、澄憲法印ハ天台、

静憲法印ハ三論

とある如くである。流布本系統では「勝憲僧正（刊本は証憲僧正）」が加わっている。ここにあがった人物を整理すると次のようになる、

信西
- （貞憲）――貞慶（一一五五～一二一三）
- 澄憲　安居院（一一二六～一二〇三）――聖覚　安居院（一一六七～一二三五）
- 覚憲　興福寺別当（一一三一～一二一二）……貞慶
- 静憲　法勝寺執行（生没年不詳）
- 勝憲　醍醐座主（一一三八～一一九六）
- 明遍　高野蓮華谷（一一四二～一二二四）

信西が死去したのは平治の乱での敗死であり、平治元（一一五九）年である。その十三回忌となると承安元（一一七二）年であるから、澄憲四十五歳、覚憲四十歳、勝憲三十三歳、明遍二十九歳、貞慶十六歳、聖覚四歳ということになる。四歳の聖覚が開白を勤めることは不可能であるから、本話は虚構の域を出るものではない。しかし、並み居る高僧の兄達とのやりとりにおいて、真の遁世者のモデルとしての明遍が効果的に際だつのであり、その舞台として、父の十三回忌というのは格好の素材であったろう。また長享本にのみ、末尾に次の一文が付加されている。

サテ結願ハ解脱房ノ上人、無下ニ若クヲワシケルガ、目出クセラレタリケルヲ、澄憲法印、背ヲタ、イテ、

「イツワ子ハコレ程ニ成ルゾ」トテ、大ニ感セラレケルト云リ。

明遍が固辞した結願は、解脱房貞慶が務めることとなった。亡兄の遺子である貞慶が若いながらも立派に勤めあげたことに、澄憲がその背中をさすりながら感じ入ったとある。貞慶は『沙石集』において、信西一門の中で最も登場回数が多い。無住にとっては明遍と共に、尊敬の眼差しを向ける先達であった。その貞慶は、父は亡くとも、叔父にあたる覚憲を師と仰いでおり、一門の結束はなかなか強固なものである。いずれにせよ、本話が米沢本以降加筆されたことにどのような意味があるのか、結論を急ぐことは避けたいが、本話の加筆の主眼は明遍の遁世者としての生き方を称揚することにあると言えるだろう。信西自体に興味を持ち加筆に及んだとは言えないが、信西関連話としては、今ひとつ、俊海本以降でも問題がある。それは巻一第一条「仏舎利感得シタル人事」に載る、禅鞠という坐禅に必要な小物についての、信西の博学ぶりを示した一話であり、俊海本、米沢本、阿岸本、成簣堂本、吉川本にはなく、内閣第一類本では裏書に、梵舜本、長享本、神宮本、岩瀬本、刊本では本文に入っている。それも信西に対する興味からではなく、「禅鞠」という道具の連想から加えられた話と思われるので、信西に関する逸話が一括りとなって後に加筆された、ということにはならない。信西関連話の加筆には、何かしらの意味があるのかもしれないが、ここでは事実の指摘のみに留めておくこととする。

二　裁判説話

俊海本の特色として、最後に巻七より例示しておきたい。第五条「亡父夢告㆓子息㆒返㆓借物㆒事」である。

本話は武蔵国で、貧富の差はあるが親しく付き合いがあった隣人の話である。父の死後、その息子同士も同様に隣人づきあいをしていたが、貧しい子の夢に亡父が現れ、「隣家から借りたものを返さぬまま死んでしまったので、返すようにと責めを受けている。彼の子息に返してくれ」と言った。そこで息子が裕福な隣家の息子にその旨を告げると、「父があの世で責め申している上、重ねて自分が受け取るわけにはまいりません」と受け取らない。さんざんやり取りを繰り返した挙げ句、次のようになる。

オホヤケニイテ、ヽコトハルニモオヨハス。「イカサマニセン」ト思ワツラヘルホトニ、近隣ノ人ヨリアヒテ、「カクシコノ事ハイトメツラカナリヤ。タヽカノ物ヲモチテ、フタリノ菩提ヲトフラヒタマヘ」ト云ケレハ、「サラハ、シカ侍リナン」トテ、モロトモニ仏事イトナミケル。マコトニ至孝ノ心サシモ、世間ノ事ハリモ、深クワキマヘタルモノナリカシ。（俊海本）

鎌倉ニ上リテ対決シケリ。奉行人ヨリ始テ、上ニモ下ニモ聞及類ヒ、「カヽル珍シク哀ナル沙汰未タ聞カス。至孝ノ志、世間ノ断リモ深クワキマヘ存スルニコソ」トホメノヽシリケリ。心有人ハ涙ヲ流シテ感シケル。サテ、「件ノ物ヲ以テ、両人ノ亡父ノ菩提ヲ可ㇾ弔」ト下知セラレケレハ、国ニ下テ、二人亡父ノ為ニ仏事営ミケリ。マコトニ難ㇾ有カリケル賢人也。（米沢本）

俊海本では「公の場に出て、事情を話して裁断を仰ぐには及ばない」（傍線部）としているのに対し、米沢本では「鎌倉に上って対決」（傍線部）、つまり、公の場に出て互いの道理をはかった、ということになる。解決のためにとった行動は全く正反対になっているうえ、波線部の言葉が、俊海本ではあたかも無住の評言ととれるが、米沢本では、鎌倉の人々が感嘆して発した言葉になっている。なぜこうも正反対の決着の付け方としたのか、その理由は不明であるが、巻三において、北条泰時の裁判説話等を多く記していることからして、鎌倉での評定、裁判の諸相に無住の関心が注がれていたことは確かである。惜しむらくは俊海本の巻三が現存しないことで、もし巻三を確認することが出来るとしたら、その内容にも、米沢本に比して差異が見られ、改変の理由を知る手がかりが残されているかもしれない。

俊海本の本文は、従来の考え方通り、最も古態を残していることが再確認できた。『沙石集』の加筆改訂は幾度かの段階を経ているが、俊海本と米沢本の間には、現在のところ、指摘した以外の大きな差異は見受けられない。ただどちらもごく初期段階の本文であることは確かであり、他本との比較に於いては、無住の当初の執筆意図を推し量る要素を含む伝本との位置づけが出来る。将来的に、俊海本の他の巻の発見があることを期待したい。

第三章　阿岸本の考察

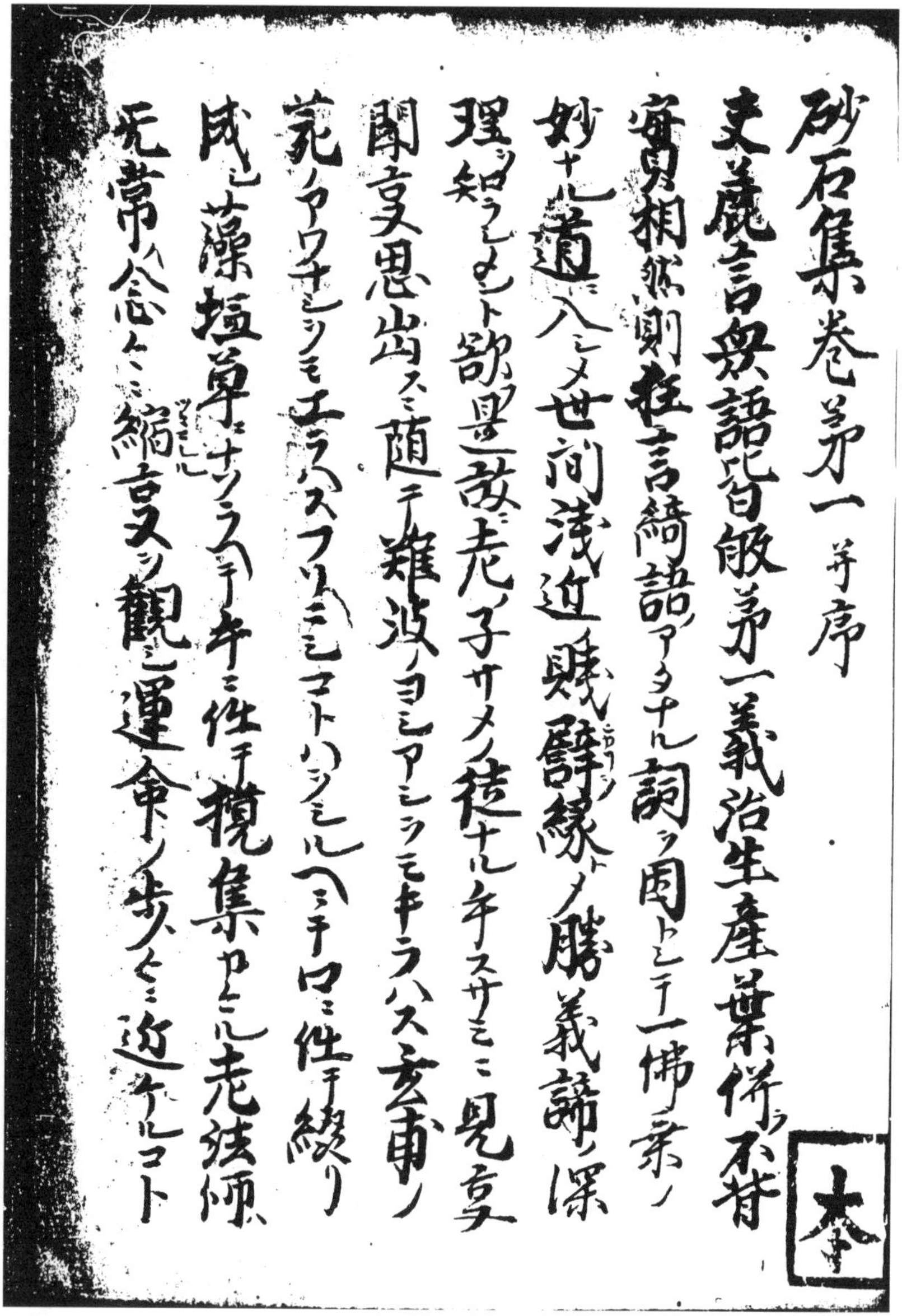
砂石集巻第一 并序
夫麁言軟語皆帰第一義治生産業併不背
實相然則狂言綺語ノアタナル詞ヲ因トシテ佛乗ノ
妙ナル道ニ入シメ世間浅近賤シキ譬ヲ縁トシテ勝義ノ深
理ヲ知ラシメントシ欲ス是故ニ老ノ子サメノ徒ナル手スサミニ見シ事
聞シ事思出スニ随テ難波ノヨシアシヲモキラハス玄甫ノ
花ノアワナルヲモエラハスフリニシコトハシルヘシテ口ニ任テ綴リ
成シ藻塩草ニナソラヘテ手ニ任テ撹集カキアツムル老法師ハ
无常ハ念々ニ縮ムル言ヲ観シ運命ノ歩々ニ近ケルコト

阿岸本序（阿岸本誓寺蔵）

第一節　五帖本の再検討

無住が『沙石集』執筆に際して、両三年の休筆期間をおき、実際には弘安二年と弘安六年の二年弱で稿を成したということは、(1)無住自身が明らかにしているところである。そこで従来、休筆以前にはたしてどの巻まで書き進めたのかが問題とされてきた。先学の大方の指摘は巻五までということで一致を見ているようだが、(2)その根拠として重要視されてきたのが、諸本の巻五までの内容で終わる阿岸本、吉川本などの五帖本の存在である。本章では阿岸本についてその性格を明らかにしたいと思うが、その前段階として、ここでは従来五帖本として分類されてきた伝本の性格を、新出の成簣堂本との関わりも含めて再検討し、それらが本来巻五までを目途として書かれたものではなく、十帖本の範疇の中で捉え直すべき伝本であることを提示したいと思う。

一　新出成簣堂本について

五帖本の性格を捉え直そうとする時、有効な情報を与えてくれるのが成簣堂本である。成簣堂本は、お茶の水図書館成簣堂文庫蔵の十巻五冊本であり、江戸時代初期頃の書写と思われる袋綴本である。詳細は次章に譲るが、かつて渡辺綱也が五帖本の存在を巻五休筆の根拠として示したとき、まだその存在は明らかになっていなかった。今この成簣堂本の本文を丹念に見ていくと、巻一から巻三が阿岸本とほとんど同系統ということが注目される。しかし巻四では阿岸本の第二条「聖ノ妻ニ後タル事」を欠き、巻五では阿岸本にある「連歌難句付タル事」の一条を含まないこと等、阿岸本の巻五までとの比較の場合、巻四から両者の足並みが大きく異なってくるのである。その理由が阿岸本にあるのか、それとも成簣堂本にあるのか、という大きな問題を抱えており、両者の比較検討は阿岸本の性格はもとより、五帖本全体の問題を解く鍵となる。以下適宜、阿岸本との比較の中で活用していきたい。

二　阿岸本について

阿岸本は阿岸本誓寺蔵の江戸中期頃の写本であり、その概要は渡辺綱也によって既に報告されている。(3) 諸本の巻五までの内容で終了しているため、渡辺によって『沙石集』巻五休筆説の一根拠となる写本として位置づけられた。そこで当該本について、主に書誌的な問題を以下に四点挙げたい。

まず阿岸本は、現在は五冊に分冊されて所蔵されているが、渡辺が調査した時点では二冊になっていたとされる。当時は巻一と巻二を第一冊、巻三から巻五を第二冊としていたようで、その二冊目の表紙に「砂石集巻第五終リ」〈図1〉の文字があることが、巻五までの書が世に行われていたことを示す根拠の一つとなってきた。しかしこの文字をよく見てみると、墨の濃淡、筆勢の跡から、当初「三」とあったものに、後から縦線を二本加え「五」と直したものであることが明らかなのである。つまり「砂石集巻第三終リ」とあったものを後に「砂石集巻第五終リ」としたのである。

図1

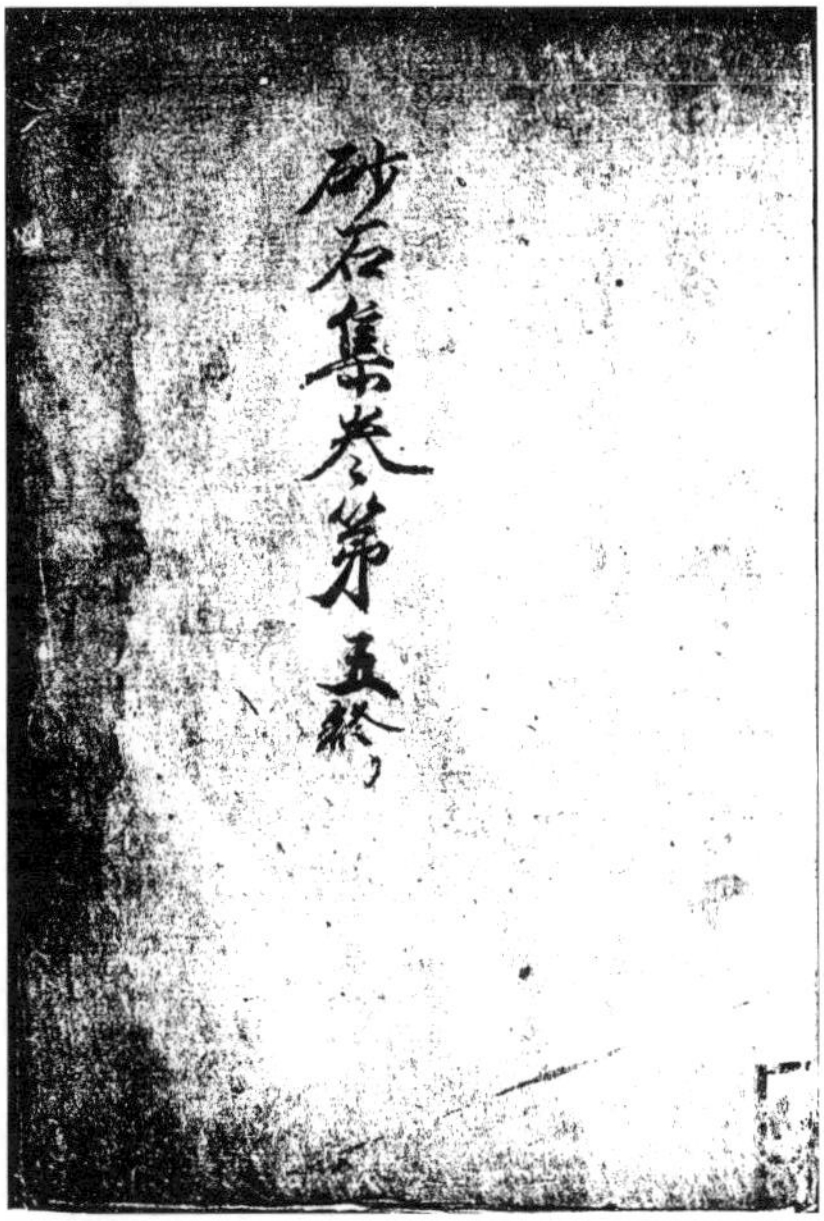

次に、第一冊から第五冊の表紙には「砂石集巻第□（巻数）」という文字が各々記されているが、第一冊から第三冊の文字が本文と同筆であるのに対して、第四冊表紙の「砂石集巻第四」、第五冊表紙の「砂石集巻第五」の文字は、本文とは別筆であり、第五冊三五丁裏三行目の本文終了後に、本文とは異筆で記されている「ちかひこそあれ　うたかひをはらさてかよふ　愚さよ　口とこゝろの（以下摩滅）」の文字と同筆である。つまり本文書写後に、第三者によって手を加えられたことを示しているわけである。

第三点として、第五冊表紙の紙背に、本文とは異筆の『沙石集』の一部が見られる。内容をみると、これは巻二第四条「観音ノ利益ニ依命全スル事」の一部[4]であり、阿岸本の当該箇所と修辞句に至るまで一致する。第五冊の表紙に、別筆の『沙石集』の反故を使用するほど用紙の残存量が逼迫していたのか、理由は判然としないが、阿岸本『沙石集』の近辺に、別筆の写本があったと想像を逞しくすることも可能である。

最後に、阿岸本の本文の終了の仕方が問題である。巻五の巻頭目次は、諸本の巻五に含まれる説話の標題を最後まで全て掲げているが、本文は「有心歌事」の当初で唐突に切れ〈図2〉、「哀傷歌事」「権化翫和歌給事」「行基菩薩和歌事」の三条を全く含まないのである。これは阿岸本『沙石集』が、巻五の完全な状態で終了したのではなく、書写を志半ばで断念せざるをえなかったことを示唆しているのではないだろうか。

以上のことから、阿岸本の成立事情を考えると、まず阿岸本は当初から巻五までの本を書写したのではなく、おそらくは巻十まで元は揃っていたであろう写本を写し、紙切れなどの物理的な問題も含め、何らかの事情によって書写を断念した本ではないだろうか。まず第一段階として本文を書写した人物が一旦巻三までを書写したと考えられる。これは阿岸本の本文において巻三の終了時のみに「砂石集巻第三畢」と「畢」という文字を付していること、成簣堂本との関わりにおいて、巻三までほとんど同一系統と思われた両者が巻四を境にして急に足並みが揃わなくなることなどを考えても、推察が可能である。そしてこの人物が後に巻四、巻五を書写する機会を得たが、それは巻五の途中で阻まれた。第二段階として、後人が、まず問題のない巻一と巻二を合綴し、巻四と巻五の表紙となるところに内題を書いた。そして第二冊目の表紙となるところに「砂石集巻第三終リ」とあることに不都合を感じ、「三」を「五」に改めたのではなかろうか。その際、中途半端な状態で終わっていた巻五の最後に遺る端書きを付したと思われる。いずれの諸条件を鑑みても、阿岸本を巻五までを目途として書かれた『沙石集』の原態を今に遺す本と断定し、その根拠として利用するには、無理があるのではないかと思うので

図2

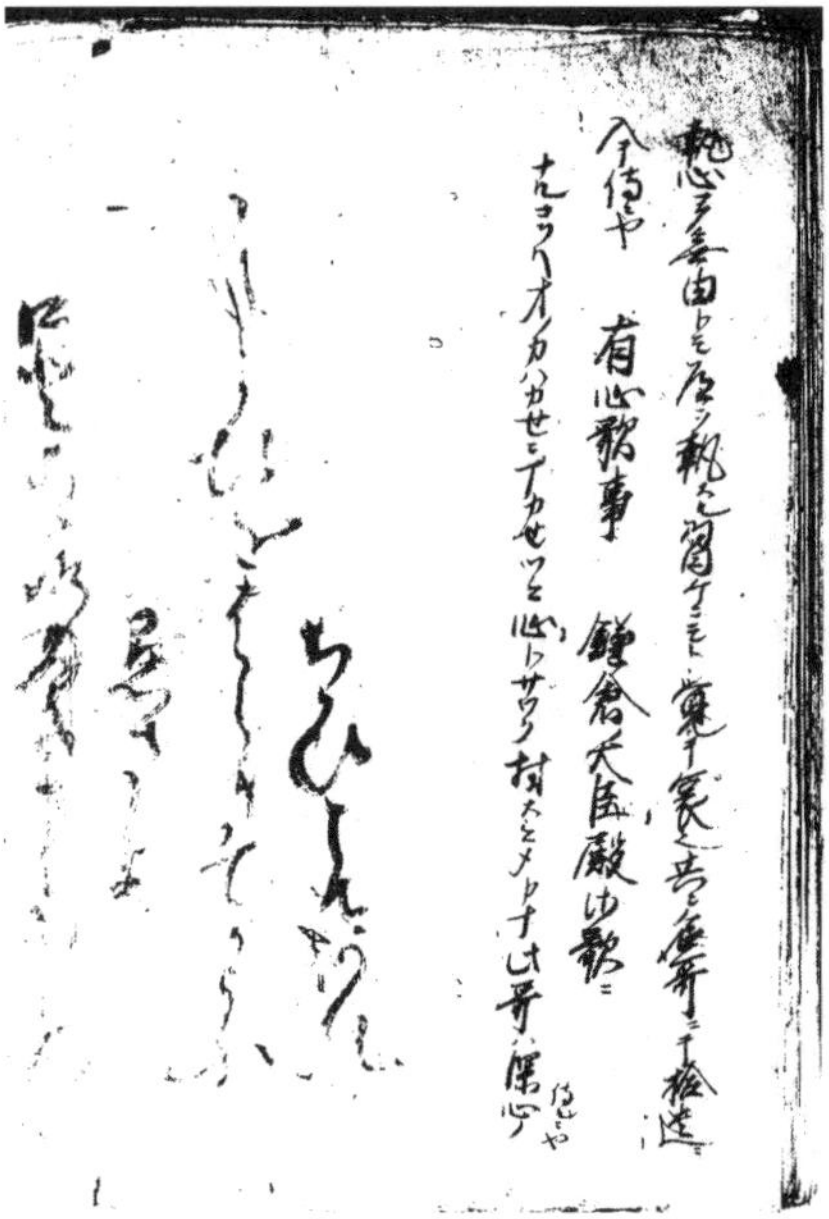

ある。

三　真福寺本について

阿岸本と関連して五帖本に分類されてきたものに、真福寺本がある。詳細は安田孝子の「大須真福寺本『沙石集』について」(5)に詳しく、私も最近、新出の欠落部分とあわせて、改めて真福寺本の詳しい考察を行ったのだが、(6)巻四のみの零本である。安田はまず、『沙石集』の内閣第一類本裏書、阿岸本、『沙石集』を改編した『金撰集』にのみ含まれる「公舜法印」の話が(7)真福寺本にもあることに注目し、この話の存在と、第一条「無言上人事」の冒頭部分の本文校合結果を合わせて、真福寺本は阿岸本と最も近いという結論を出した。概ねこの指摘は適当と思われるが、安田はこの「公舜法印」の話から『沙石集』全体の成立事情を想定しているので、以下に引用したいと思う。

①(公舜法印話は…引用者注)一番最初、弘安二年に書いた巻五までの中には含まれていなかったこと。
②無住は、三年置いて六巻以下を書く間にも、少しずつ話を増補し(公舜の説話もその一つ)、その間幾度か身近な人によって無住の許からこの巻五までの草稿が借り出され書写されたこと。
③それが裏書の多い阿岸本、内閣文庫本、または大須文庫本などの祖本ではないかと思われること。
④この巻五までの草稿と弘安六年に書き継いだ巻六以下十巻までをとりあえず整理して一まず脱稿したが、充分手を加えないうちにはからずも世間に広まってしまったこと。
⑤その後も二十五年以上の月日にわたり補筆削除など整理をし、巻の立て方なども再考し、最終的には流布本系諸本に似た形のものに編集されたのではなかろうかということ。

以上の五点であるが、①・⑤については私見も相違ない。②・③・④についてが問題となってくるわけだが、安田は基本的に、前述した渡辺の巻五で一旦休筆した、という説を肯定しつつ論を進めており、②・④はその説をさらに敷衍するものと思われる。②にある、「幾度か身近な人によって無住の許から巻五までの草稿が借り出され書写された」という指摘は、安田以外にも言及があるのだが、どのあたりに根拠を見いだすべきか、判然としない。阿岸本は巻五までを目途として書かれた写本、という大前提に立てば、巻五までの草稿なるものが無住以外の人の目にふれ、流布した状況を想定せねばならず、そうした必要性から編み出された推論なのかもしれない。③については、後述するように、阿岸本は古態を示す米沢本に比して、むしろ改変を受けた本文構成をとっていると考えられ、裏書の多さが即祖本の影響を濃厚に受けていることに繋がるとは言い切れない。安田の見解は、阿岸本と内容的に近似性をもつことから、真福寺本も五帖本に分類する、といったものだと思われるので、阿岸本が巻五までで休筆した事情を含んだ伝本ではない以上、真福寺本も十帖本系統の流れを伝える一本として、改めてその性格を捉え直す必要があると思われる。

四　吉川本について

吉川本は、吉川泰雄旧蔵、中央大学国文学研究室蔵の十巻五冊本である。書写は室町中期以後と思われ、内容は諸本の巻五までしか含まないが、諸本の各一巻を二巻に分けているため、十巻仕立てとなっている。詳細は前述した渡辺の解説(8)に詳しいが、全何筆かということについて誤解があったのでここで正しておくと、本文は全五筆からなり、第一筆は巻一・巻二の本文、第二筆は巻三・巻四・巻五・巻六の本文、第三筆は巻七・巻八の第四八丁までの本文、第四筆は巻八の四九丁からの本文、第五筆は巻九・巻十の本文である。系統としては、阿岸本よりも流布本系統に近い本文を有するが、阿岸本と共に、渡辺によって巻五で休筆した痕跡を残す本と位置づけられた。その問題に関して、以下に私見を述べたい。

まず吉川本は、他の諸本に比べて著しく細分化した題目をつけていることが特色である。このことについて、従来、無住が序に「巻ハ十ニ満チ事ハ百ニ余レリ」と記したこととの整合性が注目されてきた。細分化された吉川本の題目を数えると合計一五七条に上り、巻五までの内容でありながら十巻仕立てにしてあることから、吉川本が無住が当初企図した『沙石集』の原態を遺している可能性が示唆されたのである。しかしこの一五七条という題目の数え方は、吉川本の性格を考える時、甚だ不安定なものである。というのは、確かに巻頭に掲げた目次を数えると一五七条になるのだが、本文に付された目次を見てみると、諸本に比べて特に細分化されているわけでもなく、諸本と同じ題を付している場合がほとんどの巻で認められるのである。つまり、

①巻頭目次も本文目次も細分化されておらず諸本と同じもの→巻一・巻五・巻六

②巻頭目次は細分化されているが、本文目次は諸本と同じもの→巻三・巻四・巻七・巻八・巻九・巻十

③本文目次が細分化されており、巻頭目次は諸本と同様のものに後から本文と同じ細分化された題を加筆したもの→巻二

といった具合に構成されており、巻二を除いた全ての巻に照らして考えれば、合計一五七条という数字は後人による便宜上の分類と思われ、『沙石集』の原態とは無関係ではないかと思われる。ではこうした便宜上の分類がどのようにして行われたか、特殊な事情を含む巻二を中心にして考えてみたい。

巻二は、元は諸本と変わらぬ巻頭題目を付していたものに、後から本文題目に沿って新たに十一条を加筆している〈図3〉。本文は当初から十五条に分けて書写していると認めてよいが、この巻頭目次の不自然さは巻二の

最後にもうかがえる。巻二の最後を見ると、末尾に「沙石集第二ノ終」と記してあるが、これは字間の具合から見て、当初「沙石集第一ノ終」とあった「一」に、横線を一本引いて強引に「二」としたものであることが分かる〈図4〉。内容的に見ると当該部分は丁度諸本の巻一の終わりにあたるため、吉川本は諸本と同じく「沙石集第一ノ終」となっていた本を、後に強引に巻二の終わりになるように改変したものであると思われる。巻二の巻頭目次と本文の題目の齟齬は、その試行錯誤の過程を反映したものということになるだろう。

また分類の②にあげた巻について考えてみると、本文には細かい題目を書かないわけだが、各条の始めのところに「一」と一つ書きし、その横に小さく巻頭目次と対応する番号を記して各条の切れ目を示す方法が行われて

図3

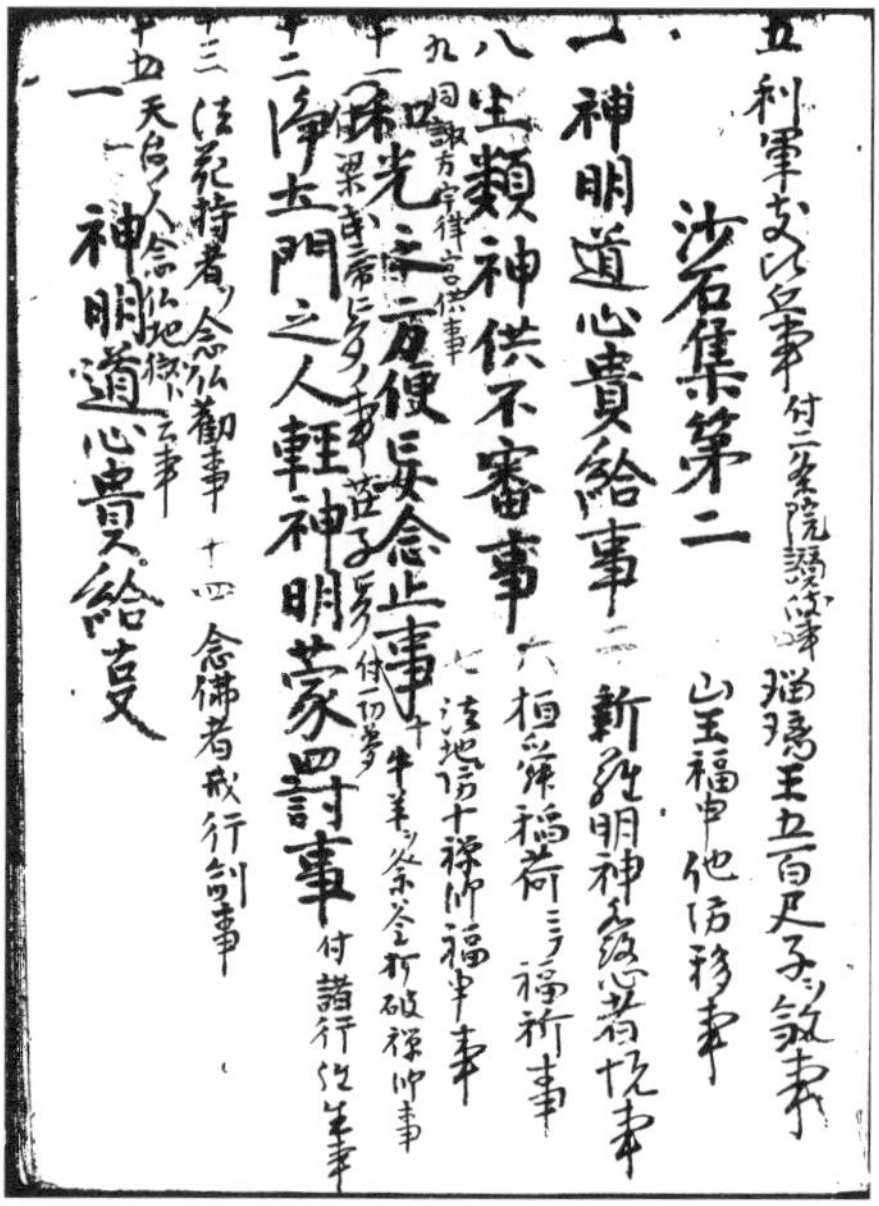
沙石集第二
一 神明道心貴給事
八 生類神供不審事
十二 浄土門之人軽神明蒙罰事
十五 天台ノ人念仏地獄ト云事
一 神明道心貴給事

図4

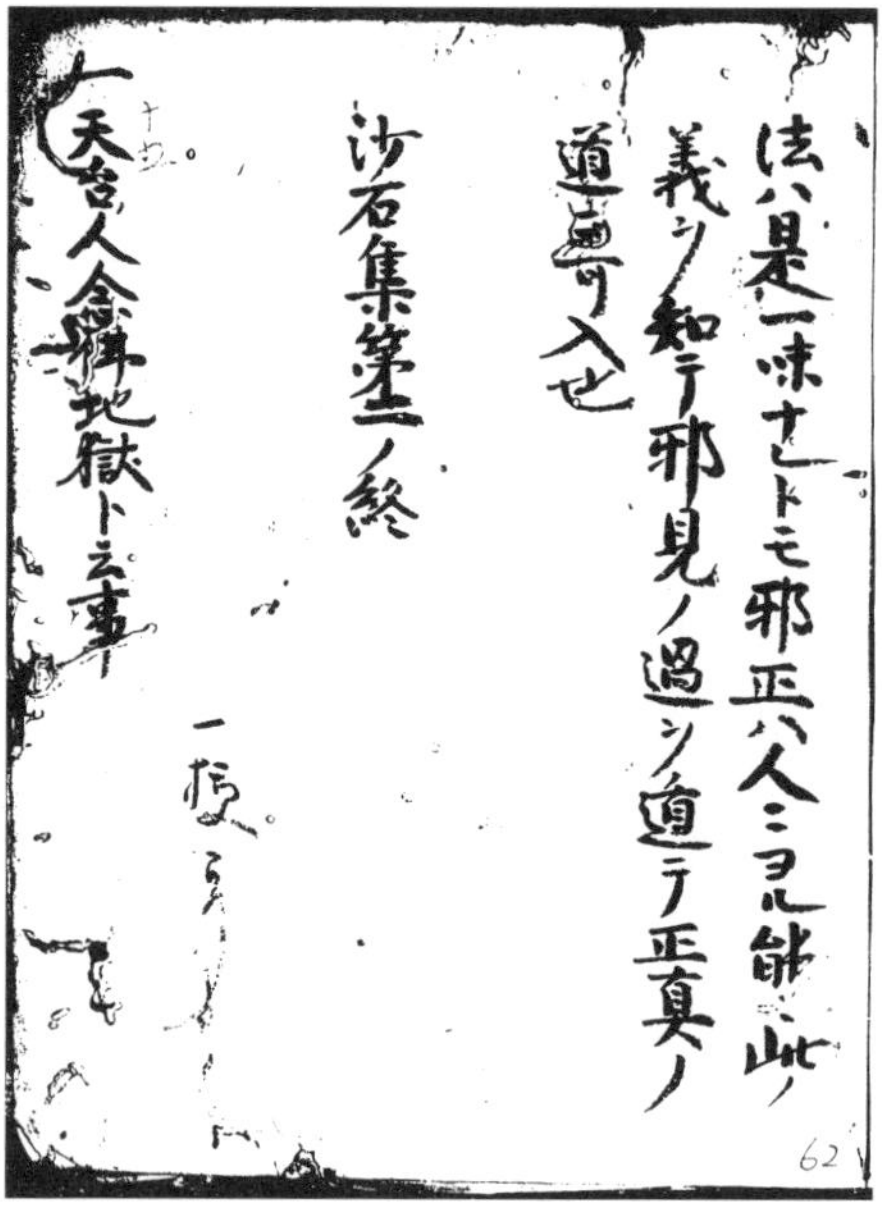
法ハ是一味ナレトモ邪正ハ人ニヨル能々此ノ義ヲ知テ邪見ノ過ヲ遁テ正真ノ道ニ可入也
沙石集第二ノ終
天台ノ人念仏地獄ト云事

いる。そうなると本文に題目はなくとも、細分化された目次に沿った構成を各巻が当初から持ち得たのではないかという疑問が生じるが、ここでも字間の具合から、説話を一度書写した後に「一」という字を各条の頭に加筆していった過程が浮かび上がってくるのである。吉川本の合計一五七条という説話数は、後人が何らかの、恐らくは検索上の便宜を目的として、意図的に改変していった姿を留めているのであって、無住の「巻八十ニ満チ事ハ百ニ余レリ」という言葉との整合性は無いと判断されるのである。吉川本の構成に関する私見は以上であるが、次に内容的な面から、二点ほど問題点をあげたいと思う。

まず渡辺が吉川本を『沙石集』の元の姿を留める本と推定したことに関して、吉川本巻十の最後に「作者无住述懐事」と題する一条があることが注目された。この題目は本文にはなく、無住自身が付けることのあり得ない題であることは、渡辺の推察のとおりであると思うし、諸本の、建治年中に無住が紀州で八幡大菩薩の託宣を受けた、という記事に、後人が勝手に「作者无住述懐事」と題目を付けたであろうことも想像に難くない。しかしこういった内容に故意に「作者无住述懐事」という題を付したことを、渡辺は大きく評価し、『沙石集』五帖本の流布、といった論拠の一つとしているのである。諸本において「述懐事」といえば、巻十の最後に収録されているものを指し、序との照応がはっきりと認められる内容となっている。同内容のものが巻五の末尾に収録されているのなら、当初『沙石集』が巻五を目指して執筆されたと言えるかもしれないが、内容的に全く異なる条を収めている以上、「作者无住述懐事」の一条は、無住とはかけ離れたところで成立したものと考えざるを得ないのである。この他にも、吉川本は内容的に特筆すべき点を多々持つ伝本であり、詳細は第五章で考えていきたいと思う。

最後に、吉川本との関わりで触れておきたいのが、櫛田良洪によって昭和五十年に紹介[10]された、仏法寺本『沙石集』である。当該写本は、長野県仏法紹隆寺所蔵の古写本であり、書写年代は室町中期を下るものではないそうである。清水宥聖「仏法寺本『沙石集』について」[11]を参考にすると、標題に「沙石集第十一」とありながら、内容は流布本系の巻六上に相当するものであるらしい。裏は『釈浄土群疑論』の注釈書の断簡になっており、誤写も多く良質の写本ではないようである。しかし巻六上の内容でありながら「沙石集第十一」とあることは、東京大学附属図書館蔵「朽木家蔵書目録」に「一　沙石集　印八冊」「一　同活字　同廿冊」とある事[12]とも符合しており、『沙石集』二十巻本の存在を示唆するものかもしれない。清水は仏法寺本について、

しばらく中断して、書き継がれたのが巻第六以下であるが、巻第六以下が書き継がれた当初は、すでに書かれてあった十巻を五巻に整備することなく書き継ぎはじめた。この書き継ぎはじめたものを「第十一」以下としたのではなかろうか。このように考えた時、仏法寺本は、内容的には略本系に属し、巻第六上に当る部分であるのにもかかわらず、標題に「第十一」とあることが理解できるものとなるであろう。逆に渡辺氏が「まず、巻第五までを目途として書かれたもの」と推定したことを裏付けることにもなるのではないだろうか。

といった解釈をしているが、これは渡辺の説を全面的に肯定し、敷衍したにとどまっているため、解釈にも自ずと限界があったことを示している。ともあれ仏法寺本『沙石集』が、二十巻本の存在を推察し得る絶好の写本であることは疑う余地がない。そしてこの仏法寺本『沙石集』の性格を加味して吉川本を考えれば、当初巻十までの内容をもった『沙石集』を、必要なところまで書写し、使い勝手の良いように編成し直した、といった経緯が、高い確率で認め得るものであることが分かる。

五　五帖本総括

阿岸本と吉川本を中心にして、両本が無住が巻五を執筆した段階で休筆したことの根拠を残す本ではないことを述べてきたが、ではこの五帖本と分類されてきた写本の本文は、無住の度重なる加筆修正のなかで、どの段階のものであるのだろうか。

先に成簣堂本と阿岸本の類似点について粗々述べたが、その中で巻二の最後に両者とも「袈裟功徳事」という一条を含むことに注目してみたい。他の諸本では全て、この条は巻六の最後にほぼ同内容で収録されているのだが、吉川本は巻六を欠巻とするうえ、巻二にも本条を含まない。成簣堂本が知られる以前は、阿岸本のみが特殊であるということで片づけることができたが、同じく巻二の末尾に本条を収録する本が出現したことにより、巻二の最後に「袈裟功徳事」を含む写本系統が存在することが明らかになった。そうなると巻二と巻六、どちらに収録したのが先かということになるが、成簣堂本の「袈裟功徳事」を見ると、「袈裟功徳事」が始まる前に一旦「沙石集巻第二」と書いてあり、その右下に小さく「不弁」の文字が確認できる〈図5〉。

この間の事情を推察するに、「沙石集巻第二」と本文が終了しているにも関わらず、また「袈裟功徳事」という条が続くことに不審を覚えた成簣堂本の書写者、もしくは書写の際に依拠した親本の都合で、「不弁」つまり「ワキマエズ」という注記が施されたのではなかろうか。そうなると「袈裟功徳事」は巻二の本文終了後に新たに付け加えられたと考えられ、巻六の最後に収録されるのが、一般的な形ではないかと思われる。ただし諸本の中で見ると、阿岸本や成簣堂本が古い本文を持つことに変わりはないため、『沙石集』の原態からは多少距離をもつものの、「袈裟功徳事」の移動は、一時的にせよ、かなり早い段階で行われたと考えられる。また吉川本が

図5

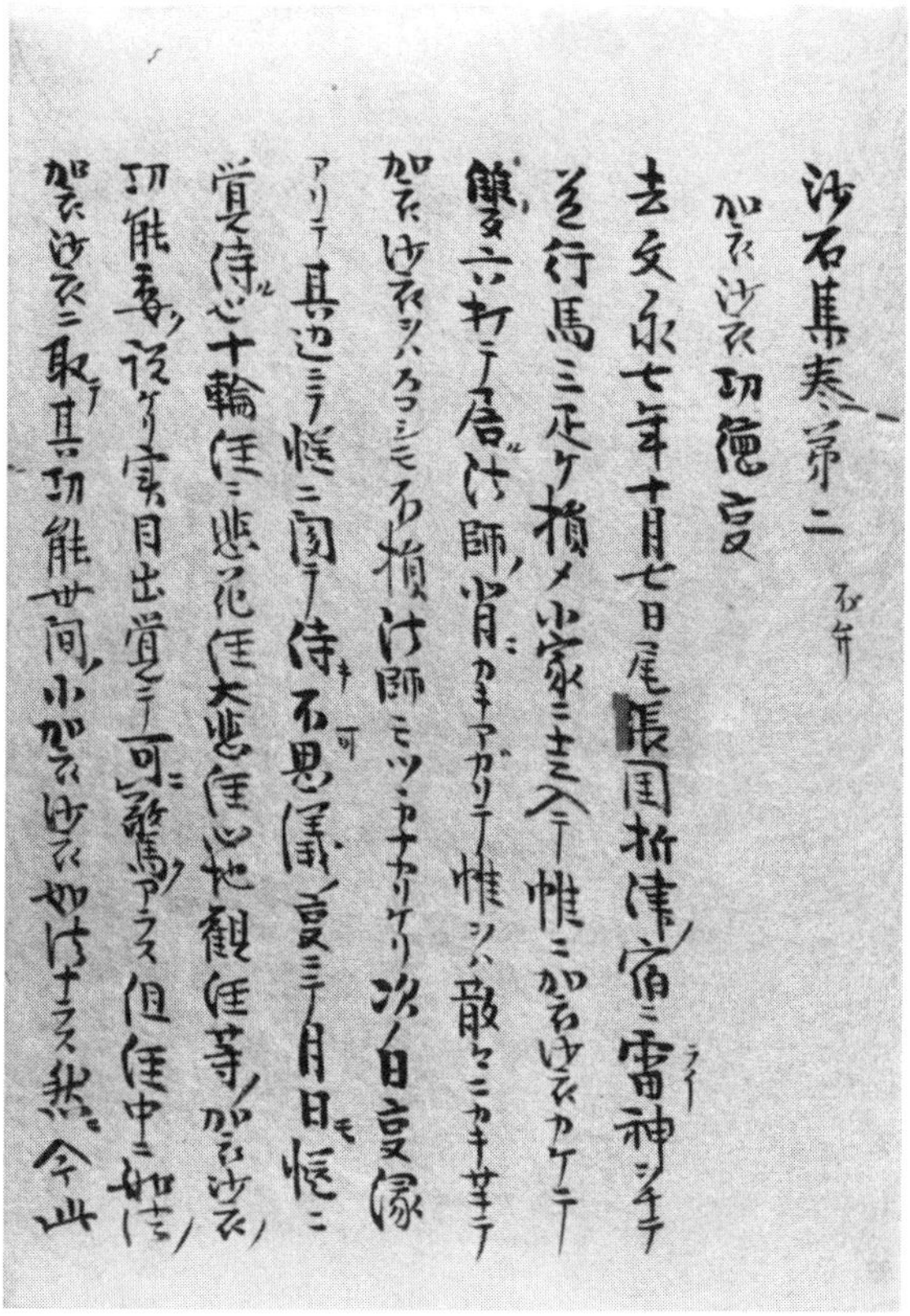

「袈裟功徳事」を含まないことは、『雑談集』でも袈裟の功徳を力説する無住のこだわりからしても考えられず、吉川本の流布本系統に属する本文を鑑みても、巻六の最後に「袈裟功徳事」を含む系統の本が、途中まで書写された本が吉川本であるとの結論を得るのである。

『沙石集』伝本研究において、従来五帖本として特別な役割を与えられてきた写本が、元は巻十までのものが、何らかの後天的な事情によって、巻五までで終了した結果成立した本であることが明らかになった。『沙石集』の本文の成立事情を考える時、五帖本という本文系統は存在せず、巻十までの姿を留める他の諸本と同列において、さらに詳しい考察を進めていく必要性を感じるのである。ただこうして巻五での休筆説を支えていた五帖本の性格が危ういものと分かったからには、果たして無住はどこまで書き進めた段階で休筆に入ったのか、また休筆の理由は何であったのかということに視線を転じていかねばなるまい。無住の師であった東福寺開山聖一国師の死、長母寺外護の山田正親の死(13)などがその休筆の理由ではないかとの言及が既にあるが、そういった突発的な事情と、書きたいことを書き尽くして巻五で休筆するということとは、緊密な繋がりを欠くのではないかとも思うのである。後人が見て不審を持つような本文は無住によってとうに補筆されていると言われればそれまでだが、諸本における本文の錯綜した異同の中から、休筆時期を解明する手がかりをすくい取ろうという意欲は常に持っているべきであり、この問題については、本書の終論において再び触れるつもりである。

(1)「此物語書始シ事ハ弘安二年也其後ウチオキテ空ク両三年ヲヘテ今年書キツキ畢ヌ」（米沢本『沙石集』巻十「述懐事」）。

(2) この問題に触れた既出論文は、渡辺綱也「沙石集の成立過程と説話内容の変遷」（解釈と鑑賞30（2） 昭和四十年二月）、同「日本古典文学大系『沙石集』解説（昭和四十一年五月）、片岡了「『沙石集』の構成と説話」（大谷大学研究年報22 昭和四十五年三月）、小島孝之「沙石集の一説話から―諸本成立過程の遡行―」（実践国文学13 昭和五十三年三月）、渡辺信和「『沙石集』の弘安六年書き継ぎの意図について」（説話6 昭和五十三年五月）、小島孝之「無住晩年の著述活動小考―附、無住著述関係略年譜―」（実践女子大学文学部紀要22 昭和五十五年三月）である。

(3) 注2渡辺の岩波日本古典文学大系解説。

(4) 当該部分を翻刻すると、「云ハ本性ノ観音也。一切衆生ノ佛性ハ、弥陀観音可レ成也。毎佛菩薩坐ニ蓮花一ニ玉ヘリ。非ニル観音ノ本誓一ニ佛ノ慈悲智慧无シト可ニ心得一。然則一切ノ佛心皆慈悲也。一切ノ慈悲ハ悉ク観音也。又妙法蓮花経ハ以ニテ観音一ヲ為レ躰。旁々本朝ニハ一乗弥陀観音、三宝有縁ノ国也。深ク信心ヲ可レ致ス。・中比、貧クシテ世ニアリワヒタル若キ女房有ケリ。清水寺ヘ常ニ参」となる。

(5)「椙山女学園大学研究論集7」昭和五十年三月→『説話文学の研究』（和泉書院 平成九年）に再録。

（6）「真福寺本『沙石集』の考察―「頸縊聖事」を中心として―」（『無住―研究と資料　長母寺開基無住和尚七百年遠忌記念』（仮）あるむ　平成二十三年）。
（7）本話は成簣堂本裏書にも含まれるが、この時点では成簣堂本は研究対象として扱われていない。
（8）注3。12頁～。
（9）伝本により無住自身のこととするものと、他人のこととするものに分かれる。この託宣が無住ではなく法燈国師心地覚心に与えられたものであることは、土屋「無住著作における法燈国師話―鎌倉寿福寺と高野山金剛三昧院―」（国語と国文学79―3　平成十四年三月）を参照されたい。
（10）「大正大学学報37」昭和五十年十二月。
（11）「大正大学大学院研究論集2」昭和五十三年二月。
（12）注3。37頁～。
（13）注3。11頁～。なお山田正親をはじめ、長母寺外護山田氏と無住との関係については、安藤直太朗「無住国師の生涯」（『説話と俳諧』安藤先生退職記念著作刊行会　昭和三十七年）→『説話と俳諧の研究』（笠間書院　昭和五十四年）に詳しい。

第二節　阿岸本の構成と特色

前節では主に阿岸本の書誌的な問題を中心として、五帖本の存在自体を考えてきたわけだが、ここからはその内容を詳しく考察していきたい。

まず阿岸本は全体的に美文調の独自文を多く有する。他本と比べて、趣旨は同じであっても、文飾豊かな表現や独特の例文を引いて言を綴る傾向がある。まずは序の一部を米沢本と比較すると次のようになる。

冀《ネカハクハ》見レ之ヲ人、拙詞ヲ欺コトナカレ。触レ事ニ勧レ道ヲ。聞レ之人疎ナル譬ヲ笑コトナカレ。於レ物ニ催レ感ヲ、三途ノ患ヲ遁テ九品ノ楽ミ遊ハン媒チ、生死ノ夢メ覚メテ、法性ノ源ニ還ラン謀ナリ。仍此記ス所ハ闇ク浅トモ、彼ノサトル所ハ明カニ深カラシメントナリ。（阿岸本）

此ヲミム人、拙キ語ハヲアサムカスシテ、法義ヲ覚リ、ウカレタル事ヲタ、サスシテ、因果ヲワキマヘ、生死ノ郷トヲ出ル媒トシ、涅槃ノ都ヘ到ルシルヘトセヨト也。（米沢本）

阿岸本の本文は右のような美文調の独自表現を随所に含むことを念頭に置きつつ、内容を巻毎に見ていくことにする。

【巻一】

巻一は米沢本に最も近似し、収録記事の大きな違いもないが、米沢本に比して所々説明的な文章が増補されている。その増補部分で時折流布本系の本文と一致するところが見られるが、米沢本寄りの本文を持つことを妨げる程ではない。一箇所、阿岸本独自の忌み言葉に関する裏書を含む以外は、さして問題はないが、続く巻二にも共通する点として、説話の確かさ、真実性を証明する言葉を省く傾向が見られる。たとえば、米沢本にある「無下ニ近キ事ニナム」(巻一)、「コノ法印ノ事ハ孫弟ノ山僧ノ物語ナリ。慥カノ事ニコソ」(巻一)、「無下ニ近キ事ナリ」(巻二)、「カノ門弟ノ承認ノ物語ナレハ慥カノ事ニコソ」(巻二)、「慥カニ承ルヨシ侍リ」(巻二) 等の言葉が阿岸本では全て欠落している。偶然というよりは、ある程度意図的に省略された可能性があるだろう。

【巻二】

巻二においては、巻一よりも米沢本との距離感が出てくるのだが、諸本の中で米沢本に最も近似する、ということは巻一と同様である。注目すべき点は幾つかあるが、第七条「弥勒行者臨終事」の差異は著しい。同条は弥勒行者である唯心房が、都率天往生を遂げたことに始まり、阿弥陀仏と弥勒菩薩、極楽往生と都率天往生を比較しその利益を説く。そして信心を込めた諸行は全て往生に繋がると説くが、最後に末代でも真言がすばらしく利益あることを力説するのである。それは念仏宗の明匠であった醍醐の乗願房上人が、朝廷から、「亡者を救済するにはどの法が最も優れているか」と問われ、「光明真言」と答えたことから説き起こされる。浄土宗の師であるからには、いついかなる時でも「念仏」と答えるべきではないか、という弟子に対して、「念仏はあらゆる徳を秘めているが、未だ亡者を救う、という根拠を見出したことがない。光明真言は既に文証を得ているし、仏法に偏りがあってはいけないから、光明真言と申し上げたのだ」と答えている。その後真言の美質を連ねる解説が続くが、次の言葉に無住の言わんとすることが端的に表されている。

真言ニハ末法ノ衆生ノ為メトノミ説ケリ。無明ヲ除キ失ヲ覚ラント、ク故ヘニ、余教ニ超ヘタル事、経文分明也。法然上人、選擇集ヲ作リテ、念仏ノ末代ニ益アルヘキ由ヲ釈シテモ、此ヲ引テ、念仏モ如レ此ト釈セリ。カヽル宗トモシラヌ人ハ、真言ハ上代ノ上機、貴キ人ト智者ノミ行スヘキ事トシレリ。在家ノ男女ヲエラハス、亦浄土門ノ人ノ中ニハ、聖道門トテ、末法万年ノ後ハ益ナキ教門ナント、ク、下タス人コソ、如来ノ金言ニソムキ、祖師ノ解尺ニ違ス。（米沢本）

乗願房の話に始まり、右を含む大量の記事が、阿岸本では全て省かれている。他の部分において、阿岸本では独自の宗教色を持つ言葉が散見されることと併せて、阿岸本の所持者や伝来については不明であるものの、後人による補入を考える必要もあろう。ただし当該箇所の大幅な欠落は成簣堂本にも同様にあるため、これを阿岸本独自の問題として結論を急ぐ訳にはいかないのだが、浄土宗の法然や乗願房が、真言の利益を積極的に肯定する（傍線部）という、浄土宗側の真言礼讃に関わる部分が全て欠落した伝本が、一時的であれ存在したことは大変興味深い。

次に収録位置が異なる説話として、米沢本では巻二の最後に一つ書きのもと収録されている、「讃岐房地獄巡り」の話がある。本話は讃岐房という僧が頓死し蘇生して語った話で、地獄で苦しむ師匠の論識房と自分の母と会い、地蔵菩薩の助力によって蘇生するというものである。阿岸本では第五条「地蔵菩薩ノ利益事」に収録されており、場所としては流布本系統と同様である。また本文についても、阿岸本は米沢本ではなくむしろ流布本系諸本と共通する点を多く持つ。同様のことは前節で述べた第九条「袈裟功徳事」にもあり、阿岸本における収録箇所は独特で、巻二末尾に収録するのは他に成簣堂本のみであったが、本文としては、米沢本巻六に収録されている「袈裟功徳事」よりも流布本系巻六に収録されている「袈裟功徳事」に類似する。このことから、「袈裟功徳事」において、本文自体が書き改められたのはかなり初期であり、収録場所の移動はその後行われたと考えられる。また「讃岐房地獄巡り」については、米沢本自体、末尾という不自然な収録場所からして後補が疑われ、米沢本の如き本文で増補された後、本文を阿岸本のように改変しつつ関連する地蔵説話の所に場所を移した、と捉えるのが穏当であろう。

【巻三】

題目の順序、収録説話がほぼ同じであった米沢本と足並みが乱れてくるのが、巻三である。まず巻頭題目を比較しておきたい。

米沢本

一　癲狂人カ利口事
二　問注ニ我ト負人ノ事
三　訴訟人ノ蒙ㇾ恩事
四　幼稚ノ童子ノ美言ノ事
五　或学生在家ノ女房ニ被ㇾ責事
六　道人問答ヲ可ㇾ弁事

阿岸本

一　癲狂人利口事
二　問註庭我ト負タル事
七　小児忠言事
三　訴訟人蒙ㇾ恩事
四　学匠在家人被ㇾ詰事
五　禅師問答是非事

七　律師ノ非威儀ナリシ事
八　南都ノ児ノ利口ノ事
九　女童ノ利口ノ事
十　孔子ノ至言ノ事
ナシ（巻四ノ十二「道人誡メノ事」に簡略なものがあり）

六　律学与行相違事
八　南都児童秀句事
九　北京女童利口事
十　孔子物語事
十一　槇尾上人物語事

右から、阿岸本は米沢本になかった「槇尾上人物語事（正しくは栂尾上人物語事）」を第十一条に加え、米沢本では第四条となっていた「幼稚ノ童子ノ美言ノ事」を第七条「小児忠言事」に移動している。阿岸本の並びだと、「小児忠言事」、「南都児童秀句事」、「北京女童利口事」となり、利口説話が連続して一箇所にまとめられたことになる。また「南都ノ児ノ利口ノ事」と「女童ノ利口ノ事」の二条を有するのは、米沢本と阿岸本、成簣堂本のみであることからして、全体的な構成は未だ米沢本に類することは疑いない。ただし本文を考えていくとき、そこには複雑な問題が出てくるのである。裏書が大量に見られるのも本巻からであり、全般的には記事が増補される場合、その多くは裏書として記されている。第十条の「孔子物語事」については、本文は米沢本と異なり、梵舜本・内閣本と近似する。米沢本と梵舜本・内閣本の最も大きな差異は、五常（仁義礼智信）を仏法とからめた長文が存在するか否かであり、阿岸本はそれらを含んだ梵舜本・内閣本寄りの本文を持つのである。ただし米沢本に存在するが、阿岸本では欠けている話[1]については、それは梵舜本には同様に欠落しているが、内閣本・刊本には存在するため、阿岸本と梵舜本の共通点となる。

　以上のことから、全体の題目、構成等は米沢本に類するが、本文としては梵舜本に近づくのが巻三ということになる。裏書についての問題は、次節に譲りたい。

【巻四】

巻四は巻頭題目からして米沢本とは大きく異なり、むしろ流布本系と大差ない題目となっている。本文も第二条「聖ノ妻ニ後タル事」からは、刊本に近づいている。裏書以外の本文を見ていくと、巻三では比較的同じであった梵舜本とも異なり、この両者で有無が分かれる説話や解説部分はかなり多い。その一々を挙げることは出来ないが、阿岸本に認められない話は吉川本でもほぼすべて確認できない、という特徴もある。また巻四では裏書を除いた本文部分で、阿岸本独自、または阿岸本を含む限られた伝本にしか確認できない話が少なからずあるため、次にまとめておく。

①初心ノ在家人ノ禅門ノ片端シ聞タルハ、大乗ト云ハ只禅門ハカリニテ自余ヲハ小乗ト思ヘリ。禅門ヒトリ得悟シ、念仏等ノ散業ヲハ皆戯論ト執セリ。勿論不定言ノ謂也。大小権実ノ教行區ニシテ入理得道不㆓一唯㆒。強ニ以㆓一宗㆒非㆓諸宗㆒。以㆓牛羊ノ眼㆒謀㆓龍馬ノ数㆒。（13ウ・無言聖之事）

②中比三井寺ニ公舜法印ト云ケル学匠、熊野参テ往生極楽ヲ祈請給ケルニ、法花ヲ読誦シテ法楽シ給ケル示現ニ、「我本地弥陀観音ナレトモ愚癡ナル族ラ今生ノ事ノミ申ニアヒシラウマヽニ心ノヒマモナシ。粉河ノ観音ハ霊威無双也。参シテ申サハイト安カルヘシ」ト示シ玉ケレハ、軈テ粉河ニ参テ法花勤行シ給ケル。示現ニ一偈ヲ結テ告給ハク、「法花即我躰也。我即極楽主ナリ。汝讃嘆於我。々来迎セン於汝ニ」。御約束ナシカハ違ヘス。臨終正念ニシテ来迎ニ預リ往生ノ素懐ヲ遂タリト記セリ。是又御開題ニ符順セリ。（17ウ・無言聖之事）。

③我朝ハ玄昉僧正ハ法相宗ノ美匠、花厳ノ本祖也。聖種継、光明皇后御衣ノ下ニ引入テ、善修僧正ヲ儲玉ヘ

リ。法道和尚ハ一千日ノ間タ、求聞持ノ法ヲ行シテ、一日不レ満、女御ヒソカニ来テ、聖胤ヲ継トコシラウ。即安然和尚是也。千日不レ満故ニ、貧道身ヲ得玉ヘリ。九百余日ノ重修ニ答テ、智恵最ノ上ナリト云ヘリ。（22ウ・聖ノ子ヲ持タル事）

④去レハ窈娘ノ堤ニ身ヲ沈メ、高柴カ眼ニ血ヲ流セシ、皆是至教ノ令レ然故也。（27オ・聖ノ子ヲ持タル事）

⑤書写ノ聖空聖人曰、「閑亭ノ隠士、貧シテ而亦賤、不レ羨二富貴一、以レ之為レ楽、四壁雖レ疎、八風難レ得レ侵、一瓢底空シケレトモ、三味自ラ濃、我不レ知レ人、無レ恨無レ悦、人不レ知レ我、無レ誉無レ毀、曲レ肘為レ枕、楽在二其中一、由レ何ニ更求メム、浮雲ノ栄耀」。此詞誠至要ノ述懐ナリ。八風者、利・衰・毀・誉・称・譏・苦・楽ナリ。此八人心ヲ動カセハ、風譬ヘタリ。三味者、涅槃経譬也。老ヌレハ三味モ無シ。譬ヘハ甘蔗ノ絞滓ノ味無如シ。年老ヌレハ、出家・読誦・坐禅、此三気味無シト云ヘリ。人世間ニ讃ルハ誤也。三味ト不レ知二本説一也。八風三味ハ譬也。利・衰・出家ハ法也。亦譬、壁・瓢ト風ト皆譬也云々。禅林寺法皇御製、「閑居意楽求レ名欲二願衣一希望多シ。求レ功欲二生善一、身心痩レタリ。不如抛万事修行、不如孤独シテ無ニハ境界禅観悉室閑ナルヲ為レ友。遁世隠士貧ナルヲ為レ楽。藤衣紙衾、是上腹易儲無二盗人之一怖。（35ウ・道人ノ可レ捨二執着一事）

これらのうち、①・③・④・⑤「禅林寺法皇御製…」以下は阿岸本独自の本文である。②については別稿[2]にまとめたが、阿岸本の他に、内閣本、成簣堂本、真福寺本に認められる。⑤の前半部については、内閣本に「楽天詩貧賤亦有楽処」の指示書きのもと、裏書として収録されている。刊本寄りの本文に右のような独自説話を加え、なお裏書においては内閣本と共通する等、巻四は様々な系統を含んだ構成となっている。ただしその説話の異同を見るに、米沢本の如き本文を起点としつつ独自文を加えて改変してはいるが、他本において永仁の第一次改訂に関わると考えられる増補部分は全て欠落している。このことから、梵舜本には先行すると思われ、米沢本の如き古態本を元にした、初期段階の改変の痕跡を色濃く残した伝本であることは疑いない。

【巻五】

巻五は一貫して、本文から裏書に至るまで、内閣本と最も近似した構成をとっている。本文において、

盲目ノ法師、伊勢大神宮ニ参詣シテ、八月十五日読ケル。
ナカメハヤミモスソ河ノ清セニイカニ月影サヤカナルラム
ソノ朝、目ハアケニケリ。（阿岸本・25ウ）

という説話を両本だけが有しており、また巻五後半の和歌・連歌説話、すなわち阿岸本では「人感有和歌事」と「連歌難句付タル事」に相当する所は、伝本により、新しい題目を与えて条を分けたり、巻末にまとめて裏書として載せたり、全く省いていたりと異同が大変激しい部位なのであるが、内閣本は「人感有和歌事」全二十一話、「連歌難句付タル事」全十四話において、阿岸本と全く同じ話順で、本文もほぼ同様なのである。そうなると、永仁三年の改訂を受けていない阿岸本と、受けた内閣本が同じ本文を持つことに疑念が生じるのであるが、第七条「学匠世間無沙汰事」の収録説話に解決の糸口を見出したい。ここに、数少ない阿岸本と内閣本の差異が認められるからである。「学匠世間無沙汰事」は、通常、二話構成となっているため、次に示す。

①常州（ノ）東城寺ニ、円幸教王房ノ法橋トテ、寺法師（ノ）学生有リケリ。他事ナク正教ニ眼ヲサラシ、顕密ノ行怠リナキ上人也。世間ノ事ハ、無下無沙汰ナリ。田舎ノ習ナレハ、田ニ入レントテハ、（小）法師、糞《コエ》ヲ馬ニ付テ游クヲ見ニ制シテハ、「何ニシニ其ノコエヲモツソ。ヤレ法師カ祈リニ仁王経ヲ読ムソ。

馬ノ糞ニヲトル仁王経シモ事アランヤ」ト（ソ）云ヒケル。

②又或時、弟子共ニ語云、「世間ノ人愚ニシテ、物ノ計ラヒ不覚也。法師、興有ル事案シ出シタリ。杵《キネ》一ニテ臼二搗《ツク》ヘキ様アリ。一臼ハ常ノ如ク置キ、一臼ハ空ニシモニ向テツルヘシ。（サテ）杵ヲ上ケ下サンニ、二ノ臼ヲツクヘシ」ト云。弟子ノ云、「上ノ臼ニハ物カタマリ候ヘクハコソ」ト云ヘハ、「此難コソ有リケレ」トテ迫ニケリ。（以上、内閣本）

阿岸本を除く伝本では①、②共に収録されているが、阿岸本は①を欠いたうえで、②のみを次のような本文で載せている。

常州ニ顕密行ノ上人アリ。或時、弟子共ニ語テ云ク、「世間ノ人愚シテ物ハカライ不覚也。法師興アル事案シ出シタリ。杵一ニテ臼二ヲ搗ヘキ様アリ。一臼ハ常ノ如ク置ク。一ノ臼ハソラニウツムケテツルヘシ、トテ、杵ヲアケ下サンニ二ノ臼ヲ搗ヘシ」ト云フ。弟子ノ云ク、「上臼ニハ物カタマリ候ヘクハコソ」ト云ヘハ、「此難コソ有ケレ」トテツマリケリ。（15オ）

内閣本とほぼ同文であるが、二話を収録している場合は、①で「常州東城寺、円幸教王房法橋」と上人の名を明示し、「又或時」と②を続けているので、両話とも教王房の話であることがわかるが、阿岸本は傍線部のように、「常州顕密行ノ上人」としか記さない。では阿岸本で確認できない①については、何処に行ってしまったのか、阿岸本においては、巻三第九条「北京女童利口事」の第二話として収録されているのである。「北京女童利口事」は米沢本と阿岸本、成簣堂本にのみ確認できることは前述した通りであり、阿岸本の巻三該当部分を次に示す。

③洛陽ニナマメケル女房アリケリ。源氏・狭衣ナント取散テ、万ツヨシハミ優ナル風情ニテ、内ニハ精廉也。

マサナクキヒシカリケルマ、ニ、只一人ツカヒケル女童ニ約束シケルハ、「人ノ使ナントニ物クハセンコトモ我ニ云ヒ合セヨ。人ニ依リ折ニ随テ多クモ少クモ其ノシナヲ可レ測レ値シ。人ノ聞シ処ニ一合・二合ナント云ハンモウタテシク、キ、ニクシ。ヤサシキ事ニハ、源氏ノ詞ト云ソカシ。サレハ源氏ノ巻ノ次第ヲヲホヘヨ。『桐壺ナントニモセヨカシ』ト云ハ、一合ト心得ヨ。『ハ、キ、』ト云ハ、二合ト心得ヨ、『若紫ナントニモ』ト云ハ、三合ト心得ヨ」トツキ〳〵ノ巻マテ能々教ヘ置ク。或時、遠所ヨリ来テイソク使アリケリ。「アノ御使ニハイカニ」ト問ヘハ、折節、客人ト物語スルホトニ、例ノヨシハミテ、ナントナクロスサミシテ、「若紫ノモミチノカノ」ナント慥ニモ云ハサリケレハ、女童、「アラ心付ナノヤウタイヤ」、コ、ロ腹立テ、呟ケリ。「マタコソ何ナル昔ノヤサシキ衣通姫・小野小町ト云ヘトモ、源氏カ、シキ料ニツカヒタル人キカス」ト申ケル。誠ニト覚ヘテ、イミシキ利口也。

①′常州東城寺ノ円幸教王坊法橋ト云寺法師也。或山寺ノ学匠ノ小法師、田ニ入レントテ、コヱヲ馬ニ負テ往ヲ、房主、「ナシニ其ノコヱヲハモツソ。法師カ田ノ祈ニ仁王経ヲ読也。馬ノ糞ニヲトル仁王経シモ有ランヤ」ト云ケルヲ、小法師、ナニトモ返答セサリケリ。此女童ノ如クニサカ〳〵シクハ、「マタコソ何ナル昔ノ伝教・弘法モ、仁王経田ノコヱニシタル人聞ネ」トツフヤキナマシ。不覚也ケル小法師カナ。（27ウ）

右の①′が先の①に相当することになる。そして③については、刊本・東大本・神宮本・岩瀬本では①、②に続けて巻五に本文として、内閣本・吉川本では裏書として収録している。また古態を有する米沢本では巻三「北京女童利口事」に③のみを収録し、巻五「学匠世間無沙汰事」には①・②を載せており、成簣堂本では①と①′を巻三と巻五の二箇所に重複して載せている。ただ巻三所収のものは右の①′波線部を有しているのに対し、巻五所収のものは先の内閣本の引用①と同様に、波線部を含んでいないのである。波線部の文言は、まさに利口説話の締めにこそ相応しいものであり、「学匠世間無沙汰事」と題した巻五には必要のない言葉である。同様の話を載せつつも、成簣堂本は収録箇所のテーマに適した取捨選択を行ったということになろうか。ただし刊本においては、巻五「学匠世間無沙汰事」に収録しつつ、①・②に続けて③を載せた後に①′の波線部の文言で締めており、学匠に焦点をあてたのか、利口に焦点を当てたのか、即断しかねる構成となっているのだが、これは内閣本において、③が裏書として収録され、そこに①′の波線部が含まれていることに起因するのだろう。つまり①′の波線部のみが付いた③をそのまま本文として取り入れたのが刊本ということである。この①から③について、関係する伝本における収録状況をまとめると次のようになる。

	①	②	③
米沢	本文（巻五「学匠世間無沙汰事」）	本文（巻五「学匠世間無沙汰事」）	本文（巻三「女童ノ利口ノ事」）
阿岸	本文（巻三「女童ノ利口ノ事」）	本文（巻五「学匠世間無沙汰事」）	本文（巻三「女童ノ利口ノ事」）
成簣堂	本文（巻三「女童ノ利口ノ事」） 本文（巻五「学匠世間無沙汰事」）	本文（巻五「学匠世間無沙汰事」）	本文（巻三「女童ノ利口ノ事」）
吉川	本文（巻五「学匠世間無沙汰事」）	本文（巻五「学匠世間無沙汰事」）	裏書（巻五「学匠世間無沙汰事」）
梵舜	本文（巻五「学匠世間無沙汰事」）	本文（巻五「学匠世間無沙汰事」）	ナシ
内閣	本文（巻五「学匠世間無沙汰事」）	本文（巻五「学匠世間無沙汰事」）	裏書（巻五「学匠世間無沙汰事」）

ここでこの間の事情について私見を述べると、まず米沢本のような状態が最初にあり、①が利口説話としても機能することから巻三「女童ノ利口ノ事」に付け加えられ、利口を強調するために波線部が加えられた（阿岸・成簣堂）。その後巻三「女童ノ利口ノ事」という章段自体が削除され、①と②を巻五に持ち、③を含まない伝本（梵舜）もあれば、③を巻五に裏書として持つ伝本（吉川・内閣）もある、ということである。ただ当該箇所の改変は、巻をまたぐ大規模なものでありながら、吉川本・梵舜本・内閣本の時点で既に完了している、という印象を受ける。つまり、阿岸本と内閣本の当該箇所を含む数点の差異は、永仁の改訂以前に行われた改変に拠ると推測され、永仁改訂時には、当該部分にほとんど手を加えなかったのではないか、ということである。

以上のことから、巻五において、永仁の改訂の有無をまたぐ阿岸本と内閣本が同様の構成を持つ事に一応の説明をつけることが可能となる。

ただし前節で述べたように、阿岸本は書誌的に巻三と巻四の間にずれがあり、本文吟味のうえでも、巻三までは小異を含みつつも米沢本系統であったものが、巻四からはむしろ梵舜本や内閣本、ひいては刊本にも近づくかのような本文となる。この状況を本文改変の流れの中で捉えるのか、または取り合わせ本を書写した等、系統として巻三と巻四の間に断絶を想定するのか、両様の捉え方を提示したうえで、ここでは結論を急がずにおきたい。

（1）第三条「訴訟人ノ蒙レ恩事」の最後に収録されている、猿房官の話である。慈円の僧房にいた房官と、御室の御所にいた房官が二人とも猿に似てそっくりであった。人々が面白がって二人を対面させたところ、一人が「どう思いますか」と問うと、もう一方が「鏡を見ているような気がします」と答え、当意即妙な答えであると人々は感歎した、というものである。ここから無住は、人の欠点も自分のことと思い非難せず、万事自らの鏡とせよ、と説いている。

（2）土屋「裏書から見た『沙石集』改変の一手法―公舜法印説話を起点として―」（古典遺産58　平成二十年十二月）。

第三節　阿岸本裏書集成

阿岸本には裏書が大変多く見られ、それらの解明は阿岸本自体の性格を把握するために重要な手がかりと成り得るが、全ての巻に均等に見られる訳ではない。巻一では一箇所、巻二には全くなく、巻三以降急激に増えるのである。そこで阿岸本に確認出来る裏書二十二条を集成し、AからVの通し番号を付して、阿岸本との関係性が問題とされる伝本における収録状況を次にまとめることとする。(1)

【巻一】

A裏書云、三善為康記云、斎宮忌語　塔　阿良々記《アラヽキ》。
内七言　仏　立強《タチコハリ》、経　染紙《ソメカミ》、僧　髻長《ヒケナカ》、寺ヲハ瓦葺《カハラフキ》、俗ヲハ津乃八須《ツノハス》、斎　片膳《カタカハ》、又堂ヲ香燃《コリタキ》。
外七言　死　奈保留《ナホル》、病　良須牟《ヤスム》、哭　塩垂《シホタル》、血　阿世《アセ》、打　奈津《ナツ》、宍　久作比良《クサヒラ》、墓　津知久礼《ツチクレ》。（3オ）

※全…ナシ

【巻三】

B遺教経ニハ、「無二智恵一者既ニ非二道人一二。亦非二白衣一無レ所レ名ル也」ト云々。又「被二袈裟一猟師」トモ云ヘリ。古人ハ「釈眼俗心ノ者」トモ云ヘリ。在世上代猶如法ノ僧スクナシ。今ノ世ニ只形ハカリ僧ニテ、心モ詞モ本ノ俗ノ如ナルノミ多シ。悲シキ濁世ナルヘシ。此中ニモ若三業仏識ニ不随、誠ニ無二思出一身ナルヘシ。已上裏書。（19オ）

※内…巻三裏書46、成…ナシ、梵…巻三裏書151頁、吉…巻三本文、刊…巻三本文

C裏書云、浄名経云、「着ニスル色欲一ニ機ニ成二端正ノ女人欲一ト、方便シテ道ニ入ル」ト云リ。三河ノ入道、師家ノ弁、唐坊ノ法橋等、皆愛別離苦ノ縁ヨリ発心シテ、真実ノ道ニ入レリ。カノ女人等、定テ菩薩化力ナルヘシ。（21オ）

※内…巻三裏書47、成…ナシ、梵…巻三裏書153頁、吉…ナシ、刊…ナシ

D裏書云、永嘉大師云、「豁達空ク撥二因果一ヲ、漭々蕩々招欲ニク殃禍一ヲ」。諸法ノ空ト云ハ、一念不生ノ無染行ノ心也。唯以二情量一ヲ空道理ヲ得レ心テ、因モ無シ果モ無ト云。是悪取空ノ大邪見也。近代世間ニ聖教モ不レ知、道心モ不レ発、観行モ無ク、智徳モ缺タル愚俗愚僧等ノ中ニ此類多シ。是甘露ヲ毒薬ト成ス物ナルヘシ。実際ノ理地ニハ、不レ受二一塵一モ、仏事ノ門ノ中ニハ、不レ捨二一法一モ云ヘリ。假名ヲ破テ仏法ヲ談シ、因果信セスシテ修行ヲ立テンコト、大ニ仏祖ノ教ニ背ケリ。此事能々可レ弁道理也。所々ニ書付ケ侍ルコト、クリコトナレトモ、人多ク語ル故ニコマカニ教レ是。（23オ）

※内…巻三裏書48、成…ナシ、梵…ナシ、吉…巻三本文、刊…巻三本文

E裏書云、昔シ信州源氏ナリケル人、京ヨリ女ヲ思テ即具テ下ケリ。京ニワリナキ方サマアマタ有ケル。モトヨ

リ文ヲヲコシケル深クトリ隠テ置タル由、告ケ知ラスル者アリケレハ、此ヲ尋出シテ、我ハ物ヲヱ読サリケル侭ニ、子息ノ児ノ戸隠山ニ有ケルヲ呼テ、母ノ前ニ読セケリ。母色ヲ失ヒ魂ヲ消ス。此児心アル物ニテ、タヽ世ノ常ノ文ノ様ニヤハラケテアマタノ文ヲ読テ、「人ノ和讒シケリ」ト思テヤミヌ。此ノ継母アマリニウレシク思テ、イタヒケシタルモテアソヒ物トリクシテ、文ヲ遣ケル

信濃ナルキソチニカクルマロキハシフミヽシ時ハアヤウカリシヲ　児返事、

信濃ナルソノ腹ニコソヤトラネト皆ハヽキヽト思フハカリヲ

彼閔子騫ニモ似タリ。又梵網経ノ文ニカナヘリ。「一切男子皆是我父、一切女人皆是我母」ト説ケルニタカハス。誠ニ心サマ由々シカリケレハ、父ノ家ヲモ継キ侍ケルトカヤ。（25オ）

※内…巻三裏書49、成…ナシ、梵…ナシ、吉…巻三本文、刊…巻三本文

F 裏書云、「無レ徳而大ニスル二其屋ヲ一、不レ過二三蔵ヲ一。必滅亡ス」云々。宝蔵論云、「天地之内宇宙之間中ニ有二一宝一。秘シテ在二形山一ニシテ」。又云、「如何以二無償之宝ヲ一隠シテ在レ隠二入之坑一ニ」。（31オ）

※全…ナシ

G 裏書云、隠遁ノ本意ハ一向求二菩提一ノ為也。然ニ誠ニ道念ナシト云ヘトモ、其身貧シテ人ニ立マシレルモサスカ片腹イタク覚ヘテ衣ノ色コク染テ侍レハ、少シ心安クヨシハミテ侍リ。必シモ名利ノ為トハ思ハネトモ、中〳〵身モヤスラカナリ。殊ニ貧家ハセメテ遣方ナラハス。恥ヲ思テモ便宜ノ遁世ハスヘキニコソ、ト思ツヽケ侍リ。

世ヲスツルスカタトミヱシスミソメノ袖ハマツシキ恥カクシカナ（35オ）

※内…巻三裏書50、成…ナシ、梵…ナシ、吉…ナシ、刊…ナシ

【巻四】

H裏書云、賢愚経ノ中ニ、在世ニ沙門乞食スルニ、或貧家へ往ヌ。彼ノ家ノ夫婦互ニ物念ヘル色アリ。其志ヲ互ニ問フニ、二人ノ志シ同カリケレハ、同心悦。聖者ニハ難レ値、中ノ一衣ヲ供養セント思フ。但シ一人カ衣ニ非ス。仍テ互ニ其心中ヲハカルニ同心也ケレハ、是ヲ内ヨリ投出シテ供養ス。爾レ時沙門云ク、「僧ニ供養ヲ演ルハ、手ニ捧テコソ供養スレ。此作法非儀也」ト云ヘリ。夫婦答云、「我等貧ニシテ、二人カ中ニ此ノ一衣ハカリ持テ互ニ指出シテ侍ヘリ。裸ナルコトヲ恐テ不レ出」云。沙門此志ヲ感シテ、丁寧ニ咒願シ、忽ニ仏所ニ詣テ、此由ヲ申ス。其砌ノ国王夫人等ノ集会、此事ヲ聞玉テ、感歎ノ余リ、衣裳等多ク調へ送テ召出サレケリ。仏ケ種々ニ褒美讃嘆アリ。是順現業也。是コソ物無レトモ、以レ志ヲ行スル手本ナレ。（3オ）

※内…巻四裏書51、成…巻四裏書、梵…ナシ、吉…ナシ、刊…ナシ

I裏書云、一説ニハ子ニハ非ス。弟子ナリトモ云ヘリ。或云、「子ナレハコソ父ニ似テ智恵カシコケレトモ」什公ハ一日八十丁。聖教ノ文ヲ空ニ読 難云、「サテハ父ニ似タラハ聖ナルヘカラス」。答テ云、「アノ一生不犯ノ聖ノ子ノ似レテ父ニ誠ノ聖ニテ有ランスル」。比興々々。（22オ）

※内…巻四裏書64、成…ナシ、梵…ナシ、吉…ナシ、刊…巻四本文

J裏書云、四分律ニ四分斎ヲ立タリ。一賊分斎、破戒ニシテ斎施ヲ受ケ施主ノ物ヲ失コト、偏ニ如二盗賊一。アノ偸盗ノ心ハ無ケレトモ、他ノ財ヲ徒ラニ費セハ、盗人ニ類同ス。二罪分斎、恐二レ悪道一為二滅罪行一斎戒人ナリ。三福分斎、為レ生二善趣一持斎戒人ナリ。四道分斎、二負用、設ヒ持戒也トモ、不レ用二五観等一。是成二当来ノ負物一。三観友用、三果ノ学人也。如レ用二親類等ノ物一ヲ。四自己用、阿羅漢応供ノ徳也。如二自己物一カ。大論云、

「有智無行国師ナリ。無智有行国薬ナリ。倶々備ルハ国宝ナリ。智行倶闕タルハ国賊ナリ」。又俗典云、「知テ不レ行国ノ師花、不レシテ知行ハ国ノ大要ナリ。能知テ行ハ国ノ珍宝、不レ知不レ行国ノ大盗也」。学スルコトモ無ク、行スルコトモ無シテ、徒ニ遊ヒ戯テ過シ、空ク歳月ヲ送リ、サシモモロキ命ヲ不レ考、危身ヲ不レ顧、難レ受人間ヲモ不レ喜、難レ値仏教ヲモ不レシテ求、只恣ニ国ノ費ヘ、人ノ恩ノミ蒙テ、曽以テ不レ酬不レ報者ノミ多シ。大賊大盗浅猿々々。大論云、「智恵有トモ多聞無実相ヲ不レ知、眼有トモ如レ無レ燈。多聞ナレトモ智恵無実相ヲ不レ知、燈モ有トモ如レ無レ眼。知恵ト多聞ト有テ実相ヲ知ル、明中如レ有レ眼。智恵モ無ク多聞モ無ク実相ヲ不レ知、人身ニ似タル牛也」ト云ヘリ。善導和尚、「三福分無物ヲハ皮着人畜生」ト云ヘリ。三福分者孝養父母奉仕師長慈心不殺具諸戒行読誦大乗等也。梵網ニハ、「戒ヲ不レ持者ヲハ畜生ニ不レ異」云リ。又云ニ牛頭一ト。（24ウ）

※内…巻四裏書63、成…ナシ、梵…ナシ、吉…ナシ、刊…巻四本文

K裏書云、窈娘ハ女人也。父ノハク、ミ不レ浅。其父死後チ、不レ経ニ三日一渕ニ投レ身。恋レ父死ケル人也。高柴ハ父ノ死後三年之間、血涙ヲ流シテ至孝人ナリ。（27オ）

※全…ナシ

L背覚合塵ト云ルハ首楞厳経ノ中ニ、衆生ノ迷心ノ始ヲ説ケリ文也。経云、「知見立レ知即無明本、知見無レ見此即涅槃」。知見咎無シ。能所ヲ立テ覚霊ヲハスレ、一往ニ背クヲ云一ト背。是凡夫相也。知見ニ無見ナル背塵合覚ノスカタ、始覚ノ悟ナリ。一念無念ナラハ即涅槃也。（33オ）

※内…巻四裏書62、成…ナシ、梵…ナシ、吉…ナシ、刊…ナシ

M裏書云、六賊養レ身ヲ鎮ニ失ニ聖財一。永嘉大師云、「損法財滅功徳莫不由斯心」。意識ニシテ六根意識ヲ盗賊云

コトハ、我相ニ用ル時ナレ。其ノ真実ノ躰性ハ自性清浄ノ一心ノ妙理也。（33ウ）

※内…巻四裏書62、成…ナシ、梵…ナシ、吉…ナシ、刊…ナシ

N裏書云、古徳云、「妄ニ有躰空成コト義、真ニ有不変随縁ノ義」云々。妄躰空ト真ノ不変ト永不二ナリ。妄ノ成事ト真ノ随縁ト又不二ナリ。但躰空ト不変トハ不二ナレトモ、在纏ト出纏トノ異也。成事ト随縁トハ不二ナレトモ染縁ト浄縁ト別也。誠ニ其性ヲ云ヘハ、染浄只一水ナリ。在出又一空ナリ。此法門甚深ニシテ至要也。仏ノ義理存セン。人定テ感思玉ハン歟。圭峯禅源ニ見タリ。（36ウ）

※内…巻四裏書58、成…ナシ、梵…ナシ、吉…ナシ、刊…ナシ

O裏書追註レ之　禅師念仏下　※巻末

智覚禅師伝云、上ニテ智上ノ禅院一ニ作二ノ䦰《サクリ》一。一ニ曰ク、一心禅室ノ䦰、二ニ曰ク、誦経万ノ善荘厳浄土ノ䦰、遂ニ精禱シテ仏祖ニ任セテ手ニ招レ之。乃至七度得タリ。誦経万善シテ生二ルニ浄土一ニ。䦰禅観ノ中ニ観音ヲ以ニ甘露一ヲ潅二于口一ニ。従レ此發ニス観音ノ弁一ヲ。徒衆常ニ二千、日課一百八事、学者参問スレハ、指レ心為レ宗ト、以レ悟為レ決。日暮往ニテ別峯一ニ行道念仏ス。略抄日課ト云ハ、日所作ナリ。読法花二万部ト別伝ニハ云リ。上品上生往生人ト新修往生伝ニ見タリ。

宗鏡ノ録一百巻集レ之。一代肝要ナリ。閻魔王、禅師ノ影像ヲ写シ被レ礼也。第一下。ニ云　夫婦共有ニ善心一。二人カ中ノ一衣ヲ羅漢ニ与タル処ニ、昔五百長者、山中ヲ路ニ迷ヒ粮テ盡シテ既ニツカレテ死門ニ及。一樹神有テ、指ノサキヨリ甘露ノ美食ヲ出シテ、五百ノ長者ニ与テ厳食和悦ナリ。時ニ長者因縁ヲ問ニ、樹神答云ク、「迦葉仏ノ出世ノ時、我レ貧シテ大城門ノ所ニシテ鏡ヲトキテ世ヲ渡。乞食ノ沙門徳ヲ信シテ示シテ曰ク、「八千僧ヲ供養シケリ。米メ洗シ汁ニ大河ト成テ船ヲ浮也」ト云ヘリ。是経説也。分衛ト云フハ乞食ノ梵語ナリ。（39

オ）

※全…ナシ

【巻五】

P裏書云、経ノ相入毛孔事所。青丘大賢法師ノ梵網ノ汝是畜生等文ノ下尺云、「下劣ノ有情、設無領解、声入毛孔、遠作菩提ノ因縁也」。涅槃経ニ云フニヨリ。（3オ）

※内…巻五裏書65、成…ナシ、梵…ナシ、吉…ナシ、刊…巻五本文

Q裏書云、首楞厳云、「善能転ル物ヲ、即同如来」。可レ得レ云コトヲ。善能ノ物ニ所転ラレ、即是衆生也。物ハ只此法生二無迷悟凡聖之処也。又云、「三科七大本如来蔵」。楞伽云、「如来蔵者善不善ノ因也」。古人云、「知之一字衆妙之門也」。又云、「知之一字衆禍之門也」。楞厳云、知見ヲ立ト云ハ衆禍ノ門、知見ハ衆妙也。サレハ、物ハ徳モナク失モナシ。心ニ用ル時ハ、善ヲ生シ、転セラル、時假ニ煩悩ト云。転シテ利益あるときに假ニ菩薩ト云、実ニハ煩悩モ無ク菩薩モ無シ。真実《空》寂滅トモ云。頭モ無ク尾モ無、一廬無形癖物也。コトハニハナニトカ云ヤ。サレハ名立ル事やむ事無方便也。実執ノ虜を猶も釈シ只云、言ハ随心滅スト云リ。譬ヘハ、山ノ坂ノ上坂ニも非ス。下坂ニも非ス。上下ノ人自ラ此名ヲ立ツ。又此理無ニモ非ス。此レ雙非雙照ノ法門也。雙非躰、相応ハ用、又不変随縁ノ法門也。又融金ハ何ノ形ニモナシ。此ハ相非ノ躰也。不変也。鋳形タニ入ル時ハ種々形アラハレ、コレ相応ノ用也。随縁之心亦譬也。（7オ）

※内…巻五裏書66後半、成…ナシ、梵…ナシ、吉…ナシ、刊…ナシ

R裏書云、孔子ノ面新ナル処。宗鏡ノ録第七云、昔ノ物ハ自ラ在レ昔。今ノ物ハ自在レ今。如下紅顔ハ自ラ在ニ童子

ノ身一、白首ハ自処ス中老ノ年ノ躰《スカタニ》上。所以人ハ則謂ヘリ。少壮ト同躰ニ百齢一質シト徒ニ知テ、年ノ往コトヲ不レ覚形随コトヲ。是以、梵士出家シテ白首ニシテ而モ帰ル。隣ノ人見レ之ヲ曰、「昔ノ人尚シ存ヲヤ」。梵志曰ク、「吾ハ猶ヲ似タリ二昔人一、非二昔ノ人一也」。隣人皆愕然トシテ、「非二其言一。是ハ面ニモカキヌヘシ」ト云。(13オ)

※内…巻五裏書67、成本…ナシ、梵…ナシ、吉…ナシ、刊…ナシ

S裏書云、教学悟途匠達深智者ハ必世間ノ通義皆無沙汰也。(15ウ)

※全…ナシ

T裏書云、遺教経ノ意ヨミタル哥ノ処、遺教経ハ御入滅ノ夜半ノ最後ノ御遺誡也。仏弟子タラン人、是ヲ身モハナタス翫ヒ、読モ覚フヘキニ、諸寺ノ僧侶、或ハスヘテ不レ見ナント云人アリ。アサマシキコト也。仏子共争テイハン。経云、「汝等比丘於二諸功徳ニ一、常当一心捨二諸放逸ヲ一、如レ離二怨賊一。大悲世尊ノ所説利益、皆已ニ究竟セリ。汝等但当ニ勤テ而行レ之。若於山間、若空沢之中ニモ、若ハ在二樹下閑処静室一、念所受法勿レ令二忘失一。常ニ当ニ自ラ勉《ツトメ》精進シテ修レ之。無シテレ為スコト空ク死ナハ後致有悔。我如ク良医知病説薬、服与不服非医咎也」。又如善道々人、善道聞之不行、非道過也。此一段殊肝要ナル故ニ、若本文要覧ノ人ヤ御座ストテ、抄畢。御遺言也。是許、セメテハ壁ノ上ニモカキ、座ノ右テモ置、心ニ染メ、口ニ付給ヘシ。穴賢々々。病メハ知リ二前路ニ資糧少事ヲ一、老テ覚ス二平生ノ事業ノ非ナルコトヲ一。無数青山隔二江海ヲ一、与レ誰同ク往亦同ク帰ル。在世ニ再生婆羅門ト云シカ、盛ナル年過テ仏前ヘ参タリシニ、仏告給シ文意ニ似タリ。「再生汝今過タリ二盛位一。死乗シテ将近ト二炎魔王一。欲ハレ往ト前路無二資糧一。求ントレ住二中間ニ一無レ所レ止。裏分。(20ウ)

※内…巻五裏書69、成…巻五裏書(「座ノ右テモ置」まで)、梵…ナシ、吉…ナシ、刊…ナシ

U裏書云、世間文字常ノ詞、用ル様ニ依テ哥トモナルカ様ニ、仏ノ用給テタラニトナル処、宝鑰ノ中ニ、俗ト僧

トノ問答アリ。俗問云、「五経《俗経也》文、三蔵ノ字是同シ。受持セン何ノ別カアラン」。僧答云、「譬ハ、天子ノ勅書、百姓ノ往来ノ文字同ケレトモ、功用大ニ異ナリ。勅書一命シテ賞罰アレハ、是ヲ悦ヒ此ヲソシル。経法ハ勅書ノ如シ、文書往来ノ如シ」ト云ヘリ。殊勝也。サレハ、仏ノ用ノ時、世間ノ文字タラニトナリテ、徳用アルコト信スヘシ。和カモタソ言ナレトモ、ツ、クルヤウノナラヒ《ヒラカ》ナレハ哥トナル也。左京ノ大夫政村ノ哥ニ云、

タカシ山ケフコヱクレテフモトナルハマナノ橋ヲ月トミルカナ

近比ノ集ニ入テ侍ルニヤ。此詞ヲ、常ノ人ノ、「タカシ山ヲ日クレニコヱテ、ソノ麓ノハシモトノ橋ヲ月夜ニ見テ候シ」ト語リタラン、アナカチニ面白カラス。卅一字ニヨロシクツ、ケラレタレハ優也。仏ノ義理ヲ含テ、タラニニツラネ給ヘル。哥ノ如シ。争カ其徳ナカラン。（22ウ）

※内…巻五裏書70、成…巻五裏書（途中の「殊勝也」まで）、梵…ナシ、吉…ナシ、刊…一部、巻五下末。

V裏書云、密宗ノ習ニハ、「法命（ママ）所起曼陀羅随縁上下迷悟転」ト云テ、六大法界四種曼陀羅ナラサル法無シ。依報ヲ云ヘハ、寂光ヲ出ス。皆法界宮也。正報ヲ尋レハ本覚ノ仏也。一切衆生菩提ノ相ナルカ故ニ、只ヲノレニ迷ヘハ、覚ヲ背立合シテ衆生トナリ、下々来々シテ、無明ノ海ニ入リ、サトレハ立ヲ背、覚ニ合シテ賢聖ト也。上々去々トシテ、法性ノ山ニノホル。迷悟上下異レトモ、法師躰ハ本ヨリ此方ノマンタラ也。此心ヲ思ツ、ケ侍リ。

自焼野ニタテル薄マテマムタラトコソ人モ云フナレ

坂東ニハヤケタル薄ヲマムタラト云也。和歌ヲ真言ト心得タル事、カタ〳〵文証多シ。道理文明也。「聖人ハ常ノ心無シ、万人ノ心ヲ以テ心トス」ト云ヘレハ、実ニ聖人ハ定ル言ハナシ。万ノ言ヲ以テ言トシテ、タラニヲ説玉フ。何ノ国ノ言カマムタラトナラム。義理ヲ含メハ、必惣持ノ徳アリ。惣持ナレハタラニ也。是ニナソ

ラフルニ、聖人ハ常ノ身無シ。万物ノ身ヲ以テ身トスヘシ。故肇云、「念レシテ万為レ己ト者唯聖人也」。然レハ、諸法ヲ隔テ他トスレハ凡夫也。スヘテハ三科七大本如来蔵也。事ノ新ク始テ仏トナシ給ヘトモ云ヘカラサルヲヤ、コレ也。随他意ノ悟ハナクシ。（23ウ）

> ※内…巻五本文（ただし直後から裏書が続く部位）、成…巻五裏書（和歌までとそれ以後を逆順とする）、梵…巻五本文（小異あり）、吉…巻五裏書（途中の和歌まで）、刊…巻五本文（小異あり）

以上の裏書の傾向をまとめると、次のようになる。

①阿のみ…A・F・K・O・S
②阿・内のみ…G・L・M・N・Q・R
③阿・内・梵のみ…C
④阿・内・成のみ…H・T
⑤阿・内・吉・刊のみ…D・E
⑥阿・内・刊のみ…I・J・P
⑦阿・内・成・刊のみ…U
⑦阿・内・梵・吉・刊のみ…B
⑧全てにあり…V

これらのうち、①に挙げた阿岸本独自裏書以外は、全て内閣本と共通することがわかる。その阿岸本、内閣本の裏書に、時として成簣堂本や梵舜本の裏書が重なることがある。吉川本については、裏書のみで見る限り、刊本と常にセットでその有無が分かれているようである。収録される裏書を巻毎に特色がないか見てみると、巻三は内閣本は元より、梵舜本と共通する裏書、また吉川本、刊本と共通する裏書を持つ。巻四、巻五は内閣本とのみ共通するものが多い以外は、刊本に受け継がれたものが見られる。

阿岸本の巻三までは、主に米沢本に基づく本文であることに変わりはなかったが、巻四以降、米沢本とは大きく離れ、未だ古態を示すとはいえ、むしろ流布本系統の本文に近づいていくという傾向がある。裏書においては、巻三には梵舜本と共通する内容が見られたが、巻四以降は、主に内閣本とのみ共通し、時に刊本にも確認できるものがある。巻三と巻四の間に遺る違和感は、それが系統の異なる本を書写したことに拠るのか、無住の初期的な改変に拠るものなのか、明確にし難いまま残されている。この問題は次章の成簣堂本の項でも引き続き考えたいが、阿岸本が、永仁改訂以前の本文に、時に浄土宗的な独自文、表現を加え、米沢本に次ぐ古さと豊かな情報を持つことは明らかである。

（1）略号は、内…内閣本、成…成簣堂本、梵…梵舜本、吉…吉川本、刊…慶長古活字本、全…上記五伝本全て、とする。また内閣本の番号は本書第七章第二節「内閣本（一類本）裏書集成」の分類番号であり、梵舜本の番号は岩波日本古典文学大系『沙石集』の頁数である。

第四章　成簣堂本の考察

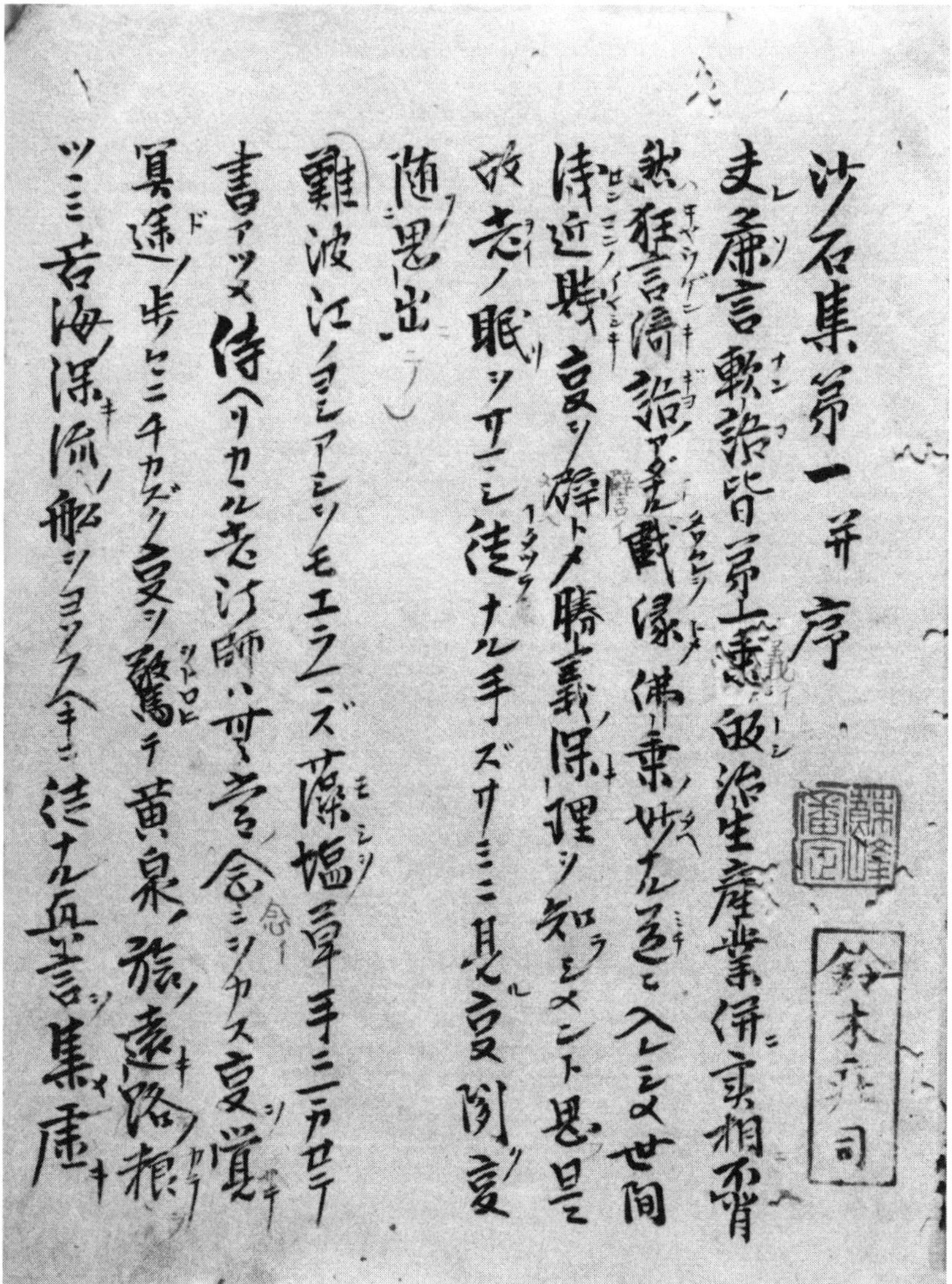

沙石集第一并序
夫麁言輭語皆帰第一義治生産業併不背
然狂言綺語ノ戯縁仏乗ノ妙ナル道ニ入シメ世間
浅近賤事譬トシテ勝義深理ヲ知ラシメント思フ是
故老ノ眠リヲサマシ徒ナル手スサミニ見聞事
随思出
難波江ノヨシアシヲモエラハス藻塩草手ニマカセテ
書アツメ侍リカカル老法師ハ世ノ営念ニシカス事覚
冥途ノ歩ミ近ク成テ黄泉ノ旅遠キ路ノ粮
ツミ苦海深キ流ノ船ヨソヘ徒ナル兵言集虚

成簣堂本序（お茶の水図書館蔵）

第一節　成簣堂本の構成

阿岸本の項で少し触れた成簣堂本について、詳しい考察を行う。成簣堂本については、川瀬一馬により所在の報告はなされていた(1)ものの、『沙石集』の諸本研究に取り込まれることのなかった完本であるので、まずはその書誌と構成について概略を示したい。

一　書誌

当該資料は、成簣堂文庫に蔵される江戸時代初期頃の写本である。縦二十七・四糎×横二十・八糎の袋綴。本文料紙は楮紙。十巻五冊。二巻ずつを一冊に合綴。無地藍色の紙表紙が付いており、原表紙と思われる。第一冊表紙に「青木印」の蔵書票があり、「奴二千〇六十四号」とある。また表紙に朱筆で徳富蘇峰による「古鈔砂石集共五蘇峰所蔵」の直書きがある。各冊前表紙、後表紙の見返しに金銀の切箔、野毛の文様があり、各冊一丁表に「蘇峰審定」の朱の陽刻と「鈴木庄司」の黒印がある。第三冊の表紙にのみ題簽があり「沙石集　五六」とあるが、新しいものである。

本文墨付は第一冊六八丁、第二冊六九丁、第三冊五七丁、第四冊六二丁、第五冊一一六丁。一面十行書き。本文は五筆からなり、書写者は不明。相次ぐ二巻を同一人物が書写している。また他に徳富蘇峰の直筆による識語、(2)巻一のみにイ本との校合を示した朱筆がある。

二　構成

成簣堂本の巻一から巻十までの内容を、簡単に確認しておきたい。(3)大きな問題点を含む巻については、次節以降でより詳しい考察を加えるとして、ここで特色の指摘が可能な巻については、細部についても触れることとする。

【巻一】

成簣堂本の巻一の説話配列を示すと次のようになる。

一、大神宮御事　二、解脱坊上人参宮ノ事　三、出離神明ニ祈ヘキ事
四、慈悲ト智恵アル人貴給事　五、和光利益事　六、神明ハ道心ヲ貴給事
七、生類ヲ神ニ供スル不審事　八、和光ノ方便ニテ妄念止タル事　九、浄土宗ノ人神明ヲ不レ可レ軽事

巻一は説話の目次構成に諸本ともあまり変化が見られないが、第二条が「笠置解脱房上人大神宮参詣事」と題される系統と、「解脱房上人参宮事」とされる系統に大別される。成簣堂本は後者であり、同じ題をもつ写本は他に阿岸本と米沢本が確認できるが、それぞれ微妙に語り口の異なる部分を次に示す。

・「浄土宗人神明ヲ不レ可レ軽事」30ウ〜

成　或浄土宗ノ僧、阿弥陀仏供養シケル時、地蔵ノソバニ立給ヘルヲ便ナシトテ、
阿　或浄土宗ノ僧、説法シケル時、弥陀ノソハニ地蔵菩薩ノ立玉ヘルヲ便ナシトテ、
米　或浄土宗ノ僧モ、地蔵菩薩供養シケル時、アミタノソハニ立給ヘルヲ便ナシトテ、

成　トリヲロシテ様々ニソシリケリ。或人ハ、地蔵信ゼン人ハ地獄ニ落ベシ。
阿　トリヲロシテ散々ニソシリケリ。或人伝ケルハ、地蔵ヲ信センモノハ地獄ニ随ヘシ。
米　取リ下《ヲロ》シテヤウ〳〵ニソシリケリ。或人ハ、地蔵信セン者ノハミナ地獄ニ可《シ》レ随。

成　地蔵ハ地獄ニヲハスル故ニト云リ。
阿　地蔵ハ地獄ニヲワスル故ニト云ヘリ。
米　地蔵ハ地獄ニヲハスル故ヘニト云ヘリ。

成　サラバ弥陀観音モ利生ニハ遊戯モシテ地獄ニコソオハシマセ。地蔵ニ限ルベシヤ。
阿　サラハ弥陀観音モ利益ニハ遊戯シテ地獄ニコソ御坐セ。アナカチニ地蔵ニ限ルヘカラス。
米　ナシ

成　是皆佛體ノ源ヲ知ラズ。差別ノ執心深キ故也。
阿　是皆佛躰ノ源ヲ不知シテ差別ノ執情深キ故ナリ。
米　是皆佛躰ノ源ヲ不レ知差別ノ執心深故也。

ここで注意したいのは、浄土宗の僧が供養している対象である。成簣堂本と阿岸本は、記載順序が異なるものの阿弥陀仏を供養し、傍の地蔵菩薩を取り降ろしたことになるが、米沢本を含む他の諸本では地蔵菩薩を供養し、反対に阿弥陀仏を取り降ろしたことになってしまっている。浄土宗の僧であるし、次に続く地蔵を忌避する文脈から考えれば、信仰の対象は阿弥陀仏でなければならない。そこで成簣堂本と阿岸本のみが内容を正しく伝えていることになり、両本の近さがうかがわれる。

また本巻には数箇所ではあるが、イ本との校合を朱筆で示した部分がある。朱によるイ本校合は第三条「出離神明祈ル事」の最後までであり、第四条に朱は見られず、第五条「和光利益事」から第六条「神明ハ道心ヲ貴給事」の途中まで、固有名詞に朱で合点が施されている。以下朱は一切確認できない。イ本と記す本が諸本の中のいずれを指すかを検討するに際して、参考になる部分を次に抜粋する。(4)

彼経基ニシタシキ神官カ語シカハタシカノ事①年久クナレリト云トモ此事耳底ニ當テ不レ忘依記レ之イニコソ　（6オ・解脱坊上人参宮事）

法身ハ定ル身ナシ万物ノ身(ヲ)以テ身トスト②肇論云佛ハ非天非人ト故ニ能天能人ナリイ・然レハ無相法身所具ノ十界皆一智毘盧ノ全体也　（7オ・出離神明ニ祈タル事）

真如ヲハナレタル縁起ナシ③イ宝蔵論云海ノ千波ヲ湧ス千波即海水也ト・然ニ西天上代ノ機ニハ佛菩薩ノ形ヲ現シテ是ヲ度ス　（7ウ・出離神明ニ祈タル事）

イ本との校合として記された内容は、三箇所とも刊本では本文に組み込まれているので、恐らくは刊本との校合であろう。ただ吉川本で①を同じく校合しながら、そこに「正本云」としていることが気にかかる。吉川本においては「正本」と目されていた本の系統は、どのような性格の本であったのだろうか。②と③は吉川本では本文に組み込まれており、校合方法が成簣堂本と全く同じわけではないので、成簣堂本の校合本は、刊本系統との判断は、概ね適当であろう。巻一直前の序には、『沙石集』という書名の由来を伝える次の一文がある。

彼金ヲ求ル者ハ沙ヲステ《アツメティ》、是ヲ取。玉ヲ瑩ク《翫フィ》類ハ石ヲ破テ《捨ィ》是ヲ拾《瑩クィ》。仍沙石集ト名ク。（成簣堂本）

彼ノ金ヲ求ル者ノハ沙ヲステ、コレヲトリ、玉ヲ瑩ク類ハ石ヲ破ワリテ是ヲ拾フ。仍テ沙石集ト名ク。（米沢本）

彼金ヲ求者ハ沙ヲアツメテコレヲトリ、玉ヲ翫フ類ハ石ヲヒロヒテ是ヲ瑩ク。仍沙石集ト名ク。（慶長古活字本）

右から、成簣堂本の本文は米沢本に代表される古本系統であり、刊本系統の本文によって、校合がなされたことが確認できるのである。

【巻二】

成簣堂本の巻二の目次を、阿岸本・梵舜本・慶長古活字本と対照して示すと次のようになる。(5)

梵舜本	成簣堂本	阿岸本	慶長古活字本
一　仏舎利感得シタル人事	一　【仏舎利感得シタル人事】	一　佛舎利感得人事	一　仏舎利感得人事
二　薬師之利益事	二　薬師如来ノ利益事	二　薬師如来利益事	二　薬師利益事
三　阿弥陀利益事	三　弥陀利益ノ事	三　弥陀利益事	三　阿弥陀利益事
四　薬師観音利益事	四　観音ノ利益ニ依命全スル事	四　依薬師観音現益ニ全レスル命事	四　依薬師観音利益命全事
五　地蔵看病給事	五　地蔵菩薩利益事	五　地蔵菩薩ノ利益事	五　地蔵之看病給事
六　地蔵菩薩種々利益事	（五に含まれる）	（五に含まれる）	六　地蔵菩薩種々利益事
七　不動利益事	六　不動ヲ念シテ魔障拂タル事	六　不動念シテ伏魔障事	一　不動利益事
八　弥勒行者事	七　弥勒行者臨終目出事	七　弥勒行者ノ臨終ノ目出事	二　弥勒行者事
九　菩薩代受苦事			三　菩薩之利生代受苦事
一〇　仏法之結縁不レ空事	八　佛法結縁事	八　佛法結縁事	四　仏法之結縁不空事
	九　袈裟功徳事	九　袈裟功徳事	

右表から、成簣堂本と阿岸本の類似性を指摘できる。特に諸本では巻六の末尾に位置する「袈裟功徳事」を巻二の最後に収録するのは成簣堂本と阿岸本のみであることは、阿岸本の項で述べた通りであるが、成簣堂本は他本にない独自の裏書をもつので次にあげておきたい。なお、巻二の詳細については次節に譲る。

書本ニ又押《ヲシ》紙云、袈裟分ニ心地観経云、「袈裟ハ是人天ノ宝幢之相也。尊重シ敬礼スレバ、得生梵天ニ着スル。袈裟時宝塔相ヲ能滅ニ衆罪一ヲ生ニス諸福一ヲ。袈裟是佛浄衣永断ニ煩悩一作ニ良田一故、身着ニ袈裟一消ニ除十善業一道念増長也」。又云、「若有ニ龍身一被《キテ》ニ一ノ縷《イトスチヲ》一、得レ脱ニ金翅鳥食一スルコトヲ。若人渡レ海、此衣、不レ怖ニ竜魚諸鬼ノ難、雷電霹靂之恐一ヲ。被ニル袈裟一者無レ畏レ。白衣能親ク棒持スレバ、一切悪鬼無ニ能近一コト」。十輪経云、

「占富花雖レトモ萎ト、猶勝二餘花一。破戒ノ比丘勝二外道一」ト。是体不レ失セシテ、ツイニ道果ヲ得故ナルベシ。外道ハ十善ヲ行ズレドモ、輪廻ヲタヾ《(マヽ)》ス。（67ウ・袈裟功徳事）

【巻三】

成簣堂本の巻三の説話配列を示すと次のようになる。

一、癲狂人利口事　二、問註ニ我ト劣タル人事　三、訴訟人蒙恩タル事
四、学生在家人ニツメラレタル事　五、禅師問答是非事　六、律師学ト行ト違タル事
七、小児之忠言事　八、南都児之利口事　九、北京之女童之利口事
一〇、孔子之物語事　一一、栂尾上人物語事

構成としては第八条「南都児之利口事」と第九条「北京之女童之利口事」を同位置に含むこと、第三条「訴訟人蒙恩タル事」を一章段として独立させていることは米沢本・阿岸本と同様であるが、第十一条「栂尾上人物語事」を米沢本は持たない等、細かい話の有無や話順に米沢本とは距離があるので、系統としては阿岸本に近似している。ただ阿岸本にある裏書の多くを、成簣堂本は含んでいない。

【巻四】

成簣堂本の巻四の説話配列を示すと次のようになる。

一、無言上人事　二、聖ノ子マウケタル事　三、上人看病シタル事
四、上人妻セヨト人ニ勧タル事　五、婦人ノ臨終ノサハリタル事　六、上人妻ニ被害タル事

七、臨終ニ執心可恐事　八、入水シタル上人ノ事　九、道心有テ執心可除事

梵舜本を除く他の諸本は第一条と第二条の間に「上人妻後事」の一条を載せるため、記事の配列のみを見れば梵舜本に近いが、第一条の末尾に膨大な量の裏書があり、その最後に、内閣第一類本、阿岸本、真福寺本、『金撰集』のみにある三井寺公舜法印の話を含むことが、一つの特徴としてあげられる。詳細は第三節で述べたい。

【巻五】

成簣堂本の巻五は上下の二巻に分かれておらず、説話配列は次のようになっている。

一、圓頓ノ之学者免二ル鬼病一事　二、圓頓之学解之益事　三、学生ノ生二タル畜類一事
四、慈心有ル者免二鬼病一事　五、学生怨解事　六、学生之見解僻事
七、学生之世間無沙汰事　八、学生之蟻螻之問答事　九、(学生之哥読事)
一〇、(学生之萬事ヲ論議ニ心得タル事)　一一、学生之歌好タル事　一二、和歌之道深キ理リ有事
一三、神明哥ヲ感シ人ヲ助給事　一四、人之感有和歌ノ事　一五、夢之中ノ哥ノ事
一六、哥故命ヲ失事　一七、有心哥事　一八、哀傷之歌事
一九、権化之和歌翫給事　二〇、行基菩薩之御事

まず巻五が本末、上下に分かれていないのは、阿岸本と長享本である。成簣堂本と同様に「万葉カヽリノ歌読タル事」「連歌事」の二条を欠くのは、長享本、東大本、吉川本であるが次の三点から、独自の点も見受けられ、同一系統の本を見いだすことは難しい。

1阿岸本、内閣第一類本に裏書としてある内容の一部を同じく裏書として載せること。

裏書云、遺教経ハ御入滅ノ夜半ノ最後ノ御遺戒也。佛弟子ト云ハン人ハ、是ヲ身モ不レ放翫ビ、読モ覚ベキニ、諸寺ノ僧侶、或ハ都テ不レ見人モ有ニヤ。佛子ノ教ニモ入タカラズ。経ニ云、「汝等比丘、於二諸功徳一ニ、常ニ當ニ一心ニ捨二諸放逸一ヲ、如レ離二怨賊一ヲ。大悲世尊ノ所説ノ利益、皆已究竟セリ。汝等但シ當ニ勧テ、而行レス之。若於山間、若空澤ノ中ニ、若ハ在二樹下閑所静室一ニ、念シテ所レ受法一ヲ、勿二忘失一。常ニ當ニ自ハゲミ精進シテ修レ之。無為空死ハ後ニ致サン有レ悔。我ハ如レ良ノ知テレ病ヲ説レ薬、服スル与不レ服非二醫ノ咎一也。如二善導ノ々レ人ヲ、聞テレ之不行非導クニ過ス也」云々。此一段殊ニ肝要也。故ニ本文要説、人ノ為ニ肝心ノ御遺戒也。壁ノ上ニモ書座ノ右ニモ、可二押文一也。（10オ・学生之歌好タル事）

2阿岸本、内閣第一類本、吉川本の裏書にも一部は見られるが、成簣堂本はそれよりも仏教的解釈を一所にまとめたような次の裏書を載せること。当該部分において、成簣堂本が内容的に一番近いのは阿岸本であるが、阿岸本は、「裏書云」としてまず**「宝鑰ノ中ニ〜殊勝也」**があり、次に成簣堂本にはない北条政村の一首を載せ、**「真言密教ノ異ナレトモ」**があり、次に**「和歌ヲ真言ト〜随他意」**が続いた後、「ノ悟ハナクシ」という言葉で唐突に終わるなど、全く同じ構成とは言い難い。ただ同趣意のものを順不同にした感もあり、諸本の中では阿岸本に近似する。

裏書云、高野大師**宝論**（ママ）**ノ中ニ**問答有リ。俗ノ問ニ、「文書経教文字聞文也。誦センニ何異」ト云ヘルヲバ、譬ヲ以答給ヘリ。「百姓ノ往来、天子ノ勅書、文字一ナレドモ功用異也。勅書ハ経法ノ如シ、文書往来ノ如シ」。此譬ヘ**殊勝也**。**和歌ヲ真言ト**心得侍ル事、「聖人ハ常ノ心ナシ、万人ノ心ヲ心トス」ト云ヘリ。然者、法身ハ言ナシ。万人ノ言ヲ以テ語トシテ、佛法ヲ説給フ言ノ中ニ義理ヲ含バ、必ス惣持也。惣持ナラバ必真言ナルベシ。旁此謂違ヒ侍ラジカシ。肇公云、「念レ万為レ己者唯聖人」云々。サレバ一切ノ言ヲ以陀羅尼トスル、聖人也。大方ハ三科七大本如来蔵也。コトアタラシク始テ佛法トスト云ヘリ。只衆生ノ愚ナル為ニ法号ヲ立也。此レ**随他意**也。自証言語道断也。華厳経ニ云、「毘盧遮那性清浄三界五趣躰皆同、妄念故ニ。生死由実智、故レ証ニ菩提一」云々。真言ノ法門ニ似リ。只曼荼也。迷悟所依也。

真言密教ノ習ニハ、「法爾所起曼荼羅縁上下迷悟轉」ト云テ、六大法界四種曼荼羅ナラヌ法無シ。依報ヲ立ハ寂光ヲ不レ出。皆法界宮也。正報ヲ尋レハ本覚ノ佛也。只已ニ迷ヘハ覚ヲ背キ塵ニ合シテ衆生ト成リ、下々来々無明ノ海ニ入ル。自己ヲ覚レハ塵ヲ背、覚ニ合シテ賢聖ト成テ、上々去々シテ法性ノ山登ル。迷悟上下**異ナレドモ**、法躰本来曼荼羅也。此ノ心ヲ思ヒツヽケ侍リ。一首、

3巻五末所収の伏見修理大夫俊綱の「池上の月」和歌説話は諸本に確認できるが、「空ヤ水水ヤ空トモオボホエズ通ヒテスメル秋ノ夜ノ月」という和歌についての、仏教的な解説は、米沢本、阿岸本、内閣第一類本、成簣堂本裏書にのみ認められる。その解説の最後に次のような一文がある。

肇公云、「天地同レ根、聖一ニスニ躰ヲ一」。此モ是ノ心ナルヘシ。(28ウ・人ノ感有ル和歌事)

これは阿岸本の「池上の月」説話の解説として、

穢土ト浄土ト同寂光、凡心ト仏心ト一覚、天地根ヲ同クシ、凡聖体ヲ一トセル故ニ、カリニハカレタレトモ、観心マコトナレハ、ヘタテ無事、月ヤトレルニ少モタカウヘカラス。(30オ)

と記されていることと同意である。当該部分は阿岸本の独自文であり、阿岸本に比して寡黙ではあるものの、同趣旨の書き入れがあることは、阿岸本との近さを感じさせるのである。なお巻五については第三節で再び詳述する。

【巻六】

巻六は諸本によって収録説話数に大差のある巻であり、古本系は流布本系の約二倍の説話を載せている。この中で成簣堂本の説話配列は、

一、説経師之強盗ニ令発心事　二、強盗問法門事　三、浄遍僧都説法事　四、聖覚法印施主分事
五、栄朝上人之説戒事　六、能説房説法事　七、有所得説法事

となっており、一見して流布本系の構成であることが分かる。しかし諸本が本巻の末尾に配置する「袈裟功徳事」を巻二に掲載していることから、刊本の本文構成とは異なる部分もある。

【巻七】

成簣堂本の巻七の説話配列は次のようになっている。

一、正直ノ女人ノ事　二、正直ナル俗士ノ事　三、正直ニシテ宝ヲ得タル事
四、芳心有人ノ事　五、亡父夢ニ子ニ告テ借物返タル事　六、幼少之子息父之敵打タル事
七、母之為ニ忠孝有ル人事　八、盲目之母ヲ養ヘル童ノ事　九、身賣テ母ヲ養タル事
一〇、祈請シテ母ノ生所ヲ知タル事　一一、君ニ忠有テ栄タル事　一二、友ニ義有テ冨ル事
一三、師礼有ル事

このうち第六条と第十二条は俊海本、米沢本、梵舜本のみにある話であり、古本系に位置づけられる。

【巻八】

成簣堂本の巻八の説話配列は、

一、忠寛事　二、興福寺智蓮坊事　三、伊与坊事　四、我馬不知事
五、【馬カヘタル事】　六、【馬カヘ損事】　七、馬乗テ不得心事　八、心与詞違タル事
九、結解違タル事　一〇、小法師利口事　一一、児飴クヒタル事　一二、姫君事
一三、尼公名ノ事　一四、人下人ヲコカマシキ事　一五、鳴呼マシキ事　一六、魂魄之俗事
一七、魂魄振舞シタル事　一八、【力者法師事】　一九、尾籠カマシキ童事　二〇、便船シタル法師ノ事
二一、船人之馬ニ乗タル事　二二、老僧之年隠タル事　二三、死道不レ知事　二四、歯取セタル事

となっており、同数の説話を収録するのは諸本の中でも梵舜本のみである。流布本系では第二条から第二十一条までが全てなく、現在まで唯一特殊な本文構成をとると目されてきた梵舜本と同系統の写本の出現という意味で、成簣堂本の存在は貴重である。

【巻九】

成簣堂本の巻九の説話配列は次のようになっている。

一、無嫉妬心人事　二、依愛執成蛇事　三、継女ヲ蛇ニ合セント欲事　四、蛇ノ人妻ヲ犯タル事
五、蛇ヲ害シテ頓死スル事　六、嫉妬ノ故ニ損人酬事　七、人殺害ノ酬事　八、僻事者即酬事
九、前業酬事　一〇、先世親殺事　一一、慳貪者事　一二、鷹狩者ノ酬事
一三、鶏子殺テ酬事　一四、鴛ノ夢ニ見ヘタル事　一五、畜生之霊事　一六、経ヲ焼テ目失事

一七、佛鼻薫事　一八、廻向之心狭事　一九、愚癡僧成牛事　二〇、不法蒙冥罰事
二一、天狗人ニ真言教タル事　二二、執心堅固ナル依佛法蕩タル事　二三、貧窮ヲ追出事　二四、耳賣事
二五、真言巧能事　二六、先世房事

目次の語句は流布本系とほぼ同一であるが、第二十二条〜第二十六条の順序は流布本系とは異なり、古本系である。流布本系ではこの五条が二五→二二→二三→二四→二六の順番で収録されている。流布本系と古本系を折衷したような形態は本文にも表れており、米沢本の本文に成簣堂本の裏書を加えると流布本系の本文になるところが、第一条、第九条、第十八条などに頻繁に見受けられることが特徴である。古本系と流布本系の成立事情を検討するうえで、本巻は課題を多く含んでいるので、第四節で改めて考察する。

【巻十】

巻十について、流布本系では巻十の前半を巻九にあてているので、古本系と推定できる。色々と複雑な問題を含むので、第五節において改めて検討したいと思うが、第一条「浄土房遁世事」にある、恵遠法師説話の本文に、新たに「廬山遠法師事」と題名を付した上で、後半部分に次のような本文を載せる。これは神宮本とのみ共通するものである。

（前略）往生ノ大事ヲ遂タリト云ヘリ。白蓮社ノ堂ノ前ニ池アリ。蓮ヲ殖タリケルヲ、恵遠法師、是ホリ棄テサス。其故ハ、花ヲ見バ、餘念起テ念佛ヲ忘レントナリ。行人ノ教ニ相応スベシ。善導ノ釈ニ云、「念々不捨者、是名正定之業」ト。四修ノ作業是也。等閑リニ行ジテ、必定ノ往生ト打固メテ、厭離穢土ノ心薄ク、欣求浄土ノ思ヒ浅クハ、蓮台ニハ乗ハヅレヌベキヲヤ。（54ウ・廬山遠法師事）

（1）『お茶の水図書館蔵新修成簣堂文庫善本書目』（平成四年）の解題には、「明暦・万治頃写。美濃本。十行片仮名交り。達筆。藍色原表紙付。第一冊表紙に「青木印」の蔵書票あり。青木信寅旧蔵。各冊首に「鈴木庄司」黒印記を捺す。巻初の部分にイ本との朱校あり。流布本と同本文であるが、版本の移写ではないようである」とある。

（2）「予別蔵吉田神龍院梵舜手写砂石集一部焉。此書雖不詳筆者、要是非凡手也。且其書體各巻不同。然以其風趣卜之蓋可不降足利氏末期乎哉。明治四十四年五月仲一夕於青山草堂。蘇峰逸人」（巻十116ウ〜）

（3）各巻の系統を考察する際、説話配列からその系統が顕著に判明するものは説話配列をもって、それだけでは判断しかねる複雑な事情もつ場合は、他本との本文校合結果をもって検討を加えている。

（4）朱による校合箇所をより明確にするため、当該箇所の本文も共に載せた。①〜③の符号は引用者による。

（5）本稿全てにわたり、本文にある題をもととし、各巻頭に掲げる目次も適宜参照した。なお表の見方は次のようである。

一、巻頭目次に題があり本文に題がないものは【　】に括り、逆に目次に題がなく本文に題があるものは（　）に括った。

二、目次にも本文にも題がなく内容があるものは説話番号を記して（　に含まれる）とした。

三、慶長十年古活字十行本の点線は、上下の区切りを示す。

第二節　成簣堂本巻二の考察

『沙石集』巻二は諸仏菩薩の霊験譚が集められているが、永仁の改訂以前にも、種々手が加えられている。成簣堂本本文の特色とその位置を明らかにするために、本節では主に米沢本・梵舜本・阿岸本との本文比較を行い、この四本の前後関係解明の一助としたい。

一　巻二の構成

まず巻二の諸本の題目については、前節の表（100頁）を参照されたい。表に米沢本は掲げていないが、題目はほぼ成簣堂本と同一であり、ただ成簣堂本の最後にある「袈裟功徳事」を収録していないという違いがある（米沢本では巻六にある）。成簣堂本の巻二を考えるとき、二つの段階で考察を進める必要がある。一つは梵舜本・刊本等にある話が成簣堂本・阿岸本・米沢本にはない場合である。結論から言うと、この差異は無住の永仁三年の改訂加筆を経たか経ないかによって生じたものと考えられ、条で言うと第五条「地蔵菩薩利益事」と次条（表では（五に含まれる）と示した）に相当する。今一つは、成簣堂本・阿岸本・米沢本の系統の中で足並みが揃わない場合の本文異同であり、主に第七条「弥勒行者臨終目出事」に相当する。この差異は、おそらく阿岸本・成簣堂本の事情によって生じたものと考えられる。

以上の二点を考察の主眼としたい。

二　地蔵菩薩関連説話の異同

諸菩薩の霊験を説く巻二の中で、地蔵菩薩に多くの紙面が割かれていることは、従来指摘されてきた通りである[1]。それは無住が若年時代を過ごした常陸国において、地蔵菩薩信仰を称揚する律宗西大寺の叡尊・忍性の影響を受けたこと等、堤禎子の一連の研究[2]によってその背景も解明された。ただ『沙石集』の地蔵関連説話はどの本にも同様に多く見られるというよりは、加筆を経て徐々に量を増やしていったと考えられ、無住が若年時代に端を発した地蔵への憧憬を後々まで持ち続け、地蔵関連の言説、書物等を積極的に収集し続けた背景も考慮せねばならない。ともあれ地蔵関連説話の多さは明白であるので、その収録状況を見ていくこととする。

第五条「地蔵菩薩利益事」と次条に含まれる話を新編日本古典文学全集（米沢本）の小見出しによって掲げると次のようになる。

①炎魔天供
②地蔵の看病
③地蔵の利益
④鎌倉の浜の地蔵
⑤仏像を修復すること

⑥勘解由小路の地蔵
⑦駿河国の殺生を業とする男
⑧火車の迎え
⑨古地蔵の歌
⑩井に落ちた子
⑪利益も信心の浅深による

このうち④以降を梵舜本・刊本等は章段を分け、新たに「地蔵菩薩種々利益事」とする。梵舜本・刊本は③と④の間に建仁寺僧正栄西の書とされる「地不ノ決」や、恵心僧都の妹安養尼に関する説話を載せるが、成簣堂本・阿岸本・米沢本には一切ない。このあたりを、内閣第一類本では裏書として二箇所に載せており、もとは裏書であったものが、梵舜本・刊本では本文化されたのであろう。刊本ではこれらの説話の後に、次のような無住による永仁の識語を載せる。

永仁三年十一月二十一日、此書文字謬アリ。少々書入度事候マヽニ、満七十ノ老眼ヲ拭テ、悪筆ナカラ少々裏書仕候畢。本愚老草レ之、不意ニ草案ノマヽニテ洛陽披露、闇顕ニツケテ、其憚多シ。只愚俗ノ一念ノ信心ヲス、メン為ナリ。智人ノ前ニス、メカタク侍リ。沙門　無住

このことから、成簣堂本にない一連の話は、後の改訂によって加筆されたものと考えられる。この他にも、第六条「不動ヲ念ジテ魔障ヲ拂タル事」にある、やはり「地不ノ決」に関連する記述、梵舜本では第九条にあたる「菩薩代受苦事」の章段そのもの、第八条「仏法結縁事」にある「毒鼓ノ縁」（詳細は249頁）に関する記述は、成簣堂本・阿岸本・米沢本には全てない。ただし「菩薩代受苦事」については、永仁三年の改訂を同じく経ていない

と推測される吉川本に存在するので、この永仁改訂以前に加筆されたものと判断される。無住は巻二について、永仁改訂以前にも手を加えていることは他の異同からも確実であり、一言で増補記事とは言っても、各々がどの時点で加筆されたかの細かな判断が重要となってくるが、成簣堂本が永仁三年の改訂を受けていない本文を持つとの推測は概ね間違いではあるまい。

三　弥勒行者事

成簣堂本第七条「弥勒行者臨終目出事」の本文は、先の地蔵菩薩関連説話のように、成簣堂本・阿岸本・米沢本の特徴が一致しない。成簣堂本と阿岸本はほぼ同文であるが、米沢本との足並みがずれてくるのである。この間の事情を考えていきたいと思うが、成簣堂本の本文については、本節末に収録した第七条の全翻刻A〜G（115頁以下）の記号をもとに話を進めていく。

まずAとBについては、本文に多少の差異はあっても話の流れはほぼ同様である。Cから徐々に、同じ先達の言葉でも違ったものを引用するなどして、米沢本とは微妙にずれを生じる。例えばCの善導や懐感禅師の言葉でも、成簣堂本では「中下輩菩提心有ベシトハ見ヘズ」、「下品モ微少ノ菩提心有ベシ」（点線部）の言葉を引用するが、米沢本では、

懐感又、「菩提心ハ九品ニワタルベシ」ト尺セリ。導和尚、「到彼花開方始発心」ト尺シテ、極楽ニ生ジテ後ニ発心スベシトミヘタレドモ、「発心ニ浅深アリ。彼レハ深位ノ発心也。余師ノ尺ハ浅位ノ発心也」ト、末ノ師会尺ヲ設ク。師資ノ義ソムクベカラズ。

となっている。

次にDでは、安養と都率の勝劣を説明し、Eでは弥勒と阿弥陀の勝劣を、それぞれ聖人と賢人になぞらえて解説している。どちらを信心してもその心に誠があれば往生が可能であるが、強いて言えば、賢人が世を遁れるように、極楽から来迎して衆生を救済する阿弥陀よりも、聖人が俗世に交じり猶光を失わないように、穢土で衆生と共にありながら利益する弥勒の方が勝れている、という結論に達するのである。このDとEに共通することは、あくまでも弥勒と阿弥陀の二尊に焦点を絞り、その勝劣を語ることに終始一貫していることである。対して米沢本は、

観音・文殊・弥勒等ヲ久住娑婆の菩薩トイヘルハ、利生ノ願ニヨリテ、化身カリニ住シテ、実ニハ浄土ニ御坐スヤウニハ覚ユレドモ、真実ニハ法性ハ無辺也。何レノ処カ寂光ニ非ル。心ニ高下アリテ、穢土トハ云也。自身ノ本不生ヲ覚リナバ、何カナル形カ仏ニ非ラン。悟ルヲモテ仏トス。形ヲモテ尊トセズ。三十二相ハ輪王ノ相也。必ズシモ尊トカラズ。

という記述に代表されるように、弥勒と阿弥陀の両尊に益あることを端緒として、広く諸菩薩の形に拘泥せずに信心することの重要さを説いている。

FとGの間には、米沢本では膨大な量の本文がある。阿岸本の項で述べた醍醐の乗願房（宗源）の話と真言礼讃に関わる解説である。成簣堂本は阿岸本同様、これらを全て含まない。

最後に、重要な点を指摘しておかねばならない。Aに含まれる「永仁ノ末ノ此ニヤ」という言葉である。本話は、唯心房上人の真言伝授に関する逸話であるが、それを、成簣堂本は「永仁ノ末ノ此」の出来事とするのである。これまで、成簣堂本は永仁三年の改訂を受けていないとの予測をたててきており、一見、この言葉はそれに抵触してしまうのである。しかし本話は米沢本から刊本に至るまで、全ての伝本に認められるものであり、そこ

ではすべて、

文永年中ニ他界（米沢本）

文永ノ末ノ比ニヤ（阿岸本・吉川本・梵舜本・内閣本・長享本・神宮本・岩瀬本・刊本）

となっている。つまり文永年間（一二六四〜七四）であれば、無住の『沙石集』脱稿時（一二八三）より以前のこととなる。成簣堂本においてなぜ永仁の末のこととされたのか、不明であるが、この一語によって永仁の改訂を受けた、とするには、あまりにも全体としての矛盾点が多いのである。永仁の改訂を確実に受けている神宮本、岩瀬本、刊本においても「文永ノ末」のこととなっていることからも、この一語は、永仁の改訂の有無とは無関係なところに源を発していると言わざるを得ない。成簣堂本自体の問題として、書写を繰り返されるうち、「永」の字をもとに書き誤られた等、後世の問題とすべきかと現時点では考えている。

（1）このことに触れた主な先行研究として、小島孝之「無住晩年の著述活動小考―附、無住著述関係略年譜―」（実践女子大学文学部紀要22　昭和五十五年三月）→『中世説話集の形成』（若草書房　平成十一年）、小林直樹「『沙石集』地蔵説話考―裏書記事の検討から―」（説話文学研究35　平成十二年七月）→『中世説話集とその基盤』（和泉書院　平成十六年）がある。

（2）「無住と常陸「北ノ郡」」（日本仏教史学17　昭和五十六年十一月）、「常陸・北下総における律宗教団の痕跡」（鎌倉66　昭和六十六年五月）、「中世地蔵信仰のトポス　上・下―常陸・北下総の場合―」（月刊百科355・356　平成四年五・六月）、「若き日の無住道暁と常陸国」（月刊百科367　平成五年五月）

【附】成簣堂本巻二第七条「弥勒行者臨終目出事」翻刻

弥勒行者臨終目出事

A近比八幡清水ト云処ニ、唯心房ノ上人トテ、貴真言師ノ聞ヘテ、広沢ノ真言保寿院ノ流レヲ受テ、弥勒行者トシテ、都率ノ上生ヲ願ヒ、一筋ニ修行セシ人也。道場ニ都率ノ内院現ジナム（56ウ）ドシテ、有相ノ瑜伽成就ノ行者也。中比縁ニサヘラレテ、暫ク現ゼヌ事ノ有ケレドモ、又行ジテ常ニ現ジケルトゾ承シ。慈悲アル人ニテ、法モヤス〱トサヅケヽリ。或僧真言ノ心ザシ深ク侍ガ、当指事アリテ関東ヘ下向ス。上洛シテ伝授申ベキヨシ聞ヘケレバ、「必上リテ習給ヘ。末代ナレバトテ真言ノ功能ノヲロカナル事ナシ。穴賢。人ニ披露シ給ナ。真言ノ功能ミセ奉」トテ、舌ヲ指出サセテ、印ヲ結ビカクルニ、舌ノサキ甘キ事、甘露モカクヤト覚ユ。サテ又印ヲ結テ取様ニスル時ハ、其味ウセヌ。鈴ノ印ヲ結テフルニ、如法有ガタキ鈴音シケリ。「是ハ真言ヲヲコサセ奉為ナリ。ユメ〱口外ニ不ㇾ可ㇾ被ㇾ出」ト、ヨク〱口カタメラレシトテ、被(ママ)同法ノ僧（57オ）語侍キ。永仁ノ末ノ比ニヤ。胎蔵ノ行法シテ後、鈴モフラズシテ、礼盤ノ上ニ坐シテ入滅ト聞キ。「弥勒ノ浄土常ニ現ジケレバ、内院ノ往生無疑」トコソ、弟子ニモ申サレケルニ合テ、修行ノ体マコトニ目出聞ユ。弥勒ヲバ胎蔵ノ大日ナンド習ヘバ其故ニヤ。行法モ胎蔵ニテヲハラレケレ。内院ノ往生ヲ遂テ、高祖大師ニモ値遇セラルラント、返々浦山シク目出コソ覚ユレ。

B凡弥勒ノ御事ハ、顕ニハ補処ノ当来ノ導師也。都率ノ往生、上生経ノ文ノ如ハ、生因甚ヤスシ。一称南無ノ功、一念布求（ママ）ノ志、タトヒ菩提心ナキ類、生死ヲ解脱セント思ハヌ人マデモ、上生ノ志アレバ必往生シテ、慈尊ノ教化ニ預ルベシト見タリ。心地観経ニハ、「末法ノ善男（57ウ）子一摶食ヲ衆生ホドコサン人モ、此功徳ニテ、弥勒ヲ見奉テ、龍花会ノ中ニ解脱スベシ」ト云リ。釈迦ノ遺弟袈裟ヲモカケ、一善ヲモ行ジ、三帰ヲモ持ム輩ニ是ヲ度シ給ベシ。

C極楽へ往生スル程ノ人ハ申ニ不レ及、彼機ニ及バザラン人ハ、上生ヲ願ベシ。極楽ヨリモ生ジヤスキヨシ、先徳ノ尺ニ是多シ。天竺ノ風儀ヲ、クハ上生ヲ願フ。其故ハ同界ニシテ便リアリ。生因甚ダヤスシ。菩提心トモ云ハズ。又報土ニモアラズ。極楽ノ往生ハ浄土論ノ文ニ、「必ズ菩提心ヲ発スベシ」ト見タリ。随ツテ曇鸞ノ注ニハ、「彼土ノ受楽ヲ聞テ、楽ノ為ニ願ハン人ハ、不レ可レ生ズ。菩提心有テ生ズベシ」ト云ヘリ。ヨノツネノアサキ菩提心モ、上ニ菩提ヲ求メ、下モ衆生ヲ利スル、実ノ志シ也。善導ノ尺ニハ（58オ）、「中下輩菩提心有ベシトハ見ヘズ」。然懐感禅師ハ、「下品モ微少ノ菩提心有ベシ」ト尺シ給ヘリ。

D廻向ニ二アリ。往相ノ廻向ノ上求還相ノ廻向ハ下化也。サレバ善導モ、「道俗時衆等各発無上心」ト尺シ、又「同発菩提心」トモ尺シ給ヘリ。菩提心无シテ極楽ヘハ生ガタシ。然ニ都率ハ菩提心ノ文ナシ。イカナル行業ニテモ生ズベシト見ヘタリ。況ヤ少シ菩提心モ有ランヲヤ。但安養・都率ノ勝劣ノ中ニ、安養ハ不退ノ国也。都率ハ内院外院アリテ、退位ナリト云ヘリ。実ニ其勝劣ハ然レドモ、是ハ生ジヤスキカタ勝タリ。又タトヒ外院也トモ、慈尊ノ教化ニヨリテ、三会ノ庭ニ参ズル事アラバ、道ヲモ悟ルベシ。是ヲクダス（58ウ）ベカラズ。スベテ古徳ノ云ヘル如ク、諸仏ノ方便真実ニハ隔テナシ。安養ノ行者モ都率ノ行者モソシルベカラズ。弥勒行者モ弥勒（ママ）ノ行者ヲソシルベカラズト云ヘリ。一仏浄土ニ生ヌレバ、諸仏ノ浄土隔ナシ。只イヅレニテモマメヤカニ願ベシ。往生スベシ。是非偏執ナクコソ。

E又真実ノ意ナラバ、都率ハ蜜厳ノ浅略蓮花ノ如シ。安養ハ花蔵ノ浅略、花葉ノゴトク、同一ノ浄土也。隔アルベカラズ。又弥勒ハ胎蔵ノ大日、弥勒《マヽ》ハ金剛ノ大日、或ハ文殊ヲモ金ノ大日ト習ヘリ。又三十七尊ノ中ニ、西方ノ無量寿ノ四親近、法観音・利文殊・因弥勒・語浄明ト云ヘリ。果仏ハ因ノ菩薩ト争カヘダテアルベキ。一往（59ウ）勝劣ヲ蜜厳ノ意、因ヲ実トモ果ヲ権トス。其故ハ菩薩ノ形、在家ノ威儀本有不レ改ノ義也。果仏ハ羅髪形、出家ノ威儀也。ヨツテ世間ヲステ、道ニ入ル形ヲシメシ給ヘリ。サレバ真実ノ自性清浄本不生際ニハ、取捨ノ義モナク道俗ノ形モナシ。在家ノ形ヲアラタメ、穢土ノ境ヲ出デズシテ、菩薩ノ俗形ヲアラタメ、都率ノ穢土ヲハナレ、内院不動法界宮殿自性不変ノ本有薩埵コソ、甚深ノ習ニテ侍シ。其躰ヲ云ヘリ。三如平等ノ理ニ住シテ、四生ノ群類ニスコシキノヘダテナク、其用ヲ論ズレバ、恒順衆生ノ願ヲマナビテ、六趣ノ含識暫モハナレズ、利益猶スグレテコソ侍ルラメ。弥陀ハヲロカナルモノニ世間塵（59ウ）労ヲ出テ、出家ノ形トナラン事ヲ示、弥勒ハ穢土ヲ欲天ニ処シテ、本有ノ悟ヲ開カン事ヲ教給ヘルニコソ。サレバ穢土ニシテ、衆生同シテ利益シ給ヘルハ猶勝、浄土ニシテ、来迎シ給ハ少シウトキ道理也。世間ノ賢人ハツカヘズシテ山ニ入、耳ヲアライ牛ヲ引キ、薪ニコガレ蕨ニウヘシガ如シ。聖人ハ国ニツカヘナガラ世間ニクマズ、涅ニアリテクロマズト云テ其徳勝タリ。此故ニ弥勒三界ヲ出ズシテ穢土ニ居ト云ヘリ。聖人ノ如シ。弥陀ハ浄土ニマシマス。賢人ニ似給ヘリ。蜜教ノ談、フカキ習モ侍ルニヤ。

F高野政処ニ、弥勒ヲ立奉テ、大塔ヨリ五里ハ百八十丁也。胎蔵ノ百八十尊ニアツ。大塔ヨリ奥院ヘ三十（60オ）七丁ハ、金剛界ノ三十七尊ニアテ大師御入定アリ。大師ハ観音ノ垂跡、或金剛薩埵トモ申ニヤ。弥陀ト同事ナレバ、金ノ大日ニヲハシマス。仍両部アヒハナレズ。実ニハ勝劣ナシ。不二ノ大塔一智ノ自証ニ帰ス。一往来権実ヲ論ジ難易ヲ談ズ。機ニノゾム利益実ニ高下ナクコソヲハスラメ。今ノ菩提実外成仏ノ外路ノ一義ニヨレバ、弥勒ハスグレ給ヘリトミヘタリ。

G末代ノ真言ノ益有ベシ。経ノ中ニハ見ヘタリ。ヒトヘニ醍醐ノ妙薬、陀羅尼蔵ノミ深シテ、無明ヲノゾキ、涅槃ヲサトラシムト説ナリ。此義シラヌ人ハ、蜜教ハ上代利根ノ人ノミナラフベシ。在家愚鈍ノ分ニアラズトテ、アゲテ是ヲソシリトヲザカル、ヲロ（60ウ）カニコソ。法身ノ自証説ナレバ世ニタフル事ナク、憶持不忘ノ教ナレバ生々ニワスル、事ナシ。三僧祇ノ修行ヲ一念ノ阿字ニコムル徳アリ。持チヤスク悟ヤスシ。一字ノ陀羅尼ヲ説ハ鈍根ノ者モ習ヤスシ。本有ノ曼荼ヲシメセバ重障ノ者モ悟リヤスシ。智恵ナキモ深信スレバ利益アリ。観念ヲロカナレドモ加持ノ力ツヨクシテ、悉地成ジヤスシ。近ハ諸仏ノ浄土ニ生、遠ハ遮那ノ花台ニウツル。現世ハ煩悩障ヲノゾキ、当来ハ菩提ヲ得モ者ヲスクウモ其説頼アリ。国土祈モ其験イチジルシ。如来内証ノ秘蔵、衆生頓悟ノ法門也。イカニモ結縁シ、シイテモ修練スベキヲヤ。

第三節　成簣堂本裏書の問題——巻四・巻五を中心として——

成簣堂本には要所要所に裏書が見られるが、その裏書の内容や位置関係によって、成簣堂本の性格をより明らかにすることが可能である。本節では巻四・巻五の裏書について考察したい。

一　巻四第一条「無言上人事」

巻四の題目配列は第一節で既に触れた。巻四は第一条「無言上人事」が、第二条以降に匹敵する程の膨大な量を持っており、刊本等では第一条のみで巻四の上巻が終了している。成簣堂本巻四の裏書は、この「無言上人事」に集約されており、他本との相違も当該部分に顕著であることから、「無言上人事」末尾にある裏書の全翻刻を本節末（134頁以下）に示し、AからGの記号を用いて以下、考察する。

まず巻三まで著しい類似性が認められた阿岸本との関係であるが、この巻四からは距離が出てくる。依然として本文の流れは一致するところが多く、流布本系統の諸本や梵舜本と比較したとき、同じ箇所が成簣堂本と阿岸本だけ脱落している、という場合がかなりある。しかし裏書の問題となると、まずAについては同じ裏書でも、阿岸本では「無言上人事」の末尾ではなく前半部に既に挿入されており、位置がずれていることになる。またGの三井寺公舜法印の話は同じく末尾にあるが、阿岸本では「裏書」となっていない上、本文も少し異同がある。B～Fに至っては阿岸本には存在しない。ではこの裏書だけを視野に入れた時、最も近い本は何かと考えると、内閣第一類本という答えとなる。内閣第一類本は、やはり「無言上人事」の末尾に、「裏書」として、成簣堂本のA～Gを順番通りに、内容もほぼ同質なものを収録している。最後のGについても内閣第一類本は成簣堂本とほぼ同文であり、それに比して、阿岸本の本文を次に示して比較してみたい。

中比三井寺ニ、公舜法印ト云ケル学匠、熊野参テ、往生極楽ヲ祈請給ケルニ、法花ヲ読誦シテ法楽シ給ケル。示現ニ、「我本地弥陀観音ナレドモ、愚癡ナル族ラ、今生ノ事ノミ功中申ニアヒシラウマ、ニ、心ノヒマモナシ。粉河ノ観音ハ霊威無明也。参ジテ申バイト安カルベシ」ト示シ玉ケレバ、驣テ粉河ニ参テ、法花勤行シ給ケル。示現ニ一偈ヲ結テ告給ハク、「法花即我体也。我即極楽主ナリ。汝讃ヨ嘆於我ニ、来迎ニセン於汝ニ」。御約束ナジカハ違ヘズ。臨終正念ニシテ来迎ニ預リ、往生ノ素懐ヲ遂タリト記セリ。是又御開題ニ符順セリ。立方不レ可レ感ニ疑心一。御神ノ示現、先達ノ風儀仰テ、可ニ信行一。末代ノ愚侶澆李ノ偏学ニ倣テ、不レ引レ改。智恵ハ通達シテ同体ノ徳ヲ運ビ、行業ハ相応シテ一門ニ功ヲ尽セ。是先達ノ御口伝ナリ。（阿岸本）

成簣堂本、内閣第一類本に見られる「証誠殿ノ両所権現ノ示現」、「古物語ニアリ」等の言葉はなく、阿岸本独自文（傍線部）が認められる。このように末尾に独特の本文を加筆する方法は、阿岸本の特色である。巻三までほぼ同構成と言えた成簣堂本と阿岸本が、裏書を中心として見ると、巻四から距離感が出てくることに関しては、成簣堂本の問題なのか、阿岸本の問題なのか即断はできない。第三章第一節で述べたように、阿岸本は当初「巻三終」とあったものに、後に縦線を二本足して「巻五終」と直した本であり、阿岸本自体が巻三と巻四の間に断絶を持つ本である可能性もあるからである。ともあれ成簣堂本は裏書のみで判断すれば、内閣第一類本と近いことは間違いないが、内閣第一類本の本文は流布本系統であり、成簣堂本の本文は古本系であるという決定的な違いを持ち、本文自体はやはりまだ阿岸本に近い部分が多い。この間の事情を、諸本全体でもう少し考えてみたい。

まず先のA〜Gの裏書は、無住自身の記したものかという疑問であるが、CとE、Dの一部（波線部）が刊本を始めとした諸本では本文に入っており、内容的に乖離したものではないことから、殊更無住と無関係なところで後補されたとする必要はない。A・B・D（波線部以外）・F・Gについては、Aが同内容のものが裏書として阿岸本にある他は、内閣第一類本を除いた諸本には確認できないが、要所要所で似通った趣旨の言葉が、本文にまま見受けられるので、内容的に巻四に含まれるものとして異質とは思われない。ただこの成簣堂本そのままの内容は、内閣第一類本を除く諸本には一切見受けられない、という事実があることも確かである。『沙石集』全体の裏書の傾向としては、当初裏書であったものが、後の流布本系統では本文化されていく、というのが常套なのだが、そういう意味では、成簣堂本の裏書は流布本系統に受け継がれなかったといえる。一旦裏書されたものの、後に削除された、ということになるが、そこには何か意味があるのだろうか。

再びGについて考えてみたい。Gは三井寺の公舜法印が熊野へ参詣して、法花経を読誦して祈念したところ、「粉河へ行け」という示現を受け、粉河の観音から「法花即我躰、我身極楽主」という一偈を授けられ、極楽往生したという話である。観音から受けた一偈からは、観音＝法花＝阿弥陀という図式が見て取れ、それは末尾に「弥ヨ法花観音同躰ノヨシ疑ヒナシ」とあることからも、この話をもって言わんとしたことは自ずとわかるのである。つまり法花阿弥陀観音同体説であるが、米沢本で希薄であったこの思考を、より強固にするための裏書と思われる。ところがこれが流布本系に相承されなかった理由は、刊本でこの位置にどのような本文が存在するかということから探ることができる。

①或念仏者云、「観音地蔵ナドイヘバ、鼻ガウソヤヒテオカシキゾ」ト。地蔵ハセメテヨソニモオモフベシ。観音ヲオカシクアナヅラバ、来迎ノ台ニハノリハヅシナンカシ。オホカタハ遍一切処、無相ノ真金ヲモテ諸仏菩薩四重曼荼羅ヲ造ルト釈シ給ヘリ。十界ノ身、何レカ真実ニハ大日法身ノ垂迹ニアラザル。衆生猶実ニハ一体也。同ク六大法界ノ体ナルユヘニ。マシテ仏菩薩ヲヘダテンヤ。コトニ地蔵ハ弥陀観音ト同体也。真言ノ習ニ、胎蔵ノ曼荼羅ハ大日一ノ身也。コレヲ支分曼荼羅トイフ。一々ノ支分一善知識トナリ、有縁ノ機ヲ引テ、菩提ノ道ニ入ル。然ニ弥陀ハ大日ノ右肩、観音ハ臂手、地蔵ハ指也。観音院ノ地蔵トテ御坐。又地蔵院ニ九尊御坐。コレ一方也。或口伝ニハ、六観音六地蔵ト成給。

②三井大阿闍梨慶祚ハ顕密ノ明匠也。山ノ西坂本ノ人宿リノ地蔵堂ノ柱ニ、「法蔵比丘ノ昔ノスガタ、地蔵沙門ノ今ノ形、蔵字思合スベシ」トカケリ。寛印供奉コレヲミテ、書取テ柱ケヅリテケリト云ヘリ。弥陀地蔵一体ノ習シレル人ナルベシ。（以上、慶長古活字本）

刊本では右のような記述となっている。①と②に共通する趣旨は、地蔵は阿弥陀と観音と同体であるということである。米沢本の時点では法花阿弥陀観音同体説であり、Gにおいてはその思想が公舜の例話のもと補強された訳だが、①と②の加筆によって、それをさらに法花阿弥陀観音地蔵同体説にまで拡充したということである。当該部分が内閣第一類本では裏書となっていることも、後の加筆であることをうかがわせる。当初法花阿弥陀観音同体説の例証として収録された三井寺公舜法印の話は、そこに地蔵の同体説が加えられた上は、もはや同じ三井寺でも②の慶祚の話に包含される形となり、わざわざ『沙石集』に残しておく必要がなくなったと思われる。となると、成簣堂本A〜Gの一連の裏書は、古いタイプの裏書と思われ、後々の改訂によって削除されたものを多く含むと捉えることが出来る。本文が古本系と流布本系と違いのある成簣堂本、内閣第一類本に、なぜ同種の裏書が残されたのか、今のところ理由は不明である。ただ阿岸本の巻五が、内閣第一類本と全く同様であったことを思い起こすと、末尾に付された裏書だけがそのまま単純に相承された、いわば裏書が一人歩きをした事例と捉えることが出来るかも知れない。

二　巻四第二条以降の問題

巻四前半については、既存の諸本のいずれかと全く系統が同じである、と結論づけることが出来なかったが、本文は阿岸本、裏書は内閣第一類本という大体の傾向をつかむことは出来た。ここでは後半部分について、今少し考えてみたい。まず成簣堂本と梵舜本を除く諸本は、第二条として「上人妻後事」をもつ。この「上人妻後事」は米沢本にも刊本にも存在するので、この章段がないことが、本文の新旧を考える指標とはならないが、本文の内容から見て、成簣堂本、梵舜本は非常に近い構成を持っている。「上人妻後事」は前半で妻に先立たれた上人が隣人の慰問を受けた際に、「これからは妻を持たない聖でおりましょうか」と語ったことから、昨今は妻帯しない聖は稀であり、なおかつそれを隠そうとしない聖が多いことを、後白河院の「隠すは聖人、せぬは仏」という言葉を引用して説いている。後半は、愛欲が多くの欲の中でも如何に恐ろしい罪であるかを、文証をあげて説明しているが、この後半部の解説の一部のみが、成簣堂本、梵舜本では巻四の末尾に収録されているのである。「上人妻後事」という章段自体はないが、その解説部分のみは残して、巻四の締めのような形で移動した、ということになろうか。確かに内容的には、愛欲の罪深さをまとめており、上人と妻帯をテーマとして例話を連ねてきた巻四の総括としてふさわしい内容ではある。当該部分を梵舜本の本文で示すと次のようになる。

「愛ハ事ナリ」ト云ヘリ。生死ノ苦ノタヘズ、会離ノ悲ノツキセヌ事、偏ニ愛欲ノ因縁ナリ。老子ナヲ云ヘリ。「罪ハ可欲ヨリ大ナルハナク、禍ハ不知足ヨリ大ナルハナシ」ト。可欲トハ、色欲ヲ愛スル事也。不知足トハ、財宝アキタラハヌ心ナリ。宝貪ル貪欲ノフカキモ、多ハ妻子ヲ養フ因縁ナレバ、源トハ色欲ヨリヲコレリ。経ニ云、「欲ニ近ヅキナルレバ、諸ノ罪トシテ、ツクラズト云事ナキ故ニ、彼果ヲウクル時、苦トシテウケズト云事ナシ」ト云ヘリ。只今生ニ心ヲワヅラハシメ、身ヲクルシムルノミニアラズ。臨終モ妄念ヤミガタク、愛執ワスレザルマヽニ、出離ノサワリトナリ、悪趣ニ入テ苦ヲウク。是ヲ養ハムトシテ、我身ヨリヲモキ妻子アレバ、恩愛ノツブネトナリテ、欲ノ為ニツカハレテ、父母師長ノ恩田ヲモ報ゼズ、三宝勝妙ノ敬田ヲモ供ゼズ、無縁ノ孤独ノ悲田ニモ施セズ、殺生・偸盗・邪淫・妄語・貪瞋・嫉妬・愚癡・放逸、アラユルトガ、是ヨリヲコル。サテツヰニ前後ノ相違、別離ノ苦患ニシヅミ、癡愛ノ水ニヲボレ、哀傷ノ炎ニコガレテ、輪廻ノ苦ミタヘズ。不浄ナリ、無常ナリ、苦悩也、怨妬タリ。毒蛇ニ類。徳ヲヤブリ道ヲ損ジ、楽スクナク災ヲ、シ。フカクヲソルベシ、厭ウベシ。南山大師ノ云、「四百四種ノ病ハ、宿食ヲ根本トシ、三途八難ノ苦ハ、女人ヲ根本トス」。色ニヨリテハ慉リヲ生ジ、財ニヨリテハ慢ヲ生ズ。（梵舜本）

米沢本や流布本系統の諸本ではこの後にもまだ解説が続いている。最後の傍線部以後の本文を、米沢本、刊本で示してみる。

色ニ依リテハ慉ヲ生ジ、財ニヨリテハ悋ヲ生ジ、慉テ又悋ム。余ノ徒ラアリトイエドモ又ミルニタラズ。今法ヲ解ル人共ヲ見ルニ猶財色ニ貪ス。（以下略）（米沢本）

今法ヲ解レリト云人ヲミルニ、猶財色ニ貪ス。（以下略）（慶長古活字本）

刊本では、米沢本の波線部の記述を欠いている。当該部分のみで考えれば、当初は米沢本のごとき本文であったものを、成簣堂本、梵舜本では位置を変更した上で省略した形で収録した、と捉えることが出来る。また梵舜本の最初の「愛ハ事ナリ」（二重傍線部）という言葉であるが、日本古典文学大系の頭注にも指摘するように、このままでは意味不明の言葉である。しかし当該部分を成簣堂本で確認すると、

「愛ハ是諸ノ煩悩ノ足」トモ云テ、「三界ノ獄ニ人ヲツナグ鏁ハ婬欲ノ事也」ト云ヘリ。（成簣堂本）

となっており、梵舜本は途中が脱落したものであったことがわかる。成簣堂本の出現によって、梵舜本の本文系統が杜撰で突飛なものではなく（誤写や脱落はあるが、もとの本文自体が杜撰なわけではない）、このような本文を持つ本が系統として存在したことが確認されたわけである。

成簣堂本巻四全体を通して考えると、第一条「無言上人事」（流布本系では上巻）は本文は阿岸本に近いものの、最後の裏書は内閣第一類本と全く同質であった。しかし第二条以降（流布本系では下巻）は梵舜本と同じ本文構成となっており、巻四に終始一貫して類似した系統を、現存の諸本から見いだすことは難しい。ただこの「無言上人事」は、米沢本・阿岸本・成簣堂本という初期的諸本の中でも異同が特に目立つわけであるから、無住にとっても力の込もった、試行錯誤のなされた部位であることは明らかなのである。

三　巻五上

巻五は和歌説話が集中して収められている。成簣堂本では巻五を、上下の区分なく一貫して続けているが、論を進める都合上、ここでは刊本等での上下巻に分けて考察する。巻五上巻下巻の境目は、第一節に掲げた題目（102頁）の第十二条「和歌之道深キ理リ有事」と第十三条「神明歌ヲ感シ人ヲ助給事」の間である。まずは巻五上巻の本文について分析を加える。

第三条「学生ノ畜類生タル事」では、成簣堂本、米沢本、梵舜本を除く諸本は末尾に長文を載せる。阿岸本にも存在するが、当該部分の直後に、裏書として異文を続けているので、ここも本来は裏書であった可能性もある。第五条「学生怨解事」では、米沢本、梵舜本にある長大な文章を成簣堂本では欠いており、その本文は阿岸本、刊本とほぼ同文なので、ここまでの時点では阿岸本に近いのではないか、ということになる。成簣堂本第七条「学生之世間無沙汰事」の末尾には、流布本系諸本では成簣堂本巻三第九条にある「北京之女童之利口事」を収録しており、詳細については阿岸本の項（77頁）で述べた通りである。

裏書の問題に移ると、既述（103頁）の通り、第十一条「学生之歌好タル事」と第十二条「和歌之道深キ理有事」に裏書がある。前者の「裏書云、遺教経…」の裏書に関して言うと、阿岸本、内閣第一類本にも同じように認められるが、この二本は当該部分の後に、裏書としてまだ別の文章が続いており、それらは刊本には受け継がれていない。

後者の「裏書云、高野大師…」以下については、この前後は諸本で異同が甚だしく、改変のあったことを想像させる痕跡が多く残っている部位である。まず成簣堂本の裏書を再録した上で、裏書の前後にある和歌三首の異同を諸本で見てみたい。

裏書云、高野大師宝論《（ママ）》ノ中ニ問答有リ。俗ノ問ニ、「文書経教文字聞文也。誦センニ何異」ト云ヘルヲバ、譬ヲ以答給ヘリ。「百姓ノ往来、天子ノ勅書、文字一ナレドモ功用異也。勅書ハ経法ノ如シ、文書往来ノ如シ」。此譬ヘ殊勝也。和歌ヲ真言ト心得侍ル事、「聖人ハ常ノ心ナシ、万人ノ心ヲ心トス」ト云ヘリ。然者、法身ハ言ナシ。万人ノ言ヲ以テ語トシテ、佛法ヲ説給フ言ノ中ニ義理ヲ含バ、必ス惣持也。惣持ナラバ必真言ナルベシ。旁此謂違ヒ侍ラジカシ。肇公云、「念レ万為レ己者唯聖人」云々。サレバ一切ノ言ヲ以陀羅尼トスル、聖人也。大方ハ三科七大本如来蔵也。コトアタラシク始テ佛法トスト云ヘリ。只衆生ノ愚ナル為ニ法号ヲ立也。此レ随他意也。自証言語道断也。華厳経ニ云、「毘盧遮那性清浄三界五趣躰皆同、妄念故ニ。生死由実智、故レ証ニ菩提一」云々。真言ノ法門ニ似リ。只曼荼也。迷悟所依也。真言密教ノ習ニハ、「法爾所起曼荼羅縁上下迷悟轉」ト云テ、六大法界四種曼荼羅ナラヌ法無シ。依報ヲ立ハ寂光ヲ不レ出。皆法界宮也。正報ヲ尋レハ本覚ノ佛也。只已ニ迷ヘハ覚ヲ背キ塵ニ合シテ衆生ト成リ、下々来々無明ノ海ニ入ル。自己ヲ覚レハ塵ヲ背、覚ニ合シテ賢聖ト成テ、上々去々シテ法性ノ山登ル。迷悟上下異ナレドモ、法躰本来曼荼羅也。此ノ心ヲ思ヒツ、ケ侍リ。一首、

〈和歌の異同と収録順〉

①タダ頼メシメチカ原ノサシモ草我レ世ノ中ニアラム限リハ

②聞クヤイカニツマ呼フ鹿ノ声マテモ皆与実相不相違背ト

③自ラ焼ケ野ニ立テルススキヲモ曼荼羅トコソ人ハイフナレ

米	①	(②)	(③)
梵	①	②	③
成	①	②	×
阿	①	②	③裏
吉	①	②	③裏
内	①	②	③
長	③	①	②
東	①	②誰モキケ	③
神	①	②タレカキク　イ本	③
岩瀬・刊	(③)	(①)	(②)タレカキク・キクヤイカニ

まず先の三首の掲載順を示し、裏書に入っている和歌は「裏」、②の傍線を付した初句に異同があるものはそ

れぞれ記した。②の初句の異同については、次の『雑談集』の記事が参考となる。

聞ヤイカニ妻ヨブ鹿ノ音マデモ皆与実相不相違背ト

或人初ノ句ヲ難云。申スニ付テ、此ハ彼ノ宮内卿ノ名歌「聞ヤイカニウハノソラ」ノ句ヲ取テ侍ル。名歌ノ一二句ヲ取テ、風情カハレルハ、皆古人ノ用処ナルカト思計也。但カレヲトラズトモ、初ノ句ヲ「誰カ聞ク」トナヲステヤ侍ル覧、此ハ心猶々深ク侍ル也。（『雑談集』巻四）

②の和歌について、初句を当初「聞ヤイカニ」としていたものを、或人の助言を受けて、「誰カ聞ク」に直した経緯が記されている。『沙石集』における異同も、こういった事情を受けてのものかと思われる。この三首の和歌の異同から、当該部分における諸本の流れをまとめておきたい。

まず米沢本・梵舜本では①②③の順に並んでいる。内容は両者ほぼ共通するが、米沢本では②以下を「或本ニ云」としており、本来は米沢本そのものには存在しなかった可能性もある。梵舜本は本文として、すべて収録している。成簣堂本・阿岸本・吉川本には、米沢本・梵舜本にはない共通点が見られる。それは③が裏書に入っていたり、存在しなかったりということである。③の本文の相違を、米沢本・梵舜本タイプ、成簣堂本・阿岸本・吉川本のタイプで比べてみたいと思う。

又真言ノ意ニハ、「法爾所起曼陀羅、随縁上下迷悟転」ト云テ、万法ミナ曼陀羅ナリ。縁ニ随テ執スレバ迷トナリ、通ズレバ悟成。體性（胎蔵…米沢本）ハ天然ノ曼陀羅ナリ。此意ヲ思ツヾケ侍リ。

オノヅカラヤケ野ニタテルス丶キマデ曼陀羅トコソ人モイフナレ　坂東ニ焼野ノス丶キヲマタラト云ナリ　（梵舜本）

裏書云、密宗ノ習ニハ、「法命（ママ）所起曼陀羅随縁上下迷悟転」ト云テ、六大法界四種曼陀羅ナラサル法無シ。依報ヲ云ヘハ、寂光ヲ出ス。皆法界宮也。正報ヲ尋レハ本覚ノ仏也。一切衆生菩提ノ相ナルカ故ニ、只ヲノレニ迷ヘハ、覚ヲ背立合シテ衆生トナリ、下々来々シテ、無明ノ海ニ入リ、サトレハ立ヲ背、覚ニ合シテ賢聖ト也。上々去々トシテ、法性ノ山ニノホル。迷悟上下異レトモ、法師躰ハ本ヨリ此方ノマンタラ也。此心ヲ思ツ、ケ侍リ。

自焼野ニタテル薄マテマムタラトコソ人モ云フナレ

坂東ニハヤケタル薄ヲマムタラト云也。(阿岸本)

梵舜本と阿岸本に代表させて本文を比べると、右のように阿岸本は内容がいくらか拡充されている。成簣堂本は表に示したように③を含まないが、先の翻刻が最後に「一首」で切れていることからして、この後に続けるつもりであった可能性があり、内容的にも、③が裏書に含まれる阿岸本・吉川本と同様に考えて差し支えない。内閣第一類本は③を裏書とはしていないが、本文の内容が共通するのでやはり同じ系統といえるのである。

次に順番が①②③と同様であるにも関わらず、②の初句が「誰モキケ」「タレカキク」となっている流布本系統の東大本・神宮本は、『雑談集』で示した事情を経た結果と思われる。ただし初句を従来通り「聞ヤイカニ」としつつ、順番が③①②となっている長享本との前後関係は今ひとつはっきりしない。

四　巻五下

巻五下に見られる裏書は二箇所である。一つは第十四条「人之感有和歌事」の末尾にある、次のような内容のものである。

裏書ニ云、伏見修理大夫俊綱、月ノ夜、歌僊寄合テ会ノ有ルニ、田舎ノ夫ノ、トノヰシケルニ、「アレ夫、歌ト云コトハ知ルカ。歌読カシ。暇トラセン」トナヲサリニ云ヘバ、「暇タニ給ルヘクハ、案シテ見候ハメ」

ト云ヲ愛シテ、「子細ナシ。能ク読タラハ勧賞モヲコナフヘシ。池ノ上ノ月ト云題ヲ、心ハ水ノ上ニ月ノヤトリタル心ヲ思ツ、ケヨ」ト云ヘハ、池ノ辺ニヨリテ、ウメキスメキテ、「ツカマツリ候」トテ、

ソラヤ水ミツヤソラトモヲモ、ヘスカヨヒテスメル秋ノ夜ノ月

其夜、是程ノ秀歌ナカリケレハ、大ニ感シテ、彼所帯公役、一向免シテ、永代ヲ限テ、相違ナキ下文ヲタヒテケリ。

此ノ歌ハ、真言加持ノ法門ノ心、実ニ明也。自深キ心有ヘシ。加持ハ感応ノ異名也。加ハ応、持ハ感也。サレハ、「水澄時ハ、仏月影ヲヤトス」ト云ヘリ。誠ニ心清ク信心澄ミ、観念明ナレハ、浄土ノ依正心ニ浮ミテ、我心仏ノ心、此ノ穢土彼ノ浄土、無㆓キ隔㆒事、池ノ上ニ月モ空モ浮メル如シ。空ハ浄土ノ如シ。池ハ穢土ノ如シ。月ハ仏心ノ如シ。水ハ月カト見レハ水ナル事、観念誠有ル時ニ似リ。

サレハ真言ノ中ニ、本性ノ加持ト云コト有リ。経云、「観世蓮花ハ、即同㆓一切仏㆒、随テ取㆓レハ一名号㆒ヲモ、作㆓ス本性ノ加持㆒ヲ」ト。加持モ無ク由相応スルコト無シ。本ヨリ凡聖一躰也。浄穢不二也。混沌未分ノ時、天地陰陽一気也シカ如シ。随縁ノ仮相分タレドモ、本一ナル故ニ、天性相即感応道交リテ、凡聖モ交徹シ、浄穢モ融即スルヲ、本性ノ加持ト云。尊法門也。古人云、「凡聖交徹、当凡心即聖心也。事理則即シテ、事相无真也。取意」。能々心ヲ留ヘシ。肇公云、「天地同㆑根、聖一㆓ニス躰㆒ヲ」。此モ是ノ心ナルベシ。

田舎の夫が歌会の座興のような形で、「池上の月」という題で歌を詠むように言われた。思いがけず最高の秀歌を詠んだので、公役を子々孫々まで免除された、というのが前半であり、後半はこの和歌の意味を、真言の加持の教えとして読み解いている。当該部分は、米沢本、梵舜本、阿岸本、内閣第一類本に確認できるが、米沢本では本文として、阿岸本、内閣第一類本では裏書として収録している。梵舜本には前半部のみが本文としてあり、

後半の仏教的解釈は全くない。この前後の本文の流れを確認すると、成簣堂本は米沢本、阿岸本と似通う部分が多い。当該部分は既に小島孝之によって問題提起され、裏書が本文化されていく行程を示した部分であるとの結論を得ている。(1)小島の論を参考としつつ、本裏書付近の説話配列を米沢本で示すと次のようになる（説話番号は新編日本古典文学全集による）。

二　人ノ感有ル和歌事　〔一〕～〔四〕
人有感歌。有心歌中ニ可レ入歟　〔五〕～〔一六〕
人有感歌　〔一七〕～〔一八〕
一連歌事　〔一九〕～〔四八〕

本裏書は〔五〕・〔六〕として、「人有感歌。有心歌中ニ可レ入歟」という注記の直後に収録されている説話である。成簣堂本はその後〔七〕～〔四〇〕までを欠き、〔四一〕～〔四八〕に続いている。ちなみに〔四〇〕は、梵舜本・阿岸本・内閣第一類本・刊本では「万葉カ、リノ歌読タル事」という題目を付与されており、米沢本では〔四一〕～〔四八〕の各頭に一つ書きがなされていることから、〔四〇〕以前の説話については線引きがなされる必要があり、その加除について何らかの操作がなされたことは確かであろう。〔七〕～〔四〇〕までを全て欠き、〔四一〕以降に話が連結することは、成簣堂本だけの問題ではないが、成簣堂本は米沢本の注記部分に該当するほとんどの説話を欠いており、その中には連歌に関するものの全てが含まれていることも注意すべきである。刊本では巻五下の巻末に連歌関連の記事と「万葉カ、リノ歌事」が一括して付け加えられているので、このあたりが元は裏書であったことに疑いはない。阿岸本でもこの周辺は「連歌難句付タル事」、「万葉懸ノ言ノ事」として確認できるので、成簣堂本は、元は裏書であった部分をすっぽり切り捨てた状態と言える。吉川本・長享本・東大本・神宮本にもこの二章段が全くないので、裏書書写の有無がそのまま表れたということである。

次に二点目に移りたい。第十九条「権化之和歌翫給事」の最後に含まれる次の裏書である。

裏書云、教ト禅トハ如二シ父母一ノ。禅ハ父、教ハ母也。父ハ礼儀ヲ教テアラ、カ也。母ハ細ニナツカシ。教門ノ細ナルガ如シ。又教ハ飢テ食スル如シ。禅ハ腹フクレタルニ、瀉薬ヲ以テ下スガ如シ。共ニ有置。空ク行テ満テ帰トテ、物モ不知者ノ、因果ノ道理ヲ知リ、迷悟凡聖ノ差別モ知ル大切也。飢テ食スルガ如シ。又知見解会、仏見、法見共ニ放下シテ、仏法ニ相応スル禅門ノ方便、腹フクレタルニ、下薬ニテタスカルガ如シ。又教モ遂ニハスツレバ、食シテ下ガ如シ。禅モ又大用現前スレバ、下薬ノ後ニ補薬ヲ服スルガ如シ。禅教相資テ仏法ハ目出カルベシ。サテコソ、迦葉結集セシカ。又諸宗ノ智多ハ、終禅門ヲ悟。即チ、忠国、嘉、高上座等、其教誡多シ。教学ノ禅門ヲ不信、智恵ノ浅、現心ウトキ故ニテ、又我宗ニ深ク功ヲ入テ、無レ不二是思一故カ。無二キ宿習一故カ。

同内容のものが、梵舜本・阿岸本・内閣第一類本・東大本・神宮本を除く諸本にある。米沢本では本文として確認できるが、頭に「一」と記していることと、次の「行基菩薩之御事」に条を分けず突入する点が異なる。刊本でも本文として収録しているが、後半の「禅教相資テ…」以下を全て欠いている点が大きな違いである。米沢本では「一」と付して話を始めているので、この部分も元は裏書であり、米沢本の純粋な本文系統とは距離をおくべきであろう。というのは、米沢本が古態を残した本であるとは言っても、細部に及んでは加筆を受けている可能性があり、米沢本の本文自体は現存諸本の中で最も古態性を帯びていると言えるが、話順や内容に疑問があるものについては、何らかの加筆を受けたことを考慮して、慎重に検討することが必要と思われるからである。米沢本全般を通して感じることは、たとえ裏書にあった内容のものでも、「裏書」とは記さずに本文に続けて書写したのではないか、ということなのである（特に文頭に「一」と一つ書きされているものに関しては注意を要する）。そう考えると、成簣堂本の巻五は米沢本からあまり遠くない性格を持つものであり、米沢本・成簣堂本に見られる元は裏書の当該部分が、後に刊本において本文化されたということになるが、その際「禅教相資テ…」以下は欠落したらしい。阿岸本は巻五の途中で唐突に終わっているので当該部分付近を残しておらず、もし現存していたら同じように裏書として同様な記述を確認できたかもしれない。

成簣堂本の裏書は、内閣第一類本の裏書等と比較すると、流布本系統の本文にあまり影響を及ぼさなかったものが多い。それは巻四の法花阿弥陀観音地蔵一体説のように、後々それを補強する思想に内容を入れ替えた時、不要になって削ったと思われるものもあった。全体的に言えることは、成簣堂本の裏書は早い段階で加筆されたものを多く含むということである。『沙石集』諸本の成立の全般的な視点からすると、初期的な事情を含み、米沢本のような古態性を帯びた本文を起点として、試行錯誤が繰り返された過程の一端を伝える伝本として位置づけることができる。

（1）「沙石集の一説話から―諸本成立過程の遡行―」（実践国文学13　昭和五十三年三月）→『中世説話集の形成』第二部第三章第二節「『沙石集』の成立過程についての一試論」。

【附】成簣堂本巻四第一条「無言上人事」裏書　翻刻

無言上人事

A 裏書云、賢愚経ニ中ニ、在世ニ聖者乞食ニ或貧家ヘ行。夫婦互ニ物ヲオモヘル色アリ。是ヲ互ニ問ニ、二人共
ニ同心同語ス。聖者ニハ逢難シ。此衣ヲ供養セムト思ヘリ。但我一人ガ衣ニ非ズ。仍互ニ其心中ヲウカヽウ由
ワヒテ、同心ナレバ是ヲ内ヨリ投出シテ供養シケルヲ、沙門ノ云ク、「僧ニ供養ヲノブルニハ手ニサヽゲテコ
ソ供ズレ。此作法非儀也」ト云。答云、「夫婦共ニマヅシクシテ、二人ガ中ニ一衣ヲキテ互ニサシヲイテ侍リ。
ハダカナル事ヲ恐レテ出ズ」ト云。沙門此志ヲ感ジテ、丁寧ニ呪願シテ、仏ニ詣テ此事ヲ申ニ、折節国王夫人
此事ヲ聞テ、感ノ余ニ衣裳多ク給ハリテケリ。召出サレテ種々ノ讃嘆アリ。是順現業也。是レ物ナケレドモ、
志アレバノ手本也。是ヲ覚スレバ無也ト云。覚ハ分別ニ非ズ。一念無念ニ帰シ、法躰ニ相応スルヲ覚ト云也。
後念ヲ仏ト云モ此ノ無念ノ念、無覚ノ覚也。言ニハ（50オ）不レ可レ寄。義ニヨルベシ。

B 現量ハ法相宗ノ法門、三量ヲ立ツ。現量王門二識、比量第六三量二道、非量第七識。現量ハ前五識、并ニ第八識ノ因分ノ境ヲ縁
シテ分別ナキ事、鏡ノカゲ縁スルガ如シ。比量ハ第六識、計度分別スル此也。非量ハ第七識、無我ニ我ヲ計シ、
第八識見分ヲ縁シテ我ト計ス。ヒガ事ヲ非量ト云。黄色ヲ青色ト見ナラバ、第六識ニモアリ。天台ノ観心ニ無
記報識ノ上ニ十乗ノ観ヲ用。是法躰ニ近故也。観行ハ常ニ是ノ処ヲ守ルベシ。花厳ノ五教ヲ立テ判属時、禅師
ヲバ頓教トシ、天台ヲバ一乗教ニ入ナガラ、同教一乗ト云フ。別教一乗ハ我宗猶深シト思ヘリ（50ウ）。

C護法清弁ノ門徒相互ニ問答アルベカリケルニ、清弁ノ云、「汝ガ唯識ト云ヘルニ違セムトテ且ク唯境ト云。実ニハ唯識ニモ非、唯境ニモ非ズ。弥勒成仏ノ時、此事証明トシテ決スベシ。当時ハ菩薩ナレバ用ズ」トテ、岩ノ中ヘ入テ岩ヲ閉テ入定ト云ヘリ。是ハ一法性ノ中ニ寂照ノ徳アリ。寂ハ境也如也。照ハ智也心也明鏡也。銅ト明トノ如ク、一水ノ照ト潤トノ如シ。而レバ明ニ境ヲ樹スルハ唯識無境ノ如。銅ニ明ヲ樹スルハ唯境無識ノ如シ。是ノ二義ナルベシ。偏執スベカラズ。花厳経ノ文証明ナルベシ。如ノ外ニ智無キハ、三論ノ唯境ノ法門、智ノ外ニ如無キハ、法相ノ唯識ノ法門。若不立宗者、非唯識ニモ非唯境ニモ只心空寂滅也。三徳秘密蔵也。天台ノ云、「有ト云トスレバ其ノ色（51オ）質ヲ見、不得無ト云ムトスレバ三千ノ慮相ヲコス」。又云、「有ト云トスレバ妄語也。無ト云トスレバ邪見也」。三宗三教ノ和合ノ事、宗鏡録第三十四巻ノ半分以下ニ有レ之。又圭峯禅源説詮中有レ之。上巻ノ終。道人尤是見給ベシ。仍書レ之。

D文殊問経ノ意ハ出世ノ戒也。是地上ノ戒ナル故ニ。分別ヲハライト制ス。戒ハ位深ケレバ制モ深ク細也。教文不レ知人ハ上位ニハ戒モ不レ守ト思ヘリ。利生ノ時十悪ヲ行ズレバ犯ニ非ズ。皆利益アリテ開スルコトアリ。扶律顕常ノ事、止観ノ大意ヲ尺シ給フ。義例云、「散引諸文縁ニ於一代一ニ文躰正意ハ唯帰レ経ニ。一ニハ依ニ法花顕実一ニ、二ニハ依ニ涅槃扶律顕常一ニ。以ニ此二経一ヲ同ニ醍醐味一故ト云キ。法花ハ先ノ四味ヲ（51ウ）以テ方便トシテ、当機ノ為ニハ推門実ニ少シ。其ソラ安楽行品ニハ律義也。涅槃ハ偏被末代ノ教ナル故ニ、権実相並テ常住ノ妙解ヲ用テ開会ノ意ヲ得テ前三教ヲ捨テ殊ニ律義堅ク守ル。是ハ頓ナレドモ行ハ漸也。機情頓ニ盡難キ故也。天台ノ口伝ニ、「能入ノ門ハ花厳ノ三法妙ノ中ニ心法ヲトリ、所入ノ躰ハ法花ト実躰本迄ノ理也」。修行ノ軌則ハ涅槃ニ依テ戒行ヲ守ル。止観ノ二十五方便ノ中ニ、持戒清浄ヲ細ニ尺シ給ヘリ。此趣也。此程明ナル祖師ノ御尺ヲ見ナガラ、天台ノ学者戒儀ヲヨソニ思アヘル難ニキ心得一風情也。

E如来入滅ノ時、「荼毘ハ人中天上ノ福ヲ願ハム物ニ是ヲ譲テ、我等ハ三蔵ノ（52オ）法門ヲ結集シテ仏ノ恩徳ヲ報ズベシ」トテ、銅ノ楗椎ヲ打テ、一閻浮提ノ有智高徳ノ羅漢一千人ヲ以テ、畢波羅窟ノ律ウバリ誦シ、経ハ阿難誦シテ結集スル事、専ラ迦葉ノ上座トシテ是ヲ行ズ。智論ノ第二ニ巻ニ有レ之。

F忠国師云、「タトヒ道果ヲ得タリトモ、大乗修多羅ニ合セヌハ用フベカラズ」。圭峯云、「縄墨ハ工巧ザレドモ巧者ハ縄墨用、経論ハ禅ニアラザレドモ禅者ハ経論ヲ依憑トス」ト云ヘリ。大論ノ第一ニ、有惣ノ在家人ノ禅門ノ法門ノカタハシ聞タルハ、大乗トハ但禅門計ニアテ余ハ皆小乗ト思ヘリ。無二云甲斐一勿論也。真言止観等ハ云ニ不レ及。念仏ノ法門殊大乗也。是不知是（52ウ）心是仏ノ観経ノ文、至極ノ大乗也。頓教也。止観云、「意論止観者念西方阿弥陀仏等」ト云ヘリ。大日経第六ニ云、「観世蓮花眼即同一切仏」ト云ヘリ。弥陀ノ御名也。一切仏ノ弥陀一仏ノ中ニ同シ合シ給ヘリト心得ベシ。大方ハ一仏ニ一切ノ仏ノ徳ヲ具スル事不レ可レ疑。

G中比三井寺ニ、公舜法印ト云学生有ケリ。一向往生極楽ノ祈請ニ熊野ヘ参詣シテ、法花ヲ誦シ講讃シテ丁寧ニ祈念スル事日数功ツモリテ示現ニ、「我モ本地弥陀観音ナレドモ、愚癡ナル物ドモ世間ノ事ヲノミ祈ルニ兎角案ズル間心ノヒマナシ。粉河ノ観音ハ生身ノ観音ニテヲハシマス。其ヘ詣テ（53ウ）申サバ殊ニ易スカルベシ」ト証誠殿ノ両所権現ノ示現ヲ蒙テ、則チ粉河ヘ参詣シテ読誦講讃シテ祈念スルニ示現ニ一偈ヲ結テ言ク、「法花即我躰。我身極楽ノ主。汝讃二嘆於我一。我来二迎於汝一」。彼御約束ナジカハタガウベキ。臨終目出クシテ往生ノ素懐ヲ遂タリト古物語ニアリ。高野ノ大師ノ御開題ニ符合シテ、弥ヨ法花観音同躰ノヨシ疑ヒナシ。

第四節　成簣堂本巻九の考察

一　巻九の構成

成簣堂本の巻九は、米沢本の巻九、梵舜本の巻七、刊本の巻七下及び巻八上下に相当する。まず成簣堂本巻九の構成を、刊本・米沢本・梵舜本と対照して示す。説話番号は本節末に収載した「成簣堂本巻九　翻刻」（156頁以下）に私に付したものであり、成簣堂本の話の順序を基準にして表にした。×は当該説話を収録していないことを示し、空欄はその場所にはないが、別の場所に同様の話を収録していることを示すものとする。説話の標題は二重傍線によって囲み、巻頭題目ではなく本文に付された題目によって示した。成簣堂本に含まれない話については、「附子原話」、「鼠婿取り話」等の内容を示唆する小見出しを該当する伝本に付し、条を分けない話については（前条に続く）と示した。その他、「裏書」、「簡略化」、「途中まで」等の注記を記載した。

本	章段名															
成簣堂本	無嫉妬心人事	1		2				3	4	5 裏書云	6 裏書	7 裏書	8	9	10	11 裏書云
刊本	無嫉妬之心人事	1		2	5	6	7	3	4				8	9	10	11
米沢本	無ニ嫉妬ノ心ニ人ノ事	1	7	2	×	×		3	4	×	×		8	9	10	×
梵舜本	無ニ嫉妬ノ心ニ人ノ事	1	×	2	×	×	×	3	4	×	×	×	8	9		×

12 裏書	13 裏書	×	依愛執成蛇事	14	15	16	継女ヲ蛇ニ合セント欲事	17	蛇ノ人妻ヲ知タル事	18	蛇ヲ害シテ頓死スル事	19	20	嫉妬ノ故ニ損人酬事	21	人殺害ノ酬事
12	13	×	依愛執成蛇事	14	15	16	継女蛇欲合事	17	蛇之人之妻犯事	18	蛇害頓死事	19	20	嫉妬之故損人酬事	21	人殺害酬事
×	×	恥無き女房	愛執ニヨリテ蛇ニ成タル事	14	15	16	継女ヲ蛇ニ合セントシタル事	17	蛇ノ人妻ヲ犯シタル事	18	蛇ヲ害シテ頓死シタル事	19	20	嫉妬ノ人ノ霊ノ事	21	人ヲ殺シテ酬タル事
×	×	×	妄執ニヨリテ女蛇ト成ル事	14	15	16	継女ヲ蛇ニ合セムトシタル事	17	蛇ノ人ノ妻ヲ犯シタル事	18	蛇ヲ害シテ頓死シタル事	19	20	嫉妬ノ人ノ霊ノ事	21	人ヲ殺シテ酬タル事

22	23		24	25	僻事者即酬事	26	27		28	前業酬事	29	30	31	32	33 裏書云	先生親殺事
22	23	25	24		僻事者即酬事	26	27		28	前業酬事	29	30	31	32	33	前生之親殺事
22	23	×	24	×	僻事スル物ノ酬タル事	26	27	僻事ノムクヒタル事	28	前業ノムクヒタル事	29	30	31	32	×	先生ノ父ノ雉ニナリタルヲ殺シタル事
22	23	×	24	×	僻事スル物ノ酬タル事	26	27		28	前業ノ酬タル事	29	30	×	×	×	先世ノ親ヲ殺事

34	慳貪者事	35	36	37	38	39 裏書云	×	鷹狩者ノ酬事	40	鶏子殺テ酬事	41	鴛ノ夢ニ見ヘタル事	42	43 裏書云	畜生之霊事	44	45
34	慳貪者事	35	36	37	38	×	附子原話	鷹狩者酬事	40	鶏子殺酬事	41	鴛之夢見事	42	43	畜生之霊事	44	45
34	慳貪ナル百姓ノ事	35	36	37	38	×	×	鷹飼雉ニ食レタル事	40	鶏ノ子ヲ殺シテ酬タル事	41	(前条に続く)	42	×	畜類モ心アル事	44	×
34	無情俗事	35	36	37	38	×	×	鷹飼雉ニクハレタル事	40	鶏ノ子ヲ殺シテ酬タル事	41	鴛殺事	42	×	畜類モ心アル事	44	×

46	47	48		49裏書云	経ヲ焼テ目失事	50	51	仏鼻薫事	52				廻向之心狭事	53		54裏書云
46	47	48	鳥獣恩知事	49	経焼目失事	50	51	仏鼻薫事	52	54	55	56	廻向之心狭事	53		
×	×	×	×		経焼キタル事	50	51	仏ノ鼻薫タル事	52	×	×	×	（前条に続く）	53		×
×	×	×	×	×	経ヤキタル事	50	51	仏ノ鼻黒クナシタル事	52		×	×	（前条に続く）	53	10	54

55裏書	56裏書	愚癡僧成牛事	57	58	59			60	61	62	63	不法蒙冥罰事	64	65	66	天狗人ニ真言教タル事	67
		愚癡之僧成牛事	57	58	59			60	61	62	63	不法蒙真言之罰事	64	65	66	天狗之人真言教事	67
×	×	愚癡僧ノ牛ニ成タル事	57	58	×	62	63	60	×			真言ノ罰アル事	64	×	×	天狗ノ人ニ真言教ヘタル事	67
×	×	愚癡僧ノ牛ニ成タル事	57	58	×	62	63	60	×			真言ノ罰アル事	64	×	×	天狗ノ人ニ真言教タル事	67

68	69	70	71	72										執心堅固ナル依仏法蕩事	73	74
68	69／71／72	70			真言巧能事	87	88	89	90	91	92	93	94	執心之堅固由仏法蕩事		74
×	69簡略化		×	×										執心ノ仏法ユヘニ解事		×
×	69簡略化	×	×	×										執心ノ仏法ユヘニトケル事	73	×

75	76		77	貧窮ヲ追出事	78		79	80	81	×	82	83	耳売人事		84	85	86
75	76	39	77	貧窮追出事	78		79	80	81	鼠婿取り話	82	83	耳売人事		84	85	86
×	76		×	貧窮追タル事	78	80	79		81	×	×	×	耳売タル事	85	84		×
×	×	×	×	貧窮ヲ追タル事	78	80	79		81	×	×	×	耳売タル事	85	84		×

真言ノ巧能	87	88	89	90	91	92	93	94	先世房事	95	96	97	98	99	100	101
									先世房事	95	96	97	98	99	100	101
真言ノ巧能事	87	88	89	90	91	92途中まで	×	×	先世房ノ事	95	96	97	×	99	100	101
真言巧能事	87	88	89	90	91	92途中まで	×	×	先世房ノ事	95	96	97	×	99	100	101

102	102	102	102
103	103	103	103
×	×	林下の貧、首陽山の蕨	林下の貧、首陽山の蕨
×	×	人の皮着た畜生	人の皮着た畜生
×	×	白楽天の詩	白楽天の詩
×	×	万劫煩悩の根	万劫煩悩の根

二　成簣堂本と刊本との関係

成簣堂本の特色を考えるにあたって、まず刊本との関わりから明らかにしていきたい。成簣堂本と刊本の本文を比較したとき、最も目立つのは成簣堂本で裏書とされていた本文が刊本では本文として組み込まれ、位置を変更される場合である。まず1〜13までにそれがよく表れている。1〜13は「無ニ嫉妬心一人事」の諸話であり、男女間において嫉妬心を起こすことが如何に罪深いことであるかを知らしめんとする例話と言える。1は遊女のために夫から離縁された正妻が、それを恨むこともなく細々とした心遣いを見せ、遊女もそれに感じ入り、夫に正妻を呼び戻すよう嘆願するといった内容である。その後遊女と正妻は仲睦まじく過ごしたということで、滅多に例のないすばらしいこととして記されている。2・4・5・6・7は夫から離縁された妻が恨む色なく優しい心遣いを見せ、それによって家に留め置かれる、といった内容で一括される。そのうち4〜7は、妻の巧みな和歌の詠み様が離縁を思いとどまらせるきっかけとなっている。3は容姿端麗な西施と醜悪な嫫母の説話から、人を嫉妬することの罪を説いた解説部分であるから、順序としては、5～7を2と3の間に本文として組み込んだ刊本の方が、より練られた構成であると言えるであろう。

次に8～10は、それまでの女同士の嫉妬から、男同士の嫉妬の話に移っていく。妻が間男をもち、それを知った夫がとる態度によって、男の嫉妬とは女に比べていかなるものかを表そうとした諸話である。いずれにも共通しているのは、夫は間男の存在を大らかに受け入れている、ということである。中でも9は天文博士の妻に朝日の阿闍梨が通っていた話であるが、逃げていく阿闍梨に向かって、「アヤシクモ西ニ朝日ノ出カナ」と夫が投げかけると、すかさず阿闍梨が「天文博士イカ、ミルラン」と付け、それを機に、「御分バカリニハ向後許トテ、無レ隔許テケリ」と結ばれている。ただこの部分は、成簣堂本以外は「連歌ナンドシテ許テケリ」となっている。

次に11～13は、成簣堂本では裏書となっている。この三話は、一組の男女の仲において、女の嫉妬心が男のそれよりも勝っていることを示したものと言える。13において、思いがけず山中で契りを交わした山伏と巫女が、事後、巫女は「これからもこのようなことが起こりますように」と祈り、山伏は、「魔界の所為でこのようなことになったが、どうか止めてください」と祈ったことに、その主張は代弁される。つまり「無二嫉妬心一人事」では、1～7で女のもつべき穏やかで嫉まない心、8～10で男の嫉妬心の薄いこと、11～13で、夫婦や恋愛関係、といった、男女が同じ立場にある場合でも、やはり女の愛執は男より激しく罪深いことを強調したのである。女の愛執が男の愛執よりも勝ることは、10の時点で既に主張されているが、11～13を裏書、本文へと加筆していくことで、よりその主張を強固なものにしたと思われる。

このように、既に述べた主張を強化するために例話を足し、その例話が成簣堂本では裏書として条の最後にあり、刊本では本文として適当な位置に移動されたことが確認できる箇所を他に二点指摘したい。

まず「仏鼻薫事」(52)と「廻向之心狭事」(53~56)である。成簣堂本では54~56を裏書としているが、刊本は本文としてこれを52と53の間に移動している。52と53は共に、自分の仏に供養した香の煙が他の仏に散らないようにしたり、草堂供養の廻向に際して、仲の悪い隣人だけは廻向の対象から外すように頼んだり、と、その慳貪の心が報いを受ける話である。成簣堂本裏書の54は地蔵を信仰する尼公が、数ある地蔵の中で一つの地蔵のみに限って信仰した話、55はそれを一向専修の余行余仏批判に結びつけた解説、56は偏執なきままにあらゆる神仏の名をとった長い戒名をつけた女人の話である。裏書に共通するのはその偏執の心の甚だしさであり、先の52と53とテーマとしては同工異曲である。刊本において本文化する際に、場所を移動したのは、そういった解釈の表れと思われる。

次に「天狗人ニ真言教タル事」(67~72)は、修行をしていた僧であっても、心に菩提心なく名利慢心等があると、死後報いを受ける(天狗や異類となる)、という諸話である。成簣堂本では条末の二話71と72が、刊本では69の途中に入っている。ここではどちらも裏書ではなく本文としているが、成簣堂本では最終の二話であるので、もとは裏書であった可能性もある。刊本が69の途中に71と72を挿入した意図は、おそらく「天狗」というモチーフを一括したかったためであろう。67と68はまさしく天狗の話であり、69は天狗とはいかなるものかを様々に典拠を求めながら解説している。71は興福寺の僧が名利の心で修行していたので、死後銅湯を飲むという苦患を受けている話である。ここには天狗の文字はないが、次の72で「真言師ノ中ニモ此道ニ入者多シ。近比高野ニ聞シ真言師モ、天狗ニ成テ後ニ大事ノ秘法ヲ霊ニ付テ弟子ニ授ケルト云ヘリ」とあることから、71も我相驕慢の僧が天狗道に墜ちる例話と捉えるのが妥当である。70は迦葉仏の時代に善行をした者が、その功徳によって死後樹神になった話であるから、天狗の話とは少し距離がある。つまり刊本は67・68・69・70・71で天狗関連の話、悪業悪果の話を一括して先に載せ、最後に善業善果の話で結ぶ構成に整えたということになる。

大きな構成上の違いとしては、「真言功能事」の位置がある。成簣堂本は先の「天狗人ニ真言教タル事」の後に続けて「執心堅固ナル依仏法蕩タル事」を載せるが、刊本は「天狗人ニ真言教タル事」で巻八上を終わり、以下は巻八下として、まず「真言功能事」を載せる。「真言功能事」の内容自体は両本に差異はないので、単に位置をずらしたということであるが、その意図は判然としない。刊本が巻八を上下に分けた際に、「真言功能事」を最も目立つ巻頭にすえたということである。次の「執心堅固ナル依仏法蕩タル事」（73〜77）では、刊本では成簣堂本の76と77の間にあたる位置に、「慳貪者事」にあった39を本文として組み込んでいる。39は成簣堂本では裏書であり、けちな坊主が筝を惜しんだ為に、死後筝の黒虫となった話であり、76と77の慳貪故に死後そのけちった物に関連した物に転生する、というモチーフと同様である。よって刊本は76と77の間に39を移動し、もとの39の位置には、狂言『附子』の原話として著名な、「飴を食った児」の話を新たに加えているということになる。

次の「貧窮ヲ追出事」（78〜83）でも、刊本では81と82の間に「鼠の婿取り話」を加筆している。これは成簣堂本82に、癩病人の女と男が普通の人と結婚しようと思い旅立つが、互いをそれと知らずに結局縁づいた話の後、「鼠ノ婿取ニ不ㇾ違」の文字が成簣堂本にもあることから、もとから発想の中にはあったが文章化していなかったものを、後々改めて本文として書き加えたということになる。

以上のように、成簣堂本の収録説話は刊本とほぼ同じであるが、刊本は成簣堂本では裏書であったものを本文化し、なおかつ話の流れや主張の強化を目指して、適当な位置に移動したことがわかる。『沙石集』前半部の巻二・巻四・巻五では、成簣堂本の裏書はその多くが刊本には引き継がれず、後に削除された古い形のものではないかとの結論を得たが、巻九においては、成簣堂本の裏書は刊本に本文として存在するので、裏書の性格も巻により一様ではない、ということになる。

三　成簣堂本と米沢本・梵舜本との関係

刊本と成簣堂本との関わりは以上であるが、それでは古態を残すと考えられる米沢本との関係はどのようになっているのであろうか。米沢本に独自の説話群を増補した梵舜本との関連も含めて、考えていきたい。

成簣堂本は、米沢本に比して収録説話数が多い。成簣堂本にあって、米沢本にない話を列挙すると、5・6・11・12・13・25・33・39・43・45・46・47・48・49・54・55・56・59・61・65・66・68・69(途中まであり)・70・71・72・74・75・77・82・83・86・92(途中まであり)・93・94・98の三十六話にのぼる。また成簣堂本にあって梵舜本にはない話をあげると、5・6・7・11・12・13・25・31・32・33・39・43・45・46・47・48・49・55・56・59・61・65・66・68・69(途中まであり)・70・71・72・74・75・76・77・82・83・86・92(途中まであり)・93・94・98の三十九話である。成簣堂本に比した場合の米沢本・梵舜本の全体的な傾向としては、成簣堂本の途中の段階で条を終了していることがあげられる。成簣堂本で裏書となっている部分については、ほとんど米沢本・梵舜本では確認できず、成簣堂本から刊本に至る時点で加筆されたと思われる話もすべてない。米沢本と梵舜本はほぼ同様の話の流れをもつが、話の収録姿勢に違いが見られるのは、7・31・32・54・76であり、米沢本の本文から量としては少ないが話が割愛され、成簣堂本や刊本に共通する話の一部を梵舜本が含んでいる、という場合が多い。ここでは論の明瞭化をはかるため、米沢本に代表させて成簣堂本との比較を行い、適宜梵舜本にも触れていくことにする。

まず大きな構成の問題から述べると、成簣堂本の27と28の間で米沢本は一旦条を終え、新たに「僻事ノ報ヒタル事」と題目を付している。しかし26と27の題目も「僻事者即酬事」と大差なく、26・27・28の内容の趣旨もほとんど同じことから、梵舜本・成簣堂本・刊本では題目を一つにしてまとめたことがわかる。反対に連続していた話を新たな題目を付して分割した箇所もある。成簣堂本の「鶏子殺テ酬事」(41)と「鴛ノ夢ニ見ヘタル事」(42)は、米沢本では連続した二話であったが、梵舜本・成簣堂本・刊本では題目を分けている。また成簣堂本の「仏鼻薫事」(52)と「廻向之心狭事」(53)も米沢本・梵舜本では連続していたが、成簣堂本・刊本では二条に分割している。この部分は米沢本と梵舜本の足並みが揃わないが、梵舜本は53の途中に「無ニ嫉妬心一人事」の10を入れ、次話の、成簣堂本では裏書になっている54を、米沢本には存在しないにも関わらず収録している。梵舜本の本文は時に米沢本と、時に成簣堂本や刊本と同調し、中間本的な様相を呈しているのである。

次に内容的な問題を三点考えてみると、まず一点は「執心堅固ナル依仏法蕩タル事」(73〜77)であるが、米沢本・梵舜本は74・75を欠いている。この74・75は因明三支作法について述べたものである。因明は五明(声明・医方明・工巧明・内明・因明)の一であり、宗(命題)・因(理由)・喩(実例)から成る。物事を宗因喩で解き明かす仏教論理学であり、無住はこの方法を「量を立てる」と言っている。この量とは比量のことで、因明の中で、既知の事象に基づいて未知の事象を推論することである。前話の73は、父の遺体を火葬したところ、どうしても焼けない小さい石のようなものがあった。昔天竺で劫毘羅外道が常見を起こし石となったのを、陳那菩薩が量を立てて救ったことを思い出し、諸行無常などの四句を書いて炭の上にのせたところ、石もめらめらと燃え、阿弥陀経一巻を読む間に燃え尽きた、という話である。米沢本ではその後この子息の僧が、あの天竺の故事の出典は何かと尋ねてきた、というところで結ばれているが、成簣堂本は74でまさにその天竺の陳那菩薩の逸話を載せ、75で明恵上人の言葉を無住自身の体験と共に、因明三支作法で説明している。この74と75は、『雑談集』巻三「乗戒緩急事」にも同様に収録されており、『沙石集』において当該部分を含む本は、含まない本よりも後の改変を経た本であるとの印象を受ける。また米沢本・梵舜本では先の73で「最後に阿弥陀経一巻を読んだところ、執心で固まった石のようなものが残り無く燃え尽きた」、とあるが、成簣堂本・刊本ではそういった趣旨の記述はない。後者のように、74と75を加筆して量を立てることの意義を強調したからには、論のきっかけとなった73の話においても、阿弥陀経の効力を必要とせず、「量を立て」たのみで問題が解決した方がむしろ都合よく、割愛したものと考えられる。

二点目は「耳売人事」(84〜86)であるが、米沢本・梵舜本は86を載せていない。さらに85が文頭で次に84が続き、成簣堂本・刊本とは逆順となっている。84は奈良の学僧が、師僧から二箇所の説法を依頼され、布施等の待遇がより良い方を選んだつもりが、散々な目にあう、という話である。85は南都である人に耳を売ったところ、その耳にのみ徳分があったため、売った人にはその後何の福徳も残らなかった、という話である。実は84の学僧と85の耳を売った人は同一人物であり、唯一の徳分である耳を売ったが故に、割の合わない場所を選んで不幸な目にあいました、というくだりになるはずなのだが、米沢本では、梵舜本・成簣堂本・刊本にある、

是モ憑タル耳、ウリタル耳、耳売故トゾ覚ルト、彼僧親リ此子細語リ侍リキ。(梵舜本)

耳売タル故ニ、カヽル不幸事有ト覚候ト語キ。(成簣堂本・刊本)

という言葉が無く、そのまま読んでいると、85の耳を売った人と84の学僧が同一人物であることもはっきりわからない。成簣堂本と刊本では話を逆に進めることにより、「実はこの失敗は耳を売ったからなのですよ」という僧の語りのおちをより効果的に際立たせているのである。そのため、84の説法後の悲惨な状況を入念に書き込むことにも手を抜かない。米沢本では全く無く、梵舜本では簡略な本文を成簣堂本では次のように加筆している。

子共、「サルニテハ、コノ僧トヾメテ孝養セサセ、布施バシモトラセム」トテ、ヲヒケルヲ、人コロシテ、追ニヤトテ、イソギフネヲ漕テ、風ニアブナクシテ、シニハヅレテケリ。（梵舜本）

既ニ船ニ乗テ押出ス程ニ、「サルニテモ此僧空シク帰事無下也ケリ。孝養ノ由ニテ施物トラセン」トテ、使者ヲヤル。馬ニ鞍ウチ押付テ、「暫ク御留候へ」ト云フ。人殺シトテトメテ、若カコタンズルニヤト心得テ、「耳ニナ聞入ソ。コゲヤ〳〵」トテ返事モセズシテコグ程ニ、（成簣堂本・刊本）

右から、成簣堂本と刊本の本文は、米沢本・梵舜本に比してより臨場感溢れた詳細な描写であることがわかる。

三点目は「真言ノ功能事」（87〜94）である。位置の移動については先述の通りであるが、米沢本・梵舜本は成簣堂本92の途中から（「其後彼上人ヲ信ズル事浅カラズ…以下）欠文である。ここで問題としたいのは、同じ箇所に似たような文を収録しながらも、微妙に各本差異のある88である。各本の当該部分を示すと次のようになる。

此事タシカニ霊験奇特ナル故、記置ナリ。タトヒ如レ此ナラズトモ、仏法ニウタカイヲナスベカラズ。疑ヲナサバ、野狐ノ身ヲウケテ永悪趣ニヲツベシト説ケリ。（米沢本）

凡此物語ニ記スル事ニテ、慥ニ聞置タル事ナリ。コトニ法功能、仏神ノ威力、無レ私シ事ナレバ、不レ聞事ヲバ不レ申。三宝御知見アルベシ。ユメ〳〵空キ作ゴト虚誕ナシ。大方ハタトヒ事ナリトモ、道理ニモ不レ背、仏法ニモアハヾ、譬喩ヲ造出シテモ、法義ヲ顕ス事ナレバ、過アルマジキ事也。其上是レハ皆慥ナリ。当世ノ事ヲ多ク記スル故ニ、其名ヲ隠シ、委クカ、ヌバカリナリ。苦シカラヌ事ニハ、少々名ヲモ記ナリ。仏法ノ信ヲ勧ム為ニ、次ニ誓状ニ及ベリ。末代ナンドモ真言ノ功能無レ疑者也。（梵舜本）

此物語ニ書付タル詞ハ少々違事有トモ、虚誕ハ聊カモ侍ラズ。殊ニ仏神ノ徳、陀羅尼ノ験、一言モ虚言ナク侍リ。三宝ノ知見アル事也。後見疑給コトナカレ。（成簣堂本・刊本）

まず明らかなのは、米沢本の本文がきわめて簡略で、しかも内容が他の三本と異質であることである。前話87は、物狂いの女人が観勝寺大円房良胤の加持祈禱によって、呪詛の文字を書いた物を吐き出した、という話である。米沢本・梵舜本では良胤の門徒が加持したことになっており、良胤自身のこととする成簣堂本・刊本とは元から少し異なるが、米沢本88はその話を受けて、「たとえこのような霊験がなくても、仏法に疑いをなしてはならない」という言葉を続けたものである。対して梵舜本・成簣堂本・刊本は前話に限っての言葉ではなく、『沙石集』全体の例話に関しての言葉ともとれる。梵舜本の本文を簡略にすると概ね成簣堂本・刊本のような本文になるのかもしれないが、梵舜本の「たとえ譬喩を作り出しても、それが法義を顕すものであればよい」という主張は独自ととれる。梵舜本は、話末に「これは確かなことである。誰々に聞いたので」といった具合の言葉を付加する場合が他本より多く、とかく話の真実性を強調する向きがあり、その点については阿岸本と対照的である。梵舜本における巻六・巻八の説話の大幅な加筆は、この法義を顕す譬喩の一部として、なされたことなのだろうか。即断は危険であるが、当該部分については、おそらく米沢本のような本文が先にあり、梵舜本はそれに独自の姿勢で真実性を強調したものと捉えることができ、成簣堂本は一部表現が梵舜本と重なるものの、その骨子のみとなっている。

成簣堂本巻九は、米沢本・梵舜本に比して考えると、改訂を加えたより新しい本文を有しており、それは多く刊本の本文と共通するものである。しかし刊本は成簣堂本の裏書を本文化し、話順も再構成するなど、より新しい編集姿勢が見られることから、成簣堂本はその途中段階の本文を有するとの見方が適当であろう。本巻を「巻九」とすることから、古本系統に位置づけることは動かないが、古本系の巻としての枠組みはそのままに、流布本的な構成、本文に改変された内容となっているのである。

【附】成簣堂本巻九　翻刻

沙石集巻九

無嫉妬心人事

1或殿上人、田舎下ヘノ次ニ、遊女ヲ相具シテ上洛シケルガ、使者ヲ先立テヽ、「人ヲ具シテ上リ侍ル也。イブセク思食サンズラン。トク出サセ給ヘ」ト、女房ノ許ヘ、情ケ無申ケリ。女房少モ恨タル気色無シテ、「殿ノ人ヲ具シテ上ラセ給ナル。御儲セヨ」トテ、（1ウ）細々ト下知シテ、見苦キ物計取シタヽメテ、諸事有リツカハシク用意シテ、我身計出給ヌ。遊女此事見聞、大ニ恐テ、殿ニ申ケルハ、「御前ノ御振舞、難レ有御心御坐ス由承ルガ、事ノ様見マイラセ候ヘバ、何カカヽル御栖居ノ所ニハ候ベキ。身ノ冥加モヨモ候ハジ。只御前ヲ呼ビ参セテ、如レ本ニテ、此身ハ別ノ所ニ候テ、時々召レバ、可レ然ナント申テ、一日モ争カ角テ可レ侍」ト、オビタヽシク誓状シケレハ、殿モ理ニ折テ、北ノ方ヲ情ナク覚テ、使ヲ遣テ、北ノ方ヲヨビ奉ル。都テ返事無リケレドモ、度々兎角被レ申ケレハ、帰リ給ヌ。遊女モ心有ル者ニテ、互ニ遊戯レテ、無レ隔事ニテゾ有ケル。タメシ少キ心ハエニコソ。（2オ）

2遠江国ニモ、或人ノ女房、既サラレテ馬ニ乗テ出ケルニ、「人ノ妻ノ去ルヽ時ハ、家ノ内ノ物、心ニ任テ取習トカヤ。何ノ物モ取給ヘ」ト、夫申ケル時、「殿程ノ大事ノ人ヲタニモ打棄テ行身ノ、何ノ物カ殿ニ可レ勝」ト打泣テ、ニクゲ無ク云ケル気色、マメヤカニ糸惜ク覚テ、聽トヽメテ死ノ別ニ成ニケリ。人々悪ルヽモ思ルヽ、モ、先世ノ事ト云ナガラ、只心ガラニヨルベシ。

3「西施江ヲ愛シ、嫫母ハ鏡ヲ嫌」ト云テ、我容ノヨカリシ西施ハ、江ニ影ノ移ヲ見テ是ヲ愛シキ。我貌見ニクカリシ嫫母ハ、鏡ニ移ル影ヲニクミキ。是江ノヨキニ非ズ、我貌ノ能也。鏡ノ悪ニハ非ズ、我顔ノ醜キ也。然バ人ノ能ハ我心ノ能也。アタミ恨メシキハ我身（2ウ）ノ過也。設ヒ今生ニ異ナル過無キニ、人ノ悪ミ怨ルモ、先世ノ我過也。身ノ人ニ愛セラル丶モ、先世ノ我情ナルベシ。サレバ人ヲ恨ムル事ナクシテ、我身ノ過去今生ノ業因縁ノ心カラト思テ、瞋リ恨ムベカラズ。世間ノ習ヒ、多ハ嫉妬ノ心深クシテ、瞋リ腹立テ、推シ疑テ、人ヲ誡メ失ヒ、色ヲ損ジ、目ヲイカラカシ、言ヲハゲシクス。カ丶ルニ付テハ、弥ヨウトマシク覚テ、鬼神ノ心地コソスレ、糸惜クナツカシカラズ。或ハ霊ト成リ、或ハ蛇ト成ル。返々モ由ナクコソ。サレバ彼ノ昔ノ人ノ心アル跡ヲ学ニハ、現世ニハ敬愛ノ徳ヲ施シ、当来ニハ蛇毒ノ苦ヲ免ルベシ。

4有人本ノ婦ヲモ家ニ置キナガラ、又婦ヲ迎テ、栖ケリ。今ノ（3オ）妻ト一所ニ居テ、カキ一隔テ本ノ妻有ケル。秋ノ夜、鹿ノ鳴声聞ヘケルヲ、夫、「聞給カ」ト、本ノ妻ニ云ケレバ、返事ニ、

我モ鹿鳴テゾ人ニ恋ラレシ今コソヨソニ声計聞ケ

ト云ケレバ、ワリナク覚テ、妻ヲ送テ又婦遇ケリ。嫉妬ノ心深シテ、情ナクハ角ハ非シソカシ。只ネタミソネマス、アタヲ結バズシテ、マメヤカニ色深クハ、自ラ志可ㇾ有ニヤ。

5裏書ニ云、常陸国ニ或所ノ地頭、京ノ名人哥道人ニ知レタル女房ヲ語テ、年久ク相栖ケルカ、鎌倉ヘ送テ後、年月ヘテ、サスカ衣、小袖ナント色々ニ調テ送タリケル返事ニ、別事ハナクテ、（3ウ）

ツラカリシ涙ニ袖ハ朽ハテヌ此ウレシサヲナニヽツヽマム

見テサメ〳〵ト泣テ、「アラ糸惜シ。其御前トク〳〵迎ヨ」トテ、呼下シテ死ノ別ニ成ニケリ。彼ノ子息、今

ニ有ル人也。

6同国ニ或人ノ女房、鎌倉ノ官女ニテ、哥ノ道心得テヤサシキ女房也ケルヲ、次ヲ求テ、「鎌倉へ送ハヤ」ト思テ、「此前栽ノ鞠ノ懸ノ四本ノ木ヲ一首ニ読給へ。サラスハ送リ奉ルヘキ」ト云ハレテ、

櫻サク程ハ軒端ノ梅ノ花紅葉松コソ久シカリケレ

是感シテ、送事ヲ思留リケリ。人ノ心ハヤサシク色アルヘシ。当時有人也。

7或人妻ヲ送ケルカ、雨ノ降ケレハ、色代ニ、「今日者雨降レハ留リ給へ」ト云ヲ、已ニ出立テ出ツヽ、角ゾ打ナカメケル、(4オ)

降ハ降レクモラハクモレテルトテモヌレテ行へキ道ナラハコソ

余ニ哀ニ糸惜シク覚へテ、驄トヽメテ死ノ別ニ成ニケリ。和歌ノ徳ニ人ノ心ヲ和ト云へリ、誠哉。

8信濃国ニ、或人ノ妻ノ許ニ、マメノ夫ノ通由ヲ夫聞テ、天井ノ上ニテ見ルホドニ、誤テ落ヌ。腰打損ジ絶入テケレバ、マメ夫是ヲカ、エテ看病シ、兎角アツカヒ助ケリ。志互ニヲダシカリケレバ、許テケリ。

9洛中ニモ、天文博士ガ妻ヲ、朝日ノ阿闍梨ト云僧通ヒテ栖ケリ。有時、夫他行ノ隙ト思テ、打トケテ居タル所ニ、夫俄ニ来レリ。可レ退モ無テ、西ノ方ノ遣戸ヲアケテ逃ケルヲ、見付テ角ゾ云ケル、

アヤシクモ西ニ朝日ノ出カナ

阿闍梨不取、(4ウ)

天文博士イカヽミルラン

サテ呼留テ、酒盛シテ、「御分ハカリニハ向後許」トテ、無隔許テケリ。

10有人ノ妻、マ夫トネタリケル時、夫俄ニ閨ノ中へ入トス。「何ニシテニカサン」ト思テ、衣ノノミ取由ニテ、

マ夫ノ裸ナルヲ筵ニカヒ巻テ、「衣ノ蚤トル」トテ、スヒツヲ飛越ル程ニ、スヘラカシテスヒツニトウト落シツ。男是ヲ見、筵テ口掩ヒシテノトカナル気色ニテ、「アラ、イシノノミノ大サカナ」ト云テ、ナニトモセサリケレハ、セイハ大ナレトモ蚤ノ如モハネスシテ、裸ニテハヒニケリ。夫云、「我ノ此蚤ニクワレテ死ヘシ。其ニハツ、カ無シテオハセリ」トテ、何事モ無リケリ。

11裏書云、遠江国（5オ）池田ノ辺ニ、庄官有ケリ。彼妻極タル嫉妬ノ有者ニテ、夫ヲ取ツメテ白地ニモ不指出。所ノ地頭代鎌倉ヨリ上テ、池田ノ宿ニテ遊ヒケルニ、見参ノ為ニ宿ニ行ントスルヲ、例ノ妻不レ許。「地頭代婿也ケレハ、何カ見参セサラン、許セ」ト云ニ、「サラハシルシヲ付ン」トテ、カクレタル所ニ摺粉ヲ塗テケリ。宿ヘ行ヌ。地頭皆子細知テ、「イミシク女房ニ許サレテオハシタリ。遊女コヒテ遊給ヘ」ト云ニ、「人ニモ似ヌ者ニテ六惜ク候。然モシルシヲ付ラレテ候」ト云テ、「シカ〳〵」ト語リケレハ、冠者原ニ見セテ、「本ノ如ク可レ塗」トテ、遊テ後、本ノ様ニ不レ違摺粉ヲヌリテ家ヘ帰ヌ。妻「イテ〳〵見ン」トテ、摺粉ヲコソ（5ウ）ケテ嘗テ、「サレハコソシテケリ。我スリコニハ塩ヲ加ヘタルニ、是ハ塩カナキ」トテ、引伏テ打ハリケリ。心深ノアマリニウトマシク覚テ、ヤカテ棄テ鎌倉ヘ下ニケリ。近キ事也。

12古物語ニ、或夫他行ノ時、マ夫モテル妻ヲ注シ付ントテ、隠タル所ニ牛ヲ書テケリ。去程ニ間夫来ル。「カヽル事ナン有」ト語リケレハ、「我モ絵ハ書可」トテ、「サラハ能々是ヲ如本可レ書」ト申テ、見レル是ヲ。其後夫ハ伏ル牛ヲ書ケルニ、間夫立ル牛ヲ書テケリ。サテ夫帰テ見テ、「サレハ我書タル牛ハ伏セル牛也。此ハ立ル牛也」トシカリケレハ、「哀ヤタマヘ。伏セル牛ハ一生伏ルカ」ト云ケレハ、「サモ有ラン」トテ許シツ。男ノ心ハ浅ク大様ナル習、嗚呼カマ（6オ）シキ事モ有レトモ、情ノ浅キ方ハ罪モ浅クヤ。池田ノ女人ニハ事ノ外ニ似サリケリ。

13或山中ニ山臥ト巫女ト行逢テ物語シケルカ、人モ無山中ニテ、凡夫ノ習ナレハ、愛欲ノ心起テ此巫女ニオチヌ。此巫女山沢ノ水ニテコリカキ、鼓トウ〱ト打テ、鈴ヲシ摺、「熊野白山三十八所猶々モカヽル目ニ合セサセ給ヘ」ト祈ケリ。山臥又コリカキテ、数珠推摺リ、「魔界ノ所為ニヤ、カヽル悪縁ニ合テ不思議ノ不覚ヲ仕ヌル。南無悪魔降伏大聖不動明王、命ハサテアレト制セサセ給ヘ」ト祈ケリ。角テ行別ケリ。是モ男子ハ愛執ノ薄也。

依愛執成蛇事（6ウ）

14鎌倉ニ或人ノ女房、若宮ノ僧房ノ児ヲ恋テ病ニ成ヌ。母ニカクト告知セケレバ、彼児ガ父母モ知人也ケル間々ニ、此事申合テ、時々児ヲ通セケレドモ、志モ無リケルニヤ、ウトク成行程ニ、終ニ思死ニ死ヌ。父母悲テ、彼骨ヲ善光寺ヘ送トテ、箱ニ入テ置テケリ。其後此児又病付テ、大事ニ成テ物狂成ケレバ、一間ナル所ニ押篭テヲク。人ノ物語スル声シケルヲ怪テ、父母物ノ隙ヨリ見ニ、大ナル蛇ト向テ物ヲ云ケルナルベシ。サテ遂ニ失ニケレバ、若宮ノ西ノ山ニテ入棺シテ葬スルニ、棺中ニ大ナル蛇有テ、児纏リタリ。ヤガテ蛇トモニ葬シテケリ。彼父母、娘ガ骨ヲ善光寺ヘ送ル次ニ取分テ、鎌倉ノ有寺ヘ送ントテ見ニ、骨サナガラ小（7オ）蛇ト成リタルモ有、半計成カヽリタルモ有。此事ハ、彼父母、或僧孝養シテタベトテ、有ノ間々ニ語ケルトテ、慥ニ聞テ語リ侍キ。此物語ハ、多ハ当世ノ事ヲ記スルウヘニ、其ノ名ニ憚テ不ㇾ申。不定ノ故ニハ非ズ。凡ソ一切ノ万物ハ、一心ノ変ズル謂レ、始テ不ㇾ可ㇾ驚云ヘドモ、此事近キ不思議ナレバ、マメヤカニ愛欲ノ心ノ過ノ思解ハ、最罪深ソ覚ヘ侍レ。

15サレバ執着愛念程ノ可ㇾ恐。生死ノ久ク、流転ノ難ㇾ止、只愛欲ノ所ㇾ致也。肇論ニ云、「生死流転スル事着欲ニ依」ト。仏神ニモ祈念シ、聖教ノ対治ヲモ尋テ、此愛心ヲ断、此情欲ヲ止テ、真実解脱ノ門ニ入リ、自性清浄躰ヲ可見。愛執不レ盡者、欲網ヲ不レ出。始（7ウ）輪廻多生ノ流転、只此事ヲ本トス。

16何国トカヤ、或尼公、女ヲ我夫ニ合テ、我身ハ別ノ家ニ居テ、女ニカヽリテ侍ガ、指ノ蛇成タルヲ裏ニ隠シテ、当時有ト云ヘリ。昔モカヽル事、発心集ニ見タリ。彼ハ懺悔シテ念仏ヲ申ケル間々ニ、本ノ如ク成レリト云ヘリ。

継女ヲ蛇ニ合セント欲事

17下総国ニ、或人ノ妻、十二三計ナル継女ヲ、大ナル沼ノ畔ヘ具シテ侍キ。此沼ノ主ニ申、「此女ヲ参テ、婿ニシ参セン」ト、度々云ケリ。或時、世間冷シテ風吹、空クモレル時、例ノ様ニ云ケリ。此女殊ニ恐ク、身ノ毛イヨ立。沼モ水浪立、風荒クシテ見ケレハ、急ギ家ニ帰ヌ。物ノ追心地シケレバ、弥ヨ恐シナド云計無シ。サテ、父ニ取付（8オ）テ、「カヽル事ナン有ツル」ト日来ノ事マテ語ル。サル程ニ母モ内ヘ逃入ヌ。其後、大ナル蛇来テ、頭ヲアゲ、舌ヲ動シテ、此女ヲ見ル。父、下郎ナレドモ、サカ〳〵シキ者ニテ、蛇ニ向テ、「此女ハ我娘也。母ハ継母也。我許無クテハ争カ可レ被レ取。母也トモ我許ナクテハ争カ可取。母ガ語ニヨルベカラズ。妻ハ夫随事ナレバ、母ヲバ心ニ任ス。早ク可レ取」ト云リ。其時、蛇、女ヲ打棄テ、母ガ方ヘハイ行ヌ。其時父、此女ヲカイ具シテ逃ヌ。此ノ蛇、母ニ纏ヒ付テ、物狂シク成テ、既ニ蛇ニ成リ、文永年中ノ夏ノコロ、此事沙汰シテ、来八月三日大雨大風吹テアレタラン時、可レ出ト申合シカ、誠ニ彼日大ニアレテ、風雨ハゲシク侍キ。正シク出ケルトカヤ。人ノ為腹黒ハ、則チ（8ウ）我身ニ負侍ニコソ。人ヲ侮リテ己カ落事ヲ思ヘト云ヘリ。因果ノ理リ不レ可レ違ト云ヘリ。

蛇ノ人妻ヲ犯タル事

18中比遠江国ノ或山里ニ、所政所ナル俗有ケリ。サカ〱シキ者也ケリ。他行ノ日間ニ妻郎昼ネシテ、久ク驚ス。夫帰テ閨ヱ入テ見レバ、五六尺計ナル蛇纏リテ、口サシ付テ伏タリ。杖ヲ以テ打放テ申ケルハ、「親ノ敵キ宿世ノ敵ト云ツレバ、子細ニ不及、害スベキナレドモ、今度計ハ許ス。自今以後、カヽル僻事アラバ命ヲ可レ絶」ト云テ、杖ニテ、少打ナヤシテ、山ノ方ヘ棄ツ。其後五六日有テ、家ノ中ノ男女、驚キ騒キ（9オ）ケルヲ、「何事ゾ」ト問ニ、「蛇ノオビタヽシク集リ候」ト云。主、「ナ騒ソ」トテ、直垂着ヒモサシテ、出居ニタリ。一二尺ノ蛇ハ頭ヲ並テ、隙モナク四方ヲ囲テ、庭ノキハマデ来ル。サシマサリタル蛇ハ、ツヾキテ幾千万ト云数ヲ不レ知。サテハ一丈二三尺計ナル蛇、左右ニ五六尺計ナル蛇、十計具シテ来レリ。皆頸ヲ挙テ舌ヲ動ス。恐シナンド云計ナシ。女ナンドモ、肝魂無躰ナリ。今ハカウニコソト思テ、主申ス。「各ナニトシテ角集リ給ヘルゾ。大方存知シ難ク侍リ。一日女童部カ昼寝シタリシヲ、蛇ノ犯タル事侍キ。親リ見付テ侍シカバ、宿世ノ敵ナル上ハ命ヲ絶（9ウ）ベカリシヲ、慈悲ヲ以テ助テ、後ニカヽル事アラバ命ヲ可レ絶トテ、杖ニテスコシ打ナヤシテ、捨タル事ヲ各聞給テ、某ガ僻事トバシ思ヒテヲハシタルカ。人畜異リト云ヘドモ、物ノ道理ハヨモカハリ侍ラジ。妻ヲ犯サレテ、恥ガマシキ事ニ逢テ、情ケ有テ命ヲ助ナガラ、猶僻事ニ成テ、横ニ損ラレン事、無術次第ニテコソ侍レ。此事冥衆三宝モ知見ヲ垂、天神地祇、梵王帝釈、四大天王、日月星宿モ、御照覧有ベシ。一事モ虚言ナシ」ト、ウルハシク刷テ、人ニ向テ申様ニ云ケレバ、大蛇ヨリ始テ、頸ヲ一度ニサゲテ、大蛇ノソバニ、一日ノ件ノ蛇トオホシキヲ、一カミカミテ則返ル。是ヲミテ、アラユル蛇、一口（10オ）ツヽカミテ、ミソ〱トカミ成テ、山ノ方ヘカクレテ、別事ナカリケリ。サカ〱シク道理ヲ申宣テ、災ヲ遁ルコソ、賢ク覚ル。道理ヲモ申ノベズ、兎角防ガマシカバ、ユ、シキ災ナルベシ。然ハ物ノ命ヲ無左右害スル事、能々可レ慎者也。

蛇ヲ害シテ頓死スル事

19下野国或所ノ路ノ傍ニ、大ナル木ノウツロヨリ、大蛇ノ頸ヲ指出シタルヲ見テ、或俗、「何ヲ見ゾ。悪キ物カナ」トテ、矢ヲ抜出テ、頸ヲツヨク木ニ射付ケテ、打棄テ行程ニ、大ナル沼ノ畔ヲ打廻リテ過ケルニ、水ノ上ニ泳ヨク物アリ。見バ、大蛇ノ一丈計ナルガ、頸ニ矢タチテ水ノ上ニ泳テ来ル。又待ウケテ射殺シツ。(10ウ)サテ家ニ帰リハテス、ヤガテ病狂シ、種々ノ事ドモ云テ、狂ヒ死ケリ。無詮事シテ、今生モ忽シ、来世モ苦果コソ受ラメ。何ノ社ノ神ニテオハシケルトゾ申シ侍シ、所ノ名ハ忘侍キ。

20同国沼有。岸ノ下ノ穴ノ中ヨリ、魚多ク出ツ。イクラト云数ヲ不レ知。有男、能々是ヲ入テ見バ、少キ瓶子ノ中ヨリ小蛇一尺計ナル一出タリ。此ヲ取テ串ニサシテ道ノ傍ニ立テ、家ニ帰テ魚サバクリケル所ニ、串ニサシナガラ蛇来ル。ヤガテ打殺ツ。殺セバ又来〳〵。前殺シタルヲ有ナガラ重テ来ル。イクラト云数ヲ不レ知。ハテハ身ノ毛イヨ立テ、心地乱テ、ヤガテ病狂死ケリ。是ハタシカニ語キ。詮ナキ事ハ何ニモスベカラズ。加様ノ僻事ハ、即(11オ)酬事ノ有ヲ以テ、因果ヲ不レ信ハ遍々愚也。業ヲ造テ果ヲ感ズルニ、三ノ様アリ。一ニ現報ト云ハ、ヤガテ此生ニテ感ス。先ノ蛇ノ如シ。至テ重キ故ニ。二ニ生報ト云ハ、次ノ生ニ感ズ。次重故ニ。後報ト云ハ、三生、四生乃至無量ノ生ヲ経テモ不レ朽シテ、遂ニ其報ヲ受。余ニ重キ業ナンドハ軈今生ニテ感ズ。軽ハ久シテ感ズル也。人ノ思モ切ニ悩キニ深キハ、軈テ今生ニ感ジ、代々ノ霊トマデ成也。弥ヨ可レ恐ト云ヘリ。

嫉妬ノ故ニ損人酬事

21洛陽ニ、有卿相ノ思給ケル人ヲ、北方ソネミテ、「殿ノ仰」トテ、車ヲ遣テ迎ヘ寄テ、一間ナル所ニ押篭テ、女房共ニ仰テ、ノシニ（11ウ）火ヲ入テ、懐妊シタル腹ヲノシケレバ、忽ニフクレヒハレテ、肉トロ〱トヒハレハチキレテ見ケリ。僅ニ息バカリ通ケリ。母ノ許ヘ返シ遣ス。車ヨリ抱下シケレバ、ヤガテ息ハ断ニケリ。母是ヲ見テ、心ノアラレヌ間々ニ、ヤガテ走出テ、、諸ノ社ニ詣テ、ウメキ叫テ、タ、キヲドリテ、「我敵キ取テタベ」トゾ祈ケル。余ノ思ニヤガテ思ヒ死ニ死ニケリ。其霊幾程ナク、彼北方、身フクレハレ、苦痛シテ失給ヌ。代々其霊不レ絶シテトゾ承ル。可承人御事ニヤ。書付侍モ恐アル事ナレトモ、委ク子細モ知ヌ身ナレハ、中々其過不可有。只人ニ因果ノ道理ヲ知シメン為也。人ノ過ヲシルサンニハ非ズ。サレバ人ヲ損ズルハ、我ヲ損ズルト知ズシテ、自他ノ分別固ク、瞋（12オ）恚ノ念慮深キ習ハ、返々愚ニ迷ヘル心ナルベシ。

人殺害ノ酬事

22洛陽ニ、或武士ノ郎等、下人手鉾ヲ盗メルヲトラヘテ、柱ニ縛リ付テ、「己ガホシク思物トラセン」トテ、手鉾ノサキニテ、一身ヲ普クサシケリ。「只一度ニ頸召」ト云ケレドモ、三日ガ間ニ自然トナブリ殺シツ。此男、「口惜キ事カナ。下臈ノ盗ハ常ノ事也、又殺シ給ハヾ、一度ニコソ頸ヲモ召セ。ナブリ給フ心ウサ、是ハクヤシクオハセンズル物ヲ」ト憤リ深ク云テ死ケリ。境節主ノ親ニ後タル時分ナレバ、許ベキヨシ云ケレドモ、「承リヌ」トハ云ナガラ、殺害シテケリ。主、此事聞テ、軈テ追出シツ。縁ニ付テ（12ウ）尾州ニ下向シテ後、病付テ、「一向遍身ヲ物ノサス」ト云テ、「アラ〱」トノミ叫テ、遙ニ悩テ失ニキ。

23悪業ハ可レ恐者也。生ヲ殺セバ必ズ彼我ヲ殺ベキ報アリ。世間ニハ、人ノ訴訟スルニ付テ、人ヲ殺セルノミコソ其沙汰アレ。其ニテ訴人ナケレバ沙汰ナシ。畜類ノ訴ナケレバ、沙汰所、焰魔王界ニテ、倶生神ノ簿、浄頗梨ノ鏡ニ引向テコハリテ、地獄畜ノ久シキ苦ヲ得ベキヲ不レ知シテ、只今訴人ノ无キ間々ニ、殺害ヲ恐ヌコソ、返々モ愚ナレ。

24正法念経中ニハ説テ云ク、「地獄ニシテ殺生ノ報ヲ受テ、或ハ皮ヲ剝レ、肉ヲサカレ、筋ヲタヽシ、骨ヲ砕カル。或ハヤク棚ニアブラレ、釜ニラル、時、声ヲ挙テ叫ブ其時、獄卒ガ云、「汝愚也。狩漁セシ時ハ、（13オ）声ヲ挙テ悦ビ叫ビキ。今彼果ヲ受時、何ゾ不悦ズシテ悲ムヤ。彼時悦バヽ、今モ可レ悦。今悲ムベクハ、彼時モ可レ悲」。因果必違ヌ事、影ノ形ニ随、響ノ声ニ応ズルニ相似リト云ヘリ。心有ラン人、可慎々々。殺生ヲスル、身ノ安楽ノ為也。当来モ我身也。一生ノ身ヲ助トテ多生ノ苦ヲ恐サルコソ愚癡至リ、何事カ此ニシカジ。身ヲ思ハント思人ハ、先罪障ヲ慎ミ、生死ヲ離浄土ニ生テ、昔殺生セシ衆生ヲモ導ベシ。多生ノ恩所ナリ。同声含識也。悩シ殺スル事ナカレ。真如平等也。隔思ヘカラス。仏勅慇懃也。誰カイルカセニセン。仏子ノ数ニ入ラン在家出家、争カ彼教誡ヲソムカン。可レ慎々々。

25経云、「人生ルヨリ二人ノ（13ウ）神、左右ノ肩ニ在ス。一リヲハ同生ト云。一リヲハ同名ト云。人ハ神ヲ不レ見、神ハ人ヲ見ル。夜モ昼モ善悪ヲ記ス。是倶生神ト云。幢ノ上ニ人ノ頭アルヲハ、人頭幡モ檀茶トモ云フ。是善悪ノ業ヲ見、焰王ノ奏スル冥衆也。浄頗梨ノ鏡ハ第八識ノ現セル相ト云ヘリ。内ニハ種子器界根身ヲ含蔵シ、外ニハ三業ノ善悪ノ影像塵許モ無隠争シテ恐謹シマサラン。

僻事者即酬事

26或俗士ノ下人、主ノ親キ人下人ノ、乗吉キ馬ヲ持タルヲ、ホシク思ヒケル間々ニ、同僚ヲ語テ、野中ニテ夜陰ニ馬ヨリ引落シテ縄ヲツク。「是ハ何」ト云ヘトモ、「主ノ仰也。御勘当ニテ、頸切レト云（14オ）事也」ト云。「ヒガゴトニコソ。身ニ誤リ無キ者ヲ」ト云ドモ、聽テ切ルベキニテ、最後ノ十念勧ケレバ、念仏三十返計申ケル時、頸ヲ打ツ。打臥テ、ハヤ切仰セツト思テ、馬取テ帰ヌ。コノ男打臥ラレテ絶入タリケルカ、生アガリテ頭ヲサグレバ、頂ヲバ打カキタレドモ、別事ナシ。縄ツキナガラ、主ノ許ヘ走行テ、「シカ〳〵」ト申ケレバ、聽、親シキアタリナレバ、件ノ子細申ケル。夜ノ中ニ二人ノ奴原、カラメテ問ニ、少モノビズ。「別ノ子細有マジ。件男ヲ彼野中ニテ切ベシ」トテ、二人一度ニ切レテケリ。夜間ノ悪行、次朝ニ酬ケリ。殊ニ因果ノ酬不ㇾ違。

27鎌倉ニモ、文永年中、頸ヲハネラレシ武士ノ中ニ一人、去年二月十八日申時ニ、過無キ（14ウ）者ノ頸ヲ切テ、彼恨憤申ケル思ノ酬ニヤ、次年ノ同月同日同時切ケルコソ愚ナレ。此程ノ事ハ申ニ不及、酬ベキ道理ヲバ深ク可ㇾ信。ヤガテムクハネバ、終ニ過ナカルベシナンド不可思。先世ノ罪ヲモ可懺悔。今更勿造有。

28修行者法師二人、同齢スガタ大方似タリケルガ、道行連テ相語テ修行シケルニ、或里ニ留リヌ。一人ノ法師、夜深テヒソカニ家ノ主ニ云ケルハ、「是ニ候法師ハ、由緒有テ召仕ベキ者ニテ候。時ニウリ候ベシ。買セ給ヘ」ト約束シテ、既ニ直定ツ。一人ノ法師、此事ヲ壁ヲ隔テ聞ケリ。「不思議ノ事也」ト思テ、此法師ガネ入タルヒマヲ伺テ、内ニ入テ、「夜部申候シ直給。イソガシキ事候。此法師ハ是ニ寝（15オ）テ候也」トテ、アタヒ取テツキ出テ去ヌ。此法師ネサメテ見バ、一人ノ法師無シ。サテ支度相違シテ、返テ売レテ被責仕ケリ。由無人ヲ誑惑セントテ、我身ヲ煩ハス、因果ノ道理不違コソ。古人ノ云、「人ヲ謗リテハ、己ガ過ヲ思ヒ、人ヲアヤブンデハ、我ガヲチン事ヲ思ヘ」ト云ヘリ。誠哉。人売ントシテハ、己ガ売レン事ヲ思ベカリケルニヤ。

前業酬事

29有山中ニ僧房ニ犬アリ。五ノ子ヲウム。此犬五ノ子ノ中ニ、一ヲ悪ミケリ。乳ヲ飲セズシテ、イガミクヒケリ。坊中ノ人、此母ヲ打、悪ミケル程ニ、坊主・同宿ノ児、アマタ一夜ノ中ニ夢ニ見ケルハ、(15ウ) 此母ノ犬申ケルハ、「我身ハ前生ニ某ト申シ遊女ニテ侍シガ、五人子夫ヲ持テ候シガ、四人ハ事ニ触テ情有テ振舞シカバ、志モ互ニ不浅。一人ハ物モ不覚シテ、我ヲ煩ハス事ノミ侍シカバ、悪ク思ナガラスゴシキ。今五ノ子ハ、彼五人ノ夫ナリ。四人ハ昔ノ情深キ故ニ、乳ヲノマスルモ糸惜ク、煩ハシクモナシ。一人ハ昔モ无心付悪クノミ思シ故ニ、乳ヲ飲モ煩シク悪ク候間々ニ、イカニ人々悪マセ給ヘドモ、カヽル心ニテ候。无レ力コト也。彼悪カリシ夫ノ甥ノ、明日此子ヲ取テ罷ベシ。兎角陳申トモ、可然昔ノ因縁ニテ有ケリト思食バ、人々御不審アラジトテ、カク申也」ト云ケリ。次朝人々、此事、「我モ角 (16オ) 見タリ〳〵」ト云、少ニ不レ違。俗一人来リ、此犬ノ子ヲホシガリケレバ、「何ニテモ一ツエリテ取レ」ト云。「ヤセテ候ヘドモ、此犬ハケナリゲニ見候ヘバ、糸惜ク候」トテ、彼ノ悪マレ子ヲ取テケリ。此時人々、夜ノ夢ニ不違事ヲ思合セテ、「某ト云遊女ノ有シヤ」ト問ヘバ、「サル君候キ。軈伯父ニテ候シモノ、子君ニテ候キ」ト云。「サテ彼君ハ子夫猶有ケルニヤ」ト問ヘバ、「伯父ガ外ニ四人候シヲ、伯父ニテ候シ者、憤リ猜ミ申シカドモ共ニ通キ」ト云。悉ク夢ニ不レ違ケレバ、此俗ニ、「シカ〳〵」ト申ケル時、「サテハ哀ナル事ニテ侍ル物哉。彼伯父、我ヲ羽含ミ侍シ恩ヲモ酬ヒ候ベシ。サテハ見候ハンモ、糸惜候ツルソノ故ニコソ」トテ、懐テ去ヌ。此事 (16ウ) 近比不思議也。彼山寺ノ夢見タル法師児、当時モ有ルト聞ユ。

30先業ノ酬ヒ、始テ非レ可レ驚、正敷加様事ヲ聞ニハ、弥因果ノ理リ無疑。人過ト不思ベカラ。只昔ノ業ノ因縁ト可レ思。何事モ思解テ、無二妄念一、無二罪業一、旧業ヲ消シ、新キ罪ヲ慎ベシ。

31 有人ノ許ヨリ何クトモナク犬一疋来テ、打ドモ不去。主カ夢ニ見ケルハ、「此犬ノ物ヲ負タルヲ取返ストテ来レリ。今米一斗アレハ其レ食尽サザラン程ハ去マシ」ト云見テ、不思議ト思テ、試ニ米一斗別ニ置テ、此犬ニスコシツ、食セケレバ、米尽テ後、何トモナク失ニケリ。皆可レ然因縁也。人ヲモ不可厭。

32 昔ノ物語ニモ、海人ノ親子三人（17オ）有ケルガ、毎日魚三ツラレケリ。父母思ケルハ、「子ナカリセバ二人シテ三ノ魚ヲ食ナマシ」トテ、子ヲ追出ヌ。其後ハ魚二釣レケリ。生分定レル事ニヤ。

33 裏書云、漢土ニ法度ト云人、釈迦ノ像ヲ造立シテムト願有ケルガ、悩事有テ、死シテ閻王ノ所ヘ至ル。此願ヲ感ジテ、「人間ヘ帰スベシ」ト冥官ニ仰セラレケルニ、「報命ハ願ノ故延候ベシ。食物尽テ候」ト申ニ、「ナト何デモ食物無ラン」トテ、勘カヘケルニ、荷ノ葉計食ニアタル由申ス。サテ蘇生テ、万ツノ物ヲ食スルニ吐返ス。荷ノ葉計気味ヨクテ、只是計クヒテ三年存命シテ、仏造リ畢ヌ、ト云ヘリ。伝文也。（17ウ）

先生親殺事

34 美州遠山ト云所ノ百姓ガ妻ガ夢ニ見ケルハ、失ニシシウト来テ云ク「明日地頭殿御狩ニ、我隠シテタビ給ヘ。我命助リ難シ。此家ヘ逃入ラン、返々カクシテタベ。生々悦ト思ハン。我モトヨリ、片目ノ盲タリシガ、当時モ違ハヌヲ、シルシト思テ助給ヘ」ト、物思タル貌ニテ、泣々語ト見テ、哀ニ思程ニ、次日地頭ノ鷹狩シケルニ、雉ノ雄家ノ内ヘトビ入ヌ。夫ハ他行シテ、妻計有ケルガ、夢ニ見ハ此事ニヤト思合テ、此雉ヲ取テ、釜ノ中ニ隠シテ蓋打シテ置ヌ。狩人認テ見レドモ、釜ノ中ヲバ不思寄シテ、求ズシテ帰ヌ。サテ夫其夜帰ヌ。夫ニ「シカ〳〵」ト語ル。サテ雉ヲ取出シテ見レバ、夢ニ不レ違片目シヒタリ。夫（18オ）カキ撫ニ、恐タル気色無。

哀ナルカトテ、此妻モ涙ヲ流シケリ。雉モ涙ヲ流テ、能々飼タル鳥ノゴトシ。サテ夫申ケルハ、「ゲニモ父ニテオハシケリ。生テオハセシ時モ、目ノカタハシクオハセシガ、少シモ違ヌ事ノ哀サヨ。親子ノ契ナレバ、父ノ慈悲、糸惜ク思ヲ、子ニクハレバヤト思テコソ、ヲハシツラメ」ト云テ、ネヂ殺シテケリ。此妻余ニ心憂アリテ、則此家ヲツキ出テ行ヲ、夫逃ガサジトス。ハテハ地頭ニ訴ヘケルニ、事ノ子細聞テ、「逆罪ノ者ニコソ」トテ、境追越シテ、「妻ハ情有者也」トテ、其屋敷ヲタビテ、公事ナンドモ許サレケリ。近キ程ノ事也。返々不思議ノ事ニコソ。罪障ノ程コソ思ヒ遣ルレ。(18ウ)

慳貪者事

35 奥州ニ百姓有ケリ。慳貪シテ、妻子ニモ情無リケレバ、妻ニゲ〳〵スルヲ度々取ラヘテ置ケル。有時、五六歳ナル子ヲ懐テ、地頭許ニ行テ申ケルハ、「夫ニテ候者、余無情慳貪候故ニ、タヘ忍テ相副ベキ心地モ候ハズ。御下知ヲ蒙テ、離レ候者可然候ナン」ト申。地頭、「夫コソ妻ヲ去習ナレ。妻トシテ夫ヲ去事、何ナル子細ゾ」ト尋ルニ、「余ニ情無ク候事、サノミ難申候。今一事ヲ申サバ、余事ハ御可有推量過候シ。此山川ニ罷テ、大ナル鮎ヲ五十計取テ還テ、少々ハ煮テ食候ヌ。残ハ鮨ニシテ置候。此子一人候ガ、「父ヨ魚クワン」ト申テ、取付テ泣候ニ、「ヤ(19オ)レヤ未ニエヌゾ」トテ、心ミトテ只独シテ食テ、此子ニタビ候ハズ。マシテワラハニハ、思ダニモ不レ寄候。サリトモスコシハ此子ニタビ候ナント思シニ、「未ナラズ〳〵」ト申テ、一モタビ候ハズ。是ヲ以テ万ヅ御心持候ベシ」ト申ス。夫ヲ召テ引合スルニ、妻ガ申状不レ違申ケレバ、「不当ノ者也ケリ」トテ、境ヲ追越ヌ。「妻凡イミジク今マデ相連タリ、情有リケリ」トテ、女ニ公事許シテ、男ノ公事ハ許サレテ、如本家ニ置レタリ。

36財宝ノホシキモ、余心堅キ者ハ我身ニ慳シム事有。「自施ハ施トナラズ。自慳ハ慳トナル」ト云テ、我身ニモ慳ハ、至テ慳貪ノ深故ニ、十悪随一慳貪ノ戒ヲ犯スル也。婬心ハ火ト成リ地獄ニ入テ苦ヲ受」ト、経ニ説レタリ。人ノ心賢キトハ、久ク身ヲ（19ウ）持テ、楽ヲモ受、財ヲモヨク収メ、永ク失ヌ計ヲ存ベキニ、慳貪者ハ人ニモ不与、善根ニモ不入、三宝ノ福田、父母師長ノ恩田、貧病乞匃ノ悲田ニモ施ズシテ、固ク蔵ニ取メ、深ク箱ニ報ズレドモ、盗賊ノ難モ有リ、王臣ノ為ニモ奪ル。或ハ火ニ焼、水ニ流レ、求モ苦シ、守モ煩有リ。失ヌレバ愁、徒ニ我身心ヲ苦シメテ、利益モ無ク、身モ用ヰズシテ、俄ニ打棄ル時ハ、是ガ為ニ造シ罪モ身ニ副テ、一物中有ノ旅ニ身ヲ助クル事ナシ。檀度ヲ行ズレバ、永朽セズ。盡セズ事ヲ知ヌコソ、返々モ愚ナレ。是ヲ争ヒテ孝養モセズ。子息弟子ノ中悪モ財宝ノ故也。

37或山寺ニ、有得ノ坊主、弟子門徒多有ケ（20オ）リ。頓死シテ、処分モセザリケル間々ニ、弟子共、処分論ジテ中悪クテ、問葬モセズ両三日ニ及程ニ、クサク成ケルヲ見カネテ、ヨソヨリ葬シテケリ。彼葬シタル者、語リキ。無下ニ近キ也。

38サレバ心有ン人ハ真実ノ福田ヲ蔵ニ積蓄ヘテ、七分全得ノ恵業ナトモスベキ也。世ノ人賢キト思ハ墓無。只善事ニ費ヲバ、嗚呼ヲコガマシキ事ト慳貪者思ヒ合ヒ、誠ニ後世ノ深キ蓄ヲ不知コソ、嗚呼カマシク覚レ。能々思計ヘシ。

39裏書云、和州ノ或山寺ニ、慳貪ナル坊主病中ニ坊ノ薗ニ大竹ノ筍盛盛ナルヲ慳シンデ聊モ是ヲ取セズ。サテ他界シテ中陰ニ弟子共房主オシマジシカドモ、（20ウ）今ハ只彼孝養ニ取テ僧膳ノ具足ニセントテ、筍ヲ取テ切テ見レバ、黒ク少キ虫、筍ゴトニ如法多カリケリ。何ナル事ニヤト思ヲ成程ニ故ニ坊主虫ニ成タル由、夢ニ見タリ。

鷹狩者ノ酬事

40下総国、或俗一生鷹ヲツカヒケリ。或時ニ病患大事ニシテ、苦痛五躰ヲ責ム。殊ニ股ヲ雉ノ食事難堪トテ、声ヲ立テ叫。是ヲ見ニサル事ナシ。物狂シキニコソト、看病ノ者思程ニ、余ニ無レ術カリケル時見レバ、股ノ肉、サナガラ能キ刀ニテ切取リタルガ如ク見ヘケリ。オメキ叫テ失ニケリ。是躰ノ事アマタ侍ドモ、一ニテ可足。遠江ニモカ、ル事、近比侍（21オ）キ。又下野ニモ、鶉ニクワレタル者有キ。又タカノ夏飼ニ殺者ドモ、病中ニ見テ囲繞シタル事モ侍。是ハ殊ニ知音人事也。事躰同様ニ侍バ多ハ不記。

鶏子殺テ酬事

41尾州ニ有女房、食セントテ、鶏ノ卵ヲアマタ殺シケリ。或時夢ニ、女人来テ、我子ノ臥タル枕ノ本ニウチ居テ、「子ハ糸惜キゾヤ〳〵」ト云テ、ヨニ恨メシゲナル気色ニテ、打泣々スルトキ、先女人少シモ不レ違、先様ニ云ト見テ、其子モ失ニケリ。当時モ有人也。

鴛ノ夢ニ見ヘタル事（21ウ）

42中比下野国ニ阿曽沼ト云所ニ、常ニ殺生好ミ、殊ニ鷹ヲツカウ俗有。有時鷹狩シテ帰様ニ、鴛ノ雄ヲ一ツ取テ、餌袋ニ入テ帰ヌ。其夜ノ夢ニ、装束尋常ナル女房、貌形モヨロシキガ、恨ミ深キ気色ニテ、サメ〳〵ト打泣テ、「何トウタテシクワラワガ童ガ夫ヲバコロサセ給ヘル」ト云。「サル事コソ候ハネ」ト云ヘバ、「慥ニ今日取テ候」ト云。猶堅ク論ズレバ、此女房一首、

日暮レバサソヒシ物ヲ阿曽沼ノマコモ隠ノ独リネソウキ
ト詠テ、フタ〱ト云キ見ハ、鴛ノ雌ナリ。打驚キテ、哀ミ思程ニ、朝ニ見レバ、昨日ノ雄ト羽クヒ合テ、雌ノ死ヲ見テ、発心シ出家シテ、ヤカテ遁世門ニ入侍ケルトナン語侍キ。哀也ケル発心ノ因縁也。

43 裏書（22オ）云、漢土ニ法宗ト云ケル人、鹿ノ妊ヲ腹ヲ射破ルニ、子ノ落タルヲ見テ、弓矢ヲ打棄テ髪ヲ剃テ道ニ入。法花ノ持者ニテ終リ目出キ事、法花ノ伝ニ見ヘタリ。発心ノ縁ハ定無事也。

畜生之霊事

44 寛平年中之ニヤ。洛陽ニ騒グ事有テ、坂東ノ武士、馳上ル事侍キ。相知タル武士、引セタル馬ノ中ニ、殊ニ憑タル馬ニ向テ、「畜生モ心有者ナレバ聞ケ。今度自然ノ事モ有バ、憑テ君ノ御大事ニ可レ遇。サレバ余ノ馬ヨリモ、物ヲ別ニ増シテ飼。返々不覚スナ。憑ゾヨ」ト云テ、舎人ニ云付テ、別ニ用途ヲ下シタビケルヲ、此（22ウ）舎人馬ニハ不飼シテ、私ニ用ヒケリ。サテ京ニ上リ着ヌ。此舎人俄ニ物狂シテ、口走テ云様、「殿ノ仰ニハ、「汝ヲ憑也。自然ノ事モ有バ、不覚スナ」トテ、別ニ物ヲ添ヘテ下シ給ハレバ、何ニモ御センニ遇参セント思ニ、己ガ物ヲ取テ、我ニハクレネバ、力モ有バコソ、御大事ニモ相ハメ。悪キ奴也」ト云テ、様々ニ狂ヒケリ。而間兎角スカシ誘テ置テケリ。彼子息物語也。畜生ナレ共、加様ニ心有ニコソ。ミタリニ誑惑スベカラズ。

45 昔物語ニモ、或人ノ女メ、情深慈悲有テ諸事物ヲ哀ミケルニヤ。水ノ中ニ少キ蟹ノ有ケルヲ常ニ養ケリ。年久ク食物ヲ与ヘケル程ニ、此娘貌ヨロシカリケルヲ、蛇ミカケ思ヒカケテ、男ニ変来テ親ニコヒテ妻ニスベキ（23オ）由云ヒツヽ、隠コトナク蛇ナル由ヲ云。父母此事ヲ悲テ女ニ此様ヲ語ル。娘心有物ニテ、「不及力。我身ノ業報ニテコソ候ラメ。叶ジトオボセラルヽナラバ、其御身モ徒ニ成ス、只許サセ給へ。此身コソ徒ニ成メ。且ハ孝養ニコソ」ト打ク説キ泣々申ケレバ、父母悲ク思ナガラ、理折テ約束シテ日取シテケリ。女日比養ケル蟹ニ例ノ物クハセテ云ケルハ、「年来己ヲ哀ミ養ツルニ、今ハ日数何程アルマジキコソ哀ナレ。カヽル不祥ニ相テ、蛇ニ思懸ラレテ其日我ハ何クヘカ取レテ行カンズラン。又モ養ハズシテ止ン事コソ糸惜ケレ」トサメ〳〵ト泣ク。人ト物語スル様ニ云ケリ。是ヲ聞テ、物クハデハヒ去ヌ。其後彼約束ノ日（23ウ）蛇ドモ大小アマタ家ノ庭ニハヒ来ル。恐ナド云計無。爰ニ山ノ方ヨリ蟹大小イクラト云数ヲ不知、ハイ来ル。此蛇ヲ皆ハサミ殺テ都テ別事無リケリ。思酬ヒナル事哀ミコソ。人ハ尤可有情ニコソ。

46山陰ノ中納言ノ河尻ニテ海亀ヲ買テ放ケル故ニ、其子ノ海ニ誤テ落入ケルヲ、亀ノ甲ニ乗テ助ケル事申伝タリ。サレバ八幡ノ御託宣ニモ、乞食蟻螻マデモ可哀。慈悲広ケレバ命長シトノ給ヘリ。蟹ノ思ヲ知ベシトハ覚ヘネドモ、虫類モミナ仏性有。ナドカ心無ン。

47沢ノ畔、大中小ノ三ノ蟹有ケリ。蛇ヲハサミケル時、木ニ登ル。則チツヽキテ、大ナルト中ナルト木ニハヒ上テハサマムトスルニ、蛇口ヨリ白キ水ヲ吐カクルニ、（24オ）此ニシヽケテハヒ下テ力無シ。蟹落ノ葉ヲハサミ切テカツギテ後、蟹ニハカヽラズ。其時葉ヲ打棄テヽ、ハヒヨリテヒシ〳〵トハサム。蛇不絶シテ木ヨリ落ツ。二ノ蟹力出キテ、サシ合テハサミ殺シツ。サテ大ナルカニ、蛇ヲ三ニハサミ切テ、頭ノ方ヲバ我分ニシ、中ヲバ中ノカニノ前ニヲク。尾ノ方ヲバ小蟹ノ前ニヲクニ、小蟹カハヲカミテフシ〳〵ト打シテ打追テクハズ。我コソ奉公シタレト思フニヤト見タリ。其時大ナルカニ、我分ノ頭ノ方ヲ小蟹ノ前ニヲキ、尾ノ方ヲ我分ニスル時、少ガニ食シテケリ。有人此事語リ伝ヘキ。サモ有ン。畜生モ只人ニカハラヌニヤ。

48遠江ニモ燕ノ雌死セリ。雄リ又妻ヲ尋テ来レリ。先ノ子（24ウ）巣ニ有ケルヲ、今ノ雌ウバラノミヲクハセテ、皆殺シツ。雄是ヲ見テ、雌ヲ食殺ツ。嫉妬ノ心有ケルニ不違。此慥ニ見タル人ノ物語也。

49
裏書云、鳥獣ノ恩ヲ知事

中比伊豆国ノ或所ノ地頭若キ男有ケリ。狩シケル次ニ猿ヲ一疋生取ニシテ、此ヲ縛テ家ノ柱ニ縛付タリ。彼母ノ尼公慈悲有人ニテ、「アラ糸惜。何ニワビシカルラン、アレトキ許シテ山ヘヤレ」ト云ヘドモ、郎等冠者原、主ノ心ヲ知テ恐テ此ヲトカズ。「イデサラバ我ガ解ン」トテ是ヲトキ許シテ山ヘヤリツ。是ハ春ノ事也ケルニ、夏ノイチゴノ盛ニ覆盆子ヲ裹テ、隙ヲ伺テ此猿尼公ニ奉ケリ。余ニ哀ニ糸惜ク思テ、布ノ袋ニ豆ヲ入テ隙ニ（25オ）又持テ来ル。此度ハトラヘテ置テ、子息ヲ呼テ此次第語テ、子孫子マデモ此所ニ猿ヲ殺ヌ由、或人語キ。所ノ名マデモ承ル。マシテ人トシテ思ヲ知ラザランハ、畜類ニモ猶ヲトレリ。近代ハ父母ヲ殺シ、師匠ヲ殺ス者侍リ。悲キ濁世ノ習ヒナルベシ。

経ヲ焼テ目失事

50
洛陽ニ或在家ニ、修行者ノ僧宿ケリ。夜打深テネ覚ニ聞バ、サラ〳〵ト、物鳴ル音ス。何ノ鳴ルヤト思フ程ニ、「アラ悲シ、アラ口惜シ」ト、大ニ驚キ、内ヘサシ入テ見レバ、一間ナル所ニ、火鉢ヲ丶キテ、仏紙ニ金泥ニテ書タル経、取リ散シテ居タル者有（25ウ）ケレバ、「何ニ」ト問バ、「日来シツル事ノ積テ、口惜キ事ニ値侍リ。我大般若ノ泥ヲ取ントテ焼ツル程ニ、眼ニナガラ抜テ、只今火鉢ニ落ヌ」トテ、悲事無限。家中ノ物騒ギ集テ泣悲ケリ。何許ノ当来ノ苦患有ンズラン。多劫地獄ニ堕テ、世々生々目無、愚癡闇鈍ノ者ニコソ生ズラン。今生一具ノ此身ノ為ニ、長劫ノ苦果ニ沈ハテン事、返々モ愚也。

51
近代ハ、湯屋ニ湯シテ、「女房入マイラスル」トテ、久〳〵トヒシメキテ、後見レバ、泥仏金泥ヲ洗ヒ落テ、仏ヲバ黒クナシテ打棄テ行事有ト伝侍リ。罪業何カ計ナルラン。

仏鼻薫事（26オ）

52 有尼公、金色ノ立像ノ阿弥陀ヲ美麗ニ造奉テ、本尊ニ仰テ恭敬供養シケルガ、本ハ洛陽ニ栖ケル程、縁ニ引レテ片田舎ニ下ル。此本尊ヲモ持奉テ、或人ノ持仏堂ニ立テ、花香ナンド供養シケリ。此尼公、事ニ触テ限ガマシク、キビシク慳貪成ケル間々ニ、香ヲ焼ニ余ノ仏ノアマタ御ハスル持仏堂ナレバ、「香ノ烟リ散テ、我仏ノ当リ付給ハジ」ト思テ、香箱ノ蓋ニ細キ竹ノ筒ヲネヂ入テ、片端ヲバ仏ノ鼻ノ穴ニネヂ入テ、聊モ香ノ烟ノヨソニ散ヌ様ニシテ香ヲ焼程ニ、泥仏ノ鼻漆ヲヌリタル様ニテ、金色モ不見。此尼公逝去シテ、女人ニ生レテ、貌形ハヨカリケレドモ、鼻ノ穴ハ黒クシテ墨ノ如シ。彼（26ウ）尼公ガ生タル由人ノ夢ニ見ケリ。因果ノ理ハサモ有ラン。

廻向之心狭事

53 和州之山里ニ、或百姓有ケリ。草堂ヲ造テ、供養ノ導師ニ西大寺ノ思円上人ヲ請ズ。願文ノ廻向ノ詞ヲ聞テ、「此堂ハ故祖母ニテ候シ者ノ為ニ、兎角ハゲミテ作テ候。法界衆生ト御廻向候者、亡者為ニハ萱ノ一筋ニモ当モ付メハシト覚ヘ候。婆カ為ト計アソハシ候ヘ」ト申。上人、「功徳ハ廻向スレバ弥大ニシテ失ル事ナシ。聖霊ノ功徳大ナルベシ」ト細ニ教ラレケレバ、「サテハ目出キ事ニテ候ケリ。但隣候三郎検校ト申者計ハ、除カセ給ヘ」ト申。サシタル敵ニテ有ケル故ナルベシ。一切衆（27オ）生ノ中ニ、一人漏ケンモケシカラズコソ覚ユレ。此ハ、其座ニ有ケル物語也。世間ノ人ノ廻向ノ文、只理計ニテ、実ノ心ハ薄コソ。彼百姓ニイトカハラジカシ。

54裏書云、和州ニ尼公有ケリ。地蔵ノ行者ニテ、常ニ名号ヲ唱ケルガ、只矢田ノ地蔵ワケテ憑奉ル由ヲ申サントヤ思ケム。南都ニハ地蔵ノ霊仏アマタ御ハシマス。知足院・福智院・十輪院・市ノ地蔵ナンド取々ニ霊験新ナルヲ、宝号唱ル時者、此地蔵唱ヘヌ由ニ、「知足院ノ地蔵モ十輪院ノ地蔵モ福智院ノ地蔵モマシテ市ノ地蔵モ思寄セ給フナ。南無耶尼ガ矢田ノ地蔵菩薩」ト唱ケル。実ニ心狭シ。鼻フスヘタルニ似リ。

55是ハ一向専修ノ余ヲ隔テ嫌フ（27ウ）風情也。専修ノ本意ハ、一心不乱ノ為也。必シモ余行余仏ヲ隔ル事ニハ非ズ。凡夫ノ心ハ散乱スル故ニ、此方便有リ。雑ノ行ノ行躰トリ〳〵ニ殊勝ナレドモ、彼此ト心乱也。是宿世トカヤ申様ニ、彼心移レバ一心ナシ難故也。

56或女人出家ノ為ニ山寺ヱ上テ、髪ハヤ剃テケリ。出家ノ法師、「名付参セン」ト云ヘバ、「法名先ヨリ案ジテ付テ候也」ト云。「何ト付セ給テ候ニヤ」ト云ヘバ、「神々ヲ我ガ信憑参テ候ガナツカシクテ、捨難候間々ニ、御名ノ文字ヲ一ツ、取アツメテ、阿釈妙観地白熊日羽獄房ト付テ候」ト云ケル。実ニ長キ名也。阿弥陀・釈迦・妙法・観音・地蔵・白山・熊野・日吉・羽黒・御嶽ノ文字ヲ一ツ、付ケルナルベシ。（28オ）雑行ノ行人ノ心様ニ似リ。何レモ偏リ信心ハ遍クトモ、行モ名モ一ヲ専ニスベシ。

愚癡僧成牛事

57参河ノ有山寺ニ、修学ノ二事欠タル僧有ケリ。縁ニ付テ近江国ニ栖ケルガ、年月ヲ経テ参河ノ師ノ許ヘ行キテ、坊ヘ入ラントスルヲ、小法師鞭ヲ以テ打トス。「何事ゾ」ト云ントスレドモ、物モ不言逃去ヌ。又行バ先ノ如トシ。遙々ト思立テ来レリ、空ク帰ルニ不及ト思テ、又行時、此法師、「此牛ハ思事有ヤラン。度々来ル」ト云、厩ニ引入テツナギツ。其時我身ヲ見バ牛也。心憂事限ナシ。是ハ日来ノ信施ノ罪深キ故ニコソト思ヒテ、尊勝陀羅尼コソ信（28ウ）施ノ罪ヲ消滅スル功徳有ト、サスガ聞置テ、誦セント思ヘドモ、習モセネバカナハズ。責テハ名字ヲ唱ヘント思ヘドモ、舌コハクシテ正シクハ云レズ。只「ソ、」ト云レケル。「此牛ハ小法師ノ云ケルハ、病ノ有ニヤ。草ヲモクハズ水モノマズ、ソ、メクモノカナ」ト、人云ケレバ、心憂サニ食物ノ事モ忘テ、三日三夜ソ、メキテ志ノ積ニヤ、「尊勝陀羅尼」ト云レタリケル時、本ノ法師ニ成ヌ。サテ縄解テ、師ノ前ヘ行ヌ。「イツ御房ハ来ルゾ」ト云ヘバ、「三日ニ成候」ト云。「何クニ有ツルゾ」ト問バ、「厩ニ候ツル」トテ、事ノ子細、有ノ間々ニ語ケリ。師僧哀ミテ、尊勝陀羅尼教ヘ、経ナムド授ケルト、或人語リ侍キ。

58尊勝陀羅尼ハ縁起殊ニ目出キ事也。仏陀婆利三（29オ）蔵、天竺ヨリ漢土ハ越テ、五台山ノ文殊ヲ礼セント思ニ、老翁一人会テ、「尊勝陀羅尼経ヤ持テヲワスル」ト問。「不持」ト答。老翁ノ云ク、「尊勝陀羅尼経ハ在家ノ利益目出キ事也。若是ヲ弘通シ給ハヽ、文殊ノ御坐ヲシヘ申サン」ト云ニヨリテ、又天竺ヘ帰テ、渡セル経也。

59此経ノ説相ハ忉利天ニ善住ト云天子有ケリ。園ニ出テ遊ケルガ、空ニ音有テ告テ云、「善住天子七日アリテ命終シテ、畜生ノ身ヲ受事七度、後ニ大地獄ニ随テ出ル期不可有」。是ヲ聞テ恐レ悲テ、帝釈ニ此由申ス。帝尺定ニ入テ見終ニ、云ガ如クナルベシト知テ、仏前ニ詣デ、申給キ。仏、尊勝陀羅尼ヲ説テ帝尺ニ（29ウ）授給、「是ヲ又善住天子ニ授テ七日過テ天子ヲ具シテ来レリ」ト仰レシ陀羅尼也。一遍耳ニ触レバ諸ノ罪障滅ス。地獄餓鬼畜生閻羅王界ヲ浄シテ、病ヲ除キ命ヲ延、僧以福毎日二十一遍誦レバ、諸ノ信施ノ罪消テ、命終シテ極楽往生スト説リ。云者ヲ極楽ニ送ルナドモ説レタリ。サレバ諸ノ山寺ニ此ヲ誦ス。高野山殊ニ此陀羅尼ヲ崇メ誦ス。有心人、在家出家是ヲ習誦スベシ。病ヲ除キ寿命ヲ延、福徳来リ極楽ニ生ズ。何事カ此陀羅尼ニ闕タル事有哉。畜類モ聞テ罪消ヌモ魂又助ル。尤信ジ誦ベシ。此真言ヲ書テ幡ノ上ニ置ニモ、風ニ当リ其塵ヲ吹懸ラレタル人畜類等猶罪（30オ）ヲ消スト云ヘリ。

60尾州甚目寺ノ辺ニ十二三計ナル女童ガ菜摘ミケルガ、俄平臥ケルヲ、田ヲカヘス男アヤシミテ走リヨリテ見ニ、四五尺計ナル蛇ハイカ、リケリ。立帰テ鍬ヲ取テ追ノケントス。サテ見レバ蛇ハ見ヘズ。女童ネ入タルガ如シ。驚カシテ「何カ覚ユルゾ」ト問ヘバ、「只今爰ニ若キ殿ノ貌ヨキガ、ソコニフセ〳〵ト仰ラレツル時臥タル時ニ、頭ノ程ニ近付テ、何ニヤランヲドロキテ恐タル気色ニテ逃給ツル」ト云。「守リバシヤ持タル」ト問バ、「サル事モナシ」ト云。サルニテモ様有ニコソト思テ、能々見バ、尊勝陀羅尼書タル紙ヲヒキ裂テ鬢ニシタリケル。ソレニ恐テ逃ケルニコソ。不思議ナル事ニナン語リ伝ヘ侍リ。

守リハ人ノ可持者也。知ヌ（30ウ）ダニ自如此。マシテ信ジ崇メテ持タランヲヤ。随求陀羅尼ノ一字風ニ吹レテカバネニフレタル故ニ、婆羅門地獄ヨリ出テ天ニ生ズ。如来ノ等流変化ノ分身ノ字トシテ仏ノ化身也。争カ其徳空シカラン。

61三井寺ノ長吏公顕僧正、幼少時ヨリ法器ノ人也ケレバ、補処ノ仁ニ思アテラル。相人ノ云、「御器量ハ無左右御事也。但御命二十ニ過サセ給ハジ」ト申。師匠此事ヲ歎キ、尊勝陀羅尼ハ命ヲ延ブル功徳アリ。毎日二十一遍唱テ命テ、仏法ニ遇ヘルシルシ有テ学文ヲモシ興隆スベキ由、能々教ラル。此児師ノ教ヨリモ数ヲミテ、信心誠アルニコソ。先ノ相人三年後ニ相シテ云、「何ナル御事御坐候（31オ）ヤラン。御年七十ニ余テ延テ見給」ト云ニ合テ、八十五ニテ地蔵ノ引導ニヨツテ目出ク往生セラレケリ。頭光ニ五色顕ル。紫雲タナビキ音楽聞ヘナンドシテ、京都人々拝ミ相ヘリ。親リヲガミタル尼公ノ物語シ侍キ。建保ノ比ト申シヤラン。サレバ尊勝陀羅尼ハ在家出家用タル経也。在家ハ寿命ノタメ福ノ為是可誦。出家ハ殊ニ信施消ジ難シ。陀羅尼ノ力尤憑敷ク侍リ。

62昔天竺ニ道人有ケリ。信施ヲ受テ行徳ウスキガ故ニ、肉ノ山ト成ル。切取バ又生〱シケリ。隣ノ里ノ人聞伝テ盗テ切取ニ、山ヒヽキ動キ音ヲ立テ叫ビタリ。「我ハ是昔仏道ヲ行ゼシカドモ、行徳至ラズ。此里ノ人ノ信施ヲ受（31ウ）テ償フ程ニ行徳無シテ肉ノ山ト成テ返シ酬。汝ガ施ヲ受タル故ニ痛ミ難忍シ」ト云。

63漢朝ニモ道人有ケリ。檀那ノ施ヲ受テ行業無キ故ニ、園ノ木ニクサビラト成テ、檀那ガ取バ又ハ生ジ〱シケルヲ、隣人盗テ取ニ叫ビ泣ケリ。問ケルニ、「先ノ肉ノ如シ」ト答ト云ヘリ。空ク信施受レバ阿鼻ノ業ナリ。恐レ謹可有行徳者也。是慎マズシテ信施ヲ恣ニ用キバ、定悪趣ニ落コト無疑。是ヲ恐テ心地ヲ明バ信施ノ罪ヲ自消滅シ、無始ノ罪障一時ニ残リ無ラン。

不法蒙冥罰事

64有僧、真言ヲ習シガ、潅頂モセズシテ、既ニシタル由シ師ニ申テ、（32オ）秘書ヲユルサレテ、披キ見ル程ニ、此事自然ニ師聞キ、告テ彼書ヲ責返シツ。真言ノ習ヒ未ダ伝受ズシテ披覧スル事、越三摩耶ノ過トテ、無間ノ業ト成也。然ニ此僧、過ヲ顧ズ、未ダセヌ潅頂ヲシカ〱ノ所ニテ既ニ遂タルト云。未ダ其位モ至ヌ秘書ヲ偽リテ披キ見ル、幾程ナクテ病付テ遂ニ苦痛顛倒シテ命終シケル。親リ見タル同朋語リ侍キ。又有僧、内々濫行ニシテ愛染ノ法ニ付テ、敬愛ノ秘法ヲ習ヒ、彼相応ノ物ヲ赤色ニ染ケルニ、ツヤ〱赤根ノ付ズ。新キ絹ノ白キニ、スベテ付ザリケリ。慥ナル同朋親リニシテ申キ。

65是ハ仏法ノ真実ノ信心ナク、出離ノ（32ウ）一大事ニ志サズシテ、世間ノ執着有相ノ為ニ悪様心地ニテ行ゼントト思タルニヤ。相応ノ物モ色ツカズ不思議也ケリ。真言ニ敬愛ノ法ト申モ仏法ノ真実ノ習ヒ本覚ニ冥スル心地ヲ聞ヲ敬愛ト習伝、是等ニ付ハ仏法ノ深キ習共ニ付テ也。是真実ノ法門ノ立入習也。然ニ世間ノ思アヘル男女ノ中思アヘル許ヲ敬愛ナンド思ナラハシ侍リ。夫モ真実仏法ノ敬愛徳用イヅレニモ渡ル事ハ余薫ニテコソ侍ルニ、偏ニ只世間ノ有相ノ思ノミニ取ナス事、仏法ノ本意ニ非ザル事也。誠シク仏法ニ取入ン人ハ能々思別ケ、目出キ法ヲ賤軽メ不可思。此僧内々濫行ニテ、甚深ノ（33オ）秘法ヲ悪キ様ノ心ニ向テ行ゼント思ツルニヤ。相応ノ物ノ色ツカザリケリ。此事ハ知人ノ尼公語ハ侍キ。サレバ当時モ真言ノ功能有ベキ也。

66近代真言ノ流ニ変成就ノ法トテ不思議ノ悪見ノ法門多ク流布。仏法ハ大小権実、聖道浄土、顕密禅教ノ法門ノ義理區々ナレドモ、諸悪莫作、諸善奉行ノ教ヘ替ル事ナク、我相人相執心執着ヲ除ク事都テ異儀ナキニ、明師ニ相伝ナキ无智無道心ノ悪見ノ師多ク出来テ、諸法実相一切仏法ノ詞、煩悩即菩提生死即涅槃ノ文計ヲ取ツメテ、機法ノアハヒ、解行ノ別レモ不知、男女ヲ両部ノ大日ト習テ寄合バ、理智冥（33ウ）命ナンド云成テ、不浄ノ行即密教ノ秘事修行ト習伝テ、悪見邪念棄難シテ、諸天ノ罰ヲ蒙ル。仏陀冥助無ノミニ非ズ、横死横病ニ相ヒ、多ハ人ニ殺サレ物ニ狂ヒ、疫病ヤミ自害シ、臨終狂乱顛倒ス。現世ニモ中夭ニ相ヒ冥加ナク、後生ニハ定テ無間業堕落テ出ル期ナク、又仏法ニ遇事不可有。可悲々々。凡真言ノ罰ト云事ハ不可有。只邪見ノ過己ト招カルナルベシ。若ハ守護ノ天等ノトガメ給歟。能々師匠ヲ聞披テ、正流ノ人正見ノ師ニ習修行スベシ。末代ハ真言ノ利益殊ニ目出カルベシ。又悪見世ニ多シ。能々弁ヘ知ベシ。

天狗人ニ真言教タル事（34オ）

67奥州ノ修行ノ僧、或山中ノ古キ堂ニ宿ス。天狗之栖由、里ノ人云ケレバ、寒シク覚テ、仏座ノ後ニ坐ス。夜深テ、山ノ峯ヨリ多ク音ナヒ下ル。恐敷覚テ隠形ノ印ヲ結ビ、心ヲ静テ見レバ、白ク清ゲナル法師ヲ、手輿ニカキテ、小法師原二三十人共シテ、堂ノ内へ入。此法師、「小法師原、出テ遊ビ候へ」ト云バ、バラ〳〵ト出テ遊ビケリ。サテ此僧、「ヤ、御房〳〵」ト云フ。見ラレヌト思フ所ニ、「御房ノ隠形ノ印結ビ様悪テ、見ルゾ。ヲハシマセ。教へ申サン」ト云時、心安堵シテ、ソバニ寄テ細々ト教テ、「サテ物見給へ。所詮無益ノ奴原ニ見セマウサジトテ、追出シタリ」ト云テ、サテ印結テ居レバ、「ヨシ〳〵、只今ハ見候ハヌゾ」ト云テ、「法（34ウ）師原、参リ候へ」トテ、堂ノ中ニテ遊舞躍テ、暁山へ帰リ上リテ、

68 伊勢国或山寺ニ、如法経行ヒケル僧共ノ弟子ノ児、イツチトナリ失セテ見へザリケルガ、一両日過テ堂ノ上ニテ見付ツ。正念モナク見へケレバ、陀羅尼満ナンドシテ本心ニ成ヌ。サテ尋ケレバ、「山臥ドモニサソハレテ時ノ程ニ、筑紫ノ安楽寺ト云所ノ山中へ具セラレテ行ヌ。老僧ノ八十余ナルガ、ヨニ貴ゲニテ、其中ノ尊者ト見へシガ、『児コ、へコヨ』トテ、傍ニ置テ、『アノ奴原ハ無所詮物ゾ。コ、ニ居テ物見ヨ』ト云。憑敷オボへテ居テ見ル程ニ、山臥共躍ケルニ、網ノ様ナル物空ヨリクダリテ引マハス様ニ見ユル時、山臥共興サメテ逃ントスルニ不レ叶。網ノ目ヨリ火ノモへ出テ、次第ニモへ（35オ）アガツテ、『山臥是へ参レ』トヨビテ、『何ニワ山臥ハ此児ヲ具シテ来ゾ。トク〳〵本ノ山寺へ具シテ行ケ』ト云レテ、恐タル気色ニテ具シテ帰ルト覚候ツル」ト云ケリ。

69 天狗ト云事、聖教ノタシカナル文ニ不見へ。先徳「魔鬼」ト釈セル是ニヤ。日本ノ人ノ云、「習始タル計也。只鬼ノ類ニコソ。仏法者ノ中ニ破戒無慙ノ者多ク此報ヲ受ルナルベシ。我相憍慢名利諂媚ヲ業、偏ニ事ニ相ヒ交リテ雑類ノ報ヲ受ルナルベシ。日本ニ天狗ト云習ハシタル事、本説ナシト云へリ。南山ノ業疏ノ中ニ、「罪福相離ル業ハ鬼趣相似ノ報ヲ得」ト云へル。又魔鬼ト云へル是ナルベシ。天子魔ハ他化自在天也。鬼類ニ非ズ。其部類ナルベシ。圭峯ノ釈ニハ、「傍行ノ者ヲバ畜生ト云。堅（35ウ）行者ヲバ鬼ト云」ト見タリ。盂蘭盆経疏

中ニ、「有鬼神ニハ重々果報ノ優劣有リ」ト見タリ。是ハ行目浅深重々ナル故也。

70昔五百長者、山中ニシテ路ニ迷テツカレニ望メリ。樹神有テ是ヲ哀テ指ノサキヨリ甘露ノ美食ヲ出シテ是ニアタフ。其中ノ長者上首、是ヲ得テ音ヲアゲテ泣ク。樹神其故ヲ問ニ、我ニ伴アリ。是ヲ我一人用ル事ヲ悲ム由ヲ答。「我此食盡ベカラズ。悉クヨビテ与ヘヨ」ト云。悦テ伴ノ長者悉ク尋テ飽マデ是ヲ助ケツ。「抑何ナル因縁ニテ、此果報ヲ感ジ給ヘルゾ」ト問ニ、神答テ云ク、「迦葉仏ノ時、鏡ヲ磨キテ世ヲ渡ル。大城ノ門ノ前ニテ此事ヲセシニ、乞食ノ沙門アレバ、分カ(36オ)ヒノ所ヲホス。我ハ貧シテ不与ト云ドモ、沙門ヲ哀ム志有テ、此指ヲ以テ乞食ノ所ヲ教シ業因ニテ、指ヨリ飯食ヲ涌スニ盡事ナシ」ト云ケルニ、沙門ヲ供養スル業因ノ貴キ事ヲ信ジテ、日々ニ八千人僧ヲ供養シケル。米ヲ洗ニ汁流テ河ト成テ船ヲ浮ケル程也ト云ヘリ。経ノ文ノ意也。是ハ鬼神ト云ヘドモ、果報ノ人ニモ勝タリ。

71南都興福寺ニ学生有ケリ。他界シテ後、彼生所床敷思フ弟子、有時春日野ニテ師匠ニ行逢ヌ。「御房、我生所ヲ不審ニ思ヘリ。イザ見セン」トテ、春日ノ奥ヘ具シテ行。興福寺ノ如クナル寺有リ。三面僧坊有リ。彼師ノ御房行ナンド覚ヘテ、面々ニ法服取リ装束シ、(36ウ)其後空ヨリ足アル釜フリ〳〵トシテ落下。銚子カハラケ躰ノ物ツヽキテ落。獄率ノ様ナル者落下リテ、釜ノ中ニ銅ノ湯ノワケルヲ、銚子ニ汲入テカハラケシテ、オシ廻シ僧共ニ飲シム。無術気ナル気色ナガラ皆飲テ則身焼テ失ヌトバカリ有テ、又本ノ如ク蘇生シテ坊ヘ帰テ、「我等名利ノ心ニテ仏法ヲ覚シ行セシ故ニ、カヽル苦ヲ受ル也」ト云ケルヲ見聞テ、弟子僧学生ニテ公請ナンド勤ケルガ、此事ニ発心シテ修行ニ出テ、何トモ無ク逐電シテケリ。

72大方ハ同ジク魔界ナレドモ、善悪不同也。仏法ニ信アレドモ我相執心盡ザル者ハ、仏法ヲ我モ行ジ他人ノ行ズルヲモ障碍セズシテ、随喜シ守リトモ成ルベシ。仏法ニ信アリ。(37オ)偏ニ名利憍慢深キ者ハ、他ノ善根ヲ妨グ。サレバ出離モ遠カルベシ。真言師ノ中ニモ、此道ニ入者多シ。近比高野ニ聞シ真言師モ、天狗ニ成テ後ニ大事ノ秘法ヲ霊ニ付テ弟子ニ授ケルト云ヘリ。智恵道心有バ、何レノ門ニテモ行ジテ其ヨリ可出離。善天狗悪天狗ト云事アリ。此貌也。只今生ノ心行ノ善悪ニ依ベシ。花厳経ニハ、「菩提心無行ヲバ魔業」ト云ヘリ。我執憍慢等ノ心ニ相ヒ交ルハ定テ此道ニ入ベシ。浮浄ノ心ヲモテ菩提心ノ上ニ行ズル人ノミ、実トノ道ニ入ベシ。形ナヲケレバ景モナヲク、源清ケレバ流モ清キガ如シ。因果ノ道理不可疑。我心行ヲ委観ジテ、当来ノ果報ハ可知。善因ハ楽果、悪因ハ苦果（37ウ）有。必然ノ事也。

執心堅固ナル依仏法蕩タル事

73 常州ニ或入道法師ノ念仏ノ行者ナル有ケリ。去弘安元年ノ夏比、疫病ノ臨終扶カラズシテ死ス。火葬ニシテケリ。堅物手取勢ニテ大方焼ヌ物有。堅木ヲ以テ焼ドモ、炭ヲ多ク添テ焼ニ灰白ク成マデ不焼。子息ノ僧是ヲ見テ、執心堅ニテ焼ヌニヤ。何ナル腹ノ病ヒ也トモ此炭木ニハ可焼思テ、天竺ニ外道有ケリ。常見ヲ起シテ石ニ成テ有ケルヲ、仏子量ヲ立テヽ、石ノ面ニ書ニ依テ、石ホヘテワレテ失ニケリ。此事思ヨリテ、彼文ハ覚ネ共、執心ノ蕩ケル事ヤアルト思テ、幡ノ足ノ（38オ）紙ニ、諸行無常ノ四句ノ文ヲ書テ、堅物ノ上ニ投懸リ、己ニ消カヽリタル炭ノ火紙ニモエ付テ、油ヲカケタル様ニ、ヘラ〳〵ト焼テ跡ナク失シト彼僧親リ物語リキ。彼ノ昔ノ量立タル文ヲ尋用事侍キ。末代ナレドモ仏法ノ功能目出クコソ侍レ。

74 マシテマコトシク観念坐禅モセン人、執心モ蕩リ罪障モ消ン事疑ベカラズ。量ヲ立ト云ハ、因明ノ法門也。外道ヲ破スル事ハ因明ノ道理也。成ズル也。劫毘羅外道常見ヲ起テ大ナル石ニナレリシヲ、陳那菩薩量ヲ立テ石ニ書付ク。石吼テ破レテ失ニキ。

汝ガ我ガ無常宗　受外行故因　尚如聚雲喩

声論外道モ声ハ色形ナシ。常住ノ法ト計セシヲ仏弟子量ヲ（38ウ）立テ云、

声是無常宗　作所成故因　猶如執等喩

75先年南都ニ或人ノ物語ニ、故明恵上人ノ「我等ハ犬時者也」トテ、非時ニ菓子ナンドメシケルト申シヲ、何トモ不思寄侍シホドニ、信濃国ノ山里ヲ事縁有テ越時ニ、犬辛夷花ヲ見テ、此事心得テ侍キ。悟道得法モ角ヤト覚侍シカバ、遊ナレテ侍シ同朋ノ許ヘ量ヲ立テ一首送タル事侍キ。思出テ侍ルマヽニ、徒事ナレドモ書付侍ベリ。

我声犬時者宗　形以非実故因　尚如犬辛夷喩

猿ニ似タル木律僧ヲバ放ツヽ犬時者ニ也ニケルカナ

自事ノ道理ヲ云ヘバ、自然ニ因明ノ法門ニナル事侍リ。人ノヲロカナルヲ、（39オ）

汝是愚癡宗　無智恵故因　猶如畜生喩

因明ト云ハ五名ノ一也。菩薩此五ヲ明ムベシト云。因明外道法、内明仏法、声明、医方明、工巧明也。

76遠州ニ蓮花房ト云山寺法師、前栽ニ柿木ヲ植テ年来愛シケルガ、他界之後ニ弟子ノ僧、此木ヲ切テ湯ノ木ニセントテワリテ見バ、文字ノ勢二寸計ニテ、我モ〳〵同躰ニテト有ケリ。是モ執心有ケルニヤ。

77昔モ橘ノ木ヲ愛シテ蛇ト成テ纏ヒケル事有。又銭入タル瓶ノ中ニ小蛇ニ成テ有ト申侍リ。執心妄念可恐。流転生死ノ過是ナリ。

貧窮ヲ追出事（39ウ）

78尾州ニ円浄房ト云僧有ケリ。年闌テ後余ニ貧窮ナル事ヲ歎テ、陰陽習カ若ハ真言ノ習カ、聞伝タル術有トテ、弟子一人、小法師一人有ケルニ申合テ、「余ニ貧ナル事無術ケレバ、今ハ貧窮ヲ追失ハント思也」トテ、十二月晦日ノ夜、桃ノ枝ヲ我モ持、弟子ニモ小法師ニモ持テ、呪ヲ誦シテ、家内ヨリ次第ニ物ヲ追様ニ打々テ、「今ハ貧窮殿出テヲハセヨ〳〵」ト云テ、門ノ外へ追出テ、門ヲ閉ツ。其夜ノ夢ニ、痩タル法師ノ古キ堂ノ破タルニ居テ、「年来候ツレドモ、追出シ給ヘバ出テマカリ候」トテ、雨ノ降ニ、泣テ居タルト見テ、円浄房、「哀ナル事也。貧窮法師ガカク夢ニ見ヘツルガイカニワビシカルラン」トテ、其後世間事不闕シテ過（40オ）ケルト申伝ヘ侍キ。近事也。

79或山寺法師ノ弟子、余ニ貧シカリケルガ、他国ニヲチ行ント師ニ暇請ケレバ、「御房ヤ、一升入ノ瓶ハ何ニテモ一升入」トゾ云ケル。「有漏ノ法ハ繫地各別ニ候ニヤ」ト答ケル。サル事有ニヤ。

80又有僧モ貧ニ被責、他国へ行ト出立ケル夜ノ夢ニ、痩枯タル小冠者藁履ヲ作テ、「御共可仕」ト云ケリ。

81誠ニ仏法効験ナンドニテ、自ラ貧ヲ除ク事ハ有ベシ。生付タル果報者定リ有テ転難シ。今生ノ果報ハ先世ノ業ニ答、当来ノ果報者今生ノ業ニ依ベシ。只未来无窮ノ果報目出カルベキ。浄土菩提ノ道ヲ乞願テ、既ニ定レル貧賤ノ身、非分ノ果報ヲ望ムベカラズ。

82和泉国癩人ガ女、播磨国ノ癩人ガ子、共ニナビラカ也（40ウ）ケルガ、本国ニテハ人知ヲ賤ク思ヘリ。方々へ行テ常ノ人ヲ男ニモシ、妻ニモセントテ上ケルガ、鳥羽ニ行ツレテ、互ニタ、ノ人ト思テ語ヨリテ、妻夫ニ成ケル。鼠ノ婿取ニ不違。

83或入道法師ノ物語ニ、「小所領知行セシ時ハ事闕ズ。病者ニテ身ヒエ腹ノ病ニ食事心ニ不叶。麦飯ナンド見レバ心地悪ク侍キ。女童部ガキヌニ某ガ衣ヲ重テ候、猶肩ヒユルマ、ニ、小袖ヲ肩ニヒキ懸タレドモ、足モヒヘテ難堪。当時ノ躰ハヒタソラ暮露々々ノ如モテ、帷ニ紙衣着テヌルニ、足モ身モヒエズ。食物ハ何ニワルシトモ不覚。麦飯ナドハ甘露ト覚候也」ト云。只天運ニ任テ歎カズ憂ズシテ、夢ノ世ヲ渡リ幻身ヲ助クベシ。（41オ）

耳売人事

84 奈良ノ僧学生、説法ナンドモスル人、坂東ニ或所ノ学頭ニテ侍ニ、或上人申ケルハ、「二日路ノ所ニ請用アリ。老躰ノ身懶ク侍ルラメドモ、挍シ申サン。御房御坐マサンヤ。但仏事馴ヌ所ニテ、布施物ハ甲斐々々敷カラシ。二三十貫ニハ過ジ。或社ノ神主有徳ナルガ、逆修スベキ事侍。子息取々ニ仏事営テ七日勤行スベキ。ソレモ請シ候物クサク侍。挍シ申サンニ相違有ジ。其ハ一日ノ路也。何モ一所御心ニテ可有」ト云ニ、「仰ニヤ及候。二日路マカリテ参十貫所候ハンヨリモ、一日マカリ候テ七十貫ヲコソ取候ハメ」ト云。サテ一日路ノ所海ヲ渡テ行ヌ。（41ウ）子息ドモ申ケルハ、「老躰ノ上病日久シテ憑ナク候ヘドモ、親子恩愛ノ道難二思棄一侍リ。先祈禱ニ大般若読候テ、逆修ハ用意仕テ候ヘバ、引ツヽケテ可仕」ト云ニ、「参候程ニテハ兎モ角モ可随仰」。大般若弟子共同ク始ケリ。化ノ事也。逆修ノ外ニ又布施モアランズラント思テ、開白シテ読テ、御房ガ云ク、「御酒ハマイリ候ヤラン」ト問ニ、極タル上戸ニテ愛酒ナレドモ、酒ノムト思ハレバ、無下ニ落ブレタリ。貴ゲニ思ハレテ、布施ノカサモ取バ取バヤト思テ、「断酒ニテ候」ト答テ、「サラバ」トテ、餅ヲ取出シテス、メケレバ、是ハ取テ食ヒ始テ、「是ハ般若法味、不死ノ良薬也。殊更食始テ候。病者ニマイラセサセ給ヘ」ト云フ。病者悦テ、「是ハ（42オ）三宝ヨリ給候。大明神ノ御計ニテコソ」ト答テ、「恭ナク候」トテ、カキ起サレテ一口ウチクウニ、八旬ニ余レル老病ノ、不食久シキガ是ヲクウホドニ、咽テキチ〳〵トスルヲ、女房共カカ、エテ、胸ヲ打チウナジ打、喉ヲ扣キサスリスレドモ不叶。則テ息絶テ事切ニケリ。子息、「不及力。何様ニモタノミナク候ツレバ、トク御帰コソ候ハメ。孝養ノ時コソ案内申候ハメ」ト云。サテマカリ帰ル程ニ、既ニ船ニ乗テ押出ス程ニ、「サルニテモ此僧空シク帰事無下也ケリ。孝養ノ由ニテ施物トラセン」トテ、使者ヲヤル。馬ニ鞍ウチ押付テ、「暫ク御留候ヘ」ト云フ。人殺シトテテトメテ若カコタヽズルニヤト心得テ、「耳ニナ聞入ソ。コゲヤ〳〵」トテ（42ウ）返事モセズシテコグ程ニ、風アラク波高クシテ、既ニ入海シツムベカリケリ。衣装ナドハ皆ヌラシテ、死ヌ計ニテ帰タル由、人ツテナラズ彼人語リ侍キ。「サテ一所ノ布施ハ五十貫計有ケリト後ニ聞ケリ」ト云ヘリ。「此ハ我身ノ不運」トテ、語テ笑ヒ侍キ。

85南都ニテ或人、「某ガ耳ヲ買」ト申。用途壱貫計ノ雑掌スベキ事侍リシヲ、「サラバ此事イトナンデタべ。此耳ハ売」トテ売リ、又其後相人ノ有シニ、件ノ耳ヲ買タル僧相セサスル。「リセル御福分ハ見ヘ給ハズ」ト云ニ、「アノ御房ノ耳ハ買取テ侍リ。アノ耳ヲ某ニテ相シテ」ト云ニ、「サテハ明年ノ春ノ程ニ御悦候ベシ」ト云。耳売ノ僧ヲ相スルニ、「御耳コソ御福分ハ見ヘ給候。其外福（43オ）分オハシマサズ」ト云事思出サレ候。耳売タル故ニ、カヽル不幸事有ト覚候」ト語キ。夢ヲモ売買事ナレバ、カヽル事モ有ヌベキ也。

86宇治殿ニサブラヒケル宰相ノ局ト云女房ヒスマシカ夢ニ、三日月ヲフトコロニ懐テ侍ト見タル由語ケレバ、「イデ、其夢カハン」ト云テ、衣ヲヌギテ買テケリ。其故ニ宇治殿ニ思ハレマイラセテ、目出カリケリ。カヽル事モアレバ、耳モ売買ニ注シ有ケリ。サテ彼耳カヒタル僧ハ、次年春所帯マウケテケリ。

真言ノ効能事

87洛陽東山観勝寺ノ大円坊上人、宝篋印陀羅尼ノ功徳多ク聞ユル中ニ、或女房物狂ナリケルヲ、此陀羅尼ヲ誦シ

（43ウ）テ加持セラレケルニ、物ヲ吐出シタルヲ見ニ、及文字書テ、中ニ病者ノ名ヲ書ケリ。病者、サメ〴〵ト泣テ申ケルハ、「穴心憂ヤ。仏法ハ人ヲコソ助ケ給ニ、我ヲカク陀羅尼ノ責給事ヨ。我ハナニガシト云者也。呪詛シテ世ヲ渡侍也。此御房ノ姉御前ノ殿ヲ取給ヘルガ故ニ、姉御前ノ呪詛シテト仰ラル、時ニ、呪詛シタレバ、此符ヲ責出シ給フ事ヨ。カランニ、我身何ニシテ身ヲモ過候ベキ」ト云ケリ。其座ニテ陀羅尼誦タル老僧ノ物語也。

88此物語ニ書付タル詞ハ少々違事有トモ、虚誕ハ聊カモ侍ラズ。殊ニ仏神ノ徳、陀羅尼ノ験、一言モ虚言ナク侍リ。三宝ノ知見アル事也。後見疑給コトナカレ。

89去弘安元年、坂（44オ）東ニヤク病オビタ、シク、病死ス数モ不知侍キ。十一歳ノ小童ノ病シガ、「小童部ノ多ク来テ、ナブリ候ガ余リニワビシク候」ト申セシ間、僧共四五人シテ、千手陀羅尼ヲ廿一遍満テ、侍シカバ、「小童頭ヲ打破テ、北方ヘ向テ泣々マカリヌ。又寺ヨリ手ノ多ル仏オハシテ、追ヒ拂ヒ給フト見候テ、病ヤガテ癒侍キ。

90南都ノ戒壇院ノ僧語リ侍シハ、或在家ノ女房、霊病有シヲ、千手陀羅尼ヲ満テケルニ、刀様ナル物吐出シテ侍ケル。

91又或女人、陀羅尼ヲ誦スル僧共目ニ見テ、蛇走出テ、ツカハル、女房ガ前ヘハヒ入ト見ケルガ、其女房忽ニ狂ク病ケル。ウハナリガ霊蛇ニテ見エケルト云ヘキ。

92故実相房上人モ（44ウ）真言ニ付テ不思議ノ効験有ケル中ニ、白河ニ或人娘、腹中ニ大ナル手鞠ノ程ニテ、石如ク堅物アリ、冷痛テヤミケルガ、物ニ狂ケルヲ、彼親歎テ実相房ニ此由申ニ、「呪詛ニモアレ、病ニモアレ、文字ノ智火ニテ焼失ンニ、ナドカ癒ザラン。護摩セン」トテ、大土坑ニ煻ヲ入テ、折敷一枚コマカニワリテ、檀木ニシテ、不動ノ火界ノ呪誦シテ、加持スル。腹中暖ニ成テ、彼堅物、ユル〳〵ト成テ、跡形ナク失ニケリ。其後彼上人ヲ信ズル事浅カラズ。世間ニ兎角謗ル人有ケレドモ、堅信ジタル由、有僧ノ物語シ侍キ。此上人ハ元ヨリ月輪観ノ功積ラレケル。夜中ニモ消息ナンド灯ナケレドモ書レケルトナン承キ。真言ニ（45オ）殊ニ信深キ人ニテ、加様ノ効験有ケルニコソ。サレバ経ニハ、「信ハ道ノ源、功徳ノ因」ト説レタリ。信ノ前ニ徳ナキ事ナシ。不信ノ人ニハ仏法ノ益ナシ。

93 洛陽或女人、年来憑タリケル真言師ノ上人ニ申ケルハ、「真言ノ中ニ人ヲ殺ス真言ヤ候。教ヘサセ給ヘ」ト云ニ、「何事ノ用事ゾ」ト問ニ、「我夫年来情深ク候ツルガ、若キ者思テ、我ヲバ棄ハテ、候ガ口惜ク候。子共ノ母ニテモ候。是程本意ナキ事候ハズ。サテ申也」ト云。此事難治次第也。調伏ノ法ハ慈悲ヲ以テ、天下ノ怨タル者ヲ調伏シ殺ス事ニテコソアレ。只悪キ心ニテ殺ハ道理ニアタハズ。相副テ教ン事ト々シキ罪、ト思テ、命ヲ延ル真言、延命ノ呪ヲ授ク。「是コソ人ヲ殺ス真言」ト（45ウ）云ヘバ、悦テ信ジテ満テリ。其ノチ来テ云様、「末代ナレドモ真言ノ功徳ハ候ケリ。七日ト申ニ満殺シテ候」ト云ケル。浅猿ク思ヘドモ、力不及。「去事コソ侍リシカ」ト或真言師語リ侍キ。

94 増テ有ノ間々ニ信ジテ勤ニ、ソレ又空カラジ。誠ニハ一ノ真言ニ諸ノ徳ヲ含メリ。命ヲモ延ベ命ヲモ殺サン事不可疑。都テ仏法ノ徳ヲ世間ノ事ニテ可心得。火ノ薪ヲ焼キ、藍ノ物ヲ染事、毎人ニ知レリ。見ル事ゾカシ。然ニヌレタル木ハモヘズ、垢ツケル衣ハ不染。是ヲ以テ火ノ物ヲ焼ズ、藍ノ物ヲ不染ト云事愚也。仏法モ如此。罪障タチ浄土ニ生レ悟ヲ開キ仏ト成事不可疑。只障有テ疑ニ愚ニシテ信（46オ）ゼズ。法ノ如ク行ゼザル時ハ其記ナシ。木ノヌレ衣ノ垢付タルガ如シ。念仏真言等ノ功徳ヲ祖師釈スルニハ、「罪ヲ作ル時ノ心ハ顛倒ノ因縁、妄想ノ所作ナレバ、是虚妄也。念仏ヲ行ズル心ハ真実ノ勝縁ヨリ起ル。一ハ虚也。一ハ実也。此故ニ念仏ノ徳ハ多劫ノ罪ヲ除ク也」。又真言ノ師釈シテ云ク、「罪障モ幻也。真言ノ加持モ幻ナレドモ、煩悩妄想ハ顛倒ノ幻、一向ニ虚偽也。真言ノ幻ハ金剛ノ幻、不思議ノ妙用也。譬バ弱キ術師ガ現ズル幻ヲバ、強キ幻ノ術師是ヲ失ガ如シ」ト云ヘリ。衆生ノ愚ナル妄想ノ幻ヲバ諸仏ノ賢キ幻術ヲモテ失ヒ給フ也。此事能々信ジ持ツベキ法門也。先徳ノ釈也。仏法ノ道理也。努々不レ可レ疑。(46ウ)々々々々。

先世房事

95 下総国先世房ト云者有ケリ。下地ノ者也ケレドモ、心操尋常也ケリ。世ヲ諛事モナク、万事ニ付テ「先世ノ事」ノミ云テ、歎悦心無リケリ。或時、家ニ火ノ付キテモヘ上リケレドモ、「先世ノ事」ト云テ、サハガズシテ居タリケルヲ、「何ニヤ」トテ、人手ヲ取テ引出シケレバ、「是モ先世ノ事」トテ出デヌ。カヽリケレバ、先世房ト云ケルナルベシ。誠ニ何事モ過去ノ善悪ノ業因ニ依テ、今世ノ貧福苦楽有リ。愚ナル人ハ、此理ヲ不知シテ、人為与フルヲ思アヘリ。三界ハ唯一心也。「心ノ外ニ無シ別法」云(47オ)テ、無住ノ一心ヨリ六凡四聖十界ノ依正ヲ造リ出セリ。悪念化シテ地獄鬼畜ト現ズル也。、若因積テ浄土菩提ト顕ズル。法性一理ハ平等ナレ共、人々ノ業縁ニ依テ種々ノ差別有リ。一ノ水ヲ天人ハ瑠璃ト見、冥ハ窟宅ト見、餓鬼ハ膿河ト見ガ如シ。釈迦ノ浄土ヲ身子(ママ)ハ穢土ト見、螺髻ハ浄土ト見ル。此故ニ、「境縁ニ好醜無シ。好醜ハ自心起」云ヘリ。サレバ万事ヲ自業ノ因縁ト思ハバ、不祥厄難有トモ、人ヲトガメ恨ムベカラズ。然ニ、人ノ過トノミ思テ恨ヲ含ミ、悲ヲ結ブ事、返々モ愚ナリ。経云、「悲ヲ以テ悲ヲ報ズル、怨終ニ不尽。草ヲ以テ火ヲケツガ如シ。恩ヲ以テ怨ヲ報ズレバ、怨終ツク。(47ウ)水ヲ以テ火ヲ消ガ如シ」。昔罪障懺悔シ、今更業因ヲ不結シテ、輪廻ノ苦患ヲ可レ止。

96或上人云ク、「一切境界ハ我心依テ善悪アリ。我心迷フ時ハ、塵々妄縁也。我心悟時ハ法々実相也」。古人ノ云、「一翳在眼空華乱墜。一妄在心恒砂生滅」。「我身ハ此道理思知事アリ。万物糞ノ香スル事有キ。只事トモ不覚シテ、魔縁ノ所為ニヤト思テ、持仏堂ニ入テ念誦スレバ、本尊モ臭ク念珠モクサシ。シツカレテ持仏堂ヲ出テ、何ト無ク面ヲカキ撫テ見レバ、鼻ノ先ニ糞ノ付タル。サテサハ〳〵ト顔ヲ洗テ後ニ臭失ヌ。一切我心ナル道理、譬ハキタナケレドモ、分明ナリ」語キ。

97漢朝ニ叟翁ト云賢人有ケリ。事ニ触テ悦（48オ）憂事無。或時一疋持タル馬失ケリ。人此ヲ訪フ。「イザ可悦ニヤ有ラン。憂可コトニヤ」ト云。両三日ノ後、天下難有駿馬ヲ具シテ来ル。人、是ヲ「悦ゾ」ト云ドモ、「此モ可憂事ニヤ有ラン」トテ、悦事ナシ。最愛ノ一子、此馬ニ乗テ遊ブ程ニ、落テ臂ヲ打折ル。人此ヲ訪ニ、「悦べキ事ニヤ有ラン」トテ、憂ヘズ。カヽル程ニ、天下ニ大乱起テ武士カラレテ相戦フ程、皆已失ヌ。此子片輪ニヨリテ、命ヲ。此理能々可思知。孝子云、「禍福伏スル所、福ノ倚ル所」ト云ヘル。意ハ、人過ヲクヤシミツヽミテ、徳ヲ行ヘバ禍去テ福来ル。若福ニ驕テ過禍ヲ恐ザレバ、福去禍来ル。サレバ失ヲバ能々慎ミクヤ（ママ）シテ、善ヲ修シ徳ヲ可行。徳ニハ驕ル事無シテ、禍（48ウ）ノ来ル事ヲ慎ベシ。万事徳失並ブ事ヲ不知シテ、一徳ヲ愛シテ余ノ失ヲ忘、一失ヲ嫌テ余徳ヲ忘ルヽハ、人ノ常ノ心ナリ。徳ノミ有テ失ナク、失ノミ有テ得无キコト不可有。又万事ニ於テ人ニ依、時ニヨリテ得失分タリ。

98或牛飼、僧ノ茶ヲ飲ム所ニ莅テ云、「アレハ何ナル御薬ニテ候哉覧」ト云ノ。「此ハ三ノ徳アル薬ナリ。安キ事ナリ、飲セン」ト云。「其徳ト云ハ、坐禅ノ時眠ラルヽガ、此ヲ飲ツレバ通夜不眠レ。一ニハ食ニ飽ル時服スレバ、食ヲ消シテ身軽ク心明カ也。一ニハ不発ナル薬也」ト云時、「サテハエ給候ハジ。昼ハ終日ニ宮仕仕リ候テ夜コソ足モ踏ノベテ臥候ヘ。眠レザランハ無術候べシ。又饑タヘテ候（49オ）飯ガ消候者、ヒダルサヲバ何トシ候ベキ。又不発ニ成テハ、女童部ガ傍ヘモヨセ候ハジ。愛ソウツキテハ衣物ヲモ誰ニカス、カセ候ベキ」ト云。一事人ニ依テ得失有事也。雨降リ日ノ照ル事ニ、時ニヨリテ徳アル事モ、失有事モ可知。世間ニハ失ト思ヘル事、仏法ニヨテ徳アル事有。都テ得失ハ物ゴトニ相並事也。

99 涅槃経ノ中ニ一ノ譬喩ヲ説リ。有人ノ家ノ門ニ容貌美麗ナル女人来ル。主ジ、「何ナル人ゾ」ト問フ。女人答テ云、「我ヲバ功徳天ト云。其故ハ至ル処ニ吉祥福徳有」ト云。主ジ悦テ入ル。則復タ女人来ル。容顔醜陋ルニシテ見悪クシ。「何ナル人ゾ」ト問フ。「我ヲバ黒闇天ト云。其故ハ至所ニ不祥災害（49ウ）有」ト云。主是ヲ聞テ、「速ニ去レ」ト云。女人ノ云ク、「先ニ家ニ入ハ我姉也。時ノ間モ離事ナシ。姉ヲ留バ我ヲモ留ヨ。我ヲバ追バ姉ヲモ追」ト云。此ニ依テ、二人共ニ追出シツ。又ツレテ行。或人此事ヲ聞ト云ヘドモ、姉ヲ愛スル故ニ妹ヲモト、ム。此ヲ譬ルニ、生会ハ姉ノ如シ。死離ハ妹ニ似タリ。生死ノ事ヨリ会離ノ習、必共也。生者必滅会者定離、誰カ此ヲ疑ハン。此故ニ、賢聖ハ生因ヲ止テ、死苦ヲハナル。会ヲ愛セザレバ、離ル、憂ナシ。二人共ニ厭人ノ如シ。凡夫ハ生ヲ愛テ離ル、ヲ難歎。然バ生ノ時モ悲ミ、離ヲバ会時可憂。会ヲバ悦、離ヲバ憂ルハ、凡夫ノ愚ナル心ナルベシ。

100 流転生死者愛欲ヲ為根本ト。善愛ノ心ナクバ生（50オ）死断絶セン。先世間ノ愛心ヲ止テ、法愛マデモ棄ル、此仏法ニ入ル方便也。只愛習怨心ノ拙キ思ヲ止テ、無念寂静ノ妙ナル道ニ入ル、真実ノ道人ノ貌カタリ。古人云、「心ハ随ニ万境ニ転々スル処実能幽也。随流認得性ヲ無喜亦無憂云々」。生滅去来ノ所ニ本来動セザル自性ヲ認得シナバ、生ニ当テ不生也。事ニ即シテ空也。設此意不得トモ、先万事得失ナルベキ道理ヲ知テ、徳有事ニモ失ヲ擒ガヘテ愛習ヲ薄セン、失有ラン事ニモ徳ヲカンガヘテ憂悲ヲ可軽ズ。此一重ノ方便也。以一事万事ヲ可準知。妻子眷属ノ心ニ叶ヒナツカシク心安カランニハ、誠ニ可為徳。然ドモ此ヲ羽含ミ養ハン（50ウ）トス、イソギ心ノ无隙身ノ暇モナシ。身心共ニ此ガ為ニ仕ハル恩愛ノ奴ト成故也。崇ベキ三宝ノ勝妙ヲモ敬田ヲモ重クセズ、可憐貧病ノ悲田ヲモ不助、善友ヲ可求志シモ薄ク知識ニツカハル暇モ無シ。今生ノ煩猶不軽。当来ノ苦何許リ。ナヲ臨終ノ妄念専ラ恩愛ノ故ナリ。情深ク契厚ケレ共、中ニ有一伴フ無習、苦患ニ代ルタメシナシ。
101 昔シ五戒ノ優婆塞有リケリ。相思ヘル妻ニ愛執残ケル故ニ、死テ後妻ガ鼻ノ中ノ虫ト生ジテ、妻ガ鼻ヲカミテ虫ノルヲ見テ、「汝ガ夫也。努々不可殺」云。妻ガ云、「ワ夫ハ持戒修善者也。天ニ可生。何ゾ虫ト成ル」ト云。聖者ノ云ク、「最後ノ妄念強シテ、天ニ不生」ト云ヘリ。此ハ日来ノ戒善ノ因（51オ）モアリ、聖者ノ説法縁ニ依テ天ニモ生セズ。常ノ人善因ハヨハク、妄念ハツヨク、妻子等ニ愛習深カラン。生死ヲ離ン事、誠ニ可難カ。此故ニ、心ニ叶ハン妻子ハ、怨ナルベシ。花ノ貌ニ造レル箭ヲ以テ喩射ラルニ。見ル所ハヤサシケレドモ、命ヲ失。恩愛ノナツカシク境界、智恵ノ命ヲ失フ事是ニ似リ。カヽレバ中々ニ心ニ叶ハヌ妻子ハ善知識ナルベシ。是モ只猜ミ怨マバ悪知識ナラン。
102 韋提希ノ如、闍王ノ悪子ニ逢テ、穢土ヲ厭ヒ浄土ヲ欣シ如クナラバ、悪子ハ真実ノ善知識ナラン。賢ヲ見テ斉カラント可思。又逢時志深ハ、別時ノ歎キ切也。会時志薄ハ、別ル時ノ歎浅シ。得失相並事、心得易シ。
103 牛馬財宝モ是ニテ準ヘテ同カル（51ウ）ベシ。重キ財珍キ翫物ハ好テハ求ム苦シク、守モ煩シ。失ヌルモ歎カジ。常ニモ用ヰズシテ用ニモ立ズ。若ハ人ノ借モイタハシク覚ヘ、心ニカヽル事有。悪キ物ハ惜ミヤラズ。方々徳ハ多ク失ハ少シ。自檀度ノ行モ便リ無ク。又世間ノ人富貴ナルト貧賤ナルト思ヒクラブルニ、徳失相ヒ並ベリ。能々思解バ、貧賤ハ徳多カルベシ。古人云、「富ル則ハ求ル事多シ。貴則憂ル事多シ。寡心忝シ情忘ヲバ累薄シ」ト云。又云、「清貧レバ常楽シ、濁富レバ恒愁」云々。又云、「財ラ多レバ害レ身ヲ、名高ケバ害神」云々。此事ハ真実大安楽之法門也。能々思入給フベシ。（52オ）

第五節　成簣堂本巻十の考察

一　巻十上

成簣堂本巻十の説話配列を示すと次のようになる。

一、浄土坊遁世事　　二、吉野執行遁世事　　三、俗士遁世門ニ入事
四、強盗法師之有道心事　　五、値悪縁発心事　　六、松月房上人遁世事
七、迎講事　　八、依妄執魔道ニ堕タル人事　　九、霊之人ニ託シテ仏法物語スル事
一〇、仏教ノ宗旨得タル人ノ事　　一一、行仙房上人ノ臨終事　　一二、臨終目出僧事
一三、述懐事

成簣堂本は上下の区別を付けていないが、米沢本は第八条までを巻十本、第九条以降を巻十末とする。刊本は第九条までを巻九、第十条のみを巻十上、第十一条以降を巻十下とする。第九条を巻九に含むか、巻十に含むかで大きな違いがあるが、成簣堂本は全てを巻十として一括している。俊海本、米沢本、梵舜本では第三条として

「宗春坊遁世事」を含むが、成簣堂本には確認出来ない。内閣第一類本、及び流布本系伝本も同様に欠いていることから、この事実のみを考えればむしろ流布本系統に近いということになるが、流布本系伝本は本巻を刊本同様、巻九・巻十とすることから、やはり成簣堂本の立ち位置は古本系ということになる。本文においても、流布本系とするには慎重にならざるを得ない、より複雑な問題があるので、以下考察していきたいと思う。

まず第一条「浄土坊遁世事」は、条の途中から諸本間に大きな違いが出てくるので、次に成簣堂本の本文によって示したいと思う。

①浄土菩提ノ功徳ハ倦ク、手ニハ念珠ヲ持ナガラ、心ニハヨモ山ノ事ノミ思ヒ、道場ニ入リ仏ニ向ヘドモ、心ニハ由シ無事ノミ思フ。妻子ニムカヒ、朋友ニ伴ヒ遊ビ戯ル時、刻ノ過モ不レ知、カヽル心ザマ振舞ニテ、一定往生ト打定ル人ハ、アブナク覚侍リ。

②観経ノ下品下生ハ、十悪五逆ノ罪人ナレドモ、臨終ニ善知識ニ逢テ、十念ヲ唱ヘテ往生セリ。彼ヲ引カケニテ憑ムハ、憑ミ有ニ似リ共、愚ナル方モアルベシ。彼ハ先達ノ尺ニモ、「宿善ノ人也。一生悪縁ニ逢タル罪人ナレドモ、最後ニ十念唱テ、念々ニ八十億劫ノ生死ノ罪ヲ滅テ、其後又罪ナクシテ、来迎ニ預ル。三心具足シ八十億劫ノ罪消ヌレバ、往生スル」ト、古徳ノ尺ノ心ニ見ヘタリ。今ノ人モ宿善モ有リ、心モ決定セバ生ルベシ。但既ニ教アヒ、知識アヒナガラ、平生ノ心ウスシ。臨終ニ、モシ苦患ニセセメラレ正念ミダレバ、三心モイカヾトコソ覚ヘ侍ル。下品下生ノ人ハ始テアヒ、勇猛ナレバ、罪障モ滅シ、日輪ノ迎ニモ預ル。今ノ人ハ逢ナガラスデニ志ウスシ。ナラヒサキヨリ愚ナリ。臨終ニ始テマコトアラム事希也。全クサル人ナカルベシトニハ非ズ。

③世間ノ愚俗ノ善悪因果ノ往生センズラン。又今生コソ角ク愚ナレ。未来ニハ浄土ニモ参入シ、仏トモ可レ成トナン、由無ク心ヲヤル者世ニ多シ。貧シキ者ノ思ヒニ、「今年コソ貧ナレドモ、明年ハサリトモ」ト思フ。何ヲ待トモナク、猶々ワビシクノミナリ行ガ如ク、平生ヨリモ臨終ハ悪ク、今生ヨリ猶後生ハヲトリヌベシ。能々仏法ニ薫習ヲモスベシ。空ク仰グ事アルベカラズ。

④人ノ病ヲモリ、正念乱レ、臨終ニ成テハ、日来能々シナレ思ナレ、心ニ染ミタル事、必ズ顕ル。近年、疫病ニ人多クヤミ死ヌル事ヲ聞ニ、平生ニ馴タル事ヲ口ニモ云、身ヲモ振舞フト云ヘリ。サレバ能々思入テ、三心相応ヲ専念切（ママ）ヘト釈セリ。

⑤浄土論ハ天親菩薩ノ造リ給フ、浄土宗本論也。彼ニ云、「浄土ニ生ゼント思ハヽ、菩提心ヲ発スベシ。菩提心ト云ハ、衆生ヲ度シテ、仏ノ国土ニ生ゼシムル心也」ト云ヘリ。サレバ浄土ニ生ズルニ、菩提心ヲ本トス。自利ノ心ハ二乗心也。大乗ノ国土ニ生ズベカラズ。曇鸞法師、彼ノ論ヲ注シテ云、「彼ノ国ノ快楽ヲ聞テ、受楽ノ為ニ願テ度衆生ノ心ナクハ、不レ可レ生」ト云ヘリ。世間ノ人、五欲名利ノ執深クシテ、穢土ヲ厭フ心ナシ。病死憂患種々ノ苦ニ遇ヘドモ、猶恐ルヽ心ナク、厭フ思ヒナシ。世路ヲ耆ミソシレドモ、身饒カニ心安キ事無ランニ付テハ、菩提心ヲ発シ、往生ノ行ヲ勤ムベシ。希ニ受タル人身ニテ、イソイデ浄土ヘ生ジ、有縁無縁ヲ導カントコソ思ベキニ、流転生死ノ業因ハ、成セドモ成セドモ不レ飽足、浄土菩提ノ妙業ハ、教レドモ〳〵不二思入一、生ヲ受ル事ハ、心ノ愛着スル所、業ノ引ニ任テ、其報ヲ受ク。然バ、当来ノ生所ハ今生ノ心ニ好ミナラス業因果報ニ顕ハル。三毒五欲ノ悪業ヲ好ムハ、三悪四趣ノ悪道ヲ願ニナル。持戒修善ヲ好ハ、浄土天上ノ善所ヲ願人也。是故ニ、受難キ人身也。会難キ本願也。余念ヲ交ヘズ願フベキハ西方、可レ憑ハ本願也。「具二三心一者ノハ、必得二往生一」ト説リ。「念々ニ不レ捨者ノ、是ヲ名二正定業一」釈セリ。又、「不レ惜二身命一往二西

方二」ト云。「不レ顧二身命一要求スルニ得」ト云々。信心勇猛ニシテ、万事ヲ可二損置一者也。魔界人ヲ取ルモ、先ヅ其心動シテ、物狂シキ時、便ヲ得。仏ノ人ヲ救ヒ給モ、先行者ノ心ニ信心誠有ル時、感応空カラジ。

⑥孝子《(マヽ)》云、「道徳有人ハ、陸ヲ行ニ兕虎モ爪ヲサシヲク所ナク、陣ニ入ニ、甲兵モ刀ヲ交ル処無」ト云ヘリ。意ハ、「大道ヲ心ニ修テ妄念ナク、身ニモ過ナキ者ニハ、身ニ死地ナシ。死地ナケレバ可レ殺所ナシ」ト。眼ミダリ見、乃至心ミダリニ愛シ、手ミダリニモチ、足猥リニ踏ム時ハ、皆既ニ生ヨリ死地ニ至ルスガタ也。

⑦大般若ノ意ノ云ク、般若ヲ念ズルハ、軍ニ入ル、刀杖身ヲ不レ侵。其故ハ、般若ハ無明平等ノ智ヨリ同躰無縁ノ慈悲ヲ発ス故ニ、先我ガ身ニ貪瞋愚癡等ノ兵仗ナシ。又此故ニ、敵キ自慈悲ヲ起シ、強キ物ハヲノレト損ジ落ヲスル由説タリ。孝子ノ大道猶其徳有リ。般若ノ妙躰争カ其徳無ラン。

⑧サレバ、人ノ殺ス事ハ既死セル所ヲ殺ス。都テ心ニモ過ナク、身ニモ謬リ無ク、死地ナキ所ハ毒獣モ侵サズ。矢刀モ不レ立ト云ヘリ。此故ニ、魔ニ取ラル、ハ、先心魔ト成也。仏ニ度セラル、ハ、先心仏ト成ル。憍慢即魔也。菩提心即仏也。

⑨書云ク、「磁石ハ鉄ヲ吸ヘドモ、曲レル針ヲスハズ。琥珀塵ヲトレ共、穢タル塵ヲ不取」。薪ヲ焼事モ、木ノ中ノ火起テ後、外ノ火ハ付也。生キ木ハ遅ク火燼、心ヨリ万事起テ外ノ縁ハ来ル。愁ハ穢土ヲ厭、浄土ヲ願心実有時、仏ノ来迎モ憑有リ。世間ノ名利、夢中ノ事ヲ心ニ思ヒソミ、身ノ苦シキ事モ覚ヘズ。**積テ、往生ノ大事ヲ遂ベキ者歟。**

⑩浄土坊ノ志ノゴトク、一念モ此身ヲ不レ惜、此世ニ心ヲ不レ留ハ、往生素懐ヲ遂ン事難ラジ。愚ナル人ノ心ヲ勧ントテ、書置侍也。賢人為ニハ非ズ。

以上の引用部分について、刊本での話順は、⑤→⑥→⑧→⑦→⑨→①→②→④→③→⑩と異なっている。成簣堂本⑨の太字にした「積テ、往生ノ大事ヲ遂ベキ者歟」は、直前の「身ノ苦シキ事モ覚ヘズ」と文意が繋がらないうえに、成簣堂本④の傍線部もまた意味不明の一文であり、刊本では当該部分を、「三心相応ノ専念功**積テ、往生ノ大事ヲトグベキ者也**」としている。つまり成簣堂本の⑨は本来ならば刊本のような一文となるべきものが、中途半端に残り、本来この一文があるべき場所の④についても、妙な一文になってしまったと思われる。④と⑨はどの本においても連続する部分ではないので、如何なる事情でこのような所作となったかは定かでない。米沢本は、話順は⑤→⑥→⑧→⑨→①→②→④→⑩、本文も成簣堂本と異なる部分があり、③と⑦は全く含まないので、成簣堂本の本文が流布本系統に似通うことは確かである。話順については、成簣堂本の話順は特殊である。刊本の話順は、米沢本になかった③と⑦を米沢本の流れの適当な場所に組み入れたと理解できるが、成簣堂本については構成が今ひとつはっきりしない。ただ最初に⑤ではなく、①から始める伝本としては、他に内閣第一類本が認められ（途中から脱文となるので詳細な比較は出来ないが）、両本の関係性は注視すべきであろう。とまれ構成としては刊本の如きものが整然としており、その前段階の未整理の状態を成簣堂本は留めているのである。

二　巻十下

第二条から第八条まで、成簣堂本の本文は、流布本系統に近い。再び本文に大きな差異が生じるのは、第九条「霊之人ニ託シテ仏法物語スル事」である。本話は、流布本系の諸本では巻九の最終話であり、古本系諸本では巻十に含む。巻九と巻十の境界に位置しており、色々と後の手が加わったことを想像させるが、本文にも、改変によって生じたであろう錯綜した問題がある。まず本話の細かい内容を、新編日本古典文学全集（米沢本）の小見出しによって次に示したい。

①女人霊託　②七聖財　③真実の道心　④寒山拾得　⑤十界依正の性
⑥虚受信施　⑦仁・恵　⑧僧護比丘　⑨湯屋の問答　⑩無相の法門

刊本は、①→②→③→④→⑤→⑥→⑧→⑦→⑩の話順であり、⑨を含まない。代わりに⑩の後に、かなりの量の米沢本にはない本文が加筆されている。成簣堂本は、①→②→③→④→⑤→⑥→⑧→⑦→⑨→⑩であり、本文は流布本系統であるが、⑨を米沢本同様含むことに違いがある。内閣第一類本は成簣堂本同様⑨を含み、話順も成簣堂本と同様である。また刊本において加筆されていた部分についても成簣堂本は収録しているが、話順に違いがある。この刊本と成簣堂本に共通する本文については少しおき、先に⑨の「湯屋の問答」について、本文を成簣堂本から引用する。

[A]坂東ノ或山寺ノ法師、在家ノ俗ト湯屋ニヲリ合テ、四方山ノ事語リケルニ、俗ノ云ク、「法師程欲深キ者ナシ。サセル行徳モナク、智恵モナク、布施ヲ取リ、供料ヲ望ミ、恥ヲ棄テ、物ホシキ計ヲ知レリ」ト云。僧ノ云、「実ニ法師ノ欲ノ深キ事ハ申ニ不㆑及。道ハナシ。身ハステ難シ。サセル所知所領モ無キ間々ニ、盗ミ強盗スルニハ不㆑及。供料ニモカヽリ、布施ヲモ恥ラテハ、イカヽ候ヘキ。但、[B]俗ノ欲ノ深キハマサレルニコソ。誑惑モ法師ニハマサレリ。法師ハ誑惑スルモ少シ。欲モ命ヲ棄ル程ノ事ハサスカニ稀也。其故ハ、武勇ノ道ニ命棄ヘキ事ト知ナカラ、恩ヲ蒙リ、所知ヲ知リ、人ヲ憑給テ、年来ノ恩ヲ以、身命ヲ助ケ、妻子ヲ養ヒナカラ、自然ノ事モ有ニ、合戦ノ場ニハ命ヲモ不㆑棄、落失退キ隠ル、類ヒ多シ。是ハ一期ノ誑惑ニ非スヤ。サレハ、法師ハ是程ノ誑惑ハセス」ト申ケレハ、言ハ无リケリ。[C]其家ニ生スレハ、誑惑トハ思ハ

ス。欲心無レトモ、謗ラムト思テ、一往云ハ角モヤツヘシ。何レモ惣シテハ、律令ニモ背キ、仏教ニモ随ハネハ、勝劣ナクコソ覚エ侍。

この「湯屋の問答」は、俗人と僧が互いの欲深さについて、どちらがより深刻であるかを批判し合うものであるが、成簣堂本の他には米沢本と内閣第一類本にしか確認出来ない。果たして成簣堂本の本文は、米沢本、内閣第一類本のどちらにより類似するかというと、明らかに内閣第一類本である。その顕著な例を次に比較しつつ確認したいと思う。

まずAの「坂東ノ」であるが、米沢本では場所を明記しない。内閣第一類本は成簣堂本と同様である。次のBについては、内閣第一類本は成簣堂本とほぼ同文、米沢本は次に示す通り異文である。

但シ、欲ノフカキ事ハ、俗ハナヲマサリテコソヲハスレ。其故ニ、武勇ノ道ハ命ヲスツベキ事ト乍知、国郡ヲモ知行スルハ、申セバ命ニカヘテ物ノホシサニ知行スルニテハ侍ズヤ。サテ一期ノ身ヲヤシナイ、妻子ヲハグヽミ、アツク恩ヲカブリナガラ、臆病ナル俗ハ、命ヲステズシテ、ニゲカクル、事モアルハ、一期ノ盗ニアラズヤ。サレバ命ヲスツルハ至テ欲フカク、ニゲカクル、ハ大ナル盗ナリ。コレホドノ欲盗ハ、法師ノ中ニハ少ナクコソ。

Cについては、三本がそれぞれ異なるので、次に示す。

スベテハ末代ノ習、僧モ俗モ如法ナラバ、南山ノ云ク、「俗ハ信ジテ多ク施セヨ。僧ハ節シテ少クトレ」ト。今ノ世ニハ、ウチカヘテコソ。サレバ、俗ノ心モ僧ノ心モ、律令ニモソムキ、仏法ニモアワズコソ覚レ。信ト戒トアランゾ、仏法ニ入タヨリナルベキニ、外ニハ因果ヲ信ジ、内ニハ戒ヲ守リ、智恵ヲ修シテ正見ニ住シ、道念アラン許リ思出デ侍ラジ。（米沢本）

其家ニ生ズレバ必シモ誑、律令ニモ、仏教ニモ随ガハネバ、勝劣ナクコソ覚侍レ（内閣第一類本）。

A～Cを比較すると、成簣堂本は内閣第一類本と近い性格の本文であることがわかる。また四角で囲ったように、米沢本では「誑惑」という言葉を一度も使用していない。「一期ノ誑惑」と成簣堂本、内閣第一類本ではあるところも、「一期ノ盗」とする如くである。最後のCについても、米沢本のみが異文であり、全般的に米沢本の本文よりも成簣堂本の本文が後のものであることは、間違いないと思われる。

さて、米沢本にはなく、刊本と成簣堂本に認められる⑩「無相の法門」以降の本文であるが、内容はほぼ同様であるにも関わらず、やはり話順が異なっている。その中に、東大寺の信救得業という僧が、山法師のことを一巻の真言経に作り、「唵《おん》山法師、腹黒々々。欲深々々。アラニクヤ、娑婆訶《そわか》」と批判した逸話がある。この位置について成簣堂本と内閣第一類本は⑨「湯屋の問答」の直後に入れるが、刊本は、⑩の後にしている。その後の話順については、刊本と内閣第一類本が同様であり、成簣堂本のみ異なるので、当該部分から考えれば、成簣堂本の本文が古い未整理のものであり、内閣第一類本、刊本と続くと考えられる。

第十条以降は、主に無住の尊敬する先達の臨終譚である。本文は明らかに流布本系統であるが、第十一条の「行仙房上人ノ臨終事」を独立させるのは、米沢本と同様である。刊本では第十二条「臨終目出僧事」の途中に、題目を付さずに、この行仙上人の話が挿入されている。この第十二条の内容は、古本系と流布本系でかなり異なるのだが、刊本の最後にある次の一文が、それまで同様の流れで話を進めてきた成簣堂本に確認できないのである。

近代諸寺長老ノ事、当代ナレバ人皆シレリ。仍不レ記。
大覚禅師　聖一和尚　仏光禅師　仏眼禅師　無関禅師　辞世頌等有レ之。追可レ記レ之歟。

それぞれ、大覚禅師〈蘭渓道隆・弘安元（一二八〇）年七月寂〉、聖一和尚〈円爾弁円・弘安三（一二八〇）年十月寂〉、仏光禅師〈無学祖元・弘安九（一二八六）年九月寂〉、仏眼禅師〈無門慧開か？・景定元（一二六〇）年四月寂〉、無関禅師〈無関普門・正応四（一二九一）年十二月寂〉のことであると思われる。この記事が書かれた時は、少なくとも無関普門の没後、正応四年以降でなければならない。正応四年は、『沙石集』の永仁の改訂より前であり、永仁の改訂による加筆か、その後の徳治の改訂によるものか、判断は出来ない。ただ無住が弘安六（一二八三）年に『沙石集』を脱稿した後の加筆であることは確かである。ここまでの本文が刊本と類似するにも関わらず、当該部分を含まない成簣堂本の本文は、やはり刊本に比して古い部類のものであると考えられる。

本巻を巻九ではなく巻十とすることは、古本系に分類する際の大前提であり、大枠において成簣堂本はやはり古本系統に位置するのである。しかし本文において、米沢本第三条「宗春坊遁世事」を含まないが、米沢本と内閣第一類本とのみ共通する「湯屋の問答」の話を含み、更にその文体は内閣第一類本に類似することが、成簣堂本の立ち位置を更に複雑にしている。古本系統の枠組みを持ちつつも、文体は既に流布本系に改変され、それでも刊本に至るにはまだまだ距離のある伝本、それが成簣堂本ということになる。内閣第一類本は本巻を巻九・巻十とするため、成簣堂本の方が先行することは明らかであるが、共通点が多いことも注意を要する。前節で述べた巻九も併せて、成簣堂本のように、本文自体は流布本系統と類似点を持ちつつ、古本系統の枠組みを残している伝本の存在を考慮すると、流布本系統の本文へ改変されたのは、比較的早い段階ではないかという推測が成り立つであろう。本文自体は早くに異なる文章に変更され、その後、説話の増減として確認できるような、説話の削除、裏書等が集中的に行われた、ということである。無住は『沙石集』永仁三年の改訂において、「不意ニ草案ノマヽニテ洛陽披露」、徳治三年の改訂においても、「此物語、先年草案シテ未レ及ニ清書一之処、不慮ニ都鄙披露」と述べ、満足のいかない不十分な状態で『沙石集』が広まったことを、度々弁解している。この言葉は謙遜のみではなく、「草案」というからには、かなり未整理のものが広まったと考えて良い。その悔恨の思いから、早い段階で本文自体は流布本系統のものに書き換えられ、永仁や徳治の大改訂では話の加除や裏書に重点が置かれ、本文の表現にはあまり手を加えなかった可能性もある。これは永仁や徳治の識語における、「少々書入度事候マ、ニ」、「裏書少々注ㇾ之」という言葉からも、本文に全般的な添削を施したというよりは、主に加筆に重点が置かれていたのではないかと想像されるのである。その結果、本文の表現は流布本系諸本と類似点を持ちながら、枠組みと所収話に古本系諸本と共通点を持つ、成簣堂本のような伝本が遺されたと考えたい。

第二部　永仁改訂前後の諸本

第五章　吉川本の考察

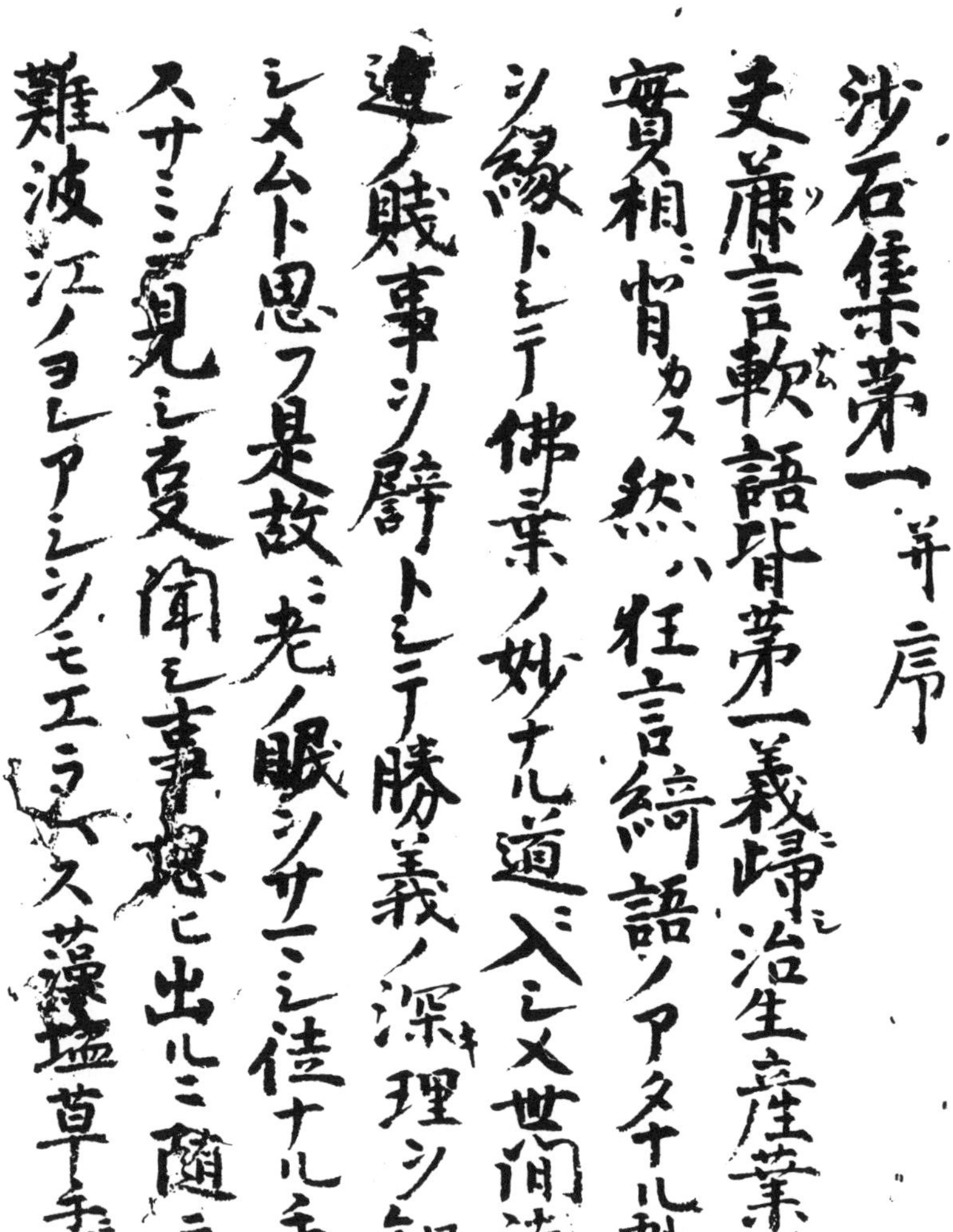

沙石集第一 并序
夫麁《ソ》言軟《ナム》語皆第一義ニ帰シ治生産業併
實相ニ背カス然ハ狂言綺語ノアダナル戯
ヲ縁トシテ佛乗ノ妙ナル道ニ入シメ世間浅
近ノ賤事ヲ譬トシテ勝義ノ深《キ》理ヲ知ラ
シメムト思フ是故ニ老ノ眠ヲサマシ徒ナル手
スサミニ見シ事聞シ事思出ルニ随テ
難波江ノヨシアシヲモエラハス藻塩草手ニ任

吉川本序（中央大学国文学研究室蔵）

第一節　吉川本の構成

吉川本は吉川泰雄旧蔵、現在は中央大学国文学研究室所蔵の古写本である。十巻十冊であるが、諸本の各一巻を二巻に分けているため、内容的には巻五までとなっている。従来、古本系の阿岸本と共に五帖本とされてきたが、阿岸本が、十帖本を巻五の途中まで書写したものであることを考えると、吉川本もまた二十巻十帖本であった可能性がある。その書誌的な特色や、諸本に比して細分化した独自題目を掲げる点は、既述（60頁）の通りであり、ここでは吉川本の巻頭目次と本文題目を対照して示すが、次表のように、吉川本は独自の細分化した題目を施しており、巻頭目次を一見すれば、大体どのような話柄か推測できるものとなっている。ただその細分化が、巻二を除いては本文題目まで書き入れされていない。今後吉川本の題目を示す際には、本文題目に拠るものとして、次節より、内容の詳しい考察に移ることとする。

『沙石集』吉川本　巻頭目次・本文題目対照表

【凡例】一、上段には巻頭目次、下段には本文題目を載せた。
一、下段で空白の部分は、その標題で本文が続いており、細分化した題目が付されていないことを示す。
一、各条の区切りの点線は本文題目に沿って施した。

	巻頭目次		本文題目
	巻一		**巻一**
一	太神宮御事	一	太神宮御事
二	笠置解脱上人大神宮参詣事	二	笠置解脱房上人大神宮参詣事
三	出離神明祈事	三	出離神明祈事
四	神明慈悲貴給事	四	神明慈悲貴給事
五	神明慈悲智恵貴給事	五	神明慈悲智恵有人貴給事
六	和光利益事	六	和光利益甚深事
	巻二		**巻二**
一	神明道心貴給事	一	神明道心貴給事
二	新羅明神發心者悦事	二	新羅明神発心者悦事
三	山王福申他坊移事	三	山王福ヲ申他房移事

四	瑠璃王五百尺子ヲ殺事	四	瑠璃王五百尺子殺事
五	利軍支比丘事　付二条院讃岐事	五	利軍支比丘事
六	桓舜稲荷ニテ福祈事	六	桓舜稲荷ニテ福祈事
七	法地房十禅師福申事	七	法地房十禅師福申事
八	生類神供不審事	八	生類神明供不審事
九	同諏訪宇津宮供事	九	同諏訪宇津宮供事
一〇	牛羊ヲ祭釜打破禅師事	一〇	牛羊祭釜打破禅師事
一一	和光之方便妄念止事　付梁武帝夢ノ事荘子夢付一切夢	一一	依和光之方便止妄念事
一二	浄土門之人軽神明蒙罰事　付諸行往生事	一二	浄土門人軽神明蒙罰事
一三	法花持者ヲ念仏勧事	一三	法華持者念佛勧事
一四	念佛者戒行制事	一四	念佛者戒行制事
一五	天台ノ人念仏地獄ト云事	一五	天台人念佛地獄ト云事
	巻三		**巻三**
一	生蓮房以信拝舎利事	一	以信顕徳事
二	藤疣ヲ求者以信得馬事		
三	信深シテ退魔拝佛事		
四	比丘禅鞠ヲ頂証果事		
五	須利盤特事		

六 信念佛金焼免ル、下女事	二 薬師利益事
七 信同佛盲目ヲ開男事	
八 信薬師佛病除童子事	三 阿弥陀利益事
九 薬師観音信預利益男事　付日本國観音有縁事	四 依薬師観音利益命全キ事
一〇 清水詣貧女盗他衣事	
一一 佛真身応身事	
一二 地蔵菩薩輔僧都看病事	五 地蔵ノ看病シ給ヘシ事
一三 鎌倉濱地蔵事　付佛想貧福事	六 地蔵菩薩種々利益事
一四 勘解由少路地蔵信女人事	
一五 莫取界地蔵被済事	
一六 地蔵菩薩論識房弟子讃岐助事	
一七 田作僧火車見事	
一八 古地蔵哥読給事	
一九 地蔵菩薩落タル子助事	
巻四	**巻四**
一 信州僧不動利益預事	一 不動利益事
二 有相行終佛果ニ至事	
三 唯心房弥勒信テ生天事	二 弥勒行者事
四 弥勒補処事	
五 弥勒胎蔵大日事	

六	高野大塔不二惣躰事		
七	真言末代有縁事		
八	乗願房陀羅尼讃事		
九	菩薩代苦ニ古徳七ノ尺ヲ造事	三	菩薩ノ利益生代受苦事
一〇	肉ヲ切テ僧ノ病ヲ助ル女人事		
一一	釈尊金色大蛇トシテ斎戒事		
一二	覚海先生ノ事ヲ祈念事　聞法事	四	佛法ノ結縁空シカラサル事
一三	蛤聞法生天事		
一四	耳穴通レル髑髏ヲ買事		
一五	経律論事		
	巻五		**巻五**
一	癲狂人之利口事	一	癲狂人之利口事
二	美言有感事	二	美言有感事
	巻六		**巻六**
一	厳融房与妹女房問答事	一	厳融房与妹女房問答事
二	禅師之問答是非事	二	禅師之問答是非事
三	律学生之学与行相違事	三	律学者之学与行相違事
四	小児之忠言事	四	小児之忠言事
五	孔子之物語事	五	孔子之物語事

番号	上段	番号	下段
六	栂尾上人物語事	六	栂尾上人物語事
	巻七		**巻七**
一	無言上人四人事	一	無言上人事
二	楽天癖事　習因習果		
三	囲碁好入道事		
四	酒愛下僧事		
五	餅愛薬師事		
六	粥不食僧事		
七	三論僧偏執事		
八	法相三論宗旨事		
九	二人尼車片輪見事		
一〇	弁阿片足短事		
一一	戒定恵三学事		
一二	禅教律謗難事		
一三	諸悪莫作事		
一四	聖道浄土是非事		
一五	裏書地蔵弥陀一躰事		
	巻八		**巻八**
一	上人妻後ル、事　付淫欲	一	上人妻後事
二	三妻持タル上人三人子有事	二	上人子持タル事

三	鳩摩羅炎三蔵事		
四	清海上人事		
五	上人ヲ女看病シタル事	三	上人ヲ女ノ看病シタル事
六	妻女臨終障成事	四	妻ノ臨終ノ障ト成ル事
七	夫往生ヲ嫉女事		
八	頸縊上人事	五	頸縊聖事
九	阿耆陀王蛇身受事		
一〇	入水上人事	六	入水聖人事
一一	道人可捨執着事	七	道人可㆑捨執着ヲ事
一二	明恵上人物語事		
一三	明禅談義時疋如身応向事		
一四	老子一ヲ抱テ天下ノ式事		
一五	一切無染事		
一六	楽天貧富徳失事		
一七	光明皇后清貧濁富事		
一八	証月上人客僧モテナス事		
	巻九		**巻九**
一	圓頓学者免鬼病事　付佛像経巻可拝読事	一	圓頓学者免鬼病事
二	圓頓学解益有事　付乗戒事	二	圓頓ノ学解ノ益有事

三	野杵生学生事　善悪心	三	学生ノ畜類ニ生タル事
四	慈心者鬼病免事　慈悲法門	四	慈心有者鬼病免事
五	鹿野苑鹿王事		
六	純陀長者一鉢飯事		
七	天竺王后慈悲事　付天狗慈悲恐事		
八	学生怨解事	五	学生ノ怨解タル事
九	漢朝國王智者試事		
一〇	梵士他國行帰事		
一一	道林禅師松居楽天物語事		
一二	学生見解僻事　真俗二諦	六	学生見解僻ム事
一三	田肥仁王経読事	七	学生ノ世間无沙汰ナル事
一四	臼二杵一事		
一五	客人源氏詞響女房事		
一六	蟻蝻問答学生事	八	学生蟻蝻問答事
一七	蛇亀蛙友達事		
一八	猿問答事		
一九	烏鳩蛇鹿問答事		
二〇	百足山神蛇知音事		
二一	学生訶読事	九	学生訶読事
二二	学生万事論義心得事	一〇	学生ノ万事ヲ論議ニ心得ル事

二三	学生哥好事	一一	学生哥好ム事
二四	恵心哥読事		
二五	大原上人老後悲事　付遺教経心老无常		
二六	和哥道深理有事　付真言陀羅尼事	一二	和哥ノ道深キ理有事
二七	和歌真言ナル事	一三	和哥真言ト心得タル事
二八	耆婆薬童子事		
	巻十		**巻十**
一	小大進北野ニテ哥事	一	神明哥感人助給事
二	貧女八幡ニテ哥読事		
三	小式部歌読存命事		
四	挙周哥読テ病癒事		
五	隆尊禅師白浪哥事	二	人ノ感有和哥事
六	同人稗飯事		
七	大進房哥ニ依籠出事		
八	山児寺ニ入テ哥読帰山事		
九	詞花集忘ル児哥事		
一〇	石見國海女哥読事		
一一	三河入道増鏡哥事		
一二	顕照哥読法橋ニ成事		
一三	信光哥読法印ニ成事		

一四	顕輔ウレシサニ歌読事		
一五	田苅童哥読泉式部値事		
一六	熊野詣夫男音無哥事		
一七	安楽寺梅枝折テ夢ヲ感事	三	夢中ノ哥事
一八	母先立児夢哥読事		
一九	高遠死テ哥ヲ以テ人告事		
二〇	長能朝臣廿日余哥事	四	哥故ニ命ヲ失事
二一	忠見哥合歌読テ死事		
二二	源三中務雀鳴子哥事	五	有心ノ哥事
二三	道慶僧正枝立枯哥事		
二四	良少将深草帝後哥事		
二五	泉式部子先立テ哥事		
二六	哀傷哥共在事　付一心并一心阿字事	六	哀傷哥事
二七	権化和歌翫事		
二八	西行慈鎮和尚真言奉授事		
二九	聖徳太子達磨哥事	七	権化和哥ヲ翫ヒ給事
三〇	禅教差別事		
三一	行基菩薩御哥事	八	行基菩薩ノ御哥事
三二	泉式部貴船ニ歌読タレハ明神モ哥被遊事		
三三	作者无住述懐事		

第二節　吉川本の内容と特色

一　巻一・巻二（諸本では巻一）

【巻一】

巻一は脱文が補入されている箇所、正本やイ本曰くとして書き入れがなされているところが目に付く。正本、イ本注記については本巻と巻六に一箇所しか見られないため、以下に列挙したい。

①正本云、年久クナレリトイヘトモ此事耳底ニト、マテ不レ忘。仍記レ之（10ウ）

②善阿弥陀仏《以下正ニナシ》僧正ノ（11オ）

③サテ善阿事ノ《イニナシ》躰（11ウ）

④縁報《ヒ》ナシ《起正ニ》（13オ）

⑤孫裔《首イ》也（14オ）

以上の五箇所が刊本では、

①年久クナレリトイヘトモ此事耳底ニト、マテ不レ忘。仍記レ之。
②善阿僧正ノ
③サテ事ノ躰
④縁起ナシ
⑤孫裔也

となっている。①・②・④の正本については、吉川本の指示通りの本文が刊本となっており、刊本系統とみて差し支えない。ただし③・⑤のイ本については、⑤において齟齬をきたすため、刊本とは別種の本を参照したと思われる。巻一第六条「和光利益事」において、吉川本では「浄土ノ蓮台頭ノ上ニアリ」という言葉が補入されているが、これは刊本を含む諸本に確認出来ない語である。諸本は以下、「三悪ノ火坑足ノ下ニ有リ」とあるので、吉川本のような挿入句があると、対句の体裁となる。また巻一のみならず、吉川本全巻において、長享本の項（356頁）で指摘する『発心集』関連の記事は全て欠落している。

【巻二】

諸本では巻一後半部に相当する。本文は内閣第一類本、長享本と傾向を同じくする部分が目立つ。刊本にはあるが吉川本にはない話は、神宮本で指摘した話（392頁、巻一のB〜D）と重複するものもあるが、吉川本と内閣第一類本、長享本に共通して欠落しているのは次の「神明道心貴給事」最終部分である。

世間ノ善ニハ、孝養ハ最上ノ福也。然レ共、菩提心ニタクラフレハオトレリ。浄土ニ生シテ引導セン事、マコトノ孝養也。善根ノ優劣ハ、譬ハ、星光アレトモ月ノ光ニ及ス。月明ナレトモ日ニ不レ及。如レ此孝養モ菩

提心ニ不レ可レ及也。（慶長古活字本）

また巻一でも問題となった補入部分については、刊本と一致しないものもある。それは吉川本巻二の最後に載る、次の独自説話ともかかわるかもしれない。

一、天台人念仏地獄ト云事

天台宗ノ流ニハ、「黒衣定地獄ト云文アリ」ト云テ、「念仏申者ハ地獄ニ堕ツ」トテ、ハキモノ、面ニ阿弥陀仏ト書テ足ニハク者モアリキ。阿弥陀ノ御手ヲ切テ尺迦仏ニ造リ成ス事モ多キ。真言ニ立河ノ流トテ、僻タル義在。人皆知リ。能々可レ慎ム云々。（62ウ）

つまり、吉川本巻一、巻二（諸本では巻一全体）を通して施されている補入は、他の伝本に確認できないものも多く、その補入元の伝本には、右のような独自異文が含まれていた可能性があり、興味深い問題を含んでいるのである。

二　巻三・巻四（諸本では巻二）

【巻三】

諸本では巻二前半部に相当する。まず巻頭目次があらかじめ十九条に細分化して記されているが、本文では細分化した題目をつけずに本文が続いている中で、「一」と一つ書きで区切るのみである。巻一、巻二においては、巻頭目次に後に手を加えて細分化しているが、巻三は反対に巻頭目次は最初から細分化するものの、本文の一々に付けることをしなかったと思われる。内容的には、刊本に比して時折古い本文となるところ、刊本の一行文ほどを脱文とするところがあり、大きな差異としては、鳥羽院と信西の前唐院宝蔵の話、建仁寺栄西の地不ノ決、恵心僧都の妹安養尼、そして弟子の蘇生譚、永仁三年の無住の識語が欠落している。これらを全て含まない伝本である阿岸本、成簣堂本との関わりが注目されるところであり、当該部分から、吉川本は永仁三年の改訂を受けていないとの推測が成り立つのである。

【巻四】

A日本ノ習ヒ、国王大臣ハ潅頂シ給。真言ヲ行ヒ給フ。凡下ノ者ハナラフマシキヤウニ思ナラハセリ。経ノ中ニハ、貴賤ヲ論セス。タヽシ自然ニ戒力ナクシテ、凡下ノ者コヒネカフ心ノナキニコソ。又真言教ハ内証ノ法トシテ、上郎シキユヘニヲノツカラカヽルニヤ。サレハ恵果大師ノ御言ニハ、「人ノ中ニ貴ハ国王、法ノ中ニ貴ハ密教云々」。性霊集ノ中ニミエタリ。

B乗願房上人ノ詞ノ大綱ヲモテ、ツイテニ本文ヲアラ〳〵注ス。公家ヘ如レ此コマカニ奏シ申事ハ分明ニ承ハラネトモ、本文ヲ注シテ道俗ノ信ヲモヨホサン事、トカアラシカシ。経文ヲ或ハ略シ或ハ広シテ、人ニホトコス。「真実ノ法弘ナリ」ト仏ノ説給ヘハ、コノ金言ヲアフクナルヘシ。

C念仏ハ他力トイヒナカラ、自力モアリ。サレハ二力也。真言ハ以我功徳力、如来加持力、及以法界力トテ、三力也。コレヲ譬ヘハ、釘抜ノサヲハ如来ノ加持力、坐ハ法界力、我手ハ以我功徳力也。釘抜ノヨリアヒテ、大ナル釘ヲヤスクヌクカコトシ。重障ノヽソコル事ヲノツカラシラレ侍リカタシ。真言ハ末代ニ益アルヘシ。コレフルキ人ノタトヘニ聞カストイヘトモ、私ニ思ヨリ侍リ。念仏真言ハ大概風情アヒ似タリ。義門タカヒニ相資テ信ヲマスヘシ。アラソヒアヘル事返々無レ詮コソ。当世ハ西山ノ浄土宗人共、真言ヲナラヒアヘルト聞。尤可レ然事ニヤ。

D同経ニハ瞻富華ハ萎リトイヘトモ、猶余華ニスクレタリ。破戒ノ比丘ハ外道ニスクレタリトイヘリ。心地観経ニハ、「破戒ナレトモ正見ノ物《ママ》ハ国ノ福田ナリ」トイヘリ。持戒ナレトモ壊見ノ物《ママ》ハ悪知識トミエタリ。

E毒鼓ノ縁トイフハ、鼓ニ毒ヲヌリテコレヲウツニ、声ノ聞ユル所ノ衆牛命ヲウシナフ。法音ノ無明、悪業ノタメ毒トシテホロフルタトヘタリ。（以上、慶長古活字本）

右のAからEは、刊本にはあるが吉川本にはないものである。流布本系諸本の中で見てみると、BからEは長享本、神宮本共にあるが、Aについては神宮本にない。また内閣第一類本ではAからEをすべて「裏書」として収録している。神宮本にもないAについては、内閣本はなぜか二箇所に裏書として載せており、裏書の問題が少なくとも二段階あることを示している部位である。Aが『沙石集』に収録された時期と、BからEが収録された時期は、異なる可能性もあるが、全てを含まない吉川本は、やはり巻三同様古態を示しており、巻三・巻四全体（諸本では巻二）としては、永仁三年の改訂以前の面影を遺す伝本ではないかと思われる。ただし諸本における第九条「菩薩代受苦事」について、本条は米沢本・阿岸本・成簣堂本には確認できないのであるが、吉川本には収録されている。巻三において米沢本・阿岸本・成簣堂本との共通点（永仁三年の識語付近の諸説話が抜けていること）が注目される吉川本であるが、この「菩薩代受苦事」の存在によって、米沢本・阿岸本・成簣堂本に比べれば増補記事を持つことが明らかである。以上のことから、「菩薩代受苦事」自体は、永仁三年の一連の改訂より前に増補されたと推測出来、その増補時期と流布系本文への改変時期は、少なからず関係、連動している可能性があると思われる。

三　巻五・巻六（諸本では巻三）

【巻五】

巻五については、本文の表現レベルで刊本と異なる箇所については、ほぼ神宮本と傾向を同じくする。また神宮本の項で詳述している（401頁、巻三のA・B）、「他郷ト云ハ三界也…」、「荷澤ハ第六ノ祖…」という二箇所については、刊本と収録箇所を異にするが、神宮本とは全く同位置に収録している。この二箇所については、諸本によっては徳治三年の述懐歌と並列して収録されているため、徳治三年改訂時の一連の書き入れかと思われたが、吉川本において既に本文として確認できるため、より早い段階で加筆されていたと思われる。

【巻六】

巻六は刊本に比して、大きな説話の異同は認められない。ただ巻一で指摘したイ本注記が一箇所認められる。「小児之忠言事」の中で、父が祖父を山に捨てることを諫める元啓の言葉であるが、吉川本、刊本共に「コレヲ」とするところに、吉川本では「手輿ヲ　イ」と注記がある。米沢本・梵舜本・内閣本・岩瀬本では「此輿ヲ」、阿岸本では「手輿ヲ」、長享本では「此ノ手輿ヲ」、東大本では「輿ヲ」となっている。当該部分に限って言えば、阿岸本や長享本と通じる書き入れである。

四　巻七・巻八（諸本では巻四）

【巻七】

巻七は刊本に比して、欠如している話が非常に多い。

A「弥勒ノ成仏ノ時、此事証明トシテ決スヘシ。当時ハ菩薩ナレハ用キス」トテ、岩ノ中ニ入テ、岩ヲ閉テ入定スト云ヘリ。是ハ一法性ノ中ニ寂照ノ徳アリ。寂ハ境也、如也。照ハ智也、心也。明鏡ノ銅ト明トノ如ク、一水ノ照ト潤トノ如シ。然ハ明ニ鏡ヲ摂スルハ唯識無境ノコトシ。銅ニ明ヲ摂スルハ唯境無識ノコトシ。是二義ナルヘシ。偏執スヘカラス。華厳経ノ文証明ナルヘシ。如ノホカニ智ナキハ三論ノ法門、智ノ外ニ如ナキハ法相ノ法門也。

B宗鏡録第三十四巻半分以下有レ之。又圭峯禅源諸詮ノ中ニ有レ之。上巻ノ終也。道人尤コレヲ見給ヘシ。

C文殊問経ノ意ハ出世ノ戒也。コレ地上戒ナル故ニ、分別ヲ波羅夷制ス。戒ハ位深レハ制細ナリ。

D如来入滅ノ時、荼毘ハ人中天上ノ福ヲネカハン物ニコレヲユツリテ、我等ハ三蔵ノ教法ヲ結集シテ、仏ノ恩徳ヲ報スヘシトテ、銅ノ揵稚ヲ打テ、一閻浮提ノ有智高徳ノ羅漢一千人ヲモテ、畢波羅窟ニシテ、律ハ優波梨誦シ、経ハ阿難誦シテ結集スル事、専ラ迦葉上座トシテコレヲ行ス。

E明モ像モ鏡ノ徳ナレハ、鏡ノ外ニナシ。空仮共ニ中道ノ徳ナルカコトシ。コノ三諦ノ理リ、衆生ノ一念ノ心ニ有ル時ハ、在纏真如トモ如来蔵理トモイヘリ。蓮ノ水ニアルカコトシ。

F摩訶止観第三下ノ釈ニ類通三宝ノ法門アリ。ヨロツ三法通融平等一體不二也。道（煩悩、業苦）、識（七八、九）、性（正了、縁）、般若（実相観照、文字）、菩提（実相）、大乗（理随、得）、身（法報、応）、涅槃三宝（仏法、僧）、徳（法身般若解脱）。弥陀ノ名号、広大善根ノ道理シラレタリ。タレカコレヲイルカセニオモハンヤ。

G楊傑云、「近而易レ知簡而易レ行者西方浄土也。但能一心観念シテ、惣シテ散心ヲ摂シ、弥陀ノ願力ニヨテ直ニ安養ニ趣ニ」トイヘリ。丈六ノ弥陀ノ像ヲ画シテ随行シテ観念シ、臨終ニ仏ノ来迎ヲ感シテ端坐シテ化ス。

辞世ノ頌ニ曰ク、「生亦無レ可レ恋、死亦無レ可レ捨。太虚空中、之乎者也。将レ錯就レ錯、西方極楽」。之乎者也ト云ハ、タ、コトハノタスケナリ。イタツラ事也。コレ錯ノコトシ。錯トイフハ衆生ノ迷、知見立知セシヨリ、ソコハクノアヤマリ生死ノ夢ヒサシ。コレニヨリテ法蔵比丘願ヲ立テ、浄土ヲカマフ。衆生ノアヤマリナク浄土ノアヤマリモアルヘカラス。自証ノ中ニハ、「無仏無生之真空冥寂也。シカレトモ衆生ノ錯ハ癡ヨリ起テ苦患ヒサシ。諸仏ノ錯ハ悲ヨリオコリテ済度タヘナリ。錯ニ差別ナキニアラス。善能分ニ別諸法相ニ」トイヘリ。幻ノ薬ヲモテ、幻ノ病ヲ治スル事モナソラフヘシ。衆生ノ幻ハカナシク、諸仏ノ幻ハタトシ。コレ仏事門ノ中ノ分別也。実際理地ニコレヲ論スル事ナシ。(以上、慶長古活字本)

AからG(1)については、吉川本には認められないが、梵舜本、長享本、神宮本等が刊本と同じく本文として収録しており、内閣第一類本ではAからGを全て本文として載せつつ、巻四前半の最後に裏書としてAからDを再録している。内閣本は当初裏書されたものが本文化される際の揺れを残しているが、比較的早い段階でこれらは『沙石集』に取り入れられたと考えられる。なぜなら、長享本、梵舜本は徳治三年の改訂を経ていない伝本であると仮定されるにもかかわらず、AからGを完備しているからであり、Gに限って言えば、阿岸本と類似する真福寺本に、より詳細な注釈的記述が見られるからである。吉川本において、これらが全て欠落していることは、吉川本の古態性を考える時に、大きな意味を持つと考えられる。

【巻八】

諸本では巻四下巻に相当するが、当然ながら吉川本に徳治三年の無住の識語はない。また嵯峨釈迦に関する一連の説話が全て欠如していることについては、長享本の項(358頁)で諸本全ての流れを比較検討しているので参照されたい。ここではそれ以外の点で、注意すべきところを指摘しておきたい。

南都超昇寺ノ本願清海聖人ハ、興福寺法師也。田舎ノ武士ノ末トカヤ。【京ノ人トモ云ヘリ】。身ノ長七尺計ニテ、器量人ニ勝レタリ。東大寺ト合戦スヘキニテ、已ニ甲冑ヲ帯シテ、軍ノ庭ニ出テ、ツク〳〵ト思ヒ廻スニ、「抑寺ニ住スル本意ハ仏法修行ノ為也。合戦ヲスル程ナラハ俗ノ形ニテコソアラメ。無レ由」ト思返テ、軈テ超昇寺ニ引籠テ、一筋ニ仏法修行スル事、勇猛精進ニシテ、香ノ煙ノ中ニ生身ノ弥陀ノ像現給フ。取留メ給ヘリトモ云ヒ、又移シ奉レリトモ云フ。彼ノ像今ニイマス。御長五六寸計ノ像也。御形嵯峨ノ釈迦ニ似給ヘリ。【先年拝レ之】(2)。発心修行実ト有シ a 受ヲハ賊分斎トテ、賊ノ分ト云リ。或ハ禿居士トモ名付ク。袈裟ヲ着タル猟師トモ云リ。悲カルヘキ末代也。カヽル世ニ法滅ノ菩提心ヲ発シ、如説修行ヲモハケマン人ハマメヤカニ貴カルヘシ。 b （吉川本35オ）

右は吉川本を含む多くの伝本にある話だが、米沢本と梵舜本にはない。他の諸本では吉川本の傍線部をそれぞれ「東大寺法師」、「興福寺」と逆にしている。本話と類話関係にある『閑居友』上ノ五「清海上人の発心の事」(3)は次のようになっている。

昔、奈良の京、超証寺に、清海といふ人おはしけり。もとは興福寺の僧にて、学問お《を》ぞむねとたしなみける。かゝるに、この国のならひ、今も昔もうたてさは、東大寺、興福寺二寺の僧ども中あしき事ありて、東大寺へ軍をとゝのへて寄せけり。この清海の君も、弓、胡簶身に添え《へ》て行きけり。さるほどに、道にて時をつくりて軍喚きしけるに、身の毛立ちて、「こは何としつる身のありさまぞ。恩愛の家お《を》出でて仏の道に入る身は、人の苦しみお《を》救け、仏の御法の廃れんお《を》悲しみ嘆くべきに、今、形は僧の形にて、たちまちに堂、塔、僧房を焼き、仏像、経巻お《を》損ひ、僧お《を》殺さむとて行く事、こは何のわざならん」と、悲しくあぢきなし。

「今、見つけられて、いかになるとても、いかゞせん。しかじ、早くこゝより行き別れなん」と思て、やお《(を)》ら這ひ隠れにけり。さて、真如親王の跡、超証寺といふ所に籠り居て、ひそかに法花の四種三昧をぞ行なひける。観念功積りて、香の煙の化仏の現はれ給けるを、末の代の人に縁結ばせんとて、ひとつ取りとゞめ給ひたりけり。三寸ばかりの仏にてぞおはしましける。すべてこの人、観念成就して、居給ひたりける廻り一里お《(を)》浄土になし給けるなり。

『閑居友』においては、『沙石集』に比して清海の超昇寺入寺の経緯がより詳細に語られているが、清海を「興福寺の僧」とし、「東大寺」と合戦の折、発心したことは、『沙石集』では吉川本とのみ共通する。これは『拾遺往生伝』上ノ十二に、「沙門清海は、常陸国の人なり。幼くして俗塵を出でて、早に仏海に入りぬ。初は興福寺に住し、後に超昇寺に更《か》へつ」とあることと併せて、吉川本の記事の正確さを証するのである。ただし吉川本の三五丁裏から三六丁表の間（引用の[a]部分）は、一定記事の脱落があり、文意がそのままでは繋がらない。阿岸本はaを脱落なく記し、本文は吉川本と同様に終了後、[b]部分に「裏書云」として、四分律に関する長文を載せている。刊本は吉川本と同様に本文を終了後、[b]部分に本文として四分律に関する記事を阿岸本裏書よりもさらに典拠等を加え長文化して載せ、更にその後に「南山宣律師業疏釈中ニ…」と始まる新たな本文を加えている。一方内閣本は、本文は吉川本と同様に終わるが、巻四の最後に、刊本と同様の記事を最後の「南山宣律師業疏釈中ニ…」も含めて、すべて「裏書」として収録している。長享本、東大本については、波線部で記した刊本にある言葉を、吉川本同様含まないが、内容的には刊本と同様である。このことから、当該部分における四分律の内容については、早い時期に裏書されたことがわかるが、吉川本はそれらを裏書としても含まないシンプルな形態を残していると言えるのである。

A又一生ノ悪人モ臨終ニ善知識ニ合テ、勇猛ニ念仏シテ往生事也。観経ノ下品下生ノ人ノ如シ。サレハヨク〳〵臨終ハツ、シミ用意スヘキ也。B一生五戒ヲ持セル優婆塞、臨終ニ妻ヲ哀ム愛習有ケルカ、妻ノ鼻ノ中ニ虫ニ生レタリケル。是モ聖者ニ遇テコソ知レニケレ。蓮花成カ入水事。（42ウ）

右は「頚縊聖事」の最終部分である。刊本では本文としてAとBを逆順で載せる。ただし吉川本にある「蓮花成カ入水事」（二重傍線部）という語はない。これらを諸本で確認すると、米沢本、成簣堂本、梵舜本はAとB全てを欠き、岩瀬本は吉川本と同じであるが二重傍線部を欠く。阿岸本、長享本、内閣本、神宮本は刊本同様B↓Aの順で掲載し、東大本はAのみでBを欠く。吉川本以外には共通して認められない「蓮花成カ入水事」という語は、流布本『発心集』巻三「蓮花城入水事」を想起させる。『沙石集』において、A、Bに続く次話が「入水上人事」であり、不本意ながら入水自殺した上人が、死後物の怪となってその怨みを述べる、という話柄は「蓮花城入水事」と類似する。吉川本にはそうした連想から、『発心集』の「蓮花城入水事」を注記したのであろうか。『沙石集』全体としての『発心集』受容の問題を考える際に、注意する必要があると思われる。

五　巻九・巻十（諸本では巻五）

【巻九】

巻九は、刊本にあるが吉川本にない部分が二箇所、その他「裏書」が多く目に付く巻である。

A華厳経ニ、「多聞ヲ誹スル事、日夜数二他宝一自無二半銭分一」。是ハ行ヲス、メンタメナリ。多聞ハカリモ猶々業ノ種子ト成ル。七種ノ聖財ノ一也。一向徒ニ思ヘカラス。渓荊云、「如実智従二多聞一起云々」。

B青丘太賢師、梵網経ノ、「汝是畜生発菩提心ト誦スヘシ」ト云ル文ヲ釈云、「下劣有情設無二領解一、声入二毛

孔一、遠作二菩提之因縁一也」。（以上、慶長古活字本）

右に示したAとBは、刊本にはあるが吉川本に確認できないものであるが、刊本では、第一条「円頓学者鬼病免事」の最後に連続して記されている。裏書から本文化された部分と思われ、米沢本、梵舜本はAとBを共に欠き、阿岸本と内閣本ではBのみを裏書として、長享本はBのみを本文として載せている。このことから、Aが『沙石集』に収められたのは、Bよりも後であったと思われるが、岩瀬本はAとBの間に次に検討するHを入れて全て裏書として載せ、東大本、神宮本は刊本と同様である。

次に刊本同様の記事が載るものの、吉川本では「裏書」とされている部分を列挙する。

C 裏書、世間者出世者ノ事ハ我ト思ヒヨリ侍後、聖教ヲ見ニ文証多々ニ侍リ。仁王経云、「菩薩未二成仏一時、以二菩提一為二煩悩一、菩薩成仏時、以二煩悩一為二菩提一」。守護経云、「或有下煩悩能与二解脱一以為中因縁上ト。観スル二実躰一故ニ。或ハ有下解脱能ク与二煩悩一以為中因縁上。生二執着一故ニ」ト。此文肝要也。意楽ナル時ハ、執着無シテ道ヲ志セハ煩悩ニ似タレトモ、解脱ノ因縁也。名利我相ヲ心トスレハ、善事ニ似テ流転ノ因縁也。作事ヲ以テ善悪ヲ不レ可レ定。意楽ヲ以昇沈弁フヘシ。此モ随分自己ノ法門也。首楞厳経云、「若能転レハ、物即同ス二如来一」。又云、「三科七大本如来蔵云々」。楞伽云、「如来蔵善不善ノ因也。サレハ物ハ徳モナク失モナシ。心ニ用ヲル、時ハ彼着シ、転ル、時ハカリニ煩悩ト云。転シ得テ利益有ル時ハ菩提ト云。実ニハ煩悩モナク菩提モナシ。只是頭モナク尾モナキ一霊無相教也。何トカ是ヲ云ンヤ。サレハ名ヲ立スル事モ方便也。実証入ル所ニハ無名無心也。（9ウ・学生ノ畜類ニ生タル事）

D 裏書云、天狗、人ニ語テ云、「慈悲有人ハヲソロシクシテ何ニモ犯シカタシ。何ナル善事ヲ行スレトモ、我相憍慢有人ハ、アハレ我伴ヨト思ハ、心安ク覚ユト云リ。凡夫行者専無所得ヲモツテ方便トス。実解脱ノ因

縁ナルヘシ。我相人相ヲハナレ、観心用意是ヲ心ニカクル、真実ノ道人ノ形ナルヘシ。（14ウ・慈心有者鬼病免事）

E 裏書云、肇論云、「般若門観空、漚和門渉有」ト。漚和ハ方便梵語、世間縁起仮相破ラヌ。和光利物ノ俗諦差別弁フヘシ。（20ウ・学生見解僻ム事）

F 裏書云、洛陽ニ或女房、世間賢敷世智弁聡ナル有ケリ。常ニ仕ヒツケタル女童ニ教ケルハ、「人世間ハ大事也。人使ナントアランニ、物クハセン事モ我ニイヘ。人ニヨリ折ニヨリテ多少モクハスヘシ。但、客人ナントノ有ントキ、一合二合ト云ハン事モマサナシ。ヤサシキ事ニハ、源氏ノ詞トコソハイヘ、源氏巻ノ次第ヲ覚ヨ。一キリツホ、二ハ、キ木、三若紫ト云ヲカシ。サレハ、桐壺ナトニヨカシト云ハ、、一合ト心得ヨ。二合、三合モカク心ヘヨ」ト云ヒ教ヲキツ。或時、客人女房ト源氏ナト見遊ケルニ、遠所ヨリイソク使ノ有ケルヲ、「アノ御使ニハイカ、シ候ヘキヤ」ト云。二合掃木、、三合若紫ナトナカメテ、タラ〱トシテ明カナラサリケルヲ、心地悪ヲホヘテツフヤキケルハ、「アラ心ツキナノ様ヤ。マタコソ何ナル昔ノ衣通姫、小野小町ト云ケン人モ、源氏カシキ料ニシタリト云事聞ネ」トソ云ケル。イミシキ利口也。此法橋小法師モ、カク賢敷ハ、「マタコソ昔ノ伝教、弘法モ、仁王経田ノ糞ニ入ヨ」ト被レ仰タル事聞ネ」ト云ハマシト覚ヘ侍リ。（21ウ・学生ノ世間無沙汰ナル事）

G 裏書云、真言教ノ習ニハ、法爾所趣（ママ）曼陀羅随縁上下迷悟転ト云テ、六大法界四種曼荼羅也。依報云ヘハ寂光ヲ出ス。正報ヲ尋レハヒルサナ、本覚ノ仏也。只己ト迷ハ衆ト成テ、下々来々シテ無明ノ海ニ入。自己覚レハ上々去々シテ仏果ニ上ル。法ハ本来ノ曼タラ也。此ノ心ヲ思ヒツヽケテ侍リ。

ヲノツカラ焼野ニタテルス、キマテ曼陀羅（坂東ニハヤケタルス、キヲ曼タラト云ナリ）トコソ人モイフナレ。（33ウ・和哥ノ道深キ理有事）

H 裏書云、耆婆薬草等ヲ取アツメテ童子ヲツクリ、是ヲ薬童ト名ク。病人ナツサ□（判読不可）、軽キ病ハ形ヲ見ニイエ、重病ハ近付テ手ヲ取リ、言ヲ交テ即イエケリ。遊行言語スルコト、生タル人ノ如シ。仏像ヲ見ルニ、喩貴見奉ラハ、自《ヲノツカラ》罪障滅スヘシ。信心ノ厚薄、観念ノ浅深ニヨリテ其益コトナルヘシ。（34ウ・和哥真言ト心得タル事）

CからHは刊本では全て本文として収録されており、吉川本はこれらが当初裏書として加筆された状態を残しているわけである。諸本におけるCからHの収録状況は複雑であるため、まとめると次のようになる。

	C	D	E	F	G	H
米沢	×	×	×	○巻三「女童利口事」	○（※本文）	×
阿岸	○（本文＋裏書）	×	×	○巻三「北京女童利口事」	○（裏書）	×
成簣堂	×	×	×	○巻三「北京女童利口事」	○（裏書）	×
梵舜	×	×	×	×	○（本文）	×
内閣	○（本文＋裏書）	×	×	○（裏書）	○（本文）	×
長享	○（本文）	○（本文）	○（本文）	○（本文）	○（本文）	○（本文）
東大	○（本文）	○（本文）	○（本文）	○（本文）	○（本文）	○（本文）
神宮	○（本文）	○（本文）	○（本文）	○（本文）	○（本文）	○（本文）
岩瀬	○（裏書）	○（本文）	○（本文）	○（本文）	○（本文）	○（裏書）

右表から、D、E、Hについては、古本系諸本とはかかわらない時点で『沙石集』に加えられたであろうことがわかる。このうち、岩瀬本では裏書となっているHについてであるが、典拠を求めたところ、『大宝積経』巻八「密迹金剛力士會第三之一」に類似する記事を見出したので次に示す。

耆域醫王合集諸藥。以取藥草作童子形。端正姝好世之希有。所作安諦所有究竟。殊異無比。往來周旋住立安坐。臥寐經行無所缺漏。所顯變業。或有大豪國王太子大臣百官貴姓長者。來到耆域醫王所。視藥童子與共歌戲。相其顏色病皆得除。便致安隱寂靜無欲。

『大宝積経』については、『沙石集』には引用が明言されていないが、『雑談集』に一箇所、『聖財集』に一箇所ある。このうち『雑談集』の記事は、(4)薬童説話が載る巻八「密迹金剛力士會第三之一」の次の巻九「密迹金剛力士會第三之二」からの引用であり、直接か孫引きかはおくとして、無住にとって『大宝積経』を典拠として利用することが後々増えたと仮定するのはあながち間違いではあるまい。薬童説話も後に『沙石集』に加筆されたことが明らかである。ちなみに刊本においては、Hは巻五第一条「円頓之学者免鬼病事」の最終部分に本文として収録されており、巻五上巻の最後に裏書として載せる吉川本が増補の原態に近いと考えられる。

次にCについては、阿岸本と内閣本で、ほぼ同内容のものを本文と裏書の二箇所に載せている。またFについては、米沢本を含む古本系諸本の巻三に「女童利口事」と題して収録されている説話と内容的にはほぼ同様である。しかし梵舜本以下は全て巻三に「女童利口事」を含まず、かわりに巻五の当該箇所に裏書、後に本文化している。梵舜本は巻三にも巻五にも当該話を含まず、巻三から巻五へ移動する過程で、落とされた可能性もある。

最後にGについては、裏書と本文という単純な区別では把握しきれないほど、諸本に相違がある部分であり、詳細は成簣堂本の項(126頁)で触れたが、表だけを見ると、米沢本で本文としてあるものが阿岸本、成簣堂本、吉川本では裏書となり、その後再び本文化されたかに見える。しかし米沢本を「※本文」と示したように、米沢本の冒頭には「或本に云はく」という文字が認められる。これは元々米沢本の親本にはなかったものの、他本をもって補ったことを示している。早い時点で裏書されたものではあるが、古態を留める米沢本にはないということであり、後に裏書、本文化された部分と考えられる。

以上のようにCからHの収録状況を諸本に見ていくと、これらが同時期に増補されたものではないことがわかるが、全てを「裏書」として収録する吉川本は、古本系の本文から流布本系の本文へ移りゆく過程の中で、非常に有効な情報を含んだ伝本であることが再認識されるのである。

【巻十】

巻十は諸本の巻五下に相当するが、まず大きな点として、刊本にある次の

> 本ノ裏書云、草本ニ多有レ之。此本ハ同法書レ之。皆弁タリ。仍又書付。写人任レ心可レ有二取捨一。無住八十三

という無住の識語を含まず、続く「連歌ノ事」も全て欠く。また他に、吉川本に欠けている部分として、二箇所指摘しておきたい。

> 教ト禅トハ父母ノ如シ。禅ハ父、教ハ母ナリ。父ハ礼儀ヲ教ヘアラ、カナリ。母ハコマヤカニナツク教門ノコマヤカナルカ如シ。亦教ハ飢テ食スルカ如シ。禅ハ腹フクレタルニ瀉薬ヲ以テ下スカ如シ。共ニ益アリ。空ク行テ満テ帰トテ、物ヲシラヌモノ、因果ノ道理ヲモ知リ、迷悟凡聖ノ差別ヲモシルハ大切也。飢タルモノ食スルカ如シ。亦知見解会仏見法見共ニ放下シテ仏法ニ相応スル。禅門ノ方便ハ、腹フクレタルニ下薬ニテ助ルカ如シ。亦教モ終ニハ捨シハ瀉薬ヲ飲テ補薬ヲ服スルカ如シ。禅教相資テ仏法ハ目出カルヘシ。（慶

長古活字本）

右は東大本の項（379頁）でも問題となる箇所であり、刊本の「権化之和歌翫給事」の最後に載るものである。米沢本では一つ書きとしてあることから後補を思わせ、梵舜本、東大本、内閣第一類本にはなく、阿岸本は欠文、成簣堂本では裏書となっている。

苔ノ下ニカスカナル御音ニテ詠玉ケル、

濱千鳥アトハ都ニカヨヘトモ身ハ松山ニネヲノミソ鳴（慶長古活字本）

右は西行が、白峰の讃岐院御廟に参った折の、崇徳院の返歌として記されたものである。当該話自体は諸本にあり、さらにその中でこの返歌を欠くのは吉川本のみである。理由は明らかではないが、内閣本、成簣堂本では傍線部を「一説ニ、御墓ノ下ニ、カスカナル御音ニテ（成簣堂本）」、「一説、カスカナル御音ニテ、苔ノ下ニ」としており、あるいは「一説に」という典拠の不確かさから、削除された可能性もある。

さて巻十では、反対に刊本にない詳しい言葉が添えられたり、同様のことを述べる際にも異なった表現をもつ部分が少なからずある。「人ノ感有和歌事」から例をあげて説明したい。

或蔵人①五位ノ子ヲ、山へ上タリケリ。禅衆行人ノ坊ニナン有リケリ。見目形宜児也ケルヲ、里へ下リケル次ニ、寺法師スカシ取テ寺ニ置テケリ。山僧、此事ヲ漏レ聞テ、「我山、他寺ノ児ヲコソ奪フヘキニ、寺法師ニ取レヌル事口惜」トテ、②三塔会合シテ、大衆イキトホリ訇《ノヽシツ》テ、先此師ノ行人ヲ③大講堂ノ庭ニ召シスヘシ。事ノ子細ヲ問ニ、「児共ノ里ニ久ク候事、常習ト存計也。三井寺ニ候覧事、ツヤ〳〵承及ス。先状ヲ遣テ見ヘシ」トテ、カクソ読テ遣ケル。

山ノ端ニ待ヲハシラテ月影ノマコトヤ三井ノ水ニスムトハ

此ノ哥ヲ見テ、児返事、④

三井ニスム月ノ光モ程ヘナハツイニハ山ノ端ニソ入ヘキ⑤

寺ノ師、此事ヲ聞テ、感嘆斜メナラス、ヤカテ山ヘ送ケリ。（40ウ）

寺法師に取られた児を秀歌によって呼び戻す話であるが、傍線部①から⑤は全て刊本にない。しかし①から③については、米沢本、阿岸本、成簣堂本、梵舜本、内閣本にあるため、本文自体が古態であるということになる。ただし④、⑤については、吉川本、そして阿岸本のみに認められ、阿岸本では児ではなく、寺法師が和歌に感じ入り返歌したことになっている。すなわち、

寺法師此ヲミテ感シテ、別ノ子細ニ不ㇾ及、山ヘ送ケル。返歌云、

三井ノ水シハル宿カル月カケモツヰニハ山ノハニソ入ケル（阿岸本）

というものである。恐らく返歌がない形が本来のもので、阿岸本や吉川本が一時的な変化形ということになるのだろう。また「哀傷歌事」において、西行が慈円に和歌を習得することの大事を諭す場面を次に示す。

西行法師遁世ノ後、仁和寺ノ喜多院御室ヨリ、真言ノ大事ヲ被ㇾ授マイラセテ侍リ。月輪観并ニ舎利法ノ大事也。吉水ノ慈鎮和尚伝フヘキ由被ㇾ仰ケレハ、「先ツ和歌ヲ御稽古有ヘシ（後略）。（52オ）

傍線部は吉川本独自文であり、諸本は「天台真言ノ大事ヲ伝テ侍リケルヲ」となっている。先の寺法師の返歌が付加されていた阿岸本の特性を考えると、当該部分が欠文でなければ、もしかしたら阿岸本は吉川本と類似の表現を持っていたかもしれない。いずれにせよ吉川本は、時として独自の表現を持って、他本ではわからない事情を伝えてくれることがある。全てを指摘することはできないが、巻十においては、特にそれが顕著に見られるのである。

吉川本の全体を通して見てみると、全てが諸本のうちの特定の本と類似するとは言えないのであるが、無住の改訂の有無と併せて考えた時、少しずつ見えてくる姿がある。すなわち、吉川本のうち、巻一・巻二（諸本の巻二）と巻五・巻六（諸本の巻三）は、イ本注記等の問題はあるものの、巻二は内閣第一類本、長享本と類似し、巻五は神宮本と類似、その他はほぼ刊本に沿う内容であるとの結果が得られた。巻二に独自異文があるものの、裏書はなく、諸本との関係を考えるとき、そう複雑な問題は含んでいなかったのである。

ところが吉川本の巻三・巻四（諸本の巻二）、巻七・巻八（諸本の巻四）、巻九・巻十（諸本の巻五）は本文、裏書を含めて刊本との差異が多く認められた。巻三では一連の地蔵関連説話が欠如し、巻四では内閣本で全て裏書として含まれる内容がやはり全て欠如していた。巻七、巻八でも欠話が多く、続く巻九、巻十では恐らく古本系から流布本系へ至る過程を解き明かすであろう内容を全て裏書として載せ、巻十では独自表現も目立った。

差異の多い諸本の巻二、巻四、巻五はそれぞれ永仁三年、徳治三年に無住が手を入れた旨を示す識語が残されている巻である。吉川本のこのような傾向は無住の改訂の手順とも符合するのである。巻三・巻四（諸本の巻二）の考察結果から、永仁の改訂を受けていないと推定される吉川本の本文が、古本系の本文の名残も残しつつ、流布本系の本文を持つことは、永仁改訂以前に、既に本文自体は流布本系の如く改められており、永仁・徳治の二回の改訂では、主に説話の加除の操作がおこなわれたのではないか、と想像される。これは成簣堂本の巻九・巻十の考察においても浮上した想定であり、吉川本の考察を通して、益々その可能性が強固なものになったと言えるであろう。

（1）Gについては、『淨土總要七』に、「無為楊傑次公少登高科。明禪門宗旨。謂衆生根有利鈍。即其近而易知簡而易行。唯西方淨土。但一心観念仗佛願力直生安養。（中略）東坡云。次公晩年作鹽司大守。常畫丈六阿彌陀佛像。隨行供養観念。至壽終時。感佛來迎。端坐而化」とある。

（2）「先年拝㆑之」は吉川本にはないが、刊本での位置を明確にするため、あえて吉川本の該当場所に書き入れた。その際、吉川本自体の本文と区別するため【　】で括った。同様に「京ノ人トモ云ヘリ」も吉川本にはないことを示している。

（3）新日本古典文学大系に拠る。

（4）『雑談集』巻五「寺ノ門ノ金剛ノ事」に、「『宝積経』云」とは書かないものの、「浅略ノ義ニハ、昔、千人王子、皆ナ預㆓当作仏記㆒九百九十八人ノ王子、劫国名号有ケルニ、末子二人誓テ云ク、兄ノ王子成仏シテ遺像ノ寺有ル覧時、我等二人ハ寺ノ門ニ立テ金剛ノ形ニテ守護トシテ仏ノ化儀ヲ助ケタテマツルベシ。コレ経ノ説也」とある。

第六章　梵舜本の考察

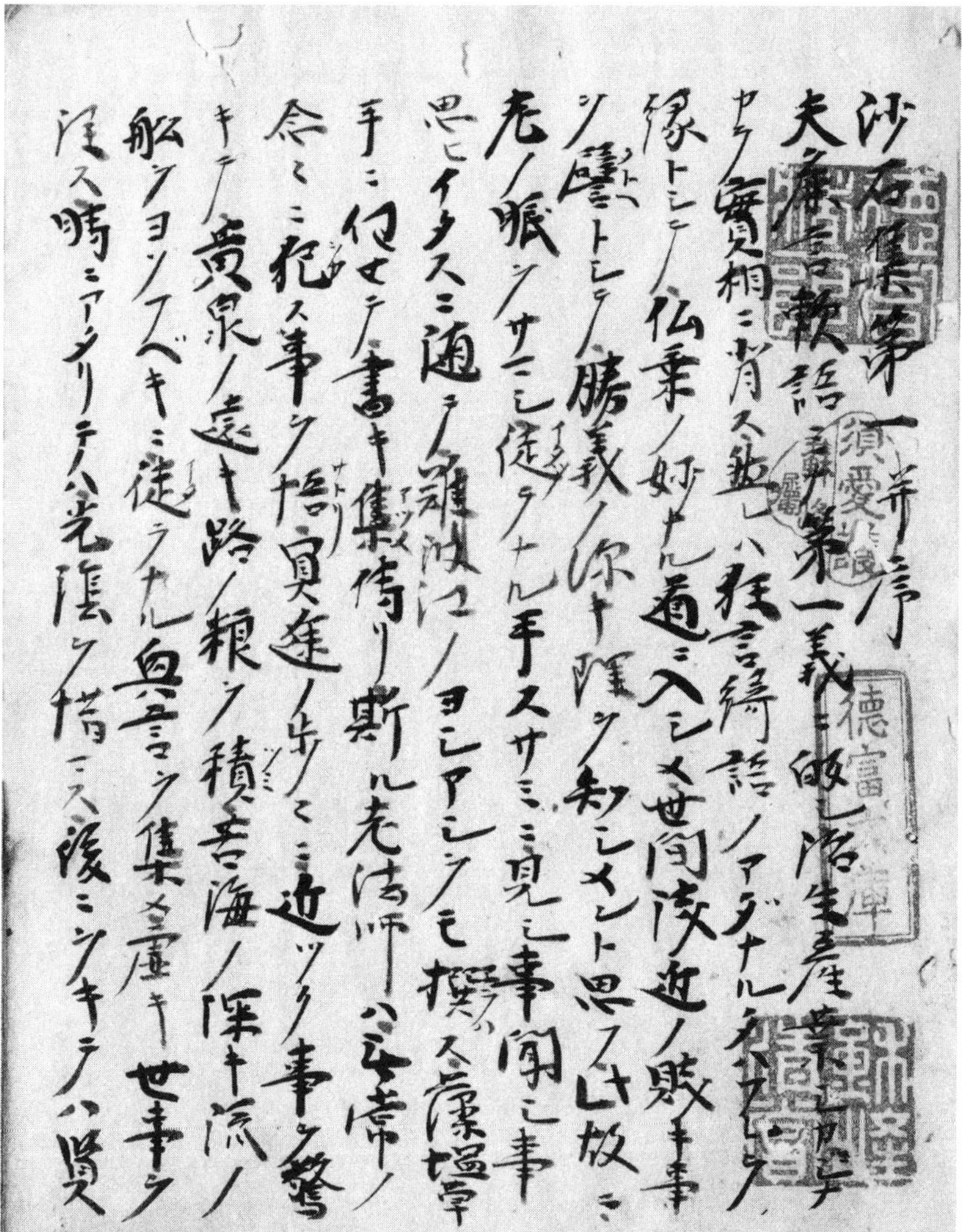
沙石集第一 并序
夫麁言軟語第一義ニ皈シ治生産業シカシナ
カラ實相ニ背ス然レハ狂言綺語ノアダナルタハフレヲ
縁トシテ仏乗ノ妙ナル道ニ入レシメ世間浅近ノ賤キ事
ヲ譬《タトヘ》トシテ勝義ノ深キ理ヲ知ラシメント思フ此故ニ
老ノ眠ヲサマシ徒《イタヅラ》ナル手スサミニ見シ事聞シ事
思ヒイタスニ随テ難波江ノヨシアシヲモ撰《エラハ》ス藻塩草
手ニ任セテ書キ集《アツム》侍リ斯ル老法師ハ無常ノ
念々ニ犯ス事ヲ悟《サトリ》冥途ノ歩ミニ近ツク事ヲ驚
キテ黄泉ノ遠キ路ノ粮ヲ積《ツミ》苦海ノ深キ流ノ
船ヲヨソフヘキニ徒《イタ》ナル無言ヲ集メ虚キ世事ヲ
注ス時ニアタリテハ光陰ヲ惜ニス後ニシキテハ賢

梵舜本序（お茶の水図書館蔵）

第一節　増補本としての可能性

お茶の水図書館成簣堂文庫蔵梵舜筆(1)『沙石集』（以下梵舜本）は、渡辺綱也により、『沙石集』の草稿本的な面影を残す本と位置づけられた(2)。その根拠は次の四点である。

一、他の総ての書の巻第十の奥にある「此物語書始シ事ハ…」の無住の原識語がない。

二、他の総ての書に存する、この書の結びとも考えられる高僧の往生談がない。

三、流布本系の諸本には全く欠け、十二帖本にも略述もしくは欠けている所の、教説・法話に適しない卑俗な説話を多数収録している。

四、巻の立て方、条の按配が、諸本に比して最も雑然としている。

このうち、一と二は、梵舜本は巻十下巻を欠巻としているため、そこに含まれる原識語や高僧の往生談は自ずと欠くことになる。また三と四は、梵舜本が巻六と巻八に、他本には見られない雑多な話を多く含むことから、主に巻六と巻八の性格について述べたものと言える。つまり梵舜本にある巻六・巻八の多量の説話が削除され、それらを含まない刊本へと続く諸本が作り出されたと考えたのである。しかしこの「削除」という流れについて、小島孝之は、卑俗な諸話はむしろ後に「増補」されたのではないかという識見を述べ[3]、私も基本的にはこの考え方にたって論を進めたいのだが、梵舜本に特徴的な巻六・巻八に焦点をしぼった従来の研究から少し視点を移し、まずは巻六・巻八以外の巻を重点的に考察する。一方にしかない話を削除したか、増補したかと考えても自ずと限界があると考えるからである。その際、渡辺によって梵舜本に手を加えた清書本の如きものとして位置づけられた、米沢本を比較の対象として用いる。梵舜本が米沢本より後出の本文構成を持つことを明らかにできれば、梵舜本の増補本としての可能性がより説得力をもつものと考えるからである。

一　構成上の問題点

①巻一〜巻三の構成

まず巻一から巻三について、簡単に概観すると、その題目の付し方からして、刊本と類似点を持つことが分かる。例をあげると、巻一第二条の題目は、「笠置解脱房上人大神宮参詣事」と、「解脱房上人参宮事」に大別されるが、梵舜本と刊本を含む流布本系は前者であり、米沢本と阿岸本、成簣堂本は後者となる。また第四条は、米沢本のみ「神明ハ慈悲ヲ貴ビ玉テ物ヲ忌ミ給ハヌ事」とするが、他本はすべて「神明慈悲ヲ貴給事」とする。巻二になると、条の有無にまでこの兆候は拡大し、第九条の「菩薩代受苦事」を、米沢本を含む古本系統は含まないのに対して、梵舜本は刊本と同じように収録している。また永仁の改訂にかかわると思われる、源信と妹の安養尼の話や地不ノ決についても、梵舜本は全て収録しているのである。巻三の異同は煩瑣になるので、次に表にして示す。【訴訟人蒙恩事】は、巻頭目次にはあるが、本文題目はなくそのまま本文が続いていることを示している。

梵舜本	米沢本	慶長古活字本
一　癲狂人ノ利口ノ事	一　癲狂人ガ利口ノ事	一　癲狂人之利口事
二　問注ニ我ト劣タル人事	二　問注ニ我レト負人ノ事	二　忠言有感事
【訴訟人蒙恩事】	三　訴訟人ノ蒙恩事	(二に含まれる)
三　厳融房ト妹女房ト問答事	四　或学生在家ノ女房ニ被レ責メ事	三　厳融房与妹女房問答事
四　禅師ノ問答是非事	六　道人ノ仏法問答セル事	四　禅師之問答是非事
五　律学者ノ学ト行ト相違セル事	七　律師ノ言是ニシテ行ハ非事	五　律学者之学与行相違事
六　小児ノ忠言事	四　幼稚ノ童子ノ美言事	六　小児之忠言事
七　孔子ノ物語事	一〇　孔子ノ至言事	七　孔子之物語事
八　栂尾上人物語事		八　栂尾上人物語事
	八　南都ノ児ノ利口ノ事	
	九　女童利口事	

梵舜本と刊本は、第二条の題目の違いを除いて、同様の構成となっているが、米沢本は、題目の違いはもとより、第八条「栂尾上人物語事」を欠き、反対に「南都ノ児ノ利口ノ事」、「女童利口事」を含む等、配列上も相違が甚だしい。本文を比較しても、米沢本が梵舜本・刊本に比べて著しい独自性を持つことは顕著であり、従来のように、梵舜本→米沢本→刊本の順序で『沙石集』が調えられていったと考えることには、疑問が残るのである。

そこでむしろ、梵舜本より米沢本が先行する、という観点に立ち、巻四以下を検証したい。

②巻四の構成

巻四の構成を標題をもとに示すと次のようになる。(4)

梵舜本		米沢本	
一	無言上人事	一	無言上人事
二	上人子持タル事	三	聖ノ子持ル事
三	上人ノ看病シタル事	八	上人ヲ女看病シタル事
四	上人ノ妻セヨト人ニ勧タル事	九	上人ノ妻セヨト人ニ勧タル事
五	婦人ノ臨終ノ障タル事	四	婦人臨終ヲ障ヘタル事
六	上人ノ妻ニコロサレムトシタル事	一〇	上人ノ妻ニ被レ殺タル事
七	臨終ニ執心ヲソルベキ事	五	臨終ニ執心ヲ可レ畏ル事
八	入水シタル上人事	六	入水シタル上人ノ事
九	道心タラム人執心ノゾクベキ事	七	道ニ入リテハ執着ヲ可レ棄事
一〇	(九に含まれる)	二	遁世人ノ風情ヲマナブベキ事
		三	道人ノ誡事
		二	上人ノ妻後レタル事

ここで梵舜本を中心にその流れを確認すると、第二条で上人が妻を持ち、子を持つことの意義を遠い昔の事跡から説き起こし、第三条では娘を持ったが故に臨終も心安く出来たこと、そして第四条で、だからこそ妻帯すべきだという主張を、病を得ても看病してくれる人がいない中風者の口を借りて述べる。しかし反対に、第五条から第六条にかけては、妻帯したが故の失敗談を列挙し、愛執というものは避けて通るべき執着に他ならないとい

う結論に至る。第七条以降は、愛執から広く執着一般に話題を広げ、それらを強く忌避すべきことを例話をあげつつ述べ、最後に執着の中でもやはり愛執が最も恐るべきものであることを再確認して終わるのである。これをまとめると、二・三（子を持つ意義）↓四（妻帯の勧め）↓五・六（妻帯故の失敗談）↓七・八・九・十（広い意味での執心の誡め）ということになる。

一方で米沢本は、第二条に「上人ノ妻後レタル事」という梵舜本にはない話を載せるが、本条の例話のみを省いた解説部分は、梵舜本の第十条の最後に確認できる。第三条では子を持つことの意義を梵舜本と同じように載せるが、第四条では妻帯したが故の失敗談になり、第五条から第七条は愛執から離れた広い意味での執着全般の戒めに話がとぶ。そうかと思うと第八条・第九条で再び妻帯故の利点を述べ、第十条では失敗談、第十一条と第十二条では執着を見事に捨て去った道心者の話にと移ってしまう。これは妻帯に代表される愛執の話が、広い執着全般の話に分断された形となってしまっており、およそ話の流れを意識した構成とは言い難い。これだけ見ても米沢本がいかに雑然とした構成に終わっているかがわかり、梵舜本は米沢本をもとに構成し直した本文構成をもつと考えられるのだが、よりわかりやすい例として、米沢本第十二条の存在に注目したい。

米沢本第十二条「道人ノ誡事」は、無住の師である東福寺の聖一国師（円爾弁円。以下円爾）との回想談である。前表の中で梵舜本にこの話は見あたらないが、ほぼ同内容のものが、梵舜本では巻三の最終条「栂尾上人物語事」にある。反対にこの「栂尾上人物語事」は、米沢本にはない。円爾が関東下向の折、無住が一宿の世話役を務めたことを回想した内容であるが、次に梵舜本、米沢本それぞれの該当部分をあげて比較したい。

故東福寺ノ開山ノ長老、聖一和尚ノ法門談義ノ座ノスヱニ、ソノカミノゾミテ、時々聴聞スル侍《（マヽ）》シニ、顕密禅教ノ大綱、誠ニ目出クキコヘ侍キ。其旨ヲエズト云ヘドモ、意ノ及ブ所、義門心肝ニ染テ、貴ク覚ヘ侍キ。

ウラムラクハ、晩歳ニアヒテ、久座下ニアラザル事ヲ。然而仏法ノ大意、ヨク〳〵教訓ヲカブリ侍リキ。関東下向ノ時、海道ノ一宿ノ雑事営テ侍シニ、ヨノ常ノ人ノ風情ニハ、「イミジクナム」ト、色代スル事ニコソ侍ニ、「ナジカハカヽル事、営ミ給ヘル。アルベカラヌ事也。「初心ノ菩薩ハ、事ニ渉テ紛動スレバ、道ノ芽ヲ破敗ス」トコソ申セ」トテ、別ノ語〔ナシ〕。此語心肝ニソミ、耳ノ底ニ留リ。此ハ天台ノ御詞、玄義中ニ侍ルニヤ。…（中略）…彼和尚教訓ノ、心ノ底ニクタシテ思フ故ニ、書付給ヘリ。教文ニ符合シテ、アヤマリナキ法門ナルベシ。（梵舜本　巻三「栂尾上人物語事」）

関東下向ノ時キ、三河ノ八橋ニテ、或門弟ノ僧雑事営ミ侍リケレバ、尋常ノ人ナラバ、「イミジクナン」トコソ申サルベキニ、「ナニシニカヽル事ヲハ営給フゾ。詮ナキ事也。「初心ノ菩薩ハ事ニ渉テ紛動スレバ、道ノ芽破敗ス」トコソソロ」ト被レ仰ケリ。実ニ道人ノ風情賢クコソ。有堅ク侍レ。此ハ止観ノ文也。…（中略）…東福寺ノ和尚、機法ノアワイヲ能〳〵弁ヘテ、修行スベキヨシ、常ニハ門弟ニ教エラレ侍リキ。（米沢本　巻四「道人ノ誡事」）

まず梵舜本では、最初の四行分で自分と円爾との師弟関係をまとめ、「ヨクヨク教訓」を受けた一例として、関東下向の時の思い出に筆をすべらせていく。あくまでこれは無住自身の体験談として語られているが、米沢本では、最初の円爾との関わりを述べた部分を全て欠いた上に、唐突に「関東下向ノ時…」と始まり、しかも「或門弟ノ僧」の身に起こった話として第三者的な立場で話を進めている。さらに、おそらく出来る限りのもてなしをしたであろう無住の行動を、師はかえって諌め、その時「初心ノ菩薩ハ…」（波線部）という言葉を引用してたしなめたとある。その言葉について、梵舜本は天台大師智顗の『法華玄義』を出典であるとし、米沢本は『摩訶止観』であるとする。これは梵舜本の『法華玄義』が正しいのであって、もし従来言うとおりに米沢本が梵舜本より後出の本文を遺す本であるとしたなら、正しい出典をわざわざ誤ったものに訂正してしまったという矛盾が生じるのである。無住が円爾の関東下向に際し、一宿の雑事を営んだことは虚構として捨てきれない[5]ことからも、自分の体験談として、師の言葉の出典も正しく、しかも師弟関係の概要を冒頭に述べるという体裁を整えた梵舜本の本文の方が、米沢本のそれよりも後のものと捉えるのが自然な解釈である。おそらく記憶をたよりに巻四の最後に書き付けた当初のものが米沢本の記述であり、それを後に削除し、新たに「栂尾上人物語事」という新しい章段を設けて巻三の最後に盛り込んだのが、後の本文形態、つまり梵舜本であると考えられる。米沢本を除く伝本が、全て梵舜本と同様に巻三に当該話を含んでいることも、傍証となるであろう。

二　東福寺関連の増補典籍

東福寺開山である円爾の記事について、梵舜本、米沢本の記述に温度差があることを述べたが、その東福寺に関わる典籍の引用状況について、『宗鏡録』、『地不ノ決』の二書に着目して、さらに詳しく検討を加えたい。

①宗鏡録

『宗鏡録』は、宋の永明延寿が著した書で、教禅の融合を説いた全百巻におよぶ大部な書である。日本では円爾の重用によって広く禅林に流布したとされており、円爾は後嵯峨天皇や近衛兼経らの前で度々講釈している。無住は『雑談集』において、この『宗鏡録』について次のように述べている。

其後東福寺ノ開山ノ下ニ詣シニ、天台ノ潅頂・谷ノ合行・秘密潅頂・事ノ次ニ伝了。大日経義釈・永嘉集・菩提心論・肝要ノ録ナド聞了。…（中略）…顕密禅教ノ大綱、銘レ心肝ニ薫レ識蔵ニ。併開山ノ恩徳也。宗鏡録退披覧、開山ノ風情、宗鏡録ノ意也。仍処々思合セ侍リ。（雑談集　巻三「愚老述懐」）

円爾からどのような教えを受けたかを回想したものであるが、『大日経義釈』・『永嘉集』・『菩提心論』等と比べて、『宗鏡録』は特別な意味をもつ書であったようである。おそらく、『大日経義釈』以下は円爾の生前、実際に教えを受けた書であると考えられ、『宗鏡録』は円爾の死後に閲覧の機会を得、円爾の説いた教えとの整合性に感嘆したような趣がある。「宗鏡録退披覧」の「退」には、様々な解釈が可能かと思うが、暗に円爾の死後であることが込められているようにも思う。無住の『宗鏡録』閲覧は、晩年ではないかと思われる節は、次に示すように、『沙石集』本文の異同からも推測し得るのである。

代受苦ノ義ニ、古徳、七ノ意ヲノベタリ。〔一ニハ〕、慈悲ノ意楽ヲナス。必ズシモ代テウケズ。是ハ初心ノ時ノ意楽ヲイヘリ。二ニハ、諸ノ苦行ヲ修シテ、物ノ為ニ増上縁トナルヲ代ト云ヘリ。慈善根ノ力、衆生ノ信心ニ加シテ、代ノ苦ヲウケ、法ヲ説、モシハ来迎ストイヘル。…〈己の肉を薬として与えた女人の話〉…三ニハ、惑ヲ留テ、苦〔ヲ〕受〔ル身トナル〕物ノ為ニ、法ヲ説テ悪行ヲヤム。四ニハ、衆生無間ノ業ヲ作ラントスルヲ見テ、カレガ命ヲ断テ、自代テ地獄ニ入ガ如キナリ。五ニハ、初発心ヨリ常ニ悪道ニ處シ、乃至飢餓ノ世ニ、身大キナル魚〔ト〕ナリテ、衆生ノ為ニ食セラル。六ニハ、願モ苦モ皆同ク真性ナレバ、願則苦・苦則願ナ〔ル〕ヲ代トイフ。七ニハ、法界ヲ身トシテ、自他異ナラザレバ、衆生ノ苦、則菩薩ノ苦ナルヲ、代テ受トイヘリ。（梵舜本巻二「菩薩代受苦事」）

問。如上所説。衆生自心造業自受苦報。又云何説。代一切衆生苦。答。約古徳釈代苦有七意。一、起悲意楽事未必能。二、修諸苦行能与物為増上縁即名代苦。三、留惑潤生受有苦身。為物説法令不造悪。因亡果喪即名代苦。四、若見衆生造無間業当受大苦。無畏方便要須断命自堕地獄令彼脱苦。五、由初発心常處悪道。乃

至飢世身為大魚。即名為代。六、大願與苦皆同真性。今以即真之大願。潜至即真之苦。七、法界為身自他無異。（宗鏡録巻九十一）

以佛是増上縁。廣大悲願慈善根力。以衆生是等流果。志誠所感根熟而見。然総不出自心。如師子現指。酔象礼足。慈母遇子。盲賊得明。城変瑠璃。石挙空界。釈女瘡合。調達病痊。皆是本師積劫熏修慈善根力。…（中略）…〈己の肉を薬として与えた女人の話〉（宗鏡録巻十八）

『沙石集』梵舜本において、菩薩の代受苦を七種に分類して解説したものである。この「菩薩代受苦事」という章段は、米沢本には全くないが、梵舜本で「古徳、七ノ意ヲノベタリ」（二重傍線部）と始まる全く同じ分類が、『宗鏡録』では巻九十一に確認できる。その上、二つ目の「増上縁」、「慈善根力」が鍵となる代受苦の中で、〈己の肉を薬として与えた女人の話〉(6)が挿入されているが、これは『宗鏡録』では巻十八に「釈女瘡合」という題を付されて同話がある。つまり、『宗鏡録』では別々の場所にあったものを、「増上縁」、「慈善根力」という言葉を媒介として一つの流れの文章にまとめ上げた形が梵舜本ということになる。梵舜本のような要所をまとめた文章を作ったのが無住自身であるのか、それとも既に『宗鏡録』をこのような形にしてあった文面を無住が取り入れたのか、それは明確には判断できないが、米沢本には認められない『宗鏡録』の影響を梵舜本が受けていることは明らかなのである。

次に同じ巻二に、「毒鼓ノ縁」について述べた箇所がある。

経ハ失アレドモ徳ヲ見、十ニ一ニモ徳有バ是ヲ捨テズ。縦ヒ悪趣ニ堕トイヘドモ、遠ク菩提ヲ得ベキ因ヲ見ル故也。不軽々毀ノ衆生ノ如シ。是ヲ毒鼓ノ縁トイヘリ。毒鼓ノ縁トイフハ、鼓ニ毒ヲ塗テ、是ヲ打ニ、声ノ聞ル所ノ衆生、皆命ヲ失フ。法音ノ無明悪業ノ為ニ毒トシテ亡ルニ譬タリ。（梵舜本巻二「佛法之結縁不」空事」）

除障ト云ハ、如ㇾ此三昧耶形ヲミル人畜等、此理ヲ知不ㇾ知、ヲノヅカラ罪障除事、日光ニアヒテ霜露ノ消、毒鼓ヲ聞テ身命ノ断ルガ如ク、必然ノ道理也。（雑談集巻九「卒都婆之事」）

大涅槃経云、譬如有人以新毒薬塗太鼓。於衆中声令出声。雖無心欲聞。若有聞者。遠近皆死。（宗鏡録巻三十五）

これは鼓に毒を塗って叩くと、その音の聞こえた衆生が全て死に至ることを、説法や読経の声が悪業によって毒となり、衆生を滅ぼすことに譬えたものである。『雑談集』にも記述があるので、梵舜本の記述も無住によるものと理解できるが、この部分は米沢本では、同じ章段があるにも関わらず全く別文となっている。これが涅槃経から直接得たものではなく『宗鏡録』巻三十五からの孫引きであることは、既に山田昭全による指摘があり、(7)『宗鏡録』の影響はここでもやはり米沢本には見られないことになる。

また『宗鏡録』という書名そのものを、米沢本を除く多くの諸本では、巻四に見ることが出来る。

圭峰ノ宗密禅師モ、「禅ハ佛ノ意、教ハ佛ノ言、諸佛ハ心口相応ス」ト云テ、三宗三教ノ和合ノ事、宗鏡録ノ第三十四巻半分以下有ㇾ之。又、圭峰禅源諸詮ノ中ニ在ㇾ之。上巻終也。道人尤是ヲ見給ベシ。（梵舜本巻四「無言上人事」）

この一文も米沢本では欠いており、『沙石集』より後の著作である『雑談集』でも『宗鏡録』のすばらしさを度々説く無住が、当初書いた『宗鏡録』の名を削除する必然性はない。ここからも『宗鏡録』の引用のない米沢本の本文がより古い形であり、梵舜本はその引用を加えた後の本文を有すると考えるのである。

②地不ノ決

『地不ノ決』という書も、やはり東福寺関連から得た書物ではないだろうか。無住の言葉を借りて説明すると、建仁寺開山の栄西による秘書であり、地蔵と不動が父母の如く一体となって衆生を救うことを説いた書であったようである。多賀宗準は栄西の『菩提心別記』が『地不ノ決』と同本であった可能性を示唆しているが、実体ははっきりしない。[8] 梵舜本では巻二の二箇所に、『雑談集』では一箇所に引用がある。

地蔵ノ御事、顕密共ニ憑キ事ノミ侍リ。建仁寺ノ本願僧正ノ口伝ニ、「地不ノ決」トテ、一巻ノ秘書アリ。其中ノ肝心ニ、地蔵ハ大日ノ柔軟ノ方便ノ至極、不動ハ強剛ノ方便ノ至極〔ト〕イヘリ。只責伏摂取ノ至極也。世間ノ文武ノ政務ノ四海ノ治ルガ如シ。強軟ノ方便、萬機ヲ摂シ給フ。法王ノ治化也。（梵舜本巻二「地蔵看病給事」）

経ニハ、「南浮ノ衆生ハ三障重キ故ニ、不動ヲ念ズベシ」トイヘリ。纔ノ善ニ猶障アリ。実シク菩提心モ行業モアラバ、弥〳〵障アルベシ。此故ニ、「道タカケレバ魔盛ナリ」トイヘリ。古徳ノ口伝ニハ、「不動ト地蔵トノ力放レテハ、生死ヲ出ル事ナシ」ト云ヘリ。地蔵ハ大日ノ慈悲ノ極リ、不動ハ大日ノ智恵ノ極リ也。世間ノ萬物、陰陽ノ和合ニ依テ生長スルガ如ク、出世ノ菩提、悲智ノ方便ニ依テ成就スベシ。神呪ヲ持チ、名号ヲ唱テ、魔界〔ノ〕障碍ヲ払ヒ、臨終ノ正念ヲ祈ルベシ。（梵舜本巻二「不動利益事」）

故建仁寺ノ本願ノ口決ニ、地不決ト云書有レ之。地蔵ト不動トノ方便ハナレテ、不レ可ニ出離一。地蔵ハ大日ノ柔軟ノ慈悲ノ至極如レ母。不動ハ大日ノ智恵降伏ノ至極如レ父。サレバ不動ハ如レ斧。地蔵ハ如レ釜。互ニ一徳ヲ主ドテ、衆徳ヲ隠スナルベシ。此ノ義一往勝劣可レ有歟。六趣ノ苦患ニ沈ミ、四魔障ノ難ニ転ゼラレナカラバ、イカヾ頓ニ可レ入ニ佛道一。二尊ノ方便ノ後、諸尊ハ可ニ助給一。（雑談集巻六「地蔵事」）

このうち梵舜本の二箇所とも、米沢本には全く確認出来ないが、最初の「地蔵看病給事」の記述は内閣第一類本では裏書に含まれる。その中で、「一巻ノ秘書」（波線部）は「一山ノ秘書」となっており、「又父母ノ子ヲヤシナフカ如シ。父ハアラクオシヘ、母ハナツカシクハコクム。法王ノ治化モカクノ如シ。又此二尊、実ノ父母也。深ク仰ヘシ」の一文が加わっている。「一山ノ秘書」からは無住のあるこだわりが、つまりこの書が建仁寺栄西→東福寺円爾と続く法系の中で秘書として相伝されたのだという意識が見えてくるし、地蔵と不動を父母とする認識は『雑談集』の記述と重なるのである。『宗鏡録』同様、『地不ノ決』を閲覧するには、一種の特別な資格が必要であり、それを自分は有したとでも自慢したげな書きぶりである。無住自身にとって、『地不ノ決』は後々削除するほど軽々しく扱える書ではなかったと思われ、やはり米沢本の本文を執筆した当初は閲覧する機会を得ておらず、後々この書に触れた後、本文に書き入れ、結果的に梵舜本のような本文の形成を見たと考えられる。

三　東福寺との関係

さてここまで東福寺を経たと思われる典籍類について、その閲覧が無住晩年であり、『沙石集』の第一次脱稿後のことではないかとの見解から、それらの記述が見られる梵舜本を米沢本より後出のものと判断した。『沙石集』の本文上の異同から推測可能なことではあるが、無住自身の東福寺との関わりを考察することが、この推測をより確かなものにしていくと考えられる。

まず無住と東福寺との関係について、既に三木紀人に、米沢本には東福寺色が薄く、無住はむしろ『沙石集』の第一次的完成以降東福寺に密接となったのではないかとの指摘がある。(9) 無住と東福寺との関連は、特に円爾の死後、どのようなものであったのか。それを推測し得る記事が『雑談集』にある。

故東福寺開山ノ門弟ニ、本智房ト云僧ノ物語スル事侍シ。開山入滅之後、無関ノ住持之時、為二相見一東福寺ヘ令レ参シ時、普門寺ニテ茶ナドス、メテ、物語侍シ。ソレ最後ノ相見ニテ侍ケル。我身ノ事ヲカタリ侍シ。平家ノ池大納言ノ末葉トカヤ承候シ。故長老ノ貴クヲハシマシ、故ニ、童部ニテ侍シ時、親ニ暇乞候テ、参ジテ給仕シ事、昔ノ大王ノ跡ヲマナブ心ザシ、ミナ菜ツミ、水クミスル如ク、昼夜給仕仕リシ事、クハシク申テ、打泣〳〵カタリシ。（雑談集巻九「仏法盛衰事」）

円爾の死後、無関普門が住持であった時に、本智房という人物と普門寺で話をした折のことである。無関普門は東福寺第三世であり、住持であったのは弘安四（一二八一）年から正応四（一二九一）年である。本智房とは、本智房俊顕のことで、円爾から生前普門寺を譲り受けた門弟である。[10]この普門寺には円爾が招来した内外典籍が蔵されており、その目録には『宗鏡録』が二部確認できる。[11]またその所蔵典籍について、普門寺の外へ持ち出すことを禁じた置文が円爾自身によって遺されてもいる。[12]無住がこの普門寺所蔵の『宗鏡録』を見たのか、それとも他のものを見たのか、現在のところ断定することは難しい。しかし円爾の死後、普門寺住持であった俊顕と雑談が出来る間柄にあったことは確かであるし、先にも述べたように、無住が特に『宗鏡録』閲覧について、一種のステイタスとして誇りを持って語ることから考えると、巷に出回っていた『宗鏡録』をたまたま閲覧したというよりは、ある権威を、つまり東福寺という権門を背景とした『宗鏡録』の存在を、特別に意識していたと考えたいのである。普門寺目録にある『宗鏡録』そのものではなく、『宗鏡録』の抄物の如きものを閲覧したにせよ、それはやはり東福寺の人脈の中でもたらされたものではなかったか。『沙石集』巻二の永仁三（一二九五）年の改訂において、『地不ノ決』を含む大量の記事が裏書されたこと、そこに俊顕との交流からもたらされた情報や典籍が大きな影響力を持ったと考えられるのである。『宗鏡録』や『地不ノ決』の存在を示す梵舜本は、無住晩年の東福寺関連の人脈からもたらされた要素を確実に本文に取り入れた、増補本としての特質を持つ一写本として捉え直すことが適当かと思う。

以上のように梵舜本が米沢本よりも後の本文形態を持つ本であると考える時、従来着目されてきた梵舜本巻六・巻八の性格はどのように捉えるべきなのであろうか。巻六・巻八に残る多量の説話は永らく梵舜本独自のものと考えられてきたが、巻八については、成簣堂本の巻八にも共通することが指摘される。となると梵舜本独自の説話というよりは、梵舜本系統とも言うべき本文を持つものが、ある時期流布した可能性があり、ここで触れることの出来なかった巻六・巻八の性格について検討を加え、増補本としての梵舜本の特質、諸本の中での正しい位置づけを試みる必要がある。次節では、従来問題とされてきた巻六・巻八に考察を加えてみたい。

（1）巻三・四・五は別筆である、全巻に施された識語は次の通りである。

巻一　慶長二年三月中旬比遂校合了
巻二　慶長二年三月十九日書之了　同月廿三日校合了　梵舜　花押
巻四　此両冊仰他筆写置者也　慶長二年三月廿四日校合了　梵舜　花押
巻五　右本仰他筆書写処無正躰違也　大方以朱直了誤多云云　慶長二卯月晦日　梵舜　花押
巻六　慶長二丁酉年六月十九日筆立同月廿二日書之　梵舜　花押
巻七　于時慶長二丁酉七月五日書之　梵舜　花押
巻八　于時慶長二丁酉七月廿一日書之　梵舜　花押　遂大方校合了（朱）
巻九　慶長二丁酉七月廿九日書之　梵舜　花押

巻十　右十冊一覧之次愚隙之透之書写了巻内三冊仰他筆残七冊之分予書之尤遂全部功者也　于時慶長二酉《丁》暦仲秋初
八　梵舜　花押

（2）日本古典文学大系『沙石集』（岩波書店　昭和四十一年）解説19頁。

（3）「巻六は『沙石集』の諸本の中でも、ことに梵舜本が際立った相違を見せている。他の諸本に見られない独自説話が多く、しかもその大部分が右に見たようなインチキくさい説経師たちの失敗談なのである。もともと『沙石集』に収録するつもりだった話であるが、あまりにも僧の愚かさを曝露する話なので削除したと考えるのも一案であるが、梵舜本が本文的には古本系統の諸本よりも流布本系統に近い本文を持っている点から考えると、古本から流布本が成立してくる途中のある段階で、こうした説経説話が多量に増補されたテクストだったと考えることも可能である。筆者としては後者の立場をとりたいと思うのであるが、もしそうだとすれば、無住の説話収集の網に、こうした説経の話はひっかかって来ることが多かったと考えられるのではないかと思う」（新編日本古典文学全集『沙石集』小学館　平成十三年）。

（4）表は梵舜本の配列を基準にして、米沢本の配列を記したものである。各標題の上の数字はその順番を示したものであり、梵舜本を基準にしているので、米沢本の数字は順不同となっている。（九に含まれる）は、標題をもたないが、同じ内容の話が前話である第九話の中に続けて存在することを示している。

（5）『聖一国師年譜』では建長六（一二五四）年にこの出来事を載せるが、年代的に事実かどうかは不明。

（6）ある僧が肉を薬にすべき病を得た時、僧を信心する女人が自身の肉を薬として与えた。その苦痛があまりにも耐え難く、「南無仏陀〱」と心をこめて唱えると、仏陀が来て薬をつけてくれたので、苦痛が止み、その説法を聞いて悟りを得、仏の所に向かった。ところが仏陀は「私は行ってはいないし、薬を付けたこともなければ法を説いてもいない。私の慈善根の力が信心に動かされてこのようなことになったのだ」と語った。

（7）中世の文学『雑談集』（三弥井書店　昭和四十八年）解説。

（8）多賀は「栄西僧正の一著作「菩提心別記」は「地不決」と同本歟」（日本歴史　昭和三十三年十一月）において、「本書著作の趣旨目的は、まずこの序に、僧正がつとに顕密の法によって菩提心を求めて法門の骨目をさぐり善知識にたずねたことに発し、地蔵を以て心源となし、不動を以て実際となすというに、その大体が知られる。…（中略）…何故に、いかにして二つの名を生じたのであろうか。その内容による菩提心記の名と、二尊の名儀による地不決の名と、いずれが原名であったか。或は無住禅師のころ地不決の名を以てよばれていたものが、後世その伝統を失って、内容によって菩提心記と名づけられたとも考えられる」と述べている。『菩提心別記』には確かに「地蔵ハ風輪ノ柔軟ノ体、不動風輪忿怒ノ体也」という一文のもと、主として地蔵菩薩の効験が語られている。

（9）（前略）さして多いとはいえない「沙石集」中の弁円・東福寺関係の説話の大半を、米沢本は欠いている。いちじるしく東福寺的色彩がうすいのである。この事から、無住はむしろ「沙石集」の第一次的完成以降東福寺に密着の度がこくなっている、という結論に至るのは、今の所即断に過ぎない。その反証として、渡辺綱也によれば、「米沢本よりも古い形態、未完の草稿の面影を伝へてゐるものではあるまいか」（「広本沙石集」解題）という梵舜本には、弁円・東福寺関係と目すべき部分は、流布本同様（巻十末尾の高僧伝的説話群のみ、なぜか欠けている）という事があげられるであろうからである。だから、諸本の素姓について整理の進んだ段階であらためて考えるべき事として、今は保留しておく。（「無住と東福寺」仏教文学研究　昭和四十三年六月）

（10）・円爾普門院院主職譲状　弘安三年五月二十一日（「東福寺文書一」）

普門院、主識事

右當院者、円爾別賜…（中略）…爰俊顕、参学三十余年、給仕抜群之間、永譲与當院（後略）

（11）・一以大道自筆普門院経論章疏語録儒書等目録（「東福寺文書一」）

宗鏡録一部　廿冊　宗鏡録一部　百巻

（12）・円爾普門院四至牓示置文　弘安三年五月二十一日（「東福寺文書一」）

右所記録置如斯、所付置於當院之内外典書籍等、不可出寺外（後略）

第二節　梵舜本の特質——巻五・巻六・巻八を中心として——

一　巻五末の問題点

梵舜本が諸説話を加筆した増補本である可能性について、前節で考察を加えたが、従来、梵舜本草稿本説の根拠となってきた巻六・巻八についても、増補されたという観点から見直してみたいと思う。梵舜本の独自性をそこから掬い上げることを目的としたいが、前段階としてその前の巻五末から検討に入りたい。巻五は、本末二巻に分けられ、本は学匠説話、末は和歌説話となっている。

まず梵舜本と米沢本を比較した時、第一条「神明ノ和歌ヲ感ジテ人ヲ助給ヘル事」と、第五条「夢中ノ歌事」以下は、双方大きな違いがない。錯綜しているのはその間に挟まれる、梵舜本の第二条「和歌ノ人ノ感アル事」、第三条「万葉カヽリノ歌読タル事」、第四条「西行ガ事」であるが、ここでは第二条を取り上げる。本条は多くの説話から成っており、その配列に異同があるため、新編日本古典文学全集が米沢本に付した番号（(一)、(二)等）でこれを示す。

	米沢本	梵舜本
二	人ノ感有ル和歌事〔一〕～〔四〕	〔一〕〔二〕〔三〕〔四〕すべて、第二条「和歌ノ人ノ感アル事」に収録。
	・人ノ感有ル歌。有心ノ歌ノ中ニ入ルベキカ〔五〕～〔一六〕	〔五〕の伏見修理大夫俊綱話のみ、第二条「和歌ノ人ノ感アル事」に簡略化して収録。〔六〕は俊綱歌に、仏教的解釈を施した付属的な条だが、〔六〕～〔一六〕はなし。
	・人ノ感有ル歌〔一七〕〔一八〕	〔一七〕〔一八〕なし。
	・一、連歌ノ事〔一九〕～〔四八〕	この中の、〔三九〕〔四〇〕、第三条「万葉カヽリノ歌読タル事」として独立。〔四一〕～〔四八〕は、第二条「和歌ノ人ノ感アル事」に含む。

米沢本の第二条「人ノ感有ル和歌事」は、「人ノ感有ル歌。有心ノ歌ノ中ニ入ルベキカ」、「人ノ感有ル歌」、「一、連歌ノ事」という小見出しを挟みこみ、説話を分類している。梵舜本は下段に示した通りである。

梵舜本の性格を知るために、〔五〕に着目してみたい。〔五〕は伏見修理大夫俊綱が、月の夜、歌会を催した際に、宿直していた田舎の夫に、「上手に歌を詠んだら褒美に暇をとらせよう」と言ったところ、田舎の夫が「池上の月」という題目で、「空や水水や空ともおぼほえず通ひてすめる秋の夜の月」というすばらしい歌を詠んだ、という話である。成簣堂本の考察においても問題となった部分（129頁）であり、米沢本はこの後に〔六〕として、「コノ歌ハ、真言加持ノ法門ノ心、マコトニ明ラカナリ」と始めて、詳細な仏教的解釈を加えている。この仏教的解釈を含めた全文を、異同はあるが、阿岸本、成簣堂本、内閣本では裏書として収録しているのだが、この仏教的解釈ゆえに、米沢本では、「有心ノ歌ニ入ルベキカ」という迷いが生じたのではないか、という小島孝之[1]の指摘がある。これは米沢本第五条「有心ノ歌ノ事」に入れるべきかという小見出しであり、第五条「有心ノ歌ノ事」は、源実朝と道慶僧正の歌に仏教的解釈を付した章段であるので、妥当な注であると考えられる。

一方梵舜本では、仏教的解説の〔六〕が全く削除され、〔五〕がほぼ同内容で第二条「和歌ノ人ノ感アル事」に収録されている。〔一七〕・〔一八〕は全く載せず、〔一九〕以降はやはり第二条「和歌ノ人ノ感アル事」にほとんど収録する。しかし、このうち〔三九〕・〔四〇〕だけは、新たに、第三条「万葉カ、リノ歌読タル事」という独立した章段を構えて収録するのである。

要するに、梵舜本は〔六〕を除いた〔五〕のみを第二条「和歌ノ人ノ感アル事」に加え、〔六〕から〔一五〕、〔一七〕から〔一八〕を全て削除し、第三条「万葉カ、リノ歌読タル事」として新しく付題した〔三九〕・〔四〇〕以外のうち、〔一九〕から〔三八〕は第七条「連歌事」に、〔四一〕から〔四八〕は第二条に配分したのである。問題としている〔五〕から〔四八〕のほとんどは、刊本では巻五下が終了した後に、「人感有歌」という題をつけて、別枠で収録されている。そこには「本ノ裏書云、草本ニ多有レ之。此本ハ同法書レ之。皆弁タリ。仍又書付。写人、任レ心可レ有二取捨一。無住八三十（ママ）」と注記されている。このことから小島は、〔一七〕から〔四八〕が、ほぼ裏書にあった可能性を指摘[2]しており、米沢本の小見出しは、整理前の配列の揺れを遺していると捉えることができる。梵舜本では、説話の内容を考慮し、第二条「和歌ノ人ノ感アル事」と第七条「連歌事」に説話が配分され、〔三九〕・〔四〇〕の二話には新しい第三条が設けられ、「万葉カ、リノ歌読タル事」と題が付されたのである。

ここまで、梵舜本と米沢本の異同は、多くをその配列の方法に依っていることが判明したが、第四条「西行ガ事」は、数ある梵舜本独自話の中の一条である。ただしこの「西行ガ事」という題目は、本文にはなく、巻五末の巻頭目次にのみあることが注視される。巻頭目次を無視すれば、前条「万葉カ、リノ歌読タル事」から引き続いて、七話が収められているということになる。この七話のうち一話は、米沢本巻五本第十四条「和歌ノ徳甚深ナル事」にあるが、形からみて最後に付属的に加えられたと思われ、新編日本古典文学全集では「後補」としている。またもう一話は、先の表に示した〔一六〕である。残りの五話が、梵舜本独自の説話ということになる。

内容を見てみると、第一話は、平五命婦という巫女が、「西行ガ絵」を見て歌を詠むものである。三十一字という格にこだわらず、心のままに詠んだものだから、結果的に長歌のような奇怪なできあがりの歌になってしまった。無住はこれを、「実ニ志アワレナリ。万葉ノ歌ノ心地シ侍ゾヤ」と評している。無住は「万葉」について、俗語を重ねた長歌を、「万葉集ニ云ク」、「志計ハ、ワリナクコソ。歌ノスガタハ、実ニヤサシカラズ。但万葉ノ歌ノ中ニハ、必ズ三十一字ニサダメズ。只思ヲノブレバ、歌ノカズニ入ニヤ」と言うように、「心が素直に表れ、三十一字という格にこだわらない長歌」、というイメージで理解しているようである。この「万葉」というキーワードをもとに、梵舜本の第四条「西行ガ事」を見ていけば、全七話は前条の「万葉カ、リノ歌読タル事」にそのまま続けられて良い性格のものであり、たまたま第一話が「西行ガ絵」を見て歌を詠んだ話であったから、巻頭目次には「西行ガ事」という題目が付されたと考えられる。梵舜本独自の説話である「西行ガ事」所収の五話は、結局の所、「万葉の歌」というテーマによって加筆されたものであると言える。無住の和歌に対する興味は並々ならぬものがあるが、いわゆる正風体の和歌ではなく、折々の述懐や戯れ歌に対して、熱い視線が向けられている。「西行ガ事」に散見される和歌についても、通常の和歌の概念を超えた戯れ歌の連続であり、無住の興味に沿うものとの印象を受ける。無住の数度の改変によって『沙石集』に和歌が加筆されていったことは確かであり、そういった関心に連動する形で『沙石集』の本文が変化していったことを考えると、このあたりの梵舜本独自説話も、一時的には裏書されたものの、書写者の好みによって取捨選択され、様々なパターンの収録状況が残されたと捉えるのが穏当であろう。

二　巻六の特質

巻六は説経師の説話をまとめた巻であるが、題目の異同を次頁に示したいと思う。表の見方は、成簣堂本の項（108頁注5）に準ずるとして、ここで問題としたいのは梵舜本と米沢本の相違であるが、従来巻六の構成を語る際に、多くが刊本との異同を交えて解釈を加えているため、参考までに刊本の話順も示す。

まず、梵舜本第八条までを見てみると、話順は同じで、米沢本は梵舜本の第四条「説経師ノ布施ノ賤事」、第七条「講師名句事」、第八条「説経師下風讃タル事」の三条を欠いている。梵舜本にあり、米沢本にないこの三条の性格を検討することが必要であるが、それ以前に、同じような題名を付している第一条から第三条、第五条から第六条の収録姿勢に、各本で違いがないかを確認しなければならない。第一条「説経師施主分聞悪事」は、梵舜本は四話、米沢本は三話からなる。両本に共通の第一話にある、「施主分ノコマヤカナルハ、カヽル勝事出来ル、大方斗申ベカリケルニヤ。アマリニ施主ノ心ニ入ラムトス〔ル〕程ニ、斯ル事、常ニ出来ル。心ウキ〔ニ〕ヤ」（梵舜本）という無住の評語に明らかなように、施主に気に入られて布施をたくさんもらおうとして、あまりにも細かい事情を連ねた施主分（法会で施主の功徳を述べる部分）を語ってしまったが故の失敗談である。梵舜本にのみある一話は、他の三話に比べて、内容としては柔らかいものであり、米沢本がこの一話のみを削る必要性は見えてこない。渡辺が、日本古典文学大系の解説において示した、「法話・教説に適さない卑俗な話を削

梵舜本		米沢本		慶長古活字本	
一	説経師施主分聞悪事	一	説経師ノ施主分聞キ悪キ事		
二	或禅尼説経師讃タル事	二	或禅尼ノ説経師ヲ讃メタル事		
三	説経師ノ言ノ賤事	三	説経師ノ言ノイヤシキ事		
四	説経師ノ布施ノ賤事				
五	長説法事	四	長説法事		
六	随機施主分事	五	随機施主分ノ事		
七	講師名句事				
八	説経師下風讃タル事				
九	説戒ノ悪口ノ利益ノ事	六	説戒ニ悪口シテ利益セル事	五	栄朝上人之説戒事
一〇	説経師盗賊ニ値タル事	七	説経師ノ値二ヘル盗賊一事	一	説経師之強盗令発心事
一一	強盗ノ法門問タル事	一五	(強盗之問二法門一事)	二	強盗之問法門事
一二	下法師堂供養事	八	下モ法師ノ堂供養シタル事		
一三	説法セズシテ布施取タル事	九	【不説法取二布施一事】		
一四	嵯峨説法事	一〇	嵯峨ノ説法ノ事	三	浄遍僧都之説法事
一五	聖覚ノ施主分事	一一	聖覚ノ施主分ノ事	四	聖覚法印之施主分事
一五	能説房説法事	一二	能説房ノ事	六	能説房説法事
一七	有所得説法事	一三	有所得ノ説法ノ事	七	有所得之説法事
一八	袈裟得事	一四	袈裟ノ徳ノ事	八	袈裟徳事

った」という見解は、梵舜本と刊本の関係性を述べたものであり、梵舜本と米沢本の関係をそのまま述べたものではないが、米沢本が梵舜本より説話を削除した形態を遺している、と断言している以上、米沢本において数話

が削除されたとする理由も、それに準じていると考えて良いだろう。そう考えると、本話を削るぐらいなら、むしろ、人の子供が親に似てくる因縁を赤裸々に施主分に説いた、第四話あたりを削るべきであり、それは第二条を米沢本が収録した姿勢とも関わるのである。第二条「或禅尼説経師讃タル事」は、ある尼公が、幼少の時よりよく知っている僧に説法をさせた話で、その僧を誉める尼公の言葉が、そのまま性交の心地よさを表す俗語的意味になってしまったものである。本話は梵舜本・米沢本ともに収録しているので、より卑猥とも言える本話を収録したからには、米沢本においても、卑俗な話を削除する意識が一貫してあったかどうかは疑わしい。(3)

第三条「説経師ノ言ノ賤事」は、無知な説経師が、卒塔婆の由来を、「外に立てるから『卒塔』、ばっと倒れるから『婆』」と述べた上、「地獄の釜の尻を突き通すために、卒塔婆の先端は出来る限り鋭くせねばならぬぞ」と念押ししたというものである。思いつきの珍説を披露する、無知の説経師の生態が良く出ており、続く梵舜本のみにある一話も、説経師の行きすぎた言葉を載せたものである。これら二話の趣旨は同様であり、卑俗という理由で第二話のみを米沢本が削除したとは考えにくい。

では梵舜本独自の第四・第七・第八条の話柄はどのようなものであろうか。第四条「説経師ノ布施ノ賤事」は、ある山がつの家で説法した説経師が、一背負いもある、芋の茎を干したものを、布施として与えられた話。無住は、「芋ノ茎ナレドモ、随喜ノ心モ、ヲコラザリケリ」と、「芋茎《ずいき》」と「随喜」を掛けた洒落で締めている。もう一話は、田舎の古堂での説法で、高座とする礼盤がないため、古い大太鼓で代用したところ、説法の中盤に太鼓の皮が破れて、説経師もろとも落ちてしまったというものである。これら二話に共通することは、題目にある「布施ノ賤事」というよりは、説法用の道具や布施もままならない田舎でも、説経師が活躍した様子を活写すると共に、貧しさ故に仏法供養を諦めないことを諭す内容と捉えることも出来るだろう。こうした内容の第四条は、卑俗な内容でも何でもなく、むしろ貧しい民衆にも説経師を呼び、仏縁を結ぶことを推奨する法話として、増補されることはあっても、あえて削られるべき理由はないのである。

米沢本で欠けている他の二条、第七条「講師名句事」と第八条「説経師下風讃タル事」は、下風、糞といった言葉が連発されるため、それを卑俗と捉え、削除されるべき性格の話とされたわけだが、こうした話材を、一概に卑俗、説法には適さない、とする考え方は、固定観念に縛られたものではないだろうか。その説経の中で有効に機能していれば、あえて避けるべきものでもないと思われる。第七条は、清水寺の八講で、八十を過ぎた老僧が説法の最中に粗相してしまう話である。甚だ尾籠な話ではあるが、その題目通り、無住は「昨日ハ屎ニスカサレテ下風ヲ仕候。今日ハ下風ニスカサレテ、屎ヲ仕レリ」という老僧の言葉に感じつつも、最後に「老体ノ出仕、用意アルベキヲヤ」と評したように、そこには説経師が説法に臨むにあたっての心構えを、失敗談から学ばせようという意図があるのではないか。説経師が長い時間、高座の上で説法を営むためには、体力と気力の充実が不可欠であり、特に老僧ともなれば、思うようにならないことも多かったであろう。老僧が高座の上で粗相する、という本話は、「よくよく用意して高座に上り、説法に臨め」という教訓を与えるためには、これ以上の例話を挙げる必要もない、最たるものなのである。

次の第八条は、三話あるが、第一話は、六角堂焼失後の勧進のため、聖覚が説法したところ、居眠りした聴衆の若い女房が、高らかな屁をしてしまった。その音と臭いに聴衆はしらけてしまったが、聖覚がすかさず、「仏への供養物で、音と香りを兼ね備えた物は下風以外にない」と説き、女房は図に乗って、「どうせでしたら、橘氏と仏様に申し上げてください」と言ったという話である。続く二話も屁に関連したものであり、迎講の最中に、観音が躓いた拍子に放屁して興ざめした話、苗代グミを食べ過ぎて腹痛のあまり死ぬ時に、「哀レ下風ヲ一ツヒリテ死ナバヤ」と言ったため、畜生道に落ちて「下風ヒリ虫」になるのではないか、という話である。

これら「屁」というキーワードを持った梵舜本独自話をどう扱うか、そのヒントは次話の「説戒ノ悪口ノ利益ノ事」にあると思われる。本話は栄朝上人が、説経を聴聞に来ていた山伏のことを、「男カト見レバ、サスガ袈裟ノヤウナル物カケタリ。烏帽子モキズ、児ニモアラズ、法師ニモ非ズ、下風ニモアラズ、屎ニモ非ズ、ビリ屎ノ様ナル物ノ候ゾヤ」と言ったところ、この山伏が説経後、すぐに栄朝のもとを訪れ遁世した、という話である。傍線部の表現は、まさに先の四話と通じており、米沢本は梵舜本と同様にこの言葉を載せるが、刊本では全く削除されている。傍線部の言葉を含まなければ、栄朝の説戒は「悪口」という程の強烈さを持たず、その為か刊本では題目も「栄朝上人之説戒事」と変更し、「悪口」という表現を用いない。栄朝の説戒の痛烈さを語るための前段階として、下風さえも誉めた聖覚の話を含んだ先の四話が、梵舜本では増補されたと考えられるのである。

以上のような巻六の性格を、片岡了は、「卑猥、卑俗であるからという点だけに削除の理由を求めるのは当を得ない」[4]とし、削除された諸話は、僧侶、説経師向けの戒めであり、一般の共感を広く呼びうるような題材の話ではないとした。この指摘は、梵舜本独自の話の性格を言い得たものとして貴重である。しかし、梵舜本から米沢本、刊本へと徐々に話が削除されていく、という図式には、やはり慎重であらねばならない。

題目を一瞥してわかる構成上の問題は、梵舜本と米沢本が近似し、刊本が異色ということになる。それは本文の語句レベルにおいても、同様であるといえる。しかし米沢本と梵舜本で差異のある部分に注目して比較していくと、ここでは梵舜本と刊本の本文が類似し、米沢本が幾分簡略な場合が数箇所で見受けられる。パターンとしては、米沢本には全くない語句や説明が、梵舜本と刊本では同じように増補されて確認できる、というものが多いが、その場合、刊本よりも梵舜本の方が饒舌な時がままある。次に幾つか例をあげて説明したい。

・梵舜本第五話「説戒ノ悪口ノ利益ノ事」

米 僧ト云ハ、戒定恵ノ三学ヲマナブニトリテ、仏子ト云テ、髪ヲ剃リ、衣ヲ染テ、比丘・比丘尼・沙弥・沙弥尼・式叉摩尼ト名ケテ、五ノ出家ノ位アリ。

梵 僧ト云ハ、戒定恵ノ三学ヲ習フ事也。仏子ト云、髪ヲ剃リ、衣ヲ染テ、比丘・比丘尼・沙弥尼・式叉摩尼ト名テ、五衆出家ノ位アリ。在家ハ、優婆塞・優婆夷ノ二衆合テ、七衆コレ仏弟子也。

刊 僧ト云ハ、戒定慧ノ三学ヲ宗トシテ、出家ノ五衆トイフハ、比丘・比丘尼・沙弥・沙弥尼・式叉摩尼也。在家ノ二衆ハ、優婆塞・優婆夷也。

・梵舜本第五話「説戒ノ悪口ノ利益ノ事」

米 我国モ、上代ハ如法ニ戒行ヲマボリ、寺々モ持斎ニテコソ有ケルニ

梵 我国モ、上代ハ鑑真和尚南都ノ戒壇ヲ立、慈覚大師天台ノ戒壇ヲ立、如法ニ戒行モ護、寺々モ持斎ニテ有リケルニ

刊 我国モ、上代ハ鑑真和尚唐朝ヨリ来テ、如法受戒ノ作法有リケレドモ

・梵舜本第十六話「能説房説法事」

米 ナシ

梵 大綱、法ノ體ハ迷悟ナク、凡聖ナシ。真空寂滅ノユヘニ、機情ニハ、是アリ、科アリ、得アリ、失アリ。ヨテ煩悩業タヘズ。門ハ機情ヲ調ヘ、見知ハ法ノ體ヲシル。

刊 大綱、法ノ體ハ迷悟ナク、凡聖ナシ。真空寂滅ノ故ニ、機情ニハ是非アリ。善悪アリ。仍テ煩悩業苦タエズ。シカレバ行門ハ機情ヲト丶ノヘ、見解ハ法體ヲシル。

・梵舜本第十六話「能説房説法事」

米　ナシ

梵・刊　破戒ナレドモ、正見ナルハ人天ノ師トナル。持戒ナレドモ、邪見ナルハ、国ノ仇ナリトイヘリ。

・梵舜本第十七話「有所得説法事」

米　福田タルベキヨシ見ヘタリ。

梵・刊　生死涅槃ノ差別ヲトカバ、可レ為二福田一ヨシ見ヘタリ。心地観経ニハ、此人ヲバ、僧宝ト云ベシト（イヘリ…刊本）。

・梵舜本第十八話「袈裟徳事」

米　サスカ何レノ仏法ニテモ、随分ノ功ヲイレハ、遠キ益ヲ見テ、冥衆是ヲ哀ミ守ル。愚カナル俗士ハ、一旦ノ過ヲノミ見テ、是ヲソシリソネム。

梵　何ノ佛法ニテモ、随分ノ功ヲ入レバ、冥衆ハ遠キ益ヲ見テ、近キ過ヲ忘レテ守リ給フ。俗士ハ、一旦ノ過ヲノミ見テ、遠キ徳ヲ不レ知シテ、謗ソネム。

刊　何レノ佛法ニテモ功ヲ入ルレバ、冥衆ハステ給ハズ。遠キ益ヲ見テ、近キトカヲワスレテ、守給フ。俗士ハ、一旦ノ過ヲノミ見テ、トヲキ徳ヲシラズ、アナガチニコレヲソシル。

右から、梵舜本が米沢本と刊本の中間的な本文を持つ場合、梵舜本と刊本が同様で、米沢本はそれよりも簡略、もしくは本文を確認できない場合があることがわかる。従来言われているように、米沢本が無住の最初の清書本であり、刊本が改訂を経た最終的な本文形態であるならば、米沢本の本文は清書されたものであるにも関わらず、それだけ独立して後続性を持たず、草稿本的な梵舜本の本文形態が再び掘り起こされ、流布本系へ続いたことになる。やはり若干舌足らずな趣のある米沢本に増補された形が梵舜本であり、刊本はそこから一般性に乏しい話等を削除しつつ、硬質なテキストに調えられたと捉えるのが自然であろう。刊本の構成を見ると、米沢本・梵舜本のそれとはあまりにも距離があり、改訂の目的と方法も異質であると言わざるを得ない。梵舜本第十一話「強盗ノ法門問タル事」は、米沢本では巻六の最後に「或本云」として収録されている。本文を見ても、梵舜本とは異なり、ほぼ刊本通りのものとなっており、流布本系統の本から後に補写された可能性が高く、米沢本が書写した親本そのものには存在しなかったということになる。刊本では本話を第二話として収録しており、話順も大幅に入れ替えられている。米沢本には存在しなかった話を再構成の時点で第二話として組み込み、先の栄朝の説法で見たように、尾籠な語句までもしっかりと切り取り題目まで変更する、という方法には、従来のように卑俗な説話を削除して硬質な『沙石集』を作る、という意図が見て取れる。つまり、卑俗な話を削除したという方法は、刊本の成立に関して妥当な指摘なのであり、梵舜本、米沢本の関係性を考える際には、あまり意味をもたないのである。米沢本が素朴な形で存在した当初の『沙石集』の面影を伝え、梵舜本はそれに特定の方向性をもって話を増補していったと考えるのが、最も無理がないであろう。

三　巻八の特質

まず梵舜本・米沢本・刊本の話順を次に示す。空欄はその話がないことを示し、梵舜本「力者法師事」は、巻頭目次のみで、本文では前条の「魂魄ノ振舞シタル事」に続けられている。他条に含まれる話については、（〜に含まれる）と示した。

梵舜本（巻八）		米沢本（巻八）		慶長古活字本（巻七上）	
一	忠寛事	一	眠正信房ノ事	一	眠正信房事
二	興福寺智運房事	二	鳴呼カマシキ人事		
三	伊与房事		（二に含まれる）		
四	我馬不レ知事		（二に含まれる）		
五	馬カヘタル事		（二に含まれる）		
六	馬買損ジタル事		（二に含まれる）		
七	馬ニ乗テ心得ヌ事				
八	心ト詞ノタガヒタル事		（二に含まれる）		
九	結解タガヒタル事				
一〇	小法師利口事				
一一	児ノ飴クヒタル事				（前半、巻七下二に含まれる）
一二	姫君事				
一三	尼公ノ名事				（巻八上七に含まれる）
一四	人ノ下人ノヲコガマシキ事				
一五	ヲコガマシキ俗事				
一六	魂魄ノ俗事				
一七	魂魄ノ振舞シタル事				
	【力者法師事】				
一八	尾籠ガマシキ童事				
一九	便船シタル法師事				
二〇	船人ノ馬ニノリタル事				
二一	老僧ノ年隠タル事	四	老僧之年隠事	三	老僧之年隠事

三　死道不レ知人事	五　死之道不レ知人事	四　死之道不レ知人事
三　歯取ラル、事	（五に含まれる）	五　歯取事
	三　愚癡之僧文字不レ知事	二　愚癡之僧文字不レ知事
	六　無常句	

右表から、一見して、梵舜本の話数が圧倒的に多いこと、また梵舜本の題目が、内容を具体的に示した独自のものであることがわかる。第一条「忠寛事」（「眠正信房事」）は、標題こそ違え三本に存在するが、内容的に既に大きな異同が見られる。米沢本・刊本共に収録する、釈迦の弟である難陀の出家から悟りに至るまでを描いた五話が、梵舜本には全く確認出来ないのである。また、安居のための食物を「妻が妊娠したのでその食として」と偽ってもらい受ける、いわゆる佯狂の聖の話である「美作守顕能」の一話も、梵舜本のみ含まない。これらの事実をどう捉えるべきなのか。無住が付した評語に着目すると、梵舜本と米沢本では差異がある。

此巻ニヲコガマシキ事ヲ集ル心、賢キ道ニ入レトナリ。オコガマシキ事ハ、一旦人ノ笑ヲマネクバカリ也。善悪因果ノ理ヲ不レ知、流転生死ノ苦ヲ忘レテ、悪業ヲ身ニ慎ズ、妄念ヲ心ニホシキ侭ニスル程ノ、ヲコガマシキ事アラン。①智者ニワラワレムノミニアラズ、冥官ノ責ヲ蒙ム〔ル〕。妄念ヲ胸ニ養ムバカリ賢キ事アラジ。②白楊ノ順禅師云ク、「道念若シ情念ニヒトシクハ、成仏スル事多時ナラム」ト。世間ノ人、妄念ノ常ニ心ニアル如クニ、道念不レ妄バ念々ニ成仏シテム。仏性本来心ニアリ。只隔ル處情念也。古人云、「只妄縁ヲ放レバ、如々ノ仏也」ト云ヘリ。③心アラム人、我身ノ道心ナク、仏語ヲ行ゼザル事ノ、ヲコガマシキヲ思トキテ、他人ノ非ヲ嘲ルコトカナシ。（梵舜本）

此巻ニヲコマシキ事ヲ集ムルモ、心賢キ道ニ入レトナリ。嗚呼カマシキ事ハ、一旦人ノ咲ヒヲマネクハカリナリ。世間ノ鳴呼カマシキコト故ヘニ、人ニカロシメラル、事ハ、罪障ノ、ソコヲル因縁也。又鳴呼ノモノハ多分正直也。タヽ思マヽニイヽ、振舞、色代モナクヘツラウ心ナキ故也。コレニヨリテ人ニカロシメイヤシメラルヽ、金剛般若経云、「コノ世ニ人ニカロシメイヤシメラルレハ、先世ノ罪業キヘテ、菩提ヲ得」ト説ケリ。古人ノ狂人ノ如クシテ徳ヲカクシキ。此意ナルヘシ。失ヲカクシ徳ヲアラワセル、実ニ道ニサカフ。

（米沢本）

まず、傍線部まではどちらも同様であるが、米沢本の「世間ノ…」以下（二重傍線部）を、梵舜本は全て欠いている。梵舜本の「善悪因果ノ理ヲ…」以下は、米沢本も表現は異なるが、「眠正信房ノ事」の最後に結論として載せているので、梵舜本では米沢本の「世間ノ…」以下の解説と、先述した「美作守顕能」の一条がごっそり抜けていることになる。片岡はこの差異に既に着目し、「一旦人ノ笑ヲマネクバカリ也」（その当座、人の嘲笑をうけるだけである）という鳴呼がましさが、梵舜本の続く「善悪因果ノ…」以下の冥官の責めを蒙るような深刻な鳴呼がましさとは繋がらないことから、おそらくは米沢本の如き本文が正しく、梵舜本は「舌足らずな表現（おそらく脱文あるか）[5]」であるとした。つまり無住の説く「鳴呼がましさ」には、「世間的な鳴呼がましさ」と「妄念をほしいままにする鳴呼がましさ」の二種類があり、前者は一旦人に嘲笑されるだけであるが、後者は死後もつきまとう重罪となる、ということである。梵舜本にのみ確認できる諸説話は「世間的な鳴呼がましさ」を記したもの故に、米沢本では幾分削除され、刊本に至ってはほとんど削除されたというのが片岡の結論と思われる。しかしここに引用した米沢本独自の解説である、「世間ノ鳴呼カマシキコト故ニ…」以下を吟味すると、それはまさに次に続く「美作守顕能」の一話における佯狂の聖を導き出す為の解説と言える。一見「鳴呼」の者であっても、それは故意に徳を隠して狂人の如く振るまっている真の道人であるかもしれない。だから見かけだけで嘲笑したりしてはならない、ということなのである。梵舜本の「善悪因果ノ…」以下は、米沢本もほぼ同内容で「眠正信房ノ事」の最後に載せているが、米沢本では、梵舜本の波線部②「白楊ノ順禅師」が「古人」に、①の「智者ニワラワレムノミニアラズ」が「智者道人ニチカツク思モナク、天人仏陀ノ知見ヲモハ、カラス」、③の「心アラム人、我身ノ道心ナク、仏語ヲ行ゼザル事ノ、ヲコガマシキヲ思トキテ、他人ノ非ヲ嘲ルコトカナシ」が「道念ナキコトノ鳴呼カマシキ故ヲ思知リテ、世間ノアタニハカナキ他人ノ非ヲアサケル事ナカレ」となっていることからして、梵舜本は米沢本的なものが脱落したというより、典拠の確かさを記す姿勢も含めて、独自の方向性をもって説話を取捨選択し、解説をもそれに見合ったものに変更したと捉えることが出来るかもしれない。米沢本が続けて佯狂の聖の話を続けるのは、あえて徳を隠して人々に蔑まれ、それによって善業を積む僧の姿に触れたかったからである。対して梵舜本は僧の内面、ひいては佯狂ということには関心を向けず、僧であれ俗であれ、自らが妄念を蓄えて悪業を積んでいることに気付かぬまま、他者を非難することを誡めているのである。解説部分におけるこうした違いが、収録説話とどのように連動するのか、引き続き見てみたい。

先述した、片岡の、梵舜本独自説話が、「世間的な鳴呼がましさ」を表したものである、という見方は首肯できるところである。梵舜本の第二条「興福寺智運房事」から第八条「心ト詞ノタガヒタル事」までは、第七条「馬ニ乗テ心得ヌ事」を除いて、米沢本では「鳴呼カマシキ人事」という題目で一括されている。梵舜本が、内容を推測し得るような細かい題目を各条に付しているのに対して、米沢本は大雑把で抽象的な題目でまとめている。この梵舜本の詳細な題目について考えると、例えば、第三条「伊与房事」は、梵舜本では「常州ノ国府中ニ、伊与房ト云持経者アリケリ」とあるが、米沢本では「常陸国ノ国府ニ持経者アリ」とのみで名前を明らかにしていないことから、米沢本では付すことの出来ない題目である。米沢本ではわからない個人名が梵舜本で明らかにされている例は他にもあるが、第六条まで両者を比較したとき、顕著にわかることは、米沢本の方が梵舜本より内容が簡略（概略のみの場合もある）で、評語も簡略もしくは付さない場合が多いことである。特に梵舜本の第五条「馬カヘタル事」と第六条「馬買損ジタル事」は、米沢本にも確認できるが、分量は半分以下、しかも逆順であり、ここから両者の足並みは大きく乱れることになる。題目のみを見ていてもわからないことだが、米沢本は「嗚呼カマシキ人事」の中に、梵舜本にはない五話を含んでいるのである。代わりに梵舜本は米沢本にはない第七条「馬ニ乗テ心得ヌ事」を載せ、第八条「心ト詞ノタガヒタル事」は二話のうち最初の一話のみ米沢本と同様で、以下累々と独自説話が続くことになる。この足並みを乱すきっかけともなった米沢本にしかない五話は、従来梵舜本の圧倒的な説話数の多さに隠れて、注目されることがなかったのであるが、内容的にはどのようなものであるか、確認が必要であろう。

まずは人を馬に変える術を知っているという修行者を地頭が様々にもてなし、秘術を聞き出そうとした結果、「それは人を売って馬にすること」であったという話。無住は「修行者ハ魂魄ノ者ナリ。地頭ガスカサレタル、嗚呼ガマシクコソ」と評したうえで、「仏法ノ中ニ、『四依、義ニ依リテ言ニ依ラズ』ト云フハ、タダ言ニヨリテ、義ヲ心得ヌ事ハ悪キ事ナリ」と、意味を理解せず言葉だけを理解することの非を説いている。「言葉」に関する興味と仏教的な訓戒がまとめられた米沢本独自話があることは、後述する梵舜本の「言葉」への関心と併せて注意を要するであろう。次は無住の実体験ともとれる話だが、熊野詣の折、供として連れて行った僧が住吉社へ参詣し、「どうして龍田山がないのですか」と聞いた話。この僧は障子の絵に両所を一箇所に描いていたのを真景だと思いこんでいたのである。「衆生妄想ノ無我ノ中ニ我ヲ解スル、コレニ似タリ」と、本来存在しないものを存在すると考える衆生の非を説く例話である。続く一話は、衆生の愚かな邪推を戒めたもの。続いて小河僧正承澄の名言に関わる一説話を載せ、総論的に、凡夫が妄見にこだわり仏の知見を疑うことを戒める。最後は、学問はあるが俗事にうとい山寺法師のもとに盗人が入り、縛る方法がわからず若い僧に隣の僧を呼びにいかせる。ところがこの僧が慌てることもなく食事まで共にごちそうになり、やっと用件をきり出した。慌てて刀をひっさげて向かったところ、盗人は逃げてしまっていた、という話である。「コレハ嗚呼ガマシケレドモ、賊人ヲモ刃傷殺害シ、我レモ損ジタラマシカバ、罪ナルベシ。中々罪ナキ事ハ、嗚呼ガマシキ所アルベシ」と評したように、人目には一見愚かにみえる行為でも、仏法的には正しいことである、ということであり、先の嗚呼がましさを説明した、米沢本独自の二重傍線部の例話と捉えることもできるであろう。ただこの位置に本話があることは、前後関係からすると少し繫がりに欠けるように思う。

以上が米沢本の独自説話の概略であるが、この次に、梵舜本・米沢本共にある、立腹しないと言い張る上人の話がある。相手に「怒らないなんてあり得ないでしょう」と言われ、「怒らないと言っているではないか！」と結局は怒ってしまう愚かな上人の話だが、梵舜本が話のみを載せるのに対して、米沢本は「嗚呼ガマシク侍リ。凡夫ノ習ヒ、我ガ非ハ覚エヌトコソ。無言聖ニ似タリ」と評語が付け加えられている。梵舜本にはない次の「愚癡之僧文字不ㇾ知事」のテーマは、まさしくこの自分の非を棚揚げして他人を誹謗することであり、先の解説部分で他者への非難について触れなかった米沢本であるが、ここにきて梵舜本と同一のテーマを持ち出すことになる。ただそこには大きな違いがある。米沢本の「他者」は、あくまで僧を対象としていることである。大般若経を逆さに持っていた僧が、在家に「逆ですよ」と指摘され、正しく持っていた僧が逆に直し、逆に持っていた僧はその僧を間抜けな人間と思う、という内容である。このように考えられないような愚かな僧が多い末代ではあるが、それでも僧は敬うべきだという主張を、無住は月蔵分や覚徳比丘の例話を引いて展開する。米沢本における愚かさは、凡夫とは言ってもあくまで僧の行為に焦点が当てられていることが大きな特色なのである。対して梵舜本は、立腹しないと怒る上人の話の後、出家・在家こもごもの凡夫の愚かな話を連綿と続けていくことになる。ここでは評語はほとんど付されず、ひたすら話の羅列であることも特徴的である。

梵舜本に羅列された独自話の共通点は、片岡の言う「世間的な嗚呼がましさ」であることはもちろんであるが、一方で非常に目立つ特色がある。それは諸話のテーマに必ず「言葉」が介在することである。梵舜本第九条「結解タガヒタル事」から第二十条「船人ノ馬ニノリタル事」のテーマを示すと、次頁表のようになる。

前半は、ここぞという時に興のある言葉を言ったことをおもしろがり、言葉の表層のみに随って物の心を理解しなかった故の失敗談を載せ、言葉故に危機に陥ったり、立身したりと、話の要所に言葉が関わっている。話の一々を改めて引き合いに出すことはしないが、梵舜本の性格がよく表れた場所を、刊本との比較において述べておくこととする。

第十三条「尼公ノ名事」は、刊本では巻八第七条「仏鼻薫事」の三話めに見られる。

> 或山寺へ、女人行テ出家シテケリ。出家ノ師ノ僧、「法ノ名ヲ付マヒラセム」ト云ヘバ、「名ハ先ヨリ案ジテ付テ候」トゾ云ケル。「イカニ」ト問ヘバ、「仏ヲモ神ヲモ、アマタ信ジマイラセテ候歟、イヅレモタウトキ侭ニ、彼文字ヲ一ヅ、取アツメテ、阿釈妙観地白熊日羽嶽房ト付テ候也。阿弥陀・釈迦・妙法・観音・地蔵・白山・熊野・日吉・羽黒・御嶽、コノ御名ノナツカシ候テ」トゾ云ケル。余ニ長クコソヲボユレ。（梵舜本）

法名を自分で勝手に考えたのはよいが、信心する仏神の名を全て込めた為に、異様に長い法名となってしまった、という話であるが、刊本では、傍線部が「雑行ノ行人ノ心ザマニ似タリ。イヅレモ偏也。信心ノアマネクト

	題目	内容	テーマ
九	結解タガヒタル事	①長谷寺の御戸帳 ②四十九遍の阿弥陀大呪 ③一定失せぬる履物 ④陰嚢の病 ⑤未来の乞食	帳尻のあわない言葉 帳尻のあわない言葉 帳尻のあわない言葉 帳尻のあわない言葉 帳尻のあわない言葉
一〇	小法師利口事	①現乗房のおろし膳 ②正観房のおろし膳 ③小便入りの水 ④糞臭き糞	小法師の利口 小法師の利口 小法師の利口 小法師の利口
一一	児ノ飴クヒタル事	①飴食い児の智恵 ②ブラチ御前	虚言を逆手にとった児の利口 風情の過ぎたおかしな名前
一二	姫君事	①鴛を真似た姫君	物の心を得ず言葉のみに随う愚行
一三	尼公ノ名事	①長すぎる法名	物の心を得ず言葉のみに随う愚行
一四	人ノ下人ノヲコガマシキ事	①酒の肴になった地蔵	物の心を得ず言葉のみに随う愚行
一五	ヲコガマシキ俗事	①臆病な鬼九郎	余計な言葉故の失敗談
一六	魂魄ノ俗事	①一切智者の判官代	虚言を逆手にとる才能
一七	魂魄ノ振舞シタル事	①長谷川党の強者 ②力者法師事 ③万の戦の承久	賢者の機転（利口） 賢者の機転（利口） 言葉の勘違い

		④夜寒	言葉の勘違い
一八	尾籠ガマシキ童事	①南都番匠の子息	ばからしい言葉
一九	便船シタル法師事	①風早の唯蓮房	船詞
二〇	船人ノ馬ニ乗タル事	①馬に乗った弥太郎	船詞

モ、行モ名モ一ヲモハラスベシ」となっている。

雑行の人の偏執を誡める評言となっており、そのためか、刊本では自分の仏への香華が他に散るのをもったいないと、仏の鼻に竹の筒をねじ入れた尼公の話、あらゆる地蔵の中で自分の信心する矢田の地蔵菩薩にのみ偏執した尼公の話、それらに続く第三話として、本話を第七条「仏鼻薫事」に移動したのである。「雑行ノ行人……」という評言も、直前の矢田地蔵のみに偏執した尼公の話につけられた、

是ハ一向専修ノ余ヲヘタテキラフ風情也。専修ノ本意ハ一心不乱ノタメナリ。カナラスシモ余行余仏ヲヘタテヨトニハアラス。凡夫ノ心ハ散乱スルユヘニ此方便アリ。雑行ハ行體ハトリ〳〵ニ殊勝ナレトモカレコレト心ミタルナリ。三宿世トカヤ申様ニアレコレ心ウツレハ一心成カタキユヘナリ。(慶長古活字本)

という評言を受けたものである。これらの評言は全て梵舜本にはなく、梵舜本は傍線部にあるように、余りに長い法名への呆れとも言える感想を付けたのみで、そこから一向専修の輩の偏執を戒める言葉を続ける刊本のような話の広がりを見せない。その話のおもしろさのみを単純に評価して、軽く次へと流していく姿勢が垣間見えるのである。表に挙げた諸話には、本話しか他本と比較できる材料がないが、表の後には、第二十一条以降が続く。そこからは、米沢本・梵舜本・刊本ともに語句レベルの差異はあっても、目立った話の増減はない。ただその語

句レベルにおいては、米沢本と刊本が連動し、梵舜本のみが異なる場合が多いこと、米沢本・刊本の方が梵舜本よりも幾分話を詳細に記していることが指摘できるが、巻八の最後の部分において、差異が認められることを確認しておく。

一念ナリトモ、此ヲユルサジ。無窮ノ生死ノ始ナル故ニ。イハンヤ心ヲホシイマヽニシテ、六塵ヲトリテ仏性ノ宝ヲ失ナワムコト、返々モ愚ナリ。仏性霊光、一顆ノ精明ナリ。六根ノ縁ニ被レ隔テ六ノ用ヲ施ス時、眼ニアルヲバ見ト云ヒ、耳ニアルヲバ聞ト云ヒ、鼻ト舌ト身ニアルヲバ覚ト云、心ニアルヲバ知ト云。此見聞覚知、六境ニ着セズシテ、無分別ニシテ、クラカラザルヲ悟ト云。此則自性ノ重宝也。六境ヲ縁ジテトヾコヲル時ヲ、財ヲ失ト云也。サレバ道人ハ此心ヲ弁ヘテ、念々ニ無心ナラバ、自性ノ宝マタカルベシ。僅ニ六塵ヲトラバ、宝ヲ失ヒ、利ヲホロボス。実ニ可レ失ニアラネドモ、不レ知不レ用シテ、自輪廻スルヲ失ト云也。サレバ空キ六塵ノ境ニ耽リ、タヘナル一精明ヲクラマサバ、仏法ノ利ヲ失ヒ、自性ノ宝ヲ忘ル、ナリ。虫クワヌ歯トラセタル愚俗ニ、カワルベカラズ。ヨク〳〵此心ヲ弁ヘテ、ヲコガマシキ人ノ事ヲ、ヨソニ思ハズシテ、愚ナル身ノ咎ヲカヘリミ給ハヾ、コノ物語ヲ書置侍ル志、ムナシカラジトコソ覚侍ベシ。（梵舜本）

一念ノ妄心、無窮ノ生死ノ根本也。此ノ一念ハ仏性ヲウバウ賊也。又宝蔵ヲ開ク媒也。仏性霊光ハ一精明也。六塵ノ縁ニヘダテラル。此ヲ生死ト云。眼ニ有ヲ見トイヽ、耳ニ有ヲ聞ト云。鼻ト舌ト身ニ有ヲ覚ト云。意ニ有ヲ知ト云。此見聞覚知、六塵ニ着セズシテ、現量無分別ナル。コレ本分ノ霊光、自性ノ宝蔵也。六塵ヲ縁シ執着スルヲ、ウシナウト云。マコトニウスベキニハアラネドモ、不知ナリ、不用ナリ。此ヲウシナウト云。サレバ、道人ハコノ心ヲワキマヘテ、六境ヲトラズ。自性ノ宝マタカルベシ。ワヅカニ六境ヲトラバ宝ヲ失也。無常ノ荘厳、恒沙ノ万徳ヲ幻夢ノ塵境ニウバワル、コトノ、ツ、ガナキ歯ヲトラセテム俗ノ心ニカワラジカシ。今生一期ノ身ノ上ノ、カリナル歯トラレタランヨリモ、当来多劫ノマコトノ賊ヲウシナワンコト、誠ニヲコガマシキ心ナルベシ。能々コノ心ヲ思シリテ、自己ノ宝蔵ヲ開、本来ノ法財ヲ用ヒ給バ、此物語書置侍本意ナルベシ。（米沢本）

言葉の違いはあっても、両者とも自性の宝、つまり人間が本来持っているはずの仏性について語ることに変わりはないが、米沢本で三回登場する「宝蔵」という言葉を、梵舜本では一回も使用していない。最後の締めとも言える一文（傍線部）においては、米沢本はやはり「宝蔵」という言葉を用いて、自己の仏性を開発することの便りとなれば、この『沙石集』を記した本懐であると述べるが、梵舜本では、勿論米沢本の如き仏性開発の大切さに触れるものの、嗚呼の人の愚かな行為を他人事とせずに、愚かな自分の過失を顧みることになれば、本望であるという口ぶりである。恐らく元々言わんとしたことは同様であったと思うが、米沢本が自己の仏性開発、特にそれは出家者にとって重要な問題であることに重きを置き、梵舜本は自ら未だ仏性開発していないことに気付かず、他者を非難することの無益さを説くことに重点を置いたことになる。出家者に重点を置くか、俗人を含めた一般論として収斂させていくか、俗人に関わる嗚呼話が大量に増補された理由はそのあたりにあると考えられる。それぞれの本によって、話の構成と巻八の締めは、一貫した流れの中で捉えることが可能であり、梵舜本の構成が杜撰なものであり、その本を改変して、米沢本のような本文構成に調えたと考えることには無理があろう。巻八の構成と語句を注意して見れば、梵舜本は杜撰な構成の本ではなく、米沢本の様な本文のものを、対象を僧から俗へと広げ、言葉を介在させた現世的な嗚呼話でまとめ上げたものである、との結論を得るのである。

繰り返しになるが、従来、『沙石集』の本文は梵舜本→米沢本→刊本の順に卑俗な話が削除される方向で成立したと考えられてきた。私見においても、この考え方を全面的に否定するつもりはない。というのは、この削除という流れは、刊本の成立に関しては有効であるからである。先の栄朝上人の説法において、山伏を非難する言葉の強度が弱められ、尾籠な言葉は削除されたと述べたことを始めとして、刊本には、仏教的な訓戒には直接関わらない話を削り、より硬質な法語的なテキストに仕上げようとした意図が見て取れる。ただそれは米沢本的な本文から刊本的な本文を作り出す際に機能した方法であって、米沢本と梵舜本の成立には無関係な手段であったということである。梵舜本には、世俗の様々な愚行を列挙して、他人の愚かさから我身の非を悟らせる、といった諸話が加筆された。その目的を現状で確実に捉えることは難しいが、巻六で加筆された諸話をも視野に入れて考えれば、恐らくは説経の場での必要性、というものを考えるべきであろう。ただ先述したように、梵舜本における「言葉」へのこだわりは、米沢本独自話にも共通するものである。米沢本ではその言葉への関心が仏教的な意味合いで語られ、梵舜本では俗を対象とした利口譚、失敗談に移行しているということである。米沢本と梵舜本の収録説話数や題目の違いから、両者は全く異なる発想で編まれたのではないか、と想像しがちであるが、本文比較を細部まで行うと、案外関心の根本は変化せず、言わんとすることもぶれてはいないようである。両者の違いは対象や目的に応じて収録話と解説が操作された結果と捉えることができるが、そうなると、これら一連の改変増補が無住自身によって為されたか否かが大きな問題となる。この点については近年、加美甲多による一連の研究(7)があり、加美は主に梵舜本における笑話や譬喩経典の引用に着目した上で、無住の関与には否定的な立場をとっている。梵舜本巻六は独自であるが、巻八については成簣堂本巻八がほぼ同系統であることが判明しており、もしこれらが無住以外の手によるものであれば、それが梵舜本という一つの特殊な伝本ではなく、系統としてある程度流布した状況を想定せねばならず、その場合、後人があえて巻六と巻八に特に大幅な加筆を加えた意味を明らかにする必要がある。後人増補とする場合、巻六と巻八の増補は同一人によって行われたのか、またそれは『沙石集』の本文生成のいずれの段階で行われたのか等、解明すべき点は多く残されている。現在のところ、梵舜本の特質を無住の所為か否か判断するのは甚だ困難なことであり、今後の研究の進展が期待されるところであるが、全体的に米沢本にも通ずるような古い本文を時折持ちつつ、巻二には増補後の記事を刊本と同様に持つ等、梵舜本の性格を一言で述べるのは難しい。部分的に独自の志向性を有する、永仁の改訂に関わる比較的早い段階の伝本として、まずは位置付けておきたい。

(1) 小学館新編日本古典文学全集『沙石集』265頁頭注。
(2) 「沙石集の一説話から―諸本成立過程の遡行―」(『実践国文学』13　昭和五十三年三月)→『中世説話集の形成』(中世文学研究叢書9　若草書房　平成十一年)所収。
(3) 第一条第四話では、「母子ノ因縁、アハレナル事ニテ侍ルナリ。父母ノ交会スル時、男子ハ母ニ愛ヲヲコシ、女子ハ父ニ愛ヲオコシテ、識・タマモヒ、赤白二諦ノ中ニ入テ、子ト孕レ侍ルニトリテ、其時、父ノ心地ヨキ事、切ナル時ハ、形父ニ似、母ノ心地切ナルニハ、母ニ似事ニテ侍ルニ、左衛門殿ハ尼御前ニ人コシモ違ザリシカバ、イカニ其時、尼御前ノ御心地ヨク、ヲワシマシケム」という内容の施主分が展開される。
(4) 『沙石集の構造』(法蔵館　平成十三年)第二部第六章「広本巻六・巻八と略本巻八」。
(5) 同注4 319頁。
(6) 「梵舜本『沙石集』の性格」(同志社国文学65　平成十八年十二月)、「梵舜本『沙石集』の本文表現と編者」(同志社国文学67　平成十九年十二月)、「『沙石集』と経典における譬喩―『百喩経』との比較を端緒として―」(仏教文学34　平成二十二年三月)。

第七章　内閣本の考察

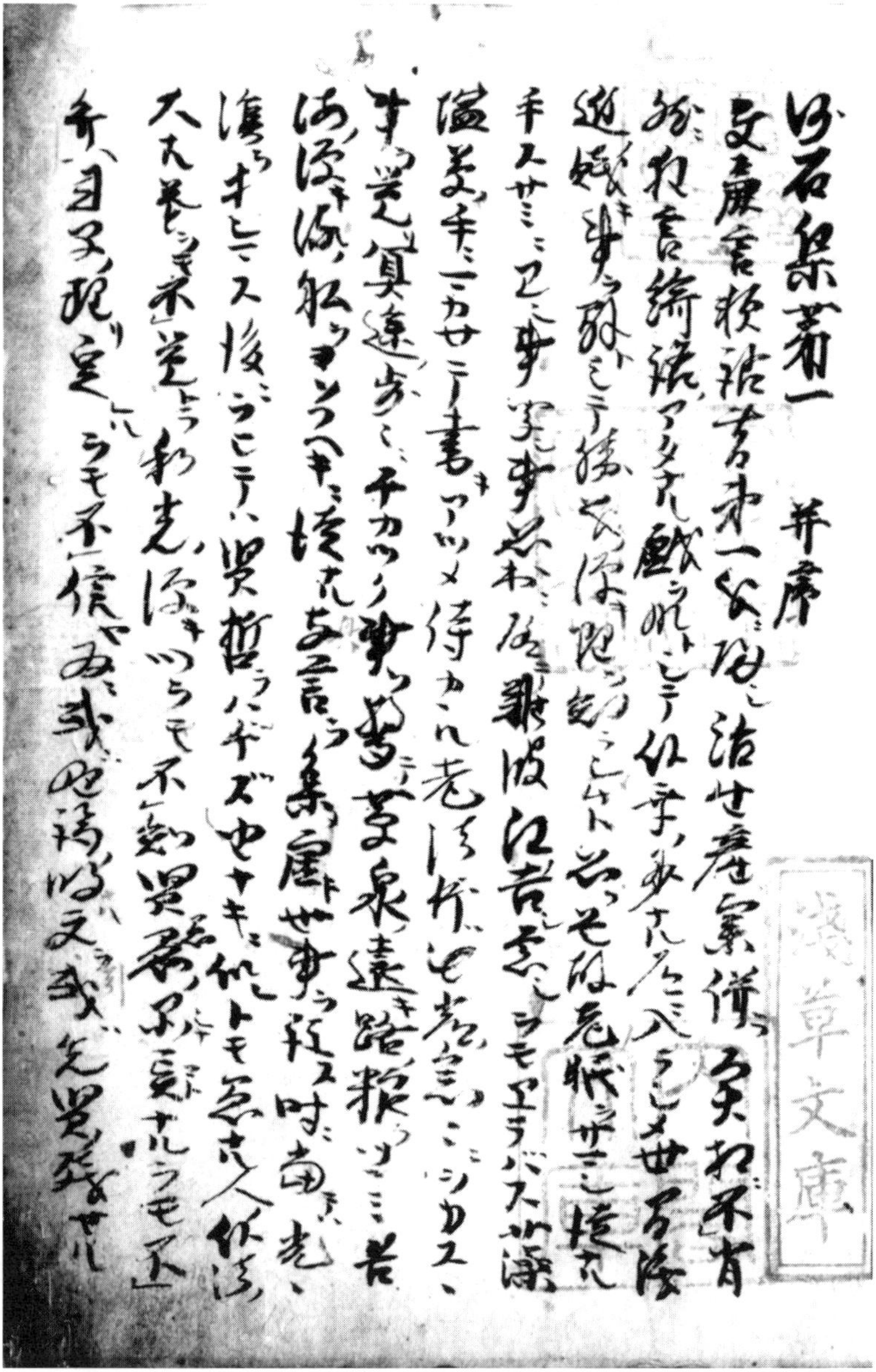

内閣本序（国立公文書館内閣文庫蔵）

第一節　内閣本の伝来と構成

一　伝来

内閣文庫蔵『沙石集』全十冊（以下「内閣本」）[1]は、従来の研究において「内閣第一類本」（以下「一類本」）と「内閣第二類本」（以下「二類本」）に分けて記述されている本である。内閣文庫においては両者を一括して保管しているが、一類本は巻三の四一丁裏に「天文十一年迫月十四日書畢也」、巻四の三九丁表に「天文十二年三月廿四日書畢」という識語があることから、室町末期写であり、二類本は江戸初期頃写と、書写年代も系統も異なる本である。一時期「昭慶」[2]なる僧が全冊揃いで所持していたこと以外、その伝来についても不明な点が多い。以下、一類本と二類本に分けて考察を進めるが、各々に該当する巻を次に示す。

一類本（室町末期写）――巻一・巻二・巻三・巻四・巻五・巻九
二類本（江戸初期頃写）―巻六・巻七・巻八・巻十

二　内容と構成

内閣本の性格を考察する前提として、内閣本と米沢本と刊本の巻次構成を次に示す。

米沢本	内閣本	刊本
巻六	巻六	巻六上
巻七	（欠）	巻六下
巻八	巻七始	巻七上
巻九〔～十二〕	巻七終	巻七下
巻九〔十三～〕	巻八	巻八
巻十本〔～七〕	巻九上	巻九上
巻十本〔八～〕・巻十末〔～十一〕	巻九下	巻九下
巻十末〔十二〕	巻十始	巻十上
巻十末〔十三〕	巻十終	巻十下

右から明らかなように、内閣本の構成は刊本と同様であり、米沢本の巻七、刊本の巻六下に相当する部分を欠いていることがわかる。巻六・巻七・巻八・巻十は二類本であるが、一類本である巻九も刊本の巻九に相当していることから、全体としての構成は流布本系統ということになる。ではその本文についてはどうであろうか。系統が異質であるため、一類本と二類本に分けて考察する。

①一類本

説話の配列や標題の異同を見ると、一類本は明らかに流布本系統の本文を持つ。ただ要所要所において、古本系統の伝本との共通点を度々持ち、古本系の阿岸本と共通する多量の裏書の存在が、さらに内閣本の性格付けを複雑なものとしている。基本的な本文は流布本系統であるとの認識を大前提として、以下、刊本とは異なり、時に古本系と接点を持つ部分について、巻毎に概略を示したい。

【巻一】

巻一については、吉川本・長享本と類似した本文を持つ。刊本にあり長享本・吉川本にない話である、江州の湖の鯉と鮒の話、熊野参詣の女房に懸想した先達が死後金になった話等、それらは神宮本では裏書として一挙掲載されているもの（392頁【巻一】掲載のB〜Fに該当）であるが、内閣本は長享本・吉川本同様、全て収録していない。ただし『発心集』の関与の問題で、刊本にある、

日吉ヘノ或遁世者、死人ヲ持、孝養シテヤカテ参ケルヲ、神人制シケレハ、御託宣アリテ、御ユルシアリケリト云リ。

という文章を吉川本・長享本は含まないのであるが、内閣本は、

日吉大明神モ、死人持テ捨テタル上人ヲ、神官ヲイ出セルヲ、神官ニ託シテメシ返サル事有リ。

と載せているところに小異がある。

【巻二】

巻二の前半部において注意すべきは、度々触れてきたことではあるが、永仁三年の改訂に関わると目される、①建仁寺栄西の「地不ノ决」、②恵心僧都の妹安養尼の話、③恵心僧都の弟子頓死の話、④無住の永仁三年奥書、の有無である。これらのうち、巻一からの流れで考えると、①・②・③について、内閣本は裏書としてなぜか二箇所に掲載し、④については記していない。巻一からの流れで考えると、吉川本は①から④まで全て収録していないが、長享本や神宮本は反対に全てを本文として載せている。裏書という形であれ①から③を含む内閣本は一応、永仁の改訂を受けていると判断するが、なぜ④の無住の奥書が欠落したかは不明である。

後半部においては、吉川本において、刊本にはあるが吉川本にないと指摘した全ての話（222頁【巻四】掲載のA～E）を同じ順番で裏書として内閣本は収録している。ここまでの段階で、内閣本の本文は、吉川本との関連を意識する必要性があるだろう。

【巻三】

巻三の前半部において、神宮本の項で詳述している、「他郷ト云ハ三界也…」、「荷澤ハ第六ノ祖…」という二箇所（401頁【巻三】掲載のA～B）の収録位置が問題となるが、内閣本は「他郷…」はそのまま、「荷澤…」は小異があるが、どちらも裏書として収録している。刊本では前半部の最後に続けて載せ、吉川本、神宮本では本文の中の同じ位置に収録、長享本にはないので、厳密にはどの伝本とも異なるが、後に加筆された記事がそれぞれ収録状況を異にしたということになる。ただ、流布本系統の中でも本文が刊本と吉川本・長享本・神宮本等とで対立する場合、内閣本は後者と足並みを揃えるので、二例ほど挙げておきたい。

※狂言ハ、カリアルニヤ…内閣本・吉川本・長享本・神宮本
朝暮ハ、カリアルニヤ…刊本
※天台ノ御詞玄義…内閣本・吉川本・長享本・神宮本
玄義…刊本

【巻四】

まず前半部の「無言上人事」であるが、吉川本の巻七で述べた、刊本にあるが吉川本に認められない話AからG（225頁）について、内閣本は、梵舜本・長享本・神宮本等と同じく本文として収録しているが、そのうちAからDだけを、巻四前半の最後に裏書として再録している。同じ内容のものを二箇所に収録することは、内閣本の中で時に行われることであり、これらが当初裏書されたものであることは確かのようである。裏書を除いて考えれば、本文の終了場所は吉川本と同様である。

【巻五】

巻五については、阿岸本の項で述べたように、本文、裏書含めて阿岸本とほぼ同様である。阿岸本と内閣本の間には、古本と流布本、永仁改訂前と改訂後という大きな溝があるが、それを超えて両者が類似することは、先述（76頁）の通り、巻五においては比較的早い段階で改変が行われ、永仁の改訂では本文自体に系統を分かつような大きな手が加えられなかったことに起因すると考えられる。

【巻九】

巻九の本文は成簣堂本の項（199頁）で指摘したように、成簣堂本と共通点を有する。成簣堂本は本巻を巻十としていることから古本系の枠組みを持つことに変わりはないが、巻の違いを外して本文のみを見た場合、内閣本と近似する部分を持つ。

②二類本

一類本は流布本系統の本文を基本としつつも、阿岸本や吉川本といった早い段階の伝本とも時に性格が重なる貴重な痕跡を遺しているのである。それに比して二類本は、すでに渡辺に指摘(3)があるように、刊本と同一系統ではあるが、本文の細部は異なるため、刊本と大きく異なる点を二つ指摘しておきたい。

まず、内閣本巻七終第一条「無二嫉妬之心一人事」の二話目（A）と三話目（B）の間に、刊本では、内閣本巻五末第二条「有二人之感一歌之事」に載る二説話（CとD）を収録している。

A遠江国ニモ、或人ノ女房、被レテ去、既ニ馬ニ乗テ出ケルヲ、人ノ妻ノサラルヽ時ハ、家ノ内ノ物、心ニ任テ取習ニテ侍ナレハ、「何物モ取給ヘ」ト、夫申ケル時、「殿程ニ大事ノ人ヲ打捨テヽ行身ノ、何物カホシカルヘキ」トテ、打咲《エミテ》、ニクケナク云ヒケル気色、真実《マメヤカニ》糸惜ク覚ヘテ、軈テ留テ、死ノ別ニ成ニケリ。人ニ被ルレ、モ悪、思ハルヽモ、先世ノ事ト云ナカラ、只心カラニヨルヘシ。

B或人ノ、妻ヲ送リケルカ、雨ノ降リケレハ、色代ニ、「今日ハ雨降レハ、留マリ給ヘ」ト云ニ、既ニ出立テ出カ、カク詠ケル。

フラハフレフラスハフラスサラストテヌレテ行ヘキ袖ナラハコソ

余リニ哀ニ、糸惜ク覚ヘテ、ヤカテ留メテ、死ノ別ニ成ニケリ。和歌ノ徳ニ、人ノ心ヲ和ラクルト云ヘリ。(誠ナルカナ)。

C一、常陸国ニ或人、洛陽ヨリ、歌道ノ名人ナル女房ヲカタラヒテ、年比住ミケルカ、鎌倉へ送テ後、年月ヲ経テ、サスカ昔ノ情ケ忘スヤアリケン、衣小袖ナト色々ニ調シテ、送リタリケル返事ニ、別ニ詞ハ無クテ、

つらかりしなみたに袖はくちはてゝ此の嬉しさを何ニ包マン

是ヲ見テ、サメ〳〵トウチ泣テ、「アナイトヲシ。其ノ御前、トク〳〵迎ヨ登ヨ」トテ、ヨヒ下シテ、死ノ別ニ成ニケリ。ワリナキ心トモ也。

D同国ニ、或人、鎌倉官女ノ歌道其骨ヲエタルヲ、年比カタライテ住ミケルカ、心指ヤウスカリケン。次ヲ求テ送ラント思ヒテ、「前栽ノ勤鞠ノカ、リノ、四本ノ木ヲ一首ニ詠給へ、サナクハ送ラン」ト云ケレハ、「易キ事」トテ、

桜さくほとはのきはの梅の花もみち待ツこそ久シかりケレ

夫、大キニ感シテ、送事思ヒ留テケリ。(以上、内閣本)

このCとDについては、神宮本の項(406頁)で触れているように、一類本と阿岸本、神宮本のみが巻五に収録する。ただし神宮本は巻五において、CとDをより詳細に記述し、さらに巻七にもこちらは刊本と同様の内容ではあるが、重複して収録している。一類本と阿岸本は巻五のみに収録しているが、本文は刊本の巻七収録のものとほぼ同文である。本来は「人ノ感アル歌」として巻五に収録されていたものが、嫉妬心を起こさない女性が福を得る、という趣旨で一括りにされて、巻七に移動されたのが刊本ということになるだろう。

次に内閣本巻八第四条「畜生之霊事」所収話の話順についてである。

①寛元年中ノ事ニヤ、洛陽ニ騒ク事有テ、坂東ノ武士、馳上ル事侍テ、相知タル武士、引セタル馬ノ中ニ、殊ニ憑タル馬ニ（向）テ、（「畜生モ心アルモノナレハキケ。今度自然ノ事モアラハ、汝ヲ憑テ）、君ノ御大事ニ可レ相フ。サレハ、余ノ馬ヨリモ、物ヲ別ニ増テ飼ヘシ。返々不覚スナ。憑ソヨ」ト云テ、舎人ニ云付テ、別ニ用途ヲ下シタヒケルヲ、此舎人、馬ニハ不《シテ》レ飼、私ニ用ヒケリ。（サテ）、京ヘ上リ付ヌ。此舎人、俄物ニ狂テ、口走テ云様、「殿ノ仰ニ、『汝ヲ憑也。自然ノ大事モ有ラハ、不覚スナ』トテ、別ニ物ヲ副テ下シタヘハ、何《イカニモ》御セ（勢）ニ相ヒマイラセント思ニ、己カ物ヲ取食《クラツテ》、我ニハクレネハ、力モ有ラハコソ、御大事ニモ相ハヌ。悪《ニクキ》奴哉」ト云テ、（様々ニ）・狂ケレトモ、兎角（スカシ）コシラヘテ、直リケリ。彼ノ子息ノ物語也。畜生ナレトモ、加様ニ心有ニコソ。乱リ不レ可二狂惑一。

②昔物語モ、有人ノ女《ムスメ》、情深ク慈悲有テ、万ツノ物ヲ哀ミケルニ、遣水ノ中ニ、少キ蟹ノ有ケルヲ、常ニ養ケリ。年久ク食物ヲ与ヘケル程、此女、御目形宜シカリケルヲ、蛇、思ヒ懸テ、夫変シテ来テ、親ニ乞テ、妻ニスヘキ由ヲ云ツヽ、隠ス事ナク、蛇ナル由ヲ云フ。父、此事ヲ歎テ、女ニ此様ヲ語ル。女、心有物ニテ、「不《ス》レ及レ力。我身ノ業報ニテコソ候ラメ。『不《シト》レ叶』被レ仰ナラハ、御身モ我身モ徒ニ成リナンス。只許《ユルサセ》給ヘ。此身ヲコソ、徒ニ成サメ、（カツハ）孝養ニコソ」ト、打口説《クトキ》、泣々申ケレハ、父、悲ク思ナカラ、理リニ折《ヲレテ》約束シテ、日取シテケリ。女、日来養ケル蟹ニ、例ノ物ノ食云ケル、「年来己ヲ哀ミ養ツルニ、今（今）ハ其日数、幾程有マシキコソ哀ナレ。カヽル不祥ニ相テ、蛇ニ思ヒ被《レテ》レ懸、其日我ハ、何被《テ》レ取行カンスラム。又モ不シテ養止ナン事コソ糸惜ケレ」トテ、サメ〳〵ト泣。人ト物語スルヤウニ云ケルヲ聞テ、物モ不《シテ》レ食ハハイ去ヌ。其後、彼約束ノ日、蛇共、大小アマタ、家ノ際ニハイ来ル。恐シナント無《シ》二云計一。爰ニ、山ノ方ヨリ、蟹、大小イクラト云数ヲ不レ知、ハイ来リテ、此蛇ヲ皆挟ミ殺シテ、別ノ事ナカリケリ。恩ヲ

報シケル事、哀ニコソ。人ハ可レ《キニ》有レ情コソ。
③（・）（目録脱）中比、伊豆国ノ或所ノ地頭ニ、若キ男有ケリ。狩シケル次テニ、猿ヲ一疋生取ニシテ、是ヲ縛リテ、家ノ柱（ニ）結付タリケルヲ、彼母ノ尼公、慈悲有人ニテ、「アラ無慙ヤ。イカニワヒシカルラン。アレ解許シテ、山ヘ遣《ヤレ》」ト云ヘトモ、郎等・冠者原、主ノ心ヲ知テ、恐レテ是ヲ不レ解。「イテサラハ、我解カン」トテ、是解許シテ、山遣リヌ。是ハ春ノ事也ケルニ、夏ノ覆盆子ノ盛ヲ、柏ノ葉ニ裏ミテ、隙ヲ伺テ、此猿、（尼公ニ）渡シケリ。余リニ哀ニ、糸惜ク思テ、布袋ニ大豆ヲ入テ、猿ニ取セテケリ。其後、栗ノ盛ニ、前ノ布袋ニ栗ヲ入テ、隙ニ又持テ来。此度、猿ヲ取ラヘテ置テ、子息呼テ、此次第ヲ語テ、「子々孫々マテモ、此所ニ猿殺サシメシト起請ヲ書テ（ケ）。若不レ然ハ、（母）親子ノ儀不レ《スト》可レ有」ヲヒタ、シク誓状ヲシケレハ、子息、起請書テ、当時マテモ、彼所ニ猿ヲ不レ《サヌ》殺由、或人語リキ。所ノ名マテハ不レ承。マシテ、人トシテ恩不レ《ンハ》知、無下ニ畜類ニ劣レリ。近代ハ、（父）又母ヲ殺シ、師匠ヲ殺ス物聞ヘ侍リ。悲キ濁世ノ習哉。
④山陰中納言ノ、川尻ニテ、海亀ヲ買テ被レ《タル》放故ニ、其子ノ、海ニ誤テ落入テケルヲ、亀、甲ニ乗テ助ケタル事申伝タリ。サレハ、八幡ノ御託宣ニモ、「乞食・カタイ・アリケラマテモ哀ムヘシ。慈悲広ケレハ、命ナカシ」トノ給ヘリ。蟹ナント、恩報スヘシトモ覚ヘネ共、虫類モ皆仏性有、霊知有。ナトカ心モナカラン。
⑤或沢ノ辺ニ、大・中・小ノ三蟹有ケリ。蛇ヲ挟ミテケルニ、蛇、木ニ登ル。軈テ続《ツヽキテ》、大ナルト中ナルト、ツヽイテ上《ノホル》。蛇、口ヨリ白キ水ヲ吐《ハキ》カクル。蟹、是ニシリソキテ、下《ヲリテ》力モナキ体也。小キ蟹、蕗《フキ》ノ葉ヲハサミ切テ、ウチカツキ木ニノホル。又白キ水ヲ吐カクレ共、蟹ニハカヽラス。其ノ時、葉ヲ打捨テヽ、ハイヨリテ、ヒシ〳〵トハサム。蛇タヘスシテ、木ヨリ落ツ。二ノ蟹、力得テ、サシアハセテハサミ殺ツ。サテ、大ナル蟹、蛇ヲ三ニハサミ切テ、頭ノ方ヲハ我分ニシ、中ヲハ中ノ蟹ノ前ニ置キ、尾ノ方ヲハ小蟹ノ前ニ置

ニ、小蟹、泡ヲカミテ、フシ〳〵トテ、打シサリテ不《ス》レ食《クハ》。「我コソ奉公シタレ」ト云心ニヤト見ヘタリ。其時、大蟹、我分ノ頭ノ方ヲハ、小蟹ノ前ニ置キ、尾ノ方ヲハ我分ニスル時、小蟹食シケリ。サモ有ヌヘシ。畜類モカハラメヤ。

⑥遠州ニモ、鸞《ツハメ》ノ雌《メトリ》死セリ。雄、又《(別ノ)》妻ヲ尋テ来リケリ。前《サキ》ノ雌ノ子、栖《スニ》有ケルヲ、今ノ雌《メトリ》、ウハラノミヲクワセテ皆、コロシツ。雄、是見テ、雌ヲ食《クイ》殺シテケリ。嫉妬ノ心有ケル、人ニタカハス。是レ慥ニ見タル人ノ物語也。(以上、内閣本)

右の①から⑥について、刊本では①→②→④→⑤→⑥→③とし、③には新たに「鳥獣恩知事」と題して独立させている。成簣堂本では③を裏書として、話順は刊本同様である。

また、巻十「臨終目出僧事」の次の話について、

寿福寺ノ(或老)僧、若《(名)》モ承リシヲ忘侍リ。年来阿字観シケルカ、観心成就シタリケリ。後ニハ大覚禅師ノ下ニシテ、多年座禅シケルカ、或時、長老ニ対面シテ、暇申テ、「籠《(寵)》候」トテ、出ケリ。此僧、スコシ風気有トテ、長寿堂ニ有ト聞テ、「イカニ、痛《イタハリ》ノ中ニ、何《イツクヘ》行ヤラン」ト、不審ニ思ハレケリ。サテ帰テ、倚座《イス》ニ座シテ、定印結ヒテ、眠レルカ如クシテヲワリヌ。「生死ハ二十《年ヨリ》・已来、既ニ不審ハレテ侍リ」トソ、無隔問《(同)》法ニ語リケル。目出カリケル事　也《(ニコソ)》。

「此僧」の横に、「建長寺ノ初長老道証禅師也。南海ト云道号」と、刊本には見られない傍記が、二類本には本文と同筆で見られる。

以上のように二類本は、刊本とほぼ同様の本文を有しつつ、その前段階と思しき話順となっていたり、独自の注釈的要素が加えられた本であると理解できる。

（1） 内閣本の書誌、及び個別の問題点については、土屋「内閣文庫蔵『沙石集』翻刻と研究」（平成十五年　笠間書院）を参照されたい。なお内閣本の翻刻に際して、（　）は朱筆での補入を示している。

（2） 渡辺綱也は東京大学国語研究室蔵の『法華音義』（永正十七年の奥書あり）の表紙にやはり同じ署名があることを指摘している。

（3） 岩波日本古典文学大系『沙石集』解説30頁。

第二節　内閣本裏書の特質

前節において、内閣本全体の性格を大方把握したところで、ここからは内閣本の特色の一つである裏書に焦点をあてて考察したい。一類本の各巻末には、連続した裏書が認められ、そこにはその裏書を本文のどこに挿入すべきかを指示した言葉が、各文の最初に記されている。その指示書きと本文との対応関係については、既に考察を加えたため[(1)]、ここでは巻末裏書のある一類本巻一～巻五[(2)]について、巻毎に、内閣本裏書との関連が強い阿岸本及び刊本における当該裏書の有無を示す。その上で、裏書自体が果たして無住の手になるものか否かについて検討し、特色のある裏書については個別の考察を加えたい。なお考察に使用する番号は、本節末に収録した「内閣本（一類本）裏書集成」(317頁～)に拠るものとし、次表及び「内閣本（一類本）裏書集成」には、巻末裏書だけではなく、本文中の裏書も区別をつけた上で加えた。

一　内閣本裏書と阿岸本、刊本との関係

裏書集成に収録した全七十話について、阿岸本及び刊本との関係をまとめると、次のようになる。

『沙石集』内閣本・阿岸本・刊本裏書対照表

【凡例】一、あるものは○、ないものは×で示した。阿岸本においては、本文か裏書かの別をそれぞれ【本文】【裏書】と明記し、別の場所に収録されている場合はその旨を記した。

一、内閣本において、巻末裏書の指示書きは「　」で示した。巻末裏書ではあるが指示書きのないものは、該当本文の冒頭をそのまま示した。また巻末裏書ではなく、本文中にある裏書については、番号を□で囲み区別した。該当する番号は9～13及び27である。

	内閣本	阿岸本	刊本
巻一			
1	「荘周カ夢下ニ可レ有」	×	○
2	「諸行往生ヲユルサヌ由ヲ宣ル下ニアルヘシ」	×	○
3	「地蔵ヲソシリタル下ニ可有」	×	×
4	「法身妙体和光水ハ波ノ如クナル事下」	×	×
5	「智門ハ高ク悲門ハ下シ　和光利益下」	×	×
6	5に続く。前項の「和光利益下」か。	×	×
7	「荘周夢事　趣高瀧事」	×	×
8	「念仏法門義下終」	×	×
巻二上			
[9]	裏書云、有念ハ邪、無念ハ正ト云事…	×	×
[10]	裏云、起信論云、信ニ四アリ…	×	×
[11]	裏云、地蔵御事、顕密共ニタノモシキ…	×	○

12	恵心僧都ノ妹、安養（尼）ノ絶入ノ時…	×	○
13	又恵心僧都ノ給仕ノ弟子、頓死ス…	×	○
14	「裏書地蔵」	×	×
15	「鎌倉歌ヨミ給ヘル次ニ可入」	×	×
16	「禅鞠頂置事裏初段」	×	○
17	（前項に続くか）	×	×
18	「地蔵所両書ニテモ侍覧」	×	×
19	（前項に続くか）	×	×
20	「地蔵御事下」	×	×
21	（前項に続くか）	×	○
22	（前項に続くか）	×	○
23	（前項に続くか）	×	○
24	「カタハシキ地蔵ノ事　引馬次ニ書入ヘシ」	×	×
25	「仏ヲ信スレハ其徳信ノ心ニヨル事」	×	×
26	鎌倉泉ノ谷、東林寺ノ上ニ、古キ地蔵堂…	×	×
巻二下			
27	裏書云、善男善女モキラハサル真言事…	×	○
28	「裏書云　毒鼓等下」	×	○
29	「裏書　不動処」	×	×
30	「弥勒下」	○【本文】	×
31	「高野大師下」	×	×
32	「真言教下ニ通スヘキ事ノ下」	×	○
33	「涅槃無心用事下」	×	×

巻三上		
34「癲狂人段　清浄活命乞食段」	×	×
35「父母妻子等ヲ捨テ善知識親段」	×	×
36「他家ト云所　善導尺般舟」	×	×
37「天台法門不可思議之段」	×	×
38「明鏡無心而現ト之段」	×	×
39「荷澤大師ノ無住ト知見トノ段」	×	×
40「悪取空ノ段」	×	○
41「美言有感段　泰時ノ事トモノ段　ハタ板等ノ段」	×	×
42（前項に続くか）	×	×
43「吉水ノ猿坊官カ段」	×	×
44（前項に続くか）	×	×
45「心ヲ以鏡トスト云所」	×	×
巻三下		
46「裏書云　厳融房所」	○【裏書】	×
47「第二下」	○【裏書】	×
48「第三下」	○【裏書】	○
49「第四下」	○【裏書】	○
50 遁世ノ本意ハ、一向菩提ノ為也…	○【裏書】	×
巻四上※全て指示語なし。		
51 賢愚経中ニ、在世ニ聖者乞食スルニ…	○【裏書】	×

52	現量ハ、法相宗ノ法門ニ三量ヲ立…	×	×
53	三宗三教ノ和合ノ事、宗鏡録…	×	○
54	文殊問経ノ意ハ、出世ノ戒也…	×	○
55	忠國師云、「譬ヒ得リトモ…	×	×
56	止観云、「意論止観者念西方阿弥陀仏等」…	×	×
57	中比、三井寺公舜法印云学匠有ケリ…	○【本文】	×
巻四下			
58	「煩悩本空処　執心可捨」	○【裏書】	×
59	「楽天詩貧賤亦有楽処」	○【本文】	○
60	(前項に続く)	×(米沢本巻四本文にあり)	×
61	(前項に続く)	×(米沢本巻三本文にあり)	×
62	「賊ヲ養テ子トスル云事下」	○【裏書】	×
63	「出家不法ニシテ賊ノ分ナル下　裏書」	○【裏書】	○
64	「嵯峨釈迦事」	○【裏書】	○
巻五上			
65	「経声入毛孔事」	○【裏書】	○
66	「世間者出世者ノ義ノ裏」	○【裏書】	×
67	「孔子国新ナルヲ見下」	○【裏書】	×
68	「世間無沙汰学匠仁王経事」	○巻三本文「北京女童利口事」	○
69	「遺教経意読タル歌ノ裏」	○【裏書】	×
70	「世間文字常ノ詞ナリ。用ノ様ニヨリテ歌トモナル様ニ、仏用給テ陀羅尼ト成ル事裏」	○【裏書】	×

まず刊本との関わりで述べると、巻三上に極端に繋がりが薄いことを除けば、ほぼ全巻にわたり、内閣本の裏書がそれなりに本文化されているところがある。阿岸本においては、巻三上までに内閣本に共通する裏書は全く見られないが、反対に巻三下からの関連は濃密である。阿岸本は巻三上まで、米沢本に通底する本文を持つが、巻三下から徐々に米沢本と距離をとり、巻四以降はむしろ流布本系にも共通する本文を持つ（巻五は内閣本とほぼ同様）ことは既述の通りである。そういった事実と、巻三下以降、阿岸本と内閣本共通の裏書が圧倒的に増えることは明らかに連動していることが確認され、後の永仁や徳治の改訂が行われる前の非常に早い段階で、巻三周辺が少なからず改変されたことは想像に難くない。このように巻三の上下を境として、他本との関係性において性格が異なる裏書は、いったいどのような性質を持っているのであろうか。

二　裏書の注者

内閣本の裏書が阿岸本の裏書と重複することが渡辺によって指摘されて以来、内閣本の裏書自体を真正面から検討しようという試みはなされておらず、裏書を施した人物についても、無住なのか後人なのか、明確な判断は避けられてきた感がある。裏書全般を通観するに、時代的に無住没後の人物、事件等を含んだ記事が当面見あたらないことや、『聖財集』、『雑談集』に重出する話があることから、裏書のみをあえて後人増補とする積極的理由はないと考えているが、内容によっては即座に誰の手になったものか決めかねるものもあるので、判断が困難と思われる裏書の例を二つ掲げて、検討を加えておきたいと思う。

①信西と前唐院の宝物説話

本話は内閣本巻二上裏書16に相当する。米沢本・阿岸本・成簣堂本にはなく、梵舜本と流布本系諸本、『聖財集』に見られ、類話が『古事談』に見られる。鳥羽天皇が比叡山の前唐院にある宝物を御覧になった時、古老たちも知らなかった宝物の名前を、同行した信西が即座に答えた、という信西の博識ぶりを伝える一説話である。内閣本裏書、刊本、『古事談』の本文は、各々特色を持つので、当該箇所を次に比較して示す。

禅鞠頂置事裏初段

鳥羽ノ院登山御幸ノ時、前唐院ノ宝物御覧スル時、諸人不知物三アリ。信西入道三ナカラ此ヲ申ス。一ハ杖ノ崎ニ円ナル物、綿フク〱ト入タル物有。信西云、「此ハ法杖也。座禅ノ叶痛ム所アレハ、腹胸何ヲツカウル物也」。二ハ手鞠ノ様ニ円ナル物、ナクレハ声アリ。「此ハ禅鞠ト申也。座禅ノ時、頂ニヲキテ、ネブリカタフク時落ハ鳴ニヨリテ、眠ヲサマス物也」。三ハ木ヲ十文字ニサシタル物有。「此ハ助老ト申テ、座禅時、老僧何ノヨリカヽル物也。大体脇足ノ如シ」ト申ケルニ、諸ノ僧俗、感セスト云事ナシ。山僧只学ハカリニテ、座禅修行ウスクシテ、名ヲモ知ヌナルヘシ。（内閣本裏書16）

鳥羽法皇山へ御幸アリケルニ、前唐院宝蔵ヲ開テ、大師御宝物叡覧アリケル中ニ、円ナル物ノナクレハ声アルアリケリ。御尋アリケルニ、山僧コレヲシラス。「大師ノ御時ヨリ、御宝物トテ有」トハカリ申ケリ。少納言入道信西申ケルハ、「アレハ禅鞠ト申テ、止観ノ坐禅ノ時頂ニヲキテ、眠ル時ハオチ候。ソレニオトロキテ坐禅シ候者也」ト申。又杖ノサキニ、円ナル綿ヲツヽミテツケタル物アリ。コレヲモ、「法杖ト申テ、坐禅ノ時、身ノ不調ナルヲコレニテサシツキ候也」ト申。又木ヲカセノヤウニシタルヲモ、「助老ト申テ、老僧ノ坐禅ノ時苦シケレハ、脇ヲカケテヤスミ候。大体脇足ノ風情ナリ」ト申ケル。才覚シテメテタケレ。

マシテ家ノ事、イカニアキラカナリナン。宇治ノ物語ニアリ。（慶長古活字本）
鳥羽法皇叡山御幸之時、前唐院宝物御覧之時、諸人不レ知事有二三ケノ事一。古老僧徒猶不二分明一云々。而少納言入道午レ三申レ之。一ニハ、杖ノサキニ、円物ノ綿フク〳〵ト入タルヲ付タル物有。人不レ知云々。通憲申云、「是ハ禅法杖ト申也。修二禅定一之時、僧ノ所レ痛アレバ、是ニテ腹胸ナドヲツカヘテ居物也。二ニハ、鞠ノ様ニ円ナル物ノチヒサキガ、投レバ有レ声物ナリ。人又不レ知レ之。通憲申云、「是禅鞠ト申物也。同修禅之時、眠ナドスルニ、頂ニヲキテ、ネブリ傾ク時ハ落バ鳴也。ソレニオドロカンレウノ物也」。今一ハ、木ノ十文字ニ差タル物、人不レ知レ之。通憲申云、「此ハ助老ト申物也。老僧ナドノヨリカカル物也。大略脇足體ノ物候」云々。諸人莫レ不二感嘆一云々。（『古事談』巻一）[3]

大きな違いは、宝物の登場する順番である。内閣本裏書と『古事談』では、法杖（禅法杖）→禅鞠→助老の順であるが、刊本では禅鞠→法杖→助老となり、刊本のみ最後に「宇治ノ物語ニアリ」と出典を明示する。本話を収録する『沙石集』の他の諸本、及び『聖財集』は、刊本とほぼ同じ本文であり、そのうち、神宮本、岩瀬本、『聖財集』には「宇治ノ物語」という出典が同じように書かれている。そうなると、『沙石集』諸本の中で、内閣本裏書のみが異なる本文を持っていることになり、あるいはこの裏書のみは、後人が『古事談』系資料を見て加筆したものではないか、という見通しも可能ではある。[4]ただしそこに生じる矛盾点は少なくはないのである。

まず、『沙石集』脱稿後の『聖財集』において、本話が収録されている意味を考えねばならない。『聖財集』収録話は、一応無住の意志によって収録された説話と認定出来るため、『聖財集』と同文である『沙石集』流布本系統の本文は、無住による増補と考えられる。つまり当該箇所に、信西と前唐院宝物説話を増補しようという意志が、無住自身にあったことは確かである。一方で内閣本裏書は、流布本系諸本が本文として収録しているところと同箇所に裏書としてこの信西話を載せておきながら、その本文表現が異なるのである。ただ表現が異なるという理由で裏書を後人の所為とすると、無住より先に別人が当該箇所に本話を増補し、無住はそれをそのまま受け入れ、いずれ本文化されたということになってしまい、不自然である。そこで内閣本裏書についても、無住自身の増補という観点で見てみると、なぜ同素材の話を増補しながら、内閣本のみ表現が異なったかということを考えねばならない。

そこで、信西話が本文中のどの部分に収録されるべきかを確認するために、内閣本裏書の指示書き、「禅鞠頂置事裏初段」に該当する本文を次に示してみる。

又在世ニ、晩出家ノ老比丘、寺ニ来テ信心深クシテ、「我ニ道果ヲツタヘヨ」トイフニ、若比丘、アサムキスカシテ、「(斎営マハ、アタヘン」ト。云カコトク営ケリ。サテ)、禅鞠トテ、座禅(ノ)時ネフリヲ為レニ覚、頂ニ置ク手鞠ノ様ナル物ヲ、「此レコソ初果ヨ」トテ置ニ、深信、誠ニ初果ヲ得。「初果既ニ得タリ」ト云ニ、又「二果ヨ」トテ置ク。次第ニ々々四（第四）果マテ誠ニ得テ、道果ノ功徳ヲ自在ニ説キケレハ、比丘トモハチヲソレテトカヲ謝シケリ。(内閣本巻二ノ一「仏舎利感得人事」)

右から、『沙石集』本文中に、三宝物のうち、禅鞠がまず登場していることがわかる。無住が信西話を増補しようとした動機は、おそらくこの「禅鞠」というキーワードに引かれてのことと考えられ、信西話を本文化するにあたり、「禅鞠」を最初に登場させる形に手直ししたとも考えられる。そもそも内閣本裏書は『古事談』と話の運びが同様であっても、『古事談』にはない話末評語(二重傍線部)が付されている。学問ばかりが先行して実践修行が伴わない僧、また道心を伴わない僧への批判精神は無住が一貫して持ち続けたものである。それが流布本系諸本、及び『聖財集』では、宝物を最初から「三の宝物」と紹介する構えた語り出しを取り除き、前話と共通の「禅鞠」から単刀直入に話を切り出す形に改めた可能性もある。内閣本裏書に付した学問偏重の山僧への批判は、「大師（円仁）以来の宝物」ということを強調することにより、慈覚大師伝来の寺宝級の宝物でありながら、実際に自分たちが座禅修行をしていないため名前も使い方も知らない（つより知識はある程度あっても実践が伴わない）、という話の展開に織り込んで残したのかもしれない。信西話は『聖財集』中巻の「解行四句事」に収録されていることからも明らかなように、解（知解）と行（修行）の一致の重要性を説くものである。その主題は、内閣本裏書、流布本系諸本、『聖財集』共に共通していることから、『古事談』と共通する内閣本裏書が先にあり、その後「禅鞠」というキーワードのもと、三宝物の順序を変更して本文化していったのが流布本系諸本、『聖財集』である、と考えてみたい。全て無住その人の手に基づく変化形とするのが、最も自然な解釈ではないだろうか。

②無住と和歌

無住が和歌に対して非常に執着を持っていたことは、巻五を和歌説話でまとめていることからも明らかである。その中でも、内閣本は他本に見られない和歌関連説話を裏書として多く収録しており、6・15・26・41・42・49・50を挙げることができる。

これらの裏書も現時点では無住作と捉えて矛盾はないが、巻五末の最後に、裏書とは記さないものの、過去の有名歌人の和歌を二十五首並べたものがあるので、次に示したい。

地蔵御歌(5)

世ノ中ノ道ノ知ルヘハ我ガ身成心一ツノナヲキナリケリ

云、

世ノ中ニ夢覚タル《リ》ト云人ハマダヨイフカキネサメ成ケリ

或人云、

道心ノ起キタラハコソ永キ世ニネムリモ覚テ夢モカタラ~~ン~~《メ》

明恵上人云、

イツマデカ物《明》ヌ暮ヌトイトナマン身ハカギリ有リ事ハツキセス

俊頼、

春立ト聞キツルカラニ春日山聞キアフ《ヘ》ヌ雪ノ花ト見ルラン

同忠岑、

春立ト云計リニヤ御吉野ノ山モカスミテケサワミユラン

俊頼、

春ノクルアシタノハラヲ見ワタセハカスミモケウ■《ソ》立始メケリ

新古今、

心有ラハ問ハマシ物ヲ梅かヱダたかサトヨリカ香ヒキツラン

定家、

白雲ノ春ハカサネテ立田山~~サクラ~~《小倉》ノミネニ花・~~■■ラン~~《ニホフラン》

同、

花ノ色ニ一ト春マケヨカヱルカリコトシコシチノ空タノメシテ

家隆、

カヱルツル《カリ》秋キ《コシ》シ数ハ知ラネトモネ覚ノ空ニコヱソスクナキ

同、

思フトチ春ノ山辺ニ行キクレヌ花ノ宿カセ野辺ノ鶯

定家、

ナキヌナリユウツケ鳥ノシタリヲノヲノレニモニズヨイノミシカサ

同、

松カネノイソ辺ノ波ノウツタヱニサ《ア》ラワレヌヘキ袖ノ上カナ

同、

床ノ霜マクラノ氷キヱワヒヌムスヒモヲカヌ人ノチキリニ

同、

結フトモ知ラレシ心カコ《ワ歟》ラヤニ我ノミケタヌシタノ煙ニ

家隆、

我カ恋ハ・《また》ステ《ヱ歟》ヲラヌハシ鷹ノヨルサヱヤスクイヤハネラレヌ《ル、》

中院御製、

アウ事ヲイツトモマタスヲノツカライカニトハカリ言ハカヨヱキ

同、

ナニトテカ歟　恋ヲハマタンイツワリノ同シタヘニナヲコリモセテ

政村、

ツキセヌハ歟　アウ夜モヲツルナミタカナウキニヌレニシ袖ノ名残ハ

俊頼、

難波江ノモニウツモル、玉カシハアラワレテダニ人ヲ恋ヒハヤ

同、

トヱカシナ玉クシノ葉ニミガクレテモスノクサクキメチナラストモ

同、

カスミトハ月ニヨカリノカヱルラン秋コシ空ニヲモイナライテ

政村朝臣、

キヨミカタ富士ノタカネノウツロイテチイロノソコニシツム白雪キ

読人不知、

カレネタ、ノキハノ草ノナカ〳〵ニソノナハカリノ人モコソトヱ

これらの詠歌群のみでは、無住の増補か後人の増補か判断が難しい。日本古典文学大系の拾遺には収録されておらず、新編国歌大観収録の『沙石集』か内閣本そのものを披見しないと存在がわからない部位である。内容を見てみると、地蔵御歌とする最初の和歌は、初句が「極楽の」と小異があるものの、『今昔物語集』や『古今著聞集』にも類話がある地蔵菩薩の歌である。続く二首は他出もなく、誰の詠かもわからないが、次の明恵歌までを含む四首は、明恵上人集の詞書に「汝身有限事無窮といふ心を」とあることに代表されるように、仏教的な意図を含んだ和歌といえるであろう。しかし五首目の俊頼歌より趣が異なり、いずれも勅撰集に採録され

る名歌が並んでいる。歌人としては、定家・家隆・俊頼が多く、途中二首含まれる「中院御製」については、作者がわからない。通常は土御門院を指す呼称であるが、土御門院の遺されている詠歌群に当該歌は確認出来ない。比重としては春歌が多いようである。二十首目の政村歌からはまた少し、依拠資料が異なるような感がある。政村とは北条政村であり、これまでの定家・家隆・俊頼らの過去の有名歌人というよりは、無住とほぼ同時代に鎌倉歌壇で活躍した武家歌人である。続く三首は再び俊頼歌ということになっているが、三首目の「カスミトハ月ニヨカリノカエルラン秋コシ空ニヲモイナライテ」は、俊頼歌ではなく、北条時村（政村息）の詠として、『拾遺風体和歌集』に確認できる歌である。最後の一首は読人不知となっているが、葉室光俊の詠として、『続古今和歌集』に確認できる。

以上のように、当該詠歌群には、仏教的な詠歌、過去の有名歌、鎌倉歌壇の同時代的歌人の歌等、少なくとも三種の特色が見て取れるが、こういった詠歌群をまとめた資料が、当時存在していた可能性もある。依拠資料は不明であるが、無住没後の歌人詠はないので、時代的に無住の裏書であることを否定するものはない。ただしこれを無住の所為としたところで、なぜ他本にはないこれらの詠歌群が内閣本に遺されたのか、という問題が残る。それは内閣本独自の特色と深い関わりをもつ問題であるので、次に詳しく考察していきたい。

内閣本独自の裏書の中で、無住の和歌観を窺わせるのが41及び42である。本文は裏書集成を参照してもらいたいが、41は、北条泰時の歌人としての側面を讃える話である。訴詔の折に泰時の尽力があったのか、勝訴した尼公がそのお礼に、杉箱に金を千両入れた物を献上している。泰時はそれに対して、「開けたらたちまち老人になる浦嶋の箱かと疑って開けなかったとしたら、どんなに悔しい思いをしただろう」と詠んでおり、『沙石集』本文に伝えられる清廉潔白な泰時像とは多少乖離した印象を受ける。内閣本裏書にしか残らなかった理由は、その辺りにあるかもしれないが、ただここで問題となるのは泰時像そのものの描かれ方ではなく、彼が詠んだ歌を契機に、無住が本歌取りなることに筆を滑らせていくことなのである。無住の「世中ニ…」の歌は、伊勢物語十四段の「夜モアケハ…」を本歌として作ったと述べているが、歌意を取るのはなかなか困難である。後に逸話を挙げて説明しているように、「ウメ」という詞を「キツネ」の意で用いていることは分かるが、それ以外は自注をみても判然としない。結果として伊勢物語の詞をとり、道歌のような歌を作りだしている様子が見て取れるのみである。

続く42は作歌の意図がよりわかりやすく述べられている。「誰もいない山里に閑居して見上げる秋の月は寂しいものだ」と詠んだ範永に対して、無住は「深山に限らずどこであっても、閑居して見上げる月は寂しいものだ」と詠んでいる。一旦発心したからには、住む場所を問わず、誰も訪れない深山での生活のように、ひっそりと孤独な毎日なのだ、という無住の意気込みが表れているようであるが、41の無住歌と比較すると、同じ本歌取りと言っても、方法が異なっているようである。41は、『伊勢物語』の歌意を考えて詠んだというよりは、詞のおもしろさに惹かれ、その詞を借りることによって、本歌とは関連のない意を含んだ道歌を作り上げた。しかし42では、無住の関心は範永歌の詞にあるのではなく、歌に込められた範永の感情に向いており、出家者としての意志を込めた無住なりの述懐歌が作り出された。古歌から道歌を作るとき、詞をたくみに利用してパロディ的な歌とするか、古歌の歌意に仏教的な意味を含めて詠みかえるか、という二つの方法を見ることが出来、無住なりの二つの作歌法を、ここで明らかにしているのである。

如上、無住の作歌方法を裏書に残る情報から考察した。『雑談集』には七十余首の自詠が遺されているが、それらは先述した、パロディ的な道歌と仏教的な道歌に大別することができ、それらの制作過程を偲ばせる情報を、内閣本裏書のみが遺しているのである。このような制作過程の一環として、前述した二十五首の詠歌群を捉えることは出来ないだろうか。無住が歌を作る際の手本として、過去の有名歌を採集し、そのうちの断片が内閣本に遺された、という可能性も遺しておくべきと考えるのである。無住が作歌の際に過去の歌を本歌として参考にしたことは、41・42の検討からも明らかであり、あえて後人増補としなければならない理由もないのだが、現時点では、当該詠歌群の注者について、判定は難しいと言わざるを得ない。ただいずれにせよ内閣本において、和歌に関する多量の独自説話が増補されていることは大きな特徴であり、無住の和歌に関する関心の深さを鑑みれば、無住研究に還元すべき貴重な情報を豊富に有しているのである。内閣本の無住の歌は長らく、研究の俎上にのせる価値のないもののように扱われがちであったが、無住がいわゆる正風体の和歌を作ることを目指していない以上、正風体和歌から見た価値観で無住の歌を判断することは適当ではない。むしろ室町に隆盛する道歌の萌芽的存在として、改めて無住歌を評価すべきであると考えるが、今後の研究の発展を待ちたいと思う。

③増補された経典と改訂作業

内閣本裏書の性格は、経典からの文証をより多く増補する場合と、ある仏教的な教義を説くための例話を追加する場合の二つに大別出来る。このうち、前者について言えば、『肇論』が集中的に引用されていることが注意される。『肇論』は、鳩摩羅什門下四哲の一人と言われる肇の著作であるが、米沢本では全く見られず、内閣本では裏書に、刊本では部分的に本文に挿入されている。『肇論』引用については、一類本と二類本両者に見られる問題であるので、別々に検討したい。

一類本で『肇論』の名が見えるのは四箇所（本文二箇所、裏書二箇所）であり、「肇公ノ云」として引用されるものが一箇所であるので、次に示す。

a肇《テウ》論云、「仏ハ非天非人ナル故、能天能人也。（巻一「出離ヲ神明ニ祈タル事」本文）

b肇論云、「夫涅槃之為道也。寂寥虚曠。不可形容。得微妙無相ニハ不可以有心ヲ知ル。趣テ群有ヲ以飛昇シ、量太虚ヲ而永久也。随トモ之ニ弗ス得其跡。迎之ニ罔《ナシ》レ眺《ミルコト》ニ其首一ヲ」。又云、「既無心弥勒静一ニ。亦無蒙弥去来一ニ。々々不レル以テ形一。故ニ無器トシテ而不形一。動静ヲ不ニ以テ心一。故ニ無感不応セ」云々。（巻二下裏書33）

c肇論云、「譬ヘハ猶下シ幽谷ノ之響・明鏡ノ之像、對レ之レニ弗レス知ニ其所以来ノ罔《ナキカ》一識中其所ニ以テ往一ク。説焉トシテ而有想焉トシテ而亡ス。動共而遙《イヨイヨ》寂ナリ。隠而イヨ〳〵影ハル」云々。（巻三上裏書38）

d肇論云、「幻化ノ人ナキニ非ス。幻化ハ是実ニ非ス」ト云ヘリ。（巻九下「依妄執堕魔道事」本文）

e肇公ノ云、「会ニシテ万物一為スル己ト者唯聖人也」。（巻五上「和歌道深理有事」本文）

これらのうち、aは刊本では本文にあるが、b～eはない。『肇論』そのものにこれらの文句を求めたところ、次のような結果となった。

a↓「涅槃無名論第四」位體第三158頁下(6)

b↓「涅槃無名論第四」開宗第一157頁下

c↓「涅槃無名論第四」位體第三158頁中

d↓「不真空論第二」152頁下

e↓「涅槃無名論第四」通古第十七161頁上

右から、「『肇論』云」として『沙石集』に引用されている文句は、確かに『肇論』に存在することがわかる。

cは『宗鏡録』巻91にもあることから、無住が『肇論』そのものを見ていたのか、『宗鏡録』からの孫引きをしたのかという問題があるが、引用が『肇論』の「涅槃無名論第四」に偏っていること、『沙石集』に引用される『肇論』がすべて『宗鏡録』に確認できるわけではないことを考えると、むしろ『肇論』そのものを後に披見した可能性が高いであろう。

また、鳩摩羅什が生・肇・融・叡の四人の子と共に『法華経』を翻訳した、という逸話が、内閣本では増補されている（巻四）。米沢本では上人が子を持つ例として、簡単に触れるのみであったが、内閣本では①四人は子ではなく弟子かもしれない。②鳩摩羅什は犯戒の後、寺の外に住み、「我身ハ汚泥ノ如、説所ノ法ハ蓮花ノ如」と説法した。③「人見天、天人見」という古訳を「聞き苦しい」と言って、肇が「人天交接両得相見」と新訳したので、人々は「優れた肇公」と讃えた、等の内容が付加され、刊本ではすべて本文にある。『肇論』への興味と共に、作者である肇その人に関心を抱くようになったとも考えられる。

次に二類本における『肇論』引用を見ると、次のようになる。

f 肇論ニ、「生死ニ流転スル事、着欲ニヨル」。（巻七下「依愛執成蛇事」本文）

g 裏云、肇公ノ宝蔵論、肇論ノ大綱有ン。此老人意、天然相叶ヘリ。宝蔵論ハ最後ノ作、三章仏法、大意分明也。肇論[7]文有下之。宝蔵論ノ意云、「以言語一楽、肖[8]無語言理一二、若無言語、示又無知之取意」。裏書（…中略…）肇論云、「言之者ノハ失シ其旨一ヲ、知之一者返其愚一ヲ、有之者乖キ其性一二、無之者傷《ソコナウ》其軀一ヲ所以、尺迦掩室ヲ於摩竭一二、浄名杜口於毘耶一二」（…中略…）此老人カ詞、ヲノツカラ肇公ノ意ニ叶ヘリ。仍具ニ引也（…中略…）維摩居士ノ示長者身一ヲ方便ヲ、肇公ノ讃詞云、「非レハ本無以垂跡一二。（非跡）無以テ顧（顯）コト本一ヲ。本跡雖異不思議一也文」。上宮ノ維摩ノ御疏ニモ、多用二玉ヘリ肇公詞一ヲ。（巻十上「得仏教之宗旨人事」裏書）

h 肇公ノ云、「釈迦掩レ室於摩竭一二浄名《維摩》杜《トツ》口ヲ於毘那一二。善現無説シテ而頭（顯）宗粃梵絶テ門而雨ス華一ヲ取意肇論在之」。（巻十

上「得仏教之宗旨人事」本文）

このうち刊本にあるのはｆとｇの一部である。ｇは、二類本では珍しい裏書であり、同じく肇作とされる『宝蔵論』(9)と並べて、肇についてのまとまった増補が認められる。『肇論』にこれらを求めると、

ｆ↓「涅槃無名論第四」157頁上。

ｇ↓「涅槃無名論第四」開宗第一157頁下。

ｈ↓「涅槃無名論第四」開宗第一157頁下。

となり、やはり「涅槃無名論第四」からの引用に集中しており、重複する文言も見られる。

一類本に見られる『肇論』引用の特色が、二類本にも引き続き見られる点は注意を要するであろう。二類本の本文が刊本そのものではないことは前述したが、二類本の親本は、一類本の親本と何かしらの関連を持つものであった可能性もある。『肇論』引用の特色だけでは即断できないが、内閣本全般に共通する問題として、また無住が改訂の度に、新たに得た経典を積極的に利用し、己の教説を裏付けるための経典収集にいつまでも貪欲であったことを裏付ける事例として興味深いと思われる。

なお『聖財集』『雑談集』では、前者に「肇論云」として二箇所、「肇公云」として二箇所、後者に「肇論云」として一箇所引用がある。そのうち『聖財集』の一箇所は、ｇの「肇公ノ讃詞云…」以下と同一であり、内閣本における肇の著作引用が、無住自身の手になることを証明している。『聖財集』における『肇論』の引用は、やはり「涅槃無名論第四」から一箇所、冒頭の「宗本義」から一箇所であり、無住が孫引きではなく、『肇論』そのものを披見した確率は益々高いと言えるであろう。

これらの『肇論』の引用状況から、内閣本裏書は、晩年の『聖財集』『雑談集』へ向けての、無住の経典利用

の諸相を留めていることがわかる。ただこのような場合、無住の思想自体が変化したのではなく、自説を補強する経典類に次々と出会い、その度に経典からの引用を増補していっただけとも考えられる。その判別のためにも、各伝本に特徴的に引用される経典の整理は必要であり、無住の思想的な基盤とその変遷を知る手段として、活用されるべきである。晩年に向けて利用度の増した経典は他にもあると思われ、『沙石集』に留まらず、無住の著作全般を通観する視点として、経典の引用状況は大きな指標と成り得るのである。

如上、内閣本の特に裏書に注目して論じてきたが、一類本は流布本系本文を基本としつつ、時に古本系の阿岸本と同様の裏書を載せ、内閣本独自の裏書も豊富に収録している。恐らくは永仁の改訂前後の諸相を織り込んだ伝本であり、裏書を除いた本文部分において、吉川本と内容的に接点を持つことも注意される。また二類本は刊本とほぼ同様の本文を持ちつつ、一類本同様『肇論』の引用において特色が見られるなど、やはり刊本には先行する特色が見られた。永仁改訂前後の諸伝本の中においても、内閣本の持つ豊富な情報量と独自の内容は、『沙石集』伝本の成立過程解明において、特筆すべき重要な役割を果たすと思われる。

（1）土屋「内閣文庫蔵『沙石集』翻刻と研究」（笠間書院　平成十五年）435頁〜447頁。
（2）一類本の巻九は裏書がないため対象外とした。
（3）本文は小林保治校注『古事談』（現代思潮社　昭和56年）による。
（4）以上の様な見解は上野陽子「『沙石集』諸本と『古事談』」（国語国文71—5　平成14年5月）にある。
（5）本歌群においては、訂正前の文字が判読可能な場合が多いため、通常の墨滅記号（■）と　墨線記号（〓）を併用して示した。

（6）『肇論』は大正新修大蔵経第四十五巻「諸宗部二」による。引用場所は、大蔵経の頁数と上中下段の別で記した。
（7）朱で「有下」の転倒を指示する符号あり。
（8）朱で「語言」の転倒を指示する符号あり。
（9）『宝蔵論』は、他に、引用したaの『肇論』に引き続く形で一箇所確認できる。肇の作であるかどうかは議論の分かれる所であるらしいが、無住はgに「肇公ノ宝蔵論、肇論ノ大綱有ン。（中略）宝蔵論ハ最後ノ作、三章仏法、大意分明也」と記しているので、肇作と認識して引用している。なお『聖財集』における『宝蔵論』の引用は六箇所、『雑談集』では一箇所である。

【附】内閣本（一類本）裏書集成

【凡例】一、底本における旧字・異体字は、原則として通行の新字体に改めたが、場合により底本の形をのこしたものもある。
一、読解の便のため、新たに句読点を付し、会話や引用文には「　」を付した。
一、小書きされている活用語尾、助詞については漢字と同じサイズに改め、合字は通行のものに改めた。
一、朱字はすべて（　）を付して示し、墨滅は■で示した。墨滅前の文字が判読できる場合は、その字を示して右傍に■を付した。
一、底本の仮名は片仮名であるが、時に平仮名表記がある。その場合は原態のままとした。
一、本文中にある裏書については、番号を□で囲み区別した。該当する番号は9〜13及び27である。
一、各丁の切れ目を（　）で示した。例（1オ）…第一丁表。

【巻一】

1裏書云、荘周カ夢下ニ可レ有

梁ノ武帝ノ時、夢相有リケリ。帝、是ヲ試ミム為ニ、空ラ夢ヲ語リ給ク。「朕カ寝殿ノカハラニ鴛トナリテ、飛去ルト見タリ。如何ナル夢ソ」ト。夢相、奏テ云、「今日臣下二人滅亡スヘキ御夢」ト。アハスサル程ニ、近臣二人闘諍シテ、共ニ滅亡ス。帝驚テ、夢相ヲ召テ、「昨ノ夢ハ、実トハ汝ヲ試ミム為也。然ルニ此事タカハス。如何ニ」ト仰セラレケレハ、「カク仰セ有ラント思食ス、即夢ナリ」ト奏シケリ。是夢ト覚ト同キ心ナリ。法相ニハ、常ノ夢ト思ヘルハ、獨散ノ意識トモ、闇昧ノ意識トモ云ヘリ。我等カ覚ト思ルハ、明了ノ意識、夢ト云ヘリ。明闇少シ異レトモ、生死ノ中ノ夢也。唯識論文此意ナルヘシ。

2裏書云、諸行往生ヲユルサヌ由ヲ宣ル下ニアルヘシ

彼行往生スル《ユ》サヌ流ノ一義ニ云、三心ヲ念仏ト心得テ、三心具足シテ余行ヲ修シ、往生スルハ、（24ウ）只念仏ノ往生也。三心無キ余行ハ往生セヌヲ、諸行往生セスト云ヘリ。此事心得ラレス。三心ハ安心也。何ノ行業ニモ渡ルヘシ。去ハ安心（三心）・起行五念行・作業四修ト見ヘタリ。称名モ三心無クハ（生）スヘカラス。去テ、称名ハ念仏トハイハレシヤ。三心ヲ念仏ト云故也。惣ハ念仏ト云ハ、諸行ニ渡ルヘシ。但称名ハ、念仏ノ中肝心也。五念ノ心ノ中ニハ、讃正行ニ当ルト云ヘリ。恵心ノ往生要集ノ正修念仏ノ下ニハ、諸行有也。サレハ実ニハ、諸行モ見那《ナ》念仏也。坐禅者法身ノ念仏、経呪ハ報身念仏ナルヘシ。引声短声ノ阿弥陀仏ヲハク念仏ト云ヘリ。相好ヲ念シ、名好ヲ念スルハ、応身ノ念ナルヘシ。余行ノ往生ヲ念仏往生ト云ハムモ、此意ニテハ苦見非シ。是ヲ、ヤケ法門也。称名ノ外者往生セスト云義、事ノ外ニヒカメルニヤ。道理文証無シ。

3地蔵ヲソシリタル下ニ可レ有裏書（25オ）

諸仏ハ御証皆一如平等因也。一ノ法身仏ノ、一善知識ト現給ル中ニモ、地蔵・観音・弥陀ハ真言習ニ、甚深ノ秘事侍リ。タヤスク申難ケレトモ、謗法ノ人世中ニ多クシテ、三宝ヲ互ニソシル事、余リニ悲シク侍ルマヽニ、住シ給ヘリ。台蔵ノ曼荼羅ハ大日ノ一身也。然ニみたハ大日ノ右肩ノ如シ、観音ハ右ノ臂手ノ如シ、地蔵ハ右指ノ如シト習ヘリ。又秘経ニハ、「みた六観音ト反シ、六観音六地蔵ト反ス」ト云ヘリトモ習ヒ侍ルナリ。サテコソ釈尊ノ付属ヲ受テ、滅後ノ衆生ヲス、メ給ヘル。伝ノ中ニハ、「我浄土ニ安養知足也」トテ、念仏ヲ勧

メ給フ。何テニクサテソシリカロシメ奉ラム。アラ不思議ノ人ノ心サマヤ。

4 裏書、法身妙体和光水ハ波ノ如クナル事下

経云、「非離真之立処々々即真也ル」。立処ト云ハ縁起也。染浄異ナレ共、真如ヨリ発ラスト云事無シ。清濁ノ波異ナレ共、一水ノ（25ウ）動相也。

5 智門ハ高ク悲門ハ下シ　和光利益下

自証ノ行ハ、修因至果ト云テ、浅ヨリ深ニ至リ、有為ヲステ、無為ヲ欣、有相ヲワスレ、無相ヲ証ス。是智門修行ノ形也。諸仏利他ノ方便ハ、従本垂跡ト云テ、本地ヨリ外用ヲ施ス故、無相ヨリ有相ヲ示シ、無身ヨリ他身ヲ現ス。種々形ヲ以テ、イヤシキ族ヲミチヒク慈悲ノカタチ也。止観第六云、「和光同塵結縁之初、八相成道以論其終ヲ二」。和光ノ本ハ、長者ノ窮子ニ近付カ為、瓔珞細軟ノ衣ヲヌキテ、麁弊垢膩ノ衣ヲキシカトモ、長者ノ身カワル事ナキカ如シ。釈尊ノ実報寂光ノ御栖ヲ出テ、応身ヨリモイヤシキ悪鬼邪神等身ヲ示給。猶々慈悲ノイタリ下《クタリ》テ、人ニ近キ御心ナルヘシ。毛ヲ、キ鱗ヲキ（26オ）給ト、唯長者如ク、法身ノ仏也。形ヲ見テヲロカニ思フヘカラス。三業ノ妙用ヲ学シテ、本尊一門ニ入事ノ本文、大日経疏云、「能令二三業ヲ一同於本尊一、従此一門一得入法界、即是普人平等法界門也」云々。

6 春日御殿ノ四所ノ中、第三本地地蔵、本社鹿嶋テヲハシマス事趣、鹿嶋ノ御社中ニ、奥御前トテ、不開ノ御殿ヨリハ二三町ハカリ東ノ山ノ中ニ御座ス。彼ノ御殿ニテハ、念須ナムトモ音ヲタテセス、寂静トシテ、参詣ノ人ツ、シミ恐レ、其所ヲ不知。故右大弁ノ入道光俊、其上ニ参詣之給テ、奥御前ノ御社ノ辺ニテ、物ヲタツネ給事三日、尋ネカネテ、古老ノ神官ヲ召テ、「是ニ平ナル石ノ円ナルカ二尺計リナルカ有ル」ト問給。「石候」トテ、御殿ノ後ノ竹ノ中ヨリ、土ニウツマレタルヲホリ出シテケリ。是ヲ見給テ、ハラ〳〵ト（26ウ）打ナキ

テ、
タツネカ（ママ）今日ヲ見ツルカナチハヤフル深山ノ奥ノ石ノミマシヲ
サテ語リ給ケルハ、「是ハ大明神天ヨリアマクタリ給テ、時々座禅セサセ給石也。万葉集ノミマシト云是也」ト有リケレハ、人々、サル事ト知リテケリ。家人ソイミシク知リ給タリケル。日記ニハ方ニテ少シタカヒタルト有リケル。人トソノリテハシ侍ケルニヤ。

7荘周夢事趣高瀧事

法相ノ法門ニ、百法ヲ立ツ中ニ、時ハ識分位ノ唯識ト云ヘリ。仮立法ニテ、本ヨリ定ル時ナシ。只心ニ一日ト思ヘハ一日、一年ト思ヘハ一年也。識ノ上ニ仮立スル也。去ハ、三祇成仏ト云モ、夢ニ三祇ト思ヘル也。実ニハ一刹那也ト談ス。彼宗ノ本論、摂大乗論云処、「夢ニ謂トモ二経レ年、寝レハ（27オ）即須臾項也。故ニ時ハ雖二無量一摂三在ス一刹那一二。定百法ト云ハ、五法事理トシテ五中ニ理事四也。識自相唯識八識、識相応々々五十一心所、識所變々々色十一、識分位々々廿四不相応行、識実相性ハ々々、六無為々々ハ理、余ノ四事也。唯識論云、「未得真覚恒処夢中二、故仏説為生死長夜、由レ此未了々、五境唯識」ト云々。

8念仏法門義下終

或一流ニハ、余行ハ非本願ナレトモ、往生ハスト云ヘル。或一流、余行本願ト云。往生タニセムニヲヒテハ、非願ト云名ハ如何テモ有リナム。大方タハ本願法タニ有ラム上ハ、傍正惣別コソ。己レ非本願ト云ヘルモ、スコシキ不審也）。（27ウ）

【巻二上】

9 裏書云、有念ハ邪、無念ハ正ト云事、一往ノ文也。委細ニ分（3ウ）別スレハ、有念ノ正、無念ノ邪モ有ヘシ。四句ノ法門也。常ノ有相ノ念ト無相ノ無念ハ、誠サルヘシ。但シ外道ノ断滅無念ト、二乗ノ但空ノ無念ハ、大乗方便ノ有相ノ念ニハ不レ及。信解品ニ、「迦葉、二乗ノ智ヲハ、不生不滅乃至無大無小等」ト説テ、仏ノ智ヲハ不貪不著ト云ヘリ。サレハ二乗ノ但空ノ不生等ハ、大乗ノ仏智ヲ貪シ、浄土願フ有念ニ不《ス》レ同及。浄仏国土成就衆生ノ事ヲハ、一念モ好楽セスト、二乗ノ心ヲツタナキ事ニノヘタリ。サレハ浄土ヲ願、穢土ヲステ、凡心著シ、仏心ヲ貪スルハ、善ノ貪瞋ト云テ、二乗ニコヱタリ。厭欣取捨ハ、智恵ノ相也。簡択ノ心ナキハ、無智也。真ノ般若ハ無智也。仮相ノ般若ハ取捨スヘシ。穢土ヲステ、浄土ヲトル、般若ノ一相用也。至（4オ）極ノ証位ニハ、実ニ無念無智也。方便シテ位次第ニ昇進《シン》ス。始覚般若ノ皃也。此故ニ、二乗ノ但空ノ無念ハ、大乗ノ浄土ヲ願フ有念ヨリモ劣ナルヘシ。法花ノ明文、鏡ヲカケタリ。ミタリニ疑事ナカレ。禅門ノ大疑ノ下ニ大悟アリト云ニ同也。論蔵ノ意也。大願ノ中ニフカキ無生ノ悟モ浄土ニテ開ヘシ。此法門智存スヘシ。

10 裏云、起信論云、「信ニ四アリ。一ハ真如、二ハ仏、三ハ法、四ハ僧也。真如ハ三宝ノ惣体、三宝ハ真如ノ別徳也。此外ノ何物ヲカ信センヤ。

11 裏云、地蔵御事、顕密共ニタノモシキ事ノミ侍ヘリ。建仁寺ノ本願僧正ノ口伝ニ、地不ノ決トテ、一巻ノ秘書アリ。其ノ中肝心ニ、「地蔵ハ大日ノ柔軟ノ方便ノ至極、不動ハ強剛ノ方便ノ至極《(摂)》」（ト）イヘリ。只折伏（16オ）摂受ノ至極也。世間文武ノ政務（ノ）四海ヲ治スルカ如シ。強軟方便万機ヲテラシ給フ、法王ノ治化也。

12 恵心僧都ノ妹、安養（尼）ノ絶入ノ時、修学院ノ僧正勝心《(算賊)》、火界呪ヲ誦。僧都、地蔵宝号ヲ唱テ祈念セラレケルニ、不動、火炎ノ前ニオシタテ、地蔵、手ヲ引テ返ラセ給フトミテ、蘇生シケリ。

13 又恵心僧都ノ給仕ノ弟子、頓死ス。物ニトラル、様也ケレハ、或僧ニ不動ノ慈救呪ヲ誦セシメ、僧都、地蔵宝号ヲ唱ヘラル。蘇生シテ申ケルハ、「男共四五人具シテマカリツルヲ、ワカキ僧ノコヒ給ツレ共、猶ヲケニク、ヲヒタテ、行ヲ、此ノ僧、『我ニコソヲシムトモ、是非モイワストリ返モノアランスルヲ』トノ給程ニ、ヒンツラユヒタル童子二人、白杖モチタルカ、男共ヲ、ヒハラ（16ウ）ヒテ取テ返テ、若キ僧ニウケ取セケレハ、サテ具シテ返給フト思テ、イキテ侍リ」トイヒケリト。是コソケニ、ヤハラカニ地蔵ハフルマヒ給フ。不動ハアラ、カニソタスケ給。彼ノ口伝ニアヒカナヘリ。地蔵・不動ノ方便離テハ、スヘテ生死出マシキ由シ見ヘタリ。地蔵ハ六趣四生ノ苦ヲ助ケ給、諸仏菩薩ノ利生ニ勝レタリ。不動ハ三障四魔ノサハリヲノソキ給事、又諸尊ニスクレ給ヘリ。六趣ヲイテス、四魔ヲサラスシテ、誰カ解脱ノ門ニ能々入ラン。

14
裏書地蔵
大日経疏云、「遍一切処無相ノ真金ヲ以テ、諸菩薩乃至人天鬼畜等ノ外部ノ天尊ヲ造ル」ト云ヘリ。只大日ノ一体、一々支分一善知識トナルト見ヘタリ。其体不二也。其用トリ〳〵ニ一機ニムカヒ、一事ヲツカサトリ給。地蔵ハ六道ノ苦ヲ救コト、スクレ給ヘリ。（25オ）

15
鎌倉歌ヨミ給ヘル次ニ可入
遠江引馬ノ宿ニ、有ル人、知音シタル人、地蔵ヲ持タルヲ請取テ、崇メ供養シケルカ、御形ノミニク、御座ニヨリテ、信敬心モウスカリケルマヽニ、本ノ主ニ返テケリ。其後、夢ニ此地蔵来テ、詠シテ云、
心コソ真ノ道ノシルヘナレカリノスカタハヨソメハカリソ
此事ニヨリテ驚テ、又コヒ取テ、崇タテマツル由シ聞ヘ侍リ。実幻ニ化ノ形ハ、心ヲトヽムルニタラス。真実ノ大智・大悲ノ御心、深ク信敬スヘシ。

16
禅鞠頂置事裏初段

鳥羽ノ院登山御幸ノ時、前唐院ノ宝物御覧スル時、諸人不知物三アリ。信西入道三ナカラ此ヲ申ス。一ハ杖ノ崎ニ円（25ウ）ナル物、綿フク〳〵ト入タル物有。信西云、「此ハ法杖也。坐禅ノ叶痛ム所アレハ、腹胸何ヲツカウル物也」。二ハ手鞠ノ様ニ円ナル物、ナクレハ聲アリ。「此ハ禅鞠ト申也。坐禅ノ時、頂ニヲキテ、ネブリカタフク時落ハ鳴ニヨリテ、眠ヲサマス物也」。三ハ木ヲ十文字ニサシタル物有。「此ハ助老ト申テ、坐禅時、老僧何ノヨリカヽル物也。大体脇足ノ如シ」ト申ケルニ、諸ノ僧俗、感セスト云事ナシ。山僧只学ハカリニテ、坐禅修行ウスクシテ、名ヲモ知ヌナルヘシ。

17有念邪・無念正事、先ニ有共、猶々委細ニ存スヘシ。有念ハ邪、無念ハ正ト云事、此レ一途ノオホヤケ法門也。但是猶分別スヘシ。外道ノ断惑滅ノ見、無相定二乗ノ但空ノ無念ハ、大乗ノ資（26オ）糧ノ位、若浄土ヲネカヒ、仏智ノ貪スル有念ニハ及フヘカラス。信解品ニ、迦葉ノ領解云、「小乗ノ心ハ但空無相無漏無大無小等ト念シテ、浄仏国土成就衆生等ノ事ハ、一念好楽セス。仏ノ智恵ヲハ貪セス」著セスト云ヘリ。サレハ無念也共、外道小乗ノ無念オロカ也。有念也トモ、大乗欣厭ハ始覚昇進ノスカタ也。起信論ニ明文有リ。又念ヲ以テ念トシ、無念ヲ以テ無念トスル、断常ノ二見也。無念シテ々シ、念スレ共無念ナル。大乗ノ性相不二、真俗一致ノ法門ナルヘシ。般若無智無無所不知ト者経文也。無知ハ体也。無所不知ハ用也。金剛般若モ応無所住ハ体、而生其心ハ用。サレハ無念ノ体ヲ信解シ、第一義ニ心不動シテ、厭欣取捨シテ、能ク信解也。諸法ノ相ヲ分別也。穢土ヲステ、（26ウ）凡身ヲ厭、浄土ヲネカヒ、仏智ヲ貪スル、般若ノ用也。無智ノ般若体也。故相般若ハ用也。点照邪禅等ハ、無念ニ似レ共、祖師是ヲキラフ、此心ナルヘシ。小乗ノ無念、大乗ノ欣厭ニ不ㇾ及。信解品文、明鏡也。禅門ニ口案ヲ以テ疑フ。大疑ハソノ下ニ大悟有。点照邪禅ヨリハス丶ムヘシ。論蔵ノ文也。サレハ浄土ヲ欣フハ善貪也。穢土ヲ厭ハ善嗔也。大疑善ノ癡也。浄土ニシテ大悟セハ、万事開ケヌヘシ。穢土ヲ貪シ浄土ヲ厭フ事、愚癡ノ至極也。此事天台ノ十疑ニ問答シ給ヘリ。此意ナルヘシ。肝要故ニ重テ委記レ之。観音処覚悟ノ蓮花等々処、高野ノ大師ノ法花御開題ニ、「法花ノ首題ハ梵字ニ書ケハ九字也。台蔵ノ八葉九尊ノ種子也。是[梵字]字観音種子也。此経ハ観観音ノモテ体トス」釈シ給ヘリ。

18地蔵所両書ニテモ侍覧

弥陀・地蔵ノ一体ノ事、習有ト見タリ。イカナル習カ侍ラン、知リ難シ。但一ノ伝ニハ、弥陀観音ニ現シ、観音地蔵ト現シ給ト云ヘリ。秘経ニ有ト云ヘリ。種子ニ付テ習有。タヤスカラス。台蔵ノ曼荼羅ノ右方、弥陀・観音・地蔵也。是大日ノ一身ノ右ノ肩臂手指ニ当ル。此ヲ以テ六執ノ衆生ヲツカミトリテ、仏国ヘムカヘ取リ給指、実ニ人近シ。次ニ観音承、弥陀ニ奉事セシメ給ニコソ。

19三井ノ大阿闍梨慶祐《ママ》ハ、ケンミツノ明匠也。山ノ西坂本ノ人宿ノ地蔵堂ノ柱ニ、法蔵比丘ノ昔ノスカタ、地蔵沙門今ノカタチ、蔵字思食スヘシト書ルヲ、寛印供奉（27ウ）書写シテ、柱ヲハケツリテケル。一体ノ義ニコソ。八幡大菩薩ハ、御本地阿弥陀ト云ヘリ。垂跡ノ御形ハ僧形ニテ、日輪ヲ戴キ、左ニ念珠ヲ持、右ニ錫杖ヲ持給ケリト云ヘリ。此タヽ地蔵也。日輪ヲハ尺迦トコソ御託宣ニハ仰ラレケレハ、三尊但一体ナル御事ニヤ。ヲホカタハ大日ノ一体ニテオワシマセハト、兎角ノ義マテモ不レ可レ有。

20地蔵御事下

仏体ハ一ナレ共、取リ〳〵ニ本誓悲願カワリテ、カリニ優劣ヲ論スルコト、譬ヲ以意得ヘシ。鉄ノ一ヲモテ、種々ノ器物ニ作テ用ニ、体ハ一ナレ共、効用異也。田ヲ耕、草カル時ハ、鎌鍬ニ作ルスクレタリ。湯ヲワカシ物煮ニハ、鍋釜スクレタリ。番匠ノ具足等、ナスラ（28オ）ヘテ心得ヘシ。大日ノ一金、種々ノ機根ノ為メ、一ノミテ地ニ入給事、器物ニ作カ如シ。サレハ不動智恵ヲアタヘ給事ハ、文殊福給事、毘沙門、如此勝劣アルヘシ。草ヲ刈、田ヲ耕時ハ、鍋釜、鎌鍬ニオトルヘシ。湯ヲワカシ物ヲ煮時ハ、鎌鍬、鍋釜ニオトルヘシ。互ニ物ニシタカフ、勝劣如此ナルヘシ。体ノ一ハ第一義、差別ハ俗諦、此分別大切也。

21 一、地蔵ノ御事、顕密ノ中ニタノモシキ事ノミ侍リ。建仁寺ノ本願僧正ノ口伝ニ、地不ノ決ト云、一山ノ秘書有。其中ノ肝心ニ云、「地蔵ハ大日柔軟ノ方便ノ至極、不動ハ大日ノ強剛ノ方便ノ至極、只祈伏摂受ノ至極也。世間政勢ノ文武二道ヲモテ、四海ヲオサムルカ如シ。又父母ノ子ヲヤシナフカ如シ。父ハアラクオシヘ、母ハナツカシ（28ウ）クハコクム。法王ノ治化モカクノ如シ。又此二尊、実ノ父母也。深ク仰ヘシ。

22 恵心僧都ノ妹、安養ノ尼絶入ノ時、修覚院僧正勝算、火界ノ呪ヲ誦シ、僧都ハ地蔵ノ宝号ヲ唱ヘ給ヒケルニ、不動火炎前ニオシタテ、、地蔵手ヲヒキテ返給ト思テ、蘇生シケリ。

23 又僧都ノ弟子、ニハカニ絶入テ、物ニトラル、ヤウ也ケレハ、有験ノ僧ニ慈救呪ヲ誦セシメ、我ハ地蔵ノ宝号唱給ケルニ、蘇生シテ申ケルハ、「男共五六人、具テマカリツルヲ、若キ僧ノコヒ給ヘ共、猶ケニク、具テ行ヲ、『我ニコソヲシム共、是非モイハス取返物ノアランスルヲ』トノ給程ニ、ヒンツラユヒタル童子二人、白杖モチテ、男共ヲオヒハライテ取返テ、若キ僧ニウケトラセ給ツル思テ、本心ニナリヌル」トカタリケリ。此コソ（29オ）地蔵ハヤハラカニフルマヒ給ヒ、不動ハアラ、カニオヒノケテ助ケ給ケル、如上云々。

24 カタハシキ地蔵ノ事引馬次ニ書入ヘシ

三州国足助ト云所ニハ、大王入道ト云者有。オカシノ事有テ、首ヲハヌヘシトテ、別所ヘヤル所ノ夜、主ノ夢ニ、片手《カタ》オレテカタハシキ僧ノ、黒衣キタルカ来ニ、「頸キラレ候ヘキ者ハ、不便ニ思候。御許シ有レ」トテウセヌ。驚而使ヒヲヤリテ赦《ユルシ》ツ。子細ヲタツヌルニ、フル地蔵、カテ手ヲレ給ヘルヲ、我食物ノハシ〳〵ヲ年久クマイラセケル也。当《レテ》時ニ存セル者也。

25仏ヲ信スレハ其徳信ノ心ニヨル事（29ウ）
醍醐ノ故厳海僧正ノ召仕ケル承仕法師、年タケテ後ニ、国ノ田畠サハクリケル所へ、実賢僧正オハシテ、「故僧正ノ御房ハ、イカナル承仕ヲ召仕シソ」ト問給ヘハ、「タ、信有者ヲ召ツカヒ候シ。此ハ愚癡ナレトモ、信アレハ召仕トテ、理修礼懺ハカリ赦サレ参セテ候シハ、仏像ハ人ノ信心ト智恵ノ分齋ニ随テ、御利益モ有也。木石ト思ヘハ、タ、木石ノ如シ。深キ智恵観念アレハ、生身ノ如クシテ、目出事有。汝カ分ニハ、唯我程ニ像ヲ思ヘト教ヘサセ給シカハ、唯僧正ノ御房ノ御前ニ候心チ仕テ、恐レウヤマイ奉セテ、年久承仕テ候シ」ト申ケレハ、「汝ニ学問シツ」トテ、大ニ感テ、一期ノ程、料食ナントタヒケルトナン。

26鎌倉泉ノ谷、東林寺ノ上ニ、古キ御堂ノ候（30オ）ケルニ、地蔵御坐キ。御堂ノウワフキノイタモ落チ散テ、嵐害ナントモフセク事ナカリケルニ、有人ノ夢ニ、小御房ニ現シテ、カクソヨミ給ケル。

スミナレシ草ノ庵モアレハテ、嵐ヲフセクカケタニモナシ

此歌ヲ極楽寺良観上人伝聞給テ、則塔ノソハニ御堂ヲ造テ、安置シテ、彼地蔵ヲ、「不思議ノ事也」トテ、致㆓信心㆒。是今ノ塔ノ金色ノ地蔵是也云々。

【巻二下】

27裏書云、善男善女モキラハサル真言事（40オ）
日本ノ習ヒ、国王大臣ハ潅頂ヲシ給、真言ヲ行シ給ヲ、凡下ノ者、習フマシキ行《ヤウ》ニ思ヒナラワセリ。経ノ中ニハ、貴賤ヲ不㆑論セ。唯シ自然ニ戒力無シテ、凡下ノ物、乞願無㆑ニ心コソ。又真言教ハ、内証ノ法トシテ、上郎シキ故ニ、自ラカ、ルニヤ。是《サ》レハ、恵果大師ノ言ニハ、「人ノ中ニ貴ハ国王、法ノ中ニ貴ハ密教云々」。性

霊集ノ中見ヘタリ。

28 裏書云　毒鼓等下

毒鼓ノ縁ト云フハ、ツヾミニ毒ヲヌリテ是ヲウツニ、聲ノキコユル所、衆生ノ命ヲウシナウ。此音ノ無明悪業ノ為ニ、毒トシテホロフルタトヘ也。十輪経中ニ、「破戒比丘盲目ナラン」、十輪経ニハ、「瞻蔔《フク》花ハ萎免理ト云ヘトモ、猶余花ニ勝レタリ。破戒ノ比丘ハ外道ニ勝レタリ」ト云ヘリ。心地観経ニハ、「破戒ナレトモ正見ノ物、国ノ福田也。持戒ナレトモ懐見ノ物ハ、悪知識」ト見ヘタリ。

29 裏書不動処（47オ）

南都ニ不動ノ行者有ケリ。行法中ニ、本尊ノ不動、度々ウチウセ給テ、又帰給ケリ。不審ニ覚テ祈念シケルニ、「北京ノ東山ニ、唯蓮ト云尼、往生志シ深クシテ、魔障ヲ恐テ我ヲ憑ムニヨリテ、時々行テ守ル也」ト示給ケリ。サテ尋ネ行テ、雲居寺ニテ、尋合テ委問ケレハ、一向念仏ヲ申物ニテ侍ルカ、臨終ノ障ナカラン為ニ、毎日不動ノ慈救呪廿一反ミツル由云ケル。サテ示現ノ様何トカタリケレハ、互ニ涙ヲ流シテ悦ケリ。死後覚マテ目出度往生シテケル。

30 弥勒下

心地観経云、「於末法中、善男子、一搏之食施衆生。以是功徳、見弥勒、龍花会中、得解脱」。（47ウ）

31 高野大師御下

聖徳太子・高野大師・聖宝僧正・聖武天皇、是皆如意輪ニテ御座、ト云事。

天王寺ノ金堂ノ御本尊ハ、二臂ノ如意輪也。

32 真言教下ニ通スヘキ事ノ下

日本ノ習、国王・大臣ハ、潅頂シ給真言モ行シ給。凡下ノ物ハ、習ウマシキ様ニ思ヘリ。経中ニハ、「貴賤不論。但シ戒力ニテ、自ラ上ツ方ニハモチアソヒ給フ。凡下ノ物ハコヒ不願ハ。又内証法ニテ、上郎シキ程ニカヽルニヤ。恵果大師云、「人ノ貴ハ国王、法ノ貴ハ密教」ト云ヘリ。摩伽陀国ニ、王出家シテ、善無畏三蔵トテ、真言教ハ唐土ヘ渡シ給ヘリ。是カヽル表示ニヤ也。(48オ)

33涅槃無心用事下

唯識論ニ、「大悲般若常所補翼。由斯不住生死涅槃。利益有情窮未来際。用本常寂故名涅槃」。目出文也。処カキ侍ヲヤ。大智ノ故生死ニ住セス。空寂ト相応スル故ニ。大悲ノ故ニ涅槃住セス。衆生ヲ利シ種々ニ和光同塵スル故。是事理無礙ノ故也。去レハ終日作トモ静也。終日静ナレトモ作スト云事ナレ。是レ大涅槃ノ故也。小涅槃ハ但空也。少用ナシ。

肇論云、「夫涅槃之為道也。寂寥虚曠。不可形容。得微妙無相ニハ不可以有心ヲ知ル。趣テ群有ヲ以飛昇シ、量太虚ヲ而永久也。随トモ之ニ弗ス得其跡。迎之ニ罔《ナシ》レ眺《ミルコト》ニ其首ヲ」。又云、「既無心弥勒静ニ。亦無蒙弥去来ニ。々々不レル以テ形一。故ニ無器トシテ而不形一。動静ヲ不ニ以テ心一。故ニ無感不応セ」云々。是レ無住涅槃ノ無心ニシテ、利益有リ。益シ動スレトモ無心ナル形也。肝要故、本文注ス云々。(49オ)

【巻三上】

裏書

34癲狂人段、清浄活命乞食段

四部五部ハ、仏法ノ中ニ邪命トイマシム。乞食頭陀ヲ清浄ノ活命トス。止観第四ニ有。邪命ト云ハ、田園ヲ作リ、使命・医師・陰陽・占相等也。耕作ヲハ下口食ト云ヘリ。世間ノ上食《乞》ハ如法ナス。只熟食ハ鉢ニ乞テ万事イトナマサル道行縁也。自ラ磨自煮ハ、律ノ制、梵網経戒ニモ制也。

35父母妻子等ヲ捨テ、善知識親段（18ウ）

涅槃経ニハ、「仏性ヲ信シ、四親近ノ法ヲ行スルヲハ、女人ナレ共丈夫ト云。丈夫ハ男子ノ惣名也。若シ是ヲ行セサルハ、男子ナレ共女ト名ク」ト云ヘリ。一、親近善支《友歟》、二、聴聞正法、三、如理思惟、四、如説修行真言儀軌ニハ法随法行ト云阿闍世王、逆罪ニヨリテ地獄ヲツヘカリシヲ、耆婆大臣ノスヽメニヨリテ、仏所ニマウテ、転重軽受シ、道果ヲヱタリキ。仏言ハク、「周王若、耆婆ニアハスハ、七日ノ後無間ニ落テ、出ル期ナカラン」。善知識、仏道ノ為メ全ク因縁也。

36他家ト云所　善導尺般舟

他家ト云ハ娑婆也。本国ト云ハ仏国也。譬ヘハ敵ノ国ニトリコメラレテ、悲シク苦キカ、父母ノ国ヘニケカヘリテ、（19オ）父母ト常ニ遊ヒ楽マンカ如シト云ヘリ。娑婆世界ハカナシキ敵国也。魔王僅《ホク》使トシテ、六趣獄ヨリツカワシテ、ヤスキ時無。是ヲイトヒテ、ミタノ本国ヘ返リ、仏ヲハ父母トスヘシト教ヘ給ヘル也。イミシキ譬也。

37天台法門不可思議之段

地蔵ノ説給、占察経、亦ハ云二進大乗経一ト。彼ニ無ク、「如来起二シテ於大悲意一ア、欲人々使二一切衆生一ニ。離於衆生苦ヲ、同獲法身第一義楽一ヲ。而彼法身ハ是無分々別離念ノ之法也。唯有二能滅ノ虚妄ノ識相一ヲ、不起念者ノミ乃祈レ応レ得。但一切衆生常楽分別一ヲ、取二善ノ諸法一ニ以顚倒妄想一ヲ故ニ而受生死ヲ云々」。亦云、「離一切相者、所謂不可レ依二言説ニ取一ル」。以菩提ノ法ノ中ニハ、「無レ有下受二言説及ヒ無能言説者上故。又不レ可二依以念知。以二菩提法ノ中ニハ無有能取可レ取。無レ自無レ他離ニ分別相一故ニ。若有ニ分別（19ウ）想者、即為ニ虚偽一、不レ名ニ相応一ト」云々。観心ノ肝要故ニ抄出、要覧人為也。天台、唯識観・実相観ヲ立給事、此経ニカレカコトニ天台ノ学者心ヲ止ムヘシ。イツレノ行者ノ為ト肝心ノ観行ノスカタ也。不思議法門此又分明也。仍称レ之。

38明鏡無心而現ト之段

肇論云、「譬ヘハ猶下シ幽谷ノ之響・明鏡ノ之像、對レ之レ二弗レス知ニ其所以来ノ罔《ナキカ》一識中其所ニ以テ往一ク。説焉トシテ而有想焉トシテ而亡ス。動共而遙《イヨイヨ》寂ナリ。隠而イヨ〳〵影ハル」云々。是観心ノ法門ノスカタ也。性相無礙、体用自在ノ故也。無住涅槃妙用、カクノ如ナルヘシ。初心ノ観門果上ノ妙用ニ似リ。是ハ経云、「大乗因者、諸法実（20オ）相、大乗果者亦、諸法実相」云々。実ニ種子果トコトナルヘカラス。初ヨリ無心ノ修行此心也。全仏知見ヲ学也。

39荷澤大師ノ無住ト知見トノ段

無住ハ維摩経ノ文、知見法花経ト云々。禅教談スル法体誠ニ隔ナシ。荷澤ハ六祖ノ上足、第七ノ祖ト見ヘタリ。天下ニ是レヲユルス。誰カ用サラン。初心禅師ノ中ニ、禅教ヲ別ノ事ト思テ、ヘタテソシル。是教門ヲ学セサル故也。仍テ本夏禅師ノコトハヲ引也。達磨大師、慧可ノ得法ノ時ニ、「是則自性清浄ノ心也」ト云ヘリ。争テカ法花ノ知見ニアラスト思ハン。

40悪取空ノ段

悪取空ト云ハ、情ヲモテ空シキ道ヲ理ヲ心ヘテ、妄念モヤマス、妄業ヲモ恐レス、放（20ウ）逸《逸》無慙ナルヲ殃禍云。永喜《嘉歎》大師、「云ニ豁達空一ナト。撥ニシ因果一ヲ、漭々蕩々、招悪趣」。大慧禅師云、「飲《飲》酒食肉不レ礙ニ菩提一ヲ。行盗行淫無レ妨ニ般若一ヲ云物ハ、謗スル大乗一者也。千仏出世之給トモ、スクイ給ハシ」ト云ヘリ。是悪取空心也

持也。禅教ノ禅師、同ク所々ニ是ヲイマシム。

41 美言有感段

泰時ノ事トモノ段、ハタ板等ノ段

泰時ノ事、世間ニ沙汰セシム。承久ノ時、大将軍ニテ今ヲ、武勇ノ道ユヽシカリケルカ、和歌ノ道又生カヽリテ其骨ヲ得テ、選集ニヲヽク其ノ歌入レリト云ヘリ。奥州ニ或尼公、訴訟セル事有リテ、悦ノヨシニ、杉箱ノヲカシケナルカ、イト目モタヱヌヲ一進タリケル。「ナニ物ソ」ト開見ルニ、金ヲ千両入タリケレハ、「コハイカニ」（21オ）トテ、

イニシヘノ浦嶋カコノ箱カトテアケスハイカニクヤシカラマシ

本歌ノ取リ様、優ナルヲハ。彼レハ明ケテクヤシカリシヲ、アケスハト云ヘル、メテタシ。本歌取事ノ次ニ、

愚詠カタハライタク侍レ共、

世中ニ媚諂《コイヘツラヘル》老キツヲ死ナヌマタキニウメニハハメナテ

カキヲキ侍ヘリ。

伊勢物語ニ、

夜モアケハキツニハメナテクタカケノマタキニナキテセナヲヤリツル

ト云ヘルヲトレリ。キツハ狐《キツネ》也。クタカケハ芥鶏《カイケイ》トス。芥ハツネニハカラシトモ云。今ハアクタノスノヨシ。

時モシラスクツニハトリト、ナキテヲトコヲヤリツキツネニクワセテ

トヨメリ。愚詠ノウメト云ハ、昔ノ狐、人ノ妻トナリテ子ヲウメリ。三四才ノ時、イケ物ハ、カケノ本ノスカタニウツル事ニテ、夜ル火ノカケニ章子ニウツリテ見ヘケルヲ、「母ノカケノウメニニタリ」ト云ケルニハチ

テウセヌ。男ナコリヲヲシミ（21ウ）テ、オイテ見ルニ、ツカノ中ニ入テウセニケリ。ヲロカナル人ノ為メ也ケリ。

42閑亭月

ヒトリ住宿コソ月ハサヒケレカナラス山ノヲクナラネトモ

八月十五夜ニ、広澤ニテ、歌山タチ和歌ノ会有ケルニ、範永卿遅参シテ、山家月ヲヨマレタケル歌、

住人モ無山里ノ秋ノ夜ハ月ノ光リモサヒシカリケリ

是ハ範永卿ノ山家ノ月ノ名歌也。公任卿是ヲ讃メテ、「範永卿ハ和歌ノ骨ヲヱタリ」ト云給ヘリ。其ノ家ノ守如ク思ヘルカヤ。是ヲ本歌ニ思ヘリ。彼山家ヲヒトリサヒシトヨメリ。是ハイツクモサヒシキハ山家トヨメリ。一度発心スレハ、法界皆道ト也カ如ク、タ、閑亭ハヲシナヘテ深山ナルヘシ。述懐ヲカケル、実ニヲコカマシ。

43吉水ノ猿房官カ段（22オ）

後鳥羽ノ御時、奈良ノ春恩、山ノ大浄助トテ、二人猿楽ク聞ヘキ。大浄房云、「子也ケレハ、大浄助」ト云ケル。或時、吉水御所ヘ参ス。名人也ケレハ、酒給リケルカ、応亭子ニ、「但酒ト云」ト云。侍法師ヲモテス、メテ、御所ニ住セラレケルハ、酒ス、メハ定テ不堪ノヨシ云テ、辞センスラン。其ノ時ハ、如何ニ大浄子ニテヲハスルニト云ヘ」ト、ヲシヘサセ給フ。案ノ如ク、不堪ノ由シ云テ辞スル時、「如何ニ大浄子々々承候ニト云ヘハ、取モアヘス、「サワ候ヘトモ、応亭子ニテハヨヒ候ハス」ト云ケル。心ハセキ利口也。或時、春恩トナラヒテ酒亭ノ座ニ至ルニ、山ノイモノ有ケルヲ、春恩、「イモシヨヨ《薯預》」トテ、助房カ方ヘヤリケレハ、「取・《ア》ヱストコロ《野老》ヤラウト思タレハ」ト云ケル。スクレタル利口也。山ノイモヲシヨヨト云トコヲ野老ト云也若不知人モ有ハトテ様々ト註シ給也

44後鳥羽院御時、ナニカシノ中納言トカヤ聞シカ、田舎ノ楽キ女房ヲ思捨テ、其ノ家地ナトヲ（22ウ）ハヲシト

リテ、女房ヲハサラレタリケル。京中ノ沙汰ニテ、人口ニノリタリケル比、春日ノ御幸ニ、彼ノ中納言供奉シ給ヒタリケルニ、院ノ御前ニテ、ツレ猿楽シケルカ、「哀、囲碁ヲ打ハヤト思ニ、々様ナル相手ノナキ」ト云ニ、一人カ云ク、「イカニモ都ニコソ、コウ打ハ有レ」ト云テ、中納言ヲハスル辺ニイ、メクラシテ、「其辺ニ有ソ」ト云ヒ、「サテソノ囲碁ノ風情ハイカニ」ト問ヘハ、「地ソクリニテ有ソ」ト云フ。「抑上手カヘタカ」ト問ヘハ、「上手ニテモナシ、ヘタニテモナシ、中納言ニテ有ソ」ト云ケル。彼人中死ニテヲハシケルトヤ。是春恩カ弟子ニヲシヘテ云ハセケルトカヤ。

45 心ヲ以鏡トスト云所
一切衆生仏性ヲ具セリ。一霊ノ性、凡聖異(23オ)ナラス。タ、妄情ムナシク妄境ニ著シテ、智恵モ慈悲モ陰タリ。其ウスルニ非サレハ、知識・経巻ヲ増上縁トシテ、心ヲミカキ、心鐘《鏡歟》ノ如クニ有テ、万法ヲテラシ、真俗二諦ヲ可悟。書、「毘竹不四鳳音不レ影。精性不縛二神明不発セ」云々。観心座禅ノ好、念想シツカニシテ、寂照コノマハ、ミカクハサ也。観心座禅ノ好、念想シツカニシテ、寂照コノマハ、ミカクハサ也。観念座禅随分ニ行スヘシ。法花ニ、常好座禅ヲ、在二猶閑處ニ。タレカ此レヲオロカニ思ハン。毘竹トハ、毘谷ノ竹ヲ切テ、笛ニアヘリテツク声ノ事也。鳳凰ノ鳴声ヲマナフ故ニシカシ也。人コトニ悟アルヘキ。性ハ竹ノ中ニ楽ノ音有ヘキ性如也。

【巻三下】

46 裏書云、厳融房所
如来御入滅ノ後、祇園精舎ノ仏、常ニヲハシマシケル所ニテ、阿難、仏ノ御事ヲシタヒ奉リテ、哭《コク》スル事有リケル時、善思菩薩、是ヲ見テ、「阿難ハ三蔵ノ法門ヲモ結集シ、仏ノ如クコソ世間ニ想ツルニ、無常ノ道、幻化ノ世、何事カ（39オ）実トアル。無下ニ凡夫ノ如ク、不覚ニモ哭スルカナ」ト云時、阿難答テ云、「如形其程ノ事ハ知トモ、二十五年ノ間、給仕奉事シ奉リテ、龍宮ヘ入給シニモ御袈裟御体ヲ持シテ、片時モ離レ奉ツラサリシカハ、常住ノ法身ヲ信シ、幻化入滅ヲ知ト雖トモ、彼ノ御形タノ恋敷ヲハシマスナリ」トテ、音ヲ揚テ哭セシカハ、善思菩薩モ同ク哭シ給キ。増シテ凡夫ノ位、争テカ理ノ如ク心動カサヽルヘキ。八風ニ動セサレハ、賢聖ノ徳ナルヘキニ、猶聖世（者歟）モ思フニハカクコソヲハシケレ。厳融房、此ノ事ヲ弁マヘサルニヤ。サテ中〳〵ツマリケル。遺教経云、「無智恵者、既非道人一、亦非白衣、無所名也」云々。又「被袈裟二ヲ猟師」トモ云ヘリ。古人ハ「釈眼儒心ノ物」トイフ。在世上代尚ヲ如レ法ノ僧スクナシ。イマノ世ニハ、唯形ハカリ僧ニテ、心モ語モ只本ノ俗ノ如クナルノミ多シ。悲シキ濁世ナルヘシ。此中ニ若三業仏（39ウ）誠マシタカハスハ、誠思出ナキ身ナルヘシ。

47 第二下

浄名経ニハ、「色欲ニ着スル機ニハ、端正ノ女人トナリテ、方便シテ道ニ入」ト云ヘリ。三河ノ入道・師家ノ弁・唐房ノ橋、皆愛別離苦ノ発心シテ、真空ノ道ニ入レリ。彼女人定テ菩薩ノ化身ナラン。

48 第三下

永喜（嘉）大師、「二云豁達空一リト。撥シ因果一ヲ、漭々蕩々ト招殃禍」。諸法ノ空ト云ハ、一念不生ノ無染行ノ心也。唯情量ヲモテ、空ノ道理ヲ心得テ、因モナシ、果モナシト云。是悪取空ノ大邪見也。近代聖教モシラス、道心モナク、観行モ不レ弁ヘ、愚俗愚僧ノ中ニ此ノ類ヒヲヽシ。此甘露ヲ毒薬トナス物ナルヘシ。実際ノ理地ニハ、不レ受二一塵一、仏事門中（前歟）ニハ、不捨一法二ト云ヘリ。仮名ヲ破テ仏法ヲ談シ、因果ヲ行セスシテ修行ヲタテン事理也。所々カキ付侍事（40オ）クリ事ナレトモ、アヤマル故ニコマカニ是ヲ教ル也。

49 第四下

信州ニ中昔、或人、京ヨリ女ヲ思テ、供シテ下テケル。京ニ物申人アマタアリケル。タヨリ・《ア》レ□《ハ》、文ヲコセケル□《ア》マタアリケルヲ、カクシヲキタルヲ、「カヽル事アリ」トツケシラスル物有リケリ。此ヲ尋ネ出シテ、我ハ物ヲエヨマサリケルマヽニ、子息ノ児《児》、戸隠ノ山寺ニアリケルヲ呼ヒテ、母ノマヘニテヨマセケリ。母、色ヲ失テ、肝心モ身（ニ）ソワヌ体也。此児、心アル物ニテ、タヽヨノ常ノ文ノ様ニヤワラケテ、アマタノ文ヲ読テケレハ、「人ノ和讒也ケリ」ト思テヤミヌ。此継母、アマリ（ニ）嬉シク思テ、イタイケシタル者《(モ)》ノテアソヒモノトリ具シテ、文ヲヤリケリ。

信州《シナノ》ナル木曽路ニカクル丸木ハシ文見シ時ハ危《アヤウ》カリシヲ。返事、

シナノナル其ノ原ニコソ《(シモ)》宿ラネトミナハヽキヽト想フ計（40ウ）リソ

彼ノ閔子騫ニ似リ。梵網ノ文ニモアヒテ哀レナリ。「一切ノ男子皆我父、一切ノ女人皆我母ナリ」ト説ルニタカワス。哀レナリケル心ナルヘシ。父ノ家ヲモツキテ侍リケルトナン。此三賢、梵網ノ自讃毀他ノ戒ヲタモテル手本ナルヘシ。賢ヲ見テ等シカラント思ハ、自ラ其ノ説《跡歟》ヲ沓《フム》時ソアルヘキヲヤ。乞願フヘキ心ナラン。

50 遁世ノ本意ハ、一向菩提ノ為也。然ニ実ノ道心ナシト雖モ、貧シクシテ、人ニタチマシルモカタワラヰタキ事ノミ侍ル伬ニ、衣モ染テ侍レハ、少シ心ヤスク侍リ。心スシモ又、名利ノ為トマテハ思ハネトモ、中々身モ安スラカナレハ、貧家ハセメテハ恥ヲ思テモ、便宜ノ遁世ハスヘキニコソト想ヰツヽ、ケラレ侍リ。ヨヲスツルスカタト見ヘテ墨染ノ袖ハマツシキハチカクシカナ（41オ）

【巻四上】

51裏書云、賢愚経中ニ、在世ニ聖者乞食スルニ、或貧家へ行ク。夫婦互ニ物思ヘル色有リ。是ヲ互ニ問ニ、二人共同語ス。聖者ニハ難値、此衣ヲ供養セント思ヘリ。但シ我一人カ衣ニ非ス。仍互ニ其心中ヲ伺カウ由ヲ歎ケリ。同心ナレハ、是ヲ門ヨリ（15ウ）ナケ出テ供養シケルヲ、沙門ノ云ク、「僧ニ供養ヲノフルハ、手ニ捧テコソ供スレ。此作法非義也」ト云。答云、「夫婦共ニ貧ニシテ、二人カ中ニ一衣ヲ着テ、互ニサシヲイテ、裸ナル事思テ不レト出」云。沙門、此ノ志ヲ感シテ、丁寧ニ呪願シテ、仏ニ詣テ此ノ事ヲ申ニ、折節国王夫人、此事ヲ聞テ、感ノ余ニ衣装多ク給リテンケリ。召出サレテ、種々ノ讃嘆有。是順現業也。是レ物ナケレトモ、志アレハスル手本也。是ヲ学スレハ、無也ト云。覚ハ分別ニ非ス。一念無念ニ帰シ、法体ニ相応スルヲ覚ト云也。後念ハ仏ト云ルモ、此無念ノ々、無覚ノ々也。言ニ不可寄、義ニヨルヘシ。

52現量ハ、法相宗ノ法門ニ三量ヲ立。現量（五門二識）・比量（第六三量二道）・非量（第七識）。現量ハ、前五識並ニ第八識、因分ノ境ヲ縁シテ無分別事、鏡ノ影ヲ縁スルカ如シ。比量ハ、第六識、計度分別（1）スル（16オ）是也。非量ハ、第七識、無我々ヲ計シ、第八見分ヲ縁シテ、我ト計ス僻事ヲ非量ト云。黄色ヲ七識無我々ヲ青色ト見ルナラハ、第六識ニモ有リ。天台ノ観心ニ、無記報識上ニ十乗ノ観ヲ用。是法体ニ近縁也。観行ハ、常是処ヲ守ルヘシ。花厳ノ、五教立テ、判属スル時、禅門ヲハ頓教トシ、天台ヲハ一乗教ニ入ナカラ、同教一乗云、「別教一乗ハ我宗於深々思ヘリ。護法清弁門徒、相トモニ問答有ルヘカリケルニ、清弁ノ曰ク、『汝、唯識ト云ヘルニ違セントテ、且ク唯境ト云。実ニハ唯識ニモ非、唯境ニモ非ス。弥勒成仏ノ時、此事ヲ証明セン』トテ、当時ハ菩薩ナレハ不レ用トテ、岩ノ中ニ入テ、岩ヲ閉テ入定ス」ト云ヘリ。是、一法性ノ中ニ寂照ノ徳有。寂ハ境也、如也。照ハ智也、心也、明鏡也。銅ト明トノ如シ。一水ノ照ト潤トノ如シ。而レハ、明ニ境ヲ境スルハ、唯識無境ノ

(16ウ)如シ。銅ニ明ヲ摂スルハ、唯境無識ノ如シ。是二義可レ成。不可偏執。花厳経ノ文、証明ナルヘシ。如ノ外ニ無智。三論ノ唯境ノ法門ニ、智ノ外ニ無レシ如。法相唯識ノ法門、若不宗者非唯識非唯境ニモ、只心空寂滅也。三徳秘密《ヒミツ》蔵也。天台ノ言ク、「有リト云トスレハ、其色質タ不見。無ト云トスレハ、三界多門惣ヲコス」。又言ク、「有ト云トスレハ、妄語也。無ト云トスレハ、邪見也」。

53 三宗三教ノ和合ノ事、宗鏡録第三十四巻半分以下有レ之。又圭峯禅源諸詮ノ中有之。上巻ノ終也。道人尤是ヲ見給ヘシ。仍書之。

54 文殊問経ノ意ハ、出世ノ戒也。是地上戒ナル故ニ、分別ヲハライト制ス。戒ハ、位イ深クレイハ制モ深ク細也。教文ヲ不知人ハ、上信ニハ戒ヲモ不守思ヘリ。利生ノ時、十悪ヲ行スレハ、非犯ニ皆利益有テ、開スル事有。扶律顕常ノ事、止観ノ大意ヲ(17オ)見給フ義、例ニ云、「教行シ諸文依惣一代ヲ。文体正意ハ唯帰二種ニ。一ニハ依法花顕実、二ハ依涅槃律顕常。以ニ此二経、同醍醐味一故」ト云キ。法花ハ、先ノ味ヲモ方便トシテ、為ニハ当機一権門実少シ。其ソラ安楽行品ニハ律儀也。涅槃ハ、偏被末代ノ教ナル故ニ、権実相並テ、常住妙解ヲモチテ、開会ノ意ヲ得テ、前三教ヲ不捨。殊ニ律儀ヲ堅ク守ル。是ハ頓ナレ共、行ハ漸也。機情頓ニ難キヲ尽カ故也。天台口伝ニ、「能入ノ門ハ、花厳ノ三法中ニ心法ヲトテ所入、休ハ法花実本迹ノ理也。修行ノ規則ハ、涅槃ニ依テ戒行ヲ守ル。止観ノ廿五方便中ニ、持戒清浄ヲ細ク尺給ヘリ。此趣也。此レ程明ナル祖師ノ尺ヲ見ナカラ、天台ノ学者、戒儀ヲ外ト思ヒヱル。難ニ心得一風情也。如来入滅ノ時、荼毘ハ人中・天上ノ福ヲ願ハン物ニ是譲テ、「我等ハ三蔵法門ヲ結集シテ、仏ノ恩徳ヲ可報」トテ、銅捷椎ヲ(17ウ)打テ、一閻浮提ノ有智・高徳ノ羅漢一千人ヲ以テ、畢波窟シテ律ヲハウハリ誦シ、経ハ阿難誦シテ結集スル事、専ラ迦葉ヲ上座トシテ是ヲ行ス。智論第一ニ有之。

55忠国師云、「譬ヒ得リトモ、大乗ノ修多門ニ不合不可用㆒ヲ」。圭峯云、「縄墨ハ工巧ニ非サレトモ、巧者縄墨ヲ用ウ。経論ハ不㆑トモ禅、々者ハ経論ヲ依憑トス」ト云ヘリ。大論第一ニ有リ。初心ノ在家人ノ、禅門ノ法門ノカタハシ聞タルハ、大乗トハ但禅門計ニテ、余ハ皆小乗ト思ヘリ。無云甲斐勿論也。真言・止観等ハ云ニ不及、念仏ノ法門ハ殊ニ大乗也。是ヲ不知一、是心是仏ノ観経ノ文、至極大乗也。頓教也。

56止観云、「意論止観者念西方阿弥陀仏等」ト云ヘリ。大日経第六云、「観世蓮花眼即同一切仏」云ヘリ。弥陀ノ御名也。一切仏ヲ弥陀一仏ノ中ニ同シ合シ給ヘリト心得ヘシ。大方ハ一仏ニ一切仏ノ徳ヲ具ル事、不可疑。

57中比、・《三》井（18オ）寺公舜法印云学匠有ケリ。一向往生極楽ノ祈請シテ、熊野ヘ参詣シテ、法花ヲ誦シ講讃シテ、丁寧ニ祈念スル事、日数功積テ、示現ニ、「我モ本地阿弥陀観音ナレトモ、愚癡ナル物トモ世間事ヲノミ祈タルニ、兎角安スル間、心ノ無隙。粉河ノ観音ハ生身ノ観音ニテヲハシマス。其ヘ詣テ申サハ、殊ニ易スカルヘシ」ト。証誠殿、両所権現ノ示現ヲ蒙テ、ヤカテ粉河ヘ参詣シテ、読誦讃歎シテ祈念スルニ、示現ニ一偈ヲ結テ言、「法花即我体、我身極楽主、汝讃嘆於我、々来迎於汝ヲ」云々。彼約束ナシカハタカウヘキ、臨終目出シテ往生ノ素懐ヲ遂タリト古物語ニ有。高野ノ大師ノ御開題符合シテ、弥〳〵法花観音同体ノ由無㆑疑。（18ウ）

【巻四下】

裏書事

58煩悩本空処。執心可捨。

古徳云、「妄ニ有体空成事ノ義、真ニ有不反随縁義」云々。妄体空ト真不反ト永不二也。妄ノ成事ト真随縁ト又不二也。但シ、体空ト不二ナレトモ、但シ、在纏ト出纏トテ異也。成事ト随縁トハ亦不二ナレトモ、染縁・浄縁別也。実ニ其性ヲ云ハ、染浄只一水也。在出又一空也。此法門甚深ニシテ至要也。仏法ノ義理存セシ人、定メテ感シ思給歟。圭峯ノ禅師ニ見タリ。

59 楽天詩貧賤亦有楽処

寒山云、「仮千金ノ満レモ蔵ニ、不レ如ニ林下貧一ニ」。書写聖空上人云、（35オ）「閑亭隠士。貧而亦賤。不羨《ネカハ》冨貴一ニ。以之為楽一。四壁雖疎。八風難侵シ。一瓢底空トモ。三昧自濃。我不知人。無恨モ無悦。人不知我。無誉無毀。曲肘為枕。楽在其中。由何更求。浮雲ノ栄耀」。此語、実ニ至要述懐也。世間ニ常ニ尺翫、但少少《シウシウ》文字誤也。八風、利・衰・毀・誉・称・譏・苦・楽コレヲ風ニタトウ人ヲ動スル故ニ。三昧、涅槃経ノ中喩也。経意云、「老テ三ノ味無耳。蕭《シヲレタル》絞滓《カス》ノ味無キカ如ク、年老ヌレハ、出家ハ読誦・座禅ノ此ノ三ノ気味無」ト云ヘリ。世間ニ三昧ト云（35ウ）事有。此レ誤也。不本説也。八風三昧ハ譬、利・衰・出家等ハ法也。壁ト瓢ト風ト味ハ皆譬也。

60 楽天詩云、「水ハ能性淡《アハナレハ》為ニ我友一トモ。竹ハ解レハ心カ空キコト亦吾師ナリ。何ソ必悠々タル人世上ニ費レシ力ヲ労レク心ヲ覓親知一ヲ」。

61 又云、「早年《マシテハ》以身世一ヲ。且ク付逍遥篇。晩歳将心地。廻向南宗ノ禅一ニ。進テハ不厭朝市。退テ不恋人寰。外ニハ順世ノ間法ニ。内ニ脱区中ノ縁。吾自得斯志。投足一ヲ無不安。体非道引適《ヒキヤスク》。心莫モ江湖閑也。真興或弐飲酒。無事多掩開。寂静夜深坐。安穏日高眠。（36オ）秋不苦長夜。春不惜流年。委《マカセテ》形ヲ老少ノ外一ニ。忌ニタリ思ヲ生死ノ間一ニ」。肝要文ナル故ニ記レ之。執心可レ捨故也。

62 賊ヲ養テ子トスル云事下

永嘉大師云、「損シ法財一ヲ滅コト功徳一ヲ、用ル時ノ事也。其真実体ハ一理心也。一霊ノ性ハ自清浄ノ心也。本如来蔵故也。古人云、「染浄ノ根本ハ唯此六根。更無別法。於二此起妄一、生死ニ流転。於二此妄情一、則此涅槃」云々。背覚合塵ト云ハ、首楞厳経ノ中ノ事也。衆生ノ迷ノ始ヲ説文也。経云、「知見ニ立ル知ヲ、則無明ノ本、知見ニ無見、此則涅槃三巻表云々」。知見ハ過ナシ。能所ヲ（36ウ）立テ覚霊ヲワスレ、一性ニソムクヲ背覚ト悟也云、此凡夫ノ惣相也。知見ニ無見ナルニ、背塵合覚ノスカタ、始覚ノ悟也。一念無念ナラハ悟アラハレム。

63
出家不法ニシテ賊ノ分ナル下裏書

四分律四分斎ヲ立。一、賊分斎。破戒ニシテ受。施主ノ物失事、賊ノ如シ。二、罪分斎。持戒ノ志。但悪道ヲヲソル、心也。三、福分斎。生者ノタメ持戒ノ人。四、道分斎。涅槃ノ為メ可持。又四用ト云ハ、破戒ニシテ受ルハ盗用ト云。賊分斎ノ如シ。（37オ）二、負用ハ、持戒ナムトモ五観等セヌ。コレ負物ト也。三、親友用、三果。家人、親類ノ物ヲ用如シ。四、自己用、罪漢応供徳。自己ノ物ノ如シ。律中ニ第二戒微細也。偸盗ノ心ナ・《ケ》レトモ、他財ヲ徒ニスルハ此戒也。応用三宝物ノトカト云。皆施主ノ福貴失スル故也。本文意云、「知而不行国師也。不知而行スレハ国ヲ用也。知而行スルハ国宝也。不知行ハ国賊也」ト云ヘリ。学スル事モ無、行スル事モ無テ、イタツラニアソヒ戯レテ光陰ヲ空クスコシ、サシモモロキ命、受難キ人身ヲ不二思合一、難キ仏ヲモアカメス、唯空ク国ノ費ヱ、人ノ思ヲカフリ不シテレ報人ノミ世間ニオホシ。此ハ世俗ノ言ナレトモ、仏法下地也。此戒ノカレタル人実ニスクナシ。世間ニヲホシ。是ハ世俗ノ言ナレ共、仏法下地也。（37ウ）大論云、「智有トモ多聞無実相ヲ不知ヲ一。眼有共燈無カ如シ。多聞ナレ共智恵無実相ヲ不知。燈有共眼無カ如シ。智恵ト多聞有テ実相ヲ知ル、明ノ中ニ眼有ルカ如シ。智恵モ無ク多聞モ無ヲハ、人身ニ似ル牛也」ト云也。善導ハ、「三福無(ママ)分人ノ、皮ヲ着タル畜生」ト云ヘリ。孝養父母。奉事師長。慈心不殺。具諸戒行。読誦等也。梵網《モウ》ニハ、「戒ヲ不持ヲハ、畜生異ナル事無。牛ノ頭ト無異」。南山ノ業疏、引智論云、「六情根完具、智鑒亦明利而《下著》不求《不覚》道、唐受身智恵《身對初ノ句ニ》、禽獣皆亦知欲楽、以自恣而不知方便、為道修善事、既己得人身、冥勉自利益、不知修道行、与彼亦何異。（38オ）南山ノ尺、「道行何耶。一切無染者是得是也。即由衆生無始対着。是此是彼、是得是共、因之起染、纏縛有獄。故世鈍者多着財色。小有利者多貪名見ニ」云々。祖師意皆同ヲヤ。大恵禅師、「意思染行ヲ滅、世間事ヨリ乃至亦涅槃マテ、無染行是道行」ト云ヘリ。肝要文ナル故ニ長々ト引之抄云々。

64嵯峨釈迦事

律中ニ、亀慈國等ノ四國、本仏ヲ留〳〵シテ写シ来ル。奝然法橋、唐ニテ（38ウ）写シケルニ、新仏ヲ重シテ盗ミカヱタリト云。嵯峨ニハ第二伝仏ト云。実事ハ不知也。生・肇等四人ハ、羅什ノ子云説未決。聖ノ子ハ父ニ似テ智恵モ有リ云。或人難シテ云、「父似ハ聖ルヘカラス」ト。答云、「去ハ一生不犯ノ聖、子ヲ父似テ聖ニテアランスラン」ト答之。比興々々云々。

【巻五上】

裏書

65経声入毛孔事

青丘大賢法師、梵網ノ、「汝是畜生等」云々。下文《尺》ハ、「下劣ノ有情、設無領解、声入毛孔、遠作菩提之因縁」也。涅槃経云々。

66世間者出世者ノ義ノ裏

世間者・出世者ノ事、我ト思ヨリ侍リ。後ニ聖教ヲ見侍ルニ、文証多々侍リ。少々説之。仁王経云、「菩薩未成時、以菩提為煩悩。菩薩成（20ウ）仏時、以煩悩為菩提」云々。守護経云、「或有煩悩ノ能與解脱、以為因縁観実体故。或有解脱ノ能與煩悩、以為因《来歟》生執着故」。此文肝要也云々。楽善ナル時、執着無クシテ道ヲ志セハ、煩悩ニ似トモ、解脱ノ因縁ト成。名利我相ヲ心トスレハ、善事ヲ以テ流転ノ因縁トナリ、何事ヲ以テ善悪ヲ定不レ可ラン。心ニ昇沈ヲワキマウヘキ。是随分自己法門也。首楞厳云、「若能転物、即同如来」。准テ可得意。善能ノ物ニ不転、即是衆生也。物ハ只此法、無迷悟凡聖之処也。又云、「三科七大本如来蔵」。楞伽云、「如来蔵者善不善因也」。有人云、「知之一字衆妙之門也」。又云、「知之一字衆禍之門」。楞厳云也。知見立知ハ衆禍門、知見（21オ）無見ハ衆妙門也。去ハ、物ハ得モナク失モナシ。心ニ用モ時、善ヲ生シ、転セラル、時ハカリニ煩悩ト云。転シテ利益アル時ハカリニ菩提ト云、実ニハ煩悩モ無ク癖《クセ》物也。実ニナニトカ云ハンヤ。サレハ、名ヲ立ル事、ヤムコト事ナキ方便也。実証処ヲハ、経モ尺モ只云言ハ、断心滅（2）ト耳ミ云々。譬ハ山ノ坂、上坂非ス。下坂ニモ非ス。上下ノ人ヲ自ラ、此名ヲ立ツ。又、此理無キニ非ス。此非相相照法門也。相非ハ体、相照ハ用、又不反随縁ノ法門也。又融ワカセル金ハ、何ニノ形モ無シ。此ハ相非也。体也。不変也。鋳形入ル、時ハ、種々ノ形顕ル。此ハ相照也。用也。随縁也。心也。易キ譬。

67孔子面新ナルヲ見下

宗鏡録第七云、「昔ノ物ハ自ラ在レ昔、今物ハ（21ウ）自ラ在レ今。如紅顔ハ自在童子ノ身。白首ハ自処老年ノ体一ニ。所以人判謂ク小壮同体一ニ。百齢一賢徒ニ知テ年往コトヲノミ不覚セ形随一ヲ。是以、梵志、出家ヲ白首ニシテ而帰モ、隣人見之。旧昔ノ人尚存スルヲヤ。梵志曰、「言ハ洒々タリ。昔ノ人ニ非。昔人一也。隣人皆、愕《カイ》然ニ其言一。此ハ面テニモカキヌヘシ。ヒキツ、ケリ。

68世間無沙汰学匠仁王経事

洛陽ニ女房有ケリ。世間サカ〳〵敷、世間《皆歟》弁マ、ニ、常ニツカ女童ニ教ヘケルハ、「人ノ世間ハ大事也。人ノツカヒナトニ物クハセン事モ我ニイへ。人・《ニ》ヨリ折ニヨリテ、多クモ少クモクワスへシ。但シ、客人ナトノ聞カン時、一合二合ナト云ハンモマサナシ。ヤサシキ事ニハ、源氏ノ詞ト云フ。カノ巻ノ（22オ）次第ヲヲホへヨ。一桐壺・二掃木・三若紫ナト云ソカシ。サレハ、『桐壺ナトニセヨカシ』ト云ハ、一合ト心得へ、『若紫ナトニ』云ハ、三合ト心得へヨ」ト教へヲキツ。有時、客人ノ女房ト、源氏ナト見テ遊ヒケルニ、トヲキ所ヨリ、急ク使ノ有ニ、「アノ御ツカヒニハ、如何ニ候へキソ」ト云ニ、掃木ノ、若紫ノナヲミテ、タカ〳〵トシテアキラカナラサルヲ、心チアシク思テ、ツフヤキケル。「アラ心ツキナノ様ヤ」。マタコソ如何ナル昔ノ衣通姫・小野小町トイヒテ、ヤサシカリケル人モ、源氏カシキ今ニシタル事キカネ」ト云ケル。イミシキ利口也。此ノ法橋ノ小法師モ、カクサカサカシクハ又コソ。「昔ノタトク聞給シ伝教・弘法モ、『仁王経、田ノ糞ニ入ヨ』ト仰ラレタル事聞カネ」ト云ヒナマシ。

69遺教経意読タル歌ノ裏（22ウ）

遺誡也。仏弟子タラン人、此ヲ身モハナタスモテアソヒ、読モヲホへへキニ、諸寺ノ僧侶、「我ハスへキ、見スルナ」ト云人有リ。浅間敷事也。仏弟子トモイカ、云ハン。経云、「汝等比丘於諸功徳、常当一心捨ルコト諸放逸、如離怨賊一。大悲世尊ノ所説利益、皆已究竟セリ。汝等但当ニ勤メテ行レ之。若於山間若衆沢ノ中、若在ニ樹下閑処静室一、念所受法勿令室、常当自勉精進修之。無為《ナス》コト空ク死ナハ後致有悔。我如良医知病説薬、服與不レ服非医咎一也」。又、善導ノ々レクニ人、善導聞之不行、非導人ノ過也。此一段コトニ肝要ナル故ニ、若本文要覧ノ人ヤヲハシマストテ、抄之。（23オ）御貴言也。是レハカリ、セメテハ壁ノ上ニモ座ノ右テモヲキ、心ニソメ、口ニ付給フへシ。穴賢。古人詩云、唐人、「病シテハ知リ前路ニ資糧ノ少コトヲ、老ハ覚平生ノ事業非ナルコトヲ。無数ノ青山隔テ江梅一ヲ、與誰同往ク亦同帰一ラン」。在世ニ、再生婆羅門ト云シカ、盛年ニ過テ仏前へ参タリシニ、再生汝今過盛位。死乗将近炎魔王。欲往前路無資糧。求住中間無所止。

70 世間文字常ノ詞ナリ。用ノ様ニヨリテ歌トモナル様ニ、仏用給テ陀羅尼ト成ル事裏（23ウ）宝鑰中ニ、俗ト僧トノ問答有リ。俗問云、「五経ノ文ト三蔵ノ字ト文字是同シ。受持セン何別ナラン」ト。僧答云、「譬《タトエ》ハ、天子ノ勅書、百姓ノ往来文字、同シケレ共、功用更ニコト也。勅書一命シテ賞罰有レハ、此ヲ悦、此ヲヲソル。経法ハ勅書ノ文、書ハ往来如シ」ト云ヘリ。是ノ譬殊勝也。去ハ、仏ノ用時、世間ノ文字陀羅尼ト也。徳用有事信スヘシ。和歌モ唯ノ言ハナレトモ、ツヽル様ノナヒラカナレハ歌ト成也。左京大夫政村歌ニハ、

高シ山ユウコエ暮テフモトナルハマナノ橋ヲ月ニ見ル哉

近比ノ集ニ入テ侍モニヤ。此ノ詞ヲ、常人ノ、「タカシ山ヲ日暮ニ越テ、其ノ麓ノハシ本ノ橋ヲ月夜ニ見テ候ヒシ」トカタリタラン、穴カチニヲモシロカラス。卅一（24オ）字ニヨロシクツヽケラレタレハ優也。仏ノ義理含テ、陀羅尼ニツラネ給ヘリ。歌ノ如シ。如何其徳ナカラン。

（1）本文と同筆で、以下「七識無我々」を削除すべき指示あり。
（2）本文と同筆で、「非」と「相」を入れ替える記号あり。

第八章　長享本の考察

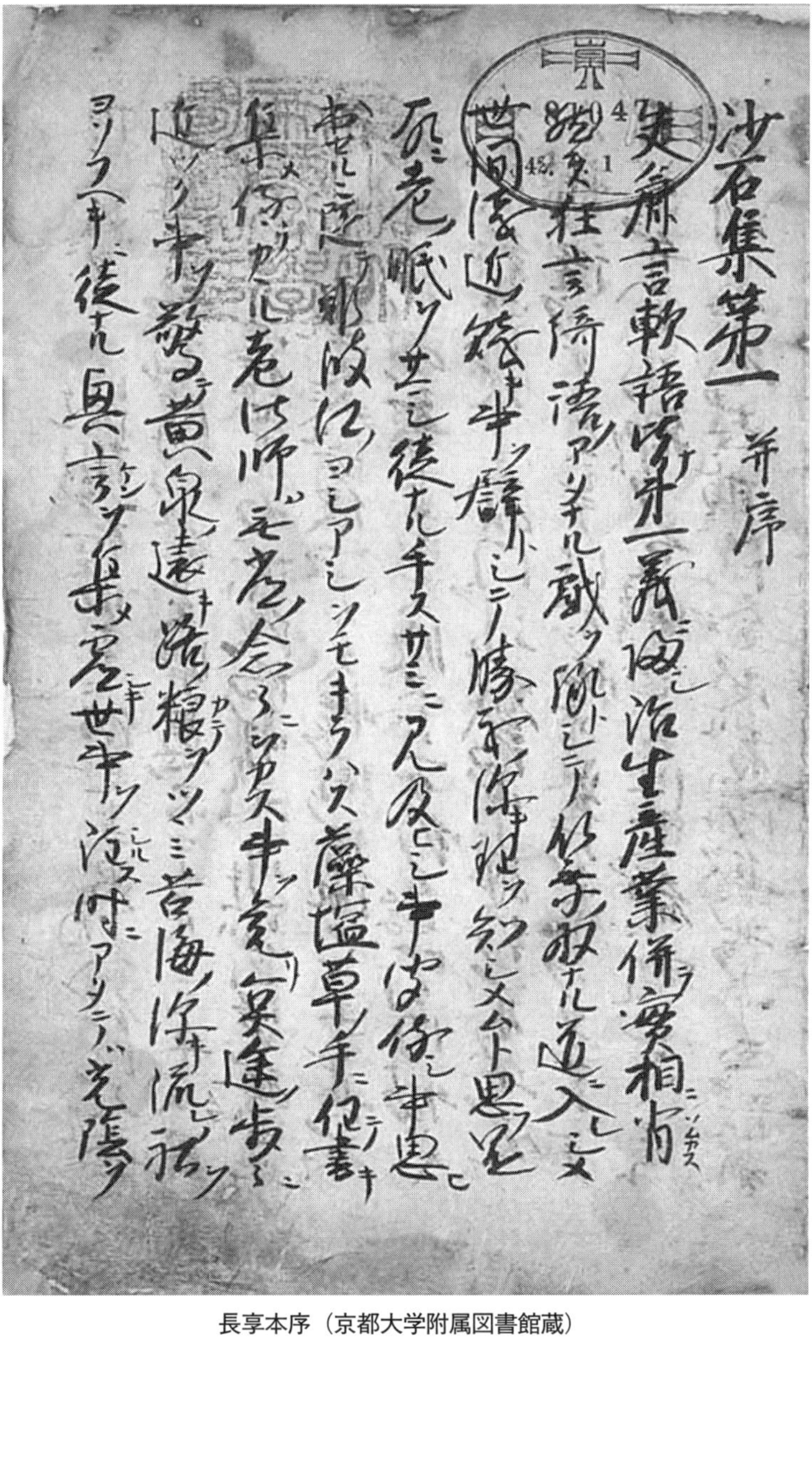
沙石集第一 并序

長享本序（京都大学附属図書館蔵）

第一節　長享本の伝来と識語

一　伝来

京都大学附属図書館蔵長享三年書写『沙石集』（以下、長享本）は、流布本系統の中で最も書写年代の古い写本である。長享本そのものについての研究は、現在までほとんど見受けられず(1)、渡辺綱也による日本古典文学大系の解説が、最も詳細なものである。渡辺の解説を参考としつつ、長享本の概要を述べた後に、主に刊本との比較を通して長享本の特色を考えていきたいと思う。

長享本は巻七を欠巻とする九巻九冊本である。巻三・巻四を除く全巻に快秀の識語があるので、次に抜粋する。

巻一　於高野山金剛峰寺五室菩提院上間学窓写畢。是努名聞利養意楽アラズ。余愚盲短才而一分之無覚解候
間、自然分之出迷之便伺、筆墨染畢。長享三　歴（ママ）己酉八月中澣七日　沙門快秀（勢州）

巻二　於高野山五室菩提院上間学窓書写畢。併自他出迷本誓也。名利思不可有者也。長享三年己酉八月十五日
快秀

巻五　長享三年八月上澣七日書畢　快秀　於高野山五室菩提院上間学窓写畢。
巻六　長享三年己酉七月廿九日書畢　快秀　於高野山五室菩提院上間学窓写之畢。
巻八　長享三年七月廿三日書畢　快秀
巻九　於高野山五室菩提院書写畢。是偏化他転迷開悟之意趣也。後見人々可預御廻向也。長享三年己酉七月中澣八日　快秀
巻十　写本云、明徳二年十二月十日於石住寺書写之　康実云々
雖為悪筆、彼ノ無住之心、此ノ有執之身ニ露斗リアラマホシク覚ヘ侍ルマヽ、写置之畢。愚僧之意願、此ノ本作者之心中ニ相ヒ同ジ。忝ク上智ノ古徳ニ下愚ノ今身ノ廻向之心等シト云ル雖モ有ト恐、三密平等之義、諸仏猶ヲ衆生ニ同也。況ヤ人倫ヲヤ。一心不生ナレバ、何ゾ古今ノ隔テ有ン。三世之分別ハ、夢中ノ権現也。実ニハ一念ニ久遠劫在之乎。
於高野山五室菩提上間学窓書写畢。長享三歴（ママ）己酉七月中旬　快秀

巻十の識語から、明徳二（一三九一）年、康実という僧が石住寺で書写した本を、長享三（一四八九）年に、快秀が書写した本であることがわかる。康実、また石住寺については詳細が不明であるが、明徳二年と言えば、無住の『沙石集』執筆（弘安六年）後、百八年後に、そして無住の没後七十九年後に長享本の親本は書写されたことになり、現存する流布本系統の諸本の中で、最も書写年代の古いものとなる。快秀についても、巻一識語の傍注より伊勢国の出身であるらしいが、それ以外の情報はないに等しい。ただ高野山五室菩提院上間学窓にて長享本を書写しており、この菩提院については『高野山諸院家日記』において「五室道北鼻」に位置する一院として「菩提院　検校中院明算建立、安置御骨」とあり、『高野伽藍院跡考』ではより詳しく、「本記云、中院明算検

校寛治年中創ニ造菩提院塔一。嘉承元丙辰九月十一日入寂。斂ニ収遺骨一。一心院不動堂西脇塔是也。又此奥谷詰有ニ塔屋敷一。是亦検校支配之攸也。彼斂骨之塔未レ考ニ何見一也」とある。特に『高野山諸院家日記』は文明五（一四七三）年当時の高野山上の堂塔子院を列挙した書であり、快秀在世時の高野山の状況を把握するには適したものと思われ、菩提院は恐らく高野山中興の明算ゆかりの堂宇であったと思われる。

またこの快秀について一つ気にかかるのは、『高野春秋編年輯録』巻十一に載る次の記事である。

夏四月六日。前職鑰渡。快憲師化去替。十三日快算検校拝堂。観空房。西光院。州之湯浅産也。執行代。前役同人月餘卒。快秀。字智乗房。無量光院。

永正九（一五一二）年四月十三日、快算が検校となった折の執行代として快秀なる僧の名前が見える。永正九年は長享三年から二十三年後であり、長享本を書写した快秀と同一人物としても一応無理はない。字は智乗房、無量光院の者とあるが、無量光院[2]は五室谷と峰続きの千手院谷にある一宇と思われ、菩提院の学窓で研鑽を積んだ快秀が後に無量光院に住したと考えることも出来るであろう。

さて長享本そのものの書写については、識語によると、

巻一　八月中澣七日→八月十七日
巻二　八月十五日
巻五　八月上澣七日→八月七日
巻六　七月二十九日
巻八　七月二十三日
巻九　七月中澣八日→七月十八日

巻十　七月中旬→七月十日〜

という順序で行われたことになり、巻十から巻一へと逆順で書写されたことがわかる。この間の事情はつまびらかにしないが、長享本は全一筆であるから、快秀とは別人が同時に巻一から書写していた等様々な理由が考えられるだろう。渡辺は長享本について、次のような評価を下している。(3)

現存の略本系諸本中、最古の書であり、徳治三年（一三〇八、十月九日延慶と改元）五月の加筆以前の形を伝える書ではないかと考えられる。流布の刊本に比して、全巻に甚だしい本文上の相違があり、特に巻第九において著しいのは、沙石集成立過程を考える上に、重大な意義をもつものと思う。

私見においても、この渡辺の見解は適当であると考えるが、その後、より詳しい考察が何もなされてこなかったことから、長享本の特質が諸本論に生かされることはなかったのである。そこで次に、長享本が徳治三年の改訂以前の本文を有することを再確認した上で、他本との比較において重要な差異を取り出し、長享本の性格を明らかにしていきたい。

二　識語

長享本巻二第五条「地蔵ノ看病シ給ヘル事」の最後に、本文に続く形で次のような識語がある。

永仁三年十一月廿一日、此ノ書ノ文字ニ謬アリ。少々書入レタキ事候マヽ、ニ、満七十ノ老眼ヲ拭テ、悪筆ナガラ、少々裏書ヲ仕候。本ヨリ愚拙ノ草ヲ、不レ意ナラ草案ノマヽニテ洛陽ニ披露ス。冥顕ニツケテ其ノ憚多シ。只愚俗ノ一念ノ信心ヲ勧メンガ為也。智人ノ前ニハ勧メガタク侍リ。　沙門無住

刊本にも同内容で同位置にある識語であり、長享本が無住の永仁の改訂を受けている本文であることは確かな

ようである。しかし続く巻四、巻五の巻末には、刊本には次に挙げる識語があるが、長享本にはない。

【巻四】

圭峯ノ言ヲ題ニシテ思ツヽケ侍リ。
ヨシモナク地水火風ヨリアツメ我レト思ゾクルシカリケル
ヤソヂマデカリアツメタル地ト水火ト風イツカヌシニカヘサン
ヨシサラバモヌケテサランオシカラズヤソヂニアマルウツセミノカラ
アヤマリニ影ヲ我レゾト思ソメテマコトノ心ワスレハテヌル
アキラカニシヅカナルコソマコトニハ我心ナレソノホカハカゲ
随分述懐　無住八十三歳
徳治三年戊申五月廿一日
沙石集第四終　　神護寺　迎接院
乾元第二暦癸卯季春之候、此書道証上人奉渡畢　道慧
永仁第二暦甲午中春始之三日、於洛陽正親町油之小路書写畢。偏是為仏法興隆欲令弘通耳。片山貧士春秋四十五
裏書中ニ肝要ノ事ハ面々少々カヽルベキ歟
此物語、先年草案シテ未及清書之処、不慮ニ都鄙披露。仍同法書写テ此本ヲ下。文字謬多。仍コレヲタダシ、裏書少々注之。老耄之上、病中散々タリ。心ヲエテ清書セラレ候ベシ。(慶長古活字本)

【巻五】

人感有歌

本ノ裏書云、草本ニ多有之。此本ハ同法書之。皆弁タリ。仍又書付。写人、任心可有取捨。無住八十三

（以下、他本の「人之感有歌事」「連歌事」「万葉ガ、リノ歌ノ事」等を載せる）

永仁第三之暦乙未孟夏中之六日、於西山大原野而書畢　片山貧士道慧

乾元二暦癸卯季春之候、此書道証上人奉渡畢　道慧（慶長古活字本）

巻四の徳治三（一三〇八）年の識語について、小島孝之は、無住の執筆姿勢を四期に区分した上で、第四期（嘉元三年〜延慶四年）の中に分類している。[4] この時期は、『沙石集』に裏書すると同時に『聖財集』の添削も行っており、この時期の裏書には「歌に関係する場合が多い」と指摘している。「無住は自身の歌（連歌）を記す時には幾分かの含羞を交えてことわり書きを加えている」との判断のもとに、裏書に歌関連のものが集中した理由を、次のように述べている。

最晩年に至り、たとえば巻五に対する徳治三年の裏書のように、草稿本にあってその後削除されていた和歌、連歌群が復活させられてくるのは、『沙石集』が無住にとってそのような気負いの対象ではなくなったということを意味するのではないか。すなはち、彼の仏教家としてのエッセンスは『聖財集』に既につぎこまれていたので、『沙石集』は文字通り「愚俗」相手を看板にすることができるのであり、それだけ彼にとって肩臂張らなくてもよい場になったのであると思う。

その後、徳治三年の裏書が、法隆寺の恵厳という僧にあてて、個人的に付与されたものの一部であることが加賀元子によって証明された。[5] 西大寺蔵『妻鏡』に、『沙石集』の裏書集とも言うべき資料が合綴されていたのである。資料のうち、本稿に関わりのある部分を、加賀の論攷より引用する。[6]

無住上人、此徳治三年戊申五月、法隆寺参籠ノ次ニ、恵厳対面、借二請此書一。彼上人、六月上旬ニテ、桃尾ニ居住シテ被レ遣、廿一日ニ為二恵厳一注二裏書一而被レ送レ之。愚身之面目也。上人ノ裏書云、裏書中ニ肝要之事ハ、面ニモ少々カヽル《（マヽ）》ヘル事歟。此物語先年草案シテ、未レ及二清書一之処、不慮ニ都鄙ニ披露。他ニ同朋書写シテ此本ヲ下。文字謬多。仍コレヲタヽシ、裏書少々注レ之。老耄之上、病中散々タリ。心ヲエテ清書セラレ候ベシ。文字ヲバ事闕ザレドモ、本ヲナヲシ候也。随分其処ニテ可二見合一也。

裏書云　圭峯ノ言ヲ題ニシテ思ツヽケ侍リ。

ヨシモナクツチ水火風カリアツメ　ワレトヲモフゾクルシカリケル

ヤソヂマデカリアツメタル地《ツチ》ト水　火ト風イツカヌシニカヘサム

ヨシサラバモヌケテサラムヲシカラズ　ヤソヂニアマルウツセミノカラ

已上勿認色身□（□虫損）

アヤマリニカゲヲワレゾト思ソメテ　マコトノコヽロワスレハテヌル

アキラカニシヅカナルコソマコトナレ　我心ナレソノ外ハカゲ

已上勿忘念心也

随分述懐也　　無住八十三才

徳治　戊申五月廿一日　桃尾寺住レ之

徳治三年五月に、無住は法隆寺に参詣したついでに、恵厳と対面し、その後、裏書を注した『沙石集』を恵厳に送った、ということである。恵厳が記す裏書の内容は、従来刊本等に認められた徳治三年の奥書と一致する。つまり元は恵厳個人に当てられた裏書が、刊本等には残されたということである。

また巻三について、長享本は上下の区別がないが、刊本は第二条と第三条の間で上下を分けている。その刊本の上巻の末尾にあたる場所に、刊本では次のような本文がある。

荷澤ハ第六ノ祖、慧能嫡弟即第七祖師也。如来知見ト云、法華ノ四仏知見也。無住ノ心ハ浄名ノ無住ノ本也。禅教ノ所詮、不定方便少キ異也。他郷ト云ハ三界也。本国ハ浄土也。安楽集ニ有レ之。敵国ニ人ノ子取レテ悪使ル、ガ、本国へ帰ラント思如ク、娑婆ヲ他国ト思、極楽ヲ本国、父母ノ国ト思テ、浄土ノ行業スベシト云リ。

述懐云、

アナガチニ目ミセヌ人ヲヘツラハジ　目ミセン人ヲモマタイナト思ハデ
法ニスギナサケフカクテ目ヲミセン　人ニムツバンソノホカハイヤ
ヘツラヒテタノシキヨリモヘツラハデ　マヅシキ身コソ心ヤスケレ
勝軍論師ノ心ヲ学シテヨメリ。（慶長古活字本）

前半部は、巻三第一条にある荷澤の、

我此禅門一乗ノ妙旨ハ、以ニ無念一為レ宗。無住ヲ為レ本、真空ヲ為レ體、妙有ヲ為レ用。妙有ハ即摩訶般若、真空ハ即清浄涅槃。般若ハ無レ見、能見ニ涅槃一。涅槃ハ無レ生、能生ニ般若一。西天諸祖共ニ傳ニヘ無住之心一ヲ。同ク説ニク如来之知見一ヲ。

という言葉の注である。後半の和歌は、「勝軍論師ノ心ヲ学シテヨメリ」とあるように、巻三第一条にある勝軍論師の逸話に関連したものである。勝軍論師は西インドの明匠であり、西遊した玄奘三蔵の師ともなった人物である。出離の行のために杖林山というところに籠もり、戒日大王から十八の大きな県を与えられても参上しなかった。世事にまみれて出離の行から遠ざかる愚かな凡夫の中にあって、「勝軍論師ノ言、肝ニソミテゾ覚エ侍ル」と、無住は本文中でも惜しみない讃辞を贈っている。「アナガチニ…」と「ヘツラヒテ…」の二首は、『雑談集』でも述懐歌として確認出来るものであり、書き様から推察するに、この部分も年月の記載はないものの、先に述べた徳治三年以降の書き入れ部分であり、もとは恵厳に与えた『沙石集』の裏書に加筆したものである可能性もある。ただし前半部の「荷澤ハ…浄土ノ行業スヘシト云リ」については、後半の和歌と連動して、従来徳治の書き入れによるものかとされてきたものの、徳治はもとより永仁の改訂も受けていないと目される吉川本に既に確認できるため、後半の和歌の書き入れ時期とは切り離して考えるべきであろう。とまれ後半の一連の和歌を長享本が欠くことは、やはり徳治の改訂以前の構成を持つことの証左となるのである。

第二節　長享本の構成と特色

長享本が徳治三年の改訂を受けておらず、刊本よりも古い状態の本文を有することを確認したが、ここからは長享本の独自性を具体的に考察したい。刊本が長享本に比して本文が増補されていることは明白であるが、時として刊本にはない内容を長享本が持っていたり、同様の話を載せていても語り口が別個のものであったりする場合があるので、両者の比較において重要と思われる部位を取り出し、以下に検証する。

一　『発心集』受容の問題

まず長享本の巻一を通観するに、『発心集』に関わる記事が長享本では抜け落ちていることに気付く。巻一第四話「神明慈悲貴給事」は、三輪の常観房が吉野詣での途次、死穢は禁忌であることを知りつつも、母親を亡くして葬送もままならない幼い姉弟を捨て置く事が出来ず供養し、かえって神はそれを許し厚遇したという一話に始まるが、末尾に刊本では次の記述がある。

日吉へモ或遁世者、死人ヲ持孝養シテヤカテ参ケルヲ、神人制シケレハ、御託宣アリテ御ユルシアリケリト云リ。

話の梗概のみであるが、これは恐らく流布本『発心集』巻四ノ十「日吉の社に詣づる僧、死人を取り奇しむ事」と同話であろうと思われる。

また巻一第八話「生類神明供不審事」では次の記事が長享本にはない。

江州ノ湖ニ、大ナル鯉ヲ浦人トリテ殺サントシケルヲ、山僧直ヲトラセテ湖へ入ニケリ。其夜ノ夢ニ、老翁一人来テ云ク、「今日我命ヲ助ケ給事、大ニ無本意侍也。其故ハ、徒ニ海中ニシテ死セハ出離ノ縁カクヘシ。賀茂ノ贄ニナリテ、和光ノ方便ニテ出離スヘク候ナルニ、命ノヒ候ヌ」ト恨タル色ニテ云ケルト古物語ニアリ。

右もまた、流布本『発心集』巻八ノ十三「或る上人、生ける神供の鯉を放ち、夢中に怨みらるる事」を簡略化したものである。刊本では続けて同じく江州の湖で自分のお腹に入れれば出離するぞと言いながら大っぴらに魚を食べた僧の話を載せており、そちらは『発心集』に確認出来ない。『発心集』の鯉の話から連想される当世の話を続けたという体裁であるが、これらの二話を長享本では全く欠いているのである。

巻四第五話「妻臨終之障成事」は流布本『発心集』巻四ノ五「肥州の僧、妻魔と為る事　悪縁を恐るべき事」と同話であるが、長享本、刊本共に収録している。しかし刊本は末尾を「発心集ニ侍ルヲヤ」という一語で締めるが、長享本にはこの一語がない。

以上のことから、長享本から刊本に至る段階で、『発心集』に関わる記事が増補されていることがわかる。『沙石集』諸本によって、『発心集』の引用状況にはばらつきがあり、これらの増補も含めて、無住の手によるものか、後人によるものか俄には判断し難いものも多い。『沙石集』における『発心集』受容は『発心集』の流布本と異本にまたがり、なおかつ段階的である可能性も秘めているため、無住著作における鴨長明著作の受容という問題として、より広く詳細に検証する必要があると考えている。

二　嵯峨釈迦の事

次に巻四第三条「上人之子持タル事」にある、肇に関する逸話の相違について考えたい。肇については、内閣本において、肇の著作である『肇論』や『宝蔵論』の引用が、『沙石集』の中で徐々に増えていくことを指摘した（311頁）。この巻四に収録されている逸話は、長享本と刊本でかなり隔たりがあるので、次に対照して示す。長享本にある番号は、上段の刊本と同内容の本文が何番目にあたるか、という話順を示したものであり、その内容を欠く場合は「ナシ」、異文である場合は文章で示した。

刊本	長享本
A 嵯峨釈迦事、律ノ中ニハ、亀茲国等ノ四国ノ王、次第ニ本仏ヲ留テ、写テコレヲワタシタテマツル。第四伝トミエタリ。奝然法橋盗ミテ、唐ノ本仏ヲ渡セリトイヘリ。嵯峨ニハ、第二伝ト申トカヤ。実ニコレヲシラズ。	④
B 呉王、后ヲ二人ヲシ合テ、聖ノ種ヲツガントス。遂ニ生・肇・融・叡ノ四人ノ弟子ヲマウク。	③
C 生・肇等ハ、羅什ノ子ト常ニ申ナレタリ。但、一説只ノ弟子トイヘリ。	①

実事知ガタシ。

D 上人ノ子ハイカニモ智者ニテヒジリナリト申セバ、或人難テ云、「父ニ似テ聖ルベカラズ」ト。答テ云、「サラバ一生不犯ノ聖ノ子コソ、父ニ似テ聖ランズラン」ト答テ、比興云々。

E 南山ノ感通伝ニ、大師天人ニ問テ云ク、「羅什乱行ノ聞アリ。実カ否ヤ」。答云、「三賢ノ菩薩也。不可沙汰」云々。私推シテ云ク、末代ハ持戒ノ人希也。然ドモ正法ヲ弘通セバ、可有益。其跡ヲ示給ニヤ。又問云、「法華ハ前後有二四品一。何ゾ唯什公ノ訳、天下ニ翫レ之」。答、「什公、七仏ノ出世ノ毎レ度、翻訳ノ三蔵也。十輪経ニ正見僧ト云ハ、犯戒ナレ共、正法ヲ説ク、可レ為師ト云リ。心地観経ノ心同之。

F 安楽行品ノ不親近国王大臣ノ文ヲ、慈恩大師釈ストシテ、呉王妻ヲ譲シカバ、恥ヲ千歳ニノコストイヘリト。犯戒ノ後ハ、縵衣ヲカケテ寺ノ外ニ居シ、寺ニ入テ説法ノ時ハ、度ゴトニ、「我身ハ淤泥ノゴトシ。所説ノ法ハ蓮華ノゴトシ」トイヘリ。サテ法華翻訳ノ庭ニ、四人ノ弟子ト共ニ訳セリ。冨樓那ノ授記ノ文ノ、「人天交接両得相見」ハ、肇公ノ訳ノ語也。古訳ニハ「人見天天見人」ト訳セラレケルヲ、「聞ニク、候」トテ、訳シナオサル。仍時ノ人、コレヲホメテ、「マサル肇公」トイヘリ。一説ニハ叡公ト云々。

---

②

ナシ

⑤

「一説ニハ叡公ト云々」ナシ。

右から、長享本は刊本の本文をC→D→B→A→Fの順に載せ、Eを含まない。末尾の「一説ニハ叡公ト云々」の一文も欠く。長享本以外の流布本系諸本を見てみると、内閣第一類本は、B→C（「一説ニハ子ニ非、弟子也ト云ヘリ」の一文のみ）→F（「一説ニハ叡公ト云々」ナシ）となり、巻四の最後に、裏書の形で「嵯峨釈迦事」として、ACDを簡単に載せる。東大本は、A（脱文あり）→B→C→D→F→E（裏書）、神宮本は刊本通り、岩瀬本はA（裏書）→B→C（裏書）→D→Fの順であり、Eはない。このあたりの事情を推察するに、まずEをもつグループが一番新しいタイプであることがわかる。すなわち刊本、神宮本、東大本である。このタイプは巻四の末尾に徳治三年の識語が認められるので、Eについては、徳治三年の裏書によるものかもしれない。ただ岩瀬本にも徳治の識語があるので、即断はできない。次に続くのが刊本と同様の話順である岩瀬本、そして長享本、内閣第一類本と続くことになる。ただ話順は異なっても、内閣第一類本は長享本に比して本文として欠く部分が多く、本文の語句も、長享本と刊本が同様で内閣第一類本が異質であることから、長享本の方が新しいと言えるであろう。長享本の話順は他に例を見ない特殊なものであり、どういった段階でこのような本文が出来たのか判然としない。ちなみに右のAからFの記述の直前に、米沢本から刊本に至るまで鳩摩羅炎、鳩摩羅什、生・肇・融・叡に関する一定量の記述があるのだが、米沢本、梵舜本はその記述のみで、AからFを全て載せていない。後々の改訂で、多くの内容が増補され、しかもそれが段階的に行われていることが、諸本の収録状況の複雑さに反映したものと思われる。

　また嵯峨清涼寺の本尊である釈迦像の伝来を述べる内容については、Aにあるように、無住は「第四伝」と、「第二伝」の二説をあげている。米沢本の時点では、「天竺ノ鳩摩羅炎、優塡王ノ像、今ノ嵯峨ノ釈迦ヲ漢土ヘ渡シ奉リケルニ」としか述べておらず、嵯峨清涼寺の釈迦像が、「四伝」か「二伝」かということについては関心をはらっていない。先行研究(7)によれば、公卿の日記等では「三伝」と記されていることが多いらしく、無住在世時においても「四伝」、「三伝」、「直伝」、「二伝」等、様々な説が混在して流布していたらしい。山田昭全によれば(8)、「第二伝」というとらえ方は、第二種七巻本『宝物集』以降、顕著な考え方であると言う。その後も、「奝然が盗んだ」という行為への躊躇から、「二伝」ということへの言い訳が様々な形でなされていくらしい。無住自身は結論を保留しているが、米沢本の時点で記さなかった釈迦像の由来について、流布本系統の本文に改稿した際に、依拠した資料等についても注意を要するであろう。

三　巻九の諸問題

全般的に刊本とは少なからず本文が異なる長享本であるが、その差異が最も甚だしいのが巻九である。長享本の巻九は、古本系諸本では巻十上に相当する。

長享本は、刊本と似通った本文を持ってはいるが、同じようなことを言っている場合でもその書き方が異なっていたり、論証していく過程、つまり話の順番が錯綜し、刊本に比して順不同になっている場合がある。そしてその行間を補うような形で、長享本独自の本文が認められるのである。特に巻九については、長享本独特の構成を取っているとしか言いようのない読後感を得るが、流布本系諸本の中で、なぜ長享本のみがこのような独自本文を持っているのだろうか。最も単純に考えれば、流布本系の本文に改稿された時期の、未整理の跡を留めた本であり、刊本はそれをより整えたという答えがあるだろう。ただそれにしては、『沙石集』改訂の通常の方法からは外れている、との印象を受けるのである。『沙石集』において、改訂をする場合、論証を強化するために典拠や例話を加えたり、反対に不要となったところを削除したりする方法が通常である。よって読者にも、その改訂の方法や意図が大抵想像できる。しかし長享本と刊本を比較した際に表れる差異は、それが改訂によって生じた差異であるとするならば、それによって何が変わるのか、またその意図がどこにあるのか、判別しがたいのである。この長享本の異質性は、無住以外の人間による増補改訂の結果であるかもしれず、長享本の特殊性がよく表れた箇所を、以下指摘しておく。

まず巻九第一話「浄土房遁世事」は、日頃から往生するための心構えを持ち、その「ならし」をすることの重要性を説く一条であるが、例話の後の論説部分に、廬山の恵遠法師の話がある。恵遠は廬山に白蓮社という遁世者集団を営み、往生を願い決して山を下りることのなかった聖である。その恵遠の生き方を讃える無住の言葉を次に比較してみたい。

（前略）坐禅談義ノ外ハ世事ヲ交ヘザリケリ。堂ノ前ノ池ニ蓮華生ジ、余念起ルトテ、ホリステタリト伝ヘタリ。今ノ人ハ世事ヲ厭ハズシテ、専ラ念仏ノ行立チガタク見ヘタリ。彼ノ行儀ニテコソカタカラメ。身ハ家ニ有リトモ、心ヲ専ニシテ、念仏坐禅ヲモ行ジ、形チハ世ニマガフトモ、夢幻泡沫ノアダナル事ヲ思ステヽ、随分ニ実ト有ラバ、往生ノ素懐ヲモ遂ヌベシ。浄土ノ法門ハ、才覚多カラズ。只厭離穢土ノ心、欣求浄土ノ志シ、誠有テ、念々相続シテ行ズル外ノ要ナシ。（長享本）

（前略）是ホドノ遁世ハ難クトモ、志シマコトアラバ、身ハ家ヲ出ズ、形ハ世ニ交ルトモ、マメヤカノ信心アリテ、穢土ヲ厭フ心深ク、浄土ヲ願フ心切ナラバ、往生ノ頼ミ疑ヒアルベカラズ。末代ハ真実ノ道心アル人ハ少ク、教門ヲ学ナガラ、仏ノ教ヘニ背クノミ多シ。（慶長古活字本）

長享本の傍線部は刊本には認められないものであり、これだけでは内容があまり明確でないが、古本系の成簣堂本と流布本系の神宮本に、関連する独自異文がある。

(前略)往生ノ大事ヲ遂タリト云ヘリ。白蓮社ノ堂ノ前ニ池アリ。蓮ヲ殖タリケルヲ、恵遠法師、是ホリ棄テサス。其故ハ、花ヲ見バ、餘念起テ念佛ヲ忘レントナリ。行人ノ教ニ相応スベシ。善導ノ釈ニ云、「念々不レ捨者、是名正定之業」ト。四修ノ作業是也。等閑リニ行ジテ、必定ノ往生ト打固メテ、厭離穢土ノ心薄ク、欣求浄土ノ思ヒ浅クハ、蓮台ニハ乗ハヅレヌベキヲヤ。(成簣堂本)

右は成簣堂本で「廬山遠法師事」と新たに題目を付して記載されている。白蓮社の堂の前に池があり、そこの蓮の花を「余念が生じる」として恵遠が掘り捨てさせた、という文意であり、成簣堂本と長享本、神宮本には一旦加筆されたものの、刊本には収録されなかった中途段階の本文が残ったのであろう。しかし、成簣堂本ではこの本文終了後に、右の刊本と同様の「是ホドノ遁世ハ難クトモ…」以下の本文が続いており、他の諸本も刊本とほぼ同様の内容であるから、長享本の「今ノ人ハ…」以降は独自文ということになる。刊本は、俗世にあっても信心堅固に浄土を願っていることの重要性を説くものであるが、長享本は波線部にあるように、とりわけ浄土の法門の修し易さを説くのである。

語り口の差異は、次の二点にも端的に表れている。

受楽ノ為メニ浄土ヲ願フ人、猶スクナシ。度衆生ノ心、弥希也。「易往無人」ト尺シ給ヘル、実ナルカナヤ。当来ノ生所ハ、今生ノ心ニ思染、身口ニ成ス所ノ薬リ也。因顕レテ、其ノ報ヲ受ル也。譬ヘバ、形チ邪《ユガメバ》、影斜《ナヽメナリ》。音濁レバ、響キ宣《カマビスシキガ》如ク、形チト音トハ因ノ如シ。影ト響トハ果ノ如シ。是レ少シモタガワヌ事也。(長享本)

世路ニタシナミワシレドモ、身ユタカニ心安キ事ナシ。カヽランニ付テハ、菩提心ヲ発シ、往生ノ行ヲツトムベシ。稀ニ受ケタル人身ニテ、急イデ浄土ヘ生ジ、有縁無縁ヲ導カントコソ思フベキニ、流転生死ノ業因ハ、作セドモ〳〵アキタラズ、浄土菩提ノ妙業ハ、教フレドモ〳〵思モ入レズ。生ヲ受ル事ハ、心ノ愛着スルトコロ、業ノヒクニマカセテ、其報ヲ受ク。然レバ、当来ノ生所ハ、今生ノ心ニ好ミテナス業因、果報ニアラハル。（慶長古活字本）

どちらも今生の業因が来世の果となって現れることを説いたものであるが、長享本は影と形、響きと音、といった独自の譬えをもって話を展開している。ただし傍線部のみは、米沢本に見られる一文である。

浄土房ノ事、浦山敷ク侍ルマヽ、ニ、書付テ侍リ。唐国ノ或ル土ニハ、朝夕、軍《イクサ》ノナラシヲノミスト云リ。後世ノ事ニ、殊ニ志シ深カラン人ハ、朝夕臨終ノナラシヲスベシ。（長享本）

能々仏法ニ薫習スベシ。ソラヲアヲグ事アルベカラズ。浄土房ノ志ノ如ク、一念モコノ身ヲ惜マズ、此世ニ心ヲトヾメズバ、往生ノ素懐ヲ遂ゲン事難カラジ。愚カナル人ノ心ヲ勧メントテ、書置キ侍リ。賢キ人ノ為ニハ侍ラズ。（慶長古活字本）

第一条「浄土房遁世事」の末尾部分である。米沢本も刊本とほぼ同様であり、長享本以外は、それほど異同のない文章であるが、長享本においては、先の影と形、響きと音の譬喩に共通するような、突飛とも言える唐国の例を引き合いに出している。第一条の締めとしては、刊本の本文の方が適当であろう。

次に第二条「吉野執行遁世事」にある、阿闍世王が父である頻婆沙羅王、母である韋提希夫人を幽閉した逸話を取り上げる。

阿闍世王ハ調達ノ悪縁ニ値テ、父ヲ幽閉シ母ヲ害セントス。父母悪子ニ値テイカバカリ妄心モ深ク悪念モ甚シク有リナント思フ方モ侍リ。又能々思ヒ解ケハ、調達モ阿闍世モ父母ノ善知識也。父母ハ閉コメラレテ、目蓮、斎戒ヲ授ケ、富楼那、説法セシカバ、那含果ヲ得タリ。夫人ハ害セラレントセシ時、穢土ヲウトミ浄土ヲネガフ。実ノ菩提心ヲ発シ、浄土ノ門ヲ開キ、只我レ一人往生スルノミナラズ、五百ノ侍女、末代ノ四輩マデ、彼ノ因縁ニヨリテ浄土ノ往生ヲ遂。目出キ知識ナルベシ。サレバ父ヲ聖者ト成シ、母ヲ無生忍ヲ得セシム是レ程ノ善知識アラジトコソ覚ユレ。(長享本)

阿闍世王ハ調達ト云悪友ニ値テ父母ヲ幽閉シ父母ハ悪子ニ値テトチコメラレシカハ、コレホトノ悪縁ハイカテカ有ヘキニ、事ノ心ヲ能々思トケハ、調達・闍王ハ頻婆沙羅王・韋提希ノタメニハ善知識也。王ハ閉コメラレテ、日々ニ斎戒ヲ受ケ、ツヒニ第三果ヲ得。夫人ハ浄土ノ教門ヲ仏ニ受テ、極楽ニ生レ、末代マデノ利益ヒロシ。サレハ父母ヲ仏道ニ入レタルホトノ善巧方便ヤアルヘキ。(慶長古活字本)

右の比較から、長享本が阿闍世王の逸話をより細部まで書き込んでいることがわかる。代わって、ここには挙げていないが、刊本は長享本よりも無住自身の訓戒的な本文が付加されている。逸話を詳細に書くか、簡単に概要を記しただけで、そこから広がる教訓的な文言に重点を置くかの違いがあるが、傍線部に見るように、長享本では韋提希夫人の度衆生の心をより重点的に書き込んでいるようである。この逸話を通して無住が述べたかったことは、闍王のように父母を幽閉する、という悪子をもったが故に、かえって頻婆沙羅王と韋提希が得脱したように、悪子は父母にとって解脱するための善知識となる、ということであろう。長享本ではこの主張を、

此ノ道理ナレバ、ヨキ子ノ為ハ罪ヲ造テ地獄ニ落ベシ。闍王ノ如クハワロキ子ヨシト見ヘタリト。

という表現で載せるが、これでは父母に優しい善子は悪なのか、という疑問を残すことになる。この部分を刊本では、

然レバ、ヨキ子ハアシク、悪シキ子ハヨキ事モアリ。又一向ニカヽルベキニモ非ズ。悪子ニアウテ、恨ミアタヲ結ビ、罪ヲ作リ、又悪人ノ子罪ヲ作レバ、亡ゼル親、苦ヲ受ル如キハ、悪子即チアタナリ。

としており、善子が悪になるか善になるか、また悪子が善となるか悪となるかは、場合による、という解釈をしているのである。長享本はどうやら韋提希夫人の衆生を救わんとする菩提心の尊さ、そして韋提希夫人自身が彼等の善知識となるということに力を込めて書いたが故に、当初の阿闍世王が父母の善知識となること、また悪子がかえって父母の善知識となることについての一貫した主張が散漫になってしまったとの印象を受ける。その点、論説部分に重点を置いた刊本は、主張にも一貫性があり隙がないと言えるであろう。

最後に、第三話「俗士遁世門事」から、信西の十三回忌に大寺の高僧となっていた子息達が集まり法会を催したという一話に触れておきたい。

故少納言入道信西十三年ニ子孫ノ名僧上綱寄リ合テ、一家八講トテ醍醐ニテユ、シキ仏事有リケリ。開白ハ聖覚法印、結願ハ明遍僧都ト定テ、覚憲僧正ハ興福寺ノ別当、勝賢僧正ハ醍醐座主、澄憲法印ハ天台、静憲法印ハ三論、等使者ヲ高野ヘツカハシテ、此由ヲ申サレタリケル返事ニ、遁世ノ身ニテ候ヘハエマイラシト申サレタリケリ（後略）。（長享本）

南都や天台の高僧となっていた子息達であるが、傍線部は刊本に全て見られない。またこの後、「遁世の身であるから行かない」と断った明遍に対して、兄たちは「遁世の身となったら親の孝養もしないのか」と重ねて問いつめるのであるが、明遍の理に折れ、「そういえば亡き父も、自分たちを教訓する時は、小禅師であった明遍を遣わしたものだ」と得心し合い、話は終わるのである。これだけでも一族の堅い結束と往古の懐かしさ漂う一話であるが、長享本には刊本にない次の一文が最後に載る。

サテ結願ハ解脱房ノ上人、無下ニ若クヲワシケルガ、目出クセラレタリケルヲ、澄憲法印、背ヲタ、イテ、イツワ子ハコレ程ニ成レルゾトテ、大ニ感ラレケルト云リ。

信西が死去したのは平治の乱での敗死であり、平治元（一一五九）年である。その十三回忌となると承安元（一一七一）年であるから、澄憲四十五歳、覚憲四十歳、勝憲三十三歳、明遍二十九歳、貞慶十六歳、聖覚四歳ということになる。

信西
- （貞憲）――貞慶（一一五五～一二一三）
- 澄憲　安居院（一一二六～一二〇三）――聖覚　安居院（一一六七～一二三五）
- 覚憲　興福寺別当（一一三一～一二一二）┄┄貞慶
- 静憲　法勝寺執行（生没年不詳）
- 勝憲　醍醐座主（一一三八～一一九六）
- 明遍　高野蓮華谷（一一四二～一二二四）

詳細は右図の通り、四歳の聖覚が開白を勤めることは不可能であり、本話は虚構の域を出るものではないが、明遍が固辞した結願を解脱房貞慶が務めることになったことが、長享本によって判明するのである。亡兄の遺子である貞慶が若いながらも立派に勤めあげたことに、澄憲がその背中をさすりながら感じ入ったとある。貞慶は『沙石集』において、信西一門の中で最も登場回数が多い。無住にとっては明遍と共に、尊敬の眼差しを向ける先達であった。その貞慶は、父は亡くとも、叔父にあたる覚憲を師と仰いでおり、長享本は一門の結束の強さをより感動的に記したものと言えるであろう。

長享本の特異性は、話順、構成、語句、異文等多岐に渡っており、本稿の指摘はその一部に留まるものであるが、刊本に比しては未整理の状態であり、他本にない個性的な表現を含むとの大まかな解釈は可能である。無住の二回の大改訂のうち、一回目にあたる永仁三年の改訂を受けた後、独自の方向性を持ったと推測され、その過程に無住以外の人物による加筆等を考慮する必要もあろう。浄土宗的な色彩が多少付加されているとの印象を受ける部位もあるが、情報の乏しさ故に未だ推測の域を出るものではない。

（1）穎原退蔵「『沙石集』の長享古写本について」（大谷学報34　昭和四年六月）。藤井勇夫『校註沙石集』平楽寺書店昭和八年）は貞享三年版本を底本とするが、頭注に長享本との校異を載せる。

（2）「無量光院　検校総持房行恵建立」（『高野山諸院家日記』千手院条）。行恵は明算の孫弟子にあたる。『高野山諸院家日記』、『高野伽藍院跡考』共に「続真言宗全書41」による。

（3）岩波日本古典文学大系『沙石集』解説28頁。

（4）『中世説話集の形成』（若草書房　平成十一年）。

（5）「無住と法隆寺僧恵厳―『沙石集』徳治三年裏書事情―」（国語と国文学77―8　平成十二年七月）。

（6）引用に際し、句読点を私に付し、字体を現行のものに変更した。

（7）山田昭全「宝物集の釈迦像将来譚をめぐって―清涼寺釈迦瑞像は直伝か二伝か―」（『仏教文学とその周辺』和泉書院平成十年）、中川真弓「清涼寺の噂―『宝物集』釈迦栴檀像譚を起点として―」（説話文学研究38　平成十五年六月）。

（8）前掲注7の山田論文。

第三部　徳治改訂以後の諸本

第九章　東大本の考察

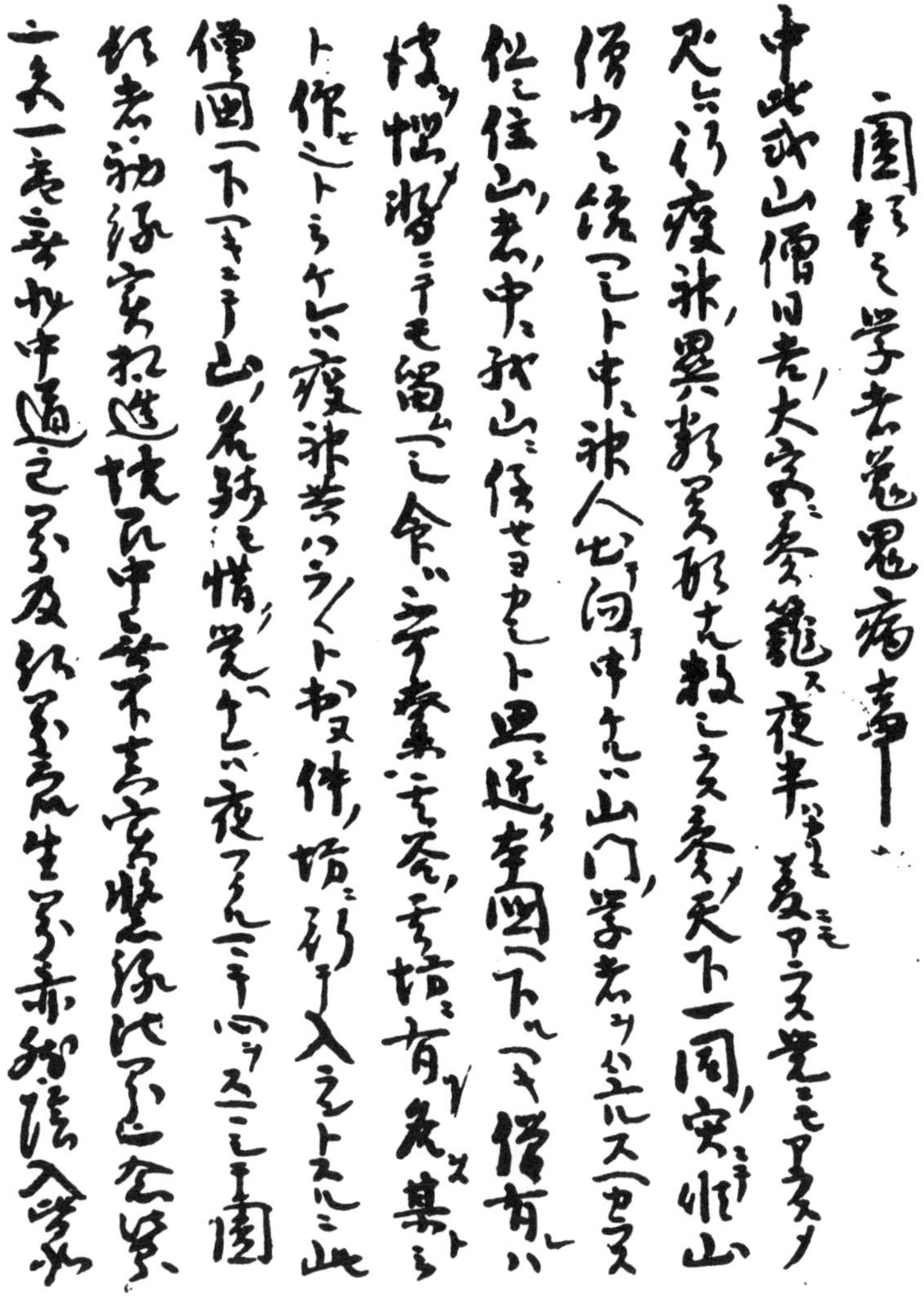

東大本巻五（東京大学国語研究室蔵）

一　識語と伝来

東京大学国語研究室蔵『沙石集』（以下「東大本」）は、十巻十冊本であり、従来流布本系統の一本として分類されてきた。しかし既に渡辺の指摘があるように、数種類の本を集めて十冊としたものである。各冊表紙左肩の題簽には「沙石集（巻数）称意館蔵本」とあり、「称意館蔵本」の文字は題簽と共に印刷されている。墨書された「沙石集（巻数）」の右横には、各冊それぞれ、巻一「以普通之印本補一之巻」、巻二「補闕如一之巻」、巻三・巻四・巻六「古写本」、巻五「天文九年之奥書」、巻七「補闕如一二之巻」、巻八「永禄六年之写本」、巻九「以活字本補九之巻闕」、巻十「古写本　天文九年之奥書」と墨書されている。このことからも明らかなように、巻一・巻二・巻七は整版本により、巻九は古活字本により後に補写されたものであり、考察の対象となる古写本は、巻三・巻四・巻五・巻六・巻八・巻十の六巻六冊となる。以上のことを踏まえて、まずは各冊に遺された識語を確認しておきたい。

古写本である六冊のうち、巻三以外の五冊には、次のような識語が遺されている。

巻四　此三四両冊於二坂本迎接院一誂書加レ之了　沙門玄継

巻五　于時天文龍集庚子二月下旬之候、一二巻与自レ五至レ十八冊、自二了瑞一買得レ之。三四巻者於二坂本一書加レ之訖　金剛仏子玄継

巻六　右一冊於二坂本一依二求得本一則誂二蓮光院一書二写之一

巻八　永禄六年三月日令レ書二写之一訖　願主玄継

巻十　于時天文九庚子季二月下旬之候、右集自レ一至レ二自レ五至レ十以上八帖、自二浄土宗了瑞一感二得之一訖。於

欠巻三四於二坂本一以二或人一書加レ之。都十冊全部秘蔵々々。無極者乎。南山末学沙門玄継

いずれも玄継による識語であるが、まず巻十の識語より、天文九（一五四〇）年、玄継が了瑞から巻三・巻四を除く八巻八冊を買い求め、欠巻の二冊は坂本においてある人に書写させ、十巻を完備し秘蔵したことがわかる。その後何らかの事情で、巻六を蓮光院に頼み書写させて、永禄六（一五六三）年には更に巻八を誰かに書写させている。この時点で玄継は、天文九年に了瑞より購入した巻一・巻二・巻五・巻七・巻九・巻十、欠巻としてある人に書写させた巻三・巻四、蓮光院が書写した巻六、永禄六年にある人が書写した巻八の十巻十冊を所持したと思われるが、後世、巻一・巻二・巻七・巻九が失われ、それぞれ刊本で補写され現在に至るのである。この事から現存する古写本六巻六冊のうち、天文九年当初に玄継が了瑞より購入した本は巻五と巻十の二冊のみであり、欠巻として書写させた巻三・巻四、後に蓮光院他に書写させた巻六、巻八の二冊を取り合わせた構成であることを理解して考察を進めねばならない。巻五・巻十の本文、巻三・巻四の本文、巻六の本文、巻八の本文がそれぞれ別筆であることも、この認識を助けるものとなっており、次に各巻の内容に踏み込んで考えてみたいと思う。

二　古写本六巻の内容と特色

【巻三】

巻三は巻頭目次も刊本同様、上下の区別をつけて記されており、話順の変更等大きな違いは見られないが、刊本に比して本文の語句、語り口自体に差異がある。特に第二条「美言ニ感アル事」、第六条「小児忠言之事」は語り口が全般的に異なる点が多く、第八条「栂尾上人物語事」の明恵の言葉は、刊本がより詳細に書き込んでいるとの印象を受ける。

まず第二条「美言ニ感アル事」（刊本は巻頭目次のみ「忠言有感事」とする）は、相論において自ら負けることの大切さ、正直であることの貴さを論じた後、北条泰時の名裁判と泰時自身の人となりのすばらしさを述べる。その中で注目したいのは、泰時が裁いた兄弟の相論における、負けた兄とその妻に関する記述である。

カノ女房モマツシキ者也。アル時傍輩共雑談ノ次ニ人々申出シテ、「御分ノ女姓ハ頂ニ毛一モナキトコソキ、及ヒ侍シ」ト申テ笑ケレハ、「哀ナル事ニコソ」トテ、打涙クミテ、事ニフレテ情ケ有リテソハコクミケル。去程ニ、本国ニ闕所アリケリ。父ノ跡ヨリモ大ナル処給テ下ルヘキニテ。（東大本16オ）

彼女モマツシキ者也ケル事ヲ雑談ノ次ニ人々申出テ、「アノ殿ノ女房ハイタ、キニ毛一モナキトコソ承レ」ト云。泰時「イカニ」ト問ハル丶。「二人ナカラマツシク候ホドニ、下人ハ一人モ候ハス。ワレト水ヲクミイタ丶キ候ホトニ、頭ニハ毛一モナキトコソ承ハレ」トテ人々ワラヒケレハ、「アハレナル事ニコソ」トテ、ウチナミタクミテ、事ニフレテナサケアリテソハク丶マレケル。サルホトニ、本国ニ闕所有ケリ。父カ迹ヨリモ大ナル所ヲ秋ノ毛ノ上ヲ給テ下ルヘキニテ。（慶長古活字本）

敗訴した男の妻が頭に毛一つないことを揶揄する面々の中で、泰時は一人その心情を思い涙する。その理由にあたる波線部が東大本にはなく、後々男が得た土地の名と思しき「秋ノ毛ノ上」[1]についても記していない。他の流布本系諸本、古態を示す米沢本等においても、本文は刊本とほぼ同様であり、東大本のみが話の顛末の詳細を省いていることになる。このような省略は第二条全般にわたって顕著であり、続いて、「マシテソノ座ノ人サコソ感シ申侍ケメ」・「我カ失ヲワスレテ人ノ失ヲノミ見テ人ヲ鏡トシテ我カ身ヲ照事ナキコソヲロカナレ。人ヲソシテハ」・「猿房官カコトシ」等の言葉、その異同が度々問題となっている「荷澤ハ第六ノ祖…」・「他郷ト云ハ三界也…」・「述懐云…」の三箇所（詳細については終論の「巻毎の考察」巻三を参照されたい）を欠いて、東大本は第二条を終えている。第六条「小児忠言之事」においても、刊本にある言葉が簡略化、もしくは全く省略される傾向があることは第二条と同様であるが、第八条「栂尾上人物語事」における明恵の言葉は、次のようにかなり簡略化されている。

某シクワシヨクニ成テ、ヤカテ見参ニ入ラス。風気ナト申セハヨノツネノ人々シキ風情ナリ。身ノアルヘキ様ヲ忘レテ侍ルナリ（東大本34ウ）。

コノ明慧房カ過職ニナリテ候カニクサニ、具シテ参テ侍也。各々ハル〲ト高野ヨリ老法師御覧セントテオハシマセリ。ヤカテ参見ニ入ルヘキニ、風気ナント申セハ世間ノ人々シキ風情也。大事ナラハ臥ナカラモ見参シテ、仏法ノ物語モ申ヘシ。ナヲサリナラハトカクノ子細アルマシキニ、身ノアルヘキ様ヲワスレテ侍リケリ。（慶長古活字本）

明恵に結縁のため、高野の遁世上人達が尋ねてきた折、当初明恵は風気と言って対面を断わる使者をよこしたが、その使者に続いて明恵が現れ語った言葉である。どちらも「身のあるべき様を忘れていた」という趣意では同じであるが、刊本に比して東大本は要点のみを述べた短い言となっている。

最後に一点、経典の引用に関わる問題に触れておきたい。

経ニ云、「聞法生謗堕於地獄勝於供養恒沙仏者」トイヘリ。謗シテ地獄ニオツル、猶ツイニ種子トナル。解脱ノ因タル故ニ。恒沙ノ仏ヲ供養ストモ、有漏ノ果ヲウクルハ輪廻ヲマヌカレス。（慶長古活字本）

右は刊本において、第一条「癲狂人之利口事」の最終部分に本文として収録されているが、東大本を含む流布本系諸本にはそろって認められない。しかし内容的には、流布本系諸本の巻二「仏法之結縁不レ空事」及び『聖財集』上巻「第四多聞智恵四句」に「善住天子経ニ云、聞法生謗堕於地獄勝於供養恒沙仏者」とあることから、いずれかの段階で、元は裏書レベルで加筆されていったものと想像出来る。「経」とだけ書かれた典拠についても、『善住天子経』であることが他所で明記されているが、日本古典文学大系の頭注に指摘するように、[2]『善住天子経（聖善住意天子所問経）』そのものに同様の記述は見出しがたい。私見においては、むしろ唐の湛然著『止観輔行伝弘決』巻第一ノ五に引用する次の記述がより近いものと思われる。

如善住天子経。文殊告舎利弗。聞法生謗堕於地獄勝於供養恒沙仏者。雖堕地獄従地獄出。還得聞法。此以供仏不聞法者。而為校量。聞而生謗尚為遠種。

以上のように巻三においては、刊本に比して未整理の前段階的要素を多く持ち、話の展開に支障のない程度に言葉を簡略化、もしくは省略していくことが特徴として指摘出来るのである。

【巻四】

巻四は巻頭目次を欠くが、巻三同様、全般的に語り口が異なる部位、刊本に比して詳細さを欠く場面がある程度で、話順の変更等はない。しかしながら話の加除が裏書レベルで見られる点で、巻三と同系統の本であるとの印象を受ける。玄継の識語においても、巻三と巻四は一括りで坂本において書写させた本であるから、内容的にもそれが表れていると言えるであろう。その中で裏書レベルでの話の操作を、以下に確認しておきたい。

裏云南山ノ感通伝ニ、大師、天人ニ問テ云、「羅什、乱行ノ聞アリ、実カ否ヤ」。答云、「大賢ノ菩薩也。不レ可ニ沙汰一云云」。私推云、末代ハ持戒ノ人希也。然トモ正法ヲ弘通セハ、可レ有レ益。其跡ヲ示玉ニヤ。又問云、「法花ニ前後有四品何唯什公ノ訳天下ニ翫レ之」。答、「什公、七仏ノ出世ノ毎レ度翻訳ノ三蔵也」。十輪経ニ正見僧ト云ハ、犯戒ナレトモ正法ヲトク、可レ為レ師云ヘリ。心地観ノ心同也。已上裏書。（27ウ）

右は巻四第三条「上人子持事」の中に認められる裏書である。本話の前後は後々大幅に改変された部分であるらしく、流布本系諸本においても異同の多いところである。その一連の改変の中で、右の内容を収録する本が一番新しいタイプの伝本であることを既に指摘した(360頁)が、その最新グループの中でも、東大本は「裏書」として記す意味で、本文として記す神宮本や刊本にはやや先行する。

また第五条「妻ノ臨終ノ障ト成事」における、『発心集』と類話関係がうかがわれる一話について、東大本は「発心集ニ侍ルヲヤ」という最後の一語を欠いている。これは長享本において『沙石集』の『発心集』受容が段階的になされたことを指摘した(356頁)ことにもかかわる問題である。そして第六条「頸縊上人事」においては、最終部分の次の記述を東大本は欠いている。

又一生ノ悪人モ臨終ニ善知識ニアヒテ、勇猛ニ念仏シテ往生スル事也。観経ノ下品下生ノ人ノ如シ。サレハ能々臨終ハツヽ、シミ用意スヘキ者也。(慶長古活字本)

右を含む前後一連の説話を古本系諸本は欠き、また流布本系諸本の中でも異同が激しい部位であることから、数回にわたって改められたようである。そもそも本話は心ならずも自ら頸を括った上人が、後々取り憑きその遺恨を語る話であるが、取り憑く相手を「小原の顕真僧正」とするものが、米沢本・梵舜本・成簣堂本・長享本・東大本・吉川本、「顕真僧正の弟子」とするものが阿岸本・内閣第一類本・神宮本・岩瀬本、刊本である。この違いが一概に古本系と流布本系で線引き出来ないところが、問題をより複雑にするのだが、巻三、巻四に関して言えば、東大本は流布本系の最新グループに繋がる記述を裏書として持ちつつ、本文自体は長享本、吉川本という流布本系統でも古いタイプの伝本と通底する部分がある。このことから、東大本が流布本系諸本の古いタイプから新しいタイプへの中間的位置を占める可能性を念頭に入れる必要があり、徳治三年の無住の識語を含むことから、徳治三年の改訂を受けた伝本の中では比較的古い本文を持つと推定できるのである。

【巻五】

巻五は、玄継が了瑞から買い求めた本がそのまま遺されたものである。刊本と比較した時、東大本は神宮本と特色を同じくする場合が多いことを神宮本の項で指摘しているが、巻五下末尾の無住八十三歳の識語、「人感有歌」「連歌事」を全て含まないことが注目される。また刊本で巻五上の最後にあたる部分は、古本系、流布本系全体に渡って本文、裏書を含めて記事が錯綜し、大きな問題を含んでいる。東大本についても刊本に比して差異があるが、その点については既に成簣堂本の項で主要伝本を通観して考察を加えているので参照されたい（126頁）。それ以外に、ここでは次の話の有無を問題としておきたい。

教ト禅トハ父母ノ如シ。禅ハ父、教ハ母ナリ。父ハ礼儀ヲ教ヘアラ、カノリ。母ハコマヤカニナツク教門ノコマヤカナルカ如シ。亦教ハ飢テ食スルカ如シ。禅ハ腹フクレタルニ瀉薬ヲ以テ下スカ如シ。共ニ益アリ。空ク行テ満テ帰トテ、物ヲシラヌモノ、因果ノ道理ヲモ知リ、迷悟凡聖ノ差別ヲモシルハ大切也。飢タルモノ食スルカ如シ。亦知見解会仏見法見共ニ放下シテ仏法ニ相応スル。禅門ノ方便ハ、腹フクレタルニ下薬ニテ助ルカ如シ。亦教モ終ニハ捨シハ瀉薬ヲ飲テ補薬ヲ服スルカ如シ。禅教相資テ仏法ハ目出カルヘシ。（慶長古活字本）

右は刊本の「権化之和歌翫給事」の最後に載るものである。東大本、神宮本、吉川本にはないが、長享本、岩瀬本にはある。流布本系の伝本の中でも、古いと思われる吉川本、長享本の間で有無が分かれることは、右が増補もしくは削除された時期の特定を困難にするのであるが、古本系の米沢本にも右が収録されていることが何らかの鍵を握るように思われる。ただし米沢本において、右が一つ書きとして載ることからして、米沢本自体においても後に増補された記事である可能性を一応は考慮しておくべきであり、『聖財集』下に、

禅ハ腹脹《ハレ》苦痛スル者ノ、医師ノ所ニ行テ、瀉薬ヲ以テ下スカ如シ。凡情聖量一併ニ放下シテ胸中空寂タル時、自然ニ無師自悟ノ智モ発リ、祖師ノ示ス旨モ得易シ、瀉薬ノ後ハ必ス補薬ヲ用テ飲食スルカ如シ。

とあることからも、後補の可能性がより高いと思われる。巻五についても、東大本は流布本系諸本の中で比較的古い痕跡を残していると考えられる。

【巻六】

巻六は玄継が一旦『沙石集』全巻を秘蔵したものの、後に蓮光院に書写させた一冊である。語句や話の有無を初めとして、話順が異なる部分も多く、大きな問題を含む巻である。

まず巻六の前半部、刊本では上巻にあたる部分の第一条「説経師ニ合テ強盗令ニル発心一事」において、刊本では本文として載せるものを東大本では裏書として記す箇所がある。

裏書云、圭峯禅師云、「解ハ通達シテ隔ツル事ナカレ。行ハ一門ニヨテ功ヲ入ヨ」ト。コレ目出キオシヘ也。禅源ノ中ニ有レ之。（6ウ）

右は東大本を除く流布本系諸本では本文として記されている。『禅源』とは、圭峯宗密禅師の著作『禅源諸詮』を指している。本書については、『沙石集』巻四第一条「無言上人事」において、

三宗三教ノ和合ノ事、宗鏡録第三十四巻半分以下有レ之。又圭峯禅源諸詮ノ中ニ有レ之。上巻ノ終也。（慶長古活字本）

という記述がある。この語が米沢本にはなく、後々加筆されたものであることは梵舜本の項でも少し触れたが、東大本は当該部分が元は裏書として加筆された経緯を遺したものと考えられる。他にも源信の往生要集の記事について、裏書とは記さないものの、刊本とは位置をずらして収録している箇所(3)、米沢本等古本系伝本にはあるが、尾籠ということで刊本では削除された文言を遺している箇所(4)が認められる。

次に刊本では巻六下巻、古本系では巻七（梵舜本では巻九）に相当する部位において、東大本は刊本に比して話順が大きく異なってくるので、各々の巻頭目次を次頁に表として示す。

古本系流布本系併せて東大本を除く全ての伝本は、刊本と話順を同じくする。また東大本にはあり刊本にはないとする第四条「友ニ義有テ冨ル事」と第七条「幼少子息父敵ヲ打事」についてはさらに問題が複雑で、東大本において巻頭目次にはこの二条があるが、実際の本文は全て欠落しているのである。この二条を含むのが古本系伝本、含まないのが流布本系伝本という線引きの要となる二条であるため、なぜ東大本が古本系と同様の二条を巻頭目次に掲げながら、本文を全く記していないのか、この間の事情は不明とせざるを得ない。このように唯一特色ある話順で並ぶ東大本であるが、より洗練された構成であるかと言えば、そうとも言えないのである。本文レベルの問題を引き続き見ていくと、重複する文章が見受けられる。第五条「師ニ有ㇾ礼事」に、

A人ヲ資ケマホリ給ハサルマヽニハ、飢饉疾疫乱等ノ災難モシハ〳〵来ル。心ウキ末代ノ習也。コレタヽ人ノ心ヨリ果報ノツタナクシテ悪業ヲ不ㇾ恐。善因ヲ不ㇾ修。三災劫末近ツク業増上力ノイタス所也。

B仏法ノ利益大ナル事ヲ信スヘシ。昔大王、千歳ノ給仕ヲイタシテ妙法ヲキヽ、雪山ノ大士ハ半偈ノ為ニ身ヲステキ。一文一句モ生死ヲ出、菩提ヲサトル因縁アリ。仏法ノ妙ナル事、仰テ信スヘシ。ミタリニ軽シムル事アルヘカラス。能々心ヲトヽメテ此道理ヲ思ヒトクヘキ者也。（35ウ）

東大本		刊本	
一	正直之女人事	一	正直之女人事
二	祈請シテ母之生所ヲ知事	九	祈請母之生所知事
三	君ニ忠有テ世間栄事	一〇	君忠有栄事
四	（友ニ義有テ富ル事）		ナシ
五	師ニ礼有テ仏法興事	二	師礼有事
六	亡父夢ニ子ニ告借物返事	五	亡父夢子告借物返事
七	（幼少子息父敵ヲ打事）		ナシ
八	母之為忠孝有事	六	母之為忠孝有人事
九	盲目之母ヲ養事	七	盲目之母養事
一〇	身ヲ売テ母ヲ養事	八	身売母養事
一一	正直之俗士事	二	正直之俗士事
一二	正直之人宝ヲ得事	三	正直之人宝得事
一三	芳心有人事	四	芳心有人事

という記事がある。論述の都合上、AとBの二つに分けたが、一続きで記されているものである。その収録箇所を刊本にも見ていくうえで、東大本第五条「師ニ有レ礼事」と第十三条「芳心有人事」の細かい内容構成を便宜上、新編日本古典文学全集（米沢本）の小見出しに従い示すと次のようになる。

東大本	刊本
第五条「師ニ有レ礼事」	第一一条「師礼有事」
①源実朝の帰依を受けた行勇	①源実朝の帰依を受けた行勇
②猫間の随乗坊	②猫間の随乗坊
③円爾に帰依	③円爾に帰依
④末代の師	④末代の師
⑤帝釈に法を説いた野干　→A・B	⑤帝釈に法を説いた野干　→B
⑥山田次郎重忠と躑躅	ナシ
⑦奈良の都の八重桜	ナシ
第一三条「芳心有人事」	第四条「芳心有人事」
①所領を返した地頭	①所領を返した地頭
②葛西壱岐前司の友情　→A・B	②葛西壱岐前司の友情　→A
ナシ	③山田次郎重忠と躑躅
ナシ	④奈良の都の八重桜

右表から、東大本では⑥「山田次郎重忠と躑躅」と⑦「奈良の都の八重桜」が第五条「師ニ有レ礼事」にあるが、刊本では第四条「芳心有人事」③・④に収録されている。重複する記事のAとBに関しても、この二条の移動と連動するらしく、東大本で重複する二箇所のうち、刊本等では第四条の②と第十一条の⑤のそれぞれの場所

にAとBを一つずつ分けて収録していることがわかる。⑥と⑦については、内容的に「芳心有人事」に適した話柄であり、また古本系伝本も刊本と収録箇所を同じくするため、東大本の話順は、他の伝本に比してより混乱を帰していると言わざるを得ない。この状態が無住自身とかかわるものなのか、それとも玄継が蓮光院に書写させたことと何かしら関係するものなのか、現時点では判断しかねるものである。

【巻八】

巻八は玄継が何者かに永禄六（一五六三）年に書写させた本であり、玄継が了瑞より『沙石集』を買い求めてから、二十三年後のことである。巻八前半（米沢本では巻九後半、梵舜本では巻七後半）は、巻頭目次も本文も刊本とほぼ同様であるが、やはり細かいところで差異がある。第一条「鷹狩者酬事」では、説話の確かさを伝えるものとして、「又遠州ニモカヽル事近来侍キ」、「コレハ殊ニユカリアルアタリノ事也」という言葉が東大本に見られるが、刊本にはない。これは古本系伝本に確認できる語句であることを考えると、注意を要するであろう。

A和州ニ尼公アリケリ。地蔵行者ニテ、矢田寺ノ地蔵ヲ取ワキ信シテ、ツネニ名号ヲ唱ヘケルカ、タ、矢田ノ地蔵ハカリヲ取ワキ憑ミ奉ルヨシトヤ思ヒケン、南都ニハ地蔵ノ霊仏アマタオハシマス。知足院福智院十輪院市ノ地蔵ナトトリ〴〵ニ霊験アラタナルヲ宝号唱ル時、此地蔵ヲ唱ヌ由ニ、「知足院ノ地蔵モ十輪院ノ地蔵モ福智院ノ地蔵モマシテ市ノ地蔵ハ思ヒハシヨラセ玉フナ。南無耶尼カ矢田ノ地蔵大菩薩」ト唱ヘケル。実ニ心狭シ。鼻フスヘタル心ニ似タリ。コレハ一向専修ノ余ヲ隔テ嫌フ風情也。専修ノ本意ハ一心不乱ノ為也。必ス余行余仏ヲ隔ヨトニハアラス。凡夫ノ心ハ散乱スル故ニ、此方便アリ。雑行ハ行躰ハトリ〴〵ニ殊勝ナレトモ、彼レ此レト心ミタルナモミ（ママ）宿世トカヤ申様ニ、彼レ此レ心ウツレハ一心ナリカタキ故也。

B或女人出家ノタメ、山寺ヘノホリテ髪ソリテケリ。出家ノ師、「法名ヲツケマイラセン」ト云ヘハ、「法名ハ先ヨリ案シテツキテ候ナリ」トイフ。「イカニツカセ玉テ候ニヤ」トイヘハ、「仏ト云、神ト云ヒ、我信シ憑ミマイラセテ候カナツカシク捨カタク候マヽ、ニ、彼ノ御名ノ文字ヲ一ツヽトリアツメテ、阿尺妙観地白熊日羽山嶽房トツキテ候」トイヒケル。誠ニナカキ名ナリ。阿弥陀釈迦妙法観音地蔵白山熊野日吉羽黒御嶽ノ文字ヲ一ツヽツケルナルヘシ。雑行ノ行人ノ心サマニ似タリ。イツレモ偏也。信心ハ善トモ行モ名モ一ヲ専ニスヘシ。(12オ)

AとBは共に、東大本では第七条「廻向心狭事」に収録されているが、刊本では前の第六条「仏鼻薫事」に入っている。米沢本ではこれらを欠き、また成簣堂本(巻九後半)では「廻向之心狭事」に「裏書云」として収録している。そもそも第六条「仏鼻薫事」は、ある尼公が香の煙が他の仏に散らないように、自らの本尊の鼻に竹筒を通してねじ入れ、死後美麗ながらも鼻の穴だけは真っ黒な女性に生まれ変わったという一話である。Aの傍線部に「鼻フスヘタル心ニ似タリ」とあることから、AとBは内容的にはこの「仏鼻薫事」に続けた方がより自然である。つまり、AとBを裏書として「廻向心狭事」に入れた成簣堂本のような状態から、東大本では本文化され、刊本では更に内容的により適当と思われる「仏鼻薫事」に位置を変更したと考えられる。

また東大本第十条「天狗之人ニ真言教ル事」の中の、巻八前半部の最後にあたる部分について指摘しておきたい。

花厳経ニハ、「菩提心ナキ行ヲハ魔業」トイヘリ。我執憍慢等ノ心アヒマシハレルハ定テ此道ニ入ヘシ。淳浄ノ心ヲモテ、菩提心ノ上ニ行スルノミ実ノ道ニ入ヘシ。形ナヲケレハ影モナヲク、源キヨケレハ流モキヨキカ如シ。因果ノ道理ウタカフヘカラス。我カ心行ヲクハシク観シテ、当来ノ果報ヲシルヘシ。善因ハ楽ノ

果、悪因ハ苦ノ果也。必然ノ事也。（22オ）

右は刊本では同じく「天狗之人真言教事」にあるものの、善天狗と悪天狗が今生の心行の善悪の結果による姿である、と語った後に記されている。東大本では指の先から甘露を出す樹神の話に続けられている。また成簣堂本では刊本と同様善天狗と悪天狗の説明の後に続けられているが、「天狗人ニ真言教タル事」の最後に載せていることは東大本と共通している。このことから、「天狗之人ニ真言教ル事」の全般にわたって、後々改変されたと思われ、東大本は話順等ほぼ刊本と同様でありながら、古本系の成簣堂本の要素も少し遺した本文であることがわかる。

次に東大本巻八の後半部であるが、話順自体に刊本と差異がある。東大本は①「真言ノ功能事」、②「先世房カ事」、③「執心之堅固由二仏法一蕩事」、④「貧窮追出事」、⑤「耳売人ノ事」の順番で全五条が並ぶが、刊本では①→③→④→⑤→②となっており、②の「先世房カ事」の位置に違いが見られる。ただし本文自体にそれ程差異はない。ちなみに先程から度々比較対象となっている成簣堂本では、巻九を上巻下巻分けることなく、③→④→⑤→①→②としている。やはり①と②の場所に揺れがあり、このあたりが改変の手を経ていることは間違いないであろう。

【巻十】

巻十は巻五と同じく、玄継が了瑞から買い求めた『沙石集』が遺された巻である。

A肇論ニ云、「言レフ之ヲ者ハ失二シ其ノ旨一ヲ、知レル之ヲ者ノハ返二ル其ノ愚一ニ。有レニスル之ヲ者ノハ乖二キ其ノ性一ニ、無レニスル之ヲ者ノハ傷《ソコナウ》二其ノ軀一ヲ。所以ニ尺迦掩二フ室於摩竭一ニ、浄名杜二ツ口ヲ於毘耶一ニ」。此ノ老人カ詞自ラ肇公ノ意ニカナヘリ。仍ツフサニ引助スル也。愚ト云ハ無知ノ般若也。B祖師宗ヲ失ト云ハ、祖師ヲ誹スルニ似リ。只学者ノ執計ヲ除ク也。祖師皆説㆓其ノ意ヲ㆒給ヘリ。然トモ貶好ノ機ヲ引テ平等ノ理ニ入ル、方便、世界悉檀ノ時、是非勝劣ノ道理ナケレハ、初心ノ機楽欲ノ心ナシ。依㆑之他宗ヲ誹リ自宗ヲ讃ハ、祖師ハ実ニ無㆓是非ノ意㆒。学者偏執シテ謗法スル時、宗ヲ失スル義有リ。祖師ノ意皆内鑑冷然也。無ク㆑何立㆑宗此ノ老人ノ意定テ如此歟。愚推也。（2オ）

右は東大本第一条「得㆓仏教之宗旨ヲ㆒人事」にあるが、刊本には認められない。『肇論』を初めとした肇の著作が、『沙石集』の改変過程で増補されていることは、内閣本の性格分析において既に触れており（311頁）、AとBを逆順ではあるが共に裏書として収録しているのが内閣本である。神宮本、成簣堂本はAのみを本文として載せている。A、B共に元は裏書であったようで、東大本ではそれが本文化されているが、刊本が依拠した親本にはなかったものと考えられる。

以上、現存する古写本六冊について考察を加えたが、特に巻六と巻八に、話順の変更等を含んだ大きな差異が刊本に比して生じており、その特色は時に古本系諸本にも通底する要素であることも特筆される。巻六と巻八は玄継が蓮光院その他に後々書写させた巻であり、それらには、元々玄継が所持していた伝本とは異なる特質が含まれていた可能性が高い。東大本という一伝本の中においても、多彩な本文が遺されており、東大本全体としての系統付けはなかなか困難であるが、流布本系統においてはほぼ中間層に位置する伝本とまずは捉えておきたい。

（1）日本古典文学大系頭注においては『高山寺本倭名類聚抄』にある「筑前郷第百廿五、宗像郡秋」を「この地であろう」とし、新編日本古典文学全集では「何処を指すか不明。鎌倉時代には肥前国三根郡に「下毛園荘」があり、「下津毛」の地名が見える」としている。「アキノケノカミ」と読み逆さまから読むと、「カミノケノアキ（髪の毛の空き＝髪の毛がない」ともなり、頂きに髪一つ無い女房の話のオチとなる架空の地かもしれない。
（2）日本古典文学大系『沙石集』129頁注33。
（3）第一条「説経師ニ合テ強盗令ニル発心一事」における、「慧心往生要集云、麁強ノ煩悩人ヲシテ覚セシム。只無義ノ談話ノミ覚エスシテ常ニ道ヲ障トイヘリ。道人ノ詞存知スヘシ」。『沙石集』の跋文と同意の文言であるが、古本系諸本は当該部分に記さない。
（4）第五条「栄朝上人説戒事」において、栄朝が山伏を非難する、「下風ニモアラス。屎ニモアラス。シヒリクソノ様ナル者ノ候ソヤ」という言葉が遺されている。

第十章　神宮本の考察

沙石集第一　并叙

夫麁言軟語皆第一義ニ皈シ治生産業併ラ実相ニソムカス然
狂言綺語ノアタナル戯レヲ縁トシテ仏乗ノ妙ナル道ニ入レ世間浅近ノ賤キ
事ヲ譬トシテ勝義ノ深キ理ヲ知ラシメムト思フコノ故ニ老ノ眠ヲ醒ニ徒ナル手
スサミニ見シ事聴シ事思ヒ出ルニ随テ難波江ノヨシアシヲモ撰ハズ藻塩
草手ニ任テ書付集メ侍リ懸老法師ハ無常ノ念々ニオカス事モ覚リ
冥途ノ歩々ニ近付事ヲモ驚キ黄泉ノ遠キ路ノ粮ヲモツヽミ苦海ノ深キ
流ノ船ヲモ餝ルヘキニ徒ナル興言ヲ集メ虚キ世事ヲ註ス時ハアタリテハ光陰ヲ
不惜ニ後ニシヒテハ賢哲ヲ不慚チ由ナキニ似タレトモ愚ナル人ノ仏法大
益ヲモ悟ラス和光ノフカキ心ヲモ知ラス賢愚ノコトナ殊ナルシモワキマエス因
果ノ理ヲ定ヒルシモ信セスタメニ或ハ経論明ナル文ヲ引キ或ハ先賢ノ確ル

神宮本序（神宮文庫蔵）

一　伝来

三重県伊勢市神宮文庫所蔵『沙石集』（以下、神宮本）は、十巻十冊の、流布本系統に属する写本である。全巻識語を欠くが、流麗な片仮名混じりの全一筆であり、江戸初期写と思われる。書写者及び伝来については不明な点が多いが、各巻第二丁表に「林崎文庫」の正方朱印、巻五に「天明四年甲辰八月吉旦奉納／皇太神宮林崎文庫以期不朽／京都勤思堂村井古巌敬義拝」と三行書きの長方朱印がある。現在は本書と体裁を同じくする『沙石集抜書』と標題のある写本一冊と同梱されている。この写本は内題を『金玉集』とし、主に『沙石集』の教義部分を抜書したものであるが、神宮本とは筆跡、紙質、抜書部分の本文も異なるため、別時に成されたものであろう。ただその伝来については興味深い点もある。本章では神宮本の本文を巻毎に整理した上で、その特徴を流布本系統の諸本の中に位置づけていきたい。

二　構成と特色

【巻一】

まず巻頭題目について、刊本は上下巻を分けるのであるが、神宮本は巻一の最終条「浄土門ノ人軽テ蒙ニ神明ノ罰ニ事」まで一挙に掲載する。神宮本は巻一の最後（25ウ〜）に「裏書之条々」として長文を載せるため、次に示す（A〜Fの番号を私に付した）。

裏書之条々

神明道心貴給事

A保延年中ニ、三井寺為二山門一焼拂タリケルニモ、寺僧ノ夢ニ俗一人見ヘケリ。「何ナル人ソ」ト問ハ、「当寺ノ守護也」ト答。「無レ詮守護哉。何ヲ守リ給ヘキ」ト笑ケリ。緩ニ紫ノ袍ヲ着、眉ハ肩ニサカリテ、ケ高ケナル俗御坐シテ、「ワ僧カ云ツル事コソ無下ニ子細モ存セネ。我ハ堂塔ノ守護ニハアラス。仏法ヲコソ守レ。如レ此滅亡ノ時、中々道心ヲモ起シ、修学ノ道心ニ入ル僧ヲコソ守レ」ト仰セラレケリ。古物語ニアリ。経ニ云、「一念発起菩提心、勝於造立百千塔、寶塔破壊微塵数、菩提心熟即成果」ト。誠ニ堂塔仏像ハ菩提心ノ勝縁也。縦ヒ堂塔無トモ、樹下石上聚洛田里ニシテモ菩提心有テ勤行セハ、神明仏陀モ定テ守給ヘシ。堂塔僧房ニ住シ、仏像経巻ニ向トモ、名利ヲ思テ道心無クハ、ヨモ守リ給ハシト、凡心ニモ推シ思ヘリ。仏神ノ御心マシテサコソ御坐ラメ推計給リ。新羅明神ノ御心実ニサコソト覚ヘ侍ル也。仏ノ御悩ハ応身ノ和光ノ時也。法身ニ此事有ヘカラス云々。

生類ヲ神明ニ供スル不審事

B江州ノ湖ニ、大ナル鯉ヲ浦人取テ、殺サントシケリ。山僧直ヲ取セテ、海ヘ入ニケリ。其夜ノ夢ニ、老翁一人来テ云ク、「今日、我命ヲ助給事、大ニ本意ナク侍也。其故ハ、徒ニシテ海中ニシテ死セハ、出離ノ縁カクヘシ。賀茂ノ贄ニ成テ、和光ノ方便ニテ出離スヘク候ツルニ、ナマシヰニ命延候ヌ」ト恨タル色ニテ去ケルト、古物語ニアリ。

C同キ湖ヲ行ニ、鮒ノ舩ニ飛入タル事有ケリ。一説ニハ山法師、一説ニハ寺法師、昔ヨリ未定也。此鮒ヲ取テ説法シケル。「汝放マシケレハ不レ可レ生。縦生タリトモ不レ久カラ。生有者ノハ必ス死ス。汝カ身ハ我カ胎ニ入リ、我心ハ汝カ身ニ入レリ。入我々入故ニ、我行業汝カ行業ト成テ、必出離スヘシ。然レハ汝ヲ食シテ、汝カ菩提ヲ弔フヘシ」トテ、打殺テケリ。誠ニ慈悲和光ノ心ニテ有ケルニヤ。又只ホシサニ殺シケルニヤ。ヲホツカナシ。

D 一、熊野参詣シツル女房有ケリ。先達此ノ旦那ノ女房ニ心ヲカケテ、度々其ノ心ヲ云ケル。サテ先達心ヲタカヘヌ事ナレハ、スカシテ「明日ノ夜〳〵」ト云ケリ。今一夜ニナリテ、頻ニ「今夜計ニテ侍リ」ト云ケル。此女房物思シタル色ニテ食モセス。年比近使付タル女人、主人ノ気色ヲ見テ、「何事ヲヲホシメシ候ソ」ト問ケレハ、「シカ〳〵」ト語テ、「年久思立テ参詣スルニ、カヽル心ウキ事アレハ物モクワレス」ト云時、「サテハ物モ参候ヘ。夜ナレハ誰トモ知候ハシ。我身カワリテ参リ、如何ニモ成候ヘシ」ト云ヘハ、「ヲノレトテモ身ヲ徒ニ成事カナシカルヘシ」トテ、互ニ泣ヨリ外ノ事モナシ。「然ルヘキ先世ノ契ニテコソ主従ト成参セ候ヘハ、御身ニカワリ徒ニ成候ハン事、ツヤ〳〵嘆クヘカラス」トテ、打クトキテ泣々云ケリ。「サラハ」トテ、物食テケリ。去夜ヨリ逢タリケルニ、先達ハヤカテ金ニ成ヌ。熊野ニハ、死スルヲ金ニ成ルト云ヘリ。女人ハ殊ナル事ナシ。此事カクスヘクモナケレハ、世間ニ披露シケルニ、人々、「都テ苦シカラシ。只女人参ヘシ」ト云ケル。実ニ患《ツヽカ》ナシ。律ノ制ニ叶ヘリ。同心ノ愛欲ナラハ、二人金ニ成ヘシ。主ノタメニ命ヲステ、我愛心ナキ故ニ咎ナシ。律ノ制ニタカワス侍ニヤ。

浄土門人神明ヲ軽テ蒙罰事

E 一、白山ノ弥陀観音ハ、地獄ヘ御坐ストテ、煙ニス、ケテ黒色ニ見ヘ給ト云ヘリ。

般舟讃ノ序又可記。

F 下医ハ以レ薬為レ毒、上医ハ以レ毒為レ薬ト可二准知一。中医ハ毒ヲ為毒、薬ヲ為レ薬リト。凡夫二乗大乗ニ譬レ之。

AからFのうち、B・C・D・Fについては、刊本では裏書ではなく本文中に同文が認められ、巻末ではなく各々適当と思われる位置に分散して収録されている。刊本にはないAについては、神宮本、刊本共にAと同工異曲の内容を「神明道心貴給事」に本文として載せており、神宮本は本文と裏書と、同種の話を二度にわたり収載しているということになる。その本文部分の内容は次のようになる。

> 昔三井寺山門ノ為ニ焼拂ハレテ、堂塔僧坊仏像経巻残ル処ナク、寺僧モ山野ニ交リ、人モナキ寺ニ成リニケリ。寺僧ノ中ニ一人新羅明神へ参テ通夜シタリケル夢ニ、明神ノ御戸ヲ排《ヒラキ》テ世ニ心地好ケニテ見ヘサセ給ヒケレハ、夢ノ中ニ思ハスニ覚テ、「我カ寺ノ仏法守ント御誓ヒアルニ、カク失ハテヌル事、イカ計御嘆モ深カラムト思給フニ、其気色ナキ事イカニ」ト申ケレハ、「誠ニ如何テ嘆ヲホシメサヽラム、去共此ノ事ニ依テ、真実ノ菩提心ヲ起ル寺僧一人在ル事ノ悦シキ也。堂塔仏経ハ財宝アラハ造ヌヘシ。菩提心ヲ起セル人ハ千万人ノ中ニモ有カタクコソ」ト仰ラレケルト見テ、彼僧モ発心シテ侍リケルトコソ申伝タレ。(13オ)

三井寺が比叡山に焼討ちされた際、一人の三井寺僧が新羅明神を夢で感得するという大まかな筋はAと同様である。しかしAでは僧の夢に「当時の守護」と名乗る俗が登場したことに対して、寺僧は「何の守護か」と嘲笑う。すると次に「緩ニ紫ノ袍ヲ着、眉ハ肩ニサカリテ、ケ高ケナル俗」が現れ、「自分が守護するのは堂塔ではなく仏法であり、このように三井寺が焼亡した時、真の道心を起こす僧を守護するのだ」と述べる。対して本文の方では、寺僧は夢に新羅明神が心地良さそうにしているのに不審を申したところ、「三井寺が焼亡したこの時になって、真実の菩提心を起こす僧があることを嬉しく思っているのだ」と述べる。新羅明神（又はその眷属）に対して寺僧が嘲笑うのか畏敬の念を払うのか、また明神側の登場人物が一人か二人か、その存在を「守護」とするか「明神」と記すか等、同様の話材でありながら両者は少なからず異なっている。

ところでこの話は、『沙石集』本文、神宮本裏書以外にも、『聖財集』、異本『発心集』、『古事談』に確認することが出来るものである。神宮本裏書が果たして無住の書き入れによるものなのか否か、その判断のためにも他書の当該話を次に掲げ、要点を表にまとめて示してみる。

三井寺回祿時、或ル寺僧ノ夢ニイミジゲナル俗ミヘケリ。「何ナル人ソ」ト問フニ、「コレハ新羅大明神ノ眷属、此寺ノ守護ナリ」ト答フ。「無レ詮守護哉。何ヲ守リ給フソ」トワラヒケリ。其後ケタカゲナル俗ノ白髪ナルガ眉ハ肩ニサカリ紫ノ袍着玉エルガ仰ラレケルハ、「和僧カ云ヒツルコト無下ニ子細モシラヌ物哉。我レハ堂塔ノ守護ニハアラス。仏法ヲコソ守レ。如レ此滅亡ノ時ハ中々修学モ心ニソミ道心ヲ発ス寺僧ナントモ有ルヲコソ守レ」ト仰ラレケルト申伝タリ。実ニ仏像経巻堂塔僧坊ハ仏法修行ノ助縁也。彼ハ破壊シテ微塵ト成ルトモ、一念ノ発心学行ハ未来際ヲ盡ストモ朽ヘカラス。蔵識ノ中ニ薫シテ菩提ノ種子トナルヘシ。経ニ云、「一念発ヨ起ハ菩提心ニ勝三レリト於造ヨ立百千塔一。宝塔破壊成ニル微塵ニ菩提心ハ熟シテ速ニ成果ヲ云々」。実ノ心有テ学シ行スル人アラハ、樹下石上聚落田里ニアリトモ、必ス守護シ玉フヘシ。堂塔僧坊ニ居シ仏像経巻ニ向フトモ、只名利ノ心ノミアラハ、神明仏陀モ守護シ給ハシカシ。（『聖財集』上ノ三「神明仏陀四句事」）

新羅大明神、僧ノ発心ヲ悦ビ給フ事

中比、山法師ノ為ニ、三井寺焼レタル事有ケリ。堂舎塔廟ハ、悉ク塵灰トナリ、仏像経巻ハ、山林ノ中ニ捨置テ、昔ノ跡、悉ク広野トナリケレバ、涙ヲ流サヌ人ハナカリケリ。此中ニ、一人ノ僧有、悲ム心人ニ勝レテ、新羅大明神ニ詣デ、通夜シテ、ツク〲思ヒツヾケテ、此事ヲクドキ申ス。「サテモ遙ナル国ヨリ、境ヲ離レテ、シタイテ御座タルハ、此寺ノ仏法ヲ守リ給ハン為ニ非ズヤ。何ト守護シ給ヒテ、カク所ヲホロボシ、我等ヲモ惑ハシ給フゾ。若シ穢土ノ縁モ尽テ、本国エ帰給ヘルカ。又、此所ニ法滅ノ時到リテ、神ノ御力モ及ビ給ハヌカ。此事ヲ示シ給エ。一方ニ思ヒ定テ、愁ヲナグサミ侍ラン」ト、泣々祈リ申。角テマドロミタル夢ノ中ニ、明神現レ給ヘリ。何ニモイミジク悦ビタル御気色ニテ御座テ、ウツヽニモ思フ事ナレバ、イトヾ心得ズ覚テ、問奉ル。「此所ノ有様、凡夫ノ頑《ツタナキ》心ニダニモ、目モアテラレズ侍リ。何ノ故カ、思ノ外ニ、悦ビ給ヱル御気色顕レ給ヘルゾ」ト問ヒ奉ル。新羅大明神、答エ給フ様、「汝ヂ愁ルコト無レ。仏法ハ遂ニ滅スマジキ事ナレバ、我レ此ノ事ヲ歎カズ。只、深ク悦ブ事有。今度ノ僧侶ノ中ニ、此所ノナレル様ヲ見テ、忽ニ法滅ノ菩提心ヲ起テ、無極ノ道心ヲ堅メタル僧一人有。必往生ヲ遂テ、早ク仏果ニ到ナント、是大キナル悦ビ也」ト宣ベ給フ。僧又、申ス。「衆生ヲ救ヒ給フ御哀レミ深クハ、今度ノ取合ニ、多ノ法師ノ逆罪ヲ作クリタル事ヲバ、悲ミ給ズヤ。何ドカ只一人ノ生死ヲ離ン事ヲノミ悦ビ給ヒテ、自余ヲバヲロカニ思シ食ヤ」ト申。大明神、宣ベ給フ様、「罪ヲ作ル事ノ悲シカラヌニハアラネド、濁レル末ノ世ノ習ヒナレバ、メヅラシカラズ。深ク道心起ス者ハ、千万人ガ中ニモ堅ガ故ニ、我レ是ヲ悦」ト宣玉フト見テ、夢覚ニケリ。（異本『発心集』巻三）

保安二年閏五月三日、園城寺焼失の比、或る寺僧の夢想に、褐の冠を着たる人有り。「誰人ぞ」と尋ね問ふ処、答へて云はく、「我れは新羅明神の眷属なり。此の寺を守護せむが為めに経廻するなり」と云々。夢中に之れを嘲ひて云はく、「仏像・経論、堂舎・僧房、悉く灰燼と成り畢んぬ。何物を守護せらるべけむや。無益の守護か」と云々。各行き分かれて後、又た直衣を着たる者老の人出で来たり。容躰を見るに直なる人に非ず。其の眉は長く垂れて口の程に及び、鬢髪は皓白なり。件の人云はく、「汝云ふ所の事、太だ子細

	僧の態度	登場人物	新羅明神の言葉
『沙石集』本文	畏敬	新羅明神	「誠ニ如何テ嘆ヲホシメサヽラム、去共此ノ事ニ依テ、真実ノ菩提心ヲ起ル寺僧一人在ル事ノ悦シキ也。堂塔仏経ハ財宝アラハ造ヌヘシ。菩提心ヲ起セル人ハ千万人ノ中ニモ有カタクコソ」
『沙石集』神宮本裏書	嘲笑	眷属・新羅明神	「ワ僧カ云ツル事コソ無下ニ子細モ存セネ。我ハ堂塔ノ守護ニハアラス。仏法ヲコソ守レ。如レ此滅亡ノ時、中々道心ヲモ起シ、修学ノ道心ニ入ル僧ヲコソ守レ」
『聖財集』	嘲笑	眷属・新羅明神	「和僧カ云ヒツルコト無下ニ子細セシラヌ物哉。我レハ堂塔ノ守護ニハアラス。仏法ヲコソ守レ。如レ此滅亡ノ時ハ中々修学モ心ニソミ道心ヲ発ス寺僧ナントモ有ルヲコソ守レ」
異本『発心集』	畏敬	新羅明神	「汝ヂ愁ルコト無レ。仏法ハ遂ニ滅スマジキ事ナレバ、我レ此ノ事ヲ歎カズ。只、深ク悦ブ事有。今度ノ僧侶ノ中ニ、此所ノナレル様ヲ見テ、忽ニ法滅ノ菩提心ヲ起テ、無極ノ道心ヲ堅メタル僧一人有。必往生ヲ遂テ、早ク仏果ニ到ナント、是大キナル悦ビ也」・「罪ヲ作ル事ノ悲シカラヌニハアラネド、濁レル末ノ世ノ習ヒナレバ、メヅラシカラズ。深ク道心起ス者ハ、千万人ガ中ニモ堅ガ故ニ、我レ是ヲ悦」
『古事談』	嘲笑	眷属・新羅明神	「汝云ふ所の事、太だ子細を知ざるに似たり。本、此の寺を守護する素意は、更に堂舎・僧房を護らず、唯だ出離生死の志を守護するなり。此くの如き患難の時、僧徒多く道心を発し、修学に倦まず。我れ、此の人を守るなり」

を知ざるに似たり。本、此の寺を守護する素意は、更に堂舎・僧房を護らず、唯だ出離生死の志を守護するなり。此くの如き患難の時、僧徒多く道心を発し、修学に倦まず。我れ、此の人を守るなり」と云々。此の事、権大僧都覚基園城寺別当、保延に寺焼くる時、礼部の御許に参りて語り申す所なり。（『古事談』巻五ノ三七）

前頁の表を見ると明らかなように、話の要所において、『沙石集』本文と異本『発心集』が同系統、神宮本裏書・『聖財集』・『古事談』が同系統ということが判明する。かつて上野陽子は神宮本裏書は『古事談』を典拠とするとし、『古事談』を見ていない無住が書くには不審があるとして、神宮本裏書を後人増補と断定しているが、上野は当該話が『聖財集』にもあることに言及していない。『聖財集』に確認できることを考慮すれば、同じ話材でありながら異なる神宮本Aの内容を裏書として書き付け、後に『聖財集』には、『沙石集』本文に収録した内容ではなく、新しく裏書したAの内容を採用したと捉えるのが自然であり、神宮本裏書が無住自身の手になるものとの予測をより強くするのである。また上野はAの取材源となったとおぼしき「古物語」を『古事談』としているようだが、続く裏書のBでは、『古事談』にはなく流布本系『発心集』に類話が確認出来る一話をやはり「古物語」にありと無住は述べている。これらのことを勘案すれば、無住にとっての「古物語」は特定の作品を指していない可能性も高く、それを現存する作品のどれかに比定するには慎重であらねばならないだろう。とりわけ当該話Aについては、『古事談』に「此の事、権大僧都覚基園城寺別当、保延に寺焼くる時、礼部（源雅兼、顕兼の曾祖父…引用者注）の御許に参りて語り申す所なり」（二重傍線部）と語るように、口承、書承を含めて園城寺を中心に流布した話であるらしく、『園城寺伝記』では「園城寺覚基僧正記云」として引用されている。そういった別の書物からの引用である可能性も含めて、無住の言う「古物語」の特定はなされなければならない。とまれ神宮本巻一の裏書には、『沙石集』以降の無住の作品（この場合は『聖財集』）への足がかり的な内容が認められることが指摘できるのである。

また巻一の本文部分の問題として、刊本にはない固有名詞や典拠を記す場合がある。最終条「浄土門之人軽ニ神明ニ蒙レ罰事」において、念仏に心酔する人々の地蔵誹謗の所作を語る場面である。

坂東常州ニテハ法花経ヲ川ニ流シ、或ハ地蔵ノ頭ニテ蓼ヲ搨ナトシケリ。下総ニテハ、隣家ノ事ヲ下女ノ中ニ語テ、「隣ノ地蔵ハ已ニ目ノ本マテ搨ツフサレタルヲヤ」ト云ケリ。(23オ)

刊本では傍線部を「或ハ」、「或里ニハ」としており、古本系の米沢本でも同様の話を載せるが、「アルハ」、「アル里ニハ」と刊本と同様である。「坂東常州」、「下総」は無住に縁の深い地でもあるので、あるいは神宮本が事情を詳細に記した本文を残した可能性もあろう。また同じく最終条に含まれる、「牛ハ水ヲ飲テ乳トシ、蛇ハ水ヲ呑テ毒トス」という言葉の典拠について、神宮本は「行願品ノ疏ニハ」と記す。神宮本以外は典拠を示しておらず、小学館新編日本古典文学全集の頭注においても『槐安国語・二』を挙げているが、神宮本の「行願品ノ疏ニハ」を手がかりに探してみると、これは『宗鏡録』巻三十九に、

又普賢行願品頌云、智海廣難量。不足反増謗。牛飲水成乳。蛇飲水成毒。智学成菩提。愚学為生死。

とあるのに比定され、恐らく『宗鏡録』を見ての引用と思われる。神宮本のみに残された言葉によって、説話採録の詳細が示される場合があることも、一つの特色とされるのである。

【巻二】

巻二においても巻一と同様に、刊本は上下巻を区別するが、神宮本は巻二の最終条「仏法結縁之事」までを一挙に掲載している。まず刊本では上巻にあたる巻二前半部において、神宮本にはあるが刊本には確認できない話

が三話あるので次に示す（A～Cの番号を私に付した）。

A高野ノ大師法花ノ開題云、此題目ノ梵語ハ。此九字ハ台蔵ノ九尊ノ種子也。此経ハ、始ハ字観音ヲ為レ躰。余尊ハ皆観音ノ徳也。取イ。開題有レ之。又妙法蓮花者観自在王ノ密号也。此尊名ニ無量寿一。於ニ浄妙国土一現ニ仏身一ヲ。於ニ雑染世界一名ニ観自在一。取イ。（7オ）

B三井ノ大阿闍梨慶祚、山ノ西坂本ノ人宿ノ地蔵堂ノ柱ニ、法蔵比丘ノ昔ノ皃、地蔵沙門ノ今ノ形、蔵ノ字可ニ思合一。寛印供奉書写テ柱ノ文ハ削レリト云ヘリ。又種子ニ付テ習有レ之。又南方憧菩薩ノ南方ノ西方、興福寺ノ南円堂ノ不空羂索ノ頂上ニ、黒衣ノ沙門坐シ玉ヘリ。或ハ法蔵比丘、或ハ地蔵、或ハ八幡垂迹地蔵ノ形也。御託宣ニハ我弥陀ト示玉ヘリ。（9ウ）

C西光入道、平相国ノ為ニ首ヲハネラレシ事、何ニ妄念モ有ツラム。夢ニ五条坊門ノ地蔵負給テ、「浄土ヘヤラムト思ヘハ其ノ善業モナシ。地獄ニ入ランモ悲シ。我レヲ憑タリ。何ニスヘキ」トテ、泣テ立給ト見エケリ。五条ノ坊門ノ地蔵ハ、西光カ造リ奉レリト云ヘリ。（17オ）

このうちAとBは『沙石集』伝本中、神宮本と岩瀬本に共通して本文として確認出来[3]、また内閣第一類本では、Aの一部とBの波線部以外を裏書として巻二の巻末に収録している。神宮本と岩瀬本は収録箇所も語句もほぼ同様であるため、遡ったいずれかの段階で両者が接点を持った可能性を指摘できるだろう。ただAについては、「又妙法蓮花者観自在王ノ密号也…」以下が、全伝本において巻四ノ一「無言上人事」[4]に本文として収録され、またBの波線部以外についても米沢本・阿岸本・成簣堂本を除いて巻四に本文として確認できる。そのため無住の思想的な深化を経た内容というよりは、巻四同様観音菩薩の尊さを説く巻二に、後々改めて重複する形で加筆されたものと捉えることが出来る[5]。

次にCは、西光が鹿ヶ谷の陰謀により、平清盛に斬首された折の一話となっているが、神宮本以外には確認出来ない。西光の地蔵信仰に関連して、『源平盛衰記』巻六「西光卒塔婆」には、西光が発願して、六体の地蔵を京都の七道の辻ごとに安置し「廻り地蔵」と名付けたという逸話が載る。説話として西光と地蔵を結びつける素地は確かにあったものと思うが、本話については今のところ他書に確認出来ず、なぜ神宮本にのみこのような話が残されたのか不明である。

また反対に、巻二後半部においては刊本にはあるが神宮本にない部分がある。

日本ノ習ヒ、国王大臣ハ潅頂シ給、真言ヲ行ヒ給フ。凡下ノ者ハナラフマシキヤウニ思ナラハセリ。経ノ中ニハ、貴賤ヲ論セス。タヽシ自然ニ戒力ナクシテ、凡下ノ者コヒネカフ心ノナキニコソ。又真言教ハ内証ノ法トシテ上郎シキユヘニ、ヲノツカラカヽルニヤ。サレハ恵果大師ノ御言ニハ、「人ノ中ニ貴ハ国王、法ノ中ニ貴ハ密教云々」。性霊集ノ中ニミエタリ。（慶長古活字本）

流布本系の吉川本と古本系諸本は同じく右を欠いており、内閣第一類本では裏書となっているため、後の加筆部分を神宮本もまた収録しなかったということであろう。

【巻三】

巻三においても、神宮本は巻頭目次に最終条の「栂尾之上人物語事」までを一気に掲載しているが、刊本に認められるものの神宮本にはない話、また両者に存在するが収録箇所が異なる話が目立つので、次に示す。

A他郷ト云ハ三界也。本国ト云ハ浄土也。安楽集ニ有之。敵国ニ人ノ子取ラレテ、逼仕ハルヽカ、本国へ帰ラント思フ如ク、娑婆ヲ他国ト思イ、極楽ヲ本国、父母ノ国ト思テ、浄土ノ行業ヲスヘシト云ヘリ。取意。

（神宮本3ウ）

B荷澤ハ第六ノ祖、恵能ノ嫡弟、第七ノ祖師也。如来知見ト云ハ、法花ノ四仏知見也。無住ノ心ハ浄名ノ無住ノ本也。禅教ノ所詮不二也。方便少異也。（神宮本7ウ）

C述懐云、

アナガチニ目ミセヌ人ヲヘツラハジ　目ミセン人ヲモマタイナト思ハデ

法ニスギナサケフカクテ目ヲミセン　人ニムツバンソノホカハイヤ

ヘツラヒテタノシキヨリモヘツラハデ　マヅシキ身コソ心ヤスケレ

勝軍論師ノ心ヲ学シテヨメリ。（慶長古活字本）

D経ニ云、「聞法生謗堕於地獄勝於供養恒沙仏者」ト云ヘリ。謗シテ地獄ニオツル、猶ツイニ種子トナル。解脱ノ因タル故ニ。恒沙ノ仏ヲ供養ストモ、有漏ノ果ヲウクルハ、輪廻マヌカレス。（慶長古活字本）

このうち、AとBは神宮本ではそれぞれ異なる場所に本文として認められるが、刊本では巻三前半の最後にまとめて収録されている。CとDについては神宮本には確認できない。ABCは刊本ではBACの順番でまとめられており、岩瀬本ではAとCを「裏書云」として連続して本文の適当な箇所に載せており、しかもAについては神宮本と同箇所に収録するが、Bが含まれない。東大本はABC全てを欠き、吉川本は神宮本と全く同様である。諸本で異同がかなりある部位であり、加筆された事情は容易に解けないが、(6) Dについては神宮本、岩瀬本、東大本、吉川本、全てに認められないので、ABCの一連の書き入れとは別に、かなり最終段階において加筆されたものと推測される。当該部分は巻三の本文を考える上で重要な部位であるため、終論において再びとり上げることとする。

【巻四】

巻四は、刊本との比較において、巻三までと一線を画すようである。巻頭目次においても、これまで神宮本は巻頭に一挙掲載する形をとってきたが、巻四では、刊本同様、上下巻の区別をつけるようになる。また本文においても、語句の細かな異同を除いて、一話レベルでの加除は見られない。ただ一つ重要な点として、巻末にある無住の識語の差異を挙げることができる。

圭峯言題ニシテ思ヰツ、ケタリ。上人御哥裏ニ在レ之。御自筆也。
ヨシモナク地水水風ヲカリアツメ我ト思ソクルシカリケル
八十マテカリアツメタル地ト水ト火ト風イツカヌシニカヱサム
ヨシサラハモヌケサラムモヲシカラス八十ニアマルウツセミノカラ
誤リニ影ヲ我ソト思ソメマコトノ心ワスレハテヌル　已上莫レ認ニ妄念一
明カニ閑ナルコソマコトニハ我心ナレソノホカハカケ
本云　随分述懐　無住八十二歳
徳治三年戊申五月廿七日於ニ桃尾寺一注レ之。
此物語先年草案未レ及ニ清書一処ニ、不慮ニ鄙都披露、仍同法書写シテ下ニ此本一。文字謬多シ。仍是ヲタ、シ、裏書ニ少々注レ之。老耄ノ上、病中散々タリ。心得テ清書セラルヘシ。(7)文字ヲハ事闕サレトモ、本ノタメナレハナヲシ候也。裏書ノ中ニ肝要ノ事候。面々少々カ、ルヘキ歟。於ニ此本一引ニ出裏書ノ言一面ニ書継畢。
已上。(神宮本27オ)

圭峯ノ言ヲ題ニシテ思ツヽケ侍リ。

ヨシモナク地水風ヲカリアツメ我レト思ソクルシカリケル

ヤソチマテカリアツメタル地ト水火ト風イツカヌシニカヘサン

ヨシサラハモヌケテサランオシカラスヤソチニアマルウツセミノカラ

アヤマリニ影ヲ我レソト思ソメチマコトノ心ワスレハテヌル

アキラカニシツカナルコソマコトニハ我心ナレソノホカハカケ

随分述懐　無住八十三歳

徳治三年戊申五月廿一日

(8)裏書中ニ肝要ノ事ハ面々少々カヽルヘキ歟。

此物語先年草案シテ未レ及二清書一之処、不慮ニ都鄙披露、仍同法書写テ此本ヲ下。文字謬多。仍コレヲタタシ裏書少々注レ之。老耄之上、病中散々タリ。心ヲエテ清書セラレ候ヘシ。（慶長古活字本）

傍線部が両者で異なる部位、波線部が神宮本独自の文言である。傍線部については、まず徳治三年は無住八十三歳が正しい。また神宮本の「徳治三年戊申五月廿七日於二桃尾寺一注レ之」については、東大本及び、西大寺蔵『妻鏡』に合綴されている『沙石集』の裏書集に「徳治三年戊申五月廿一日於二桃尾寺一注レ之」とあることから、真実はつまびらかにし得ないものの、「廿一日」説がやや優勢である。無住は嘉元三年三月八十歳で長母寺住持を弟子の順一房に譲っており、『無住国師道跡考』および『開山無住国師略縁起』によれば隠居先を長母寺内の「桃尾軒」とする。「桃尾寺」が即この「桃尾軒」のことであるかどうかは不明であるが、隠居先の「桃尾寺」で『沙石集』にさらに手を加えたという神宮本、東大本の記述は事実に反するものではなく、よりその詳細を伝えたものと判断できる。

また波線部の「上人御哥裏ニ在レ之。御自筆也」という言葉は、無住自身には書き得ないものであり、書写の何れかの段階で加えられた言葉であるが、少なくともこの言葉を記した人物は、裏書された無住直筆の歌（それは場所的に「ヨシモナク…」以下の五首を指すのだろうか）を直接確認したと信じていたのである。この言葉が真実であるならば、神宮本は無住自身に近い、良質の本文を遺しているとの推測も可能となる。そうなると、もう一方で神宮本にのみ遺されている「於二此本一引二出裏書ノ言一面ニ書継畢」という言葉についても、無住自身の裏書が表に引き出され書き継がれた、という信憑性に繋がっていくと解されるであろう。

【巻五】

巻四で挙げた無住の識語において、東大本との関わりが少しく出てきた神宮本であるが、巻五においては、東大本との近似性がより高まるとの印象を受ける。そこで東大本と神宮本が同様でありながら、刊本とは異なる部位は、語句レベルまで捉えるとかなりの数になるが、中でも特色がよく表れた部分を取り上げてみたい。

まず「学匠之歌好タル事」における次の二首についてである。

①僧都詠歌

ウラ山シイカナルソラノ月ナレハ心ノ侭ニ西ニ行ラム　月輪殿集ニ有レ之

②大原上人西行法師ナントヨリ合テ、老後ノ述懐ニ　或上人、名ヲ忘ル。続古今ニ侍ルヲヤ。

山ノ端ニ影カタフキテクヤシキハムナシク過シ月日成ケリ（16ウ）

このうち傍線部が、東大本・神宮本に、波線部が長享本・東大本・神宮本にあるが、どちらも刊本にはない。

「ウラ山シ…」については、『続拾遺集』一三九三にある源信の詠歌であるが、神宮本、東大本はそろって『月輪殿集』を典拠に挙げる。また「山ノ端ニ…」については、『続後撰集』一一一七の詞書から、或上人とは縁忍上人のことと判明する。当該歌は傍線部に言うところの『続古今集』には認められず、神宮本・東大本・長享本が典拠として誤った情報を共に載せていることになり、この三本の接点が窺われる。

ただし、巻五の最後に収録される、「人感有歌」及び「連歌事」において、神宮本と東大本は異なった傾向を持つ。「人感有歌」と「連歌事」は、その直前に「沙石集第五終」と本文が終了した後に続けられており、冒頭に「本ノ裏書ニ云、人感アル歌、草本ニ多有レ之。此本ハ同法書レ之。皆弁タリ。仍又書付。写人任レ心可レ有ニ取捨一。無住八十三」とあるように、元は裏書であったものである。当該部分を全て欠く東大本は、親本もしくは東大本の書写者が、無住の言（傍線部）に従い削除した結果かもしれない。それに比して神宮本は刊本とは異なり「人感有歌」、「連歌事」と題目は記さないものの、同内容の記事を断片的に遺し、更には独自情報を含む次の二説話を載せているのである。

一真壁常州有処ノ地頭太郎入道、京ヨリ哥道ノ名人タル女房ヲカタラヒテ、年久相スミケルカ、志ヤウスカリケム、鎌倉ヘ送。サスカニ昔ノ志余波ヤ有ケム、年経テ後、衣小袖色々調テ送リタリケルニ、別ノ詞ハナクテ、

ツラカリシ涙ハ袖ニ朽ハテヌコノウレシサヲ何ニツヽマム

是ヲ見テサメ〳〵ト打鳴テ、「荒イトヲシ。此御前迎ヘニトク〳〵遣」トテ、迎ヨセテ死別ニ成ニケリ。彼入道ノ子息、先年相見ノ時カタリ侍リケリ。

一同国ノ或処ノ地頭和泉守鎌倉ヨリ官女ヲ語テ年比経ケルカ、志ヤウスカリケム、事ノ次ヲ求メテ送タク思

ケルマヽニ、前栽ノ鞠ノカヽリノ四本アルヲ、「彼四本ノ木ヲ題ニテ一首ヨミ給。サナクハ送ラム」ト云ケルニ、地躰哥ノ骨ヲ得タル女房ニテ、「安キ事」トテ取アヘス、

櫻咲ホトハノキハノ梅ノ花紅葉松コソ久シカリケレ

サテ大ニ感シテ、小袖一重取出シテ引出物ニシテ、ツキニ死別ニ成ニケリ。二人ナカラ先年相見シテ侍シ仁ノ子息ニテ今有レ之。（34ウ）

右の二話は、ほぼ同内容のものが巻七「無二嫉妬之心一人事」に刊本、神宮本共に収録されている。ただこの巻五に二話を含むのは神宮本と阿岸本、内閣第一類本であり、内閣本は巻五に収録する代わりに巻七には載せていない（阿岸本は欠巻）。神宮本は同内容の説話を二箇所に重複して載せていることになるが、傍線部は巻七には確認出来ない独自文であり、特に「サテ大ニ感シテ…」以下は、巻七では「是ヲ感シテ送ル事思留リケリ」と簡単な言葉で締めくくられている。神宮本は場所を自らと縁の深い常陸国「真壁」と明記し、「入道の子息に実際に会って聞いた話だ」と記すなど、無住の取材源をより明確に示したものとなっており、神宮本巻五の独自文と言えるだろう。異なる場所に同様の話を重複して載せることも、神宮本の一つの特色であり、しかもその場合、両者の本文が一方は神宮本独自、一方が刊本と同様という傾向が見られる。刊本とは異なる神宮本独自の場所に遺された話に、より詳細な情報が含まれることは注意を要するのである。

【巻六・巻七・巻八】

巻六、巻七、巻八においては、刊本が上下で題目を分けるのに対して、神宮本は最終条まで一挙に巻頭目次を載せるという違いがあるが、説話の加除や構成上の大きな違いは見られない。ただし刊本にはある言葉を、神宮

本が約一行文、脱文するということが諸所に見られ、これが単なる目移りによるものか、系統としてこれらを脱文とする本文なのか、現時点では判断し得ないものである。

【巻九】

巻九においても、巻頭目次に於いて、刊本が上下を分けるのに対して、神宮本は最終条まで一挙に載せている。本文としても著しい差異は認められず、巻六から巻八に見られたように、神宮本が約一行文脱文するという傾向がある程度だが、一箇所のみ、刊本には認められない話を神宮本が載せるので、次に示す。

> 白蓮社ノ堂ノ前ニ池アリ。蓮ヲ植タリケルヲ、恵遠法師是ヲ掘ステサス。花ヲミレハ余念起、念仏ノ妨ト成ル故ト伝ニ見ヘタリ。是程ニ余念ヲ恐ン行人、教ニ相応スヘシ。去ハ善導ノ尺ニ云ク、「念々不レ捨者、是名二正定之業一」ト。四修ノ作業是也。等閑ニ行シテ必定ノ往生ト打カタメテ、厭離穢土ノ心薄ク、欣求浄土ノ思ヰ浅クハ、蓮台ニ登リハツシヌヘキヲヤ。（2オ）

古本系の米沢本から刊本に到るまで、全ての伝本が当該部分においては次のように白蓮社のことについては触れている。

> 漢土ノ廬山ニ、恵遠等ノ十八賢ノ白蓮社ト云居所ヲ構テ、誓ヲタテ契ヲムスヒテ、世間ノ事イトナミヲヤメテ、「影不レ出レ山、送レ客不レ過二虎渓一」トテ、谷ノ外ヘイテスシテ、一向往生極楽ノ行業ノ外、他事ナクテ往生ノ大事トケタリトイヘリ。（慶長古活字本）

しかしその恵遠がいかに徹底した遁世者であったかを偲ばせる、池の蓮まで余念が起ると言って掘り捨てさせた、という先の話は、神宮本、そして成簣堂本のみに共通して認められるのである。成簣堂本は古本系統の一本であり、そのため本巻も巻十上に相当し、根本的なところで神宮本とは異なる構成であるが、当該話に限ってはほぼ同文である。長享本にも簡単な一文のみはあるので[9]、元は裏書であった可能性も含めて加除の時期を考えるべきであろう。

【巻十】

巻十は、肇の著作である『肇論』、『宝蔵論』の引用に関して、刊本とは著しい差異がある。長文になるが、次に全て掲出する[10]。

A肇論ニ云、「言《ハ》レ之者失《シ》二其ノ旨《ヲ》一、知《ル》レ之者ノハ返《ス》二其ノ愚《ヲ》一、有《スル》レ之者背《キ》二其ノ性《ニ》一、無《ル》レ之者傷《ニ》二其ノ軀《ヲ》一。所以尺迦掩《フ》二於摩竭《ニ》一、浄名杜《ツ》二口ヲ於毘耶《ニ》一」。此ノ老僧カ詞自ラ叶《ヘリ》二肇公ノ意《ニ》一。仍具サニ引助レ之。愚ト云ハ無知般若也。（2オ）

B〔割注〕肇論ノ文此ニ被レ入ナリ。（3オ）

C〔割注〕裏書ニ曰ク、大師ノ御詞、言語ハ是瓦ト云ヘリ。云々。是又一ツノ義也。執《テ》二言語《ヲ》一不《ル》レ得レ旨ヲ人ヲ誡シメ給フ。真実ノ習ニハ声字実相也。其時ハ言即実相也。言ノ外無レ旨。此義ハ立チ入タル法門也。先遮詮法門殊勝ノ方便也。其後表詮ノ法有レ之。即事而真ノ法門ハ事理倶密ノ義理也。尤モ可《ニ》二存知《ス》一。已上。

D又裏書ニ云、宝蔵論ニ云、「以《ニ》二言語《ヲ》一示セハ、背《ク》二無言語ノ理《ニ》一。若無言語ヲ示ハ、又無智之執言也。文。已上。（3ウ）

E肇論云、「存《ル》二称謂《ニ》一者ハ封《セラル》レ名ヲ、志《ス》二器家《ヲ》一者ノハ耽《ケル》レ形ニ。名ハ也《マタ》極《ル》二於題目《ニ》一、形ハ也タ盡《ク》二方円《ニ》一。々々モ有《リ》レ所レ不《ル》レ写サ、題目モ有レ所レ不《ル》レ伝ヘ云々」。是実ニ諸宗ノ自ラ言象ノ外ニ有事疑ナカルヘシ。法花ニハ「諸法寂滅相不可以言宣」ト云ルハ、実ノ所也。以方便力故為五比丘説ハ、止ム事ナクシテ仮ナル名字ヲ以テ引導シ玉フ事也。祖師ノ失フ事ハ、実ニハ有ヘカラス。只凡夫ノ拙キ故ニ、和光同塵ノ意ナルヘシ。方便ナフシテハ真実ノ処ハ難レ顕レ。故ニ以テ二慈悲ヲ一大権迹ヲタル。一向祖師ヲ軽シメハ大ナル錯リナランシ。和光ノ方便、三国ノ風皆同ナリ。維摩居士示シ二長者ノ身ヲ一方便ヲ肇公ノ讃ル詞ニ云、「非レハ本無クハ二以テ垂レ跡ヲ、非レ迹ニ無二以テ顕レコト本。本跡雖レ異ナリト、不思議ハ一ツ也。矣」。上宮ノ維摩ノ御疏ニモ、多ク用二肇公ノ詞ヲ一玉ヘリ。祖師皆ナ和光ノ方便也。其心大ニ相似タリ。已上裏書ニ云。(4オ)

F達磨大師、楞伽経ヲ「我意ニ叶ヘリ」トノ玉フハ、此ノ意也。彼経ハ四巻也。宗通説通ノ二義有レ之。宗通ハ菩薩ノタメ、説通ハ凡夫ノタメ　取意。不立言説是レ宗通也。言説ハ為二蒙迷機童蒙一字モ不レ説者一。説ハ為二凡夫一、不説ハ為レ菩薩也。已上裏書。(5オ)

G肇論ニ此法門多ク見ヘタリ。「弥寂弥動也、弥動弥寂」ト云ヘリ。已上裏書。(9オ)

H裏書云、唐ノ青龍寺ノ恵果大事《ママ》ノ弘法大師ニ語リ給ヱル語ニモ、「人ノ貴キハ国王、法ノ貴キハ密教、冒地ノ得難ニハアラス。此法ニ逢事ノ難キ也」ト。サレハ善無畏モ国王トシテ、此法ヲ渡シ玉ヘルニヤ。彼詞思合ラレ侍リ。此国ハ真言天台念仏有縁ノ国也。法相三論花厳等ハ南都東大寺興福寺南都ニノミ学シテ、諸国ニ流通セス。律儀禅門ハ近比興行セリ。(10ウ)

I裏書云、智覚禅師、坐禅ノ外ノ行ニ法花ヲ誦シ、念仏ヲ行シ、上品上生ノ往生セル人也。新往生伝ニ有レ之。或僧、智覚禅師ノ没後ニ、永明寺ニ来テ、彼ノ禅師ノ真影ヲ礼ヌ。其故ヲ語ケルハ、依レテ病ニ死シテ、炎魔王宮ヘ行。炎王、僧ノ影ヲ図シテ礼拝シ玉フ。冥官ニ問ニ、答テ云ク、「彼ノ唐ノ永明寺延寿禅師ノ影也。人死シテ必ス中有ヲ経。炎王知レリ之生処ヲ判ス。然ルニ中有ヲ不レ経、王ニ不レシテ知、直ニ上品上生ノ往生ヲ

遂玉ヘリ。依レ之、王深ク敬レト之」云ヱリ。仍蘇生シテ、来テ礼スト語リキ。（12オ）

肇の著作である『肇論』や『宝蔵論』が、『沙石集』の本文改変を経て増補されていることは、内閣本との関連で述べた通りである（311頁）が、神宮本においても複雑な問題がある。そこで右に挙げたAからHが、神宮本、刊本、また内閣第二類本においてどのように収録されているのかを、次表に整理してみたい。

神宮本	刊本	内閣第二類本
A	ナシ	同神宮本。「裏書」とする。
B	肇公ノ宝蔵論、肇論、仏法ノ大綱有レ之。此ノ老人ノ意、天然ト相叶ヘリ。宝蔵論ハ、最後ノ作、三事仏法大意分明也。肇論文下ニ有レ之。	刊本と同様の内容を掲載。ただし「裏云」とする。
C	ナシ	同神宮本。「裏書」とする。
D	ナシ	同神宮本。Bに続けて「裏書」とする。
E	最後の「已上裏書ニ云」を除いて同内容の本文が後出。神宮本のその場所にはFがある。	同神宮本・刊本。「裏書」の文字はないが、他の裏書の後に続く。
F	ナシ	ナシ
G	同。ただし「已上裏書」の文字ナシ。	同神宮本・刊本。「裏書」の文字ナシ。
H	同。ただし「裏書云」の文字ナシ。	同神宮本・刊本。「裏書」の文字ナシ。
I	同。ただし「裏書云」の文字ナシ。	同神宮本・刊本。「裏書」の文字ナシ。

前頁表から、刊本では欠落しているA・C・Dを内閣本が備えていること、さらにそれらが「裏書」とされていることから、神宮本と内閣本には一時期『沙石集』に裏書された本文が遺されたことがわかる。ただしFのみは、神宮本独自文であり、典拠が気になるところであるが、前半部は、『楞伽経』序に、「昔達磨再来。既已伝心印於二祖。且云。吾有楞伽四巻」とある。後半部の二通（宗通・説通）についても、『楞伽経』に認められるが、より当該部分と類似するのは『宗鏡録』巻三の次の内容であろう。

　於二楞伽會上一。為二十方諸大菩薩来求法者一。親説二此二通一。一宗通。二説通。宗通為二菩薩一。説通為二童蒙一。
　祖仏俯為二初機童蒙一。少垂二開示一。

『楞伽経』では「謂我二種通　宗通及言言　説者授童蒙　宗為修行者」という偈に端的に示されるように、宗通を「修行者」のため、と記している。修行者を菩薩に読みかえただけ、という可能性もあるが、同じ「菩薩」の言葉を使う『宗鏡録』からの孫引きの可能性がより高いと思われる。

以上のように、神宮本は巻五までにおいて、同内容の記事を重複して載せることがあり、その中に他本では知り得ない詳細な事情を含むものがあった。ただし巻三と巻四の間には内容的に何かしら違和感を感じる部分があり、また巻五と巻六の間にも、内容的な温度差を感じる。巻六以降においては、特に巻十において、肇の著作が集中的に裏書され、それが内閣第二類本と共通点を持つことが注意される。『肇論』や『宝蔵論』からの引用が増えていくことについては、無住自身の依拠資料の問題として捉えられることから、神宮本と内閣第二類本については、ある時期に為された集中的加筆の痕跡が同様に遺されたということであろう。神宮本については東大本同様、過去における取り合わせ本の可能性も考慮しつつ、本文吟味を重ねる必要があると思われる。

（1）『沙石集』諸本と『古事談』」（国語国文71―5　平成十四年五月）。
（2）異本系には確認できない。
（3）ただしAの傍線部は岩瀬本にない。
（4）吉川本と岩瀬本は裏書とする。
（5）地蔵や観音に関する話材の増補改訂の詳細については、土屋「裏書から見た『沙石集』改変の一手法―公舜法印説話を起点として―」（古典遺産58　平成二十年十二月）を参照されたい。
（6）Dについての詳細は本書376頁参照。
（7）この言葉は東大本にもある。
（8）この間に刊本には永仁二年の道慧識語がある。
（9）長享本は、「堂ノ前ノ池ニ蓮華生シ、余念起ルトテ、ホリステタリト伝ヘタリ」と簡単に触れる。
（10）引用に際し、私に返り点を加えた。割注については〔割注〕と示し、該当部分に傍線を付した。

第十一章　岩瀬本の考察

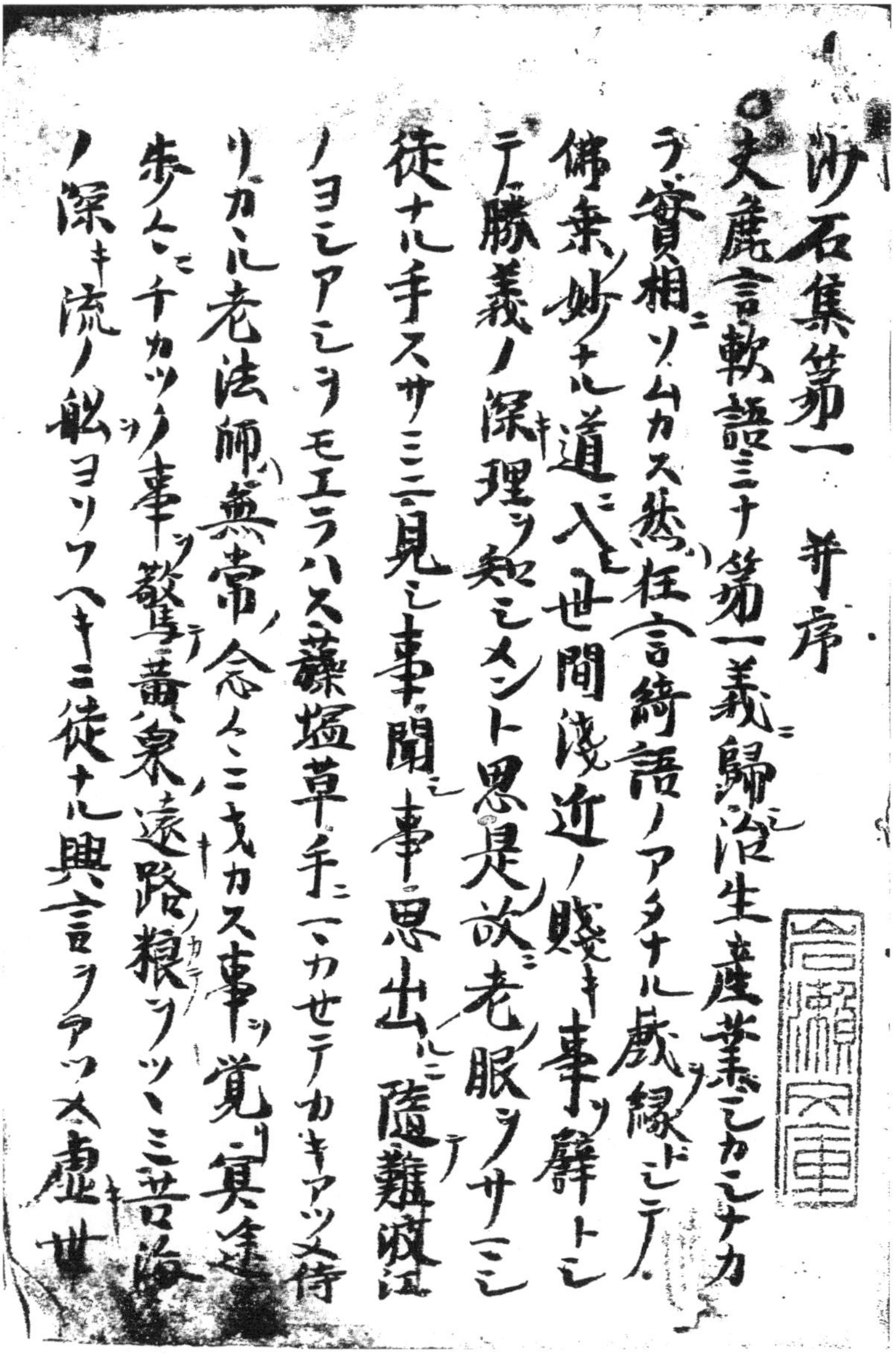

沙石集第一　并序

夫麁言軟語ミナ第一義ニ帰シ治生産業シカシナカ
ラ実相ニソムカス然レハ狂言綺語ノアタナル戯縁ヲモテ
仏乗ノ妙ナル道ニ入シメ世間浅近ノ賤キ事ヲ譬トシ
テ勝義ノ深キ理ヲ知シメント思是故ニ老眼ヲサマシ
徒ナル手スサミニ見シ事聞シ事思出ルニ随テ難波江
ノヨシアシヲモエラハス藻塩草手ニマカセテカキアツム侍
リカヽル老法師ハ無常ノ念々ニ迫ル事ヲ覚リ冥途ノ
歩々ニチカツク事ヲ驚テ黄泉遠路ノ粮ヲツヽミ苦海
ノ深キ流ノ船ヨソフヘキニ徒ナル興言ヲアツム虚キ世

岩瀬本序（西尾市岩瀬文庫蔵）

一　伝来

愛知県西尾市岩瀬文庫所蔵の『沙石集』（以後岩瀬本）は、十巻十冊の写本である。渡辺綱也の分類においては、略本系の一本として、小島孝之の分類においては、流布本系の一本として位置づけられている。早くからその存在は確かであったものの、岩瀬本の性格や特質についての考察はほとんど進展しておらず、次の渡辺の見通しがほぼこれまで唯一の性格把握と言ってよいと思われる。

本書の最も大きな特徴は流布の刊本に見られる道慧の原識語が存することであり、それにもかかわらず、本書の本文には、流布の刊本を写したものではないと思われる細部の相違があることである。この事実は、慶長一〇年、要法寺の学僧円智が刊行した古活字版本の刊記に、「頃幸得無住師之直筆正本」として掲げている無住の弟子道慧の原識語（慶長十二行本の項参照）のある写本が、実在していたことを示すものとして、書写年代の新古を超えた価値がある（1）

まず渡辺の指摘する慶長十年古活字本（2）（以後「慶長本」）には、円智による次のような刊記が見られる。

此集行二于世一尚矣。本有二広略條一、有二前後一、不レ知二孰是一也。頃幸得二無住師之直筆正本一今也。不レ堪下蘊中蔵於焉上。遂鏤二于梓一十目レ所視。豈其揜乎。勿二敢疑一也。

円智は「無住直筆の正本」を入手し、それを秘蔵するのが悔やまれるので広く刊行することにした、と述べている。その「無住直筆の正本」を基にした慶長本には、無住の弟子である道慧の次のような原識語が存在する。

巻一下　沙石集第一終　神護寺　迎接院。正応第六之暦巳癸季春下旬之候、於二洛陽西山大原野之辺一書写畢。偏

是書写弘通之志者、仰二和光之方便一停二無窮之生死一正二愚癡之妄見一開二菩提之妙果一耳。片山貧士諭
春秋四十四

巻二下　乾元第二之暦癸卯季春之候、此書道證上人奉レ渡畢。道慧
沙石集第二終　神護寺　迎接院。永仁第二之暦甲午孟春初之六日、於二洛陽正親町油小路一書二写之一畢。
偏是為二利生方便一、以二坐称之隙一写レ之矣。片山貧士諭

巻三下　乾元第二之暦癸卯季春之候、此書道證上人奉レ渡畢。道慧
沙石集第三終　神護寺　迎接院。永仁第三之暦乙未孟夏初九日、於二西山之大原野一書二写之一畢。片山貧
士道慧春秋四十六

巻四下　乾元第二之暦癸卯季春之候、此書道證上人奉レ渡畢。道慧
砂石集第四終　神護寺　迎接院。乾元第二之暦癸卯季春之候、此書道證上人奉レ渡畢。道慧
永仁第二暦甲午中春始之三日、於二洛陽正親町油之小路一書写畢。偏是為二仏法興隆一欲レ令二弘通一耳。片
山貧士諭春秋四十五

巻五下　神護寺　迎接院。永仁第三之暦乙未孟夏中之六日、於二西山大原野一而写畢。片山貧士　道慧
乾元二暦癸卯季春之候、此書道證上人奉レ渡畢。道慧

巻六下　沙石集第六終　神護寺　迎接院。永仁第三之暦乙未孟夏後七日、於二西山大原野一写了。片山貧士道慧
乾元二暦癸卯季春之候、此書道證上人奉レ渡畢。道慧

巻七下　沙石集第七之終　神護寺　迎接院。乾元二暦癸卯季春之候、此書道證上人奉レ渡畢。道慧
于時乾元第二之暦癸卯季春初之六日、於二洛陽之西山西方寺一又重一部書二写之一次、此巻奥一枚書二改

之一畢。片山貧士道慧春秋五十四

巻八下　沙石集第八終　神護寺　迎接院。正応第六之天癸巳仲夏初二日、於二洛陽土御門油小路一書三写一之。片山貧士諱

巻九上　沙石集第九之始　神護寺　迎接院

乾元第二暦癸卯季春之候、此書道證上人奉レ渡畢。道慧

巻九下　沙石集第九之終　神護寺　迎接院。乾元二暦癸卯季春之候、此書道證上人奉レ渡畢。道慧

于時乾元第二之暦癸卯季春初之六日、於二洛陽之西山西方寺一重又一部書三写之一次、此巻前後一枚書三改之一畢。片山隠士道慧春秋五十四

巻十上　沙石集第十之始　神護寺　迎接院（慶長古活字本）

現存する写本の中で、この道慧の原識語を同様に収載したものは岩瀬本のみであることから、渡辺は、岩瀬本は道慧の原識語を実際に有する写本が存在していた証拠であり、「無住直筆の正本」の面影を遺している本ではないか、という含みをもたせて、高く評価したわけである。

さてここで、問題となっている「道慧の原識語」の存在に注目してみたい。渡辺は岩瀬本に存在する、と述べているが、注意してみると、岩瀬本の全ての巻にそれが存在するわけではない。道慧の原識語の有無を各巻に確認してみると、次のようになる。

道慧の原識語（有るものは○、無いものは×）

巻一	○	巻六	○
巻二	×	巻七	○
巻三	×	巻八	○
巻四	×	巻九	○
巻五	○	巻十	×

道慧の原識語は慶長本には各巻に存在するが、巻十は円智の刊記のみである。岩瀬本の巻十も円智の刊記が無いことを除けば、慶長本と同様の終わり方をしている。この道慧の原識語の有無を指標にして岩瀬本の各巻を改めて考察してみると興味深い傾向が見られた。岩瀬本で道慧の原識語が認められる巻一、巻五から巻九、本来は原識語があったが円智の刊記で除かれた巻十は、慶長本と限りなく近似した本文を持つのに対して、岩瀬本の巻二・巻三・巻四は慶長本とは異なる独自の本文を有するのである。この見通しに沿って、本稿では岩瀬本独自の本文を持つ巻二・巻三・巻四の本文を分析し、複雑な問題を持つ巻五については別個その位置づけを試みたうえで、岩瀬本全体の性格を考察したい。

二　巻二・巻三・巻四独自本文

【巻二】

巻二について、まず巻頭の題目を見ると、「仏舎利感得人事・薬師之利益事・阿弥陀之利益事・観音之利益事・地蔵之看病事・地蔵之種々利益事・不動之行人事・弥勒之行人事・菩薩代受苦事・仏法之結縁事」となっている。慶長本を初めとした刊本においては、「地蔵之種々利益事」と「不動之行人事」の間で上巻下巻が分かれており、上下を区別することなく巻末まで題目本文共に続けている岩瀬本は慶長本とは別系統ということが判明する。ただ上下の区別がないことから古本系の本文を持つかというと、本文は明らかに流布本系統であり、後述する差異を除けば慶長本の本文とそれほど乖離したものではない。それでは流布本系統の本文の中で岩瀬本の本文はどのような位置づけが出来るのか、考えてみたい。

岩瀬本の系統を考える際に特筆すべきは次の①から④の四点である。

①高野大師法華ノ開題云、此経ノ題目ノ梵語ハ。此九字ハ胎蔵九尊ノ種子也。此経ハ始ノ字観音ヲ體トシ、餘尊皆観音ノ御體也。取意。開題ニ是アリ。亦妙法蓮花ト者、観自在王ノ密号也。此尊名ニ無量寿ト。（10オ）

②三井寺大阿闍梨慶祚、山ノ西坂本ノ人ヤトリノ地蔵堂ノ柱ニ、法蔵比丘ノ昔ノ皃、地蔵沙門ノ今ノ形、蔵ノ字思合ヘシ[3]。寛印供奉書キ写シテ柱ノ文ヲ削ラレケリト言ヘリ。亦種子ニ付テ習アリ。亦南方ノ憧菩薩也。興福寺ニ南円堂ノ不空羂索ノ頂上ニ黒衣ノ沙門坐シ玉ヘリ。或ハ法蔵比丘、或地蔵八幡ノ垂迹地蔵ノ形也。御託宣ニハ我ハ弥陀ト示シ玉ヘリ。誠ニ地蔵ノ御利益ニコソ。（16ウ）

③永仁三年の無住の奥書。（18オ）

④心ナキカ故ニ周遍スト云事、是ニテ知ヌヘシ。法身ノ體ハ水ノ如シ。応身ノ用ハ波ニ似リ。水波ノ一體ナルカ如シ。真応不二也。無相ノ法身ハ即応用ナリ。応化ノ方便全ク法身ナリ。静ルハ水、是波ナリ。動ルハ波、是水ナリ。肇公ノ言、「終日ニ動トモ静ナリ。終日ニ静トモ動スト。此心ナルヘシ。（37ウ）

右の①②④はいずれも、岩瀬本にはあるが慶長本には見られない本文である。反対に③は慶長本にはあるが岩瀬本に確認できない。

まず①は第四話「依ニ薬師観音利益ニ命全事」[4]において、諸仏菩薩の中で観音を信仰することが如何に利益あることかを説く解説部分に収められている。空海の『法華経開題』を引用し、妙法蓮花経を梵字で示した際の九字がそのまま胎蔵界の九尊を表し、その九尊を表す最初の種子が観音を表していることが、傍証の一つとして加えられたと思われる。

次に②は、第五話「地蔵之看病シ給ヱル事」において、阿弥陀観音地蔵一体説として語られている。①②共に巻二においては慶長本に見られないが、①の「亦妙法蓮花ト者…」以下と、②の三井寺阿闍梨慶祚の話のみ（傍線部以外）が、慶長本では場所を移して巻四第一話「無言上人事」に見ることができる。岩瀬本の巻四においては、①を本文、②を裏書として収録している。慶祚の話は伝本により裏書であったり本文であったりと異同が激しい部位であるが、詳細については別稿に譲りたい。(5) 傍線部は興福寺南円堂の本尊である不空羂索観音の頭上に黒衣の沙門が座り、その姿を法蔵比丘或いは地蔵菩薩と解することによって、阿弥陀観音地蔵一体説を補強する例証となっている。南円堂の不空羂索観音は、治承四（一一八〇）年の平氏による南都焼き討ち後の再興像であり、文治五（一一八九）年完成であるから、事象としては慶祚や寛印の話より新しさが目立つものである。

さて①②共に本文の趣旨は、最終的に阿弥陀観音地蔵一体説であるが、岩瀬本と同位置に加除なく同内容の本文を持っている伝本が神宮本である。当該部分については神宮本の項（400頁）でも詳述したが、神宮本との関連を考えたとき、③にあげた永仁三年の無住の奥書は慶長本にはあるが岩瀬本・神宮本には確認できず、④については岩瀬本にはあるが慶長本・神宮本には確認できないので、岩瀬本と神宮本が全く同じ本文を持つことにもならないのである。ただし①から③に限定すれば、岩瀬本と神宮本が近似した構成を持つことを指摘できる。

④は第九話「菩薩之利生代受苦事」において、仏の法身応身の分別無き事を、水波の譬えを用いて解説したものである。そのままの本文は岩瀬本以外の伝本に確認することが出来ないが、波線部は内閣第一類本（以下「内

閣本」）の巻二裏書（328頁）に同趣旨の文言を見いだすことができる。すなわち「去レハ終日作トモ静也。終日静ナレトモ作スト云事ナレ」というものであり、内閣本では巻二の最後に「涅槃無心用事下」という指示書きの下、裏書として収められている。内閣本の当該箇所の前後は「肇論云」として肇の別の言葉が引用されており、肇の言葉を引用しつつ論を補強していく手法は岩瀬本と同様である。①から③と異なり、神宮本との共通性がない④の本文が内閣本と共通するということは、当該部分が岩瀬本のみの突飛な付会ではなく、流布本系本文の生成の中で動きのあった部位であることを示している。

岩瀬本巻二においては、時に神宮本や内閣本と共通性を持ちつつも、全く同様とは言えない本文があり、時として慶長本の本文に同調するという傾向が見られるのである。

【巻三】

巻三は巻二同様、題目を巻頭に一挙掲載しており、上下を区別する慶長本とは異なっているが、第一話「癲狂人之利口ノ事」に次のような裏書を載せる。

①裏書云、他郷ト者三界也。本国ト者浄土也。安楽集ニ有レ之。敵国ニ人ノ子取レテセメ使ル、カ、本国ヘ帰ラント思フ如ク、娑婆ヲ他国ト思ヒ、極楽ヲ本国、父母ノ国ト思ヒテ、浄土ノ行業スヘシト云リ。（4ウ）

②裏書述懐アリ

アナカチニ目ミセヌ人ヲヘツラハジ目ミセン人ヲモマタイナト思ハテ

法ニスキ情ケフカクテ目ヲミセン人ニムツハン其ノ外ハイヤ

ヘツラヒテタノシキヨリモヘツラワテ貧シキ身コソ心ヤスケレ

勝軍論師ノ心ヲ察シテヨメリ。（4ウ）

①②の裏書は連続しており、慶長本では巻三の上巻最後に場所を移して双方とも収録されている。慶長本において「裏書」の文字はないが、①の前を二字分空白にしており、本文とは一線を画していることが解るので、もとは裏書であったということであろう。神宮本は①のみを岩瀬本と同様の場所に載せているが、②は確認出来ない。内閣本では①のみを巻三上巻最後に裏書として収録している。②の和歌三首のうち「アナカチニ…」と「ヘツラヒテ…」の二首はそれぞれ『雑談集』の巻一、巻三に述懐歌として収録されており、無住の自詠と考えて差し支えない。結果的に①と②を双方揃えて収録しているのは岩瀬本と慶長本であるが、場所の違いはどのように捉えるべきか。①②の一方のみを収録している内閣本や神宮本の存在を視野に入れると、①と②はもとは別々に裏書され、ある時点で裏書としてひとまとまりにされ記されたと思われる。それを①のあった巻三第一話に②を続けるか、裏書であるから①と②をあわせて巻三の巻末にまとめて収録するか、岩瀬本と慶長本の収録場所の違いはそのように解釈できるが、当該部分については終論において再び言及するつもりである。

【巻四】

巻四においても、題目は巻頭に一括して掲載されており、第一話「無言上人事」と第二話「上人之妻後事」の間で上下巻を区別する慶長本とは構成からして異なっているが、巻四の特色は以下の三点に分けて考えることが出来る。第一点として、岩瀬本において「裏書云」として記されている同内容の本文を、慶長本では「裏書云」という文字だけ除いて同位置に収録するものが九箇所[(6)]、第二点として、『沙石集』伝本中岩瀬本にしか確認出来ない独自本文を「裏書」として収録しているのが二箇所、第三点として、岩瀬本に「裏書」として書かれているが慶長本では同位置に確認出来ないものが一箇所(7)である。これらのうち第一点、第三点については紙幅の都合もあり、注にて当該箇所を指摘するにとどめたい。岩瀬本独自の裏書である第二点について次に考察してみたいと思う。

①裏書音訓ノ哥、世間ニイト聞ヱス。私ニ詠レ之

季世少者恥辱情、不レ持レ妻聖、不レ嫁姫

スヱノ世ニスクナキ物ハハヂナサケ妻モタヌヒジリヲトコセヌヒメ

或姫御前隠事シテ、難産ニ命危ク見ヱケレハ、乳母アサマシク思テ、「由ナキ御振舞アレハコソ、カヽル心憂御事アレ。今ヨリカヽル事セシト御立願候ヘトヨ、サテコソ御助カリアランスラメ」ト教ヘケレハ、「餘ノ大願ハ熊野詣テ堂塔モイクラモ立ヘシ。此事セジトハヱタテシ」ト云ケルト云ヘリ。ヲカシク侍ル事ナリ。

(19オ)

②書《(ママ)》裏阿含経ニ説カク。昔有ニ国王一。嗜テレ欲ニ無レ厭コト。有ニ一比丘一。以レ偈諌テ曰ク、「目ハ為ニ眵涙ノ窟一、鼻ハ是穢涕ノ嚢、口ハ為ニ延唾ノ器一、腹ハ是屎尿ノ倉、但王無ニ恵目一、為ニ色所躭荒一、貪道見レ之悪。出家シテ修ニ道場行一」。此身ハ不浄也。一念モ不レ可ニ愛執一。亦徒ニ不レ可レ棄。相資テ可レ修ニ道行一ヲ。天台ノ師ノ云、「雖下観ニ不浄一能成中大事上、如ニ海中ノ屍一。依レ之得度云々」。此心ヲ詠ス。

ワタツ海ニ臭キ屍ヲ捨ヌカナ是ヲタノミテ岸ニ付ナン。(20ウ)

①には「音訓歌」という詠歌方法が示されている。聞き慣れない感もあるが、この詠歌法は次のように『雑談集』にも残されており、無住の好んだものである。

音訓和歌

万事不ㇾ喜亦不ㇾ憂　功徳黒闇不㆓相離㆒

何事モヨロコビズ又ウレエジヨ功徳黒闇アヒハナレネバ

嘉元二年癸卯(8)十月廿五日詠ㇾ之　沙門無住（『雑談集』巻四）

「音訓和歌」とは漢詩と同意の和歌を並記するという作歌法である。岩瀬本の①には「世間ニイト聞ヱズ」とあり、無住の造語である可能性もあるが、いずれにせよ『雑談集』の一首は嘉元二（一三〇四）年の詠であり、沙石集脱稿時である弘安六（一二八五）年から約二十年後のことである。無住晩年の趣向の一環と想像されるのである。

次に②であるが、こちらも「音訓和歌」とは明記しないものの、天台大師智顗の「雖㆘観㆓不浄㆒能成㆗大事㆖、如㆓海中ノ屍㆒。依ㇾ之得度云々(9)」という漢詩と同意の和歌を詠じて並記したものであるから、趣向は①に準ずるものである。ただし②の二重傍線部以外は全て遼の道殿《どうしゅ》『顕密円通成仏心要集』(10)上巻の不浄観を説く部分に、全く同文として確認することが出来る。『阿含経』自体に当該説話を見いだすことが出来ないため、岩瀬本当該部分の典拠は『顕密円通成仏心要集』である可能性もある。

この①②の裏書は、従来岩瀬本独自文であるとの認識がなされており、果たして無住自身の手になるものかどうかとの疑念もあった。しかし先年、加賀元子(11)によって紹介された奈良西大寺蔵『妻鏡』に相綴されていた『沙石集』巻四下裏書抜書の中に、岩瀬本②と①の一部の記事を見出すことが出来る。②は岩瀬本とほぼ同文であるが、「ワタツウミノクサキカハ子ヲステヌカナコレヲタノミテキシニツカムト」の詠の後、「音訓哥　世間ニアト不ㇾ聞私詠ㇾ之」とあり、この後は紙が切断されているとのことである。この終わり方は岩瀬本①の冒頭部に続くことから、裏書抜書には岩瀬本の記事が②→①の順番で記されていたと想像される。そもそも『妻鏡』と相綴されていたこの裏書抜書は、流布本系伝本の巻四下に見える徳治三年の奥書を抜書したものであるが、『沙石集』伝本には見えない次の記事が冒頭に認められることが特色である。

無住上人、此徳治三年戊申五月、法隆寺参籠之次ニ恵厳対面借㆓請此書㆒。彼上人、六月上旬ニテ桃尾ニ居住シテ被㆑遣、廿一日ニ為㆘恵厳㆒注㆓裏書㆒而被㆑送㆑之。愚身之面目也。（以下、『沙石集』巻四下所収の奥書が続く）

この記載から、『沙石集』巻四下巻に納められている無住の奥書が、本来は法隆寺僧である恵厳個人に宛てられた裏書に拠るものだということが判明する。岩瀬本①・②に相当する記事に関しても、この記載の後、『沙石集』巻四下巻相当奥書に続けて収録されているため、恵厳に宛てられた裏書の中に存在していたとするのが穏当であろう。ただし①については、古本系の本文を有する真福寺本（巻四のみの断簡）第三条「聖ノ子持タル事」最末部に、

代ノ末ニ少キ物ハ恥情《ハチナサケ》子モタヌ聖リ夫《ヲトコ》セヌ姫当世ノ廃レタル心ト八幡山ノ妻持聖ノコトヲ思続侍リ或姫御前ノ難産ノ時、嬭《メノト》カ、「由無御コトノ有レハコソ係心ウキ事モ候へ。今ヨリハ係コトセシト御立願有。去ラハ御助リモ有ヘシ」ト云ハ、余ノ願ナラハ幾ツモ立ム。是ヲハ立シ」ト云ケリ。

此比ノ子持聖ハホシカラス聖子持ハサモアラハアレ

とあることから、無住自身に元々右のような話材と発想があったことがわかる。晩年、「音訓和歌」という作歌法に興じていく際に、①の話材を当てはめていった結果が、岩瀬本裏書や『雑談集』本文ということになる。以上のことから、岩瀬本①・②の独自異文は、後世の書写者の書き入れ等に拠るものではなく、無住本人の口吻を伝えたものとの判断が可能となるのである。

三　巻五の特色

巻五は複雑な問題を含んでいる。まず巻五下末尾に慶長本と同様の道慧の原識語を持つが、巻五上の中に、「裏ニアリ」、「裏書ニアリ」という慶長本にはない言葉が存在する箇所があるため、次に慶長本の本文と対照して示す。[12]

①裏ニアリ。華厳経ニ多門《多聞（慶）》ヲ誹スル事、日夜数二他宝一自無二半銭分一ハ、己カ《是ハ（慶）》[13]行ヲ勧メン為也。多聞ハカリモ猶《猶々（慶）》業ノ種子ト成。七種ノ聖財ノ一ナリ。一向徒ニ思ヘカラス。渓荆云、「如実ノ智徒多聞ヨリ《ナシ（慶）》起ルト云々」。耆婆薬草等ヲ取集テ童子ヲ作テ是ヲ薬童ト名ク。病人是ヲ見テ軽病ハ形ヲ見ニイヱ、重病ハ近付テ手ヲ取テ言ヲ交テ即イヱケリ。遊行言語スル事、イケル人ノ如シ。仏像ヲ是ニタトヘタリ。見奉ハ自ラ罪障可レ滅。信心ノ原《厚（慶）》薄、観念ノ浅深ニヨリテ其益コトナルヘシ。青丘ノ大賢師、梵網経ノ「汝是畜生発菩提心ト誦スヘシ」ト云ル文ヲ尺シテ云、「下劣有情、設領解ナケレトモ、声毛孔ヨリ入テ、遠ク作二菩提ノ因縁一ト也」云々《ナシ（慶）》。（3ウ）

②裏書ニアリ。世間者出世間者《出世者（慶）》ノ事ハ我ト思ヨリ侍テ後、聖教ヲ見ニ文証多ク侍リ。仁王経ニ云、「菩薩未二成一仏一時、以二菩提一為二煩悩ト一。菩薩成仏ノ時ハ、以二煩悩一為二菩提一文」。守護経云、「或有下煩悩能與二解脱一以為中因縁上、観二実体一故。或有下解脱能與二煩悩一以為中因縁上、生二執着一故」。此文肝要也。意楽善ナル時、執着ナクシ（テ）道ヲ志セハ煩悩ニ似タレトモ、解脱ノ因縁也。名利我相ヲ心トスレハ善事ニ似、流転ノ因縁也。作ス事ヲモテ善悪ヲ定ムヘカラス。意楽ヲモテ昇沈ヲ弁フヘシ。此随分自己ノ法門也。首楞厳経云、「若能転レ物即同二如来一」。又云、「三科七大本如来蔵」。楞伽云、「如来蔵善不善同也」。サレハ物ハ得モナク失モナ

シ。心ニ用ル時、彼ニ著シ、転セラル時ハ、カリニ煩悩ト云ヒ、転シテ利益アル時ハ、菩提ト云。実ニハ煩悩モナク菩提モナシ。唯是頭モナク尾モナキ一霊無相ノクセモノ也。何トカ是ヲ云ンヤ。サレハ名ヲ立ル事モ方便ナリ。実証ノ所ニハ無名無心也。（7オ）

①②ともに慶長本でも同位置に確認でき、校異は傍書した程度の差異のみでほぼ同文である。しかし「裏ニアリ」「裏書ニアリ」という言葉が岩瀬本にあるからには、岩瀬本が慶長本を転写した可能性は低い。慶長本を転写していては、慶長本自体に「裏書」という言葉がない以上、どの部分が裏書に相当するのか判断できないからである。しかし巻五下になると、「名秀歌」に見られるような割書の表記等細部に至るまで岩瀬本と慶長本は同様の本文となり、道慧の原識語まで収載するのである。つまり巻五上は慶長本の転写ではないが、これまで検討してきた岩瀬本独自の巻二・巻三・巻四に比してあまりにも慶長本に近似していることは確かであり、その点巻五下以下の岩瀬本本文と傾向を同じくすると思われる。

四　無刊記十行古活字本との関係

最後にこれまでの論点を、岩瀬本の書写形態とあわせてまとめてみたい。まず岩瀬本は大きく二系統に分けることができると思われる。一つは岩瀬本独自系統——巻二・巻三・巻四——、今ひとつはほぼ慶長本と同様の系統——巻一・巻五・巻六・巻七・巻八・巻九・巻十——である。以上から巻二・巻三・巻四以外の巻は慶長本の転写かと言うと、前節で述べた巻五上の問題点に端的に表れるように、そうとも断じ得ないのであるが、ここで岩瀬本の複雑な性格を解き明かすに際して、重要な伝本が存在するのである。京都大学附属図書館蔵の無刊記十行古活字本（以下「無刊記本」）である。既にその存在は早くから明らかになっており、日本古典文学大系『沙石

集』解説[14]では、

無刊記十行本　古活字印本　十巻五冊（相続く二巻は各一冊合綴）。京都大学附属図書館蔵。縦二六三粍余、横一九六粍余。無界、字面の高さ二二一粍余。版式は慶長十行本に同じであるが、刊記を欠き、各巻最後の丁に「白雲書庫」の長方朱印がある。

と記載されている。傍線部から、恐らく慶長本と同様であろうとの推測が先に立ったのか、本文吟味がよく行われず、正確な位置づけが長らく伝本研究に反映されなかったようだが、無刊記本が複雑な構成を持つことは、既に日本古典文学大系『沙石集』刊行以前に、今枝俊宏[15]により指摘されている。今枝は無刊記本の特色を丹念に精査しており、今岩瀬本の存在を知りつつ氏の論考を読めば、無刊記本と岩瀬本が全く同一の本文を持つであろう事は容易に推測出来るのである。今回改めて確認を行ったが、無刊記本は、岩瀬本独自の巻二・巻三・巻四をはじめ、その他の巻も、ほぼ一字一句異なることがなかった（例えば「三禮半」（諸本では「ミレハ」）という奇妙な表記等も一致し、「裏書」という文字の大きさや字の傾き等まで同一である）。そうなると岩瀬本と無刊記本のどちらが先に成立したかという問題になるが、岩瀬本は無刊記本において正確に記載されている文字を誤写し、また目移りによると思われる脱文が多いことを勘案すれば、岩瀬本が無刊記本を転写した可能性が高い。また岩瀬本の料紙が一様ではなく、三種の楮紙を取り混ぜて使用していることも傍証になるであろう。料紙は色の系統から言えば白・茶・黄の楮紙を必ずしも規則的ではないが順番に使用し、それが巻一から巻十まで行われている。これは『沙石集』を書写するべくある種の意気込みをもって料紙が用意され、巻十までの完本を一気に書写したことを想像させ、系統の異なる本文を取り合わせるような煩雑な作為と同時進行したとは考えにくい。岩瀬本が書写される以前の過程で、既に少なくとも異質な二系統の本文を取り合わせた無刊記本の存在があったと考えられるのである。

ではこの無刊記本と慶長本との前後関係であるが、今枝は、

活字もその組方も割合に粗雑ではあるが、相当古いものである。以上の諸点と序に述べし如き書写年代と無住の加筆年代との矛盾もあるから、此古本（＝無刊記本…引用者注）は或は円智が慶長本を発行する以前の校合になる物ででもあろうかと臆測される。

と述べている。無刊記本は現在この一本しか管見に入らず、刊行されたとしても、部数は相当に少なかったと思われる。慶長本が刊行された後であれば、このような構成的にも粗雑な無刊記本を刊行する必要性は弱まる訳であるから、慶長本よりは以前の刊行であると想定できる。また慶長本はこれまで慶長十年刊行の十行本と十二行本の二種が知られていたが、十二行本を後刷本として捉えるべきことは序論で述べた通りである。両者はほぼ同一であるものの、巻一第二話の題目に着目すると、十行本は「笠置上人大神宮参詣事」であり、十二行本は「笠置解脱房上人太神宮参詣事」である。この題目について、無刊記本は十行本と同一[16]であるが、慶長本以後の整版本は全て十二行本を踏襲している。このことからも、十行本が十二行本よりも先行することは明らかであり、十行本同様後々受け継がれていかない題目を持つ無刊記本は、やはり慶長本よりも先行する可能性が高いのではないかと思われる。無刊記本が十行本と同種の活字を用いつつ、未だ粗雑な本文構成をとっていることから考えても、慶長本刊行以前の、円智の校合にかかわる本ではないか、とする今枝の指摘は首肯できるものと考えられる。

また岩瀬本は一旦書写された後、朱によって固有名詞や和歌、段落に合点が施され、墨で異本注記がなされている。岩瀬本表紙には右肩に朱で「壱」「弐」…「拾止」という具合に巻数が記されており、本文の朱と同筆と思われる。かつて渡辺綱也は巻一表紙見返に「弘安二夏ヨリ明治五申年迄五百九十九年」と書き入れがあることから、江戸末期近くの書写と推定した[17]が、この書き入れは岩瀬本書写後の異本注記と同筆と思われ、必ずしも岩

瀬本自体の書写年代と通底する書き入れとはならない。当初の岩瀬本の書写自体は遡り、慶長本刊行以前である可能性さえ考えねばならないと思われる。

いずれにせよ岩瀬本を従来のように、慶長本の元になった「無住師之直筆正本」の面影を遺す写本と認めるには、難があるであろう。岩瀬本のもとになった無刊記本の更なる検討を進めばならず、同時に多数現存する刊本の一々を細かく洗い直す必要もある。刊本の解明から、写本の本文を逆照射する有益な情報が得られることは今回の岩瀬本の検討でも明らかであり、写本・刊本を同時に視野に入れた総合的かつ多角的な『沙石集』伝本研究が益々希求されるところである。

（1）日本古典文学大系『沙石集』解説32頁。
（2）本書の他伝本の考察においては、「刊本」（対象が慶長本であることは同様）との比較と表記しているが、岩瀬本は刊本の中でも、後々無刊記十行本との関わりを論じる都合上、「慶長本」との比較と表記する。
（3）慶長本他は「ト書ケリ」と続ける。
（4）巻二巻頭目次では「観音利益事」とあるが、本文題目は「依二薬師観音利益一命全事」である。
（5）土屋「裏書から見た『沙石集』改変の一手法―公舜法印説話を起点として―」（古典遺産58　平成二十年一二月）。
（6）「護法清弁…」（8オ）・「三宗三教和合ノ事ハ…」（9オ）・「文殊問経ノ心ハ…」（9ウ）・「摩訶止観…」（16オ）・「或念仏者ノ云ク…」（17ウ）・「嵯峨ノ釈迦ノ事…」（22オ）・「生肇等ハ…」（23オ）・「戒ヲ持ニ付テ分別ス…」（25ウ）・「圭峯ノ言ヲ題ニシテ…」（39ウ）。
（7）「裏書。首楞厳ノ中ニ委細ニ有レ之。上品ハ魔王、中品ハ魔民、下品ハ魔女ト成ト云ヘリ」（21ウ）。慶長本では巻九「霊之託仏法物語事」に「上品ハ魔王、中品ハ魔民、下品ハ魔女ト成テミナ徒衆アリテ、ヲノ〳〵無上道ヲナレリト思ヘシ」と同様の語句があり、無住が淫欲の難治たることを説く場合の常套句であったと思われる。
(8) 嘉元二年は「甲辰」であり、「癸卯」が正しければ嘉元元年のことになる。
(9) 『法華玄義』巻四下に当該文句あり。
(10) 『大正新脩大蔵経』第四十六巻「諸宗部三」991頁。
(11) 加賀元子「無住と法隆寺僧恵厳―『沙石集』徳治三年裏書事情―」(国語と国文学77―8　平成十二年八月)。
(12) 慶長本の校異は該当する岩瀬本の語句をゴシックにしたうえで、(慶)として傍書した。
(13) 岩瀬本は「己カ」を墨滅し「コレカ」とする。
(14) 注1解説37頁。
(15) 今枝俊宏「沙石集の諸本と成立」(国文学踏査第三輯　昭和八年六月)。
(16) 無刊記本は巻一第二話の題目以外においても、本文が十行本と十二行本との間で異同がある場合、必ず十行本と同様の表記をとっている。
(17) 注1解説32頁。

終論

『沙石集』伝本研究の総括

——課題と展望——

『沙石集』諸本について、古本系、流布本系に渡る主要な写本十一本について、個別に考察をしてきた。各伝本の性格はおおよそ把握することが出来たが、一つの伝本の中でも、巻によって性格が異なる場合が多々あり、対象とする伝本の位置づけを総合的に判断することは未だ困難である。そこでここからは、全ての伝本を巻毎に、縦のラインで区切って考察することにより、各伝本の前後関係、立ち位置をより明確なものとしたい。ただし全ての巻に共通したスタンスで分類を行うことは難しく、大まかな見通しに留まる部分もあるため、伝本の前後関係を整然と述べるには至らないところもあるが、今後伝本の性格を判定する際の、注視すべき問題点を巻毎に示すことはできると考える。

一 巻毎の考察

【巻一】

巻一においては、神宮本の裏書として指摘した話（392頁）の中で、次の三話が収録されているか否かで大きな差異が見られた。

①江州ノ湖ニ、大ナル鯉ヲ浦人取テ、殺サントシケリ。山僧直ヲ取セテ、海ヘ入ニケリ。其夜ノ夢ニ、老翁一人来テ云ク、「今日、我命ヲ助給事、大ニ本意ナク侍也。其故ハ、徒ニシテ海中ニシテ死セハ、出離ノ縁カクヘシ。賀茂ノ贄ニ成テ、和光ノ方便ニテ出離スヘク候ツルニ、ナマシヰニ命延候ヌ」ト恨タル色ニテ去ケルト、古物語ニアリ。

②同キ湖ヲ行ニ、鮒ノ舩ニ飛入タル事有ケリ。一説ニハ山法師、一説ニハ寺法師、昔ヨリ未定也。此鮒ヲ取テ説法シケル。「汝放マシケレハ不レ可レ生。縦生タリトモ不レ久カラ。生有者ノハ必ス死ス。汝カ身ハ我カ胎ニ

入リ、我心ハ汝カ身ニ入レリ。入我々入故ニ、我行業汝カ行業ト成テ、必出離スヘシ。然レハ汝ヲ食シテ、汝カ菩提ヲ弔フヘシ」トテ、打殺テケリ。誠ニ慈悲和光ノ心ニテ有ケルニヤ。又只ホシサニ殺シケルニヤ。ヲホツカナシ。

③一、熊野参詣シツル女房有ケリ。先達此ノ旦那ノ女房ニ心ヲカケテ、度々其ノ心ヲ云ケル。サテ先達心ヲタカヘヌ事ナレハ、スカシテ「明日ノ夜〳〵」ト云ケリ。今一夜ニナリテ、頻ニ「今夜計ニテ侍リ」ト云ケル。此女房物思シタル色ニテ食モセス。年比近使付タル女人、主人ノ気色ヲ見テ、「何事ヲヲホシメシ候ソ」ト問ケレハ、「シカ〳〵」ト語テ、「年久思立テ参詣スルニ、カヽル心ウキ事アレハ物モクワレス」ト云時、「サテハ物モ参候ヘ。夜ナレハ誰トモ知候ハシ。我身カワリテ参リ、如何ニモ成候ヘシ」ト云ヘハ、「ヲノレトテモ身ヲ徒ニ成事カナシカルヘシ」トテ、互ニ泣ヨリ外ノ事モナシ。「然ルヘキ先世ノ契ニテコソ主従ト成参セ候ヘハ、御身ニカワリ徒ニ成候ハン事、ツヤ〳〵嘆クヘカラス」トテ、打クトキテ泣々云ケリ。「サラハ」トテ、物食テケリ。去夜ヨリ逢タリケルニ、先達ハヤカテ金ニ成ヌ。熊野ニハ、死スルヲ金ニ成ルト云ヘリ。女人ハ殊ナル事ナシ。此事カクスヘクモナケレハ、世間ニ披露シケルニ、人々、「都テ苦シカラシ。只女人参ヘシ」ト云ケル。実ニ恙《ツヽカ》ナシ。律ノ制ニ叶ヘリ。同心ノ愛欲ナラハ、二人金ニ成ヘシ。主ノタメニ命ヲステ、我愛心ナキ故ニ咎ナシ。律ノ制ニタカワス侍ニヤ。（神宮本）

右は俊海本・米沢本・阿岸本・成簣堂本・吉川本・梵舜本・内閣本・長享本には含まれておらず、神宮本では裏書、岩瀬本・刊本では本文として含まれている。(1) このことから右は、徳治三年の改訂に関わった増補の可能性が高い。また長享本以前の伝本にはあまり差異は見られないが、第二条の題目を「解脱房上人参宮事」とするか、「笠置解脱房上人大神宮参詣事」とするかで巻一の系統を大まかに区別することが出来、前者は米沢本・阿岸本・成簣堂本、その他の伝本は全て後者である。無住としても『沙石集』の巻頭については、気概を込めたものと思われ、後になってもあまり手を加えることがなかったとの印象を受ける。以上のことから、巻一においては、

第一グループ　俊海本・米沢本・阿岸本・成簣堂本
第二グループ　吉川本・梵舜本・内閣本・長享本
第三グループ　神宮本・岩瀬本・刊本

という分類となる。

【巻二】

巻二については繰り返しになるが、永仁三年の無住の識語があるか否かがまずは大きな指標となり、明記しているのは、長享本・東大本・刊本である。ただし識語自体を載せてはいないが、無住が永仁三年に加筆したであろう目安となるのが、奥書の直前に位置する次の三話である。

①地蔵御事、顕密ニ倶ニタノモシキ事ノミ侍リ。建仁寺ノ本願ノ口伝ニ、地不ノ決トテ、一巻ノ秘書アリ。其中ノ肝心ニ、「地蔵ハ大日ノ柔軟ノ方便ノ至極、不動ハ剛強方便ノ至極」ト云リ。只折伏摂受ノ至極也。世間ノ文武ノ政務ノ四海ヲ治スルカコトシ。強軟ノ方便、万機ヲ摂シ給。法王ノ治化ナリ。

②慧心僧都ノ妹、安養ノ尼絶入ノ時、修学院僧正勝算、火界呪ヲ誦、僧都、地蔵ノ宝号ヲ唱テ、祈念セラレケルニ、不動火炎ノ前ニヲシタテ、地蔵手ヲ引テ帰セ給ト見テ、蘇生シケリ。

③又慧心僧都ノ給仕ノ弟子頓死ス。物ニトラハル、様ナリケレハ、不動ノ慈救咒ヲ誦セシメ、僧都、地蔵ノ宝号ヲ唱ラル。蘇生シテ申ケルハ、「男共四五人具シテ罷ツルヲ、若キ僧ノコヒ給ツレトモ、猶々ケニク、ヲ

ヒタテ、行ヲ、此僧、『我ニコソオシムトモ、是非モイハストリ返ス者ノアランスルヲ』トノ給程ニ、ヒンツラユヒタル童子ノ二人、白杖持タルカ、男トモヲ、イハラヒテ取返シテ、若キ僧ニウケトラセ給ツレハ、サテ具シテ帰リ給ト思ヒテ、イキイテ侍」ト云ケリ。是コソケニヤハラカニ地蔵ハフルマヒ給フ。不動ハアラ、カニシテタスケ給。彼口伝ニアヒカナヘリ。地蔵不動ノ方便ハナレテハ、都テ生死イツマシキヨシ見エタリ。地蔵ハ六趣四生ノ苦ヲタスケ給。諸仏菩薩ノ利生ニスクレタリ。不動ハ三障四魔ノサハリヲノソキ給事、又諸尊ニスクレ給ヘリ。六趣ヲイテス、四魔ヲサラスシテ、誰カ解脱ノ門ニ入ラン。能々思トクヘシ。

(以上、慶長古活字本)

①から③は、①建仁寺栄西の口伝「地不ノ決」、②恵心僧都の妹安養尼の蘇生譚、③恵心僧都の弟子の蘇生譚、及び解説から成る。本書でも度々引き合いに出してきた話であるが、これらは永仁三年の改訂付近で加筆されたものと考えており、これらを全く含まないのが、俊海本・米沢本・阿岸本・成簣堂本・吉川本であり、本文と裏書の二箇所に含むのが内閣本、本文として含むのが梵舜本・長享本・神宮本・岩瀬本・刊本となる。

また同時に第九条「菩薩代受苦事」の章段自体の有無が問題となる。本章段は米沢本・阿岸本・成簣堂本に全く見ることが出来ず(俊海本は欠巻)、吉川本と内閣本以降の諸本には含まれている。先の①から③の収録状況と併せて考えると、吉川本について、①から③は含まないが第九条は含む、ということになり、吉川本の立ち位置が問題となる。現時点では、第九条「菩薩代受苦事」は、永仁改訂に先だって増補されたと考えており、[2] 以上を踏まえて分類すると、

第一グループ　米沢本・阿岸本・成簣堂本

第二グループ　吉川本

第三グループ　内閣本・梵舜本・長亨本・神宮本・岩瀬本・刊本

という三つのグループに大別され、吉川本を挟んで大きく系統が異なることがわかる。

【巻三】

巻三においてまず注目すべきは、米沢本の第八条「南都ノ児ノ利口ノ事」と第九条「女童利口事」の有無である。阿岸本・成簣堂本では第九条の題目を「北京女童ノ利口事」としつつ両条を収録するが、その他の諸本には確認できない。このことからまず、米沢本・阿岸本・成簣堂本までを古態を残す伝本として一括りにできる。(3)

次にこれまで各伝本の考察において度々問題となった次の三点についてである。

A他郷ト云ハ三界也。本国ハ浄土也。安楽集ニ有之。敵国ニ人ノ子取レテ、悪仕ルヽカ、本国へ帰ラント思如ク、娑婆ヲ他国ト思、極楽ヲ本国、父母ノ国ト思テ、浄土ノ行業スヘシト云リ。

B荷澤ハ第六ノ祖、慧能嫡弟、即第七祖師也。如来知見ト云、法華ノ四仏知見也。無住ノ心ハ浄名ノ無住ノ本也。禅教ノ所詮不定、方便少キ異也。

C述懐云、

アナカチニ目ミセヌ人ヲヘツラハシ　目ミセン人ヲモマタイナト思ハテ

法ニスキナサケフカクテ目ヲミセン　人ニムツハンソノホカハイヤ

ヘツラヒテタノシキヨリモヘツラハテ　マツシキ身コソ心ヤスケレ

勝軍論師ノ心ヲ学シテヨメリ。(以上、慶長古活字本)(4)

収録状況をまとめると次のようになる。

	米	阿	成	吉	梵	内	長	東	神	岩	刊
A	×	×	×	○【本文】	×	○【裏書】	×	×	○【本文】	○【裏書】	○【本文】
B	×	×	×	○【本文】	×	○【裏書】小異あり	×	×	○【本文】	×	○【本文】
C	×	×	×	×	×	×	×	×	×	○【裏書】	○【本文】
備考				文中		巻三上巻末			文中	文中	B→A→C 巻末

右から、古態を示す米沢本・阿岸本・成簣堂本にはもとより、梵舜本・長享本・東大本にも全て含まれていないことがわかる。Cについては岩瀬本と刊本にしか認められず、後になってからの加筆であると思われる。AとBについては、内閣本が裏書として載せていることから、裏書に含まれる部分が全て落とされた伝本が梵舜本・長享本・東大本だとすることも出来るが、巻三の第二条を「問注ニ我ト劣タル人事」とするのが米沢本・阿岸本・成簣堂本・梵舜本、「美言有レ感事」とするのが吉川本・内閣本・長享本・東大本・神宮本・岩瀬本・刊本ということになり、梵舜本の立ち位置が複雑になる。ただし前述のとおり、米沢本の第八条「南都ノ児ノ利口ノ事」と第九条「女童利口事」を梵舜本は含まないという決定的な差異があるため、米沢本等と同系統に分類することは出来ず、古態を示す本文から吉川本・内閣本等に移行する過渡的な内容を持つ本が梵舜本ということになる。ま

た巻二で永仁三年の改訂を受けていないと推定された吉川本にAとBが本文として載り、その特徴が神宮本と一致することの説明も難しい。神宮本以前の諸本においては、AとBを本文とするか裏書とするか又はすべて落とすか、という差異であるため、米沢本・阿岸本・成簣堂本までは別枠、梵舜本が続き、吉川本から神宮本までを一括りにする必要がある。以上をまとめると次のようになる。

第一グループ　米沢本・阿岸本・成簣堂本
第二グループ　梵舜本
第三グループ　吉川本・内閣本・長享本・神宮本
第四グループ　岩瀬本・刊本

【巻四】

巻四については、第一条「無言上人事」（刊本では巻四上）と第二条以下（刊本では巻四下）で問題の所在が異なるため、上巻と下巻に分けて考察する。

①上巻

上巻の問題として、まず次の記事を持たない伝本を古い本文を持つと考える。

或念仏者云、「観音地蔵ナドイヘバ、鼻ガウソヤヒテオカシキゾ」ト。地蔵ハセメテヨソニモオモフベシ。観音ヲオカシクアナヅラバ、来迎ノ台ニハノリハヅシナンカシ。オホカタハ遍一切処、無相ノ真金ヲモテ諸仏菩薩四重曼荼羅ヲ造ルト釈シ給ヘリ。十界ノ身、何レカ真実ニハ大日法身ノ垂迹ニアラザル。衆生猶実ニハ一体也。同ク六大法界ノ体ナルユヘニ。マシテ仏菩薩ヲヘダテンヤ。コトニ地蔵ハ弥陀観音ト同体也。真言ノ習ニ、胎蔵ノ曼荼羅ハ大日一ノ身也。コレヲ支分曼荼羅トイフ。一々ノ支分一善知識トナリ、有縁ノ機ヲ引テ、菩提ノ道ニ入ル。然ニ弥陀ハ大日ノ右肩、観音ハ臂手、地蔵ハ指也。観音院ノ地蔵トテ御坐。又地蔵院ニ九尊御坐。コレ一方也。或口伝ニハ、六観音六地蔵ト成給。

三井大阿闍梨慶祚ハ顕密ノ明匠也。山ノ西坂本ノ人宿リノ地蔵堂ノ柱ニ、「法蔵比丘ノ昔ノスガタ、地蔵沙門ノ今ノ形、蔵字思合スベシ」トカケリ。寛印供奉コレヲミテ、書取テ柱ケヅリテケリト云ヘリ。弥陀地蔵一体ノ習シレル人ナルベシ。（以上、慶長古活字本）

右は米沢本・阿岸本・成簣堂本にはなく、吉川本・岩瀬本では裏書、その他の伝本では本文となっている。第二段階として、吉川本の項（225頁）で刊本にはあるが吉川本にはない話としてあげた次の諸話の収録状況が問題となる。

A「弥勒ノ成仏ノ時、此事証明トシテ決スヘシ。当時ハ菩薩ナレハ用ヰス」トテ、岩ノ中ニ入テ、岩ヲ閉テ入定スト云ヘリ。是ハ一法性ノ中ニ寂照ノ徳アリ。寂ハ境也、如也。照ハ智也、心也。明鏡ノ銅ト明トノ如ク、一水ノ照ト潤トノ如シ。然ハ明ニ鏡ヲ摂スルハ唯識無境ノコトシ。銅ニ明ヲ摂スルハ唯境無識ノコトシ。是二義ナルヘシ。偏執スヘカラス。華厳経ノ文証明ナルヘシ。如ノホカニ智ナキハ三論ノ法門、智ノ外ニ如ナキハ法相ノ法門也。

B宗鏡録第三十四巻半分以下有㆑之。又圭峯禅源諸詮ノ中ニ有㆑之。上巻ノ終也。道人尤コレヲ見給ヘシ。

C文殊問経ノ意ハ出世ノ戒也。コレ地上戒ナル故ニ、分別ヲ波羅夷制ス。戒ハ位深レハ制細ナリ。

D如来入滅ノ時、荼毘ハ人中天上ノ福ヲネカハン物ニコレヲユツリテ、我等ハ三蔵ノ教法ヲ結集シテ、仏ノ恩徳ヲ報スヘシトテ、銅ノ揵稚ヲ打テ、一閻浮提ノ有智高徳ノ羅漢一千人ヲモテ、畢波羅窟ニシテ、律ハ優波梨誦シ、経ハ阿難誦シテ結集スル事、専ラ迦葉上座トシテコレヲ行ス。

E明モ像モ鏡ノ徳ナレハ、鏡ノ外ニナシ。空仮共ニ中道ノ徳ナルカコトシ。コノ三諦ノ理リ、衆生ノ一念ノ心ニ有ル時ハ、在纏真如トモ如来蔵理トモイヘリ。蓮ノ水ニアルカコトシ。

F摩訶止観第三下ノ釈ニ類通三宝ノ法門アリ。ヨロツ三法通融平等一體不二也。道煩悩業苦、識七八九、性正了縁、般若実相観照文字、菩提実相、大乗理随得、身法報応、涅槃三宝仏法僧、徳法身般若解脱。弥陀ノ名号、広大善根ノ道理シラレタリ。タレカコレヲイルカセニオモハンヤ。

G楊傑云、「近而易レ知簡而易レ行者西方浄土也。但能一心観念シテ、惣シテ散心ヲ摂シ、弥陀ノ願力ニヨテ直ニ安養ニ趣ニ」トイヘリ。丈六ノ弥陀ノ像ヲ画シテ随行シテ観念シ、臨終ニ仏ノ来迎ヲ感シテ端坐シテ化ス。辞世ノ頌ニ曰ク、「生亦無レ可レ恋、死亦無レ可レ捨。太虚空中、之乎者也。将レ錯就レ錯、西方極楽」。之乎者也ト云ハ、タ、コトハノタスケナリ。イタツラ事也。コレ錯ノコトシ。錯トイフハ衆生ノ迷、知見立知セシヨリ、ソコハクノアヤマリ生死ノ夢ヒサシ。コレニヨリテ法蔵比丘願ヲ立テ、浄土ヲカマフ。衆生ノアヤマリナク浄土ノアヤマリモアルヘカラス。自証ノ中ニハ、「無仏無生之真空冥寂也。シカレトモ衆生ノ錯ハ癡ヨリ起テ苦患ヒサシ。諸仏ノ錯ハ悲ヨリオコリテ済度タヘナリ。錯ニ差別ナキニアラス。善能分二別諸法相一」トイヘリ。幻ノ薬ヲモテ、幻ノ病ヲ治スル事モナソラフヘシ。衆生ノ幻ハカナシク、諸仏ノ幻ハタトシ。コレ仏事門ノ中ノ分別也。実際理地ニコレヲ論スル事ナシ。（以上、慶長古活字本）

AからGについては、米沢本・阿岸本・成簣堂本・吉川本にはなく、梵舜本、長享本、神宮本等が刊本と同じく本文として収録し、内閣本はAからGを全て本文として載せつつ、巻四前半の最後に裏書としてAからDを再録している。岩瀬本はA・B・C・F・Gを裏書、D・Eを本文として載せる。以上のことから、巻四上巻につい

ては、

第一グループ　米沢本・阿岸本・成簣堂本
第二グループ　吉川本
第三グループ　内閣本・岩瀬本
第四グループ　梵舜本・長享本・東大本・神宮本・刊本

という大まかな分類となる。

②下巻

下巻はまず徳治三年の無住の識語を持つ伝本として、東大本・神宮本・岩瀬本・刊本を、新しい本文を持つとして一括りにすることが出来る。その上で、第二条「上人ノ妻後レタル事」を含まないのが、成簣堂本と梵舜本であり、米沢本は別格の古態性を持つが、阿岸本と成簣堂本を米沢本と同じ系統とすることには無理が出てくる。阿岸本の本文は限りなく流布本系統に近づき、梵舜本よりも内閣本・吉川本等に近似するのに対して、成簣堂本は梵舜本と特徴を同じくする。ここでは阿岸本と成簣堂本のどちらが古いというよりは、異なる系統へ分派していくとの印象を受ける。以上をまとめると次のようになる。

第一グループ　米沢本
第二グループ　A阿岸本・吉川本・内閣本
　　　　　　　B成簣堂本・梵舜本
第三グループ　長享本
第四グループ　岩瀬本・東大本・神宮本・刊本

【巻五】

巻五についても、上巻と下巻を分けて考えたい。

①上巻

A華厳経ニ、「多聞ヲ誹スル事、日夜数二他宝一自無二半銭分一」。是ハ行ヲス、メンタメナリ。多聞ハカリモ猶々業ノ種子ト成ル。七種ノ聖財ノ一也。一向徒ニ思ヘカラス。渓荊云、「如実智従二多聞一起、云々」。

B青丘太賢師、梵網経ノ、「汝是畜生発菩提心ト誦スヘシ」ト云ル文ヲ釈云、「下劣有情設無二領解一、声入二毛孔一、遠作二菩提之因縁一也」。（以上、慶長古活字本）

右に示したAとBは、吉川本（229頁）の項で述べた部分であるが、米沢本・成簣堂本・梵舜本・吉川本にはない。阿岸本と内閣本ではBのみを裏書として、長享本はBのみを本文として載せている。また岩瀬本はAとBを裏書として載せ、東大本・神宮本・刊本では本文として載せている。

また上巻末尾にある次の三首を含む本文についてである。

①タダ頼メシメチカ原ノサシモ草我レ世ノ中ニアラム限リハ

②聞クヤイカニツマ呼フ鹿ノ声マテモ皆与実相不相違背ト

③自ラ焼ケ野ニ立テルススキヲモ曼荼羅トコソ人ハイフナレ

右は、成簣堂本の項（127頁）で全伝本の異同を表にして比較しており、繰り返すことはしないが、本文の類似性から分類すると、米沢本と梵舜本が類似（ただし米沢本の古態性は別格）し、阿岸本・成簣堂本・吉川本・内閣本が類似、東大本・神宮本が類似、最後に岩瀬本と刊本が類似、という結果が得られた。長享本は特殊な点があり位置づけが難しいが、東大本・神宮本との共通点を持ちつつ両本よりは先行するとの印象を受けた。以上を先のA・Bの収録状況と併せてまとめると次のようになる。

第一グループ　米沢本・梵舜本
第二グループ　阿岸本・成簣堂本・吉川本・内閣本
第三グループ　長享本
第四グループ　東大本・神宮本・岩瀬本・刊本

②下巻

第一点として、刊本では巻五下の本文終了後に、

人感有歌。本ノ裏書云、草本ニ多有レ之。此本ハ同法書レ之。皆弁タリ。仍又書付。写人任レ心可レ有ニ取捨一。
無住八十三（慶長古活字本）

とある。右の識語自体を載せるのは、神宮本・岩瀬本・刊本である。識語以降、「連歌難句付タル事」、「万葉カ、リノ歌事」等が続くが、この二条は米沢本・梵舜本・阿岸本・内閣本にはあり（成簣堂本はほとんどを欠く）、吉川本・長享本・東大本・神宮本にはなく、岩瀬本・刊本にはある。古本・流布本の別なく収録状況にばらつきが見られるのは、無住が徳治三年に「又書付」と記した通り、草本に元々あったものを書写したりしなかったり、書写者の判断に委ねられた結果であると思われ、差異が最も目立つ部分ではあるものの、本文自体の新旧を測る指標とは成り難いのである。

教ト禅トハ父母ノ如シ。禅ハ父、教ハ母ナリ。父ハ礼儀ヲ教ヘアラ、カナリ。母ハコマヤカニナツク教門ノコマヤカナルカ如シ。亦教ハ飢テ食スルカ如シ。禅ハ腹フクレタルニ瀉薬ヲ以テ下スカ如シ。共ニ益アリ。

空ク行テ満テ帰トテ、物ヲシラヌモノ、因果ノ道理ヲモ知リ、迷悟凡聖ノ差別ヲモシルハ大切也。飢タルモノ食スルカ如シ。亦知見解会仏見法見共ニ放下シテ仏法ニ相応スル。禅門ノ方便ハ、腹フクレタルニ下薬ニテ助ルカ如シ。亦教モ終ニハ捨シハ瀉薬ヲ飲テ補薬ヲ服スルカ如シ。禅教相資テ仏法ハ目出カルヘシ。(慶長古活字本)

右は米沢本では本文として、成簣堂本では裏書としてあるが、梵舜本・吉川本・内閣本・東大本・神宮本にはなく、長享本・岩瀬本・刊本では本文として載る。米沢本でも一つ書きのもとで記されているので、後補であることを否定できないが、米沢本と刊本に認められるものの、間に挟まれる伝本には含まれないものがある、という傾向は第一点と同様である。以上のことから、下巻に見られる差異で伝本の新旧を測るのは困難と言わざるを得ないが、おおよそ、上巻の分類に準ずるものと考える。

【巻六】

巻六以後は、阿岸本・吉川本は欠巻である。米沢本と梵舜本が説話を多く含み、特に梵舜本の独自説話が多く見られる巻である。米沢本・梵舜本と、それ以降の伝本とは大きな差異があることは、資料編の説話対照目次表からも明らかである。

収録説話数の少ない成簣堂本・内閣本(二類本)・長享本・東大本・神宮本・岩瀬本・刊本についてはほぼ同文と言えるが、差異を二点挙げたい。

まず第一条「説経師之強盗令ニ発心一事」の中で、東大本には次の裏書がある。

裏書云、圭峯禅師云、「解ハ通達シテ隔ツル事ナカレ。行ハ一門ニヨテ功ヲ入ヨ」ト。コレ目出キオシヘ也。

禅源ノ中ニ有レ之。

右は成簣堂本・長亨本・神宮本・岩瀬本・刊本では本文にあり、内閣本には含まれていない。

また第五条「栄朝上人之説戒事」において、栄朝が山伏を非難する言葉の中で、

下風ニモアラス。屎ニモアラス。シヒリクソノ様ナル者ノ候ソヤ。

という下りがある。成簣堂本・内閣本・東大本にはあるが、神宮本・岩瀬本・刊本には認められない。長亨本はこの語を含む、山伏非難の言葉を全て切り落とし、第五条を終了している。この言葉は米沢本にもあり、もとは記されていたものと考えられ、成簣堂本・内閣本・東大本がその言葉を残した訳である。以上のことから、内閣本・東大本・成簣堂本と、神宮本・岩瀬本・刊本の二つのグループに大別出来、前者がより古い形を残していると思われ、次のようにまとめることが出来る。

第一グループ　米沢本
第二グループ　梵舜本
第三グループ　内閣本・成簣堂本・東大本
第四グループ　長亨本・神宮本・岩瀬本・刊本

【巻七】

米沢本巻七は、成簣堂本では巻七、梵舜本では巻九、その他の諸本では巻六下巻に相当し、阿岸本・吉川本・内閣本では欠巻となっている。

まず大きな差異として、米沢本・梵舜本・成簣堂本には第六条「幼少ノ子息父ノ敵打タル事」と第十二条「友

ニ義アリテ富ミタル事」があるが、その他の諸本にはないことが挙げられる。米沢本・梵舜本・成簣堂本の中では、米沢本に小異があり、梵舜本と成簣堂本が近似するが、第四条「芳心有人事」にある次の話を成簣堂本のみ載せていない。

故葛西ノ壱岐ノ前司トイヒシハ、秩父ノスヱニテ、弓箭ノ道ユリタリシ人也。輪田ノ左衛門世ヲミタリシ時、葛西ノ兵衛トイヒテ、アラ手ニテ、鬼コヽメノヤウナリシ。輪田カ一門ヲカケチラシタリシ武士也。心モタケク、ナサケモアリケル人也。故鎌倉ノ右大将家ノ御時、武蔵ノ江戸子細アリテ、彼江戸ヲメシテ、葛西ニタヒケルヲ、葛西ノ兵衛申ケルハ、「御恩ヲ蒙リ候ハ、親キ者共ヲモカヘリミンタメナリ。身一ハトテモカクテモ候ヌヘシ。江戸シタシク候。僻事候ハヽ、メシテ他人ニコソタヒ候ハメ」ト申ニ、「イカテ給ハラサルヘキ。モシ給ハラスハ、汝カ所領モ召取ヘシ」トシカリ給ケレトモ、「御勘当カフルホトノコトハ運ノキハマリニテコソ候ハメ。力ヲヨハス。サレハトテ、給ハルマシキ所領ヲハ争カ給ヘキ」ト申ケレハ、江戸モエトリ給ハス。上代ハ君モ臣モ仁義アリ。芳心アリ。末代ハ父子兄弟親類骨肉アタヲムスヒタテヲツキ、問注対決シ、境ヲ論シ、処分ヲ諍事、年ニシタカヒテ世ニオホク聞ユ。仁王経ニハ、「六親不和、天神不祐」ト説テ、父子兄弟等ノ不和ナル時ハ、天神地祇モ人ヲタスケマホリ給ハス。サルマヽニハ、飢饉疾疫兵乱等ノ災難シハ〳〵キタル。心ウキ末代ノ習也。コレタヽ人ノ心ニヨリ、果報ノツタナクシテ、悪業ヲ不ㇾ恐、善因ヲ不ㇾ修シテ、三災劫末ニ近ツク。業増上力ノイタス所也。（慶長古活字本）

右は成簣堂本を除いて、米沢本から刊本に至るまで収録しているが、東大本の問題と関わり注意を要する部位である。この問題については既に東大本の項（383頁）で述べたが、東大本では諸本の第四条「芳心有人事」と第十一条「師有ㇾ礼事」をそれぞれ第十三条と第五条に配置する等、話順の変更が見られる。その中で、成簣堂本に欠けている右の直後に続く、「山田次郎重忠と躑躅」と「奈良の都の八重桜」の二話が「芳心有人事」から「師有レ礼事」へ移動しており、右の傍線部については二箇所に重複して掲載している。さらに米沢本・梵舜本・成簣堂本のみにあると述べた第六条「幼少ノ子息父ノ敵打タル事」と第十二条『友ニ義アリテ富ミタル事」については、巻頭目次にのみ載せ、本文を全く載せていない。成簣堂本が右を欠いていることは、東大本の性格からして、当該部分に動きがあったことを示しており、単なる脱落ではないということになる。東大本は成簣堂本と、何かしら接点を持ちつつ独自の改変を施した本であると思われ、以上をまとめると次のようになる。

第一グループ　米沢本
第二グループ　梵舜本・成簣堂本
第三グループ　東大本
第四グループ　長享本・神宮本・岩瀬本・刊本

【巻八】

米沢本巻八は、梵舜本・成簣堂本では巻八、内閣本（二類本）・神宮本・岩瀬本・刊本では巻七上巻、阿岸本・吉川本・長享本は欠巻、東大本は整版本を書写したものであり考察の対象外である。資料編の説話対照目次表を一見してわかるように、梵舜本・成簣堂本の収録説話数が圧倒的に多く、しかも題目も内容を即把握出来るような詳細なものとなっている。米沢本は流布本系に通じる題目の並びであり、部分的に梵舜本・成簣堂本と共通する話を第二条「嗚呼カマシキ人事」に含んでいる。米沢本第三条「愚癡之僧文字不レ知事」を流布本系・刊本が持つ一方で、梵舜本・成簣堂本が含まないことも特徴的である。本巻は欠巻、及び版本の写しとする伝本が多く、現存する流布本系伝本と刊本はほぼ同様の本文を持ち、ほとんど差異が見られない。

第一グループ　米沢本

第二グループ　梵舜本・成簣堂本

第三グループ　内閣本・神宮本・岩瀬本・刊本

【巻九】

米沢本巻九は梵舜本では巻七、成簣堂本では巻九、内閣本（二類本）・神宮本・岩瀬本・刊本では巻七下巻及び巻八上巻下巻、阿岸本・吉川本は欠巻、長享本は巻七下巻のみ欠巻とする。東大本の巻七下巻は整版本を書写したものであり、巻八上巻下巻のみを考察の対象とする。本巻については成簣堂本の項で詳述しており、米沢本から梵舜本、成簣堂本へと続き、成簣堂本に多く見られる裏書は、刊本において場所を移動して本文化されることが判明している。そしてこの成簣堂本と刊本との間に独自の特色を持って存在するのが東大本である。以上のような考察結果を踏まえた上で、巻九後半部の話順を全伝本で確認しておきたい。

巻九の後半部（流布本系では巻八下巻）は、米沢本では①「執心ノ仏法ユヘニ解事」、②「貧窮ヲ追タル事」、③「耳売タル事」、④「真言ノ功能事」、⑤「先世坊ノ事」の順番で並んでいる。これを各本に見ると、

米沢本・梵舜本・成簣堂本　①→②→③→④→⑤

東大本　④→⑤→①→②→③

長享本・内閣本・神宮本・岩瀬本・刊本　④→①→②→③→⑤

となっており、これはそのまま、

第一グループ　米沢本
第二グループ　梵舜本・成簣堂本
第三グループ　東大本
第四グループ　長享本・内閣本・神宮本・岩瀬本・刊本

という分類に繋がるのである。

【巻十】

米沢本巻十は梵舜本（ただし下巻欠）・成簣堂本では巻十、東大本・内閣本（一類本）・長享本・神宮本・岩瀬本・刊本では巻九上巻下巻、及び巻十上巻下巻に相当し、阿岸本・吉川本は欠巻である。

まず本巻を巻十とする米沢本・梵舜本・成簣堂本を大まかな枠組みで括ることができるが、成簣堂本の項で述べたように、成簣堂本は米沢本・梵舜本にある第三条「宗春坊遁世事」を含まない。また本文は刊本と同一ではなく、米沢本と内閣本とのみ共通する話を含み、本文の文体自体は内閣本に近似する。ただし内閣本は本巻を一類本とするにもかかわらず、巻九に相当することから、大枠において、巻十とする成簣堂本とは系統が異なるのである。また流布本系諸本においても、長享本は巻九において独自の構成と本文を持ち、その立ち位置を確定するのが困難であるが、巻十においては所々東大本や神宮本と共通点を持ちつつも、刊本に比して大きな問題はない。東大本は一箇所、刊本になく長享本・神宮本に共通する記事を持つのみで刊本とあまり差異がないが、一方で神宮本は巻九において成簣堂本とのみ共通する記事を、巻十においては多量の裏書を持ち、そのほとんどが刊本では本文化されている。以上をまとめると、

第一グループ　米沢本・梵舜本
第二グループ　成簣堂本
第三グループ　内閣本
第四グループ　長享本
第五グループ　神宮本
第六グループ　岩瀬本・刊本

のようになり、各々の伝本が個性豊かなため、同じグループとして括ることが難しいのである。ただし梵舜本と成簣堂本の間、成簣堂本と内閣本の間の差異が大きいことは確かであり、成簣堂本の本文の特殊性は成簣堂本そのものの問題に留まるものではなく、古本系から流布本系に至る重要な問題を孕んでいると思われる。

二　系統化と休筆の問題

『沙石集』主要十一写本について、巻毎に特色を見てきた。巻によって性格や前後関係が異なり、一つの伝本に一貫した性格を求め位置づけを測るのはかなり難しいことである。巻によって性格が異なるのは、過去において取り合わせ本であった可能性を考慮する必要があり、梵舜本が巻三・巻四・巻五を別筆としていること、東大本の巻六と巻八は後世に再度書写されたものであること、成簣堂本が隣り合う二巻を一人が写し、全五筆からなること等、書誌的な問題から見ても各伝本の複雑な伝来が内容に大きな影響を与えていることが想像される。ただその中でも、俊海本が最古の本文を持ち、米沢本が俊海本を除いた全伝本の中で古態を保ち、阿岸本・成簣堂本の巻三までは米沢本に類する古さを持ち、梵舜本は巻五以降本文の古さが目立つ等、本文吟味から導き出された事実は数多いのである。

本書を通して、無住の二度の大改訂を受けているか否かが、本文の新旧を特定する大きな指標であった。永仁三年の第一回改訂については、その旨が巻二に記され、徳治三年の第二回改訂については巻四と巻五に識語が載せられており、これらの有無から総合的に判断することが求められる。私なりに出した結論は次のようになる。

	俊海本	米沢本	阿岸本	成簣堂本	吉川本	梵舜本	内閣本	長享本	東大本	神宮本	岩瀬本	刊本
永仁三	×	×	×	×	×	○	○	○	○	○	○	○
徳治三	×	×	×	×	×	×	×	○	○	○	○	○

ただし右は巻二と巻四、巻五の本文吟味から結論としたものであり、この判定が各伝本の全ての巻について、前後関係を特定できるものでないことも確かである。特に吉川本と梵舜本の関係については、巻二における永仁三年の増補記事の有無で永仁の改訂の有無を判断したに過ぎず、梵舜本が時折、米沢本に通ずる古い題目や本文を持つことの意義も大きい。ただ梵舜本の古い本文は、巻五以降に目立ち、吉川本が当該部分を欠くため、徹底した本文分析が現状では為し得ない。梵舜本が米沢本と共通する本文を有することがある一方で、吉川本が流布本系統の本文であることを単純に捉えれば、梵舜本が先行するとの結論を得るが、梵舜本が後々の増補記事を全て収録している一方で、吉川本はそれらを全て欠くという部位も目立ち、両本の本文の前後関係は俄に決し得ないのである。そのためその関係性を結論づけるには時期尚早であり、本書では両本が永仁改訂の付近の事情を孕みつつ成立した伝本であるとの大まかな見通しに留めることとなった。この点については今後も引き続き注視していきたいと考えている。

また今ひとつの課題であった、無住の休筆がどの時点で行われたかということについても考えておかねばなるまい。従来、渡辺綱也、小島孝之は巻五までを、無住が休筆以前に書いていたとの見方を示している。渡辺によって、巻五までの書が世に広まった根拠として用いられた阿岸本・吉川本については、本書に拠って十帖本の一部として考えるべき事を述べ、巻五休筆説を裏付ける伝本が存在しないことは明らかとなった。しかし内容的に渡辺は、巻五までにおいて、「両者（広本と略本…引用者注）の間における巻の立て方の相違は全くなく、収める説話数も殆ど同じ(5)」であることを根拠として述べ、小島は、「激しい本文異同は巻六以後に存在する(6)」として、さらに『沙石集』の序文と巻五本の和歌陀羅尼説との照応を示し(7)、渡辺説を支持している。確かに巻五までの裏書を含めた本文異同の激しさと、巻六以降の本文の間には、何かしらの違和感を感じるが、その他にもう一点、気になる部位を指摘しておきたい。

諸本の中で米沢本の本文が古態を保ち、阿岸本・成簣堂本が巻三までは同系統、巻四から、足並みを乱すことは前述した通りである。その巻四においても、第一条「無言上人事」のみで終わる上巻においては、まだ阿岸本と成簣堂本の本文にそれほど大きな隔たりはなかったが、下巻になる第二条以降は、阿岸本と成簣堂本の間にも系統的な差異が出てくるのである。米沢本・阿岸本・成簣堂本の巻一から巻四については、未だ永仁三年の改訂も受けていない、古い段階の本文であるから、この三本の間でのこのような違いが生じた時期と理由を、見極める必要があるだろう。

ここで注意を惹かれるのが、米沢本にのみ遺されている、巻四第十二条「道人ノ誡《イマシメ》ノ事」の存在である。本条は無住の師である東福寺円爾弁円の逸話のみで一条となっているので、次に全文を引用する。

> 関東下向ノ時キ、三河ノ八橋ニテ、或門弟ノ僧雑事営ミ侍リケレバ、尋常ノ人ナラバ、「イミジクナン」ト

コソ申サルベキニ、「ナニシニカヽル事ヲハ営給フゾ。詮ナキ事也。「初心ノ菩薩ハ事ニ渉テ紛動スレバ、道ノ芽破敗ス」トコソソロ」ト被レ仰ケリ。実ニ道人ノ風情賢クコソ。有堅ク侍レ。此ハ止観ノ文也。観心ヲ成就セントスル時ハ、一切ノ事業ヲサシヲク。読誦持戒等ノ事ノ六度ノ行ナヲセス。マシテ世間ノ事ハ万事ヲ可レ棄トイエル心也。サレハ観心未成ニシテ境ノ縁ニモ犯サレヌホトニテ、利生モ事行モスヘシトミエタリ。古人ノ旨ヲ得テ、山ニ入テ、十年二十年片ニ打テスト云ハ、此心也。万法ヲツカイエテ、境縁ニヒカレヌホトニテコソ、縁ヲハサラヌ事ニテハ侍レ。経ニハ、「若シ能転レ物ヲ即同ニ如来ニ」云ヘリ。只法門ノ道理計心エテ、其ヲ憑テ、機情ヲモ不レ知ラ、旧業ヲケサヌハ、無道心ノイタス所、法門ノ習イ事ノコマヤカナラヌ故ニヤ。常ニ此事ヲ先達ニ習フヘキ也。機法ノアワイト云ハ是也。東福寺ノ和尚、機法ノアワイヲ能〳〵弁ヘテ、修行スベキヨシ、常ニハ門弟ニ教エラレ侍リキ。サレハ習イ事ヲハコマカニ習イテ、法門ヲ得レ意タルヲ以テ、修行トハスヘカラス。只凡心ヲ尽スヘシ。又聖量ヲ存セサレ。（米沢本巻四「道人ノ誡事」）

次に同様の記事を阿岸本から引用する。

故東福寺ノ長老、聖一和尚ノ法門談議ノ末座ニ、ソノカミ望テ、聴聞スルコト侍シニ、顕密禅教ノ大綱、誠ニ聞ヘキ。其旨ヲ不レ得ト云ドモ、意ノヲヨフ所ノ義門、心肝ニ銘シテ、貴ク覚キ。恨ラクハ、晩歳ニ値テ、久ク座下ニアラサリシコトヲ。然トモ仏法ノ大意、能々慈音ヲ承リ侍。関東下向之時、海道一宿ノ雑事営テ侍シニ、世ノ常ノ人ノ風情ニハ、「イミシク」ナント、色代スル事ニコソ侍ルニ、「ナニシニカヽルコト、アイ営玉ヘル。有ヘカラヌ事也。「初心ノ菩薩ハ、事ニ渉テ紛動スレバ、道ノ芽ヲシテ破敗ス」トコソ申セ」ナント云テ、別ニ褒美ノ詞ハ心肝ニ染ミ、耳ノ底ニ留マレリ。是止観文也。（後略）（阿岸本巻三「槇《ママ》尾上人物語事」）

右に示したように、阿岸本ではほぼ同内容を巻三の「栂尾上人物語事」に載せており、米沢本以外の諸本は全て阿岸本と同様の章段を設けている。ただし「栂尾上人物語事」と題するように、本条は栂尾上人明恵の逸話、教訓がまずあり、最後に右の円爾に関わる話が収録されている。傍線部について、阿岸本は米沢本と同様であるが、梵舜本以下は「此ハ天台ノ御詞、玄義中ニ侍ルニヤ」としており、阿岸本の本文は未だ米沢本に近いと言える。しかし大きな差異として、米沢本では「或門弟ノ僧」の身におこった事とするのに対して、阿岸本では無住自身の事として記し、「関東下向之時…」と始まる直前に、自らと円爾の出会いからこれまでを回想するかのような一連の言葉を載せているのである。また阿岸本の当該記事の前話が「裏書」であることから、本話も元は裏書であった可能性もある。米沢本、阿岸本、成簣堂本の巻一から巻三までが、諸本中類似した古態性を持っていることは既述の通りであり、その中で唯一大きな差異がこの「栂尾上人物語事」の有無であることを考えると、阿岸本・成簣堂本のように体裁が整った形に本文が調えられたのは、一体いつなのか、という疑問を解く必要性がある。

『沙石集』の休筆については、

此物語書始シ事ハ、弘安二年也。其後ウチヲキテ、空ク両三年ヲヘテ、今年書キツキ畢ヌ。仍テ前後ノ言語不同在レ之。為ニ後人ノ不審ノ所レ記レ之也。（米沢本巻十末）

と無住自身が記していることから明らかであり、二、三年は放置していたことになる。無住の敬愛する円爾弁円の死が弘安三年であり、従来、その死が休筆の原因の一つと指摘されている。ただ渡辺は、休筆の主たる理由は、「無住がはじめに意図していた所を、すでに一応書き尽くし」(8)たことであるとし、小島は、「完成した暁には、おそらく弁円にも見せるつもりだったであろう。あるいはそれが大きな目標だったかもしれない。その師匠の死にあって、心の張り合いを失ったということは十分考えうる」(9)と分析している。私としては、円爾の死が無住の休筆に関与したことを、より積極的に捉えてよいのではないかという立場である。

円爾の死が急死ではなく、しばし煩う期間があったことは『聖一国師年譜』の記事からも窺える。敬愛する師の不予に、無住としても東福寺に赴くことがあったかもしれない。そのような落ち着かない中で、師と自らの事が頭を占め、師の一宿の世話をした米沢本のような記事が書かれたのではないだろうか。ただしそこではまだ、自らのこととして書くことに憚りがあり、「或門弟ノ僧」のこととして朧気に書いていたと想像される。そして遂に円爾の死に直面することになり、無住としてもしばらくは東福寺に居て、師の葬儀や細々とした雑務、門弟達との語らいの日々に時を費やすことになったであろう。梵舜本の項（252頁）で指摘した通り、彼は円爾の高弟本智房俊顕と後々閑談しており、大所帯の東福寺にあっても円爾の門弟としての居場所をそれなりに持っていたと考えるからである。この点については、円爾にとって、無住が弟子として認識されていたかどうかさえ疑念視する見方もあるようだが、それがたとえ一方通行の想いであったとしても、無住が師の教えや動向に多大な影響を受け続けたことは否定できないのである。そのうち時が過ぎ、再び『沙石集』の執筆に気持ちが向くようになった。以前より書こうという気概を失ったのかそれとも増したのか、私としては後者であると思いたい。なぜなら彼の執筆や改訂作業にかける情熱は、その後死の直前まで連綿と続いていくからである。そして再び『沙石集』の執筆を続け、一旦は巻十まで書き終えたと考えられる。その後恐らく早い段階で、師との思い出を綴った米沢本巻四「道人ノ誡《イマシメ》ノ事」は、師を失った以上は誰憚ることもなく、自らのこととして書き直し、師とのこれまでを回顧した文を冒頭に置き、巻三「栂尾上人物語事」に配置し直したのではないだろうか。つまり、無住は書きたいことを書き尽くしたという計画性のもと休筆したのではなく、円爾の死に関わる事情でやむなく休筆したのではないかということである。米沢本・阿岸本・成簣堂本という古い系統の伝本の中で、巻三、巻四付近に湧き出る違和感は、やはり『沙石集』伝本成立の初期的事情によって生み出されたと考えるのが自然である。計画性のもとで休筆した訳ではないので、どこの巻までと場所を確定するのは適当ではないのだが、あえて言えば、巻四付近までは執筆していて一旦筆を置き、後々書き継いだということである。

ただし未だ従来指摘されている巻五と巻六の間の違和感をぬぐい去ることが出来たわけではない。ここで述べたかったのは円爾に関わる二種類の記述は、円爾の生前と死後を匂わせる温度差が感じられるということである。そのため巻四の円爾の記述までは休筆以前に執筆していたと考えているが、それがより先の巻五であったかもしれない、という可能性まで否定出来るものではない。ともあれ如上の解釈も可能であり、しかもそのように考えれば、古い系統の伝本に遺る差異や違和感を解釈することが出来るであろう。今後休筆の時期を特定出来るような初期的事情を秘めた、新出伝本の出現を願うのみである。

三　課題と展望

平成二十一年の東京古典会に、大永三年書写の『沙石集』（三冊。巻六・巻七・巻九）が出典された。当該資料はその後、国文学研究資料館の所蔵に帰したが、古本系を基本として流布本系の本文も混在しており、特に巻六にはこれまで未見の新出説話を裏書として含んでいる。その後落合博志による口頭発表[10]において、詳細が明らかとなっており、今後の諸本論の発展に貴重な情報を提供してくれる伝本と思われる。また長母寺檀家総代道木正信所蔵『沙石集』（全十巻）は、江戸期写の平仮名本であり、刊本に載る道慧の原識語を含みつつ刊本とは異なる点を持つことが興味深い。今後もこれらの伝本を含めて、新出本の出現が期待され、その内容によっては現時点で不分明な難問の解決に繋がることも期待される。

一方で『沙石集』は、後世、広範な享受層を持った作品である。多くの人々に読まれ、引用されたのは、無住の仏教的な考え方に共感を覚えての場合もあれば、単に『沙石集』に収録された説話の魅力に惹かれての場合もある。たとえば連歌師の心敬は、『ささめごと』下巻において『沙石集』を多々引用しているし、西鶴の諸作品、安楽庵策伝の『醒睡笑』にも『沙石集』から引用した諸話が見受けられる。『金玉集』・『金撰集』のような抜書本が生まれ、近世において『沙石集』自体を模した『続沙石集』・『新選沙石集』等が編まれたことも、その読者層の豊かさを示している。今回行った精緻は本文比較により、各伝本の大まかな成立と流れはある程度開示できたと考えており、その見取り図を礎として、今後は無住自身やそれを享受した人々の中で、『沙石集』という作品がいかに機能し変化していったかという問題にも目を向けていきたい。同時代、また後世において多くの愛読者を得た『沙石集』だが、人々が手にした『沙石集』は、現存するどの系統の『沙石集』であったのか、時代や作品のジャンル、引用者の職種等によって、読まれた『沙石集』の系統は特定できるのだろうか。『沙石集』現存伝本の位置づけに挑んだ今だからこそ、これらの問題に対峙し、探求する基礎は整いつつあるのではないか、と思われてならない。

（1）東大本の巻一、巻二は刊本による補写のため、考察の対象外とする。
（2）土屋「裏書から見た『沙石集』改変の一手法―公舜法印話を起点として―」（古典遺産58　平成二十年十二月）。
（3）米沢本・阿岸本・成簣堂本が第三条を「訴訟人ノ蒙㆑恩事」と独立させている（他本は前条に続ける）ことも、この三本が同類であることを示している。なお梵舜本は、巻頭目次には「訴訟人蒙〻恩事」と題目を掲げるが、本文では前条にそのまま続けている。

（4）慶長古活字本では表の備考に示した通り、B→A→Cの順番で収録されているが、他の全ての伝本の収録順がA→Bであること、A〜Cも全て収録するのが慶長古活字本のみであることを考え、本文は慶長古活字本を、記載順はA→B→Cの順で引用した。

（5）日本古典文学大系『沙石集』解説14頁。

（6）新編日本古典文学全集『沙石集』解説627頁。

（7）「無住晩年の著述活動小考—附、無住著述関係略年譜—」（実践女子大学文学部紀要22　昭和五十五年三月）→『中世説話集の形成』（若草書房　平成十一年）。

（8）同注5解説11頁。

（9）同注6解説。

（10）「新出『沙石集』大永三年写本について」（仏教文学会　於同朋大学　平成二十二年十月）。国文学研究資料館通常展示新収資料展「物語そして歴史—平安から中世へ—」（平成23年）図録に写真と解題が載る。

資料編

無住関係略年表

上段には無住に直接関係する事項、中段には後世の伝記等から窺える間接的事項、下段には同時期の関連事項を記した。また、無住国師道跡考において、寛元四年から永仁三年までの記事が無住の年齢と一年ずつずれているが、他資料との比較の結果、年齢に合わせて記した。

略号は、道跡考…無住国師道跡考、縁起…開山無住国師略縁起、伝燈録…延宝伝燈録、高僧伝…本朝高僧伝。

天皇	年号	西暦	年齢	事項	参考事項	同時代的関連事項
後堀河	嘉禄二	一二二六	一	○十二月二十八日卯時（午前六時頃）誕生。	○梶原景時の末裔（道跡考）、源太景時の叔父（縁起）、武州椎原氏子（伝燈録）、梶原氏（高僧伝）。	○一月、九条頼経が将軍となる。
	三	一二二七	二			○六月、嘉禄の法難。○道元帰朝。
	寛喜二	一二三〇	五			○春より全国的な大飢饉起こる。
四条	貞永元	一二三二	七			○一月、明恵没。○八月、『御成敗式目』制定・施行。
	天福元	一二三三	八			○春、宇治興聖寺開創、開山道元。
	嘉禎元	一二三五	一〇			○三月、聖覚没。○円爾入宋。
	暦仁元	一二三八	一三	○鎌倉の僧房に住む。	○寿福寺に入り童役を勤める（道跡考）。	
	延応元	一二三九	一四			○二月、隠岐にて後鳥羽法皇没。○三月、『撰択本願念仏集』刊行。○五月、『比良山古人霊託』成る。
	仁治元	一二四〇	一五	○下野の伯母のもとへ下る。		
	二	一二四一	一六	○常陸の親族に養われる。		○二、四月、鎌倉大地震。○七月、円爾帰国し、筑前崇福寺・承天寺等を開創。○七月、退耕行勇没。○八月、藤原定家没。
後嵯峨	三	一二四二	一七			○六月、北条泰時没。経時が執権になる。
	寛元元	一二四三	一八	○出家する。	○常陸の法音寺にて出家、坊号一円とする（道跡考・縁起）。三井寺の円幸教王坊法橋に倶舎論頌疏を聴く（道跡考）。	○八月、九条道家が東福寺を創建し、円爾を住持とする。
	二	一二四四	一九			○四月、九条頼嗣が将軍となる。○七

	三	一二四五	二〇	○法身坊上人に法華玄義を聴く。	○師から法音寺を譲られる（道跡考・縁起）。	月、道元、越前へ。
後深草	四	一二四六	二一			○五月、北条時頼が執権となり、名越光時の乱が起こる。○六月、京都大火、建仁寺焼ける。○蘭渓道隆来日。
	宝治元	一二四七	二二			○六月、宝治合戦。○八月、道元、時頼の招きで鎌倉へ。○九月、栄朝没。○十一月、寿福寺焼ける。○十一月、証空没。
	二	一二四八	二三	○祖母尼公に教訓を受ける。		
	三	一二四九	二四			○三月、京都、建長の大火。○心地覚心入宋。
	建長四	一二五二	二七	○住房を律院にする。○上野世良田長楽寺へ行き、朗誉に釈論を聴く。	○上野世良田長楽寺へ行き、栄朝上人に釈論を聴く（道跡考）。	○忍性、関東に下り、常陸三村寺に入る。○二月、九条道家没。○三月、宗尊親王が将軍となる。
	五	一二五三	二八	○遁世の身となり、これより律を学ぶこと六、七年に及ぶ。	○法音寺を出て遁世の身となる（縁起）。	○八月、道元没。○十一月、建長寺創建、蘭渓道隆を開山とする。
	六	一二五四	二九	○実道房上人に摩訶止観を聴く。	○園城寺に上り、実道房上人に摩訶止観を聴き、南都へ行き五、六年、律学（道跡考）。	○一月、鎌倉大火。○六月、覚心帰朝。○円爾、鎌倉に下り寿福寺に止住。
	康元元	一二五六	三一			○八月、鎌倉に大風洪水、赤斑瘡流行。○十一月、時頼、執権職を辞し最明寺に出家。長時が執権となる。
	正嘉元	一二五七	三二			○時頼、円爾を鎌倉に招き、ついで京都建仁寺住持とする。○八月、鎌倉大地震。

天皇	年号	西暦	年齢	事項	参考事項	同時代的関連事項
亀山	文応元	一二六〇	三五	○寿福寺にて、朗誉から釈論・円覚経を聴き座禅に励むが、脚気のため一年に満たず。		○兀庵普寧来日。○七月、日蓮が『立正安国論』を幕府に上進。
	弘長元	一二六一	三六	○和州菩提山正暦寺へ行き、東密三宝院流の真言を受ける。○弘長年間に、伊勢大神宮に参詣する。	○菩提山で修学後、すぐに東福寺へ赴き（道跡考・縁起）、円爾から天台の潅頂・谷の合行・秘密潅頂を伝受され、大日経義釈・菩提心論・永嘉集・宗鏡録を聴く（道跡考）。	○北条長時、鎌倉極楽寺を創建し、忍性を招く。○円爾、建長寺の普寧を訪ねて鎌倉へ行く。○五月、日蓮、伊豆伊東に流罪となる。○十一月、北条重時没。
	二	一二六二	三七	○尾州木賀崎霊鷲山長母寺に止住する。	○入寺の後久しからずして、長母寺消失。平時頼、山田道円坊の帰依により、七堂伽藍・塔頭、数多く建立し、寺を禅宗に改め開山となる（縁起）。	○二月、叡尊、北条実時の招きで鎌倉へ下向の途中、長母寺に滞在する。○十一月、親鸞没。○無関普門、宋より帰国。
	三	一二六三	三八			○十一月、北条時頼没。
	文永元	一二六四	三九			○十一月、日蓮、小松原の法難。
	二	一二六五	四〇			○兀庵普寧帰宋。
	三	一二六六	四一		○熱田大明神、愛知郡猪子石村蓬谷棚の田七反を参禅の布施として寄付し、同所に来迎山観音寺を創建する（縁起）。	○七月、惟康親王が将軍となる。
	四	一二六七	四四			○八月、忍性、鎌倉極楽寺住持となる。
	五	一二六八	四三			○一月、凝念『八宗綱要』成る。○三月、北条時宗が執権となる。○十月、慶政没。
	八	一二七一	四六			○九月、日蓮、佐渡島へ流罪となる。
	九	一二七二	四七			○二月、名越教時・北条時輔誅殺される。○二月、後嵯峨法皇没。
	十	一二七三	四八			○五月、北条政村没。○十月、京都大火。

後宇多	十一	一二七四	四九			○三月、日蓮赦免。○十月、文永の役。
	建治三	一二七七	五二			○六月、悲願朗誉没。
	弘安元	一二七八	五三			○七月、蘭渓道隆没。
	二	一二七九	五四	○五月（?）『沙石集』の執筆開始。		○六月、無学祖元来日。
	三	一二八〇	五五			○十月、円爾弁円没。
	四	一二八一	五六		○後宇多帝の詔により、一条実経から東福寺の第二世にと懇請されること三度に及んだが固辞する（縁起）。	○七月、弘安の役。
	五	一二八二	五七			○十月、日蓮没。○十月、承澄没。○十二月、円覚寺創建、開山無学祖元。
	六	一二八三	五八	○八月、『沙石集』の執筆を終える。	○弟子の無尽道証が京都西方寺において『沙石集』を刊行する（道跡考）。	
	七	一二八四	五九			○四月、北条時宗没。○七月、貞時が執権となる。○七月、一条実経没。○九月、叡尊、四天王寺別当となる。
	八	一二八五	六〇			○三月、『十七条憲法』初開版。○十一月、霜月騒動（安達泰盛の乱）。
	九	一二八六	六一			○二月、叡尊『感身学正記』成る。○九月、無学祖元没。
伏見	正応二	一二八九	六四			○八月、一遍没。○十月、久明親王が将軍となる。
	三	一二九〇	六五			○八月、叡尊没。
	四	一二九一	六六			○十二月、無関普門没。○南禅寺創建。
	五	一二九二	六七		○万歳楽をつくる（東福寺誌）。※『道跡考』は正応年中、『縁起』は年月不明のこととする。	

天皇	年号	西暦	年齢	事項	参考事項	同時代的関連事項
	永仁元	一二九三	六八	○三月、道慧、大原野において『沙石集』巻一を書写。○五月、道慧、土御門油小路において『沙石集』巻八を書写。		○三月、幕府が鎮西探題を設置。○四月、平頼綱の乱。○四月、鎌倉大地震。
	二	一二九四	六九	○一月、道慧、正親町油小路において『沙石集』巻二を書写。○二月、道慧、正親町油小路において『沙石集』巻四を書写。		○忍性、四天王寺別当となる。
	三	一二九五	七〇	○四月、道慧、大原野において『沙石集』巻三・巻五・巻六を書写。○十一月、『沙石集』巻二に裏書をする。	○高野山に上り、加持土砂三石三斗を取り戻り山内に敷く（道跡考・縁起）。	○九月、凶徒により醍醐寺が焼かれる。
	四	一二九六	七三			○十一月、吉見孫太郎義世の乱。
	五	一二九七	七二			○三月、永仁の徳政令。○三月、一山一寧来日。○十二月、白雲恵暁没。
	六	一二九八	七三			○六月、祖元、仏光禅師の諡号を贈られる。○十月、心地覚心没。
後伏見	正安元	一二九九	七四	○四月、『聖財集』下巻を脱稿。○六月、『聖財集』上巻を脱稿。		
	二	一三〇〇	七五		○『妻鏡』を執筆する（道跡考・東福寺誌）。	○閏七月、叡尊、興正菩薩の諡号を送られる。○疫病流行。
後二条	三	一三〇一	七六			○八月、北条貞時出家。師時執権となる。
	嘉元元	一三〇三	七八	○三月、道慧、『沙石集』を道証に渡し、京都西方寺において、『沙石集』を再度書写する。		○七月、忍性没。
	二	一三〇四	七九	○六月、『雑談集』巻一を脱稿。○十一月、『雑談集』巻七を脱稿。		○七月、後深草法皇没。

	三	一三〇五	八〇	○三月、長母寺住持を弟子の順一房に譲り引退する。○七月、『雑談集』巻十を脱稿。○閏十二月、慈眼、万徳寺において『雑談集』を書写。○閏十二月、『聖財集』を改訂し、清書本を定める。	○長母寺内の金剛幢院において『雑談集』十巻を執筆し、寺を無翁順一に譲り、寺内の桃尾軒に隠居する（道跡考・縁起）。○自身で張子の肖像を造る（道跡考）。	○二月、洛中での酒の売買停止。○四月、連署北条時村暗殺される。○九月、亀山法皇没。
花園	延慶元	一三〇八	八三	○五月、『沙石集』巻四に裏書する。○十二月、伊勢桑名蓮華寺において『聖財集』上巻を添削し、長母寺において『聖財集』中巻を添削する。○『沙石集』巻五に裏書する。		○八月、守邦親王が将軍となる。○八月、後二条天皇没。
	応長元	一三一一	八六	○四月、蓮華寺において『聖財集』下巻を添削する。		○九月、師時没。○十月、貞時没。○十二月、円爾に聖一国師の謚号が送られる。
	正和元	一三一二	八七	○十月十日、入滅。	○尾張長母寺にて没（道跡考・縁起）。伊勢蓮華寺にて没（伝燈録・高僧伝）。○自身で自像を刻み、自筆の梵字の宝篋印陀羅尼を中に入れ置く（縁起）。	○北条熙時、執権となる。

『沙石集』説話対照目次表①

・本表は日本古典文学大系『沙石集』収録「説話対照目次」を参考とし、全て本文にある題をもととした。
・目次に題があり本文にないものは【 】に括った。反対に目次に題がなく本文にあるものは（ ）に括った。
・目次にも本文にも題がなく内容があるものは説話番号を記して（に含まれる）とした。
・内閣文庫本は巻一・二・三・四・五・九を古本系、巻六・七・八・十を流布本系とし、それぞれ内閣第一類本、内閣第二類本と呼ぶ。本表では古本系である内閣第一類本のみを載せた。
・点線は上下の区切りを示す。

	梵舜本	米沢本	成簣堂本	阿岸本	内閣第一類本	慶長古活字本
	巻一	巻一	巻一	巻一	巻一	巻一上下
序						
一	太神宮御事	大神宮ノ御事	大神宮御事	太神宮御事	大神宮御事	一 大神宮御事
二	笠置解脱房上人太神宮参詣事	解脱房ノ上人ノ参宮ノ事	解脱坊上人参宮事	解脱房上人参宮事	笠置解脱房上人太神宮参給事	二 笠置解脱房上人大神宮参詣事
三	出離ヲ神明ニ祈事	出離ヲ神明ニ祈タル事	出離神明ニ祈タル事	出離祈ニタル神冥ニ事	出離ヲ神明ニ祈タル事	三 出離神明祈事
四	神明慈悲ヲ貴給事	神明ハ慈悲ヲ貴ビ玉テ物ヲ忌ミ給ハヌ事	(神明ハ慈悲ヲ貴給事)	神冥貴ニ玉フ慈悲ヲ事	神明慈悲ヲ貴見給事	四 神明慈悲貴給事
五	神明慈悲ト智恵ト有人ヲ貴給事	慈悲ト智トアル人ヲ神明モ貴ビ給事	慈悲智恵有ル人ヲ貴給事	慈悲ト智恵アル人ヲ神冥貴玉フ事	神明慈悲ト智恵ト有人ヲ貴給事	五 神明慈悲智慧有人貴給事
六	和光ノ利益甚深ナル事	和光ノ利益ノ事	和光利益事	和光ノ利益ノ目出事	和光利益甚深事	六 和光利益甚深事
七	神明道心ヲ貴ビ給フ事	神明ハ道心ヲ貴ビ給事	神明道心ヲ貴ヒ給事	神冥貴ニ玉フ道心ヲ事	神明道心ヲ貴給事	一 神明道心貴給事
八	生類ヲ神明ニ供ズル不審ノ事	生類ヲ神ニ供ズル不審之事	生類ヲ神明ニ供スル不審事	生類ヲ供ニスル神冥ニ不審事	生類神明ニ供スル不審事	二 生類神明供不審事
九	和光ノ方便ニヨリテ妄念ヲ止事	和光ノ方便ニテ妄念ヲ止メタル事	【和光ノ方便ニテ妄念止タル事】	和光方便ニテ妄念ヲ止タル事	和光依ニ方便ニ妄念止メタル事	三 依和光之方便止妄念事
一〇	浄土門ノ人神明ヲ軽テ蒙レ罰事	浄土宗ノ人神明ヲ軽ムベカラザル事	浄土宗人神明ヲ不レ可レ軽ム事	浄土宗ノ人不可軽神冥事	浄土門人軽神明ヲ蒙罰事	四 浄土門人軽神明蒙罰事

梵舜本	米沢本	成簣堂本	阿岸本	内閣第一類本	慶長古活字本
巻二	巻二	巻二	巻二	巻二	巻二上下
一 仏舎利感得シタル人事	一 仏舎利ヲ感得シタル人ノ事	一 【仏舎利感得シタル人事】	一 佛舎利感得人事	一 佛舎利感得人事	一 仏舎利感得人事
二 薬師之利益事	二 薬師ノ利益ノ事	二 薬師如来ノ利益事	二 薬師如来利益事	二 薬師利益之事	二 薬師利益事
三 阿弥陀利益事	三 弥陀ノ利益事	三 弥陀利益ノ事	三 弥陀利益事	三 阿弥陀ノ利益ノ事	三 阿弥陀利益事
四 薬師観音利益事	四 薬師観音ノ利益ニヨリテ命ヲ全スル事	四 観音ノ利益ニ依命全スル事	四 依薬師観音現益ニ全レスル命事	四 薬師観音利益ニヨリテ命ヲ全クスル事	四 依薬師観音利益命全事
五 地蔵看病給事	五 地蔵ノ利益ノ事	五 地蔵菩薩利益事	五 地蔵菩薩ノ利益事	五 地蔵看病之給ヘル事	五 地蔵之看病給事
六 地蔵菩薩種々利益事	(五に含まれる)	(五に含まれる)	(五に含まれる)	六 地蔵菩薩種々利益事	六 地蔵菩薩種々利益事
七 不動利益事	六 不動ヲ念ジテ魔障ヲ払ヒタル事	六 不動ヲ念シテ魔障拂タル事	六 不動念シテ伏魔障事	七 不動利益事	一 不動利益事
八 弥勒行者事	七 弥勒ノ行者ノ事	七 弥勒行者臨終目出事	七 弥勒行者ノ臨終ノ目出事	八 弥勒行者事	二 弥勒行者事
九 菩薩代受苦事				九 菩薩之利生代受苦之事	三 菩薩之利生代受苦事
一〇 仏法之結縁不レ空事	八 仏法ノ結縁不レ空事	八 佛法結縁事	八 佛法結縁事	一〇 佛法之結縁之不空事	四 仏法之結縁不空事
		九 袈裟功徳事	九 袈裟功徳事		

梵舜本	米沢本	成簣堂本	阿岸本	内閣第一類本	慶長古活字本
巻三	巻三	巻三	巻三	巻三本末	巻三上下
一 癲狂人ノ利口ノ事	一 癲狂人ガ利口ノ事	一 癲狂人利口事	一 癲狂人ノ利口事	一 癲狂人利口事	一 癲狂人之利口事
二 問注ニ我ト劣タル人事	二 問注ニ我レト負人ノ事	二 問註ニ我ト劣タル人事	二 問註ニ我ト負タル事	二 美言有感事	二 美言有感事
【訴訟人蒙恩事】	三 訴訟人ノ蒙恩事	三 訴訟人蒙恩タル事	三 訴訟人ノ蒙恩事	(二に含まれる)	(二に含まれる)
三 厳融房ト妹女房ト問答事	五 或学生在家ノ女房ニ被レ責メ事	四 学生在家人ニツメラレタル事	四 学匠ノ在家人ニツメラレタル事	厳融房与妹女房問答事	一 厳融房与妹女房問答事
四 禅師ノ問答是非事	六 道人ノ仏法問答セル事	五 禅師問答是非事	五 禅師ノ問答是非事	二 禅師之問答是非事	二 禅師之問答是非事

巻四

五 律学者ノ学ト行ト相違セル事
六 小児ノ忠言事
七 孔子ノ物語事
八 栂尾上人物語事

巻四

一 無言上人事
二 上人子持タル事
三 上人ノ看病シタル事
四 上人ノ妻セヨト人ニ勧タル事
五 婦人ノ臨終ノ障タル事
六 上人ノ妻ニコロサレムトシタル事
七 臨終ニ執心ヲソルベキ事
八 入水シタル上人事
九 道心タラム人執心ノゾクベキ事
(九に含まれる)

巻五（本）

一 円頓学者鬼病免タル事
二 円頓学解ノ益事
三 学生畜類ニ生タル事
四 慈心アル者鬼病ヲ免タル事
五 学生解レ怨事
六 学生ノ見ノ僻タル事
七 学生世間事無沙汰事
八 学生ナル蟻ト螻トノ問答事
九 学生歌ヲヨミタル事
一〇 学生ノ万事ヲ論義ニ心フル事
一一 学生ノ歌好ミタル事
一二 和歌ノ道フカキ理アル事
(一一に含まれる)

巻五末

一 神明ノ歌ヲ感ジテ人ヲ助給ヘル事
二 和歌ノ人ノ感アル事
三 万葉カヽリノ歌読タル事
四 【西行ガ事】

七 律師ノ言是ニシテ行ハ非事
四 幼稚ノ童子ノ美言事
一〇 孔子ノ至言事
八 南都ノ児ノ利口ノ事
九 女童利口事

巻四

一 無言上人事
三 聖ノ子持ル事
八 上人ヲ女看病シタル事
九 上人ノ妻セヨト人ニ勧タル事
四 婦人臨終ヲ障ヘタル事
一〇 上人ノ妻ニ被レ殺タル事
五 臨終ニ執心ヲ可レ畏ル事
六 入水シタル上人ノ事
七 道ニ入リテハ執著ヲ可レ棄事
一一 遁世人ノ風情ヲマナブベキ事
一二 道人ノ誡事
二 上人ノ妻後レタル事

巻五本

一 円頓学者ノ鬼病免事
二 円頓学解ノ益ノ事
三 学生ノ畜類ニ生レタル事
四 慈心アル者ノ鬼病ヲ免事
五 学生ノ怨心ヲ解タル事
七 学生ノ見僻ミタル事
八 学生ノ世間ノ事無沙汰ナル事
九 学生ナル蟻ト螻トノ問答事
一〇 学生ノ歌ヲヨミタル事
一一 学生ノ万事ヲ論義ニ心フル事
一二 学生ノ歌好ノミタル事
(一四に含まれる)
一四 和歌ノ徳甚深ナル事
六 学生ノ魔道ニ堕タル事
一三 学生ノ歌物語リノ事

巻五末

一 神明感レ歌助レ人給事
二 人ノ感有ル和歌事
(四に含まれる)

六 律師学ト行ト違タル事
七 小児之忠言事
一〇 孔子之物語事
一一 栂尾上人物語事
八 南都児之利口事
九 北京之女童之利口事

巻四

一 無言上人事
二 聖ノ子マウケタル事
三 上人看病シタル事
四 上人妻セヨト人ニ勧タル事
五 婦人ノ臨終ノサハリタル事
六 上人妻ニ被害タル事
七 臨終ニ執心可恐事
八 入水シタル上人ノ事
九 道心有テ執心可除事
(九に含まれる)

巻五

一 圓頓ノ之学者免ニル鬼病ニ事
二 圓頓之学解之益事
三 学生ノ生ニタル二畜類ニ事
四 慈心有ル者免ニ鬼病ニ事
五 学生怨解事
六 学生之見解僻事
七 学生之世間無沙汰事
八 学生之蟻螻之問答事
九 (学生之哥読事)
一〇 (学生之萬事ヲ論議ニ心得タル事)
一一 学生之歌好タル事
一二 和歌之道深キ理リ有事
(一二に含まれる)
一三 神明哥ヲ感シ人ヲ助給事
一四 人之感有和歌ノ事

六 律師学与行相違事
七 小児忠言事
一〇 孔子之物語事
一一 槇尾上人物語事
八 南都ノ児ノ秀句事
九 北京女童ノ利口事

巻四

一 无言上人事
三 聖ノ子ヲ持タル事
四 聖ノ娘父看病タル事
五 妻ノ臨終ノ障ト成タル事
六 頚括ノ上人事
七 自水ノ聖事
八 道人ノ可捨執着事
(一部八に含まれる)
二 聖ノ妻ニ後タル事

巻五

一 圓頓学者免鬼病事
二 圓頓学解之益事
三 学匠之生タル畜類事
四 慈心有者免鬼病事
五 学匠ノ怨ノ解事
六 学匠ノ見解僻ム事
七 学匠世間無沙汰事
八 学匠蟻螻ノ問答事
九 学匠ノ歌読事
一〇 (学匠ノ万事ヲ論義ニ心得タル事)
一一 学匠ノ哥好タル事
一二 和哥ノ道深理有事
(一部一二に含まれる)
一三 神明歌ヲ感シテ人助給事
一四 人感有和哥事
(一部一七に含まれる)

三 律学者之学与行相違セル事
四 小児之忠言事
五 孔子之物語事
六 栂尾上人物語事

巻四上下

一 无言上人事
二 上人子ヲ持タル事
三 上人ノ女父ノ看病シタル事
四 妻臨終障トナル事
五 頸縊上人事
六 入水上人事
七 道人可捨執著事
一 上人ノ妻ニヲクレタル事

巻五本

一 圓頓学者免鬼病事
二 圓頓学解之益之事
三 学生之畜類ニ生タル事
四 慈心有者免鬼病事
五 学生之怨解事
六 学生之見解僻事
七 学匠世間無沙汰之事
八 学生蟻螻之問答之事
九 学匠之歌読事
一〇 学匠之萬事ヲ論議ニ心得タル事
一一 学匠歌好タル事
一二 和歌道深理有事

巻五末

一 神明感歌助人給事
二 人ノ感アル和歌之事
四 萬葉カヽリノ歌之事

三 律学者之学与行相違事
四 小児之忠言事
五 孔子之物語事
六 栂尾上人物語事

巻四上下

一 無言上人事
二 上人子持事
三 上人之女父之看病事
四 妻臨終之障成事
五 頸縊上人事
六 入水之上人事
七 道人可捨執著事
一 上人妻後事

巻五上

一 円頓之学者免鬼病事
二 円頓之学解之益事
三 学生之生畜類事
四 慈心有者免鬼病事
五 学生之怨解事
六 学生之見解僻事
七 学生之世間無沙汰事
八 学生之蟻螻之問答事
九 学生之歌読事
一〇 学生之万事ヲ論議ニ心得タル事
一一 学生之歌好タル事
一二 和歌之道深理有事

巻五下

一 神明歌感人助給事
二 人之感有ル和歌ノ事
二 (万葉カヽリノ歌ノ事)

梵舜本

五 夢中ノ歌事
六 歌ユヘニ命ヲウシナウ事
七 連歌事
八 心アル和歌ノ事
九 哀傷歌ノ事
一〇 権化ノ和歌ヲ翫給事
一一 【行基菩薩御歌事】

巻六

一 説経師施主分聞悪事
二 或禅尼説教師讃タル事
三 説教師ノ言ノ賤事
四 説経師ノ布施ノ賤事
五 長説法事
六 随機施主分事
七 講師名句事
八 説経師下風讃タル事
九 説戒ノ悪口ノ利益ノ事
一〇 説経師盗賊ニ値タル事
一一 強盗ノ法門問タル事
一二 下法師堂供養事
一三 説法セズシテ布施取タル事
一四 嵯峨説法事
一五 聖覚ノ施主分事
一六 能説房説法事
一七 有所得説法事
一八 袈裟得事

巻七

一 無㆓嫉妬ノ心㆒人ノ事
二 妄執ニヨリテ女蛇ト成ル事
三 継女ヲ蛇ニ合セムトシタル事
四 蛇ノ人ノ妻ヲ犯シタル事
五 蛇ヲ害シテ頓死シタル事
六 嫉妬ノ人ノ霊ノ事
七 人ヲ殺シテ酬タル事
八 僻事スル物ノ酬タル事
(八に含まれる)
九 前業ノ酬タル事
一〇 先世ノ親ヲ殺事
一一 無情俗事

巻七

一二 鷹飼雉ニクハレタル事
一三 鶏ノ子ヲ殺シテ酬タル事
一四 鴛殺事
一五 畜類モ心アル事

米沢本

五 夢ノ中ノ歌事
六 歌故ニ命ヲ失事
四 (連歌事)
七 有心歌事
八 哀傷之歌事
九 権化ノ和歌翫給事
(九に含まれる)
三 (人有感歌)

巻六

一 説経師ノ施主分聞キ悪キ事
二 或禅尼ノ説経師ヲ讃メタル事
三 説経師ノ言ノイヤシキ事
四 長説法事
五 随機施主分ノ事
六 説戒ニ悪口シテ利益セル事
七 説経師ノ値㆓ヘル盗賊㆒事
一四 (強盗之問㆓法門㆒事)
八 下モ法師ノ堂供養シタル事
【不説法取㆓布施㆒事】
九 嵯峨ノ説法ノ事
一〇 聖覚ノ施主分ノ事
一一 能説房ノ事
一二 有所得ノ説法ノ事
一三 袈裟ノ徳ノ事

巻九

一 無㆓嫉妬ノ心㆒人ノ事
二 愛執ニヨリテ蛇ニ成リタル事
三 継女ヲ蛇ニ合セントシタル事
四 蛇ノ人妻ヲ犯シタル事
五 蛇ヲ害シテ頓死シタル事
六 嫉妬ノ人ノ霊ノ事
七 人ヲ殺シテ酬タル事
八 僻事スル物ノ酬タル事
九 僻事ノムクヒタル事
一〇 前業ノムクヒタル事
一一 先生ノ父ノ雉ニナリタルヲ殺シタル事
一二 慳貪ナル百姓ノ事

巻九

一三 鷹飼雉ニ食レタル事
一四 鶏ノ子ヲ殺シテ酬タル事
(一四に含まれる)
一五 畜類モ心アル事

成簣堂本

一五 夢之中ノ哥ノ事
一六 哥故命ヲ失事
一七 有心哥事
一八 哀傷之歌事
一九 権化之和歌翫給事
二〇 行基菩薩之御事

巻六

五 栄朝上人之説戒事
一 説経師之強盗ニ令発心事
二 強盗問法門事
三 浄遍僧都説法事
四 聖覚法印施主分事
六 能説房説法事
七 有所得説法事

巻九

一 無嫉妬心人事
二 依愛執成蛇事
三 継女ヲ蛇ニ合セント欲事
四 蛇ノ人妻ヲ犯タル事
五 蛇ヲ害シテ頓死スル事
六 嫉妬ノ故ニ損人酬事
七 人殺害ノ酬事
八 僻事者即酬事
九 前業酬事
一〇 先世親殺事
一一 慳貪者事

巻九

一二 鷹狩者ノ酬事
一三 鶏子殺テ酬事
一四 鴛ノ夢ニ見ヘタル事
一五 畜生之霊事

阿岸本

一五 夢中ノ哥ノ事
一六 (哥故ニ命ヲ失ヘル事)
一七 (連歌難句付タル事)
一八 有心歌事
一九 哀傷歌事
二〇 権化翫和歌給事
二一 行基菩薩和歌事

(以下、欠巻)

内閣第一類本

五 夢中ノ歌之事
六 歌故命ヲ失ヘル事
三 連歌難句付タル事
七 心有歌之事
八 哀傷之歌之事
九 権化哥ヲ翫ヒ給フ事
一〇 (行基菩薩ノ御歌之事)

(二類本)

(二類本)

(二類本)

慶長古活字本

三 夢ノ中歌事
四 歌ノ故ニ命ヲ失ヘル事
一〇 (連歌事)
五 有心之歌事
六 哀傷之歌事
七 権化之和歌翫ビ給フ事
八 (行基菩薩之歌事)
九 (人感有歌)

巻六上

五 栄朝上人之説戒事
一 説経師之強盗令発心事
二 強盗之問法門事
三 浄遍僧都之説法事
四 聖覚法印之施主分事
六 能説房説法事
七 有所得之説法事
八 袈裟徳事

巻七下

一 無嫉妬之心人事
二 依愛執成蛇事
三 継女蛇欲合事
四 蛇之人之妻犯事
五 蛇害頓死事
六 嫉妬之故損人酬事
七 人殺害酬事
八 僻事者即酬事
九 前業酬事
一〇 前生之親殺事
一一 慳貪者事

巻八上下

一 鷹狩者酬事
二 鶏子殺酬事
三 鴛之夢見事
四 畜生之霊事

一六 経ヤキタル事
一七 仏ノ鼻黒クナシタル事
(一七に含まれる)
一八 愚癡僧ノ牛ニ成タル事
一九 真言ノ罰アル事
二〇 天狗ノ人ニ真言教タル事
二一 執心ノ仏法ユヘニトケル事
二二 貧窮ヲ追タル事
二三 耳売タル事
二四 真言功能事
二五 先世房ノ事

巻八

一 忠覚事
二 興福寺智運房事
三 伊予房事
四 我馬不レ知事
五 馬カヘタル事
六 馬買損ジタル事
七 馬ニ乗テ心得ヌ事
八 心ト詞ノタガヒタル事
九 結解タガヒタル事
一〇 小法師利口事
一一 児ノ飴クヒタル事
一二 姫君事
一三 尼公ノ名事
一四 人ノ下人ノヲコガマシキ事
一五 ヲコガマシキ俗事
一六 魂魄ノ俗事
一七 魂魄ノ振舞シタル事
【力者法師事】
一八 尾籠ガマシキ童事
一九 便船シタル法師事
二〇 船人ノ馬ニノリタル事
二一 老僧ノ年隠タル事
二二 死道不レ知人事
二三 歯取ラル、事

巻九

一 正直ノ女人ノ事
二 正直ナル俗士事
三 正直ニシテ宝ヲ得タル事
四 芳心アル人ノ事

一六 経焼キタル事
一七 仏ノ鼻薫タル事
(一七に含まれる)
一八 愚癡ノ僧ノ牛ニ成タル事
一九 真言ノ罰アル事
二〇 天狗人ニ真言教ヘタル事
二一 執心ノ仏法ユヘニ解事
二二 貧窮追タル事
二三 耳売タル事
二四 真言ノ功能事
二五 先世坊ノ事

巻八

一 眠正信房ノ事
二 鳴呼カマシキ人事
(二に含まれる)
(二に含まれる)
(二に含まれる)
(二に含まれる)
(二に含まれる)
四 老僧之年隠事
五 死之道不レ知人事
(五に含まれる)
三 愚癡之僧文字不レ知事
六 無常句

巻七

一 正直之女人事
二 正直之俗士事
三 正直ニシテ宝ヲ得タル事
四 芳心アル人ノ事

一六 経ヲ焼テ目失事
一七 佛鼻薫事
一八 廻向之心狭事
一九 愚癡僧成牛事
二〇 不法蒙冥罰事
二一 天狗人ニ真言教タル事
二二 執心堅固ナル依佛法蕩タル事
二三 貧窮ヲ追出事
二四 耳賣事
二五 真言功能事
二六 先世房事

巻八

一 忠寛事
二 興福寺智蓮坊事
三 伊与坊事
四 我馬不知事
五 【馬カヘタル事】
六 【馬カヘ損事】
七 馬乗テ不得心事
八 心与詞違タル事
九 結解違タル事
一〇 小法師利口事
一一 児飴クヒタル事
一二 姫君事
一三 尼公名ノ事
一四 人下人ヲコカマシキ事
一五 鳴呼マシキ事
一六 魂魄之俗事
一七 魂魄振舞シタル事
一八 【力者法師事】
一九 尾籠カマシキ童事
二〇 便船シタル法師ノ事
二一 舩人之馬ニ乗タル事
二二 老僧之年隠タル事
二三 死道不レ知事
二四 歯取セタル事

巻七

一 正直ノ女人ノ事
二 正直ナル俗士ノ事
三 正直ニシテ宝ヲ得タル事
四 芳心有人ノ事

巻八

(二類本)

巻九

(欠巻)

六 経焼目失事
七 仏鼻薫事
八 廻向之心狭事
九 愚癡之僧成牛事
一〇 不法蒙真言之罰事
一一 天狗之人真言教事
五 鳥獣恩知事
二 執心之堅固由仏法蕩事
三 貧窮追出事
四 耳売人事
一 真言功能事
五 先世房事

巻七上

一 眠正信房事
(前半、巻七下一に含まれる)
(巻八上七に含まれる)
三 老僧之年隠事
四 死之道不知人事
五 歯取事
二 愚癡之僧文字不知事

巻六下

一 正直之女人之事
二 正直之俗士事
三 正直之人宝得事
四 芳心有人事

梵舜本

五 亡父夢ニ子ニ告テ借物返タル事
六 幼少ノ子息父ノ敵打タル事
七 母ノ為ニ忠孝アル人ノ事
八 盲目ノ母ヲ養ル童事
九 身ヲ売テ母ヲ養タル事
一〇 祈請シテ母ノ生所ヲ知事
一一 君ニ忠アリテ栄タル事
一二 友ニ義アリテ富ミタル事
一三 師ニ礼アル事

巻十本

一 浄土坊遁世事
二 吉野執行遁世事
三 宗春坊遁世事
四 俗士遁世シタル事
五 観勝寺上人事
六 強盗法師道心アル事
七 悪ヲ縁トシテ発心シタル事
八 証月房久遁世事
九 迎講事
一〇 妄執ニヨリテ魔道ニ落タル事

（以下、欠巻）

米沢本

五 亡父夢ニ子告テ借物返タル事
六 （幼少ノ子息父ノ敵ヲ打タル事）
七 母ノ為ニ忠孝アル人ノ事
八 盲目ノ母ヲ養ヘル童事
九 身ヲ売テ母ヲ養タル事
一〇 祈請シテ母ノ生所ヲ知事
一一 君ニ忠有テサカヘタル事
一二 共ニ義有テ富タル事
一三 師ニ礼有事

巻十本

一 浄土房遁世事
二 吉野執行遁世事
三 宗春坊遁世事
四 俗士遁世シタリシ事
五 観勝寺上人事
六 強盗法師道心有事
七 悪ヲ縁トシテ発心シタル事
八 証月房遁世ノ事
九 迎講事
一〇 依二妄執一落二魔道一人ノ事

巻十末

一 霊ノ託シテ仏法ヲ意エタル事
二 諸宗ノ旨ヲ自得シタル事
三 臨終目出キ人々ノ事
行仙上人事
建仁寺ノ門徒ノ中ニ臨終目出事
法心房ノ上人事
蘭渓事
聖一和尚事
明上院豪長老事
四 述懐事

成簣堂本

五 亡父夢ニ子ニ告テ借物返タル事
六 幼少之子息父之敵打タル事
七 母之為ニ忠孝有ル人事
八 盲目之母ヲ養ヘル童ノ事
九 身賣テ母ヲ養タル事
一〇 祈請シテ母ノ生所ヲ知タル事
一一 君ニ忠有テ栄タル事
一二 友ニ義有テ冨ル事
一三 師礼有ル事

巻十

一 浄土房遁世事
二 吉野執行遁世事
三 俗士遁世門ニ入事
四 強盗法師之有道心事
五 値悪縁発心事
六 松月房上人遁世事
七 迎講事
八 依妄執魔道ニ落タル人事
九 霊之人ニ託シテ佛法物語スル事
一〇 佛教ノ宗旨得タル人ノ事
一一 臨終目出僧事
（一一に含まれる）
（一一に含まれる）
（一一に含まれる）
一二 述懐事

阿岸本

内閣第一類本

巻九上下

一 浄土房遁世事
二 【吉野執行遁世事】
三 俗士ノ遁世門事
四 強盗法師ノ道心事
五 値悪縁発心事
一 証月房ノ上人遁世事
二 迎講事
三 依妄執堕魔道事
四 【霊託佛法物語事】

（二類本）

慶長古活字本

五 亡父夢子告借物返事
六 母之為忠孝有人事
七 盲目之母養事
八 身売母養事
九 祈請母之生所知事
一〇 君忠有栄事
一一 師礼有事

巻九上下

一 浄土房之遁世事
二 吉野之執行遁世事
三 俗士之遁世門事
四 強盗法師之道心有事
五 値悪縁発心事
一 証月房上人之遁世事
二 迎講事
三 依妄執魔道落人事
四 霊之託仏法物語事

巻十上下

一 得仏教之宗旨人事
一 臨終目出僧事
（一に含まれる）
二 建仁寺本願僧正事
（二に含まれる）
三 述懐事

『沙石集』説話対照目次表②

・本表は日本古典文学大系『沙石集』収録「説話対照目次」を参考とし、全て本文にある題をもとにした。
・目次に題があり本文にないものは【 】に括った。反対に目次に題がなく本文にあるものは（ ）に括った。
・目次にも本文にも題がなく内容があるものは説話番号を記して（に含まれる）とした。
・内閣文庫本は巻一・二・三・四・五・九を古本系、巻六・七・八・十を流布本系とし、それぞれ内閣第一類本、内閣第二類本と呼ぶ。本表には、流布本系である内閣第二類本のみを載せた。

長享本	東大本	内閣第二類本	神宮本	岩瀬本
巻一	巻一上下		巻一	巻一始終
序	序	（一類本）	序	序
一 太神宮御事	一 太神宮御事		一 大神宮之御事	一 大神宮ノ御事
二 笠置解脱房上人太神宮参詣事	二 笠置解脱房上人太神宮参詣事		二 笠置ノ解脱房上人太神宮参詣事	二 笠置解脱房上人大神宮参詣事
三 出離ヲ神明ニ祈ル事	三 出離神明祈事		三 出離神明ニ祈事	三 出離ニ神明ヲ祈ル事
四 神明慈悲ヲ貴ミ給フ事	四 神明慈悲貴給事		四 神明ノ慈悲ヲ貴ヒ給フ事	四 神明慈悲ヲ貴ミ給フ事
五 神明慈悲ト智恵ト有ル人ヲ貴ミ給事	五 神明慈悲智慧有人貴給事		五 神明慈悲ト与二智恵一有人ヲ貴給事	五 神明ハ慈悲智恵有ル人ヲ貴ヒ給フ事
六 和光ノ利益ノ甚深ナル事	六 和光利益甚深事		六 和光利益甚深事	六 和光ノ利益甚深ノ事
七 神明ハ道心ヲ貴ミ給フ事	---- 一 神明道心貴給事		七 神明道心貴給事	---- 一 神明道心ヲ貴ヒ給フ事
八 生類ヲ神明ニ供スル不審ノ事	二 生類神明供不審事		八 生類ヲ神明ニ供ル不審之事	二 生類ヲ神明ニ供スル不審ノ事
九 依二和光之方便一止ル二妄念一事	三 依和光之方便止妄念事		九 依二和光方便一二止ル妄念一ヲ事	三 依二和光方便一二止二妄念一ヲ事
一〇 浄土門ノ人軽二シメテ神明ヲ一蒙ルレ罰ヲ事	四 浄土門人軽二神明一蒙レ罰事		一〇 浄土門之人軽二シテ神明ヲ一蒙レ罰事	四 浄土門ノ人軽二神明一蒙レ罰事

長享本	東大本	内閣第二類本	神宮本	岩瀬本
巻二	巻二上下		巻二	巻二
一 仏舎利ヲ感得スル人ノ事	一 佛舎利感得人事	（一類本）	一 佛舎利感得人之事	一 佛舎利感得ノ人ノ事
二 薬師ノ利益ノ事	二 薬師利益事		二 薬師利益事	二 薬師之利益事
三 阿弥陀ノ利益ノ事	三 阿弥陀利益事		三 阿弥陀利益之事	三 阿弥陀之利益事
四 薬師観音ノ利益ニ依テ命ヲ全クスル事	四 依薬師観音利益命全事		四 薬師観音ノ依二テ利益一命ヲ全クスル事	四 薬師観音ノ利益ニ依テ命ヲ全クスル事
五 地蔵ノ看病シ給ヘル事	五 地蔵之看病給事		五 地蔵之看病シ玉ヘル事	五 地蔵之看病シ給エル事
六 地蔵菩薩ノ種々ノ利益ノ事	六 地蔵菩薩種々利益事		六 地蔵菩薩種々利益之事	六 地蔵菩薩ノ種々ノ利益ノ事
七 不動ノ利益ノ事	---- 一 不動利益事		七 不動利益之事	七 不動之利益事
八 弥勒ノ行者ノ事	二 弥勒行者事		八 弥勒行者事	八 弥勒之行者事

長享本

九　菩薩之利生代受苦事
一〇　佛法ノ結縁不レル空シ事

巻三

一　癲狂人之利口ノ事
二　美言有レル感事
（二に含まれる）
三　厳融房与妹女房問答ノ事
四　禅師問答是非事
五　律ノ学者學ト与行ト相違ノ事
六　小児ノ忠言ノ事
七　孔子物語事
八　栂尾上人物語事

巻四

一　無言ノ上人ノ事
三　上人之子持タル事
四　上人之女ノ父之看病スル事
五　妻臨終之障ト成ル事
六　頸縊上人ノ事
七　入水之上人ノ事
八　道人可捨執着事
二　上人ノ妻ニ後タル事

巻五

一　圓頓之學者免鬼病事
二　圓頓之學解之益ノ事
三　學生之生ル畜類事
四　慈心有ル者ノ免ニル鬼病ヲ一事
五　學生之怨解事
六　學生ノ見解ノ僻事
七　學生之世間ノ無沙汰ナル事
八　學生之蟻蜹之問答事
九　學生之謌読事
一〇　學生ノ万事ヲ論議ニ心得ル事
一一　覺生之哥好事

東大本

三　菩薩之利生代受苦事
四　佛法之結縁不レ空事

巻三始終

一　癲狂人之利口ノ事
二　美言ニ感アル事
（二に含まれる）
一　厳融房ト妹トノ女房ト問答事
二　禅師問答是非事
三　律学者ノ学ト行ト相違スル事
四　小児之忠言事
五　孔子之物語事
六　栂尾上人物語事

巻四始終

一　（一に含まれる）
二　（上人子持事）
三　（上人之女父ノ看病スル事）
四　（妻ノ臨終ノ障ト成事）
五　（頸縊上人事）
六　（入水之上人ノ事）
七　（道人可捨執着ヲ一事）
一　（上人ノ妻ニ後事）

巻五始終

一　圓頓之学者免鬼病事
二　圓頓之学解之益事
三　学生之生畜類事
四　慈心有者免鬼病事
五　学生之怨解事
六　学生之見解僻事
七　学生之世間無沙汰事
八　学生之蟻蜹之問答事
九　学生之歌読事
一〇　学生之万事ヲ論議ニ心得事
一一　学生之哥好事

内閣第二類本

（一類本）

（一類本）

（一類本）

神宮本

九　菩薩利生代受苦事
一〇　佛法結縁不レ空事

巻三

一　癲狂人之利口之事
二　美言有感事
（二に含まれる）
三　厳融房与妹ノ女房問答事
四　禅師問答是非事
五　律学者之学与行相違事
六　小児之忠言事
七　孔子之物語之事
八　栂尾上人之物語事

巻四

一　（無言上人事）
二　上人ノ子持タル事
三　上人ノ女父ノ看病ノ事
四　妻臨終ノ障ト成ル事
五　頸縊上人之事
六　入水上人之事
七　道人可捨執着事
一　上人妻ニ後タル事

巻五

一　圓頓之学者免鬼病事
二　圓頓之学解之益事
三　学匠ノ生ニタル畜生ニ事
四　慈心有者免鬼病事
五　学匠之怨解事
六　学匠ノ見解僻事
七　学匠世間無沙汰事
八　学生ノ蟻蜹之問答事
九　学匠ノ歌読ル事
一〇　学匠ノ萬事ヲ論議ニ心得ル事
一一　学匠之歌好タル事

岩瀬本

九　菩薩之利生代受苦事
一〇　佛法之結縁不レ空事

巻三

一　癲狂人之利口ノ事
二　美言有レ感事
（二に含まれる）
三　厳融房与ニ妹ノ女房一問答事
四　禅師之問答是非ノ事
五　律学者之学与レ行相違事
六　小児之忠言ノ事
七　孔子之物語事
八　栂尾上人物語ノ事

巻四

一　無言上人之事
三　上人之子持事
四　上人之女父之看病スル事
五　妻臨終之障ト成レル事
六　頸縊上人之事
七　入水之上人ノ事
八　道人之可レ捨ニ執着一事
二　上人之妻ニ後事

巻五始終

一　圓頓學者免ニ鬼病一事
二　圓頓之學解之事
三　學生之畜類ニ生タル事
四　慈心有者鬼病免事
五　學生ノ怨解事
六　學生之見解僻ム事
七　學生之世間無沙汰事
八　學生之蟻蜹之問答事
九　學生之歌読事
一〇　學生之萬事ヲ論議ニ心得タル事
一一　學生之歌好タル事

一二 和哥ノ之道深理有事
一三 神明哥ヲ感シテ人ヲ助ケ給フ事
一四 人之感有ル和哥事
一五 夢中哥事
一六 哥故ニ命ヲ失フ事
一七 有心哥ノ事
一八 哀傷ノ哥事
一九 権化之和哥ヲ翫ヒ給フ事
二〇 行基菩薩之御哥ノ事

巻六

五 栄朝上人之説戒事
一 説経師之強盗令發心事
二 強盗之問フ法門ヲ事
三 浄遍僧都之説法事
四 聖覚法印之施主分事
六 能説房ノ説法事
七 有所得之説法事
八 袈裟ノ徳ノ事

（欠巻）

一二 和哥之道深理有事
一 神明哥ヲ感人助給事
二 人之感有ル和哥ノ事
三 夢之中哥事
四 哥故ニ命ヲ失ヘル事
五 （心有哥之事）
六 哀傷之哥事
七 権化之和哥翫ヒ給事
八 （行基菩薩之事）

巻六始

五 栄朝上人之説戒事
一 説経師ニ合テ強盗令ル發心㆒事
二 強盗之問法門事
三 浄遍僧都説法事
四 聖覚法印之施主分事
六 能説房説法事
七 有所得之説法事
八 袈裟ノ徳事

巻七下

一 無嫉妬之心㆒人事
二 依㆓愛執㆒成㆑蛇事
三 継女蛇欲合事
四 蛇之人之妻犯事
五 蛇害頓死事
六 嫉妬之故損㆑人酬事
七 人殺害酬事
八 僻事者則酬事
九 前業酬事
一〇 前生之親殺事

巻六

五 栄朝上人之説戒事
一 説経師之強盗令発心事
二 強盗之問法門事
三 浄遍僧都之説法事
四 聖覚法印之施主分事
六 能説房説法事
七 有所得之説法事
八 袈裟徳事

巻七下

一 無嫉妬之心人事
二 依愛執成蛇事
三 継女蛇ニ欲㆑シタル合事
四 蛇人ノ妻ヲ犯事
五 蛇ヲ害シテ頓死事
六 嫉妬之故損人酬事
七 人殺害酬事
八 僻事者即酬事
九 前業酬ヘル事
一〇 前生之親殺事

一二 和歌ノ道深キ理リ有事
一 神明哥ヲ感シテ人ヲ助給フ事
二 人之感有歌和事
三 【夢中之哥之事】
四 哥故ニ命ヲ失フ事
五 有心哥事
六 哀傷之哥事
七 権化ノ和哥翫ヒ給事
八 行基菩薩之御哥之事

巻六

五 栄朝上人之説戒之事
一 説経師之強盗ヲ令㆒ル發心事
二 強盗之問㆓法門㆒事
三 浄遍僧都説法之事
四 聖覚法印之施主分事
六 能説房之説法事
七 有所得之説法事
八 袈裟之徳事

巻七終

一 无嫉妬之心人事
二 依㆓テ愛習㆒ニ成㆑ル蛇事
三 継女蛇欲合事
四 蛇ノ人ノ妻ヲ犯ス事
五 蛇ヲ害シテ頓死スル事
六 嫉妬ノ故ニ損シテ人ヲ酬タル事
七 人殺害酬ル事
八 僻事ノ者即酬タル事
九 前業人酬ヘル事
一〇 前生之親ヲ殺セル事

一二 和歌之道深理有事
一 神明哥感人助給事
二 人之感有ル和歌ノ事
二 （萬葉カ、リノ歌ノ事）
三 夢ノ中歌事
四 歌ノ故ニ命ヲ失ヘル事
一〇 （連歌事）
五 有心之歌事
六 哀傷之歌事
七 権化之和歌翫ヒ給フ事
八 行基菩薩之歌事
九 （人感有歌）

巻六始

五 栄朝上人之説戒事
一 説経師之強盗ヲ令㆓發心㆒事
二 強盗之問㆓法門㆒事
三 浄遍僧都之説法事
四 聖覚法印之施主分事
六 能説房説法事
七 有所得之説法事
八 袈裟徳事

巻七終

一 無㆓嫉妬之心㆒人事
二 依㆓愛執㆒成㆑蛇事
三 継女蛇欲合事
四 蛇之人之妻犯事
五 蛇ヲ害シテ頓死スル事
六 嫉妬之故損㆑人ヲ酬ノ事
七 人殺害酬事
八 僻事スル者ノ即酬フ事
九 前業酬事
一〇 前生之親ヲ殺ス事

長享本

巻八

一 鷹狩者酬事
二 鶏子殺酬事
三 鴛之夢ニ見事
四 畜生之霊之事
（前条に続く）
五 経ヲ焼テ目ヲ失ヘル事
六 佛鼻薫事
七 廻向之狭事
八 愚癡之僧成ルレ牛ニ事
九 不法ニシテ蒙ル真言之罰ヲ事
一〇 天狗之人ニ真言ヲ教ル事
（四に含まれる）
一二 執心ノ堅固ナル由テ佛法ニ蕩タル事
一三 貧窮ニシテ追出タル事
一四 耳賣人事
一一 真言ノ功能ノ事
一五 先世房事

（巻七）

（欠巻）

巻六

九 正直之女人事
一〇 正直之俗士事
一一 正直之人寶ヲ得ル事
一二 芳心有ル人ノ事
一三 亡父夢ニ子ニ告テ借物返事

東大本

二 慳貪者事

巻八始終

一 鷹狩者酬事
二 鶏子殺酬事
三 鴛之夢ニ見タル事
四 畜生之霊事
（前条に続く）
五 経ヲ焼テ目ヲ失エル事
六 佛ノ鼻薫事
七 廻向之心狭事
八 愚癡之僧成レ牛事
九 不法蒙ニル真言之罰一事
一〇 天狗之人ニ真言教ル事
三 執心之堅固ナル由ニ佛法一ニ濫事
四 貧窮追出ス事
五 耳賣タル事
一 真言ノ功能ノ事
二 先世房事

巻七上

一 眠正信房事
三 老僧之年隠事
四 死之道不レ知人事
五 歯取事
二 愚癡之僧文字不レ知事

巻六終

一 正直女人事
二 正直ノ俗士事
三 正直ノ人宝ヲ得ル事
一二 芳心有人ノ事
六 亡父夢ニ子ニ告テ借物返事

内閣第二類本

二 慳貪者事

巻八上下

一 鷹狩者酬事
二 鶏子殺酬事
三 鴛之夢見事
四 畜生之霊事
（前条に続く）
五 経焼目失事
六 佛鼻薫事
七 廻向之心狭事
八 愚癡之僧成牛事
九 不法而蒙真言之罰事
一〇 天狗之人ニ真言教タル事
二 執心之堅固ナル由佛法蕩タル事
三 貧窮追出タル事
四 耳賣人事
一 真言功能事
五 先世房事

巻七上

一 眠正信房事
三 老僧之年隠事
四 死之道不知人事
五 歯取事
二 愚癡之僧文字不知事

（巻六）

（欠巻）

神宮本

二 慳貪者之事

巻八始終

一 鷹狩者酬之事
二 鶏子殺酬事
三 鴛之夢見ル事
四 畜生之霊事
（前条に続く）
五 経焼テ目失事
六 佛鼻薫之事
七 廻向心狭事
八 愚癡僧成牛事
九 不法ニシテ蒙ニル真言之罰一ヲ事
一〇 天狗ノ人ニ真言教ヘタル事
二 執心ノ堅固ナル依ニ仏法一蕩タル事
三 貧窮追出タル事
四 耳賣人之事
一 真言功能之事
五 先世房之事

巻七始

一 眠正真房之事
三 老僧之年隠事
四 死ノ道ヲしらさる人の事
五 歯取人之事
二 愚癡ノ僧文字不知事

巻六

九 正直之女人事
一〇 正直之俗士ノ事
一一 正直之人得宝事
一二 芳心有人之事
一三 亡父夢ニ子ニ告テ借物ヲ返ス事

岩瀬本

二 慳貪ノ者事

巻八始終

一 鷹狩者酬フ事
二 鶏子殺ス酬ノ事
三 鴛之夢ニ見ユル事
四 畜生之霊ノ事
五 鳥獣恩ヲ知ル事
六 経焼キ目ヲ失フ事
七 佛鼻ヲ薫ル事
八 廻向之心狭キ事
九 愚癡之僧成レ牛ト事
一〇 不法ニシテ蒙ニ真言之罰一事
一一 天狗之人ニ真言ヲ教ル事
二 執心之堅固由ニ佛法一蕩タル事
三 貧窮ヲ追出ス事
四 耳ヲ賣ル人ノ事
一 真言功能ノ事
五 先世房ノ事

巻七始

一 眠正信房事
三 老僧之年ヲ隠ス事
四 死之道不レ知人ノ事
五 歯取事
二 愚癡之僧文字不レ知事

巻六終

一 正直之女人ノ事
二 正直之俗士事
三 正直之人寶得事
四 芳心有人ノ事
五 亡父夢ニ子ニ告テ借物ヲ返ス事

一四	母之為ニ忠孝有ル人事
一五	盲目之母ヲ養事
一六	身ヲ賣テ母ヲ養フ事
一七	祈請シテ母之生所ヲ知ル事
一八	君忠有栄事
一九	師礼有事
巻九	
一	浄土房遁世事
二	吉野執行ノ遁世事
三	俗士之遁世門事
四	強盗法師ノ道心有ル事
五	値悪縁發心事
六	証月房上人之遁世事
七	迎講事
八	依妄執ニ魔道ニ落タル人事
九	霊之託シテ佛法物語シタル事
巻十	
一	得ニル佛ノ宗旨ヲ人事
二	臨終目出キ僧ノ事
	(二に含まれる)
	(二に含まれる)
	(二に含まれる)
三	述懐事

八	母ノ為ニ忠アル人ノ事
九	盲目ノ母ヲ養事
一〇	身ヲ賣テ母ヲ養フ事
二	祈請シテ母之生所ヲ知事
三	君ニ忠有テ栄ル事
五	師ニ有礼事
四	【友ニ義有テ冨ル事】
七	【幼少子息父敵ヲ打事】
巻九始終	
一	浄土房之遁世事
二	吉野之執行遁世事
三	俗士之遁世門事
四	強盗法師之道心有事
五	値悪縁發心事
一	証月房上人之遁世事
二	迎講事
三	依妄執魔道落人事
四	霊之託佛法物語事
巻十始終	
一	(得ニ佛教之宗旨ヲ人事)
一	(臨終目出僧事)
	(一に含まれる)
	(一に含まれる)
	(一に含まれる)
二	述懐事

	(一類本)
巻十上下	
一	得佛教之宗旨人事
一	臨終目出僧事
	(一に含まれる)
	(一に含まれる)
	(一に含まれる)
二	述懐事

一四	為母有忠孝人事
一五	養ニフ盲目之母ヲ事
一六	賣身養母事
一七	祈請シテ知ニル母之所生ヲ事
一八	君ニ有レテ忠栄タル事
一九	師資有レ礼事
巻九始終	
一	浄土房遁世之事
二	吉野之執行遁世之事
三	俗士遁世門事
四	強盗法師之道心有事
五	値ニ悪縁ニ發心スル事
一	証月房上人之遁世事
二	迎講之事
三	【依妄執落魔道人事】
四	霊之託シテ仏法物語したる事
巻十始終	
一	得佛教之宗旨人事
一	臨終目出度僧之事
	(一に含まれる)
	(一に含まれる)
	(一に含まれる)
二	述懐事

六	母之為ニ忠孝有ル人事
七	盲目之母ヲ養フ事
八	身ヲ賣テ母ヲ養フ事
九	起ニ請シテ母之生所ヲ知ル事
一〇	君ニ忠有テ栄ツル事
二	師ニ禮有ル事
巻九始終	
一	浄土房之遁レ世ヲ事
二	吉野之執行遁レ世事
三	俗士之遁ニ世間ー事
四	強盗法師之道心有ル事
五	値ニ悪縁ー発心スル事
一	証月房上人之遁レ世事
二	迎講事
三	依ニ妄執ー魔道へ落ル人ノ事
四	霊之託ニ佛法物語ー事
巻十始終	
一	得ニ佛教之宗旨ー人ノ事
一	臨終目出僧事
	(一に含まれる)
二	建仁寺ノ本願僧正ノ事
	(二に含まれる)
三	述懐事

『沙石集』和歌一覧

一、本表は『沙石集』写本十一本、刊本二本における和歌の収録状況を一覧にしたものである。和歌は収録歌数の最も多い内閣本を基準に記した。
一、各伝本において、丸数字は巻数を、下の数字は丁数を表す。利用の便をはかるため、米沢本は新編日本古典文学全集『沙石集』（小学館）、梵舜本は日本古典文学大系『沙石集』（岩波書店）、内閣本は『内閣文庫蔵『沙石集』翻刻と研究』（笠間書院）、慶長本は『慶長十年古活字本沙石集総索引―影印篇―』（勉誠社）、貞享本は岩波文庫『沙石集上・下』（岩波書店）の各該当頁数を左に並記した。
一、空欄は当該歌を収録しないことを示す。
一、吉川本は巻五までの内容を十巻仕立てとしているため、吉川本における巻数を〈 〉で示し左に並記した。

	和歌	歌人名	米沢本	元応本	梵舜本	成簣堂本	内閣本	阿岸本	長亨本	東大本	神宮本	岩瀬本	吉川本	慶長本	貞享本
1	我ユカンユキテマホラム般若台 釈迦ノミノリノアラムカキリハ	春日大明神	①13オ 39頁	①16ウ	①14ウ 79頁	①14ウ	①10ウ 15頁	①15ウ	①14オ	①13オ	①11ウ	①16オ	①24ウ〈巻一〉	①16ウ 17頁	①13オ 上33頁
2	我ヲシレ釈迦牟尼仏ノ世ニ出テ サヤケキ月ノ世ヲテラストハ	春日大明神	①13オ 39頁	①16ウ	①14ウ 71頁	①14ウ	①10ウ 15頁	①15ウ	①14オ	①13オ	①11ウ	①16オ	①24ウ〈巻一〉	①16ウ 17頁	①13オ 上33頁
3	ウキモナホ昔ノユヘト思ハスハ イカニコノ世ヲウラミハテマシ	二条院讃岐	①17ウ 47頁	①22ウ	①19ウ 75頁	①19ウ	①14オ 20頁	①21オ	①19オ	①17オ	①15オ	①22オ	①35オ〈巻二〉	①23ウ 24頁	①17オ 上39頁
4	タツネカネ今日見ツルカナチハヤフル 深山ノ奥ノ石ノミマシヲ	藤原光俊					①27オ 37頁								
5	伊勢島ヤ清キナキサハサテアレ 我ハ濁レル水ニ宿ラン	善光寺如来					②7オ 46頁								
6	極楽へ参ラン事ヲヨロコハテ ナニ嘆クラム穢土ノ思ヲ	地蔵	②19オ 98頁	②22オ	②23オ 112頁	②53オ	②23ウ 64頁	②29オ	②24オ	②19オ	②16オ	②24オ	②27ウ〈巻三〉	②27ウ 70頁	②19オ 上85頁
7	世ヲスクフ心ハ我モアル物ヲ カリノ質ハサモアラハアレ	地蔵	②19ウ 99頁	②22ウ	②23ウ 112頁	②53オ	②24オ 64頁	②29ウ	②24ウ	②19ウ	②16ウ	②24ウ	②28オ〈巻三〉	②28ウ 71頁	②19ウ 上86頁
8	心コソ真ノ道ノシルヘナレ カリノスカタハヨソメハカリソ	地蔵					②25ウ 66頁								
9	スミナレシ草ノ庵モアレハテ 嵐ヲフセクカケタニモナシ	地蔵					②30ウ 71頁								
10	世ヲスツルスツル我身ハスツルカハ ステヌ人ヲソスツルトハミル	西行	③5オ 132頁				③5ウ 99頁		③6ウ	③6ウ	③4ウ		③9ウ〈巻五〉	③8オ 102頁	③6オ 上114頁
11	アナカチニ目ミセヌ人ヲヘツラハシ 目ミセン人ヲモマタイナト思ハテ	無住										③5オ		③24ウ 119頁	③17オ 上130頁

12	法ニスキナサケフカクテ目ヲミセン 人ニムツハンソノホカハイヤ	無住										③5オ		③24ウ 119頁	上 ③17オ 130頁
13	ヘツラヒテタノシキヨリモヘツラハテ マツシキ身コソ心ヤスケレ	無住										③5オ		③24ウ 119頁	上 ③17オ 130頁
14	イニシヘノ浦嶋カコノ箱カトテ アケスハイカニクヤシカラマシ	北条泰時					③21ウ 117頁								
15	世中ニ媚諂ヘル老キツヲ 死ナヌマタキニウメニハメナテ	無住					③21ウ 117頁								
16	時モシラスクツニハトリノトヽナキテ ヲトコヲヤリツキツニクワセテ	無住					③21ウ 118頁								
17	夜モアケハキツニハメナヲクタカケノ マタキニナキテセナヲヤリツル	伊勢物語十四段					③21ウ 118頁								
18	ヒトリ住宿コソ月ハサヒシケレ カナラス山ノヲクナレネトモ	無住					③22オ 118頁								
19	住人モ無山里ノ秋ノ夜ハ 月ノ光リモサヒシカリケリ	藤原範永					③22オ 118頁								
20	シナノナルキソノカケ橋イツヨリモ フミ見シ時ソ心サワキシ	継母					③40ウ 142頁	③25オ	③28ウ	③31オ	③19ウ	③29ウ	③40ウ〈巻六〉	③37オ 131頁	上 ③25オ 142頁
21	シナノナルソノハラニシモヤトラネト 皆ハヽキヽト思ヒコソナセ	児					③40ウ 142頁	③25ウ	③28ウ	③31オ	③19ウ	③29ウ	③41オ〈巻六〉	③37オ 131頁	上 ③25オ 142頁
22	遁世ノ遁ハ時代ニカキカヘン 昔ハ遁レ今ハ貪ホル	無住			③26ウ 163頁	③29ウ	③36ウ 137頁	③33ウ	③34オ	③36オ	③23ウ	③35オ	③48ウ〈巻六〉	③44ウ 139頁	上 ③30オ 149頁
23	ヨヲスツルスカタト見ヘテ墨染ノ 袖ハマツシキハチカクシカナ	無住					③41オ 142頁	③35オ							
24	スエノ世ニスクナキ物ハハヂナサケ 妻モタヌヒジリヲトコセヌヒメ	無住										④19オ	④53オ〈巻八〉		
25	ワタツ海ニ臭キ屍ヲ捨ヌカナ 是ヲタノミテ岸ニ付ナン	無住										④21オ			
26	白露ニ苔ノ衣ハシホルトモ 月ノ光ハヌレン物カハ	無住					④34オ 184頁	④38ウ	④36ウ	④44ウ	④26ウ	④38オ		④46ウ 189頁	上 ④31ウ 198頁

	和歌	歌人名	米沢本	元応本	梵舜本	成簣堂本	内閣本	阿岸本	長享本	東大本	神宮本	岩瀬本	吉川本	慶長本	貞享本
27	ヨシモナク地水火風ヲカリアツメ 我ト思フソクルシカリケル	無住								④45オ	④27オ	④38ウ		④47オ 189頁	④32オ 上198頁
28	八十チマテカリアツメタル地ト水ト 火ト風イツカ主ニカヘサン	無住								④45ウ	④27オ	④38ウ		④47ウ 190頁	④32オ 上198頁
29	ヨシサラハモヌケノサランヲシカラス ヤソチニアマルウツセミノカラ	無住								④45ウ	④27オ	④39オ		④47ウ 190頁	④32オ 上198頁
30	アヤマリニ影ヲ我ソト思ヒソメテ 誠ノ心ワスレハテヌル	無住								④45ウ	④27オ	④39オ		④47ウ 190頁	④32オ 上198頁
31	明キラカニ閑ナルコソマコトニハ 我心ナレソノホカハカケ	無住								④45ウ	④27オ	④39オ		④47ウ 190頁	④32オ 上198頁
32	ハキタカヘハタイカニシテシテケルソ コレヲハカヘスサテカレハタヘ	已講の僧	⑤本17オ 245頁	⑤本23ウ	⑤15ウ 218頁	⑤16ウ	⑤15オ 206頁	⑤17ウ	⑤18ウ	⑤17ウ	⑤15オ	⑤19ウ	⑤26ウ〈巻九〉	⑤22オ 213頁	⑤16ウ 上221頁
33	ハキタカヘヲノカスヽミテシテケルカ シカラハソヘニ我ハトカナシ	已講の僧	⑤本17オ 245頁	⑤本24オ	⑤15ウ 218頁	⑤16ウ	⑤15オ 206頁	⑤17ウ	⑤19オ	⑤17ウ	⑤15オ	⑤20オ	⑤27オ〈巻九〉	⑤22ウ 214頁	⑤16ウ 上222頁
34	年ノ中ニ春ハキニケリヒトヽセヲ コソトヤイハムコトシトヤイハム	教月房【在原元方】	⑤本17ウ 246頁	⑤本24ウ	⑤16オ 219頁	⑤17オ	⑤15ウ 207頁	⑤18オ	⑤19オ	⑤18オ	⑤15オ	⑤20オ	⑤27ウ〈巻九〉	⑤22ウ 214頁	⑤17オ 上222頁
35	昨日ミシスカタノ池ニ袖ヌレテ シホリカネヌトイカテシラセム	宗順	⑤本18オ 247頁	⑤本25オ											
36	アマタミシスカタノ池ノカケナレハ タレユヘシホルタモトナルラム	源運僧都小将君	⑤本18オ 247頁	⑤本25オ											
37	手ニムスフ水ニヤトカル月カケノ アルカナキカノ世ニモスムカナ	児【紀貫之】	⑤本18ウ 248頁	⑤本26オ	⑤16ウ 220頁	⑤18オ	⑤16オ 207頁	⑤18ウ	⑤20オ	⑤18ウ	⑤15ウ	⑤21オ	⑤28ウ〈巻九〉	⑤23ウ 215頁	⑤17ウ 上223頁
38	世ノ中ヲナニヽタトヘンアサホラケ コキユク船ノアトノシラナミ	児【満誓】	⑤本19オ 248頁	⑤本26オ	⑤16ウ 220頁	⑤18オ	⑤16ウ 208頁	⑤18ウ	⑤20オ	⑤19オ	⑤16オ	⑤21オ	⑤28ウ〈巻九〉	⑤23ウ 215頁	⑤17ウ 上223頁
39	ウラヤマシ何ナルソラノ月ナレハ 心ノマヽニ西ヘユクラム	恵心僧都	⑤本19オ 249頁	⑤本26オ	⑤17オ 220頁	⑤18ウ	⑤16ウ 208頁	⑤19オ	⑤20ウ	⑤19オ	⑤16オ	⑤21ウ	⑤29オ〈巻九〉	⑤24オ 215頁	⑤18オ 上224頁
40	山ノハニカケカタフキテクヤシキハ ムナシクスキシ月日ナリケリ	縁忍上人	⑤本19ウ 250頁	⑤本27オ	⑤17オ 221頁	⑤18ウ	⑤17オ 208頁	⑤19ウ	⑤21オ	⑤19ウ	⑤16ウ	⑤22オ	⑤29ウ〈巻九〉	⑤24ウ 216頁	⑤18オ 上224頁

41	イツトテモ身ノウキ事ハカワラネト 昔ハ老ヲ歎キヤハセシ	道因			⑤18ウ 222頁									
42	カソフレハ我身ニツモル年月ヲ ヲクリムカウト何ニイソクラム	平兼盛			⑤18ウ 222頁									
43	タヽタノメシメチカ原ノサシモクサ 我世ノ中ニアラムカキリハ	清水観音	⑤本21ウ 253頁	⑤本29ウ	⑤19ウ 224頁	⑤21ウ	⑤19オ 211頁	⑤22ウ	⑤23ウ	⑤21オ	⑤18オ	⑤24ウ	⑤33オ〈巻九〉	⑤27ウ 219頁	⑤20ウ 上227頁
44	キクヤイカニツマヨフシカノ声マテモ 皆與実相不相違背ト	無住	⑤本22オ 254頁	⑤本30ウ	⑤20オ 224頁	⑤22オ	⑤19ウ 211頁	⑤22ウ	⑤24オ	⑤21ウ	⑤18ウ	⑤25オ	⑤33ウ〈巻九〉	⑤28オ 219頁	⑤21オ 上228頁
45	ヲノツカラヤケノニタテルスヽキヲモ マムタラトコソ人ハイフナレ	無住	⑤本22ウ 254頁	⑤本30ウ	⑤20ウ 224頁		⑤20オ 211頁	⑤23ウ	⑤23オ	⑤22オ	⑤19オ	⑤24オ	⑤34オ〈巻九〉	⑤27オ 218頁	⑤20オ 上227頁
46	高シ山ユウコエ暮テフモトナル ハマナノ橋ヲ月ニ見ル哉	北条政村					⑤24オ 217頁	⑤23オ			⑤36ウ	⑤52オ		⑤59オ 250頁	⑤41ウ 上262頁
47	君ヲノミユタクラシツルスサミニ ソトモノ小田ニネセリヲモツム	或人	⑤本23オ 255頁	⑤本31ウ	⑤30オ 238頁										
48	ワカシラミフナアカシカヌアシモムチヤ ウヒトノハタケニコキヤウヲソヒネル	女童	⑤本23オ 256頁	⑤本31ウ	⑤30オ 238頁										
49	君カ世ハツキシトソ思美濃ナルヤ 関ノ藤河ヨロツ世マテモ	下妻			⑤30ウ 239頁										
50	御前ノマヘイカニモイタセ制スマシ コナタノ四至モシトケナケレハ	殿上人			⑤31オ 239頁										
51	春日野ニヒトリハイカヽコモルヘキ 子ヲクシテコソ鹿モスムナレ	或人	⑤本23ウ 256頁	⑤本32オ											
52	思キヤナキ名タツ身ハウカリキト 荒人神ニ成リシ昔ヲ	小大進	⑤末1ウ 259頁	⑤末2ウ	⑤22オ 226頁	⑤23ウ	⑤25オ 218頁	⑤24ウ	⑤24ウ	⑤23オ	⑤19ウ	⑤26オ	⑤37オ〈巻十〉	⑤30オ 221頁	⑤21オ 上229頁
53	身ノウサハ中々ナニトイハシ水 思フ心ハクミテシルラム	若女房	⑤末2オ 260頁	⑤末3オ	⑤22ウ 227頁	⑤24オ	⑤25ウ 218頁	⑤25ウ	⑤25オ	⑤23ウ	⑤20オ	⑤27オ	⑤37ウ〈巻十〉	⑤31オ 222頁	⑤21ウ 上229頁
54	イカニセムイクヘキ方モヲホヽヘス 親ニサキタツ道ヲシラネハ	小式部内侍	⑤末2ウ 260頁	⑤末3ウ	⑤22ウ 227頁	⑤24オ	⑤25ウ 219頁	⑤25オ	⑤25ウ	⑤24オ	⑤20オ	⑤27オ	⑤38オ〈巻十〉	⑤31ウ 223頁	⑤22オ 上230頁
55	カハラムト祈ル命ハヲシカラテ サテモ別レム事ソカナシキ	赤染衛門	⑤末2ウ 261頁	⑤末3ウ	⑤23オ 227頁	⑤24ウ	⑤26オ 219頁	⑤25オ	⑤25ウ	⑤24オ	⑤20ウ	⑤27ウ	⑤38ウ〈巻十〉	⑤31ウ 223頁	⑤22オ 上230頁

	和歌	歌人名	米沢本	元応本	梵舜本	成簣堂本	内閣本	阿岸本	長亨本	東大本	神宮本	岩瀬本	吉川本	慶長本	貞享本
56	詠ハヤミモスソ河ノ清キ瀬ニ 如何ニ月影サヤ気カルラム	盲目法師					⑤26オ 219頁	⑤25ウ							
57	白波ノ名ヲハタツトモ吉野川 花ユヘシツム身ヲハウラミシ	隆尊	⑤末3オ 262頁	⑤末4オ	⑤23オ 228頁	⑤24ウ	⑤26ウ 220頁	⑤25ウ	⑤26オ	⑤24ウ	⑤20ウ	⑤28オ	⑤39オ〈巻十〉	⑤32オ 223頁	⑤22ウ 上230頁
58	カスナラスイヤシキ草ノミナレトモ コレニソカクル露ノ命ヲ	小屋の主	⑤末3ウ 262頁	⑤末4ウ	⑤23ウ 228頁	⑤25オ	⑤27オ 220頁	⑤26オ	⑤26ウ	⑤25オ	⑤21オ	⑤28ウ	⑤39ウ〈巻十〉	⑤32ウ 224頁	⑤22ウ 上231頁
59	ワヒ人ノ命ヲカクル草ノミト キケハナミタノ露ソコホル丶	隆尊	⑤末3ウ 262頁	⑤末4ウ	⑤23ウ 228頁	⑤25オ	⑤27オ 220頁	⑤26オ	⑤26ウ	⑤25オ	⑤21オ	⑤28ウ	⑤40オ〈巻十〉	⑤32ウ 224頁	⑤22ウ 上231頁
60	ヌキカフルタモトナケレハ七夕ニ シホタレ衣キナカラソカス	大進房	⑤末3ウ 263頁	⑤末5オ	⑤24オ 229頁	⑤25ウ	⑤27オ 221頁	⑤26オ	⑤26ウ	⑤25オ	⑤21ウ	⑤28ウ	⑤40オ〈巻十〉	⑤32ウ 224頁	⑤23オ 上231頁
61	山ノ葉ニマツヲハシラテ月影ノ マコトヤ三井ノ水ニスムナル	延暦寺僧	⑤末4オ 264頁	⑤末5ウ	⑤24ウ 230頁	⑤26オ	⑤27ウ 221頁	⑤26ウ	⑤27オ	⑤25ウ	⑤21ウ	⑤29オ	⑤40ウ〈巻十〉	⑤33ウ 225頁	⑤23オ 上232頁
62	三井ノ水シバル宿カル月カゲモ ツイニハ山ノハニゾ入ケル	三井寺法師						⑤27オ							
63	三井ニスム月ノ光モ程ヘナバ ツイニハ山ノ端ニゾ入ベキ	児											⑤41オ〈巻十〉		
64	ソラヤ水水ヤソラトモオホ丶ヘス カヨヒテスメル秋ノ夜ノ月	田舎の夫	⑤末4ウ 264頁	⑤末6オ	⑤26オ 232頁	⑤29オ	⑤31オ 227頁	⑤29ウ							
65	寂寞ノ苔ノ岩戸ヲタ丶ケトモ 無人城ニテ人モヲトセス	和泉式部	⑤末5ウ 266頁	⑤末7ウ			⑤48ウ 250頁								
66	都イテ丶ケフミカノハライツミ河 カハ風サムシ衣カセ山	和泉式部	⑤末5ウ 266頁	⑤末7ウ			⑤48ウ 251頁								
67	門ノ外車ニノリノ声キケハ ワレモ火宅ヲイテヌヘキ哉	藤原保昌	⑤末6ウ 267頁	⑤末7ウ			⑤49オ 251頁								
68	クラキヨリクラキ道ニソ入ヌヘキ ハルカニテラセ山ノ葉ノ月	和泉式部	⑤末6ウ 268頁	⑤末7ウ			⑤49ウ 252頁								
69	モ丶チ鳥サヘツル春ハモノコトニ アラタマレトモハレソフリヌル	春日ノ金王	⑤末7ウ 269頁	⑤末9ウ			⑤50オ 252頁								

70	庭ノ面ハマタカハカヌニ夕立ノ ソラサリケナクスメル月カナ	源頼政	⑤末8オ 270頁	⑤末10ウ			⑤50オ 252頁								
71	ソヨヤクモ今夜ノソラヲナカメスハ 争ハレマノ月ヲ見ルヘキ	若音	⑤末8ウ 271頁	⑤末10ウ											
72	露ムスフ庭ノ玉サヽウチナヒキ 一村スキヌ夕立ノ雲	若音	⑤末8ウ 271頁	⑤末11オ			⑤50ウ 253頁								
73	梢ナル栗ノコトクニ身ヲナシテ イサアマウヘニヲチカヽリナム	入道	⑤末9オ 272頁	⑤末11ウ	⑤30ウ 238頁		⑤30ウ 226頁	⑤29ウ							
74	ヲソロシヤイカナカラモソヲチカヽル ムヒタル方ヘニケテハシラム	尼	⑤末9オ 272頁	⑤末11ウ	⑤30ウ 238頁		⑤30ウ 226頁	⑤29ウ							
75	マコモ草アサカノ沼ニシケリアヒテ イツレアヤメトヒキソワツラウ	梶原景茂	⑤末9ウ 273頁	⑤末12オ			⑤30オ 225頁	⑤29オ			⑤34オ	⑤45オ		⑤52オ 243頁	⑤36ウ 上252頁
76	モリ山ノイチコサカシクナリニケリ イカニウバラカウレシカルラム	梶原景茂	⑤末9ウ 273頁	⑤末12オ			⑤30ウ 226頁	⑤29オ			⑤34オ	⑤46オ		⑤52ウ 244頁	⑤36ウ 上253頁
77	ヲク山ノスキノ村立トモスレハ ヲノカ身ヨリソ火ヲイタシケル	梶原景茂	⑤末9ウ 273頁	⑤末12ウ			⑤30ウ 226頁	⑤29オ			⑤34ウ	⑤46オ		⑤52ウ 244頁	⑤36ウ 上253頁
78	イカニシテ詞ノ花ノ残リケム ウツロヒハテシ人ノ心ニ	鎌倉の僧	⑤末16ウ 283頁	⑤末19ウ	⑤24ウ 230頁	⑤26オ	⑤28オ 222頁	⑤27オ	⑤27オ	⑤25ウ	⑤22オ	⑤29ウ	⑤41オ〈巻十〉	⑤33ウ 225頁	⑤23ウ 上232頁
79	モロトモニアサリシモノヲハマ千鳥 イカテ雲井ニ立ノホルラム	海女	⑤末17オ 283頁	⑤末20オ	⑤25オ 230頁	⑤26ウ	⑤28オ 222頁	⑤27ウ	⑤27ウ	⑤26オ	⑤22ウ	⑤30オ	⑤42オ〈巻十〉	⑤34オ 225頁	⑤24オ 上233頁
80	紫ノ雲ノ上キモナニカセム カツキノミスルアマノ身ナレハ	海女	⑤末17オ 284頁	⑤末20オ	⑤25オ 231頁	⑤27オ	⑤28ウ 222頁	⑤27ウ	⑤28オ	⑤26ウ	⑤22ウ	⑤30オ	⑤42オ〈巻十〉	⑤34ウ 226頁	⑤24オ 上233頁
81	アヲヤキノミトリノ糸ヲクリヲキテ 夏ヘテ秋ハハタヲリノコエ	小冠者			⑤25ウ 231頁										
82	ケフノミトミルニ涙ノマスカヽミ ナレニシカケヲ人ニカタルナ	鏡売の女	⑤末17ウ 284頁	⑤末21オ	⑤26ウ 232頁	⑤27オ	⑤28ウ 223頁	⑤28オ	⑤28オ	⑤26ウ	⑤22ウ	⑤30ウ	⑤42ウ〈巻十〉	⑤35オ 226頁	⑤24オ 上234頁
83	大原ヤマタスミカマモナラハネハ 我ヤトノミソケフリタヘケル	良暹			⑤26ウ 232頁										
84	飯モリヤヲロシノ風ノサムケレハ アワセノ小袖キルヘカリケリ	三河の雑色			⑤26ウ 233頁										

	和歌	歌人名	米沢本	元応本	梵舜本	成簣堂本	内閣本	阿岸本	長享本	東大本	神宮本	岩瀬本	吉川本	慶長本	貞享本
85	ウラヤマシイカナル人ノワタルラム ハレヲミチヒク法ノ橋モリ	顕昭	⑤末17ウ 284頁	⑤末21オ	⑤27オ 233頁	⑤27ウ	⑤29オ 223頁	⑤28オ	⑤28ウ	⑤27オ	⑤23オ	⑤31オ	⑤43オ〈巻十〉	⑤35オ 226頁	⑤24ウ 上234頁
86	引タツル人モナキサノステ船ハ サスカニ法ノ印ヲソマツ	信光法眼	⑤末18オ 285頁	⑤末21オ	⑤27オ 233頁	⑤27ウ	⑤29オ 223頁	⑤28オ	⑤28ウ	⑤27オ	⑤23オ	⑤31オ	⑤43オ〈巻十〉	⑤35オ 226頁	⑤24ウ 上234頁
87	ワレトイヘハツラクモアルカナウレシサハ 人ニ随フ名ニコソアリケレ	藤原顕輔	⑤末18オ 285頁	⑤末21ウ	⑤27オ 233頁	⑤27ウ	⑤29オ 224頁	⑤28オ	⑤28ウ	⑤27ウ	⑤23オ	⑤31オ	⑤43ウ〈巻十〉	⑤35ウ 227頁	⑤24ウ 上234頁
88	ツラカリシナミタニ袖ハクチハテヽ 此ノ嬉シサヲ何ニ包マン	京の女房					⑤29ウ 224頁	⑤28ウ		⑦19ウ	⑤34ウ ⑦16ウ	⑦24ウ		⑦30ウ 333頁	⑦19ウ 下33頁
89	桜サクホトハノキクノ梅ノ花 モミチ待ツコソ久シカリケレ	鎌倉の官女				⑨4オ	⑤29ウ 224頁	⑤28ウ		⑦20オ	⑤35オ ⑦16ウ	⑦25オ		⑦31オ 333頁	⑦20オ 下34頁
90	時雨スル稲荷ノ山ノモミチハヽ アヲカリシヨリ思ソメテキ	田刈童	⑤末18ウ 286頁	⑤末21ウ	⑤27オ 234頁	⑤28オ	⑤32ウ 228頁	⑤31オ	⑤29オ	⑤27ウ	⑤23ウ	⑤31ウ	⑤44オ〈巻十〉	⑤35ウ 227頁	⑤25オ 上235頁
91	吉シサラハ我トハ行シアマヲ船 導ク塩ノ波ニマカセテ	信生					⑤33オ 229頁	⑤31ウ							
92	野分セハ門田ノ稲モシヲレナン イトヽノキハノアルヽノミカハ	信生					⑤33オ 229頁	⑤31ウ							
93	ヲトナシニサキハシメケル梅花 ニヲハサリセハイカテシラマシ	伊勢国の夫	⑤末18ウ 286頁	⑤末22オ	⑤27ウ 234頁	⑤28オ	⑤32オ 227頁	⑤30ウ	⑤29オ	⑤27ウ	⑤23ウ	⑤31ウ	⑤44オ〈巻十〉	⑤36オ 227頁	⑤25オ 上235頁
94	花ナラハヲリテソ人ノトフヘキニ ナリサカリタルミコソツラケレ	伊勢国の夫	⑤末18ウ 286頁	⑤末22ウ	⑤27ウ 234頁	⑤28ウ	⑤32オ 228頁	⑤30ウ	⑤29ウ	⑤28オ	⑤24オ	⑤32オ	⑤44ウ〈巻十〉	⑤36オ 227頁	⑤25ウ 上235頁
95	寺ツヽキ花ノ心ヲシラムトテ 花ヲ一フサツヽキタシタレ	平五命婦			⑤29ウ 236頁										
96	コノ世ニハイカニ思トカナフマシ 来世ニハ必スマイリアハウヨ	源二郎			⑤29ウ 237頁										
97	ヲノツカラヲキノリエテモニコリサケ ツラシヤ君カヽケモミヘネハ	下女			⑤30オ 238頁										
98	ナサケナク折ル人ツラシ我カ宿ノ 主忘レヌ梅ノタチエヲ	梅の精	⑤末19ウ 288頁	⑤末23オ	⑤31ウ 240頁	⑤30オ	⑤36ウ 236頁	⑤34オ	⑤30オ	⑤28ウ	⑤24ウ	⑤32ウ	⑤45ウ〈巻十〉	⑤37オ 228頁	⑤25ウ 上236頁

99	ワカレチノ中ニ流ル、涙河 袖ノミヒチテアフヨシモナシ	死んだ児	⑤末19ウ 288頁	⑤末23ウ	⑤31ウ 240頁	⑤30オ	⑤36ウ 236頁	⑤34オ	⑤30ウ	⑤28ウ	⑤24ウ	⑤33オ	⑤45オ〈巻十〉	⑤37オ 228頁	⑤26オ 上236頁
100	フル里へ行人モ哉ツケヤラム シラヌ山チニヒトリ迷フト	藤原高遠	⑤末19ウ 288頁	⑤末23ウ	⑤32オ 240頁	⑤30ウ	⑤37オ 236頁	⑤34ウ	⑤30ウ	⑤29オ	⑤24ウ	⑤33オ	⑤46ウ〈巻十〉	⑤37ウ 229頁	⑤26オ 上237頁
101	心ウキ年ニモアル哉廿日アマリ 九日トイフニ春ノクレケル	藤原長能	⑤末20オ 289頁	⑤末24オ	⑤32オ 241頁	⑤30ウ	⑤37オ 237頁	⑤34ウ	⑤30ウ	⑤29オ	⑤25オ	⑤33ウ	⑤46ウ〈巻十〉	⑤37ウ 229頁	⑤26ウ 上237頁
102	恋ステフ我名ハマタキタチニケリ 人シレスコソ思ソメシカ	壬生忠見	⑤末20オ 289頁	⑤末24オ	⑤32ウ 241頁	⑤31オ	⑤37ウ 237頁	⑤35オ	⑤31オ	⑤29ウ	⑤25オ	⑤33ウ	⑤47オ〈巻十〉	⑤38オ 229頁	⑤26ウ 上237頁
103	ツ、メトモ色ニ出ニケリ我恋ハ モノヤヲモフト人ノトフマテ	平兼盛	⑤末20ウ 289頁	⑤末24ウ	⑤32ウ 241頁	⑤31オ	⑤37ウ 237頁	⑤35オ	⑤31オ	⑤29ウ	⑤25オ	⑤34オ	⑤47オ〈巻十〉	⑤38オ 229頁	⑤26ウ 上238頁
104	ナルコヲハヲノカ羽風ニマカセツ、 心トサワク村ス、メ哉	源実朝	⑤末21オ 291頁	⑤末25オ	⑤35ウ 247頁	⑤31ウ	⑤38オ 238頁	⑤35ウ	⑤31ウ	⑤30オ	⑤25ウ	⑤34ウ	⑤48オ〈巻十〉	⑤38ウ 230頁	⑤27オ 上238頁
105	ソマカタノマ木ノタチカレ枝ヲナミ ヲノレソ白キ雪ハタマラス	道慶僧正	⑤末21ウ 291頁	⑤末25ウ	⑤35ウ 247頁	⑤32オ	⑤38ウ 239頁	以下欠巻	⑤32オ	⑤30ウ	⑤26オ	⑤34ウ	⑤48ウ〈巻十〉	⑤39オ 230頁	⑤27ウ 上239頁
106	人ナラハカタリテ袖ハヌレナマシ 岩モル水ノアワレ世ノ中	藤原隆祐			⑤36オ 246頁										
107	ミナ人ハ花ノタモトニナリニケリ コケノ衣ヨカハキタニセヨ	良少将	⑤末22オ 292頁	⑤末26ウ	⑤36ウ 248頁	⑤32ウ	⑤39オ 239頁		⑤32ウ	⑤31オ	⑤26ウ	⑤35ウ	⑤49オ〈巻十〉	⑤40オ 231頁	⑤28オ 上240頁
108	モロトモニ苔ノシタニハクチスシテ 埋レヌ名ヲ見ルソカナシキ	和泉式部	⑤末22オ 293頁	⑤末26ウ	⑤36ウ 249頁	⑤33オ	⑤39オ 240頁		⑤33オ	⑤31オ	⑤26ウ	⑤35ウ	⑤49オ〈巻十〉	⑤40オ 231頁	⑤28オ 上240頁
109	人ノヲヤノ心ハヤミニアラネトモ 子ヲ思フ道ニマヨイヌルカナ	或人			⑤36ウ 249頁										
110	シハシタニ忘ラレハコソナクサマメ 面影ハカリウキモノハナシ	或人	⑤末22オ 293頁	⑤末26ウ	⑤36ウ 248頁	⑤33オ	⑤39オ 240頁		⑤33オ	⑤31ウ	⑤26ウ	⑤35ウ	⑤50オ〈巻十〉	⑤40オ 231頁	⑤28オ 上240頁
111	ヲサ、原風マツ露ノキヘモセテ 子ノ一フシヲ思ヲクカナ	或人	⑤末22ウ 293頁	⑤末27オ	⑤36ウ 249頁	⑤33オ	⑤39ウ 240頁		⑤33オ	⑤31ウ	⑤26ウ	⑤36オ	⑤50オ〈巻十〉	⑤40オ 231頁	⑤28オ 上240頁
112	アハレケニヲナシ烟トタチソハテ ノコル思ニ身ヲコカスカナ	藤原為家	⑤末22ウ 293頁	⑤末27オ	⑤37オ 249頁	⑤33オ	⑤39ウ 240頁		⑤33オ	⑤31ウ	⑤27オ	⑤36オ	⑤50オ〈巻十〉	⑤40ウ 232頁	⑤28ウ 上240頁
113	ワカナミタカ、レトテシモナテサリシ コノクロカミヲミルソカナシキ	藤原為家	⑤末22ウ 294頁	⑤末27オ	⑤37オ 249頁	⑤33オ	⑤39ウ 240頁		⑤33オ	⑤31ウ	⑤27オ	⑤36オ	⑤50オ〈巻十〉	⑤40ウ 232頁	⑤28ウ 上240頁

	和歌	歌人名	米沢本	元応本	梵舜本	成簣堂本	内閣本	阿岸本	長享本	東大本	神宮本	岩瀬本	吉川本	慶長本	貞享本
114	ナキ人ノ烟トナリシアトヲタニ ナヲハカレユクケフリカナシキ	藤原為氏孫	⑤末22ウ 294頁	⑤末27オ											
115	キルモウクヌクモカナシキ藤衣 コソモコトシモ今日ノ日カラカ	十歳程の女	⑤末23オ 294頁	⑤末27ウ											
116	思イツヤカタタノ御カリカリクラシ 帰ミナセノ山ノハノ月	西恩法師	⑤末23オ 294頁	⑤末27ウ	⑤37オ 249頁		⑤39ウ 240頁		⑤33ウ	⑤31ウ	⑤27オ	⑤36オ	⑤50ウ〈巻十〉	⑤40ウ 232頁	⑤28ウ 上241頁
117	ミレハマツナミタナカル、ミナセ河 イツヨリ月ノヒトリスムラム	西恩法師	⑤末23オ 295頁	⑤末27ウ	⑤37オ 249頁	⑤33ウ	⑤39ウ 240頁		⑤33ウ	⑤32オ	⑤27オ	⑤36オ	⑤50ウ〈巻十〉	⑤40ウ 232頁	⑤28ウ 上241頁
118	ヨシヤ君昔ノ玉ノユカトテモ カヽラムノチハナニヽカハセム	西行	⑤末23ウ 295頁	⑤末28オ	⑤37ウ 250頁	⑤33ウ	⑤40オ 241頁		⑤33ウ	⑤32オ	⑤27ウ	⑤36ウ	⑤51オ〈巻十〉	⑤41オ 232頁	⑤29オ 上241頁
119	ハマ千鳥アトハ都ヘカヨヘトモ 身ハ松山ニネヲノミソナク	讃岐院	⑤末23ウ 295頁	⑤末28オ	⑤37ウ 250頁	⑤33ウ	⑤40オ 241頁			⑤32オ	⑤27ウ	⑤36ウ		⑤41オ 232頁	⑤29オ 上241頁
120	霊山ノ釈迦ノ御モトニ契テシ 真如クチセスアヒミツル哉	行基	⑤末26オ 299頁	⑤末31ウ	⑤40オ 253頁	⑤36オ	⑤42オ 243頁		⑤36オ	⑤34ウ	⑤29ウ	⑤39オ	⑤54ウ〈巻十〉	⑤44オ 235頁	⑤31オ 上244頁
121	迦毘羅衛ニ契シ事ノカヒアリテ 文殊ノミカホアヒミツル哉	婆羅門僧正	⑤末26オ 300頁	⑤末31ウ	⑤40オ 253頁	⑤36オ	⑤42ウ 244頁		⑤36ウ	⑤34ウ	⑤29ウ	⑤39オ	⑤54ウ〈巻十〉	⑤44オ 235頁	⑤31オ 上244頁
122	シナテルヤ片岡山ニ飯ニウヘテ フセル旅人アハレヲヤナシ	聖徳太子	⑤末26ウ 300頁	⑤末32オ	⑤40ウ 253頁	⑤37オ	⑤43オ 244頁		⑤37オ	⑤35オ	⑤30オ	⑤39ウ	⑤55ウ〈巻十〉	⑤44ウ 236頁	⑤31ウ 上245頁
123	イカルカヤトミノ緒河ノタヘハコソ ワカヲホキミヲ御名ハ忘レメ	飢人(達磨)	⑤末26ウ 301頁	⑤末32オ	⑤40ウ 253頁	⑤37オ	⑤43オ 244頁		⑤37オ	⑤35オ	⑤30オ	⑤40オ	⑤55ウ〈巻十〉	⑤45オ 236頁	⑤31ウ 上245頁
124	ラチノ外達磨ヲ破スル人ヲコソ ノリシラストハイフヘカリケレ	或人	⑤末27ウ 302頁	⑤末33ウ	⑤41ウ 254頁	⑤38オ	⑤44オ 245頁		⑤38オ	⑤36オ	⑤30ウ	⑤41オ	⑤57オ〈巻十〉	⑤46オ 237頁	⑤32ウ 上246頁
125	ウツモレヌ名ヲナカスカナシナテルヤ 片岡山ノコケノシタ水	無住	⑤末28オ 303頁	⑤末34											
126	カリソメノヤトカルワレソイマサラニ モノナヲモヒソ仏トヲナシ	行基	⑤末30ウ 307頁	⑤末36ウ	⑤42オ 257頁	⑤40ウ	⑤46オ 248頁		⑤40オ	⑤38オ	⑤32オ	⑤43オ	⑤60ウ〈巻十〉	⑤49オ 240頁	⑤34ウ 上249頁
127	モノヲモヘハサハノ蛍モ我身ヨリ アクカレイツル玉カトソミル	和泉式部	⑤末31オ 308頁	⑤末37ウ	⑤33オ 258頁	⑤41オ	⑤46ウ 248頁		⑤41オ	⑤39オ	⑤33オ	⑤44オ	⑤61ウ〈巻十〉	⑤49ウ 241頁	⑤35オ 上250頁

128	オク山ニタキリテヲツル瀧津瀬ノ 玉チルハカリモノナオモヒソ	貴船明神	⑤末31オ 308頁	⑤末38オ	⑤33オ 258頁	⑤41オ	⑤46ウ 249頁		⑤41オ	⑤39オ	⑤33オ	⑤44オ	⑤61ウ〈巻十〉	⑤50オ 241頁	⑤35オ 上250頁
129	イワサルトミサルトキカサル世ニハアリ 思ハサルヲハイマタミヌカナ	無住			⑤33ウ 259頁										
130	ヨノ中ハ思ヒミタレテナツヒキノ イトハヌホトソクルシカリケル	無住	⑤末32オ 310頁	⑤末39オ	⑤34オ 259頁	⑤42オ	⑤47ウ 250頁		⑤42オ	⑤40オ	⑤33ウ	⑤45オ	⑤63オ〈巻十〉	⑤51オ 242頁	⑤36オ 上252頁
131	タラチネハカヽレトテシモムハ玉ノ 我黒髪ヲナテスヤ有ケム	良少将									⑤35ウ	⑤51オ		⑤58オ 249頁	⑤40ウ 上261頁
132	世ノ中ヲイトフマテコソカタカラメ カリノ宿リヲ惜ム君カナ	西行									⑤36オ	⑤52オ		⑤58ウ 250頁	⑤41オ 上261頁
133	世ヲ厭フ人トシ聞ハカリノ宿ニ 心トムナト思フハカリソ	江口長者									⑤36オ			⑤58ウ 250頁	⑤41ウ 上262頁
134	世ノ中ノ道ノ知ルヘハ我身成 心一ツノナヲキナリケリ	地蔵					⑤50ウ 253頁								
135	世ノ中ニ夢覚タリト云人ハ マタヨイフカキネサメ成ケリ	地蔵					⑤50ウ 253頁								
136	道心ノ起キタラハコソ永キ世ニ ネムリモ覚テ夢モカタラメ	或人					⑤50ウ 254頁								
137	イツマテカ明ヌ暮ヌトイトナマン 身ハカキリアリ事ハツキセヌ	明恵					⑤50ウ 254頁								
138	春立ト聞キツルカラニ春日山 聞キアヘヌ雪ノ花ト見ルラン	源俊頼					⑤50ウ 254頁								
139	春立ト云計リニヤ御吉野ノ 山モカスミテケサワミユラン	壬生忠岑					⑤50ウ 254頁								
140	春ノクルアシタノハラヲ見ワタセハ カスミモケウソ立始メケリ	源俊頼					⑤51オ 254頁								
141	心有ラハ問ハマシ物ヲ梅カエタ タカサトヨリカ香ヒキツラン	源俊頼					⑤51オ 254頁								
142	白雲ノ春ハカサネテ立田山 小倉ノミネニ花ニホフラン	藤原定家					⑤51オ 254頁								

	和歌	歌人名	米沢本	元応本	梵舜本	成簣堂本	内閣本	阿岸本	長享本	東大本	神宮本	岩瀬本	吉川本	慶長本	貞享本
143	花ノ色ニ一春マケヨカエルカリ コトシコシチノ空タノメシテ	藤原定家					⑤51オ 254頁								
144	カエルカリ秋コシ数ハ知ラネトモ ネ覚ノ空ニコエソスクナキ	藤原家隆					⑤51オ 255頁								
145	思フトチ春ノ山辺ニ行キクレヌ 花ノ宿カセ野辺ノ鶯	藤原家隆					⑤51オ 255頁								
146	ナキヌナリユウツケ鳥ノシタリヲノ ヲノレニモニスヨイノミシカサ	藤原定家					⑤51オ 255頁								
147	松カネノイソ辺ノ波ノウツタエニ アラワレヌヘキ袖ノ上カナ	藤原定家					⑤51オ 255頁								
148	床ノ霜マクラノ氷キエワヒヌ ムスヒモヲカヌ人ノチキリニ	藤原定家					⑤51オ 255頁								
149	結フトモ知ラレシ心カコ(ワ)ラヤニ 我ノミケタヌシタノ煙ニ	藤原定家					⑤51オ 255頁								
150	我カ恋ハステ(エ)ヲラヌハシ鷹ノ ヨルサエヤスクイヤハネラル、	藤原家隆					⑤51ウ 255頁								
151	アウ事ヲイツトモマタスヲノツカラ イカニトハカリ言ハカヨエキ	中院御製					⑤51ウ 256頁								
152	(ナニトテカ)恋ヲハマタンイツワリノ 同シタヘニナヲコリモセテ	中院御製					⑤51ウ 256頁								
153	(ツキセヌハ)アウ夜モヲツルナミタカナ ウキニヌレニシ袖ノ名残ハ	北条政村					⑤51ウ 256頁								
154	難波江ノモニウツモル、玉カシハ アラワレテタニ人ヲ恋ヒハヤ	源俊頼					⑤51ウ 256頁								
155	トエカシナ玉クシノ葉ニミカクレテ モスノクサクキメヲナラストモ	源俊頼					⑤51ウ 256頁								
156	カスミトハ月ニヨカリノカエルラン 秋コシ空ニヲモイナライテ	源俊頼					⑤51ウ 256頁								

157	キヨミカタ富士ノタカネノウツロイテ チイロノソコニシツム白雪キ	北条政村					⑤51ウ 256頁								
158	カレネタヽノキハノ草ノナカ〳〵ニ ソノナハカリノ人モコソトエ	読人不知					⑤51ウ 256頁								
159	我モ鹿鳴テソ人ニ恋ラレシ 今コソヨソニ声ハカリキケ	本妻	⑨4オ 446頁	⑨5ウ	⑦295頁	⑨3ウ	⑦37ウ 304頁			⑦21オ	⑦17ウ	⑦26ウ		⑦32ウ 335頁	下35頁 ⑦21オ
160	イフナラク那落ノ底ニ入ヌレハ 刹利モ首陀モカワラサリケリ	高岳親王	⑧19ウ 427頁	⑧25ウ	⑧24オ 361頁	⑧27ウ	⑦23オ 294頁			⑦13オ	⑦11オ	⑦16オ		⑦18ウ 321頁	下23頁 ⑦13オ
161	フラハフレフラスハフラスフラストテ ヌレテユクヘキ袖テナラハコソ	妻	⑨2ウ 444頁	⑨4オ		⑨4ウ	⑤30オ 225頁 ⑦36ウ 303頁	⑤28ウ		⑦20オ	⑦17オ	⑦25ウ		⑦31オ 333頁	下34頁 ⑦20オ
162	日クルレハイサヤト云シアソヌマノ マコモカクレニ独リカモネム	女人（雌鴛）	⑨20オ 474頁	⑨25オ	⑦17オ 310頁	⑨22オ	⑧3ウ 325頁		⑧3オ	⑧2ウ	⑧2オ	⑧2ウ		⑧3オ 358頁	下59頁 ⑧2ウ
163	猿似タル木律僧ヲハハナレツヽ 犬時者ニモ成リニケルカナ	無住				⑨39オ			⑧22オ		⑧17ウ	⑧24ウ		⑧29オ 384頁	下84頁 ⑧19オ
164	世ニアルハ思ヘハ人ノ従者カナ 上ニツカワレ下ニツカワレ	無住							⑨11オ						
165	春ノ苗代秋ノカリホノソメキマテ クルシク見ユルシツノ小田マキ	藤原定家				⑩35オ	⑨29オ 394頁		⑨34オ	⑨44オ	⑨26ウ	⑨38オ		⑨44オ 442頁	下138頁 ⑨30オ
166	チハヤフル神ノミルメモハツカシヤ 身ヲ思トテ身ヲヤスツヘキ	和泉式部	⑩末15ウ 592頁	⑩末20オ		⑩49オ	⑩18オ 411頁		⑩11オ	⑩9ウ	⑩7ウ	⑩9ウ		⑩11オ 458頁	下153頁 ⑩8ウ
167	アトモナキ雲ニアラソフ心コソ 中々月ノサハリナリケレ	行仙	⑩末17ウ 596頁	⑩末22オ		⑩50ウ	⑩25ウ 416頁		⑩15オ	⑩14ウ	⑩11ウ	⑩14ウ		⑩17オ 464頁	下159頁 ⑩12オ
168	本来ノ面目得ハ水母殿 蝦ノ眼ハ用事ナカリケリヤナ	法心房				⑩60ウ	⑩38ウ 423頁		⑩22ウ	⑩21ウ	⑩17オ	⑩22オ		⑩25ウ 473頁	下167頁 ⑩18オ
169	足ナクテ雲ノ走ルモアヤシキニ 何ヲフマヘテ霞立ラン	法心房				⑩60ウ	⑩39オ 423頁		⑩22ウ	⑩21ウ	⑩17オ	⑩22ウ		⑩26オ 473頁	下168頁 ⑩18ウ

『雑談集』和歌一覧

一、本表は『雑談集』（中世の文学　三弥井書店　昭和48）に基づき作成した。
一、丸数字は巻数を、下の数字は頁数を示す。
一、備考欄には詞書、及び当該歌に関する解説的文章を記した。

	和歌	歌人名	頁数	備考
1	信施物ハ後ニハ牛ニ成ルト云ヘバ 今日ハ甘葛明日ハ鼻ヅラ	無住	①47	述懐
2	信施故ニ馬ニナルベキシルシカト ヲモヅラヒゲゾアヤシカリケル	無住	①47	述懐
3	何ニ事モヨロコビズ又憂ジヨ 功徳黒闇ツレテアルケバ	無住	①47	述懐
4	アナガチニ目ミセン人ヲヘツラハジ 目ミセヌ人ヲモ又イナトオモハデ	無住	①47	述懐
5	我タメニワロキ人コソ善カリケル ヨキハ中々ムツカシキカナ	無住	①48	「我ガタメニ善キ人ニモ失有リ。我身ヨリモ重ク覚ヘ、又同ジ程ニモ覚レバ、憂モ有レバ、我身ノ愁ノ上ニ、ウチ重テ、イタハシク心苦シ。悪キ人ハ、愁ヘモヨソニ覚テ心ヤスシ。此心ヲ」
6	迷コソ悟リナリケレ迷ハズハ 何ニヨリテカ悟開ラカン	無住	①49	「カヽル迷物ノ末葉トナレル、悟ルベキ因縁ナルベシ。サレバ迷物トナレル、コレ悟ベキ端ナリ」
7	愚痴僧ヲ牛ノ如クニ見ル程ニ 牛ノ若シ袈裟着テ行メ	無住	①53	「末代ノ僧ヲ上代ノ僧ニモ比シ、マシテ聖者ニ比スルニ、如二牛羊等一。又劫末ニハ不レ聞二仏法名字一。唯圓レ頭僧可レ有。比レ彼如二聖僧一。況ヤ比二牛羊一哉。此ノ意ヲ詠ズ」。
8	鹿ノ糞ハ木槵子《モクゲンジ》トモカタラフニ 我ガ身ノ我レニ似タル友ナシ	無住	①76	「世間ノ人、出家ノ人、面々ニ其ノ志シ異ナル故、全ク心操ノ相ヒ似タル人、世ノ中ニナキ事ヲ詠ゼル」
9	猿似ナル木律僧ヲバハナレツ、 犬侍者ニモナリニケルカナ	無住	③90	「量ヲ立テ一首ヲ詠ジテ、菩提山ノ同法ノ僧ノ許ヘ遣テ侍シ、思ヒ出シ侍リ。我ハ是犬侍者宗、像ハ似テ非レ実ニ故ニ因、猶シ如二犬辛夷一喩」
10	羊ノ尾猿ノ頭ヲ忘レツヽ 猫ヲロシスル犬侍者カナ	無住	③91	「同法ノ犬侍者ノヲロシスルヲ見テ詠ズ」
11	五欲ノ境ハ愛執アレドイトハシク イツモアカヌハ一乗ノ経	無住	③94	「当機ニ相応セムニ付テハ、尤可レ行事也。何事モ常ニ翫ニハ、イトハシク、メヅラシカラヌニ、此行随分不レ倦、此意」
12	何物モ常ニ見ルニハイトハシ、 イツモアカヌハ粥ト大乗	無住	③94	同右

13	道心ハ梯ヲ立テモヲヨバヌニ 天須菩提ノ跡ゾマネタキ	無住	③101	『分別功徳論』巻五にある好衣第一の天須菩提の話から。
14	実ナクテ跡バカリ似タルワガ身ヲバ 犬天須菩提トヤ云ベカルラン	無住	③101	同右
15	ヘツラヒテ富メル人ヨリヘツラハデ マヅシキ身コソ心ヤスケレ	無住	③113	「楽天云、「富貴ノ名ノミ有テ、富貴ノ実無シ」ト。書云、「雖ㇾ貧無ㇾ諂、雖ㇾ富無ㇾ取意」。イミジキ誡也。身ニモコレバカリハ、随分ニ古人ノ跡ヲ学ビ侍リ。述懐」
16	世ニアルハ思ヘバ人ノ従者カナ 上ニツカワレ下ニツカハル	無住	③114	「上奉下ヲ顧レバ、人ノ後見歟、従者歟トゾ見ヘ侍ル。功ノ入ル事ハ、上モ下モ無㆓別ナル事㆒。大ナル人ハ家人・下部多ケレバ、猶々下レバ多ク費有ルガ、只座コソ下ナレドモ、如㆓主君㆒下座セルナルベシ。上ニ事ヘ下ニ事フルニテ侍ルベシ」
17	貧キヲナニカナゲカム心アラバ ステヽモカクゾアルベカリケル	無住	③115	「釈迦ノ御代ニハ、貧ニシテ道ヲ行ジ、弥勒ノ時ハ富デ法ヲ悟ト云ヘリ。今ノ末世ニ適滅後ノ遺弟列リテ、貧ナル事可ㇾ悦。心アラム人ナゲクニタラズ」
18	ヨシヤゲニ貧キ家ゾヲノヅカラ 世ヲノガレタルスマイナリケル	無住	③115	同右
19	マコトシキ心ナケレドマヅシサノ 恥カクシニゾ世ヲノガレヌル	無住	③115	同右
20	世ヲスツル形トミエテ墨染ノ 袖ハマヅシキハヂカクシカナ	無住	③115	同右
21	コトハリハサルベキコトヽ思ヘドモ 身ノマヅシキモカナシカリケリ	無住	③116	貧を憂えず、という一連の説の後に、「タヾシ、サシアタリテハ、又無ㇾ術カタモ侍ルニヤ」として。
22	カヽルコソ世ヲノガレタル形ヨト 思時コソ身ノ貧サハナグサマレケリ	無住	③116	同右
23	サラズトモ愛スルヨシニイヒナシテ 世ヲワタルベキ粥ト麦飯	無住	③116	「当寺ノ作法、常ニ絶ㇾ煙、夏ハ麦飯・粥ナドニテ、命ヲツギ侍リ。愚老病躰、万事不階ノ中ニ、老子ノ云ヘル、禍ノ中福ニテ、麦飯ト粥ヲ愛シ侍ル故、分ノ果報也。述懐」
24	世ノ中ハアルニマカセテアラレケリ アラムトスレバアラレザリケリ	無住	③121	「古人ノ申サレシハ、「人モ心モ我心ニマカセントスレバ、都テサル事ナシ。只人ノ心ニマカセ、所ニマカスレバ、イカナル人ニモソハレ、イカナル所ニモ、アラルヽ」ト。イミジキ詞也」
25	ヨシサラバ物ヲ心ニマカセジヨ 心ヲ物ニウチマカセツヽ	無住	③121	同右
26	心ヲバ水ノ如ニモチナシテ 方ト円トヲ物ニマカセン	無住	③121	同右
27	ツナガザル船ノ如ニ身ヲナシテ 西モ東モ風ニマカセン	無住	③121	同右

	和歌	歌人名	頁数	備考
28	五月雨ニセ、ノフチ〱ヲチタギリ 氷魚ケサイカニヨリマサルラン	源頼政	④148	「隠題和歌　藤　鞭　桐　火桶　頼政」
29	庭ノ面ノサクラハナカバスギニケリ ヤヨヒノソラハ半バナラヌニ	無住	④148	「延慶二年乙酉季春初比詠レ之」
30	アナガチニ尋モイラジ閑ナル 心ゾ人ハミヨシノ、ヲク	無住	④148	「常ニ独坐老後ハ人不ニ問訪一、心静ナル事ヲ思ヒツヾケテ」
31	皆人ニトヲザカリ行老ガ身ゾ 深キ山辺ニ入ル心地スル	無住	④149	「老後ノ述懐」
32	老ラクハ問来人モナカリケリ 長キ命ゾフカキミヤマヘ	無住	④149	同右
33	ヨシサラバ尋モ入ラジヲノヅカラ 問ハレヌ宿ゾミヨシノ、ヲク	無住	④149	同右
34	世ノ中ノ人ノフルマヒ聞ミルニ イカデカ本ノ道ニ入ルベキ	無住	④149	「勢妙蓮華寺世間人ノ事、思ツヾケテ述懐」
35	坐禅誦経学シカキヨム人ゾナキ 飲食遊ビ色ニノミトム	無住	④149	同右
36	坐禅誦経談義ノ座ニハ眠ドモ 飲食時ハ目ヲサマスカナ	無住	④149	同右
37	食物ヲ坐禅ノ床ニヲキタラバ 公案ヨリハ目ハサメヌベシ	無住	④149	同右
38	モロトモニ大乗ナレド大乗ノ 坐禅ヨリ茶ハ目コソサメケレ	無住	④149	同右。「大乗ノ茶ト云ハ、玄水也。俗ハ三寸ト云。此ヲ用レバ、風三寸バカリ身ニ不レ近云ヘリ。大乗ノ茶ノ事ハ、嵯峨ノ道観房ノ因縁也。」
39	目モミエズ耳モキコエズ音タ、ズ 三ノ猿コソタモチヤスケレ	無住	④149	「先年目ノヤマヒニ、ツヤ〱ミエズ。咳病ニ音枯テ、ツヤ〱タ、ズ。耳ハ久ク不レ聞侍候マ、ニ、思ツヾケテ」
40	イハザルトミザルキカザルヨリモナヲ 不レ思コソタモチガタケレ	無住	④149	同右
41	三ノ猿ハヨシヤヲドリモハネモセヨ 不レ思ヲゾヨクツナグベキ	無住	④150	「不レ言不レ見不レ聞。見惑易レ断、如レ破レ石。思惑難レ断、如ニ藕糸一云々」
42	三ノ猿ト思ハザルダニタモチナバ 坐禅ノ時ノ心チナルベシ	無住	④150	同右

43	ヨシモナク地水火風ヲカリアツメ 我ト思フゾクルシカリケル	無住	④150	「圭峯禅師ノ云、「以㆓空寂㆒為㆓自身㆒、勿㆑認㆓色身㆒。以㆓霊知㆒為㆓自心㆒、勿㆑認㆓妄想念㆒」。此則朝暮、止観修行用心也。私ニ詠㆑之」
44	ヤソヂマデヨクアツメタル地ト水ト 火ト風イツカヌシニカエサン	無住	④150	同右
45	ヨシサラバモヌケテサラムヲシカラズ ヤソヂニアマルウツセミノカラ	無住	④150	同右
46	アヤマリニ影ヲ我ゾト思ナシテ マコトノ心ワスレテシカナ	無住	④150	同右
47	アキラカニシヅカナルコソマコトニハ 我ガ心ナレソノホカハカゲ	無住	④150	同右
48	マコトナル心ノ月ハヲノヅカラ 山ノハモナクテイデ入モナシ	無住	④150	「心月」
49	クモリナキ心ノ月ハ昔ヨリ マチヲシムベキ山ノハモナシ	無住	④150	同右
50	クモリナキ心ノ月ゾハレニケル 西フク風ニ雲ハ消ツヽ	無住	④150	「祖師西来ノ意」
51	松ニサク池ノ藤波ミルタビニ 心ニカヽル紫ノ雲	無住	④151	「紫雲来迎」
52	我身ヲバツナガヌ船ニナシハテヽ 西モ東モ風ニマカセム	無住	④151	「万事世間任㆑運アルベキ心地ノ述懐」
53	心ヲバ水ノゴトクニモチナシテ 方ト円トヲ物ニマカセム	無住	④151	同右
54	我身ナヲ我ガ思フニモカナハヌニ 人ヲ心ニマカスベシヤハ	無住	④151	同右
55	ヨシサラバ物ヲ心ニマカセジヨ 心ヲ物ニウチマカセツヽ	無住	④151	同右
56	コトハリハサルベケレドモホシカラズ 野老ノニガク人ノワロキハ	無住	④151	「凡夫ノ習」
57	アナガチニ人ヲワロシト思ハジヨ 我身モゲニハヨウモナケレバ	無住	④151	同右

	和歌	歌人名	頁数	備考
58	浦山シヲナジウキ世ニメグレドモ 月ハ雲居ノ上ヲ行哉	無住	④151	「寄レ月述懐」
59	モロトモニ影カタムキテナガムレバ 月モアハレト我ヲミルラン	無住	④151	同右
60	山カゲノ谷ノ庵ハウカリケリ 月ミルホドノソラゾスクナキ	無住	④151	「山家ノ月」
61	独リスムヤドコソ月ハサビシケレ 必ズ山ノヲクナレネドモ	無住	④152	「閑亭ノ月」
62	人ハ不和寺ハ無縁ニ薪ナシ 木ガサキニコソコリハテニケレ	無住	④152	「当寺ニ四十余年経廻、因縁尽タルニヤ、万事心不レ留事ヲ詠レ之」
63	世ノ中ノ濁リニシマヌ心モテ 蓮ノ華ノ寺ニスムカナ	無住	④152	「蓮華寺ニ常ニ栖心ヲ　沙門無住八十歳」
64	聞ヤイカニ妻ヨブ鹿ノ音マデモ 皆与実相不相違背ト	無住	④152	「先年閑居ノ山里ニテ詠レ之　沙石集第五ニアリ」「或人初ノ句ヲ難云。申スニ付テ、此ハ彼ノ宮内卿ノ、名歌「聞ヤイカニ、ウハノソラ」ノ句ヲ取テ侍ル。名歌ノ一二句ヲ取テ、風情カハレルハ、皆古人ノ用所ナルカト思計也。但カレヲトラズトモ初ノ句ヲ「誰カ聞ク」トナヲステヤ侍ル覧、此ハ心猶々深ク侍ル也」
65	ナニ事モヨロコビズ又ウレエジヨ 功徳黒闇アヒハナレネバ	無住	④152	「音訓和歌　万事不レ喜亦不レ憂　功徳黒闇不ニ相離一」 嘉元二年癸卯十月廿五日詠此　沙門無住
66	昔人ノマゲズ針ニテ魚ツリシ ナヲキ心ヲ今モマナバン	無住	⑤161	「昔ノ人ノ魚ヲ釣ケルガ、針ヲ曲ズシテ釣ケリ。其ノ志ハ、我レ可レ食分アラバ、ツラルベシトテ、ツラル、ヲ食シケリト云ヘリ。此意ヲ」
67	コムギ武士帷姫ヲヲモヒツレバ サムサヒダルサワスラレニケリ	無住	⑤163	
68	思ヘドモ忌トテイハヌ事ナレバ ソナタニムキテネヲノミゾナク	選子内親王	⑤184	賀茂斎宮の意念往生話。
69	ナガラヘバ日カズスクナキ老ノソラ 身ニイトナムベキハ後世ノ事	無住	⑦242	「老後ニハ、コトニ光陰ヲ空クセズシテ、後世ノ資糧ツヽムベシト思侍リテ、述懐」
70	四念處ノモトノミヤコヲマドヒイデ 四倒ノ里ニウキメヲゾスル	無住	⑧247	「四念處ニ住シ、観心成就シテ、実証ノ位ニ至リナバ、自境界ニ處シテ、本有ノ常楽ノ妙境ニ、会帰スベシ。妄心不レ除シテ、四倒ノ心ノミアラバ、コレ他境界ニ処シテ、身心常ニ苦悩スベシ。コノ心ヲヨメル」
71	寂照ノマコトノ我ヲワスレツヽ 昏散ノ他ニヤトハル、哉	無住	⑧247	「……無住ノ霊光ニ心眼ヲカケテ、昏散ニヲカサレザラム人、実ニ道行ノスガタナルベシ。コノ心ヲ」

72	浄眼ガ我身如来トナノリケル 犬仏トヤ云ヘルナルラム	無住	⑧ 249	蓮華面経の和泉比丘尼と浄眼比丘の話から。
73	長キ世ノ眠ノ中ニマタネブリ 夢ノ世ニ猶夢ヲミルカナ	無住	⑧ 261	「夢ノ事」。無明長夜を詠じた歌。『千載集』の慈円歌「旅の夜にまた旅寝して草枕夢の中にも夢を見るかな」参照。
74	法ノ水ホカニモトメジトゞコホル 心ヲゾヨク思トクベキ	無住	⑧ 262	「迷悟ノ心ヲ」
75	ナガラヘテ又コノゴロヤ忍バレム ウシトミシ世ハイマゾコヒシキ	藤原清輔	⑨ 281	『新古今集』の清輔歌「ながらへば又このごろやしのばれんうしと見し世ぞ今は恋しき」参照。
76	ナヲザリニ親子ノ契ムスビシガ ナレテ思ヘバ実ナリケリ	無住	⑩ 317	「別後適相遇 窮子不㆑信㆑父 誘引結㆓芳契㆒ 馴始知㆓実父㆒」

初出一覧

本書各章のもととなった論文の初出は、次のとおりである。特に注記しない場合でも、全体にわたり大幅な加筆・改稿を施しており、本書をもって決定稿としたい。

序論　書き下ろし。

第一部　初期的段階の諸本

第一章　俊海本概観　書き下ろし。

第二章　俊海本からの改変――米沢本へ――

第一節　書き下ろし。

第二節　書き下ろし。

第三章　阿岸本の考察

第一節　「『沙石集』五帖本の再検討」（説話文学研究36　平成十三年六月）。

第二節　書き下ろし。

第三節　書き下ろし。

第四章　成簣堂本の考察

第一節　「成簣堂文庫蔵『沙石集』の紹介」（国文学研究131　平成十二年六月）。

第二節　書き下ろし。

第三節　書き下ろし。
第四節　書き下ろし。
第五節　書き下ろし。

第二部　永仁改訂前後の諸本
第五章　吉川本の考察
第一節　書き下ろし。
第二節　書き下ろし。
第六章　梵舜本の考察
第一節「梵舜本『沙石集』考――増補本としての可能性――」（中世文学50　平成十七年六月）。
第二節　書き下ろし。
第七章　内閣本の考察
第一節　書き下ろし。
第二節『内閣文庫蔵『沙石集』翻刻と研究』（笠間書院　平成十五年）研究篇・翻刻篇を元に再構成し、大幅に加筆訂正を加えた。
第八章　長享本の考察
第一節「長享本『沙石集』の考察」（古典遺産59　平成二十一年十二月）。
第二節「長享本『沙石集』の考察」（古典遺産59　平成二十一年十二月）。

第三部　徳治改訂以後の諸本
第九章　東大本の考察　書き下ろし。
第十章　神宮本の考察　書き下ろし。
第十一章　岩瀬本の考察　「岩瀬文庫本『沙石集』の性格」（仏教文学34　平成二十二年三月）。

終論　書き下ろし。

資料編
無住関係略年表　新編日本古典文学全集『沙石集』（小学館　平成十三年）収録の『無住関係略年表』（土屋担当）に大幅に加筆した。

『沙石集』説話対照目次表①　書き下ろし。

『沙石集』説話対照目次表②　書き下ろし。

『沙石集』和歌一覧　書き下ろし。

『雑談集』和歌一覧　書き下ろし。

あとがき

『沙石集』との真の出会いは修士二年の時であった。学部時代に一応読もうとは試みたものの、冒頭の「其麁言軟語ミナ第一義ニ帰シ、治生産業シカシナガラ実相ニ背ズ」の一文にめまいを感じ、唯一読破していなかった仏教説話集、それが『沙石集』であった。卒業論文を『日本霊異記』で書き、修士課程で自らの専門をもう一度模索したとき、それまで避けていた『沙石集』が脳裏に浮かんだ。意を決して読み進めてみると、当時の人々の生活の息吹を感じる鮮烈な説話の数々、行間に見え隠れする作者無住自身の人生観に、限りなく惹きつけられていった。

ところが『沙石集』を研究対象として決めたところで、目の前に立ちふさがったのが複雑な伝本の存在であった。博士課程に入学すると同時に、なぜか猛然と各地に点在する伝本をとにかく見て集めよう、という気持ちになり、そこから連綿と伝本研究を続けることとなった。

本書は二〇〇六年九月に、早稲田大学より博士（文学）の学位を授与された博士論文に基づいたものであるが、当時私は大変な試練のただ中であり、とても満足な内容とは言えなかった。そこでその後研究を続け発表した新稿と多くの書き下ろしを加え、五年の歳月を経てようやく一書の体裁を成すことが出来た。ただ「『沙石集』諸本の成立と展開」と銘打ったものの、現存する伝本の基本的な性格を明らかにするに留まり、およそ〈展開〉まで論じ得なかった力不足は重々承知、反省している。それは今後の課題ということになるが、基本伝本を一人の目で通観した、という意味で、本書が今後の『沙石集』伝本研究の叩き台となってくれれば、それだけで私は満足である。

本書を成すにあたり、本当にたくさんの方々に支えて頂いたが、博士論文の指導、審査をして下さった小林保治先生、小島孝之先生、竹本幹夫先生、兼築信行先生にまず心から御礼を申し上げたい。先生方は暗闇の中で行き先を見失いつつあった私に、明るい光をもって道を指し示して下さった。何度も挫折しかけた時、各々の方法でしっかりと力強く支えて下さったお陰で、今日の自分があることを忘れたことはなく、常に深い感謝の気持ちでいっぱいである。そして大津雄一先生、前田雅之先生には、常に温かい励ましを頂き、後ろ向きになりそうな気持ちを要所要所で引っ張って頂いた。さりげないながらいつも見守って下さっている、という安心感を頂けたことが何より心強かった。『沙石集』研究を通してご指導頂いた阿部泰郎先生、伊藤聡先生、近本謙介先生には、諸本研究からは見えてこない『沙石集』の様々な可能性をご教示頂き、インスピレーションに満ちた豊かなお話を親しくして頂けたことが嬉しく、とても勉強になった。先生方の温かいご学恩に心から御礼申し上げたい。

また忘れられないのが、同年代の研究者の方々に頂いた力強い励ましである。小島先生のご厚意により、博士課程の時から出席させて頂いていた東京大学の元小島研究室の皆さんには、共に研鑽を積んでいく仲間がいる喜びを教えて頂き、精神的にも支えて頂いた。深く感謝申し上げたい。その他にも、多くの方々から頂いた温かい励ましと支えによって、ここまでたどり着くことが出来た。お一人ずつお名前を挙げることは差し控えるが、学会、研究会等でご指導頂いた諸先生方、また同年代の研究者の方々に心より御礼申し上げる。

本年は無住道暁和尚七百年遠忌の年にあたり、その記念の年の忌日に、生きて、これまでの研究をまとめ刊行することが出来ることが、何よりの喜びである。長母寺御住職の川辺陽介氏には懇切なご尽力を賜り、また長母寺檀家総代の道木正信氏からはたくさんの貴重なご教示とご親切を賜った。心からの感謝を申し上げたい。その他『沙石集』伝本の各所蔵機関には、閲覧、掲載等で多くのご尽力を賜り、深く御礼申し上げる。

本書の出版にあたっては、前著に引き続き、笠間書院にお引き受け頂くことが出来た。出版をご快諾下さり、いつも変わらず温かく私の研究を見守って下さっている池田つや子社長、橋本孝編集長、そしてかなりタイトなスケジュールであったにもかかわらず、確実に出版まで導いて下さった編集の重光徹氏に、この場を借りて心より御礼申し上げる。

最後に、いつも私の健康と研究の進展を願い、尽力してくれている両親に感謝したい。特にゆとりのある老後生活を返上して、私の研究を支え続けてくれている母に、普段はなかなか言えない感謝の言葉を添えて、本書を贈りたいと思う。

なお、本書は平成二十三年度科学研究費補助金（研究成果公開促進費）の交付を受けて刊行されたものである。

土屋有里子

二〇一一年八月

著者略歴

土屋　有里子（つちや　ゆりこ）

1974年　東京都生まれ
1997年　早稲田大学教育学部国語国文学科卒業
2003年　早稲田大学大学院文学研究科日本文学専攻博士課程単位取得退学
早稲田大学教育学部助手、日本学術振興会特別研究員などを経て、
現在、早稲田大学非常勤講師。博士（文学）。

著書
『内閣文庫蔵『沙石集』翻刻と研究』（笠間書院、2003年）、『古事談抄全釈』（共著、笠間書院、2010年）、『新注古事談』（共著、笠間書院、2010年）。

論文
「無住と天台密教―『阿娑縛抄』と三河実相寺―」（『日本文学』2006年12月）、「『沙石集』『雑談集』―無住の描く〈聖〉と〈俗〉」（『中世文学の回廊』勉誠出版、2008年4月）、「『妻鏡』成立考―女人説話の検討から―」（『国語国文』2008年12月）など。

『沙《しゃ》石《せき》集《しゅう》』諸本《しょほん》の成立《せいりつ》と展開《てんかい》

2011年10月10日　初版第1刷発行

著　者　土屋有里子

発行者　池田つや子

発行所　有限会社　笠間書院
〒101-0064　東京都千代田区猿楽町2-2-3
☎03-3295-1331㈹　FAX03-3294-0996
振替00110-1-56002

NDC 分類：913.47

ISBN978-4-305-70564-8

シナノ印刷
（本文用紙：中性紙使用）

人名索引

実名を見出しに掲げ、姓氏を〔　〕内に、本文中に見える異称・略称等を〈　〉内に示した。なお「無住」は索引に立項しなかった。

●た

●な

書名索引

経典及び近世以前の書物に限って掲載し、本文中に見える異称・略称等を〈　〉内に示した。なお「沙石集」は索引に立項しなかった。

●た

●な

●は

●ま

●や

●ら

寺社名索引

通行の呼称により掲載し、本文中に見える異称・略称等を〈　〉内に示した。